TIM WEAVER

Erkenne deine Schuld

GOLDMANN
Lesen erleben

Buch

Leonard Franks genießt nach einer musterhaften Karriere bei der Londoner Polizei seinen Ruhestand. Er hat sich mit seiner Frau im einsamen Dartmoor ein kleines Häuschen gekauft, wo sie ein beschauliches Leben führen. Doch eines Abends findet diese Idylle ein jähes Ende. Leonard geht kurz nach draußen, um Feuerholz zu holen – und kehrt nicht wieder zurück. Verzweifelt wendet sich seine Familie an David Raker, Spezialist für Vermisstenfälle, ein Mann, der bekannt dafür ist, Licht ins Dunkel zu bringen. Dieses Mal jedoch führen ihn seine Ermittlungen zu einem Geheimnis, das seit Jahrzehnten gehütet wird, und in ein Leben, das nicht so harmlos und unschuldig war, wie allgemein angenommen. Und Raker muss sich schließlich fragen, ob manche Dinge nicht lieber im Dunkel bleiben sollten …

Weitere Informationen zu Tim Weaver
sowie zu lieferbaren Titeln des Autors
finden Sie am Ende des Buches.

Tim Weaver

Erkenne deine Schuld

Thriller

Übersetzt
von Karin Dufner

GOLDMANN

Die englische Originalausgabe erschien 2014
unter dem Titel »Fall from Grace«
bei Penguin Books, London

Dieses Buch ist auch als E-Book erhältlich.

MIX
Papier aus verantwortungsvollen Quellen
FSC® C014496

Verlagsgruppe Random House FSC® N001967
Das FSC®-zertifizierte Papier *Pamo House* für dieses Buch
liefert Arctic Paper Mochenwangen GmbH.

1. Auflage
Deutsche Erstveröffentlichung Juni 2015

Dieses Werk wurde vermittelt durch die Literarische
Agentur Thomas Schlück GmbH, 30827 Garbsen
Umschlaggestaltung: UNO Werbeagentur, München
Umschlagmotiv: Roy Bishop/Arcangel Images; FinePic®, München
Redaktion: Ilse Wagner
MR · Herstellung: Str.
Satz: omnisatz GmbH, Berlin
Druck und Bindung: GGP Media GmbH, Pößneck
Printed in Germany
ISBN: 978-3-442-48268-9
www.goldmann-verlag.de

Besuchen Sie den Goldmann Verlag im Netz:

Für Sharlé

TEIL EINS

1978

1

Sie brauchten etwa eine Stunde bis zum Strand, eine kleine, hufeisenförmige Bucht an der Südspitze des Landkreises. Der Vater hatte schon früh aufbrechen wollen, um nicht auf dem winzigen Parkplatz um eine Lücke kämpfen zu müssen. Außerdem hatte ihm jemand im Dorf erzählt, fünf dieser Plätze, direkt unter einer gewaltigen, zwanzig Meter hohen Felswand gelegen, befänden sich den ganzen Tag im Schatten. Bei ihrer Ankunft stellten sie fest, dass zwei der begehrten Plätze noch frei waren. Der Vater trommelte triumphierend aufs Lenkrad des Hillman Avenger und begann, vor sich hin zu pfeifen. Seine Frau neben ihm auf dem Beifahrersitz lächelte.

»Offenbar bist du durch und durch glücklich.«

»Ist es zu früh für ein Eis?«

Sie verdrehte die Augen. »Wir haben gerade erst gefrühstückt.«

»Das war vor über einer Stunde«, witzelte er. Nachdem er geparkt und den Motor abgestellt hatte, schaute er hinter sich auf den Rücksitz. Sein Sohn kniete auf dem Polster, presste die Finger an die Scheibe und blickte auf die Bucht hinaus.

»Wie findest du es hier, mein Junge?«

»Sind da Felsen zum Klettern, Dad?«

Der Vater lachte. »Ja, mein Sohn, da gibt es auch Felsen zum Klettern.«

Es herrschte Ebbe, die einen Streifen gewellten Sandstrand zurückgelassen hatte. Jenseits der Sandfläche war das Wasser so klar wie Glas. Der Großteil davon wurde von der sanft geschwungenen Bucht umfangen, der Rest strömte hinaus in den Ärmelkanal, wo es, wie der Junge dachte, aussah, als habe die Welt kein Ende. Aufgeregt half er seinem Vater, die beiden Liegestühle und alles mitgebrachte Essen zum Strand zu schleppen, kehrte zurück, um Eimerchen und Schaufel zu holen, und lief dann zum Ufer. Seine Mutter rief ihm nach, er solle sich nicht zu weit entfernen, woraufhin er antwortete, das werde er bestimmt nicht tun. Während der Vater alles aufbaute, beobachtete die Mutter den Jungen, dessen Fußspuren bis hinunter zum Meer führten.

»Er ist so erwachsen geworden«, stellte sie fest.

»Er ist erst acht Jahre alt, Marie.«

»Ich weiß.« Sie verstummte und sah zu, wie der Junge einen Zeh ins Wasser steckte. »Aber findest du nicht, dass die Zeit so schnell vergeht? Hast du nicht auch den Eindruck, dass es erst gestern war, als die Schwestern ihn mir zum ersten Mal in den Arm gelegt haben? Und schau ihn dir jetzt an.«

»Er macht sich prima.«

»Ja, richtig. Damit wollte ich nicht sagen, dass ihm etwas fehlt. Ich meine nur … ehe wir uns versehen, wird er verheiratet sein und selbst Kinder haben. Vielleicht zieht er sogar weg von hier.«

»Natürlich wird er das.«

»In dieser Gegend hat er keine Zukunftsperspektive, Tom.«

»Was redest du da? Er wird den Betrieb übernehmen.«

»Das will er aber nicht.«

»Er ist erst acht.« Der Vater trat hinter seine Frau und legte ihr die Arme um die Taille. »Er weiß noch nicht, was er will. Als ich acht war, wollte ich Astronaut werden.«

»Ich möchte nur nicht, dass er uns vergisst.«

Er küsste seine Frau auf die Wange. »Seine alte Mum vergisst er schon nicht.«

Am Ufer drehte sich der Junge zu ihnen um und winkte sie zu sich her. »Mum!«, schrie er. »Mum, komm und schau dir das an!«

»Siehst du?«, meinte der Vater. »Hab ich's dir doch gesagt.«

Wieder lächelte sie, küsste ihren Mann auf die Wange und ging aufs Ufer zu, wo ihr Sohn, einen Fuß im Wasser, dastand und auf etwas jenseits des Randes der Bucht deutete. Als sie seinem Blick folgte, konnte sie anfangs nicht feststellen, was seine Aufmerksamkeit erregt hatte. Doch dann tauchte es ganz von allein draußen auf dem Ärmelkanal auf wie ein einsames Schiff, das auf den Wellen trieb.

Die Insel.

Sie hatte versucht, nicht daran zu denken, wie nahe sie hier war.

»Was ist denn los, Schatz?«

Allerdings kannte sie die Antwort schon. Die Insel ragte wie eine Rückenflosse aus dem Wasser, ein schroffes Stück Land, etwa einen halben Kilometer vor der Küste – klobig, schartig, unheilverkündend. Selbst aus dieser Entfernung, umspült von dem im Licht funkelnden Wasser und von einer grellen Sonne beschienen, hatte sie etwas Düsteres an sich; all die Geschichten, die sie zu erzählen wusste, und all die Erinnerungen, die sie gerne vergessen hätte.

Unwillkürlich legte die Frau ihrem Sohn die Hand auf die Schulter.

»Was ist das da?«, fragte der Junge.

Sie spähte über den Ärmelkanal, unsicher, was sie darauf erwidern sollte.

»Mum?«

»Das ist … das ist, äh …«

»Was ist das?«, beharrte der Junge. »Was ist das, Mum?«

Ganz langsam und automatisch zog sie ihn an sich und drückte ihn an ihre Hüfte. »Das ist ein schlimmer Ort, mein Schatz, ein ganz schlimmer Ort.«

2013

2

Das Haus mit der Adresse, die man mir gegeben hatte, blickte auf ein Eisenbahnstellwerk in Pimlico. Das zweistöckige Gebäude bestand aus dem typischen Londoner Backstein und befand sich etwa einen halben Kilometer entfernt vom Bahnhof Victoria und unweit der Themse. Nirgendwo gab es ein Firmenschild, und die Fenster waren dunkel, sodass es auf den ersten Blick verlassen wirkte. Nur, dass das nicht stimmte. Beim Näherkommen stellte ich fest, dass die Haustür aus massivem Holz frisch mattblau lackiert war. Darüber hing eine Überwachungskamera, das Objektiv auf den Eingang gerichtet. In eine Nische neben der Tür war ein Zahlenfeld mit einer Gegensprechanlage eingelassen. Ich klingelte einmal und wartete.

Von meinem Standort aus betrachtet, verschwand der Großteil des Flusses hinter den rostigen Metallpfeilern einer Eisenbahnbrücke. Allerdings konnte ich dazwischen eine Karawane von Touristenschiffen beobachten, die gemächlich durch das Wasser pflügten. Da es kurz vor Weihnachten war, blinkten in allen Fenstern Lichterketten, und einige der Touristen, die an Deck der winterlichen Kälte trotzten, trugen Nikolausmützen. Ansonsten schien eine eigenartige

Stille über dem Morgen zu liegen, eine graue Schicht, so als sei die ganze Stadt in den Winterschlaf gefallen.

Einige Sekunden später piepste die Gegensprechanlage, und die Tür löste sich mit einem dumpfen Geräusch vom Rahmen. Dahinter erstreckte sich ein kurzer Flur mit gebohnertem Eichenboden und einem großen Bogenfenster, durch das sich das Licht auf Wände und Decke ergoss. Alles war in demselben neutralen Beigeton gestrichen, mit Ausnahme von zwei blauen Türen am Ende des Flurs und einer Marmortheke auf der rechten Seite. Dahinter thronte eine elegant gekleidete Frau von Anfang zwanzig.

»Mr Raker?«

Ich nickte. »Sind Sie Hellseherin?«

Lächelnd griff sie unter die Theke und förderte ein Besucherbuch zutage. »Man hat mir angekündigt, dass Sie etwa um diese Zeit hier sein würden«, erwiderte sie und legte einen Füllhalter oben auf den Buchdeckel. »Wenn Sie sich bitte mit Datum eintragen könnten? Dann zeige ich Ihnen den Weg.«

Ich unterschrieb. »Heute ist der zwölfte Dezember, richtig?«

»Richtig, Sir.«

Als ich fertig war, wies sie auf die erste blaue Tür.

»Bitte hier entlang. Dort befinden sich unsere Besprechungszimmer. Sie müssen in Raum Dickens. Nach Ihrem Treffen können Sie natürlich gerne unser gastronomisches Angebot nutzen. Die Bar ist im Untergeschoss, und die zweite Tür hier führt in unser Restaurant. Die Küche ist zwischen zwölf und sechzehn Uhr geöffnet. Allerdings müssen Sie dazu in Begleitung Ihres Gastgebers sein, denn wir bedienen nur Gäste, die mit einem Mitglied speisen.«

»Okay.«

»Kann ich sonst noch etwas für Sie tun, Mr Raker?«

»Nein, alles bestens.«

Ich trat durch die erste blaue Tür.

An einem weiteren Korridor lagen noch einmal acht Türen, vier auf jeder Seite. Sie waren alle geschlossen und mit Messingplaketten versehen. Jeder Raum war nach einem britischen Schriftsteller benannt, Dickens war der vierte links. Auf meinem Weg den Flur entlang konnte ich Stimmengewirr aus einem der Räume hören. In den anderen war es totenstill. Ich klopfte zweimal an die Tür von Dickens.

»Herein.«

Das Besprechungszimmer war klein und tadellos in Ordnung: noch mehr Eichenparkett, schokoladenbraune Wände, ein vier Meter langer Tisch und Fenster vom Boden bis zur Decke, die auf einen makellos gepflegten Garten führten. Darüber konnte ich gerade noch die Eisenbahnbrücke ausmachen. Ansonsten war es leicht zu vergessen, dass das Gebäude von Industriebauten und Straßen umzingelt war.

»Mr Raker.«

DCI Melanie Craw erhob sich von ihrem Platz am Kopf des Tisches. Vor ihr befanden sich ein Laptop und eine zugeklappte Akte. Sie umrundete den Tisch, um mich zu begrüßen. Nachdem wir einander die Hand geschüttelt hatten, schob sie die Tür zu und forderte mich auf, Platz zu nehmen. Ich setzte mich und zog die Jacke aus.

»Möchten Sie etwas trinken?«, fragte sie.

»Wasser wäre nett. Vielen Dank.«

Craw war Mitte vierzig und schlank und trug einen praktischen Kurzhaarschnitt. Sie hatte einen kühlen, unergründlichen Blick. Kein Schmuck, bis auf den Ehering. Niemals Röcke, nur Hosen, und die immer in den gleichen gedeckten Farben. Sie war ruhig und gefasst und nicht leicht zu knacken, allerdings nicht gefühlskalt. Sie besaß Menschenkenntnis und verstand, wie ihre Zeitgenossen tickten. Bis jetzt hatten wir noch nie zusammengearbeitet. Unser Kontakt beschränkte sich auf eine Reihe heftiger, häufig erbittert geführter Auseinandersetzungen. Dennoch bewunderte ich sie. Die Frage, ob das auf Gegenseitigkeit beruhte, hätte ich beim besten Willen nicht beantworten können.

Während sie zu einer Kommode auf der anderen Seite des Raums ging, wo ein Krug Eiswasser und einige Gläser warteten, entstand beklommenes Schweigen zwischen uns.

Vielleicht war das nicht weiter erstaunlich. Immerhin verdiente ich meinen Lebensunterhalt mit dem Auffinden vermisster Personen und hatte Craw im Rahmen dieser Tätigkeit kennengelernt. Sie war die ermittelnde Beamtin in einem Fall gewesen, der mich beinahe das Leben gekostet hätte: Der Mann, den wir beide suchten, hatte mir ein Messer in die Brust gerammt und mich auf einem schattigen Friedhof zum Sterben liegen lassen. Das Glück oder der Zufall – vielleicht auch beide – hatte es gewollt, dass ich entdeckt worden war. Vier Wochen hatte ich, an Schläuchen hängend, in einem Krankenhausbett verbracht und die nächsten vier Monate damit, in dem alten Haus, das meine Eltern mir im Süden von Devon vermacht hatten, nach dem Anschlag wieder auf die Beine zu kommen.

Und außerdem darüber nachgedacht, ob ich überhaupt nach London zurückkehren wollte.

Zu guter Letzt hatte ich es doch getan. Nicht nur, weil mich mein Beruf ohnehin immer wieder in diese Stadt führte, sondern weil ich mich, als die körperlichen Schmerzen abgeklungen waren, endlich den Erinnerungen an diesen Zwischenfall stellen musste. Und diese Erinnerungen waren nun einmal alle mit London verknüpft. Als Melanie Craw mir ein Glas Wasser reichte, fragte ich mich, ob in ihr während der letzten achtzehn Monate wohl ein Wandel vorgegangen war. Bei mir hatte sich so manches verändert.

Also erschien es mir unmöglich, dass sie von alldem unberührt geblieben sein könnte.

»Danke, dass Sie gekommen sind«, sagte sie. »Wie ich sehe, haben Sie gut hergefunden.«

»Von außen wirkt das Gebäude verlassen.«

Lächelnd nahm sie Platz. »Vermutlich ist es deshalb so beliebt.«

»Sind Sie hier Mitglied?«

»Durch meinen Mann. Diese Clubs … tja, wahrscheinlich brauchen Männer so etwas. Ich verstehe es zwar nicht wirklich, aber er hat seinen Spaß daran. Und ich finde, dass er sich ausgezeichnet für solche Treffen eignet.«

»Was für Treffen?«

Sie nickte. »Ich wollte Ihnen einen Auftrag anbieten.« Offenbar war ihr meine überraschte Miene nicht entgangen. Wieder nickte sie, als wolle sie mir die Befangenheit nehmen, und schob die Akte zu mir herüber.

Ich schaute zwischen ihr und dem Aktendeckel hin und her.

»Sie sollen für mich jemanden suchen.«

Ich konnte mir ein Schmunzeln nicht verkneifen. Die Geschichte, wie ich mir Feinde bei der Londoner Polizei gemacht hatte, war lang und bewegt. Craw gehörte auch zu denen, die eigentlich nicht auf der Liste meiner Fans standen, was nicht daran lag, dass ich ihr absichtlich das Leben schwergemacht hatte. Es war eben einfach Berufsrisiko, und irgendwann hatte ich mich mit den Kollateralschäden abgefunden. Schließlich übte ich diesen Beruf nicht aus, um Freundschaften zu schließen, sondern um die Vermissten nach Hause zu bringen.

»Ihre Vorgesetzten werden das sicher gar nicht gerne hören«, merkte ich an.

»Nun, da haben Sie recht.«

»Warum bin ich also hier?«

»Es ist keine Polizeiangelegenheit.«

Ich musterte sie und bekam sofort Zweifel an ihren Absichten. Die Vorstellung, dass Craw mich – auch wenn die Zeit die Erinnerungen an unsere letzte Begegnung ein wenig verklärt haben mochte – um Hilfe bat, erschien mir völlig absurd. Ich hätte eher vermutet, dass sie sich mit Händen und Füßen gegen ein solches Ansinnen gesträubt hätte, auch wenn es um ihr Leben gegangen wäre. Doch ihre Miene war völlig reglos. Nichts wies darauf hin, dass sie Spielchen mit mir trieb.

Also schlug ich die Akte auf.

Ein Mann von Anfang sechzig blickte mir entgegen. Sein Foto war an die erste Seite einer Vermisstenanzeige geheftet. Er saß an der Kante eines Felsens, irgendwo in einer Moorlandschaft. Hinter ihm in der Ferne erstreckte sich ein großes grünes Tal. Das Foto schien beschnitten zu sein: Am Rand waren die Umrisse einer zweiten Person zu erahnen. Unten auf dem Foto konnte ich die Ecke eines Rucksacks erkennen. Sein Name war Leonard Franks.

Er wurde seit dem 3. März vermisst.

Franks war zweiundsechzig Jahre alt, eins dreiundachtzig groß und hatte graues Haar und blaue Augen. Allerdings wusste ich, dass man ihn anhand seiner Personenbeschreibung inzwischen sicher nicht mehr wiederfinden würde. Wenn man Menschen aus ihrem Alltag riss, veränderten sie sich äußerlich meistens sehr schnell. Manchmal freiwillig, manchmal gezwungenermaßen. Und wenn ihr Verschwinden schon so lang zurücklag, waren sie für gewöhnlich nicht mehr in der Lage, Entscheidungen irgendwelcher Art zu treffen. Denn die meisten von ihnen verrotteten mittlerweile in irgendeinem Erdloch und warteten darauf, entdeckt zu werden. Obwohl ich den Familien, für die ich arbeitete, nicht die Hoffnung rauben wollte und meine Ermittlungen stets unter der Voraussetzung betrieb, dass das Opfer noch lebte, war Franks nun schon seit neun Monaten fort. Und nach diesem Zeitraum ging es bei der Suche nicht mehr um das Aussehen des Betreffenden. Sondern um sein Denken. Sein Verschwinden an sich. Seinen Grund zu gehen.

Sein letztes Ziel.

Ich warf einen Blick auf die Adresse. »Er hat in Postbridge gewohnt?«

»Ja, etwa anderthalb Kilometer nördlich davon.«

Das war mitten im Herzen von Dartmoor, etwa fünfzig Kilometer entfernt von dem Dorf, in dem ich aufgewachsen war. Doch als ich mich wieder seiner Personenbeschreibung widmete, stellte ich fest, dass er ursprünglich aus London stammte und sein gesamtes Leben in dieser Stadt verbracht hatte.

»Hat er sich in Devon zur Ruhe gesetzt?«

Wieder nickte sie. »Vor zwei Jahren.«

Als ich den Rest der Akte durchblätterte, stieß ich auf die Information, dass er Polizist gewesen und mit sechzig Jahren im Rang eines Detective Chief Superintendent in der Abteilung Mord und Kapitalverbrechen pensioniert worden war. Das war eine hohe Position, und er schien beträchtliches Ansehen genossen zu haben. Laut Akte hatte er bereits im Alter von fünfundfünfzig, nach dreißig Dienstjahren, einen Antrag auf Frühpensionierung gestellt, war aber vom stellvertretenden Polizeichef gebeten worden, noch eine Weile zu bleiben.

»Wie ist er denn verschwunden?«, erkundigte ich mich.

»Er und seine Frau haben in einer Art altem Jagdhaus gewohnt«, erwiderte Craw. »Neben dem Haus gab es einen Schuppen für Brennholz und dahinter noch einen für das Werkzeug. Sonst war da nicht viel. Die beiden haben dort oben ziemlich zurückgezogen gelebt. Bis zu den nächsten Nachbarn waren es etwa anderthalb Kilometer. In alle Richtungen nichts als unbewohnte Moorlandschaft. Es war so still, dass man ein Auto schon kommen hörte, fünf Minuten, bevor man es sah.«

Sie betrachtete über den Tisch hinweg das Foto von Franks.

»Jedenfalls saßen die beiden am späten Nachmittag vor dem Kaminfeuer. Als es allmählich herunterbrannte, hat sie ihn gebeten, noch etwas Holz hereinzuholen. Es war Anfang März, also noch ziemlich kalt, insbesondere im Moor. Dann hat sie den Wasserkessel aufgesetzt und jedem von ihnen ein Stück Kuchen abgeschnitten, während er raus in den Holzschuppen ging. Das hatte er schon tausendmal getan; der Schuppen befand sich direkt am Ende der Veranda, nur knapp drei Meter neben der Haustür.« Sie hielt inne und blickte mich an. »Nur, dass er diesmal nicht zurückgekommen ist.«

Ich verzog zweifelnd das Gesicht. »Er ist zum Holzschuppen gegangen und ward nicht mehr gesehen?«

»Richtig.«

»Wo ist er abgeblieben?«

Sie zuckte die Schultern.

»Hat seine Frau ihn gesucht?«

»Ja.«

»Und sie hat ihn nicht gefunden?«

»Da es noch nicht dunkel war, hatte sie in alle Richtungen gute Sicht. Keine Autos. Keine Menschen. Sie waren ganz allein. Es war, als hätte er sich einfach in Luft aufgelöst.«

Mein Blick fiel auf das Foto von Franks. Und als ich sein Gesicht musterte, stach mir zum ersten Mal etwas ins Auge. Eine äußerliche Ähnlichkeit.

»Also, wer ist er?«, fragte ich.

»Sein Name ist Leonard Franks.«

»Nein, ich meinte, was bedeutet er Ihnen?«

Kurz hielt sie inne, die Augen noch immer auf das Foto von Franks gerichtet und die Hände auf den Tisch gestützt. »Er ist mein Vater«, sagte sie leise.

3

Craw saß völlig reglos da.

»Dad hätte mit fünfundfünfzig in Pension gehen sollen, wie er es eigentlich vorhatte. Aber sie haben ihm viel Geld geboten, falls er noch verlängert. Und tief in seinem Innersten befürchtete er vermutlich, er könnte sich im Ruhestand langweilen. Er kannte nichts anderes als die Londoner Polizei. Sie war sein ganzes Leben. Also hat er zugestimmt und sich für weitere fünf Jahre verpflichtet.« Sie sah mich an. Anfangs wirkte sie noch unbeteiligt, doch dann zuckte sie die Schultern, und ich erkannte an ihrer Miene, dass sie Franks' Entscheidung nicht billigte. »Achtzehn Monate später fing er an, es zu bereuen. Er wollte keinen Rückzieher machen, dazu war er einfach nicht der Typ. Er ließ seine Kollegen nicht hängen. Aber mit der Zeit gefiel es ihm in London immer weniger. In den letzten Jahren hat er sich nur noch beschwert: der ständige Lärm, die vielen Leute, das Gedränge in der U-Bahn, die politischen Verhältnisse in der Stadt. Irgendwann hat er nur noch die Tage bis zum sechzigsten Geburtstag gezählt. Und dann haben er und Mum sofort ihre Zelte abgebrochen und sind weggezogen.«

»Warum Devon?«

Wieder zuckte sie die Schultern. »Sie fanden es schon immer schön dort.«

»Haben Sie Verwandtschaft in der Gegend?«

»Nein.« Einen Moment in Erinnerungen versunken, strich sie mit dem Finger über die Kante ihres Laptops. Kurz wurde ihr Gesichtsausdruck weicher, da sie wahrscheinlich an ihren Vater dachte. Dann jedoch zeigte sich ein Anflug von Schmerz darin. »Vor etwa einem Jahr ist Dad mit einem Mann ins Gespräch gekommen, der erst vor Kurzem mit seiner Frau ins Dorf gezogen war. Derek Cortez. Die beiden haben sich angefreundet, und es stellte sich heraus, dass Cortez auch bei der Polizei gewesen war: Er hatte lange Zeit die Kriminalpolizei in Plymouth geleitet. Er hat Dad erzählt, er sei zwar im Ruhestand, arbeite aber noch manchmal als Berater für die CCRU.«

Ihr war klar, dass ich die Bedeutung dieser Abkürzung kannte: *Criminal Case Review Unit* – also die Abteilung, die sich mit ungeklärten Mordfällen befasste.

Ungeklärte Fälle.

»Cortez hat die Akten durchgearbeitet«, fuhr sie fort, »der Polizei seine Einschätzung mitgeteilt und sich so ein kleines Zubrot verdient. Alles absolut legal. Wir in London halten es genauso.« Ihre Hände wanderten in Richtung Wasserglas. Sie zog es zu sich heran, trank jedoch nicht. »Wahrscheinlich können Sie sich denken, was dann kam. Cortez meinte, wenn Dad Lust habe, werde er mit jemandem bei der Polizei von Devon und Cornwall sprechen und fragen, ob er mit von der Partie sein könne. Sicher hat Dad spontan abgelehnt, denn er war ja schon zwei Jahre im Ruhestand und ziemlich zufrieden damit. Allerdings mussten er und Mum die Küche im großen Stil renovieren lassen, weshalb ein kleines Zusatzeinkommen willkommen war. Außerdem waren es alte Fälle, also kein Zeitdruck. Wenn er etwas herausfand, gut, und er konnte alles von der Veranda aus erledigen, ohne in ein Büro fahren zu müssen. Und so hat er Cortez gesagt, er werde ein paar Fälle übernehmen. Wenn es klappte, werde er weitermachen. Wenn nicht, Schwamm drüber.«

Ich beugte mich vor und machte mir einige Notizen.

Bei meiner Ankunft war es kalt im Raum gewesen. Inzwischen war die Atmosphäre weniger frostig, und an der Wand summte eine Klimaanlage leise vor sich hin.

»Und was geschah dann?«

Sie antwortete nicht, sondern fixierte einen Punkt zwischen uns. Mir schoss eine Erinnerung durch den Kopf, wie wir vor anderthalb Jahren im Haus eines Mörders gesessen hatten. Dieser Moment war wie ein Déjà-vu-Erlebnis, nur wir beide, auf verschiedenen Seiten. Menschen, zwischen denen eine Verbindung bestand und deren Leben miteinander verknüpft waren. Das hier war der Beweis dafür, auch wenn es sonst zu nichts gut sein sollte.

»Als er in Rente ging, war er fünfunddreißig Jahre lang bei der Londoner Polizei gewesen«, sagte sie und flocht vor sich auf dem Tisch die Finger ineinander. »Ich bin jetzt seit neunzehn Jahren dabei. Doch das Komische ist, dass wir nie über die Arbeit gesprochen haben. Das hat uns beiden so gepasst. Dad hat nie einen seiner Fälle mit nach Hause gebracht, weil er sein Leben mit Mum streng von dem im Büro trennen wollte. Und ich wollte mir nicht im Dienst vorhalten lassen, ich würde seinetwegen bevorzugt. Deshalb habe ich meinen Dienst als Streifenpolizistin auch nicht unter dem Namen Franks angetreten. Craw ist der Mädchenname meiner Mutter. Es war besser so. Ich habe nie eine Vorzugsbehandlung erwartet, nein, ich wollte sie nicht einmal. Ich habe meine Karriere gemacht, ohne mich auch nur ein einziges Mal auf Dad *oder* meinen Familiennamen zu berufen.« Sie hielt inne und sah mich an. Ihre Gesichtsmuskeln verspannten sich, als versuche sie, ihre Gefühle zu unterdrücken. »Dann aber geschah etwas Merkwürdiges. An seinem zweiundsechzigsten

Geburtstag, das war am dreiundzwanzigsten Februar, sind mein Mann und ich mit den Kindern hingefahren, um ihn zu besuchen. Und da hat er mit mir über einen Fall geredet, den er angenommen hatte.«

»Was für ein Fall war das?«

»Er hat die Beratungstätigkeit erwähnt, die Cortez ihm vermittelt hatte. Wir waren allein, nur er und ich. Bill, mein Mann, war oben, und Mum und die Kinder lagen schon im Bett. Ich weiß noch, dass ich mich gewundert habe, weil er den Auftrag überhaupt angenommen hatte. Doch noch mehr wunderte mich, dass er das Thema mir gegenüber ansprach. Wie ich schon sagte, haben wir nie über seinen Beruf geredet, bevor er in Pension ging. Und dann, nur wenig später, erzählt er mir von einem Fall, an dem er arbeitet.« Ihr Blick huschte zu dem Foto von ihrem Vater. »Aus irgendeinem Grund hat der ihm wirklich zu schaffen gemacht.«

Sofort las ich zwischen den Zeilen: Franks war fünfunddreißig Jahre lang bei der Polizei gewesen und hatte die gesamte Mordkommission geleitet. Also gab es sicherlich nichts, was ihm fremd war – das Leid, das Menschen einander zufügten, und all ihre düsteren Seiten. Und dennoch hatte es da einen Fall gegeben, der ihm an die Nieren gegangen war. Das passierte jedem Polizisten, und nicht immer bei den grausamsten Fällen. Oder bei denen, die einen am meisten wütend machten. Manchmal biss man sich auch aus anderen Gründen fest.

»Und weshalb machte er ihm so zu schaffen?«

Der Klang meiner Stimme ließ sie zusammenzucken, so als habe meine Frage sie jäh aus ihren Gedanken gerissen. Als sie sich wieder gefasst hatte, wirkte sie fast wieder so abweisend wie sonst. »Genau das ist ja das Problem«, entgegnete sie. »Ich konnte ihm keine Einzelheiten entlocken. Er hat auch kein Opfer erwähnt, sofern es überhaupt eines gab.

Er hat weder Details noch Namen genannt, sondern sagte nur, der Fall wolle ihm nicht mehr aus dem Kopf. Insgesamt hat er vielleicht eine Minute darüber gesprochen – nur, dass das eine Minute länger war, als er je über einen seiner Fälle in London geredet hat.«

»Also gar keine Einzelheiten?«

Sie schüttelte den Kopf.

»Sie erinnern sich an überhaupt nichts?«

Craw verzog das Gesicht. »Wissen Sie, Sie müssen verstehen, dass Dad sich nicht auf dieselbe Weise mitgeteilt hat wie andere Leute. Bei ihm war es bereits Geschwätzigkeit, auch nur anzudeuten, dass er an einem Fall sitzt. Mich beschäftigt eher, wie er mich angeschaut hat, als er das sagte. Es hätte nicht zu ihm gepasst, Details über sämtliche Fälle auszuplaudern, in denen er während der fünfunddreißig Jahre in London ermittelt hat.«

Ratlos verstummte sie. Ich dachte schon, sie würde mir jetzt eröffnen, sie hielte das Ganze doch nicht mehr für eine gute Idee. Aber stattdessen verschränkte sie die Arme.

»Ich kann Ihnen nur sagen, dass ich wegen der Art und Weise, wie er darüber geredet oder, besser, nicht geredet hat, vermutet habe, dass ein Zusammenhang zu einem alten Fall in London bestand. Das hat er zwar nicht ausdrücklich so geäußert, doch ich wurde den Verdacht nicht los. Er klang, als sei ihm die Sache schon vertraut. Aber als ich nachhakte, hat er das Thema gewechselt und alles als unwichtig abgetan. Nicht der Inhalt des Gesprächs ist also der springende Punkt, sondern eher …« Sie verstummte, wiegte den Kopf hin und her und suchte nach den richtigen Worten. Schließlich fuhr sie sich mit der Hand durchs Haar. »Es war eher sein Tonfall, eine gewisse … Traurigkeit. Seit neun Monaten sind es nicht seine Worte, die mich nicht mehr loslassen, sondern sein Gesichtsausdruck.«

»Also haben Sie ihn am dreiundzwanzigsten Februar zu seinem Geburtstag besucht. Und dann, acht Tage später, am dritten März, ist er verschwunden?«

Sie nickte. »Ja.«

»Haben Sie eine Kopie von der Akte des Falls, an dem er gearbeitet hat?«

»Nein.«

»Er hatte sie nicht bei sich zu Hause?«

»Nein. Als Mum mich anrief, um mir zu sagen, dass er verschwunden ist, war die das Erste, wonach ich gesucht habe. Ich bin hingefahren und habe das ganze Haus auf den Kopf gestellt, um sie aufzuspüren.«

»Hätte er sie anderswo aufbewahren können?«

»Schon möglich. Aber warum?«

Allerdings kannte sie die Antwort sehr wohl. Genauso wie ich. Doch etwas in ihr sträubte sich gegen den Gedanken, der Inhalt dieser Akte könnte dazu geführt haben, dass Franks nie vom Holzholen zurückgekommen war. Er konnte die Akte aus den verschiedensten Gründen an einem anderen Ort als zu Hause versteckt haben: wegen seiner Frau, um seines Seelenfriedens willen, aus Selbstschutz. Vielleicht hatte die Akte ihn ja in Gefahr gebracht. Vielleicht hatte er auch etwas gelesen, das ihn so belastet und bestürzt hatte, dass er es nicht hatte vergessen können.

Aber war es wirklich wahrscheinlich, dass er daraufhin einfach zur Tür hinausspaziert war und sein Leben, seine Frau, seine Tochter und seine Enkelkinder zurückgelassen hatte? Bei einem Mann mit fünfunddreißig Jahren Polizeierfahrung hielt ich diese Erklärung für ziemlich unwahrscheinlich. Allerdings kannte ich ihn nicht, konnte sie deshalb also noch nicht ausschließen.

Bei jedem Menschen kommt irgendwann der Zeitpunkt, an dem bei ihm eine Saite reißt.

Ich sah Craw an. »Hat Ihr Vater sonst so gewirkt wie immer? Sie hatten keinen Grund, sich Sorgen um ihn zu machen? Ihre Mutter hat nie erwähnt, dass sich sein Verhalten geändert hätte?«

»Sie meinen, ob er Selbstmordabsichten hatte?«

Sie lag mit ihrer Vermutung zwar daneben, doch mir war klar, was sie mir mitteilen wollte: *Dieser Frage bin ich schon nachgegangen, der Punkt ist bereits abgehakt – und die Antwort lautet nein.*

»Menschen, die ihr eigenes Verschwinden planen, müssen sich nicht unbedingt umbringen wollen«, erwiderte ich. »Manchmal haben sie einfach nur vor, noch einmal von vorn anzufangen und ihrem alten Leben den Rücken zu kehren.«

»Dad ganz sicher nicht.«

»Manchmal tun sie es ihrer Familie zuliebe.«

»Welchen Vorteil hätte Mum davon gehabt?«

»Genau das ist es ja: Wir wissen nicht, was in der Akte stand. Er könnte geglaubt haben, dass er Sie alle aus der Gefahrenzone holt, indem er untertaucht.«

Sie schwieg, war aber eindeutig nicht überzeugt. Ich verstand ihre Hilflosigkeit und auch, dass sie bezweifelte, er könne freiwillig verschwunden sein. Andererseits wusste sie besser als jeder andere, dass man keine Möglichkeit außer Acht lassen durfte.

»Und finanziell war alles in Ordnung?«

»Bestens. Er hatte zwar die Beratertätigkeit angenommen, um die Küchenrenovierung schneller bezahlen zu können, aber sie hätten es auch so geschafft. Nach fünfunddreißig Jahren bekam er eine gute Pension.«

»Gab es Probleme zwischen den beiden?«

»Sie verstanden sich blendend.«

»Hätten sie es Ihnen erzählt, wenn das nicht so gewesen wäre?«

»Sie verstanden sich *blendend*«, wiederholte sie. Als sie die Hände mit gespreizten Fingern auf den Tisch stützte, schlug der Ehering leise auf die Platte.

»Schon gut«, meinte ich. »Aber hätten sie es Ihnen anderenfalls gesagt?«

Kurz huschte ein Lächeln über ihr Gesicht, als ihr klar wurde, dass ausnahmsweise sie vernommen wurde. »Mum – ja. Dad war da zurückhaltender. Er hat alles mit sich selbst abgemacht.«

Das kommt mir bekannt vor, dachte ich. *Klingt nach Craw.*

»Haben Sie Geschwister?«

»Einen Bruder. Carl.«

»Wo wohnt er?«

»Er hat vor acht Jahren eine Australierin kennengelernt und ist 2010 nach Sydney ausgewandert. Ich kann etwas über Skype arrangieren«, antwortete sie. Wie wir allerdings beide wussten, machte es sein Wohnsitz auf der anderen Seite der Erdkugel höchst unwahrscheinlich, dass er uns weiterhelfen konnte oder, noch schlimmer, womöglich etwas mit der Sache zu tun hatte. Als wollte sie diesen Gedanken bestätigen, fügte sie hinzu: »Er war seit seinem Umzug nicht mehr in Großbritannien.«

»Gut. Wo haben Sie Vermisstenanzeige erstattet?«

»Nach Mums Anruf bin ich sofort zu ihr und habe sie nach Newton Abbot gefahren. Der Polizist vor Ort war ein Typ namens Reed. Iain Reed.« Sie hielt inne und sah zu, wie ich mir den Namen notierte. Inzwischen war es so still im Raum, dass ich die Mine des Stifts über das Papier gleiten hörte. »Er schien recht aufgeweckt zu sein und versprach, sich überall umzuschauen. Doch dann, ein paar Wochen später, rief er mich an, und mir wurde klar, dass die Suche bereits im Sande verlief. Sie hatten Fingerabdrücke im Haus und eine DNA-Probe sichergestellt, Dads Auto überprüft, mit Freunden gesprochen, auch mit Derek Cortez und allen anderen, die womöglich Informationen hätten beitragen können – ohne die Spur eines Ergebnisses. Also habe ich selbst herumtelefoniert und bei Cortez angefangen.«

»Wie schätzen Sie ihn ein?«

»Es war außerdienstlich. Also konnte ich ihn schlecht in ein Verhörzimmer stecken und die Wahrheit aus ihm herausprügeln. Ich musste mich auf mein Bauchgefühl verlassen. Doch meiner Ansicht nach ist Cortez sauber. Der Mann ist in Ordnung, ein Polizist der alten Schule, der sich vermutlich während seiner gesamten Dienstzeit nicht aus dem Fenster gehängt hat. Ich glaube wirklich nicht, dass er in die Angelegenheit verwickelt ist – abgesehen von seiner Vermittlung von Dad an die Polizei von Devon und Cornwall natürlich.«

»Wusste Cortez, was in der Akte stand?«

»Nein«, erwiderte sie. »Cortez sagte, man hätte ihm die Akten der alten Fälle nie gezeigt, die an Dad geschickt worden waren. Das sei nicht der übliche Dienstweg. Nur Dad habe sie zu sehen bekommen.«

»Klingt das für Sie plausibel?«

»Ja, so funktioniert es. Seine Rolle hat nur darin bestanden, Dads Adresse und eine Empfehlung an seine Kontaktperson bei der CCRU weiterzuleiten. Die hat sich dann persönlich mit Dad in Verbindung gesetzt.«

»Und wer war seine Kontaktperson bei der CCRU?«

»Es war ein DCI Gavin Clark.«

»Haben Sie mit ihm gesprochen?«

»Ja. Er war anders als Cortez, förmlicher. Wahrscheinlich weil er noch im aktiven Dienst ist. Anfangs habe ich ihm nicht verraten, womit ich meine Brötchen verdiene, doch als er mich abwimmeln wollte, habe ich natürlich an seine Kollegialität appelliert. ›Wir Polizisten müssen einander doch unterstützen. Wir sitzen alle im selben Boot‹ und so weiter. Irgendwann hatte ich ihn weichgeklopft.« Einen Moment schien es, als habe der Kampfgeist sie verlassen. »Die Sache ist, dass Clark meinem Dad angeblich nie einen einzigen Fall zugeschickt hat.«

Ich fragte erstaunt: »Was?«

»Cortez hat die Empfehlung an Clark weitergegeben. Clark hat mit Dad telefoniert und aus London gute Referenzen erhalten. Er sagte, er hätte gerne auf Dads Erfahrungsschatz zurückgegriffen, doch bevor er ihm Fälle habe zuteilen können, hätten noch einige Formulare unterzeichnet werden müssen.«

»Moment mal. Also hat Ihr Dad letztlich gar nicht an einem Fall der CCRU gearbeitet?«

»Nein.«

»Denken Sie, Clark hat gelogen?«

»Nein, ich glaube nicht, dass er gelogen hat. Cortez sicher auch nicht. Und Dad hätte mich auch niemals angelogen. Außerdem ist ihm der Fall nahegegangen. Das war echt.«

»Können Sie sich vorstellen, dass ihm irgendein alter Fall zugespielt wurde, und zwar *genau* zu dem Zeitpunkt, als er sich bereit erklärt hatte, für die CCRU zu arbeiten? Dass ein *anderer* Polizist ihm eine *andere* Akte geschickt hat? Jemand, der erfahren hat, dass er zur Verfügung steht? Und das direkt unter Clarks Nase?«

Offenbar standen mir die Zweifel ins Gesicht geschrieben. Doch das schien sie nicht aus dem Konzept zu bringen. »Ich glaube nicht, dass er die Akte von jemand anderem aus der CCRU bekommen hat. Es war vermutlich nicht einmal eine CCRU-Akte. Offen gestanden bin ich nicht sicher, ob der Absender überhaupt Polizist war.«

»Wer dann?«

»Möglicherweise ein Zivilist.«

Ich verzog das Gesicht. »Ein Zivilist mit Zugriff auf Polizeiakten?«

»Vielleicht war es ja keine offizielle Polizeiakte.«

Sie hatte nie davon gesprochen, dass Franks eine *Polizeiakte* durchgearbeitet hatte, nur dass es ein alter Fall gewesen war. Dennoch klang es ein wenig an den Haaren herbeigezogen. Wenn nicht Clark die Akte verschickt hatte, dann jemand, der wusste, dass Franks Aufträge als Berater annahm. Ein Unbekannter, der sich genau zu diesem Zeitpunkt an ihn gewandt hatte und der genug Einfluss besaß, um ihn aus dem Ruhestand zu locken. Selbst wenn man die zeitliche Übereinstimmung außer Acht ließ – welcher Zivilist hatte so viel Macht?

Ich ließ es für den Moment darauf beruhen und wandte mich wieder Franks' Vermisstenakte zu. »Warum haben Sie nicht selbst gesucht, nachdem Reed, dieser Ortspolizist, in einer Sackgasse gelandet war?«

Kurz zeigte sich der Ausdruck von Schicksalsergebenheit auf ihrem Gesicht. »Das habe ich doch. Allerdings werden alle Suchanfragen in den Datenbanken überwacht und bewertet. Als ich nach Dads Verschwinden wieder ins Büro kam, wurde ich zu meinem Vorgesetzten zitiert. Ich hatte ihm berichtet, was Dad passiert ist, und er war so nett gewesen, mir deshalb freizugeben. Aber seine ersten Worte lauteten: ›Drucken Sie die Akte Ihres Vaters aus, wenn Sie das nicht bereits getan haben, und behalten Sie eine Kopie. Doch nutzen Sie keine polizeilichen Ressourcen mehr, um ihn zu finden.‹ Ich kann ihm daraus keinen Vorwurf machen. An seiner Stelle hätte ich genauso reagiert. Ein persönlich betroffener Polizist auf einem Privatkreuzzug ist eine Gefahr.«

»Also haben Sie einfach aufgehört?«

»Nein. Ich habe mit allen Personen gesprochen, die Sergeant Reed bereits vernommen hatte, und das ganze Dorf abgeklappert, für den Fall, dass jemand etwas beobachtet hatte. Ich habe Mums und Dads Haus durchkämmt, ihre Finanzen, ihr gesamtes Leben – nur, dass ich das meiste davon aus der Entfernung erledigen musste. Ich habe versucht, so oft wie möglich nach Devon zu fahren, aber es hing von meinen Schichten ab und auch von den Fällen, die mir zugeteilt wurden. Wenn ich selbst nicht vor Ort sein konnte, habe ich mit Reed telefoniert. So ging das bis vor etwa einem Monat, als klar wurde, dass die Suche nach Dad im Sand verläuft. Ich weiß noch, wie ich vor drei Wochen in Devon war und Mums Gesicht sah. Und da wurde mir plötzlich klar, dass wir in einem Jahr, in zwei Jahren und auch in fünf oder zehn weiterhin auf der Stelle treten würden.« Sie blickte von der Akte auf und mich an. »Bevor ich zurückgepfiffen wurde, habe ich die Datenbank von oben bis unten durchgeackert und nichts entdeckt. Gar nichts. Ich war mit meinem Latein am Ende. Und auch mit meinen Möglichkeiten. Also habe ich alles eingesammelt, was ich hatte – nicht sehr viel, wie Sie sehen können –, und Sie angerufen.«

»Warum mich?«

»Was soll das heißen?«

Ich lächelte, weil sie meine Frage sehr wohl verstanden hatte. »Vor anderthalb Jahren haben Sie mir gedroht, Sie würden es sich zur Lebensaufgabe machen, mich in den Knast zu stecken.«

Sie nickte. »Schauen Sie, inzwischen gibt es einige Expolizisten, die als private Ermittler arbeiten. Ich hätte auch einen von denen ansprechen können. Doch bei der Londoner Polizei herrscht Inzucht. Ich brauchte jemanden von außen, der keinerlei Verbindung zu unserem Verein hat und den ich kenne …« Sie hielt inne und legte sich ihre Worte sorgfältig zurecht. Aber ich sah schon, worauf es hinauslief. Die Suche nach Leonard Franks war streng nach Vorschrift gehandhabt worden – und nun war es Zeit, andere Saiten aufzuziehen. »Ich billige Ihre Vorgehensweise nicht unbedingt und darf sie als Polizistin eigentlich auch nicht dulden. Doch als Zivilistin, als Tochter, bin ich an einem Punkt angelangt, wo mich das nicht mehr im Geringsten interessiert. Sie wissen, wie man Vermisste aufspürt. Sie kennen sich gut in Devon aus. Und Sie sind erfolgreich, ganz gleich, was man von Ihren Methoden auch halten mag. Außerdem sind Ihnen Menschen wichtig. Und genau so jemanden brauche ich jetzt.«

Ich blätterte noch einmal die Akte durch. Die Vermisstenanzeige war das einzig Offizielle darin, den Rest hatte Craw selbst zusammengetragen. Schließlich stieß ich auf Franks' Telefonrechnungen.

»Was ist denn aus dem Mobiltelefon Ihres Vaters geworden?«, erkundigte ich mich.

»Das hat er zu Hause gelassen.«

»Und seine Brieftasche?«

Die Antwort stand ihr ins Gesicht geschrieben. »Auch.«

Noch mehr Sackgassen, hinzuzufügen zu der Liste derer, in denen sie in den letzten neun Monaten gelandet war.

»Und die Akte enthält sämtliche Informationen, die Sie haben?«

»Alles.«

Ihr Blick ruhte auf mir, und es war, als würden ihre Gedanken auf mich übertragen. Sie hatte Klartext geredet. Und nun fragte sie sich, ob sie das Richtige getan hatte.

Nach einer Weile ergriff sie wieder das Wort. »Ich kann Ihnen keine polizeilichen Quellen zur Verfügung stellen. Wenn Sie mich erreichen wollen, rufen Sie mich privat an, nicht auf dem Festnetz im Büro. Ich möchte nicht wissen, wie Sie vorgehen, woher Sie Ihre Infos haben oder mit wem Sie sprechen. Mich interessiert nur das Schicksal meines Vaters.«

»Wohnt Ihre Mutter noch in Devon?«

»Nein.« Craw schüttelte den Kopf. »Sie lebt bei mir.«

»Hier in London?«

»Das Haus wurde ihr zu still, zu groß und zu beängstigend. Also habe ich sie vor zwei Wochen zu mir geholt. Ich sah keine andere Lösung. Das Haus in Dartmoor haben wir zum Verkauf angeboten und suchen nun etwas für sie in der Stadt.«

»Ich muss mit ihr reden.«

Sie wies mit dem Kopf auf die Akte. »Ganz hinten steht eine Liste von Telefonnummern, auch die Mobilfunknummer von Mum. Sie weiß, dass ich mich heute mit Ihnen treffe. Doch wenn es Schwierigkeiten gibt, wenden Sie sich an mich. Ich halte es für besser, dass ich bei dem Gespräch nicht dabei bin. Sicher empfindet sie genauso.«

Ich nickte. Mein Respekt vor Craw wuchs ein wenig. Sich von dem Fall zurückzuziehen, das widersprach sicher allen ihren Gefühlen als Tochter ebenso wie ihrem Berufsethos als Polizistin. Und dennoch war es die richtige Entscheidung, und sie war scharfsinnig genug, um das zu erkennen. Sie hatte mich um meine Einschätzung gebeten, und die würde sie auch bekommen. Allerdings nicht zu ihren Bedingungen und auch nicht auf der Grundlage der Schlussfolgerungen, die sie bereits im Zusammenhang mit dem Verschwinden ihres Vaters gezogen hatte.

»Was ist mit Ihren Kindern und Ihrem Mann?«, fragte ich.

»Was soll mit ihnen sein?«

»Lohnt es sich, mit ihnen zu sprechen?«

»Das können Sie natürlich, wenn Sie wollen, auch wenn ich es für Zeitverschwendung halte. In der Nacht, als Dad mir gegenüber den Fall erwähnt hat, war keiner von ihnen auf der Veranda. Und als ich in den Tagen nach seinem Verschwinden in Dartmoor war, ist Bill hier in London geblieben und hat sich um die Mädchen gekümmert. Wenn sie möchten, sorge ich dafür, dass alle zu Hause sind, damit Sie mit ihnen reden können. Doch offen gestanden wären Sie bei den Kollegen, die fünfunddreißig Jahre mit Dad zusammengearbeitet haben, an der besseren Adresse, falls Sie Leumundszeugen brauchen. Und wenn Sie rauskriegen wollen, was am Tag seines Verschwindens genau geschah und was sich zu diesem Zeitpunkt wirklich in seinem Leben getan hat, gibt es meiner Ansicht nach nur einen Ansprechpartner.«

»Ihre Mutter.«

Sie nickte.

»Okay«, sagte ich. »Noch etwas. Die Leute werden wissen wollen, für wen ich arbeite. Inzwischen ist mir klar, dass Sie die Sache nicht an die große Glocke hängen möchten, und ich verstehe auch die Risiken. Aber ich muss den Leuten einen Namen nennen, um etwas von ihnen zu erfahren. Das vereinfacht die Sache. Wie wollen Sie es also angehen?«

»Wahrscheinlich werden Sie behaupten müssen, dass Mum Ihre Auftraggeberin ist.«

»Ist sie darüber informiert?«

»Ja.«

»Gut. Wie heißt sie mit Vornamen?«

»Ellie.«

Ich schrieb es auf. »Ich halte Sie auf dem Laufenden.«

»Danke«, erwiderte sie. Allerdings war ihrem Gesichtsausdruck nur wenig von dieser Dankbarkeit anzumerken. Sie hatte sich mir geöffnet – nun ratterte der Rollladen wieder nach unten.

Als ich aufstehen wollte, hob sie die Hand.

»Ich würde gerne alles hören, was Sie herausfinden, so unwichtig es Ihnen auch erscheinen mag.« Wieder verstummte sie. Über ihr Gesicht huschte ein Ausdruck, den ich bei jedem anderen vielleicht als Hilflosigkeit gedeutet hätte. »Er ist jetzt seit zweihundertvierundachtzig Tagen weg. Deshalb habe ich mich mit den Szenarien, die Ihnen nun vermutlich im Kopf herumgehen, längst abgefunden. Ich will nur die Wahrheit.«

Ich nickte noch einmal.

Denn sie wollten alle die Wahrheit. Bis sie sie dann erfuhren.

4

Craw und ich verließen gemeinsam das Gebäude und schlugen verschiedene Richtungen ein, sie am Flussufer entlang und zurück zum Revier in Pimlico, ich nach Nordwesten zum Sloane Square, damit ich auf dem Weg nach Paddington nicht würde umsteigen müssen. Als ich an der Ebury Street die Bahngleise überquerte, hörte ich in meiner Jackentasche das Handy läuten.

»David Raker.«

»Ich bin es«, meldete sich eine Frauenstimme. »Annabel.«

Ich schmunzelte. »Wer?«

»Ha, ha.«

»Wie klappt die Fahrt?«

»Deshalb rufe ich ja an. Wir sitzen jetzt schon seit einer Viertelstunde am Rand von Swindon fest. Offenbar hat es irgendwo einen Unfall gegeben. Es könnte noch ein Weilchen dauern.«

Ich schaute auf die Uhr. Zwanzig nach zwölf.

»Okay«, erwiderte ich. »Stress dich nicht. Schon in Ordnung.«

»Entschuldige, dass ich deinen Zeitplan durcheinanderbringe.«

»Nicht weiter schlimm.«

»Ich rufe dich an, wenn es hier weitergeht.«

»Kein Problem. Ich werde mich bis dahin schon beschäftigen.«

Ich suchte mir einen ruhigen Tisch im hinteren Teil eines Cafés am östlichen Ende der King's Road, bestellte Kaffee und ein Sandwich und nahm dann Leonard Franks' Vermisstenakte aus der Mappe. Es gelang mir, alle Seiten vor mir auszubreiten. Ich zählte insgesamt zweiundfünfzig.

Der eigentliche Bericht füllte nur sechzehn dieser Seiten. Den Rest hatte Craw in den Wochen und Monaten nach dem Verschwinden ihres Vaters hinzugefügt: Aussagen, Versicherungsunterlagen, eine Aufstellung der Finanzen für das Jahr davor und weitere für die folgenden neun Monate. Ich konzentrierte mich auf den Zeitraum danach.

Offenbar hatte sie nachgesehen, ob es in den Monaten, seit er vermisst wurde, zu Abweichungen gekommen war. Merkwürdigen Einzahlungen auf das gemeinsame Konto ihrer Eltern, ungewöhnlichen Ausgaben – eindeutig in der Hoffnung, auf Hinweise darauf zu stoßen, dass ihr Vater seitdem Geld abgehoben hatte. Oder auf seinen Aufenthaltsort. *Auf eine Erklärung dafür, wie, zum Teufel, er nicht von einem Gang zum Holzschuppen hatte zurückkehren können.* Während ich weiter über diesen letzten Gedanken nachgrübelte, fiel mir plötzlich ein, in welche Worte Craw die Ereignisse des 3. März gekleidet hatte.

Es war, als hätte er sich in Luft aufgelöst.

Die Umstände, unter denen Franks verschwunden war, waren mehr als eigenartig und brachten mich ins Grübeln. Vom Haus bis zum nächsten Nachbarn waren es anderthalb Kilometer. Das Haus lag so einsam, dass man ein Auto schon fünf Minuten hören konnte, bevor man es sah. Und dennoch hatte seine Frau, als sie ihn suchen gegangen war, keine Spur von ihm entdeckt. Die Moorlandschaft hatte ihn einfach verschluckt. *Keine Menschen. Keine Autos.*

Kein Ehemann.

Ich schob den Gedanken beiseite, weil ich mich nicht davon ablenken lassen wollte, denn mir war noch eine andere, eher pragmatische Idee gekommen: Wenn Franks aus irgendeinem Grund sein eigenes Verschwinden geplant hatte, verfügte er aufgrund seines Berufs über die Fähigkeit, keine Spuren zu hinterlassen – weder draußen auf dem Moor noch in den zurückgebliebenen Unterlagen.

Das Material in meinen Händen schien diese Theorie zu stützen. Craw hatte die Ränder von Franks' Kontoauszügen aus dem Jahr vor dem 3. März mit Anmerkungen vollgekritzelt. Dasselbe galt für Bescheide über die Pension ihres Vaters, von der immer wieder größere Summen abgezwackt worden waren, um Renovierungsarbeiten zu bezahlen. Doch in den neun Monaten danach, also vom 3. März bis jetzt, hatte sie entweder nichts entdeckt oder den Biss verloren. Vermutlich lief es auf ein wenig von beidem hinaus: Vor Leonard Franks' Verschwinden konnte man die Wellenbewegungen seiner privaten Gewohnheiten schwarz auf weiß nachvollziehen; danach war das Meer spiegelglatt – es wurde kaum Geld abgehoben, Kontenbewegungen fanden nur noch selten statt. Alle waren von Ellie Franks veranlasst worden. Also handelte es sich um klare Hinweise darauf, dass ihr Vater fort war. Ich beschloss, die Finanzen zu Hause noch einmal gründlicher unter die Lupe zu nehmen, auch wenn mein Bauchgefühl mir sagte, dass das vergebliche Liebesmüh sein würde.

Wenn es nicht gerade um Bankkonten, Pensionszahlungen, Versicherungsverträge und Buchführung ging, war

Craws Verstand einer Ermittlerin hingegen auf Hochtouren gelaufen. Das erinnerte mich daran, wie gut sie in ihrem Beruf war, und die Einblicke in ihre Vorgehensweise waren faszinierend: Telefonrechnungen mit Einzelverbindungsnachweisen für Mobiltelefon und Festnetz; ein getippter Lebenslauf, der die Karriere ihres Vaters bei der Polizei schilderte; eine Liste von Dorfbewohnern und Mitschriften von Gesprächen, die sie mit ihnen geführt hatte; ihre Eindrücke von Derek Cortez, dem pensionierten Polizisten, der Franks den Vorschlag gemacht hatte, an unaufgeklärten Fällen zu arbeiten. Und dann, zu guter Letzt, auch eine Einschätzung von DCI Gavin Clark, Franks' zukünftigem Kontaktmann bei der CCRU.

Allerdings war es Craw zwar gelungen, in die Breite zu ermitteln – indes die Tiefe fehlte. Natürlich war es möglich, dass die Akte des alten Falls gar nicht hinter seinem Verschwinden steckte und dass einer der zahllosen Täter, nach denen ihr Vater während seiner fünfunddreißig Jahre bei der Londoner Polizei gefahndet hatte, zurückgekehrt war, um sich an ihm schadlos zu halten. Vielleicht hatte auch einer der Dorfbewohner gelogen – oder Cortez, und sie war diesen Unwahrheiten aufgesessen. Er hätte einen Unfall haben können. Womöglich lag seine Leiche irgendwo in einem Graben und wartete darauf, dass jemand über sie stolperte.

Bei einem Vermisstenfall war nichts undenkbar.

Doch tief in meinem Innersten hatte ich Schwierigkeiten, mir die meisten dieser Szenarien vorzustellen – abgesehen vielleicht von der Möglichkeit, dass er tot sein könnte. Ganz gleich, wie die Antwort auch lauten mochte, war mein erster Eindruck, dass dieser letzte Fall der Schlüssel war. Und dass Franks' Verschwinden für die Dorfbewohner, Cortez und Clark einen ebensolchen Schock bedeutete wie für Craw, ihre Mutter und ihre Familie.

Als ich die Telefonrechnungen überflog, war mir klar, dass die Nummern allein mir nicht viel sagen würden. Dass einige der von Franks erhaltenen und getätigten Anrufe in den Monaten vor seinem Verschwinden Londoner Vorwahlen hatten, war nicht weiter verwunderlich. Ebenso wenig wie die Tatsache, dass es sich bei den anderen um Nummern in Devon handelte. Immerhin hatte er die letzten beiden Jahre seines Lebens in einem Haus in Dartmoor verbracht und sicher dort und in der näheren Umgebung Freundschaften geschlossen. Und da er in den sechzig Jahren davor in London gelebt und gearbeitet hatte, erstaunte es mich nicht, dass in beiden Telefonrechnungen Anrufe in die Hauptstadt überwogen.

Allerdings wiederholten sich Craws detaillierte Anmerkungen an den Rändern der Kontoauszüge und Finanzunterlagen nicht auf den Telefonrechnungen. Entweder hatte sie es nicht für wichtig gehalten, was mir unwahrscheinlich vorkam. Oder man hatte sie, als sie gerade bei den Telefonunterlagen angelangt gewesen war, von ihren privaten Ermittlungen zurückgepfiffen. Ich erinnerte mich an ihre Äußerung über ihren Vorgesetzten. Er habe sie davor gewarnt, Franks unter Zuhilfenahme des Polizeiapparats zu suchen. Vermutlich hatte er ihr auf die Finger geklopft, als sie gerade die Telefonrechnungen in Angriff nehmen wollte.

Craw war selbst Leiterin eines Teams und außerdem eine knallharte Realistin. Also hatte sie die Beweggründe ihres Chefs sicher verstanden: Er wollte verhindern, dass sie sich von einem Fall ablenken ließ, der nicht in den Zuständigkeitsbereich der Londoner Polizei fiel. Und dennoch hatte es bestimmt wehgetan. Sie war zornig und verbittert gewesen, weil man ihr nicht gestattete, der Sache in ihrer Freizeit nachzugehen. So seltsam es auch klingen mochte, war das vielleicht der Grund, warum sie schließlich mich um Hilfe gebeten hatte. Ich war ein mitfühlender Mensch, der bei der Polizei einen denkbar schlechten Ruf genoss. Ich war aufrichtig, und ihre Kollegen lehnten alles ab, wofür ich stand. Also war es gewissermaßen ein Akt der Rebellion, sich an mich zu wenden, selbst wenn ihre Vorgesetzten nie davon erfuhren.

Ich griff zu meinem Handy und blätterte das Telefonbuch bis zum Buchstaben S durch. S stand für Spike. Er war ein alter Informant aus meinen Zeiten als Journalist, ein russischer Hacker, der mit einem abgelaufenen Studentenvisum hier lebte. Als ich noch bei der Zeitung gearbeitet hatte, hatte ich seine Dienste oft in Anspruch genommen. Ein einziger Anruf genügte, und er verschaffte mir Zugang zu jedem Netzwerk und schmuggelte so viele Daten heraus, wie ich begehrte. Inzwischen beschäftigte ich ihn nur noch, wenn ich einen Vermissten aufspüren wollte, doch ich gab mich, was die Natur seiner Tätigkeit anging, keinen Illusionen hin. Und ich war mir dessen bewusst, dass ich mich strafbar machte, wenn ich ihn um Hilfe bat.

»David«, sagte er, als er das Gespräch annahm.

»Wie läuft's denn so, Spike?«

»Spitze, Mann. Und bei dir?«

»Bestens«, erwiderte ich. »Ich brauche Hilfe bei einem Handy.«

»Soll ich dir die Rechnung besorgen?«

»Nein, die Rechnung habe ich schon. Was mir fehlt, sind die Namen und Adressen, die sich hinter den Nummern auf der Rechnung verbergen. Wenn ich ein paar davon einscanne und dir maile, könntest du mir dann die Einzelheiten zu den eingegangenen und getätigten Anrufen organisieren?«

»Namen und Adressen zu jeder Nummer? Ein Kinderspiel.«

»Das war die richtige Antwort.«

Er lachte. »Um wie viele Nummern geht es denn?«

»Dreizehn Monate in zwei Chargen. Charge eins bezieht sich auf November und Dezember 2012 und Januar und Februar 2013 bis zum dritten März. Die zweite betrifft die Zeit, seit mein Kandidat abgängig ist, also vom vierten März bis … tja, vermutlich heute: zwölften Dezember.«

Ich rechnete nach seinem Verschwinden am 3. März nicht mehr mit vielen eingegangenen Anrufen. Wahrscheinlich kamen die meisten von Freunden, die noch nichts ahnten und sich einfach kurz melden oder eine Verabredung treffen wollten. Dass keine Anrufe getätigt worden waren, stand für mich fest. Denn ganz gleich, was aus ihm geworden sein mochte, er hatte sein Mobiltelefon ja zurückgelassen.

»Wenn alles fertig ist, gebe ich dir den Code von meiner Bank«, meinte Spike.

Spikes Bank war ein Spind in seinem Fitnessstudio. Ich bedankte mich, legte auf und machte mich sofort auf die Suche nach der nächsten Nummer in meinem Telefonbuch: Ewan Tasker.

»Task« war ebenfalls ein alter Kontaktmann aus meinen Zeitungstagen, ein Polizist im Vorruhestand, der für die National Criminal Intelligence Agency gearbeitet hatte. Ihre Nachfolgerin SOCA, die National Crime Agency, war die neueste Inkarnation dieser Behörde. Damals hatten wir uns auf eine einvernehmliche Abmachung geeinigt: Er spielte mir Storys über das organisierte Verbrechen zu, die er aus irgendwelchen Gründen in der Presse sehen wollte. Und als Gegenleistung bekam ich sie exklusiv. Außerdem freundeten wir uns im Laufe der Zeit miteinander an, und als ich den Journalismus an den Nagel hängte, um meine kranke Frau während ihres letzten Lebensjahrs zu pflegen, hielten wir den Kontakt. Inzwischen hatte ich nicht mehr viel zu bieten, wenn ich seine Hilfe brauchte, und musste meine

Sünden deshalb bei einem jährlichen Golfturnier abbüßen, zu dem er mich verdonnerte, mir das Geld abknöpfte und dafür Gelegenheit erhielt, sich über meine miserablen Schläge halb tot zu lachen.

»Raker!«, sagte er, als er an den Apparat kam.

»Wie geht es dir, Task?«

»Nun, die gute Nachricht ist, dass ich noch lebe.« Obwohl schon Mitte sechzig, war Tasker ein Bär von einem Mann und außerdem einer der klügsten Menschen, die ich kannte. »Ist schon eine Weile her, alter Freund.«

»Ich weiß. Tut mir leid.«

»Braucht es nicht«, erwiderte er. »Ich versinke bis zu den Eiern in Arbeit, habe also genauso viel Schuld wie du. Eigentlich sollte ich ja nur eine Dreitagewoche haben, doch das klappt offenbar nicht so recht.«

»Bestimmt leidet dein Handicap schrecklich darunter.«

»Willst du mich auf den Arm nehmen? Am neunzehnten Loch bin ich noch immer ungeschlagen. Apropos, ich hoffe, du hast den Achtundzwanzigsten nicht vergessen. Regen, Graupel oder Schnee, du trittst an, Raker.«

In diesem Jahr fand das Wohltätigkeitsturnier kurz nach Weihnachten statt.

»Es ist in mein Gedächtnis eingemeißelt, Task.«

»Das weiß ich«, entgegnete er. »Also, was gibt es Neues?«

Ich schilderte ihm das Verschwinden von Leonard Franks und wie der Fall bei mir gelandet war. Dann kam ich auf den Punkt. »Ich habe hier eine Vermisstenakte, in der nichts steht. Nichts über seine finanzielle Situation, keine Merkwürdigkeiten, keine Alarmzeichen. Jemand wirft für mich einen Blick in seine Telefonunterlagen, aber ich hatte gehofft, du könntest für mich rauskriegen, an welchem Fall er zuletzt gearbeitet hat.«

»Geht es etwa um *den* Leonard Franks?«

»Ja. Kennst du ihn?«

»Flüchtig. Ich habe Gerüchte aufgeschnappt, dass er verschwunden ist.«

»Was hast du sonst noch aufgeschnappt?«

»Nichts Verdächtiges. Ich glaube, die Leute waren einfach nur überrascht. Er war … über dreißig Jahre bei unserem Verein, richtig? Dadurch wird man automatisch zu einer kleinen Berühmtheit.«

»Was hältst du von ihm?«

»Er hatte einen guten Ruf und war beliebt.«

»Hast du ihn bewertet?«

»Ja klar. Franks war eine absolut ehrliche Haut, also gab es da keinen Spielraum für Leute, die ermitteln wollten wie im Hollywoodfilm. Aber wer sich an die Regeln hielt, konnte auf seine volle Unterstützung zählen. Hast du irgendwelche Hinweise, was ihm zugestoßen sein könnte?«

»Ich habe gerade erst angefangen, also ist das Bild noch recht unklar. Doch einer Sache bin ich mir ziemlich sicher: Die Akte war der Anlass für sein Verschwinden.«

»Seine Tochter ist bei der Londoner Polizei, sagst du?«

»Richtig.«

»Und ihr Chef hat ihr in Sachen Datenbankrecherche einen Dämpfer aufgesetzt?«

Ich wusste, worauf er hinauswollte. Alles wurde kontrolliert und abgespeichert, was hieß, dass Tasker eine Spur hinterlassen würde, sobald er sich in die Datenbank einklinkte. Und das war gefährlich, wenn man bedachte, dass Craw ihren Boss und möglicherweise noch andere Kollegen, was Datenbankrecherchen in Sachen Leonard Franks anging, in Alarmbereitschaft versetzt hatte. Ich erinnerte mich an Craws Worte über Reed, den Polizisten, der die ursprüngliche Vermisstenakte angelegt hatte. Er hatte den Fall, mit dem Franks beschäftigt gewesen war, nicht gefunden. Und dennoch musste er ziemlich wichtig sein, denn sonst hätte er ihn nicht so aus dem Konzept gebracht.

Und dann fiel mir noch etwas ein, das sie gesagt hatte.

Vielleicht war es keine offizielle Polizeiakte.

Sie hatte die Möglichkeit in den Raum gestellt, ein Zivilist könnte Franks die Akte geschickt haben. Eine Akte aus Eigenfabrikation vielleicht. Das war ein spannender Aspekt. Selbst wenn es das perfekte Timing nicht erklärte, dass er einen Fall erhalten hatte, während er noch darauf wartete, dass die CCRU mit ihren Formularen klarkam, war es dennoch ein Grund, warum die Behörde nichts davon wusste. Und warum Reed daran gescheitert war, einen Zusammenhang zwischen besagter Akte und einem Fall, an dem Franks im Auftrag der Polizei gearbeitet hatte, zu entdecken.

Allerdings hätte dieser Zivilist Franks kennen müssen: seine berufliche Vergangenheit als Polizist und die Fälle, in denen er ermittelt hatte. Außerdem hätte er die Fähigkeit gebraucht, eine Akte überzeugend genug zusammenzustellen, um Franks aufmerksam werden zu lassen. Deshalb ergab die Theorie Sinn, dass sich die Wege von Franks und dieser Person irgendwann gekreuzt haben mussten. Vermutlich hatte unser Unbekannter über seine Fälle Bescheid gewusst. Während ich noch diesem letzten Gedanken nachhing, griff ich zum Stift und notierte mir eine Frage: *War der Absender ein ehemaliger Polizist?*

»Raker?«

»Entschuldige. Wahrscheinlich kannst du hören, wie es in meinem Gehirn rattert.«

Sich in die Datenbank einzuklinken und den Suchbegriff »Leonard Franks« einzugeben würde Tasker beruflich schaden. Doch da erinnerte ich mich an weitere Fetzen aus meinem Gespräch mit Craw: *So wie er darüber geredet hat, klang es, als bestünde eine Verbindung zu einem Londoner*

Fall. Es hörte sich an, als sei er ihm bereits vertraut. Das war eine Möglichkeit, das Problem zu umgehen.

»Task, glaubst du, du könntest die Datenbanken nach ungelösten Fällen in London durchkämmen? Und zwar so weit zurück, wie es geht. Das ist allgemein genug, um keinen Alarm auszulösen, würde mir aber die Gelegenheit geben, alles durchzuschauen und festzustellen, ob Franks mit einem davon zu tun hatte.«

»Da wirst du tonnenweise Treffer kriegen. Wie ich annehme, kann ich die geklauten Fahrräder und Ladendiebstähle außen vor lassen.«

»Klar. Für den Moment nur die Kapitalverbrechen. Wenn die Sache haarig wird, höre einfach auf. Ich will dir keinen Ärger machen. Allerdings nur deshalb, weil du keine Chance haben wirst, in ein paar Wochen meinen verbesserten Abschlag zu bewundern, wenn sie dich wegen Beihilfe zu einer Straftat festnehmen.«

Er lachte. »Das wird ein ganzes Stück Arbeit. Könnte ein paar Tage dauern.«

»Schon verstanden.«

»Hängt davon ab, wann ich allein im Büro bin.«

»Ganz, wie es dir passt, Task.«

Ich bedankte mich, legte auf und beugte mich wieder über Craws Akte.

5

In einer hinten in die Akte geklebten Klarsichthülle befanden sich ein DVD-Rohling mit der Aufschrift »Aufnahmen vom Haus« und einige Fotos. Die Handschrift auf der DVD war die von Craw. Ich legte sie weg und betrachtete die Fotos. Sie zeigten alle das Haus der Franks in Dartmoor. Craw hatte sie selbst gemacht, im DIN-A4-Format ausgedruckt und neben jedem Bild erklärt, aus welchem Winkel sie es aufgenommen hatte. Jedes Foto unterstrich, wie einsam das Haus gelegen war. Natürlich würde ich mich persönlich dort umschauen müssen, aber die Fotos waren schon einmal ein hilfreicher Anfang.

Genau wie sie es geschildert hatte, erinnerte das Haus an eine alte Jagdhütte: dunkles Holz und mit einer großen Veranda, die sich entlang der gesamten Vorderfront erstreckte. Das Haus hatte ein Satteldach mit einem Schornstein auf der einen Seite. Unter einem Plastikvordach stand ein Audi A3. Ein Blick in die Unterlagen verriet mir, dass er auf Leonard zugelassen war. Also konnte ich das Auto zusammen mit dem Mobiltelefon und der Brieftasche auf die Liste der zurückgebliebenen Gegenstände setzen.

Rechts vom Haus befand sich der Holzschuppen. Es war eine Art Anbau, eigentlich nur ein Stück Wellblech, auf der einen Seite am Haus, auf der anderen Seite an zwei Stützstreben befestigt. Darin waren Hunderte von Holzscheiten bis zur Decke gestapelt.

Rings um das Haus gab es nichts als geschwungene Moorlandschaft. Torpfosten begrenzten gelbe und grüne Felder, die sich aneinanderreihten wie die Flicken einer Steppdecke. Dank seiner Lage, anderthalb Kilometer entfernt von Postbridge, stand es ein wenig höher als das Dorf, und auf einem Foto konnte ich Dachfirste in einem Tal erkennen. Ansonsten fehlte jede Spur von einem Gebäude; nur eine unbefestigte einspurige Straße schlängelte sich vom Haus weg.

Ich wandte mich der Vermisstenakte selbst zu.

Sie war von Sergeant Iain Reed angelegt worden, wie Craw mir bereits erzählt hatte. Er hatte seine Dienststelle in Newton Abbot. Reed hatte erst Franks' Frau Ellie und dann Craw selbst vernommen, und zwar am 4. März, einen

Tag nach Leonards Verschwinden. Er hatte ihnen dieselben Fragen gestellt und sich dann nach ihrem Aufenthalt am besagten Tag erkundigt, vermutlich, um sie von der Liste der möglichen Verdächtigen streichen zu können. Einige Tage später, am 6. März, hatte er einen Kriminaltechniker damit beauftragt, DNA-Spuren an Franks' Zahnbürste zu sichern. Craw hatte mir bereits mitgeteilt, man habe nichts gefunden, und die Ergebnisse bestätigten das.

Ellie Franks' Aussage bot nur wenig Einblicke in das Seelenleben ihres Mannes, weder am Nachmittag seines Verschwindens noch in den Wochen zuvor. Das kam nicht sehr überraschend: In den ersten Tagen haderten die Angehörigen meist noch mit der Krise, waren zornig, weil sie sie nicht vorhergesehen hatten, und zermürbten sich wegen des völligen Fehlens von Gründen. Etwas Hilfreiches zutage zu fördern hing von der Geschicklichkeit und den Fähigkeiten des Befragers ab. Davon, ob er in der Lage war, trotz der Trauer zu den Menschen durchzudringen – und Reed hatte das nicht geschafft. Er hatte einen ordentlichen Bericht verfasst, der alle auf den ersten Blick wichtigen Punkte abdeckte. Nur, dass der einem Schwarz-Weiß-Foto ähnelte, das um Farbe bettelte.

Craws Vernehmung sah anders aus. Sie war kürzer, weil sie an dem Tag, an dem ihr Vater verschwand, nicht vor Ort gewesen war. Allerdings war sie auch strukturierter. Ihre Fähigkeiten sprangen einem aus der Seite entgegen, als sie versucht hatte, Reed in die Richtung zu lenken, in der ihrer Ansicht nach ermittelt werden musste. Doch obwohl Reed nicht unbedingt ein Ausbund an Kreativität war, konnte er das Wichtige vom Unwichtigen unterscheiden. Und in der Frage, was Leonard Franks zugestoßen sein könnte – falls er sich nicht freiwillig aus dem Staub gemacht hatte –, konnte Craw mit nicht mehr als Vermutungen aufwarten.

REED: Sie glauben also nicht, dass er das alles geplant hat?
CRAW: Was geplant?
REED: Sein Verschwinden?
CRAW: Nein.
REED: Sie halten es für absolut ausgeschlossen, dass er aus eigenem Antrieb gegangen ist?
CRAW: Das ergibt für mich keinen Sinn. Er ist ohne Kleider zum Wechseln und Brieftasche weg – ohne Geld und ohne Handy.
REED: Also denken Sie, dass jemand anders für sein Verschwinden verantwortlich ist? Gegen seinen Willen, meine ich?
CRAW: Ja, das halte ich für wahrscheinlicher.
REED: Aber als ich Ihre Mutter darauf angesprochen und sie gefragt habe, ob sie irgendwelche Autos, Stimmen oder sonst etwas gehört hat, das auf einen Kampf zwischen Ihrem Vater und einer anderen Person hinwies, sagte sie, da sei nichts gewesen.
CRAW: Darauf habe ich keine Antwort.

Ich konnte verstehen, worauf Craw hinauswollte. Franks hatte zuletzt genau das Leben geführt, von dem er in seinen letzten Berufsjahren geträumt hatte. Ein abgelegenes Haus in Devon, Zeit für seine Frau. Das hatte er Craw erzählt, als London für ihn mehr und mehr seinen Reiz verlor. Ich war bereit zu glauben, dass er sogar nach fünfunddreißig Jahren als Polizist über einen Fall stolpern konnte, der ihn beschäftigte, erstaunte, ja, sogar überforderte. Allerdings konnte ich mir nicht vorstellen, dass das genügt hatte, um ihn in die Flucht zu schlagen.

Doch wie schaffte man ein Auto anderthalb Kilometer Staubstraße entlang, ohne von den Bewohnern des Hauses gesehen oder gehört zu werden? Und wie überwältigte man absolut lautlos und ohne einen einzigen Hilfeschrei einen kräftigen Mann wie Leonard Franks? Ellie hatte ausgesagt, sie sei nach »etwa fünf Minuten« hinausgegangen, um zu schauen, wo Franks abgeblieben war. Und das hieß, nach den Fotos zu urteilen, die Craw vom Haus und dem trostlosen gewellten Moorland ringsum gemacht hatte, dass sie es hätte bemerken müssen, wenn ein Auto die gewundene Straße zurück nach Postbridge fuhr oder Entführer Franks zu Fuß verschleppten.

Doch Ellie hatte Reed gegenüber beteuert, ihr sei niemand aufgefallen.

Und deshalb hatte Craw keine andere Wahl, als sich auf die Beobachtungen ihrer Mutter zu stützen, auch wenn ihr Bauchgefühl ihr sagte, dass mehr dahintersteckte.

Keine Autos. Keine Menschen.

Keine Erklärung.

6

Ein einsamer Strahl Wintersonne bohrte sich durch das Glasdach des Bahnhofs, als ich zusah, wie sie mir auf dem Bahnsteig entgegenkam. Sie zog einen schwarzen Koffer hinter sich her und hatte ihr Handy in der freien Hand. Auf halbem Weg schien sich der Sonnenstrahl plötzlich auf sie zu richten, sodass sie für einen Sekundenbruchteil in seinem Schein erstarrte, als habe jemand das Blitzlicht einer Kamera ausgelöst.

Sie hatte mich noch nicht entdeckt, weil ich hinter der Kontrollschranke auf sie wartete, während ich sie gut im Blick hatte: braunes schulterlanges Haar, ein Gesicht voller sanfter Rundungen und ein dunkler Teint, der in dem von der Decke herabströmenden Licht olivfarben schimmerte. Sie war schlank, aber nicht mager. Die Muskeln an ihren Armen zeichneten sich durch die Jacke ab, ein Hinweis darauf, wie gerne sie joggte, und auch auf ihre Zeit auf der Bühne, als sie Kindern Tanz- und Schauspielunterricht gegeben hatte. Ich konnte an ihr keine Anteile von mir selbst ausmachen, sie war ganz nach ihrer Mutter geraten. Außer, wenn sie lächelte. Der Ausdruck in ihren Augen. Wie sich ihre Mundwinkel hoben. Das hatte sie von mir, und ich war sehr froh darüber.

An der Sperre angekommen, steckte sie ihre Fahrkarte in den Schlitz und hielt dann Ausschau nach mir. Ich winkte ihr zu und kam näher. Als sie durch die Schranke trat, huschte ein Lächeln über ihr Gesicht. »Entschuldige die Verspätung. Ich habe schon befürchtet, du hättest mich aufgegeben.«

Ich zog sie an mich und umarmte sie.

»Niemals«, sagte ich.

Im Alter von zweiundvierzig Jahren hatte ich erfahren, dass ich eine Tochter hatte. Bei ihrer Zeugung war ich selbst noch fast ein Kind gewesen und hatte diesen Moment der Unvernunft vierundzwanzig Jahre lang vergessen. Im September 1988, nur wenige Wochen nach meinem achtzehnten Geburtstag, hatte ich meinem Heimatdorf in Devon den Rücken gekehrt und meiner Freundin vom Rücksitz des verbeulten Ford Sierra meiner Eltern aus zugewinkt, die mich zu Universität brachten. In den Tagen davor hatten wir wegen der großen Entfernung unter Tränen beschlossen, unsere Beziehung zu beenden. Dass sie schwanger war, hatte sie mit keinem Wort erwähnt, obwohl sie bereits in der zwölften Woche gewesen sein musste.

Danach sah ich sie fast ein Vierteljahrhundert lang nicht wieder.

Nach der Uni bekam ich meinen ersten Job bei einer Zeitung – ein Lokalblatt im Süden von London –, lernte meine Frau Derryn kennen, heiratete sie und trug sie einige Jahre später zu Grabe. Ich wusste nichts von der Existenz des Mädchens, das im südlichen Devon, meiner alten Heimat, heranwuchs. Als ich Derryns Sarg durch den Friedhof trug, hatte ich den Gedanken aufgegeben, dass ich jemals Vater werden könnte. Ich fügte mich in mein Schicksal, dass meine Chance dazu neben meiner Frau die letzte Ruhestätte gefunden hatte.

Doch als ich vor anderthalb Jahren Opfer einer Messerattacke wurde, kehrte ich nach Devon zurück, um zu genesen. Und durch einen Fall, den ich dort annahm, begegnete ich Annabel.

Über ihren ersten vierundzwanzig Jahren hatte ebenfalls ein Schatten gelegen. Ein junges Leben, eingebettet in eine Lüge, die alle Beteiligten aufrechterhalten hatten, weil es ihnen zu diesem Zeitpunkt die beste Lösung zu sein schien. Sie wusste weder, dass es mich gab, noch, dass die Menschen, bei denen sie lebte, nicht ihre wirklichen Eltern waren, auch wenn sie wie eine Mutter und ein Vater für sie gesorgt hatten. Als wir einander endlich kennenlernten, verliefen unsere Gespräche deshalb insbesondere in den ersten Tagen sehr zurückhaltend, denn wir standen beide noch unter dem Schock der Tragweite dessen, was man uns gesagt hatte. Dass sie trauerte und den Tod geliebter Menschen verkraften musste, war auch nicht hilfreich. Hinzu kam, dass nun eine achtjährige Schwester, für die sie plötzlich zur einzigen Bezugsperson auf der Welt geworden war, Ansprüche an sie stellte. Da ich durch den Tod meiner Frau, wenigstens zum Teil, wusste, was sie durchlitt, hatte ich Antworten auf einige ihrer Fragen.

Jedoch nicht auf alle.

Letztlich würde sie manche Dinge selbst herausfinden müssen.

7

Im Nieselregen legten wir den Weg vom U-Bahnhof zu Fuß zurück und erzählten uns alles, was geschehen war, seit ich sie vor einem Monat in Devon getroffen hatte. Es war eine willkommene Ablenkung von meinen Grübeleien über Leonard Franks.

»Wie geht es Liv?«, erkundigte ich mich, als wir in meine Straße einbogen.

Olivia war Annabels Schwester. Sie war für einige Tage bei einer befreundeten Familie untergebracht, während Annabel mich hier besuchte.

»Gut. Hin und wieder kommt bei ihr schon der Teenager durch, was allerdings weniger gut ist.« Lächelnd hielt sie inne. »Aber sie schlägt sich wirklich wacker.«

»Fühlst du dich an dich selbst erinnert?«

Annabel verzog das Gesicht. »Nein, ich war eine mustergültige Jugendliche.«

Ich lachte. »Ganz bestimmt warst du das.«

Zu Hause kümmerte ich mich ums Abendessen, während Annabel auspackte und duschte. Ich wohnte in Ealing, und zwar in einem Haus, das in London Seltenheitswert hatte – ein freistehender Bungalow mit drei Zimmern. Als meine Frau Derryn die Krebsdiagnose bekommen hatte, war die Tinte auf den Verträgen noch nicht ganz trocken gewesen. Deshalb war uns zwar noch eine kurze Phase vergönnt gewesen, uns gemeinsam an dem Haus zu erfreuen, doch den Großteil der Zeit hatte ich dort allein verbracht.

Aber zum Glück änderte sich das dank Annabel nun allmählich.

Als das Essen auf dem Herd stand, ging ich ins Arbeitszimmer und scannte die Telefonrechnungen ein, die Craw mir gegeben hatte. Ich mailte sie an Spike und schickte Tasker eine Nachricht, in der ich meine Bitte an ihn kurz umriss: ungelöste Fälle von Kapitalverbrechen in London, und zwar so weit zurück in die Vergangenheit wie möglich.

Nachdem ich auf »Senden« gedrückt hatte, dachte ich wieder über Franks' Verschwinden nach und malte mir seine letzten Momente aus: Was hatte er zu seiner Frau gesagt? Hatte er sich, wenn er geplant hatte, sich endgültig aus dem Staub zu machen, vielleicht ein wenig merkwürdig verhalten? Hatte er etwas geäußert, das man rückblickend betrachtet als Abschied auslegen konnte? War er länger als gewöhnlich stehen geblieben und hatte Ellie Franks auf dem Weg in die Küche nachgeblickt?

Und dann überlegte ich mir, was es zu bedeuten hatte, wenn all das nicht geschehen war. Was, wenn er sich nicht mehr umgedreht hatte? *Das hieß, dass er damit gerechnet hatte, gleich zurück zu sein.*

Diesen letzten Gedanken noch im Kopf, lehnte ich mich in dem Ledersessel zurück, der unter meinem Gewicht ächzte, und schaute mich in meinem provisorischen Arbeitszimmer um, das böse Zungen wohl als Müllhalde meiner beruflichen Existenz bezeichnet hätten. Regale voller Vermisstenakten, Fotos, Zeitungsausschnitte und Fotokopien, zwischen Aktendeckeln gefangen. Fotos in willkürlich geschichteten Stapeln an der Wand, die Gesichter von Menschen, die ich gefunden hatte, in mir inzwischen vertrauten Posen. Und dann noch ein Regal voller Ausdrucke, das meiste davon Polizeiberichte. Den Großteil hatte ich den Informanten zu verdanken, die ich in meiner Zeit als Journalist aufgetrieben hatte, Kontakte, die ich seitdem pflegte. Für mehr war nicht viel Platz, auch wenn es noch einige Souvenirs aus meinem alten Leben gab, das inzwischen eine Ewigkeit her zu sein schien: Fotos von mir und Derryn am

Strand in San Diego. Noch eines bei einer Preisverleihung in den späten Neunzigern, eine jüngere, andere Version von mir, die eine Trophäe entgegennahm. Und dann noch ein Foto von mir und einem Kollegen in der sengenden Hitze einer südafrikanischen Township.

Ich wandte mich wieder dem Computer zu, rief den Webbrowser auf und googelte Franks' Verschwinden. Es war kaum etwas zu finden, nur einhundert Wörter lange Berichte im *Guardian*, in der *Mail* und im *Express*, alle aus derselben Presseerklärung zusammengeschustert. Eine Lokalzeitung aus Devon hatte eine längere Version besagter Presseerklärung gebracht. Franks' Position nach fünfunddreißig Jahren bei der Londoner Polizei gab nicht viel her. Offenbar hatte die Presseerklärung nur wenige Einzelheiten enthalten. Ganz sicher hatte darin nicht gestanden, wie er in einer unbewohnten Moorlandschaft hatte abhandenkommen können, weshalb die Nachrichtenredakteure nicht mehr gewusst hatten, als dass ein ehemaliger Polizist vermisst wurde. Interessant, aber nicht interessant genug. Da permanent Menschen verschwanden, brauchten die Medien einen guten Aufhänger.

Ich griff nach Craws Akte und schlug sie bei der Liste von Namen und Adressen auf, wobei mein Augenmerk vor allem zwei Personen galt: Gavin Clark von der Cold Case Review Unit und Derek Cortez. Craw hatte die beiden zwar als sauber bezeichnet, doch ich wollte auf Nummer sicher gehen.

Zuerst rief ich Clark an. Die aufgeführte Nummer gehörte zu seinem Festnetzanschluss im Büro. Nach dreißig Sekunden sprang der Anrufbeantworter an. Da der Mann ernst und förmlich klang, hielt ich meine Nachricht absichtlich kurz. Ich erklärte nur, ich befasste mich mit Franks' Verschwinden, verkniff mir aber den Zusatz, dass ich kein Polizist war.

Anschließend legte ich auf und wählte Cortez' Nummer. Im Gegensatz zu Clark hob er sofort ab. Er schien schon älter zu sein, und seine Stimme klang ein wenig heiser, so als kuriere er gerade eine Erkältung aus. Anfangs verhielt er sich reserviert, als glaube er, ich wolle ihm etwas verkaufen. Doch nachdem ich ihm gesagt hatte, wer ich war und was ich wollte, wurde er zugänglicher.

»So eine Tragödie«, sagte er mit weichem Devon-Akzent.

»Kannten Sie Leonard gut?«

»Gut genug. Er und Ellie kamen auf ihren Spaziergängen oft an unserem Haus im Dorf vorbei. Es steht fast direkt an der Straße. Sie nahmen immer den Weg von ihrem Haus weiter oben und bogen dann auf den Pfad bei uns ein, der nach hinten ins Moor führt. Eigentlich habe ich sie kennengelernt, weil wir uns so häufig gesehen haben. Irgendwann sind wir dann ins Gespräch gekommen. Und schließlich redeten wir darüber, was wir beruflich gemacht hatten. So habe ich erfahren, dass er früher bei der Londoner Polizei war.«

»Und danach?«

»Danach wurde eine Freundschaft daraus. Wir haben sie besucht und sie uns. Len und ich spielten zusammen Golf. Wir haben uns prima verstanden. Nach einer Weile erwähnte ich meine Tätigkeit für die CCRU. Ursprünglich hat ihn das nicht sonderlich interessiert. Das heißt aber nicht, dass er mir nicht richtig zugehört hätte. Allerdings war es offensichtlich, dass er keine Sehnsucht mehr nach diesem Leben verspürte. Dann aber haben sie angefangen, ihre Küche renovieren zu lassen, und, Mannomann, sie hatten wirklich ehrgeizige Pläne.«

»Also haben Sie ihn an Clark weiterempfohlen?«

»Ja. Doch ich tat nicht viel dafür, eigentlich war es nur ein Telefonat. Ich habe Clark angerufen und ihm erzählt, Len stünde für eine freie Mitarbeit zur Verfügung. Sie können sich bestimmt vorstellen, dass Clark sofort anbiss. Der Typ ist zwar ein Idiot, doch er weiß, wenn er einen guten Griff gemacht hat. Len hat jahrelang in London Mordermittlungen geleitet, also war er ein Glückstreffer.«

»Hat er je mit Ihnen über seine Fälle geredet?«

»Die in London? Nein, nie.«

»Und das hat Sie nicht gewundert?«

»Ganz und gar nicht. Einige Kollegen sind so, insbesondere im Ruhestand. Meiner Erfahrung nach gibt es zwei Sorten von Polizisten: Diejenigen, die es sich von der Seele reden müssen, und diejenigen, die es nicht tun.«

»Was ist mit der CCRU?«

»Was soll damit sein?«

»Hat er je erwähnt, er habe von Clark einen Fall bekommen?«

»Nein. Und ich habe ihn auch nicht danach gefragt. Auch als ich ihm die Sache schmackhaft gemacht habe, um es einmal so auszudrücken, habe ich nie Einzelheiten der Fälle angesprochen, an denen ich gerade saß. Und fairerweise muss man hinzufügen, dass er es auch nicht wissen wollte. Ich hatte den Eindruck, dass wir in dieser Hinsicht Anhänger derselben Schule waren: Es handelte sich um Fälle mit Opfern, die uns anvertraut worden waren, weshalb wir unser Bestes tun mussten. Und dazu gehörte auch, diskret zu sein.«

Wir unterhielten uns noch eine Weile. Als das Gespräch allmählich erlahmte, bedankte ich mich bei ihm und legte auf. Dann strich ich auf Craws Liste Cortez' Namen durch. Es bestand zwar noch die Möglichkeit, dass er irgendwann später wieder in Erscheinung treten könnte, aber eigentlich bezweifelte ich es.

Außer den Telefonrechnungen befand sich auch noch Franks' E-Mail-Adresse in Craws Akte. Am Rand war mit

Bleistift ein Passwort vermerkt. »Er hat auch ein iPad«, hatte Craw dazugeschrieben. »Das liegt bei mir zu Hause. Sie können es abholen, wann immer Sie wollen.« Ich loggte mich bei Gmail ein und verschaffte mir durch die Eingabe von Adresse und Passwort Zugriff auf seinen Posteingang. Er hatte zweihundertzweiundneunzig Nachrichten. Neun waren ihm in den Tagen und Monaten nach seinem Verschwinden geschickt worden, fünf von Freunden, die nicht ahnten, dass er vermisst wurde, vier von weiteren Personen, die ihn baten, sich zu melden. Sie waren alle gelesen worden, vermutlich von Craw.

Ich wandte mich dem Mailverkehr zwischen Franks und Derek Cortez sowie mit Gavin Clark zu. Der Schriftwechsel mit Cortez schien seine Aussage zu bestätigen. In einer Mail bedankte sich Franks bei Cortez für die Empfehlung. Cortez antwortete, es sei ihm ein Vergnügen gewesen. *Und damit ist die Sache für mich erledigt! Clark setzt sich direkt mit dir in Verbindung.*

Ich erkannte noch einige andere Namen von der Liste von Franks' Freunden und Bekannten wieder, die Craw für mich zusammengestellt hatte. Es waren ziemlich viele Kollegen von früher dabei. Franks erzählte ihnen von seinem Leben im Ruhestand, und obwohl sie ziemlich allgemein antworteten und nie einzelne Fälle erwähnten, wurde klar, dass sie noch immer Hochachtung vor ihm hatten. Es gab keine Mails, die sich direkt mit dem Fall befassten, mit dem er kurz vor seinem Verschwinden befasst gewesen war. Allerdings lieferten die Briefe spannende Einblicke in die Beziehungen, die er im Laufe vieler Jahre aufgebaut hatte. Bei einem gründlicheren zweiten Durchgang filterte ich eine Liste von zehn Namen heraus, die am häufigsten vorkamen.

Es waren alles Polizisten.

Trotz der Theorie, die Akte könne von einem Zivilisten

stammen, durfte ich die Möglichkeit nicht außer Acht lassen, dass der Absender noch im aktiven Dienst war. Vielleicht hatte derjenige ihm ja einen Gefallen tun oder ihm helfen wollen, einen Schlussstrich unter eine bestimmte Sache zu ziehen. Allerdings erklärte das nicht, warum der Fall – bis heute – nicht auf dem Radarschirm erschienen war, als Sergeant Reed Nachforschungen betrieben hatte. Auch nicht, warum seine Exkollegen ihn in ihrer Korrespondenz nicht erwähnten oder weshalb sich jemand bei der Londoner Polizei ebenso dafür interessierte wie Franks selbst. Außerdem konnte ich keinen Grund erkennen, der jemanden dazu gebracht haben könnte, ein solch großes Risiko einzugehen, insbesondere, wenn tatsächlich polizeiliche Unterlagen ausgedruckt und verschickt worden waren. Nur, dass ich eine Möglichkeit nicht allein deshalb ausschließen durfte, weil sie riskant war. Jemand musste ihm ja das Ding geschickt haben.

»Bist du gerade beschäftigt?«

Ich drehte mich um. Annabel stand an der Tür. Ich hatte sie nicht gehört.

»Überhaupt nicht.« Ich winkte sie herein. »Willkommen in der Kommandozentrale.«

Lächelnd betrachtete sie die Akten, die Fotos der Vermissten und die Bilder an der Wand. Bei ihrem letzten Besuch in London war sie nicht in diesem Raum gewesen. Ich beobachtete, wie sie langsam eintrat. Ihr Blick wanderte wieder zu den Akten, bevor sie sich auf den Boden setzte und die Knie an die Brust zog. »Was ist das alles?«, fragte sie und wies auf die Regale.

»Das ist meine Arbeit. Damit verdiene ich mein Geld.« Ich schaute zu den Aktenregalen hinüber. »Das sind alle Fälle, die ich in den viereinhalb Jahren in diesem Beruf abgeschlossen habe.«

»Und wie viele hast du abgeschlossen?«

»Siebenundsechzig.«

»Das ist eine ganze Menge.«

»Genug.«

»Und warum behältst du den ganzen Papierkram?«

Ich zuckte die Schultern. »Wahrscheinlich, weil sich die Dinge wiederholen.«

»Was meinst du damit?«

»Ich bin zu dem Schluss gekommen, dass das Leben so eine Art hat, einen mit bestimmten Leuten zusammenwachsen zu lassen – auch mit Orten. Es ist wie …« Ich hielt inne. »Wie Bindegewebe. Man ist an Dinge gefesselt, ob es einem nun gefällt oder nicht. Und es ist auch zwecklos, dagegen anzukämpfen. Sie ziehen einen immer wieder an.«

Sie nickte, schien dann aber gedanklich abzuschweifen.

»Klinge ich zu geheimnisvoll?«

Ein flüchtiges, automatisches Lächeln. »Nein. Ich habe nur daran gedacht, wie schwer es mir momentan fällt, Olivia allein zu lassen. Verrückterweise weiß mein Verstand, dass ihr nichts passieren kann. Ich habe ihr erst vor fünf Minuten eine SMS geschickt.«

»Es geht ihr gut.«

»Schon. Und trotzdem fühle ich mich, als würde ich sie ununterbrochen beobachten. Und ich habe Angst …« Sie verstummte. »Ich habe Angst, dass ich sie nicht beschützen kann.«

»Du brauchst keine Angst zu haben.«

Als sie mir einen Blick zuwarf, glänzten ihre Augen in der dämmrigen Zimmerbeleuchtung. »Was, wenn es wieder passiert? Wenn uns jemand entführen will? Beim letzten Mal konnte ich nichts dagegen tun.«

»Das wird nicht passieren.«

»Sagst du das nur, um mich zu beruhigen? Oder glaubst du es wirklich?«

»Ich glaube es wirklich.«

»Was macht dich so sicher?«

»Ich verspreche dir, dass ich auf euch aufpassen werde, ganz gleich, was ihr tut oder wo ihr auch seid. Ich bin für dich verantwortlich und deshalb auch für sie.« Kurz sah ich die Akten an und wandte mich dann wieder zu ihr um. »Was euch zugestoßen ist, war eine einmalige Angelegenheit. Die meisten Menschen machen in ihrem ganzen Leben nicht so eine Erfahrung wie ihr beide. Es gibt keinen vernünftigen Grund, dich so zu fühlen und dir darüber den Kopf zu zerbrechen – es ist nur die Angst.«

Sie schwieg einen Moment. »Hast du nie Angst?«

»Doch, natürlich.«

»Ich meine jetzt nicht vor einer unerwartet hohen Gasrechnung.«

Ich lachte. »Ich auch nicht.«

»Und was macht dir Angst?«

Kurz spielte ich mit dem Gedanken, ihr eine beschwichtigende und aufmunternde Antwort zu geben, um damit ihre Befürchtungen zu zerstreuen, damit sie stark und selbstbewusst nach Devon zurückkehren konnte. Aber sie wollte nicht beruhigt werden. Und außerdem wollte ich ihr keinen Grund geben, meine Worte je infrage zu stellen.

»Verzweifelte Menschen«, erwiderte ich. »Die machen mir Angst.«

»Was soll das heißen?«

Wieder wanderte mein Blick zu den Akten, den siebenundsechzig Fällen, die inzwischen mein Leben geworden waren. »Das soll heißen, dass man manchmal kaum glauben kann, wozu sie fähig sind.«

8

Da ich vor dem Essen einige Unterlagen auf dem Tisch im Wohnzimmer ausgebreitet hatte, aßen wir stattdessen am Küchentresen. Nach einer Weile kam das Gespräch wieder auf Olivia.

»Wie geht es dir damit?«, erkundigte ich mich.

»Damit, dass ich für Olivia sorgen muss?« Sie wiegte den Kopf hin und her. »Es ist ermüdend.«

»Warum bittest du Emily nicht um Hilfe?«

Anstelle einer Antwort drehte sie die Flasche auf dem Tresen langsam um die eigene Achse. Emily hatte zu den Bewahrern von Annabels Geheimnis gehört, demselben Geheimnis, das sie von mir ferngehalten hatte. In den Monaten, seit die Wahrheit ans Licht gekommen war, hatte sich erwiesen, dass es Annabel schwerfiel, wieder eine Beziehung zu ihr aufzubauen. Nach einer Weile zuckte sie die Schultern.

»Schon gut«, sagte ich, »wir brauchen nicht darüber zu reden.«

»Das ist es nicht. Nur …« Sie hielt inne und trank einen Schluck Bier. »Ich weiß nicht, ich … kann ihr nicht einmal in die Augen schauen. All die Jahre wusste sie die Wahrheit über mich und dich und hat den Mund nicht aufgemacht.«

Im nächsten Moment nahm ich aus dem Augenwinkel eine Bewegung wahr. Durch das Küchenfenster sah ich meine Nachbarin Liz durch ihr Wohnzimmer gehen. Ich hatte zwar keinen guten Blickwinkel, doch der genügte: An einer Wand waren bereits zugeklebte Umzugskartons gestapelt. Dahinter stand eine Reihe weiterer, die noch offen waren. Auf ihrem Weg durch den Raum griff sie nach Gegenständen in den Regalen und verstaute sie in den Kartons. Das tat sie schon seit einer Woche jeden Abend.

Ich schaute von ihrem Haus in ihren Vorgarten hinüber. Inzwischen war es draußen dunkel, aber an allen Häusern in der Straße funkelte Weihnachtsbeleuchtung. Von gegenüber lächelte mir Santa Claus zu. Das Rentier zwei Häuser weiter blinkte rot und grün. Ich hatte eine blaue Lichterkette vorn in meine Regenrinne gehängt, und als ich erfuhr, dass Annabel kommen wollte, war ich sogar losgezogen, um einen Baum zu kaufen. Doch bei Liz gab es weder einen Baum noch Lichter, nur Kartons – und zwar, weil in ihrem Vorgarten ein Schild mit der Aufschrift ZU VERKAUFEN stand.

Ich nestelte am Etikett meiner Bierflasche herum und blickte von dem Schild zurück in Liz' Wohnzimmer. Inzwischen war es fast leer, ein kahler, verlassener Raum. In mir stieg eine Erinnerung hoch: Wir beide zusammen auf dem Sofa.

»Alles in Ordnung?«

Annabels Stimme holte mich wieder in die Gegenwart.

Ich lächelte sie an. »Ja, alles bestens.«

Aber sie war nicht auf den Kopf gefallen und ahnte, dass etwas im Argen lag. Ihr Blick wanderte ebenfalls zu Liz' Wohnzimmer und dann zurück zu mir. Anscheinend war ihr ein Licht aufgegangen.

»Aha«, sagte sie, »das ist also die Nachbarin.«

Ich hatte Annabel von Liz erzählt und ihr anvertraut, wir hätten acht Monate lang eine Beziehung miteinander gehabt und seien schon eine geraume Zeit davor Freunde gewesen. Bis ich etwas getan hatte, von dem ich dachte, dass es das Beste für uns beide sei. Ich war aus Liz' Leben verschwunden. Seitdem fragte ich mich jeden Tag, ob das die richtige Entscheidung gewesen war.

»Bist du der Grund, warum sie auszieht?«

»Es wäre schrecklich arrogant von mir, das anzunehmen.«

»Ist das ein Ja?«

Ich seufzte auf. »Ich weiß nicht. Vielleicht.«

»Das tut mir leid.«

»Ich hatte heute ein Treffen«, sagte ich, um das Gespräch in eine andere Richtung zu lenken. »Der Termin stand schon, ehe ich wusste, dass du kommst, und deshalb muss ich mich morgen um ein paar Dinge kümmern. Gegen Mittag müsste ich fertig sein. Aber ich habe mir gedacht, dass du so vielleicht morgen Vormittag Gelegenheit hast, die Touristin zu spielen.«

Annabel war erst dreimal in London gewesen, ein Mal als Grundschülerin, ein Mal in den Monaten, bevor wir uns begegnet waren, und seitdem noch ein drittes Mal. Im letzten Jahr hatten wir einander vierzehn Mal gesehen, dreizehn Mal davon war ich nach Devon gefahren. Sie wollte mich öfter besuchen und sich vor allem die Stadt und ihre Sehenswürdigkeiten anschauen. Aber sie musste jetzt auch an Olivia denken.

»Hört sich gut an«, erwiderte sie.

»Bist du sicher?«

»Hundertprozentig.«

»Ich rufe dich an, sobald ich fertig bin.«

»Kein Problem. Ehrlich. Ich kann die Sightseeingtour kaum erwarten.«

»Magst du Steak?«

Sie lächelte ein wenig erstaunt. »Ich liebe Steak.«

»Spitze. In der Nähe von Covent Garden gibt es ein tolles Lokal, in dem man immer einen Platz findet. Ich muss kurz nach Wimbledon, aber ich dachte, wir könnten uns dort zu einem späten Mittagessen verabreden, wenn du genug davon hast, durch die Straßen zu wandern.«

»Toll.«

Ich lächelte ihr zu und blickte, ohne nachzudenken, zu Liz' Wohnzimmer hinüber. Nur ein erleuchtetes Quadrat in der Dunkelheit. Kurz erschien Liz, um einige Bücher in einen Karton zu legen. Sie trug eine Jogginghose und ein ärmelloses T-Shirt und hatte das schokoladenbraune Haar zu einem Pferdeschwanz zusammengefasst. Ich fragte mich, ob sie beobachtet hatte, wie ich Annabel ins Haus ließ. Sie wusste nicht, dass ich eine Tochter hatte. Seit ich unsere Beziehung beendet hatte, hatten wir kaum ein Wort miteinander gewechselt. Ein Gruß draußen auf dem Gehweg, beklommenes Herumgedruckse, das zu nichts führte. Belanglose Themen. Ich hatte diese Entwicklung nicht gewollt und mich an die Vorstellung geklammert, unsere gemeinsame Zeit könnte mehr wert sein, ein Band, das auch dann nicht zerriss, wenn sich etwas bei uns änderte.

Nur, dass die Vermissten auch weiterhin eine Rolle in meinem Leben spielen würden.

Und das würde immer zwischen uns stehen.

Der erste Abschied
Januar 2005/vor acht Jahren

Der Hund starb am 7. Januar. Während der Schnee vom Himmel fiel und weich auf dem Hausdach landete, stöhnte das Tier leise auf, erschauderte auf der Decke vor dem Kaminfeuer und rührte sich schließlich nicht mehr. Sie presste die Hand weiter auf seinen Bauch und spürte, wie dieser aufhörte, sich zu heben und zu senken. Doch sie sah ihn nicht an. Stattdessen saß sie nur da. Die Zigarette verglomm zwischen den Fingern ihrer freien Hand, während sie durch das rückwärtige Fenster auf den Flickenteppich aus schlammig grünen Quadraten zu den mageren Baumskeletten auf dem Hügelkamm hinüberschaute. Die letzten rostfarbenen Blätter waren längst abgefallen. Schlammige Landwirtschaftswege erstreckten sich kreuz und quer über die Felder und am Waldrand entlang. Doch dort regte sich nichts. Keine Menschen. Keine Fahrzeuge. Kein Windhauch.

Nur Stille.

Einige Stunden später hob sie ein Grab neben dem alten Brunnen aus. Nachdem sie einen rechteckigen Flecken Morast von der Schneedecke befreit hatte, stach sie mit dem Spaten ins Erdreich. Als sie etwa anderthalb Meter tief gekommen war, hielt sie mit müden Muskeln und schmerzenden Gelenken inne, stützte den Arm auf den Stiel des Spatens und warf durch die Terrassentür einen Blick zurück auf den Hund. Er lag noch immer vor dem Kamin, wo er gestorben war, unter einer alten Decke aus dem Schlafzimmer. Alles verschwamm ihr vor den Augen. Inzwischen weinte sie nur noch selten. Manchmal fragte sie sich, ob sie es überhaupt noch konnte. Aber jetzt weinte sie: Tränen liefen ihr die Wangen hinunter und rannen über die Knochen und Muskeln ihres Gesichts. Sie betrachtete die Umrisse des Hundes, so klein unter der Decke. Er lag da wie ein Stück Abfall, das darauf wartete, weggeworfen zu werden. Als sie die erste Welle Tränen wegwischte, kamen sofort neue. Und als sie diese ebenfalls beseitigt hatte, traten rasch die nächsten an ihre Stelle. Nach einer Weile gab sie es auf, dagegen anzukämpfen, stand einfach nur zitternd vor Kälte da, ganz allein am Rand der verlassenen Felder, einen Fuß versunken in der feuchten Erde. Als sie den Leichnam endlich in die Grube legte, ertappte sie sich dabei, dass sie immer wieder einen Abschiedsgruß murmelte – »Auf Wiedersehen, mein Baby; auf Wiedersehen, mein Baby.« Ihre Stimme wurde leiser und leiser, während die Tränen unaufhaltsam flossen, und verwehte flackernd wie bei einem Radio mit schwächer werdendem Empfang.

Eine Stunde später, er lag nun reglos und kalt unter der Erde, zog sie sich ins warme Haus zurück. Im Wohnzimmer knisterte ein Feuer, der steinerne Kamin glänzte schwarz, und der Geruch nach altem Holz und Fichtenscheiten hing in der Luft. Sie überlegte, ob sie etwas kochen sollte, denn sie wusste, dass sie etwas zu essen brauchte, entschied sich dann jedoch für eine angebrochene Flasche Wein und setzte sich wieder in den Sessel vor dem Kamin. Der Wein rann ihr in den Magen und erwärmte ihren Körper von innen, und als er seine Wirkung getan hatte, nahm sie ein Foto aus der Hosentasche und legte es auf ihren Schoß.

Beim Betrachten des Fotos stiegen ihr wieder Tränen in die Augen.

»Auf Wiedersehen, mein Baby.«

Sie würde den Hund vermissen. Seine Gesellschaft, sein Gewicht zu ihren Füßen, die Möglichkeit, einfach nur die Hand auszustrecken, um etwas zu berühren. Doch selbst als sie einen Fuß in seinem Grab gehabt hatte, während rings um sie der Schnee fiel, hatte sie gewusst, dass ihre Tränen nicht wirklich dem Hund galten.

Sie blickte zu Garrick hinüber, der sie musterte. Sein Füllhalter schwebte über dem Block auf seinem Schoß. Er hatte zwar graue Bartstoppeln im Gesicht, war aber sonst in seinem dunkelblauen Anzug und mit der roten Krawatte makellos elegant. Seine Hose war ordentlich gebügelt, die Schuhe waren blitzblank poliert. Über ihm an der Wand surrte leise ein Heizstrahler; rechts von ihm standen ein Schreibtisch mit Computer und Aktenregale.

»Warum erzählen Sie mir nicht, was an jenem Tag im Juli vor sechs Jahren passiert ist?« Er betrachtete sie, und als keine Antwort erfolgte, beugte er sich vor. Ein Teil des Lichts, das durch das einzige Fenster im Büro hereinströmte, fing sich an seinem rasierten Schädel. »Hören Sie«, fuhr er fort, »ich weiß, dass das sicher nicht leicht für Sie ist.«

»Wirklich?«

»Natürlich.« Er legte Block und Stift weg. »Sie waren sechs Jahre lang bei Dr. Poulter in Behandlung und müssen sich jetzt, da er im Ruhestand ist, an eine neue Person gewöhnen. Es ist mir völlig klar, wie seltsam und in gewisser Weise sogar beängstigend das für Sie sein muss. Wenn es Ihnen weiterhilft: Mir macht es auch ein wenig Angst.« Er hielt inne und senkte die Stimme zu einem theatralischen Raunen. »Ich bin mir nämlich dessen bewusst, dass ich mich nicht zu dumm anstellen darf, wenn ich meinen Job behalten will.«

»Also geht es hier um Ihre Karriere?«

»Nein, eigentlich geht es um Sie«, erwiderte er, als habe er mit dieser Reaktion gerechnet. Er sah sie einen Moment an und lächelte wieder. »Wenn ich meinen Job nicht richtig mache, gewinne ich Ihr Vertrauen nicht, und die Leute hier werden mich durch jemand anderen ersetzen.«

»Warum sind Sie nur an zwei Tagen die Woche hier?«

»Weil ich noch mehr Patienten in anderen Krankenhäusern habe.«

»Bei Poulter hatte ich drei Sitzungen pro Woche.«

»Dr. Poulter sagte, dass es Ihnen besser geht«, entgegnete Garrick. »Seine Empfehlung – die er, wie ich glaube, mit Ihnen erörtert hat – lautete, dass sechs bis acht Mal im Monat genügen. Schließlich sind Sie jetzt in ambulanter Behandlung und dabei, Ihr Leben neu zu ordnen.«

Sie antwortete nicht.

»Falls das jedoch nicht reicht, können wir über zusätzliche Sitzungen sprechen. Aber dazu müssen Sie sich mir ein wenig öffnen. Wie hört sich das für Sie an?«

Wieder schwieg sie.

Garrick nickte und streckte die Hand zum Schreibtisch aus. Neben der Tastatur lag ein Stoß loser Blätter. Er legte sie auf seinen Schoß und sah die ersten fünf oder sechs Seiten, alle mit Farbstift gekennzeichnet, durch. Sie beobachtete, wie sich seine langen Finger auf der Suche nach der gewünschten Stelle von links nach rechts bewegten. Etwa dreißig Sekunden später hielt er inne, tippte auf einen markierten Absatz in der Mitte einer Seite und hob den Kopf.

»Wie ich sehe, haben Sie in der Oxford Street gearbeitet.«

Sein Blick wanderte zu ihrem Gesicht. Genau das hatte Poulter auch getan, wenn er ihr eine Antwort entlocken wollte: Er hatte sie gemustert und versucht, ihre Wortlosigkeit gegen sie zu verwenden. Anfangs hatte er damit Erfolg gehabt. Damals hatte sie Schweigen gehasst, ja, sich sogar davor gefürchtet, denn es erinnerte sie an die Tage, Wochen und Monate nach dem Todesfall. Als sie ins Haus zurückgekehrt war, hatte sie nichts weiter gehört als seine Deckenbalken, die Bodendielen und das Gebäude selbst, die alle in der heißen Sonne ächzten. Später, als die Zeit unbemerkt verstrich, hatte es über die bittere Winterkälte geklagt. Damals war ihr die Stille zu viel und zu beängstigend geworden. Ihre eigenen vier Wände waren ihr wie ein Mausoleum erschienen. Und deshalb hatte sie versucht, sich umzubringen. Sie hatte auch noch einen zweiten und dritten Anlauf unternommen, bis sie schließlich in Poulters Obhut gelandet war. In den knapp sechs Jahren seitdem hatte sie den Gedanken an Selbstmord aufgegeben, obwohl die Erinnerungen noch so schmerzlich waren wie eh und je.

»Sie waren im Marketing beschäftigt, richtig?«

Sie zuckte die Schultern, denn ihr gingen immer weiter dieselben Erinnerungen durch den Kopf. Nach einer Weile wurde ihr klar, dass sie geistig abgeschweift war. Garrick neigte den Kopf leicht zur Seite, als wolle er ihre Gedanken lesen.

»Mein Hund ist vor ein paar Wochen gestorben«, sagte sie.

Falls dieser Themenwechsel Garrick überraschte, ließ er sich nichts anmerken. »Ich wusste gar nicht, dass Sie einen Hund hatten.«

»Einen schwarzen Labrador.«

»Wie hieß er denn?«

»Wie er hieß?«

»Wie war sein Name?«

»Bear.«

Er lächelte. »War Bear ein großer Hund?«

»Deshalb haben wir ihn ja Bear genannt.«

»Wer ist ›wir‹? Sie und Ihr Exmann?«

Sie rümpfte die Nase.

»Er war nicht auch sein Hund?«

»Er war sein Hund in dem Sinne, dass Bear mit uns unter einem Dach gelebt hat. Aber Robert hat sich nie etwas aus Hunden gemacht.«

»Robert Collison. Das war Ihr Exmann, richtig?«

Sie nickte.

»Die Scheidung fand vor fünf Jahren statt – im Jahr 2000?«

Sie antwortete nicht, sondern schaute hinauf zu dem einzigen Fenster im Büro, ein sonnendurchflutetes Rechteck hoch über dem Schreibtisch. »Ich musste ihn begraben«, erklärte sie leise.

»Bear?«

»Ja.«

»Wie hat sich das angefühlt?«

Sie verzog das Gesicht. »Was glauben Sie denn?«

»Hatten Sie Bear lang?«

»Ja«, erwiderte sie, »sechs Jahre.«

Er war gerade dabei gewesen, sich etwas zu notieren. Doch er hielt sofort inne. Sein Stift schwebte über dem Block, und er hob wieder den Kopf. »Also haben Sie in 1999 angeschafft?«

Sie nickte.

»Wann 1999?«

»Im August.«

Eine Pause. »Also einen Monat nach dem Unfall?«

Ein erneutes Nicken.

»Was bedeutet, dass Bear für Sie mehr war als ein Hund?«

Seine Worte durchdrangen das von Staubflocken erfüllte Sonnenlicht, als besäßen sie ein eigenes Gewicht. Sie spürte eine schmerzhafte schwappende Bewegung im Magen, eine Furcht davor, den Weg zurück in die Vergangenheit gehen zu müssen. Sie war sechs Jahre lang bei Poulter in Behandlung gewesen, auch bei anderen Ärzten, hatte in demselben Sessel in diesem Gebäude gesessen und ihnen Einblicke in ihr Leben gewährt, während sie versuchte, sich ein Gefühl dafür zurückzuerobern, wer sie eigentlich war. Und nun würde alles wieder von vorn anfangen. Garrick schien ein netter Mensch zu sein, ahnungslos wie sie alle. Und so führte sie sie manchmal selbst zu diesem Tag und gestattete ihnen, im seichten Wasser zu waten und ihr Fragen zu stellen, denen sie auszuweichen wusste. An solchen Tagen kam sie gerne hierher, freute sich sogar darauf. Ihr war zwar klar, dass sie ihr nur gegen Bezahlung zuhörten, und sie fand die Tatsache, dass jemand überhaupt Interesse, und sei es nur vorgetäuscht, an ihr hatte, jedoch seltsam beruhigend.

An anderen Tagen jedoch verplapperte sie sich und sagte etwas Unbedachtes, und plötzlich durchbrachen sie ihre Barrieren, und sie war wieder am Teich. Sie konnte nur die wild oberhalb der Wasserfläche rudernden Arme erkennen, die verzweifelt in die Luft griffen, winzige Finger, die sich in Todesangst nach ihr ausstreckten, während sein Kopf für immer versank.

Und sie konnte nichts dagegen tun.

Ehe sie es bemerkte, hatte sie Tränen in den Augen, und als sie zu Garrick hinüberschaute, stellte sie fest, dass sich kurz der Ausdruck von Mitleid auf seinem Gesicht zeigte.

»Ich konnte ihn nicht retten«, sagte sie leise.

»War Bear ein Ersatz für Lucas?«

Sie antwortete nicht.

Garrick beugte sich vor. »Haben Sie durch Bear versucht, ihn zu vergessen?«

Langsam begann sie zu nicken – und dann sprudelten wieder die Worte aus ihr hervor. »Auf Wiedersehen«, sagte sie, »auf Wiedersehen, mein Baby, mein wundervoller kleiner Junge.«

9

Am nächsten Morgen fand ich in der Küche einen Zettel von Annabel vor. Sie schrieb, sie werde dem Regen trotzen und zum Joggen gehen. Ich bewunderte ihre Disziplin, insbesondere deshalb, weil ich ihr gesagt hatte, in meiner Garage stünde ein Laufband. Nachdem ich Kaffee gekocht und Brot getoastet hatte, schnappte ich mir die DVD mit der Aufschrift »Aufnahmen vom Haus«, die Craw für mich in Franks' Akte gelegt hatte, und nahm sie mit ins Wohnzimmer. Das Kaminfeuer brannte, und Regen prasselte an die Fensterscheiben.

Die DVD begann mit einer Standaufnahme des Hauses der Franks aus einem Abstand von etwa dreißig Metern. Offenbar war es Herbst, was hieß, dass Craw sie erst vor Kurzem gemacht hatte, vielleicht als Folge ihrer Entscheidung, mir den Fall anzuvertrauen: kupferfarbene Bäume wiegten sich langsam hinter einem Haus mit Satteldach. Die Felder ringsum waren mit goldenen, vom Regen durchweichten Blättern gesprenkelt. Als Craw anfing, die Kamera zu bewegen, knisterte der Wind im Mikrofon. Zum ersten Mal gewann ich wirklich einen Eindruck davon, wie abgelegen das Haus der Franks war. Es stand mitten auf einem Abhang, der weiter oben an einer Ansammlung großer Gesteinsbrocken, einem sogenannten Tor, endete. Zur rechten Seite fiel der Hügel ab wie eine sich brechende Welle. Die Dachfirste des Dorfes – anthrazitfarbene Flecken in der Ferne – waren kilometerweit die einzigen Spuren menschlicher Zivilisation. Sonst gab es nur Felder, die ein Stück tiefer zu dem Fleckenteppich wurden, den ich bereits von den Fotos kannte. Weiter entfernt erstreckte sich ein gewellter Teppich aus Dornengestrüpp und gelb gepunktetem Heidekraut.

Vor dem Haus parkten zwei Autos: Eines, ein Mini Cooper, der vermutlich Craw gehörte, stand ungefähr fünfzehn Meter vor der Veranda im Gras. Leonards und Ellies Audi A3 befand sich unter dem Plastikvordach seitlich am Haus. Der eingetrocknete Trampelpfad, der vom Haus hinunter ins Dorf führte, begann dicht bei Craws Mini und zog sich, ausgetreten in vielen Jahren, kerzengerade durch das Moorland, bevor er dem Waldrand bis nach Postbridge folgte. Die allmählich kahl werdenden Bäume verbargen im Sommer, wenn sie voll belaubt waren, das Haus vermutlich vor Blicken wie eine natürliche Mauer, sodass niemand seine Existenz bemerkte.

Einige Sekunden später schwenkte die Kamera zu einem Blick hinter das Haus, das auf Craws Fotos nicht zu sehen gewesen war. Ich erkannte den Geräteschuppen. Er war klein – vielleicht gut eins fünfzig breit –, wirkte nicht sehr stabil und war in einem schrägen Winkel ans Haus angebaut, allerdings mit einem Vorhängeschloss gesichert. Der Holzstapel neben dem Haus war nicht im Bild, doch dann streifte die Kamera kurz einen Baumstumpf, in dem eine Axt steckte. Hier hatte Franks offenbar Holz gehackt.

Danach war zum ersten Mal das Innere des Hauses zu sehen.

Das Wohnzimmer begann gleich hinter der Eingangstür und nahm die gesamte Länge des Gebäudes ein. Es gingen drei offene Türen davon ab. Durch die eine konnte ich Küchenmöbel erkennen. Die nächste Tür gehörte zu einem Badezimmer. Und hinter der dritten kamen ein Schreibtisch mit einem Computer darauf und zwei Bücherregale in Sicht. Das Wohnzimmer selbst war aufgeräumt und frei von Nippes. Drei große Ledersofas umringten einen Fernseher. Ein Esstisch. Ein Sideboard, auf dem Fotos standen. Ein wunderschöner Kamin aus Schieferplatten. Als Craw von links nach rechts schwenkte, erkannte ich, dass die Fotos hauptsächlich sie, ihre Familie und die Kinder darstellten. Hinten im Raum führte eine L-förmige Treppe hinauf zu einem kleinen Treppenabsatz mit Blick auf das Wohnzimmer. Oben bemerkte ich noch drei Türen.

Nun ergriff Craw zum ersten Mal das Wort: »Früher war dieser Raum zweigeteilt, aber Dad hat beim Umzug die Trennwand eingerissen.« Wenige Sekunden später erfolgte der nächste Filmschnitt, und wir waren in der Küche. »Das hier sind die Renovierungsarbeiten, mit denen sie gerade beschäftigt waren, als er verschwand«, fuhr sie fort, und es war offensichtlich, dass die Küche nie fertiggestellt worden war. An einigen Stellen fehlten noch die Arbeitsplatten, die Schränke hatten keine Türen, und auch die Wände waren nur halb gestrichen, zwei cremefarben, die anderen in einem kränklichen Blassgelb, anscheinend die ursprüngliche Farbe, die sie hatten überdecken wollen. Craw zoomte ein wenig näher heran zu einem langen Fenster mit Aussicht auf den Garten. Aus dieser Distanz konnte ich Gemüsebeete, einige Blumenbeete und eine Terrasse sehen. Wieder fiel mir auf, wie sehr sich das Haus in seine Umgebung einfügte. Auf den ersten Blick schien das gesamte Moor den Hausbesitzern zu gehören.

Danach kam eine Reihe kurzer Einstellungen. Jedes Zimmer wurde einige Sekunden lang gezeigt. Das Haus war hell und schlicht und überall in dem gleichen Stil gehalten: neutrale Wände, farbenfrohe Möbel, Familienfotos, Bücher, Zimmerpflanzen. Oben gab es zwei Schlafzimmer und ein zweites Bad. Schließlich kehrte Craw nach unten ins Arbeitszimmer zurück, wo ein prähistorischer PC auf einem Schreibtisch und außerdem ein Schrank standen. Die beiden Möbelstücke befanden sich zu beiden Seiten eines Fensters mit Blick aufs Moor. Links ragte eine Ecke des Geräteschuppens ins Bild.

Plötzlich läutete auf dem Sofa neben mir das Handy. Es war eine Nummer aus Devon, allerdings keine, die ich kannte. »David Raker.«

»Hier spricht Clark«, meldete sich eine Männerstimme.

Gavin Clark von der CCRU.

»Wer sind Sie?«, fragte er.

»Wie ich schon in meiner Nachricht gesagt habe, ist mein Name David Raker. Ich untersuche das Verschwinden von Leonard Franks. Soweit ich informiert bin, war er im Begriff, einige Aufträge …«

»Ich habe ihm nie einen Fall gegeben.«

»Das ist mir mitgeteilt worden, ja.«

»Von wem?«

»Von seiner Frau.«

»Arbeiten Sie für sie?«

»Ja«, log ich. »Mich würde interessieren, was für eine Vereinbarung …«

»Es bestand niemals eine Vereinbarung zwischen uns, weil er nie Aufträge unserer Abteilung übernommen hat«, entgegnete Clark. »Ich habe mit ihm telefoniert, mir gefielen seine Antworten, und sein Lebenslauf passte optimal. Also war ich im Begriff, ihn anzuwerben. Das war es. Ende der Geschichte.«

»Sie haben nie mit ihm über einen speziellen Fall gesprochen?«

»Warum interessiert Sie das?«

»Ich versuche nur, ihn zu finden.«

»Nun, das versucht die Polizei auch.«

»Ich glaube, der Polizei gehen die Ideen aus.«

»Es handelt sich um einen noch aktiven Fall – das wissen Sie, richtig? Keiner von meinen aktiven Fällen, also können Sie tun und lassen, was Sie wollen. Mir ist es egal. Allerdings könnten Sie jemandem Probleme machen, wenn Sie in der Gegend herumlaufen und die Leute löchern.«

Obwohl man am Telefon nie hundertprozentig sicher sein konnte, klang seine Verärgerung echt, und seine Äußerungen zum Thema Franks bestätigten, was ich bereits von Craw wusste: Ihr Vater hatte nie einen Fall von der Cold Case Review Unit erhalten, weil Clark noch darauf gewartet hatte, dass seine Vorgesetzten den Plan absegneten.

Ich bedankte mich und legte auf.

Nun war es Zeit, mit Ellie Franks zu reden.

10

Melanie Craw wohnte in einem großen Haus am Rand von Wimbledon Park, das hinter massiven Eichentoren ein Stück von der Straße zurückversetzt stand. Ich hatte sie nie gefragt, was ihr Mann beruflich machte, doch als ich mich im Auto dem Haus näherte, bezweifelte ich, dass sie bei der Polizei genug verdiente, um sich so etwas leisten zu können.

Das Haus bestand aus rotem Backstein, hatte Giebel auf beiden Seiten und unter jedem Dach eine Reihe von Fenstern. Die Auffahrt gabelte sich hinter dem Tor. Eine kurze Abzweigung nach links endete vor einem offenen Garagentor, etwas tiefer als das Erdgeschoss, wo der Audi A3 der Franks parkte. Rechts beschrieb sie einen Bogen und endete an einem abgestellten Mini. Es war derselbe, den ich am Morgen auf der DVD gesehen hatte.

In meinem siebzehn Jahre alten BMW aus der 3er Serie stoppte ich am Tor und betätigte die Gegensprechanlage. Es summte ein Mal. Zehn Sekunden später gaben die Torflügel ein lautes Surren von sich und schwangen langsam auf, ohne dass jemand sich gemeldet hatte. Ich erkannte, dass Craw an einem vorderen Fenster des Hauses stand und eine Fernbedienung auf das Tor richtete. Ich parkte hinter dem Mini.

Nachdem ich mir Block und Stift geschnappt hatte, steuerte ich auf die Haustür zu. Sie öffnete sich, als ich gerade anklopfen wollte. Craw stand in der Tür. Sie trug weiße Leggings und ein rosafarbenes langärmeliges Sporthemd. Ihr Aussehen überraschte mich sehr, denn ich kannte sie bislang nur in den gedeckten Farben einer Polizistin im Dienst: grau, schwarz und blau, in Form einer Prozession identischer Hosenanzüge, die sich nur durch winzige Farbnuancen voneinander unterschieden.

»Wie geht es Ihnen?«, fragte sie.

Sie machte Platz, damit ich eintreten konnte.

»Gut. Und Ihnen?«

»Gut.«

Ich fand es immer noch merkwürdig, sie in dieser Kleidung zu sehen und so mit ihr zu sprechen, obwohl ich einen Tag Zeit gehabt hatte, mich an die veränderte Situation zu gewöhnen. Vor anderthalb Jahren waren wir einander fast an die Gurgel gegangen. Und nun lud sie mich zum Kaffee zu sich nach Hause ein.

Sie schloss die Tür hinter mir.

Gleich dahinter begann ein tiefer gelegtes Wohnzimmer, eingerahmt von Bücherregalen, Schränken, Garderobenständern und Zimmerpflanzen. In der Mitte prangten drei hellbraune Ledersofas und ein Fünfzig-Zoll-Fernseher. Das absolute Fehlen von Fotos, die Craw und ihre Familie darstellten, war auffällig. Doch ich wollte nichts hineingeheimnissen. So war sie eben, und nun verstand ich, woher es kam: Sie gewährte mir zwar Zutritt zu ihrem Leben, wollte aber offenbar, dass mir ein Teil davon verborgen blieb. Wie ihr Vater zog sie eine strenge Trennlinie zwischen Beruflichem und Privatem.

Es gab nur einen Punkt, in dem sie von diesem Grundsatz hatte abweichen müssen: Auf einem Couchtisch aus Eiche zwischen den Sofas lag ein Stoß Fotografien, alle von ihrem Vater.

»Kann ich Ihnen etwas zu trinken anbieten?«, erkundigte sich Craw.

»Kaffee wäre wunderbar.«

Sie nickte. »Nehmen Sie Platz. Ich hole Mum.«

Ich setzte mich und fing an, die Fotos von Leonard Franks durchzuschauen. Auf einem von ihnen trug er Laufkleidung und stand am Start eines Halb-Marathons. Auf dem Transparent über seinem Kopf war ein Datum zu lesen: 18. September 2006. Er sah kaum anders aus als auf dem Foto in seiner Vermisstenakte, das ich bereits kannte. Die sieben Jahre dazwischen mochten einen kleinen Tribut gefordert haben – ein paar Falten mehr um die Augen, das graue Haar ein wenig schütterer –, doch ansonsten hatte der Zahn der Zeit ihm nicht viel anhaben können.

Als ich die übrigen Fotos betrachtete, entdeckte ich eines von ihm an einem Strand, umringt von seinen Enkelkindern und mit einem grau melierten Bart. Auf einem anderen war er in Uniform und wohnte offenbar einem Festakt der Polizei bei, war glatt rasiert und hatte einen Arm um seine Frau gelegt. Auf dem nächsten lächelten er und Craw in die Kamera. Sie hatten Bierflaschen in der Hand, im Hintergrund qualmte ein Grill. Es war auf der Veranda des Hauses der Franks in Dartmoor entstanden.

Als ich kurz darauf Stimmen hinter mir hörte, drehte ich

mich um und stellte fest, dass Craw und Ellie Franks die Stufen herunter ins Wohnzimmer kamen.

Ich erhob mich.

»David, das ist meine Mutter Ellie«, stellte Craw uns vor. »Mum, das ist David Raker, der Mann, den ich gebeten habe, Dad zu suchen.« Craw war einen Schritt hinter ihre Mutter zurückgetreten. Bei den letzten Worten huschte ihr Blick zu mir hinüber, als wollte sie sagen: *Ich kann die Wahrheit ertragen, falls Sie herausfinden sollten, dass er tot ist. Doch sie braucht noch nicht mit der rauen Wirklichkeit konfrontiert zu werden.*

Eigentlich arbeitete ich nur sehr ungern so. Es war wichtig, aufrichtig zu den Familien zu sein und Erwartungen zu dämpfen, insbesondere dann, wenn ein geliebter Angehöriger schon lang vermisst wurde. Und neun Monate waren eine beträchtliche Zeitspanne, was Craw besser wusste als jeder andere. Doch ich ließ es für den Moment darauf beruhen. Sie nickte mir zum Dank zu. Als ihre Mutter näher kam, schüttelte ich ihr die Hand.

»Ich freue mich, Sie kennenzulernen, Mrs Franks.«

»Oh, bitte«, erwiderte sie, »nennen Sie mich Ellie.«

Sie war etwa zehn Zentimeter kleiner als Craw und trug einen grauen Faltenrock und eine cremefarbene Strickjacke. Allerdings war die Ähnlichkeit zwischen Mutter und Tochter nicht zu übersehen: die gleichen Augen, die gleichen Gesichtszüge, die gleichen ein wenig steifen Schritte. Der Ruhestand schien Ellie Franks genauso gut zu bekommen wie ihrem Mann, und als wir höflich über das Wetter plauderten, witzelte sie darüber, wie sie und Leonard einmal eine ganze Woche in Dartmoor in ihrem Haus eingeschneit gewesen seien und er sie fast um den Verstand gebracht habe.

»Er kann einfach nicht still sitzen«, erklärte sie, während sie sich, ein Lächeln auf den Lippen, zögernd auf der Sofakante niederließ. »Nach einer Weile war ich kurz davor, ihn an einen Schlitten zu fesseln und ihn den Hügel runter nach Postbridge zu schubsen.« Dann aber verflog das Lächeln, und Trauer malte sich auf ihrem Gesicht.

Craw fragte ihre Mutter, ob sie etwas trinken wolle, zog sich in die Küche zurück und ließ uns, wie am Vortag versprochen, miteinander allein.

»Haben Sie sich schon wieder in London eingewöhnt?«, erkundigte ich mich.

Sie zog die Strickjacke enger um sich. »Ach, wissen Sie …« Sie hielt inne und lächelte ein wenig wehmütig. »Es ist in Ordnung.« *Aber es ist nicht das Leben, das ich mir gewünscht habe.* »Woher stammen Sie, Mr Raker?«

»David. Ich wohne hier in London.«

»Und davor?«

»Bis ich achtzehn war, habe ich im Süden von Devon gelebt.«

»Oh, wirklich?« Kurz leuchtete Hoffnung in ihren Augen auf. Sie beugte sich vor und stützte die Hände links und rechts neben sich aufs Sofa. »Dann kennen Sie sich bestimmt gut dort aus.«

»Es ist ein großer Landkreis«, antwortete ich, um ihr ein realistisches Bild zu vermitteln.

»So ein wunderschöner Teil unseres Landes.«

»Ja, stimmt.«

»Len und ich waren die Stadt leid. Nur Lärm und Gedrängel. In der U-Bahn geht es zu wie in einem Kriegsgebiet. Mir wurde es immer unerträglicher, und als Len sich dem Rentenalter näherte, haben wir immer öfter über einen Umzug gesprochen.«

»Warum Devon?«

Dieselbe Frage hatte ich Craw bereits gestern gestellt, wollte aber sichergehen, dass es wirklich keine bislang unerwähnte Verbindung zu dieser Gegend gab. Ellie zuckte die Schultern. »Wir sind oft dorthin gefahren, insbesondere, seit wir über fünfzig waren. Len hat die friedliche Stimmung geliebt. Dann haben wir das Wandern entdeckt, und so schlossen wir Dartmoor ins Herz.«

»Keine Verwandtschaft? Keine anderen Gründe?«

Sie schüttelte den Kopf. »Nein. Alle unsere Angehörigen wohnen hier.«

»Und Sie waren dort glücklich?«

»Oh, sehr glücklich«, sagte sie.

»Keine Schwierigkeiten?«

»Überhaupt keine, das kann ich Ihnen versichern. Wir haben das Haus etwa sieben Monate, bevor Len in den Ruhestand ging, gekauft und sind hingefahren, sooft wir Zeit hatten, um alles für den Umzug vorzubereiten. Und dann, einige Monate nach seinem Sechzigsten, haben wir London für immer den Rücken gekehrt.« Kurz hielt sie inne. Ihr Blick wanderte zu den Fotos von ihrem Mann hinüber. »Ich habe diesen Umzug keinen einzigen Tag lang bereut. Trotz allem, was geschehen ist. Die beiden Jahre, die wir dort in diesem Haus verbracht haben, waren wirklich die besten unseres Lebens.«

Ich gab ihr ein wenig Zeit, um ihren Erinnerungen nachzuhängen. Denn nun würden wir uns mit schwierigeren und schmerzlicheren Themen beschäftigen müssen. »Was ist mit den Tagen und Wochen vor Leonards Verschwinden?«

Sie schien enttäuscht, dass ich den Punkt angesprochen hatte.

Ich bohrte so zartfühlend wie möglich weiter. »Hat er vielleicht erwähnt, dass ihn etwas bedrückt? Oder hat er irgendwie verändert gewirkt?«

Noch während ich sprach, fing sie an, den Kopf zu schütteln. Wie mir klar wurde, hatte sie diese Frage schon so oft gehört, dass sie sie inzwischen beinahe vorausahnte. »Nein«, entgegnete sie, »es ging ihm gut.«

»Melanie sagte, er habe mit einem Mann namens Derek Cortez über die Möglichkeit gesprochen, als Berater für die Polizei von Devon und Cornwall tätig zu werden. Hat er das erwähnt?«

»Ja«, erwiderte sie, »wir haben irgendwann beim Abendessen darüber geredet.«

»Wann genau war das?«

»Oh, das muss Mitte November letzten Jahres gewesen sein.«

»Und wie verlief das Gespräch?«

»Harmonisch. Len fand es wichtig, Beruf und Privatleben voneinander zu trennen. Das gehörte zu den Dingen, die ich an ihm am meisten geliebt habe. Wic Sie sich sicher vorstellen können, muss man dazu ein sehr zielstrebiger und disziplinierter Mensch sein, aber ihm ist es gelungen. Ich möchte nicht behaupten, dass seine Arbeit bei der Polizei in einundvierzig Jahren Ehe nie zur Sprache kam, allerdings nur selten – und ganz bestimmt nicht in Gegenwart der Kinder. Doch er redete darüber, wenn große Veränderungen bevorstanden, die uns beide möglicherweise betrafen, und so hat er mir auch von seiner Unterhaltung mit Derek erzählt. Derek wolle seinen Kontaktmann bei … äh …« Sie suchte nach dem richtigen Wort.

»Der CCRU«, ergänzte ich. »Und haben die sich bei Leonard gemeldet?«

»Derek sagte, Len müsse sich zuvor einer Art offizieller Sicherheitsüberprüfung unterziehen. Vielleicht Ende Dezember. Len hat deshalb mit jemandem bei der Polizei von Devon und Cornwall telefoniert. Ich glaube, sie wollten ihn einfach ein bisschen besser kennenlernen.«

»Das war Gavin Clark.«

»Ja, so hieß der Mann. Er hat mit Len geredet und ihm erklärt, man sei sehr interessiert an seiner Berufserfahrung. Allerdings müsse man erst den Dienstweg abwarten.«

»Hat Clark auch gesagt, wie lang das dauern würde?«

»Wenn ich mich recht entsinne, meinte Len, mindestens einige Monate.«

Das bestätigte die Informationen, die Craw, Cortez und Clark mir gegeben hatten. Zwei Monate nach dem Telefonat zwischen Franks und Clark – das wäre Ende Februar, Anfang März gewesen. In der Zwischenzeit hatte Craw Franks an seinem Geburtstag, am 23. Februar, in Dartmoor besucht, und er hatte ihr gegenüber einen ungelösten Fall erwähnt. *Was bedeutete, dass er die Akte zu diesem Zeitpunkt schon gehabt haben musste.* Und das wiederum hieß entweder, dass Clark die Genehmigungen bereits in knapp sechs Wochen besorgt und Craw und mir – aus welchen Gründen auch immer – vorgelogen hatte, er habe Franks nie eine Akte geschickt. Oder, was wahrscheinlicher war: Die Akte stammte von einer dritten Person.

»Wir hatten eine große Küchenrenovierung geplant«, fuhr Ellie Franks fort, »und die hätte eine höhere Summe verschlungen, als wir eigentlich veranschlagt hatten. Len hat einen Teil seiner Pension dafür verwendet. Allerdings musste diese Pension noch zwanzig oder dreißig Jahre lang für uns beide reichen. Und so erschien es uns vernünftig, dass er sich einen nicht zu anstrengenden Nebenjob sucht.«

Sie klammerte sich an diese letzten Worte und schwankte ein wenig: ein nicht zu anstrengender Nebenjob, der womöglich der Grund für sein Verschwinden war. Ich ließ ihr einen Moment Zeit.

»Und was passierte dann?«

»Was meinen Sie damit?«

»Wissen Sie, ob er eine Akte erhalten hat?«

»Ja. Sie kam eines Tages mit der Post.«

»War es ein Einschreiben?«

»Nein, eine ganz normale Postsendung.«

»Erinnern Sie sich, wann genau das war?«

»Nicht genau.«

»Es ist wichtig, dass Sie sich daran erinnern.«

Sie holte tief Luft. »Vielleicht Ende Januar, Anfang Februar.«

»Wie sicher sind Sie sich?«

»Nach seinem Verschwinden hat Melanie mir erzählt, sie und Len hätten über seine Arbeit gesprochen, aber nur ganz kurz, als sie zu seinem zweiundsechzigsten Geburtstag bei uns war. Vermutlich ist Ihnen bekannt, dass er am dreiundzwanzigsten Februar Geburtstag hat. Also muss es davor gewesen sein. Ich kann es nicht besser eingrenzen, doch ich glaube, er hatte seit mindestens zwei Wochen an der Akte gearbeitet. Es könnte auch länger oder ein wenig kürzer gewesen sein.«

»Erinnern Sie sich an den Absender?«

»Nein.«

»War da keine Absenderadresse? Oder vielleicht ein Poststempel?«

»Nein«, sagte sie wieder. »Ich habe nicht darauf geachtet.«

»Also haben Sie die Sendung in Empfang genommen?«

»Nun, ich habe den Umschlag vom Boden aufgehoben, wenn das als in Empfang nehmen gilt. Len war nach Ashburton gefahren, um Sachen für das Haus zu kaufen. Wir hatten eine undichte Stelle im Dach. Ich habe die Post aufgehoben, sie durchgeschaut und ihm hingelegt.«

»Und das war das einzige Mal, dass Sie den Umschlag in der Hand hatten?«

Ellie war offensichtlich klug genug, um zu erkennen, worauf ich hinauswollte – nämlich, dass der geheimnisvolle

Fall, an dem ihr Mann kurz zuvor gearbeitet hatte, hinter seinem Verschwinden stecken könnte. Allerdings fragte ich mich, ob Craw etwas über die Herkunft der Akte und die Hintergründe erwähnt hatte: Gavin Clark hatte Franks mitgeteilt, er müsse auf seinen ersten Fall bis Anfang März warten. Und dennoch hatte der Umschlag schon vier Wochen früher, also Ende Januar, Anfang Februar, auf ihrer Fußmatte gelegen.

Meine Vermutung lautete, dass Craw es ihr absichtlich verschwiegen hatte. Wenn ja, hätte Ellie sicher Verdacht geschöpft. Denn das Eintreffen der Akte hieß, dass Franks ihr nicht gesagt hatte, für wen er in Wirklichkeit arbeitete. Bestenfalls hatte er beschlossen, es für sich zu behalten. Streng betrachtet war das keine unverfrorene Lüge, aber dennoch die Unwahrheit. Beruf und Privatleben voneinander zu trennen, das war eine Sache. Doch er hatte die Grenze bereits verwischt, als er mit seiner Frau besprochen hatte, ob er Aufträge von der CCRU annehmen solle, um einen Teil der Küchenrenovierung zu finanzieren. Ellie wusste, dass er einen Fall untersuchte. Er hatte ihr einfach nur verheimlicht, wer sein Auftraggeber war.

»Gut, und was ist mit den Tagen danach?«

»Tagen danach?«

»Haben Sie je beobachtet, dass er an dem Fall gearbeitet hat?«

»Oh ja«, antwortete Ellie. »Normalerweise haben wir jeden Nachmittag, wenn es nicht zu kalt war, die Terrassenheizung eingeschaltet und uns ein paar Stunden nach draußen gesetzt. Er saß am einen Ende der Veranda am Tisch, und ich habe es mir auf dem Rattansofa gemütlich gemacht.«

»Also hatten Sie Abstand, während er die Akte las?«

»Was meinen Sie damit?«

Doch dann, im nächsten Moment, erkannte ich, dass

es ihr wie Schuppen von den Augen fiel: Vielleicht war es ja bequemer für ihn gewesen, am Tisch zu arbeiten. Eine andere Möglichkeit war, dass er sich absichtlich einen Platz am anderen Ende der Veranda gesucht hatte, um zu verhindern, dass sie einen Blick in die Akte warf.

»Hat er sich je nachts mit der Akte beschäftigt?«

»Manchmal, wenn ich ferngesehen habe.«

»Hat er sich dann auch anderswo hingesetzt?«

Kurz huschte ein Schatten über ihr Gesicht. »Ja.«

Es gab keine Chance, die Herkunft der Akte nachzuvollziehen. Wenn Franks sie per Einschreiben erhalten hätte, hätte ich der Spur vielleicht folgen können. Doch den Briefkasten oder das Postamt finden zu wollen, wo ein ganz gewöhnlicher Umschlag eingeworfen worden war, das war so, als suche man eine Nadel im Heuhaufen. Ich betrachtete die Fotos von Franks, die ausgebreitet vor mir auf dem Couchtisch lagen, und sah dann wieder Ellie an.

»Und Sie wissen ganz bestimmt, dass Sie nie in die Akte geschaut haben? Nicht einmal ganz kurz, während Len daran saß: Wörter, Namen, Einzelheiten, Fotos, irgendetwas.«

Sie schüttelte voller Überzeugung den Kopf. »Nein. Inzwischen wünschte ich, ich hätte mich mehr dafür interessiert.«

Einen Moment lang zeigte sich ein Ausdruck der Trauer auf ihrem Gesicht. Sie erinnerte mich sehr an Craw – bei unserem gestrigen Treffen und auch bei früheren Gelegenheiten, als wir miteinander die Klingen gekreuzt hatten. Ellie war zwar ein wenig gefühlsbetonter, aber keine der beiden Frauen hatte auch nur eine einzige Träne vergossen. Dennoch konnte man mit Gefasstheit nicht alles tarnen: Sie litten, und mit jedem Versuch, es zu verbergen, sprach es nur umso klarer aus ihren Augen.

»Gut«, sagte ich in bemüht ruhigem, geduldigem Ton.

»Also kennen Sie den Inhalt nicht. Wissen Sie vielleicht noch, wie die Akte aussah? War sie zum Beispiel gebunden und verhältnismäßig ordentlich? Befand sie sich in einem richtigen Ringordner? Machte sie einen eher offiziellen oder einen selbst gebastelten Eindruck? Oder waren es nur lose Blätter, möglicherweise in einem Klemmhefter aus Pappe?«

»Wie ich schon sagte, war ich nie so nahe dran …« Sie hielt inne und starrte ins Leere.

Mach schon Ellie, irgendeine Information.

Ich wartete darauf, dass sie weitersprach. Nach einer Weile blickte sie mich wieder an. »Aus der Entfernung, und soweit ich mich erinnere, sah sie nach einer Akte aus, wie man sie von der Polizei kennt. Das heißt, sie war in einer Mappe – einer beigen, glaube ich. Einfach nur ein ganz normaler DIN-A-4-Aktendeckel … und die Papiere darin« – wieder verstummte sie –, »die schienen ziemlich ordentlich und gut in Schuss zu sein. Doch gebunden waren sie, denke ich, nicht.«

»In Ordnung«, erwiderte ich, während ich mir ihre Aussage wörtlich notierte. »Das war sehr gut, Ellie. Vielen Dank.«

Sie lächelte und wurde offenbar ein wenig lockerer. Eindeutig sträubte sich etwas in ihr, sich den Tag ins Gedächtnis zu rufen, an dem ihr Mann verschwunden war. Doch zu ihrem Pech war das hier erst der Anfang.

»Ich habe Leonards E-Mails durchgeschaut und dabei festgestellt, dass er noch Kontakt zu einigen alten Kollegen bei der Polizei hielt. Ich weiß, dass er mit Ihnen kaum über seinen Beruf gesprochen hat. Aber hat er je seine Kollegen erwähnt?«

»Oh ja, ziemlich oft.«

»Okay. Jemanden im Besonderen?«

»Ach, herrje. Es waren eine ganze Menge. Er hat ja in so

vielen verschiedenen Dienststellen gearbeitet, dass ich kaum noch mitkam. Es gab da vier oder fünf, die für ihn wahrscheinlich seine besten Leute waren: Donna Jones, Alastair Jordan … äh … Tony Mabena, Carla Murray … du meine Güte, ich überlege noch. Jim Paige. Nützt Ihnen einer dieser Namen etwas?«

Ich verglich sie mit der Liste der zehn Personen, die ich an diesem Morgen aufgestellt hatte. Alle fünf standen darauf. »Wissen Sie vielleicht noch, welche Funktion diese fünf bei der Londoner Polizei hatten? Waren sie die Untergebenen Ihres Mannes?«

»Jim Paige nicht. Er und Len waren gleichaltrig und haben sich gemeinsam hochgearbeitet. Als Len 2011 in den Ruhestand ging, leitete Jim die Abteilung für Sexualdelikte … äh …«

»Sapphire?«

»Ja, richtig.«

»Und die anderen?«

»Die waren ihm alle im Laufe der Jahre irgendwann unterstellt. Ich glaube, Carla war am längsten dabei. Wie lang genau, kann ich nicht sagen. Len hat sie irgendwo in Schottland abgeworben, Glasgow oder Edinburgh. Das war, denke ich, Mitte der Neunziger. Es könnte auch früher gewesen sein. Damals war er Police Superintendent und hat in Mordsachen und so weiter ermittelt. Danach ist er zum Organisierten Verbrechen versetzt worden, und sie ist ihm gefolgt. Anschließend war er … ach, herrje, wie heißt das noch mal?«

Ich wusste aus Craws Kurzzusammenfassung, dass Franks nach seiner Zeit bei Trident, der Abteilung für das Organisierte Verbrechen, beim Directorate of Professional Standards – der internen Ermittlung – gewesen war. »Beim DPS?«

»Ja, genau. Jedenfalls ist er später zurück zur Mordkommission, und Carla ist wieder mitgekommen. Und dort ist er bis zu seiner Pensionierung geblieben.«

»Carla ist Carla Murray, richtig?«

»Richtig.«

Ich kreiste ihren Namen und den von Jim Paige ein.

»Haben Sie diese Kollegen je privat kennengelernt?«

»Jim haben wir ziemlich häufig gesehen, denn er und Len waren ja alte Freunde, wie ich schon sagte. Sie haben auch regelmäßig miteinander telefoniert, um sich zu erzählen, was in letzter Zeit passiert ist. So etwa alle zwei Wochen. Es gab auch ein paar Einladungen, Grillabende im Sommer und so weiter. Einige Male fanden diese auch bei uns statt. Doch besonders regelmäßig war das nicht, vielleicht ein paarmal im Jahr. Damals, im Alter zwischen vierzig und Anfang fünfzig, ist er außerdem ein Mal in der Woche mit seinem Team in den Pub gegangen. Er fand, dass man damit die Moral der Truppe stärkt und den Zusammenhalt fördert. Er hat ihnen ein paar Biere ausgegeben, damit sich alle besser kennenlernen, als das während der Arbeit möglich ist.«

»Warum hat er mit Anfang fünfzig damit aufgehört?«

»Nach seiner Beförderung zum Chief Superintendent musste er diese Dinge ein wenig zurückfahren. Wahrscheinlich hielt er es nicht mehr für passend, der Kumpel seiner Leute zu sein. Es müsse zwischen ihm und seinen Untergebenen Grenzen geben. So war Len eben. Das habe ich an ihm geliebt. Er konnte gut mit Menschen umgehen, war großzügig und immer zuvorkommend, ganz gleich, woher jemand kam und wie er ihn kennengelernt hat. Doch wenn eine unliebsame Entscheidung verlangt wurde, hat er sie auch getroffen. Vermutlich wird man von einigen Leuten dafür respektiert und von anderen nicht.« Kurz hielt sie inne. Inzwischen ließ sie die Schultern hängen und sah plötzlich älter und ein wenig hilflos aus. »Ich weiß noch, wie er einmal zu mir sagte: ›Manchmal muss man sich auch von einem Menschen verabschieden.‹ Ich glaube, er meinte damit, dass man es nicht allen recht machen kann.«

Aber vielleicht hat er das ja überhaupt nicht gemeint, dachte ich.

Es konnte durchaus sein, dass er etwas völlig anderes hatte sagen wollen.

11

Craw kehrte aus der Küche zurück, stellte vor ihre Mutter eine Tasse Früchtetee hin, reichte mir meinen Kaffee und verkündete, sie werde oben sein, falls wir noch etwas bräuchten. Ich bedankte mich und blickte ihr nach. Dann wandte ich mich wieder Ellie zu.

»Gut. Jetzt erzählen Sie mir bitte vom dritten März.«

Sie nickte, schwieg aber. Einen Moment lang hatte ich das Gefühl, dass sie nicht nur in ihrem Gedächtnis kramte, sondern all ihren Mut zusammennehmen musste. »Es war ein Sonntag. Am Sonntag haben wir nie viel unternommen.« Lächelnd verstummte sie und räusperte sich dann. »Ich glaube, wir sind spät aufgewacht, haben eine Tasse Tee im Bett getrunken, die Zeitung gelesen und abwechselnd mit Lens iPad herumgespielt. Später haben wir dann einen Spaziergang zum Stannon-Tor gemacht, der befindet sich etwa anderthalb Kilometer nördlich von unserem Haus. Dort oben ist man ganz allein, und die Aussicht ist einfach malerisch. Zum Mittagessen waren wir wieder zu Hause, und am Nachmittag haben wir am Kamin vor uns hin gedöst.«

»Und alles war ganz normal?«

»Alles war bestens.« Allerdings räusperte sie sich wieder,

und zum ersten Mal bemerkte ich ein leichtes Aufblitzen in ihren Augen. »So gegen halb fünf, fünf brannte das Feuer allmählich herunter, und es wurde kalt. Deshalb habe ich Len gebeten, noch etwas Holz zu holen.«

»Sie haben ihn darum gebeten?«

Meine Frage schien sie zu verwirren. »Ich weiß nicht, ob …«

»Sie haben ihn darum gebeten. Er hat es nicht selbst vorgeschlagen?«

Nun verstand sie, worauf ich hinauswollte. Hatte Franks bis zu dieser Bitte keine Absicht gehabt, das Haus zu verlassen? Oder war es seine eigene Idee gewesen?

»Ja«, sagte sie.

»Sie haben ihn darum gebeten?«

»Ja«, wiederholte sie, »ich habe ihn gebeten zu gehen.« Der Rest blieb zwar unausgesprochen, stand ihr aber ins Gesicht geschrieben: *Ich habe verlangt, dass er vor die Tür geht – und er ist nie zurückgekommen.*

»Also ist er zum Holzschuppen …«

Sie hob den Kopf. Inzwischen schwankte sie wie ein Boxer in den Seilen. Schließlich atmete sie tief durch und nickte. »Richtig. Es könnte auch kurz nach fünf gewesen sein, aber es war eindeutig lange vor sechs, denn die Sonne war noch nicht untergegangen. Um diese Jahreszeit passiert das oben im Moor zwischen zehn vor und Viertel nach sechs.«

»Erinnern Sie sich, ob er noch etwas gesagt hat, bevor er ging?«

»Er hat sich beschwert – nur im Scherz, das war so ein Spiel zwischen uns –, weil ich ihn hinaus in die Kälte jage. Aber ich habe ihm versprochen, den Kessel aufzusetzen und ihm zur Belohnung ein dickes Stück von dem Kuchen abzuschneiden.« Eine Pause. Sie schniefte leise. »Also ist er aufgestanden und rausgegangen. Ich bin in die Küche, habe den Wasserkessel aufgesetzt und den Karottenkuchen aus dem Kühlschrank geholt. Wir hatten ihn am Vormittag in einer Bäckerei in Widecombe gekauft. Len liebt Karottenkuchen.«

Wieder huschte ein Schatten über ihr Gesicht. Ich holte sie in die Gegenwart zurück. »Und das hat Ihrer Schätzung nach fünf Minuten gedauert?«

Sie nickte. »Mindestens fünf. Es könnte auch ein bisschen länger gewesen sein. Ich weiß noch, dass ich von einem Artikel in der Zeitung abgelenkt war, den ich noch nicht gelesen hatte.«

»Und was geschah dann?«

»Ich kam ins Wohnzimmer und stellte fest, dass er noch nicht zurück war.«

»Wie lang hat er normalerweise gebraucht?«

»Eine Minute. Der Holzschuppen befindet sich ja direkt am Ende der Veranda. Er musste nichts weiter tun, als rauszugehen, drei oder vier Scheite zu nehmen und sie ins Haus zu bringen. Er ist in Hausschuhen raus.«

Das hatte Craw nicht erwähnt.

Wenn ich die Theorie in Betracht zog, dass er sein Verschwinden selbst geplant hatte, ergab das Zurücklassen von Brieftasche und Handy einen gewissen Sinn: Der Inhalt der Brieftasche – Bankkarten, Führerschein – hätte es erleichtert, ihn aufzuspüren. Ebenso wie die SIM-Karte in seinem Handy. Aber würde ein Mensch, der seinem Leben für immer den Rücken kehren wollte, mitten im Winter in Hausschuhen ins Moor hinausmarschieren?

Natürlich hätte das auch nur ein Trick sein können, um seine Absichten zu verschleiern, denn nichts sprach dagegen, dass er nicht irgendwo in der Nähe Kleidung zum Wechseln deponiert gehabt hatte. Doch dann fiel mir etwas ein: Ellie hatte ihn gebeten, vors Haus zu gehen. Der Vorschlag war nicht von ihm gekommen. Was, wenn sie ihn nicht dazu aufgefordert hätte? Oder wenn das Feuer an jenem Abend nicht so früh heruntergebrannt wäre? Oder wenn sie genügend Holz im Haus gehabt hätten?

Dann wäre er gar nicht erst rausgegangen.

Ganz gleich, was auch geschehen war, ich konnte mir die Szene besser vorstellen, seit ich Craws Video kannte. Ellie trat aus der Küche, bemerkte, dass er noch nicht zurück war, verließ das Haus und rief seinen Namen.

»Ich weiß, dass diese Frage seltsam klingt«, wandte ich mich an sie, »aber ist Ihnen in den Tagen nach seinem Verschwinden aufgefallen, dass irgendwelche Kleidungsstücke fehlen?«

»Fehlen?«

»Oder möglicherweise ein Rucksack? Sie sagten doch, Sie seien beide gerne gewandert. Also nehme ich an, dass Sie auch einen Rucksack besitzen. War der in den Tagen vor dem dritten März plötzlich unauffindbar?«

»Nein«, erwiderte sie, »nein, mir ist nichts aufgefallen. Den Rucksack habe ich noch.«

Das schloss nicht unbedingt aus, dass er irgendwo eine Tasche gebunkert hatte. Er konnte ja auch eine neue gekauft haben. »Als er nicht wiederkam, sind Sie also sofort nach draußen?«

»Ja.«

»Und was haben Sie dort gesehen?«

»Nichts. Er war nicht am Holzstoß. Deshalb bin ich um das ganze Haus herumgelaufen, bis zu dem windschiefen alten Geräteschuppen hinten, den er manchmal abends abzuschließen vergisst. Doch als er dort nicht war, bin ich wieder ins Haus. Ich dachte, wir hätten uns vielleicht verpasst.«

»Und die Sonne war noch nicht untergegangen?«

Sie war klug genug, um meine Absicht zu erahnen. »Nein.

Es war zwar bewölkt, weshalb die letzte Stunde Tageslicht ziemlich dämmrig war, aber ich hatte eine klare Sicht in alle Richtungen.«

»Bis hinunter ins Dorf und rauf zum Tor.«

»In alle Richtungen«, wiederholte sie mit mehr Nachdruck. Erneut erkannte ich Craw in ihr wieder. Mittlerweile hatte sie sich, die Tasse auf dem Schoß, auf dem Sofa zurückgelehnt. »Man hört ein Auto, sobald es anderthalb Kilometer entfernt in Postbridge in die Staubstraße einbiegt. An klaren Tagen sieht man, ob sich Fußgänger nähern, ganz gleich, in welche Richtung man auch schaut. Am fraglichen Sonntag war der Himmel zwar wolkenverhangen, aber es war nicht neblig. Kein Dunst. Der Polizist, mit dem Melanie und ich in Newton Abbot gesprochen haben – Sergeant Reed –, wollte von mir wissen, ob ich Len übersehen haben könnte. Doch das ist völlig ausgeschlossen. Egal, wohin er auch gegangen wäre, ich hätte es bemerkt.«

Ich nickte. Auch wenn feststand, dass etwas übersehen worden sein musste. Ein Besuch des Hauses und der Landschaft, die in Craws selbst gemachtem Film nicht im Bild war, würde mir mehr Aufschluss geben. Nur weil Ellie Franks ihren Mann in den Momenten, nachdem er nicht vom Holzholen zurückgekommen war, nicht wahrgenommen hatte, musste er sich nicht zwangsläufig in Luft aufgelöst haben. In Landschaften wie Dartmoor wimmelte es von Felsspalten, Erdlöchern, Bodensenken und Felsvorsprüngen, alles Möglichkeiten, sich zu verstecken und auf die Dunkelheit zu warten. Es gab dort genügend Möglichkeiten.

Oder Orte, an denen man jemanden verstecken konnte.

12

Nachdem ich mich bei Ellie Franks für ihre Geduld bedankt hatte, erschien Craw und führte mich einen Flur entlang, der vom Wohnzimmer abging. Dort befanden sich zwei weitere Türen, beide offen. Die eine gehörte zu einem Arbeitszimmer, die andere zu einem kahlen weißen Raum, der nur mit einem Schreibtisch und einem Stuhl ausgestattet war.

Auf dem Schreibtisch standen zwei Pappkartons.

Als wir am Arbeitszimmer vorbeikamen, konnte ich einen Blick auf zwei in L-Form aufgestellte Sofas, einen gläsernen Couchtisch und einen PC auf einem kleinen Schreibtisch in der Ecke erkennen. Der Stuhl fehlte. Allerdings stapelten sich auf dem Tisch Bücher, zu weit entfernt, um die Titel lesen zu können. Ich fragte mich, ob Craws Mann zu Hause arbeitete. Die Einrichtung machte mich neugierig, was er von Beruf war. Doch noch während ich mit dem Gedanken spielte, sie danach zu fragen, um einen persönlichen Kontakt herzustellen und uns den Weg von Widersachern zu Verbündeten zu ebnen, wusste ich schon, dass ihr das nicht gefallen würde. Small Talk war nicht ihre Sache. Sie war nicht nur eine glühende Verfechterin der Wahrheit, sondern gleichzeitig auf ihre Weise recht kontaktscheu und nicht in der Lage, Anteilnahme an Dingen zu heucheln, die ihr unwichtig erschienen. Ihr Mann war ihr vermutlich sehr wichtig. Ganz im Gegensatz zu meiner Neugier auf ihn.

Als wir den Raum hinter dem Arbeitszimmer betraten, dachte ich wieder an Leonard Franks und daran, wie Craw ihn mir am Vortag geschildert hatte. Es hätte genauso gut eine Selbstbeschreibung sein können. Sie wies zwar einige Ähnlichkeiten mit ihrer Mutter auf, doch es waren die Gemeinsamkeiten mit ihrem Vater, die mich innehalten ließen.

Es war ein Stück Arbeit, zu Craw durchzudringen. Und ich konnte mir gut vorstellen, dass es bei Franks nach fünfunddreißig Jahren, die er in menschliche Abgründe geblickt hatte, noch schwieriger gewesen war. *Dad war sehr zurückhaltend*, hatte sie zu mir gesagt. *Er hat alles mit sich selbst abgemacht.* Und dadurch wurde er letztlich nicht nur zum anstrengenden Gesprächspartner.

Sondern auch schwerer aufzuspüren.

»Das sind Dads ganze Sachen«, verkündete sie und legte die Hand auf einen der Kartons. Beide waren recht groß: etwa einen halben Meter lang und ungefähr achtzig Zentimeter hoch. »Die Möbel sind natürlich noch in dem Haus in Devon. Auch einige Kleidungsstücke und weitere Sachen: Sein Werkzeug liegt im Schuppen, der PC steht im Wohnzimmer. Und natürlich der ganze Krimskrams und so. Aber der Rest ist hier.«

»Und auf dem PC war nichts?«

»Der ist ein Methusalem. Sie haben ihn benutzt, um Briefe auszudrucken und Fotos von ihrer Kamera herunterzuladen. Sie können ihn sich anschauen, wenn Sie hinfahren.« Der Rest blieb unausgesprochen: *Falls Sie mir nicht glauben.*

Ich klappte einen der Kartons auf.

Darin sah es aus wie an einem Flohmarktstand: Fotos, alte Terminkalender, einige Bücher, DVDs, eine Ordonnanzkarte von Dartmoor. Alles in allem ein ungeordneter Querschnitt durch sein Leben.

»Sind Sie das alles durchgegangen?«

Sie nickte. »Mehrere Male.«

Im zweiten Karton fand ich mehr oder weniger das Gleiche vor, obwohl ich diesmal auch auf das iPad stieß, das Craw in ihren Anmerkungen erwähnt hatte. Daneben lag ein gerahmtes Foto von Franks in Uniform bei einem weiteren polizeilichen Festakt. Auf diesem Foto schien er um einiges jünger zu sein, vielleicht Ende vierzig, stand irgendwo auf einer Bühne und schüttelte einem uniformierten Polizisten die Hand. An den Schulterklappen des anderen Mannes konnte ich dessen Rang ablesen: ein Assistant Commissioner.

Neben dem iPad entdeckte ich eine Spiegelreflexkamera mittlerer Reichweite und einen mit einem Gummiband verschlossenen Schuhkarton. Ich griff zuerst nach der Kamera. Als ich die Fotos betrachtete – es fing mit Bildern von Ellie auf der Veranda an –, sagte Craw: »Die Fotos sind alle auf dem iPad, falls das die Sache erleichtert.«

»Alle?«

»Jedes einzelne. Ich habe es etwa fünfzigmal überprüft. Aber natürlich werden Sie sich selbst vergewissern wollen.« Wie sie es ausdrückte, klang es ein wenig nach einer Beleidigung. Aber ich ging nicht weiter darauf ein und legte die Kamera wieder in die Kiste. Sie wies auf den Schuhkarton. »Da drin sind seine sämtlichen Notizbücher. Aus der Zeit vor iPads und Smartphones. Dad war ein Anhänger von Papier – er hat einfach *alles* aufgeschrieben.«

»Gut für mich.«

»Das iPad ist seins, doch sie haben es beide benutzt. Mum hat viele Videos damit gemacht, um mir zu zeigen, was sie alles unternommen hatten, wenn ich zu Besuch kam. Wir haben ihn nach seiner Pensionierung mehr oder weniger gezwungen, sich so ein Ding zu kaufen. Schließlich wohnten sie mitten in der Einöde, und Mum machte sich Sorgen, dass er nach einem ganzen Leben in der Großstadt einen Hüttenkoller kriegen könnte.« Sie wies auf die Kamera. »Aber in Wahrheit fühlte er sich pudelwohl. Das Fotografieren ist für ihn ein echtes Hobby geworden. Dazu die Sportberichterstattungen, die Planung von Wandertouren und der Kontakt mit seinen Freunden.«

»Freunde wie Carla Murray und Jim Paige?«

Sie musterte mich, als befürchte sie, ich wolle sie aufs Glatteis führen. »Wahrscheinlich.«

»Kennen Sie die beiden?«

»Jim kenne ich ziemlich gut, Carla weniger.«

Ich fischte das iPad aus dem Karton. Franks hatte sein Gmail-Konto mit der Mail-App synchronisiert, und obwohl ich den gesamten Schriftwechsel mit seinen Exkollegen bereits durchgearbeitet hatte, erkannte ich nun, nach dem Gespräch mit Ellie, warum sie Paige und Murray als die engsten Freunde ihres Mannes bei der Polizei bezeichnet hatte.

Der E-Mail-Verkehr mit Murray enthielt siebenundsechzig Nachrichten im Laufe der zwei Jahre, die Franks im Ruhestand verbracht hatte. In einer spielte Murray sogar direkt auf die gemeinsam bearbeiteten Fälle an. *Ich glaube, es müssen einhundertneununddreißig gewesen sein*, schrieb sie. Ich spürte die Nähe zwischen ihnen und stellte fest, dass sie ihre eigene Geheimsprache entwickelt hatten. So stand »das Loch« für das Büro des Polizeichefs; die wöchentliche Pflichtstatistik wurde »Fleißaufgabe« genannt. Die Mails behandelten zwar stets dieselben Themen – ihre: Bürointrigen, Beförderungen und Budgetkürzungen; seine: Renovierungen, Dartmoor, Ruhestand –, vermittelten aber einen guten Eindruck von ihrem Verhältnis.

Das Einzige, was mir auffiel, war die nachlassende Häufigkeit der Mailkontakte in den fünf Wochen vor seinem Verschwinden. Vor dem 7. Januar hatten sie einander mindestens ein Mal pro Woche geschrieben. Manchmal war die zweite oder dritte Mail nur eine Antwort auf eine vorangegangene Nachricht, doch offenbar fühlte sich jeder von ihnen verpflichtet zu reagieren. Und dennoch brachen die Mails nach dem 27. Januar bis zu seinem Verschwinden am

3. März abrupt ab: Ein einziger Schriftwechsel in der ersten Woche. Eine weitere Mail von Murray in der vierten Woche, auf die Franks geantwortet hatte. Und dann, in der letzten Woche, kein Wort mehr. Der Tonfall der Nachrichten hatte sich nicht geändert; er war weiterhin freundschaftlich, und sie sprachen noch über dieselben Themen. Warum also hatten sie sich plötzlich seltener geschrieben?

Ich musste unbedingt mit Murray reden. Auch mit Jim Paige. Er und Franks hatten sich gemeinsam hochgearbeitet und waren seitdem befreundet. Eine so lange Freundschaft führte zu einem Band, das nicht so leicht durchtrennt werden konnte. Und manchmal lockte sie einen auch auf Abwege, die man für einen anderen Menschen nie gegangen wäre. Ihre Mails waren kumpelhafter als der Briefwechsel mit Murray und außerdem weniger von Ehrfurcht geprägt. Murray behandelte ihn trotz aller Neckereien noch mit Respekt, während Paige ihn »Len« und »General Franko« nannte und ständig auf seine Kosten Witze riss. Allerdings schwang in den Nachrichten beider Exkollegen stets aufrichtige Wärme mit. Als ich die Mails weiter durchging, bekam ich ein Gefühl für die Rolle, die Paige vor dessen Pensionierung in Franks' Leben gespielt hatte, und es kristallisierten sich auch noch andere Fakten heraus: die Namen weiterer Kollegen auf derselben Gehaltsstufe, der gemeinsame Freundeskreis, die Freude am Golfspiel, denkwürdige Anekdoten aus der Tischkegel-Mannschaft der Polizei, in der sie beide angetreten waren. Ich entnahm den Mails außerdem wichtige Details wie den Namen ihres Lieblingspubs, der *The Hare and Badger* hieß und auf den sie beide große Stücke hielten, wobei Paige vor allem hervorhob, dass es dort noch richtiges Ale gab. Es waren die einzigen Gelegenheiten, bei denen die zwei Männer sentimental wurden. In einer Mail aus dem Jahr 2012 schrieb Franks, er vermisse ihre »wöchentlichen Männerabende im

Badger«, woraufhin Paige erwiderte, seit er fort sei, seien die Dinge nicht mehr wie früher.

»Ich würde gerne mit ihnen sprechen.«

»Murray und Paige?«, fragte Craw.

Ich nickte. »Murray schreibt, sie habe einhundertneununddreißig Fälle mit Ihrem Dad bearbeitet. Das sind ziemlich viele. Vielleicht steht einer von ihnen ja in Zusammenhang mit der Akte, die ihm geschickt wurde.«

»Das wird ein Problem.«

»Warum?«

»Was glauben Sie? Sobald ich Sie vorstelle, werden alle wissen, dass ich Sie mit der Suche nach Dad beauftragt habe. Jim ist ein alter Freund der Familie – allerdings auch ein hohes Tier bei der Polizei. Ein Anruf bei meinem Vorgesetzten, und ich habe ein Disziplinarverfahren am Hals. Ich veranstalte das hier nicht, um meinen Job zu verlieren.«

»Sondern, um Ihren Vater zu finden.«

Kurz zeigte sich der Ausdruck von Hilflosigkeit auf ihrem Gesicht.

»Hören Sie«, fuhr ich fort, »ich bin mir der Risiken bewusst. Aber wenn Sie rauskriegen wollen, was ihm zugestoßen ist, müssen Sie mir ein wenig helfen.«

Sie hielt inne, offenbar verärgert über meine Hartnäckigkeit. Im nächsten Moment wurde ihre Miene versöhnlicher – anscheinend war ihr etwas eingefallen. »Ja, es könnte eine Möglichkeit geben.« Wieder verstummte sie und überlegte. »Heute Abend findet eine Wohltätigkeitsveranstaltung der Polizei in einer Weinbar in Millbank statt. Es werden fast nur Polizisten da sein, aber auch ein paar Anzugträger aus Whitehall, Journalisten – also sollten Sie nicht weiter auffallen. Außer, natürlich, Sie treffen zufällig einen Ihrer vielen Freunde bei der Polizei.«

Ich schmunzelte. »Werden Murray und Paige da sein?«

»Paige bestimmt, bei Murray bin ich nicht sicher. Wie ich schon sagte, kenne ich sie nicht so gut, nur vom Sehen durch Dad. Soll ich Ihnen eine Eintrittskarte besorgen?«

»Vielleicht auch zwei?«

Sofort verzog sie argwöhnisch das Gesicht. »Wen möchten Sie mitbringen? Etwa *Healy*? Dann wird es sicher ein lustiger Abend. Ich glaube, er ist in unserem Verein sogar noch unbeliebter als Sie.«

»Nein. Ich habe Healy sei über einem Jahr nicht gesehen.«

Trotz des Tonfalls, in dem sie seinen Namen aussprach, wirkte ihr Gesichtsausdruck ein wenig traurig. Colm Healy war eines ihrer gescheiterten Projekte, ein Polizist, den sie aus dem Exil hatte zurückholen wollen und den sie vor der Schande einer Suspendierung gerettet hatte. Doch letztlich hatte er ihr Vertrauen missbraucht. Ich kannte ihn sogar schon länger als Craw, schätzte ihn jedoch genau so ein, wie sie es tat: als einen Mann, zerfressen von Wut und Verbitterung, der sein eigenes Scheitern hinter Großspurigkeit tarnte. Und dann war da noch seine verwundete Seele, die in den Schatten darunter verharrte und weiterhin mit dem Tod seiner Tochter und dem Fall haderte, der sein Leben zerstört hatte. Ich hatte schon lang nicht mehr mit Healy gesprochen. Craw offenbar auch nicht – doch seltsamerweise war er noch immer das Einzige, was uns miteinander verband.

»Haben Sie eine Ahnung, was er zurzeit so treibt?«, fragte sie.

»Nein.« Dann jedoch erinnerte ich mich an etwas, das ich am Vortag zu Annabel gesagt hatte: *Ich habe festgestellt, dass das Leben so eine Art hat, einen mit gewissen Menschen zusammenwachsen zu lassen.*

Bei diesen Worten hatte ich an Healy gedacht. Wir waren nicht wirklich Freunde und würden es vielleicht im herkömmlichen Sinn auch niemals sein. Und dennoch gab es da etwas zwischen uns, eine Seelenverwandtschaft, eine Verbindung, ja, gewissermaßen die unterschwellige und unausgesprochene Erkenntnis, dass wir zwei Seiten einer Medaille waren. Nachdem Craw ihm im Juni 2012 den Stuhl vor die Tür gestellt hatte, hatte ich ihm angeboten, im alten Haus meiner Eltern im südlichen Devon unterzuschlüpfen, wo ich mich von meinen Stichverletzungen kurierte. Er hatte keine andere Unterkunft, und da ich es hauptsächlich ihm verdankte, dass ich an jenem Tag nicht gestorben war, glaubte ich, ihm für die Rettung meines Lebens etwas schuldig zu sein. Dann, fünf Monate später, im November, war er nach London zurückgekehrt, und in den dreizehn Monaten seitdem hatte er sich nicht mehr bei mir gemeldet. Ich hatte zwar versucht, ihn zu erreichen, aber er hatte nie zurückgerufen. Und zu guter Letzt war ich zu dem Schluss gekommen, dass er es eben so wollte.

»Also«, sagte sie, »wenn nicht Healy, wer dann?«

»Ich würde gerne meine Tochter mitbringen.«

Sie runzelte die Stirn. »Ich wusste gar nicht, dass Sie Vater sind.«

»Ich bis vor einem Jahr auch nicht.«

Sie musterte mich noch einen Moment. »Einverstanden.«

»Danke.«

»Allerdings kann ich aus offensichtlichen Gründen nicht …«

»Schon kapiert. Ich bin auf mich allein gestellt.«

Craw beobachtete mich, als ich das iPad an seinen Platz legte und nach dem Schuhkarton daneben griff. Ich hatte den Eindruck, dass sie ihr Angebot, mich zu der Wohltätigkeitsveranstaltung einzuladen, inzwischen ein wenig bereute. Doch ich schwieg; vermutlich würde es meine einzige Gelegenheit sein, mir Paige vorzuknöpfen, und trotz ihrer Vorbehalte als Polizistin sagten ihr ihre Gefühle für ihren

Vater, dass sie gar keine andere Wahl hatte. Sie wusste, dass es unumgänglich war.

Ich hob den Deckel des Schuhkartons hoch.

Darin befanden sich einige schwarze Notizkalender im DIN-A-6-Format, jeder mit einer in Gold aufgedruckten Jahreszahl versehen. Sie umfassten die Jahre 1982 bis 1997. Es gab auch noch zwei größere Notizbücher in DIN-A-5, dicker und mit weißem Stoffeinband. Ihre Rücken trugen keine Jahreszahl. Als ich eines davon herausnahm, stellte ich fest, dass es nicht nur als Terminkalender benutzt worden war. Franks hatte Daten markiert, Sitzungen in Stichpunkten mitgeschrieben, sich Stichpunkte notiert, Eindrücke von Tatorten festgehalten, Theorien ausgeführt und Post-it-Etiketten eingeklebt.

Ich streckte Craw den Schuhkarton hin. »Haben Sie die durchgeschaut?«

»Ja.«

»Und Sie sind nicht auf etwas gestoßen?«

Sie schüttelte den Kopf. »Aber das heißt nicht, dass da nichts Interessantes zu finden wäre. Ich befürchte, dass ich zu nahe dran bin – an ihm, seinem Leben und seiner Laufbahn als Polizist.«

»Darf ich die ganzen Sachen mitnehmen?«

»Deshalb sind sie ja hier.«

Einen Moment zeigte sich ein unbestimmter Ausdruck auf ihrem Gesicht. Wahrscheinlich hatte sie die letzten vierundzwanzig Stunden damit verbracht, darüber nachzugrübeln, ob es eine gute Idee gewesen war, mich hinzuzuziehen. Nicht, weil sie meinen Fähigkeiten und Instinkten misstraute, sondern weil sie sich nun damit abfinden musste, dass ihre Rolle in dieser Angelegenheit beendet war. Ich hatte mit ihrer Mutter und mit ihr selbst gesprochen. Ich nahm die Pappkartons mit und war bereits im Besitz der Schlüssel zum Haus ihrer Eltern in Dartmoor. Nun war es plötzlich mein Fall, nicht mehr ihrer.

Jetzt konnte sie nichts weiter tun, als zu warten.

13

Das Steakhaus befand sich am nördlichen Ende von Long Acre, auf halber Strecke zwischen Covent Garden und Kingsway. Nachdem ich Craws Haus in Wimbledon verlassen hatte, rief ich Annabel an, beschrieb ihr den Weg zum Restaurant und ergatterte einen Parkplatz in der Nähe der Waterloo Bridge. Auf der Brücke war es kalt. Der Wind fegte wie eine Welle von der Themse heran, und als ich The Strand erreichte, rieselte Graupel vom Himmel. Ich war durchgefroren bis aufs Mark.

Das Lokal hieß nach seinem Besitzer *Gustavo's*. Es lag am Ende einer langen Sackgasse und wurde von einem Immobilienmakler und einer Werbeagentur flankiert. Im Gegensatz zu den schmucklosen grauen Vertäfelungen der Firmen links und rechts bestand seine Fassade hauptsächlich aus Glas. Zu beiden Seiten der Tür standen Lorbeerbäume in Töpfen, und eine gestreifte Markise erstreckte sich über den gesamten Gehweg, um die mittäglichen Raucher vor dem Schneeregen zu schützen.

Das Innere des Lokals war mit dunklem Holz ausgestattet. Sitznischen mit eingelassenen Bänken säumten die Wände, in der Mitte standen Tische. Das Restaurant war klein, aber warm, und das Essen duftete lecker. Ich bat um einen Platz am Fenster mit Blick auf die Seitenstraße, um sehen zu können, wann Annabel eintraf.

Ich hatte einen Rucksack aus dem Auto geholt und einige Sachen aus den Kartons hineingesteckt, die Craw mir gegeben hatte. Dazu gehörten weitere Fotos, Franks' iPad und die beiden weißen Notizbücher. Ein Großteil des Kartoninhalts würde mir auf den ersten Blick nicht weiterhelfen – alte Golfpokale, eselsohrige Thriller aus der Flughafenbuchhandlung, Schneekugeln mit Comicfiguren darin. Doch das iPad und die Notizbücher konnten nützlich sein. Nun öffnete ich den Rucksack und nahm alles heraus.

Die Fotos waren zwar interessant, brachten jedoch keine neuen Erkenntnisse. Sie stellten eher Szenen aus seinem beruflichen als aus seinem Privatleben dar: ein von der Zeit ausgebleichter Schnappschuss, auf dem er, eine Nikolausmütze auf dem Kopf, bei einer Weihnachtsfeier im Büro an der Schreibtischkante lehnte. Er wurde von drei herumalbernden Kollegen umringt und befand sich anscheinend im einem Büro der Kriminalpolizei. Das nächste Foto war eine Aufnahme von ihm an seinem Schreibtisch. Er trug Zivil, hatte die Arme verschränkt und lauschte ernst jemandem, der nicht im Bild war. Ein offizielles Polizeifoto in Uniform war auch dabei.

In der Mitte des Stapels, zwischen all den austauschbaren Fotos, die seine Karriere nachvollzogen, lag das einzige Bild, auf dem er nicht zu sehen war. Weder er noch sein Arbeitsplatz, andere Polizisten oder seine Familie. Nein, es handelte sich um eine Aufnahme von Dartmoor mitten im Winter. Der Boden war mit einer Decke aus Raureif überzogen. Hier und da ragten Dornenranken aus dem kreideweißen Gras, und dazwischen waren gewaltige, von Moos überwachsene Felsbrocken verteilt, als seien sie vom Himmel gefallen. Der Fotograf hatte auf einem erhöhten Punkt, vielleicht einem Tor, gestanden und auf ein Tal zwischen zwei geschwungenen Hügeln hinuntergeblickt. In die Spalte ganz unten schmiegte sich eine winzige Steinbrücke, und dahinter erhob sich ein Kirchturm. Der Höhenunterschied zwischen Fotograf und Brücke betrug etwa dreißig Meter. Ein im weichen Morgenlicht silbrig schimmernder Bach zog sich durch das Bild.

Ich drehte das Foto ein Stückchen und hielt es ans Licht.

Links auf einem natürlichen Felsplateau am Abhang standen die Überreste einer Bergarbeiterhütte, ein quadratischer grauer Geröllhaufen, umwachsen von Gras, wo sich einst die Fundamente des Hauses befunden hatten. Wieder wanderte mein Blick zum Kirchturm, und ich überlegte, wo das Bild wohl entstanden sein könnte. Wenn da ein Kirchturm war, musste auch eine Kirche dazugehören. Und eine Kirche wies aller Wahrscheinlichkeit nach auf ein Dorf hin. Postbridge konnte es nicht sein, weil es dort keine Kirche mit Turm gab. Allerdings stellte das Foto eindeutig Dartmoor dar: die Dornen, die Hütte, die Moorlandschaft. Weshalb mochte Franks das Foto zu den Aufnahmen aus seinem Arbeitsleben gelegt haben? Oder war es nur zufällig dazwischengeraten?

Ich wandte mich von dem Foto ab und dem iPad zu.

Seine Apps nahmen zwei Seiten ein. Allerdings sah der Desktop mehr oder weniger genau so aus, wie er ab Werk, frisch aus der Verpackung, eingestellt gewesen war. Er hatte keine Unterordner angelegt oder versucht, die Apps auf irgendeine Weise zu sortieren. Die wenigen, die er hinzugefügt hatte, waren nicht weiter auffällig: BBC iPlayer, 4OD, Skype, Sky Go, eine Touren-App, Wanderkarten. Ich loggte mich bei Skype ein, um mir seine Kontakteliste anzuschauen, und entdeckte nur zwei Namen: Melanie Craw und ihren Bruder Carl. Unter Videos hatte er nichts abgespeichert und auch nichts zur Musik-Playlist hinzugefügt. Sie enthielt zehn Stücke, alles Klassik. Unter Kontakte waren keine Namen vermerkt, auch nichts unter Termine und Notizen oder Zeitschriftenabos bei Newsstand.

Da ich seine Mails schon kannte, klickte ich Safari an, um

Franks' Webverlauf unter die Lupe zu nehmen. Sein Leben im Internet spiegelte seinen Geschmack in Sachen Apps wider: Spaziergänge in Dartmoor, Sport, ein paar Fernsehsendungen und Filme – und immer wieder Besuche auf einer Site für Amateurfotografen, insbesondere bei den Tipps, wie man mit seinem Kameramodell bessere Fotos zustande bringen konnte.

Als ich Fotos anklickte, stieß ich auf zweihundertfünf Bilder und einundzwanzig Videos. Es gab jede Menge Fotos von dem Haus, vor und nach dem Einzug. Einige zeigten das Ehepaar beim Renovieren, auf anderen saß Craw mit ihrer Familie auf der Veranda, auf einem war Franks an der seitlichen Grundstücksgrenze zu sehen, wo er etwas an seinem Audi reparierte. Aber zum Großteil waren es Landschaftsaufnahmen.

Auf manchen stand Ellie inmitten der kargen, beeindruckenden Szenerie: Hügel verschwammen im grauen Morgendunst, die Sonne hinter ihr am Himmel; Kühe grasten auf offenen Weiden; ein Tor ragte ins Dämmerlicht. Ich warf noch einen Blick auf den Fotoabzug, den ich beiseitegelegt hatte: das Tal und die Ruine der Bergarbeiterhütte. Der Stil war derselbe. Franks war ein Amateurfotograf, allerdings wissbegierig genug, um Stunden im Internet auf der Suche nach Ratschlägen für bessere Fotos zu verbringen. Das ergab Sinn, denn er hatte offenbar versucht, diesen Teil der Welt einzufangen.

Da ich keine Ohrhörer dabeihatte, regelte ich die Lautstärke herunter und sah mir die Videos an. Sie waren zwischen den Fotos verstreut, und es war nicht weiter schwierig, ein Muster zu erkennen: Alle Fotos waren mit Franks' Spiegelreflexkamera gemacht und zu Hause erst auf den PC und danach auf das Tablet überspielt worden. Die Videos waren hingegen direkt mit dem iPad aufgenommen.

Das erste Video war zwei Monate nach dem Umzug nach Dartmoor entstanden. Ellie führte die Kamera, Franks bearbeitete eine Trennwand im Wohnzimmer mit dem Vorschlaghammer. Ich erinnerte mich an Craws Beschreibung des Hauses auf ihrem Video: *Dieses Zimmer war ursprünglich zweigeteilt, aber Dad hat beim Umzug die Trennwand eingerissen.*

Es war das erste Mal, dass ich ihn in Bewegung sah, das schütter werdende graue Haar seitlich gescheitelt, durchgeschwitzt, seine einsdreiundachtzig trotz eines kleinen Bäuchleins noch schlank. Anfangs ging er vorsichtig zu Werke, als sei er sich der Beschränkungen seines Körpers bewusst. Doch als er weiter den Vorschlaghammer schwang, fand er seinen Rhythmus, und sein Alter schien auf einmal unwichtig zu werden. Selbst mit Anfang sechzig war er noch stark und durchtrainiert, und er drosch immer weiter auf die Wand ein, bis nur noch Fetzen von Gipskarton, Holzbalken und Staub davon übrig waren.

»Hat dir das Spaß gemacht?«, fragte Ellie. Das Mikrofon des iPad verzerrte den Ton ein wenig, als sie näher kam. Frank beseitigte gerade den Schutt von den Überresten der Wand. Dann drehte er sich zu ihr um und lächelte breit. Ich hatte ihn zwar schon auf anderen Fotos lächeln sehen, aber niemals so. Schweiß glänzte auf seinem Gesicht und durchdrang seine Kleidung, und er war atemlos. Doch er wirkte entspannt. Das Lächeln war echt.

Er richtete sich auf. »Spionierst du mir nach?«

»Nur ein bisschen.«

»Ich glaube, mein Ganztagsjob war mir lieber als das da.«

Sie lachte, und damit war das Video zu Ende.

Die anderen Filme vermittelten mir ein noch deutlicheres Bild vom Rentneralltag der Franks: Das Haus nahm allmählich Gestalt an. Nachdem Franks mit den schweren

Arbeiten fertig war, rückten verschiedene Handwerker an und bauten das Wohnzimmer um. Die beiden planten ihr nächstes Projekt – die Küche – und erörterten Kosten und Ausstattung. Ellie bediente immer die Kamera, was mir bestätigte, dass die Liebe ihres Mannes auch weiterhin der Fotografie, nicht dem Filmen galt. Es gab auch weniger bahnbrechende Momente. Ellie filmte ihren Mann, während dieser auf ein Tor kletterte. Der im Mikrofon knisternde Wind übertönte ihre Stimmen. Leonard sagte etwas zu ihr, eine gutmütig gemeinte Neckerei auf ihre Kosten. Dann hielt er ihr die Hand hin, um ihr über einen Bach zu helfen. Zu guter Letzt hatte Ellie versucht, sie beide ins Bild zu bekommen, indem sie die Selbstauslösefunktion der Kamera benutzte. Unterdessen tat Franks so, als mache er mit der Spiegelreflex um seinen Hals ein Foto davon, wie Ellie sie beide fotografierte.

Das war es, worin sich Videos und Fotos so grundlegend unterschieden. Die meisten Fotos berührten nur die Oberfläche: wie jemand an einem bestimmten Tag aussah, was er anhatte, wo das Bild entstanden war. Doch mit den Videos war es etwas anderes. Diese gemeinsamen Momente der beiden verrieten mir alles, was ich über ihre Beziehung wissen musste. Sie waren eine spontane Dokumentation ihres Lebens, die vor meinen Augen in beweglichen Bildern lebendig wurde. Falls ich je Zweifel über den Zustand ihrer Ehe gehabt und mich mit dem Gedanken getragen haben sollte, er sei einfach gegangen, ohne etwas für seine Frau zu empfinden, waren diese nun ein für alle Mal ausgeräumt.

Das kann einem ein Foto nie vermitteln, dachte ich.

Und dennoch wanderte mein Blick nur wenige Sekunden später von den Filmen zurück zu dem Fotoabzug auf dem Tisch.

Denn ich hatte etwas bemerkt.

14

Leonard und Ellie hatten im April 2011 angefangen, das iPad zu benutzen, vermutlich kurz nachdem Franks es bekommen hatte, also etwa um den Zeitpunkt seiner Pensionierung herum. Als ich die Liste der Fotos und Videos durchging, war jedes davon mit einem Datum versehen. Und ich entdeckte, dass das Foto, das in dem Karton gelegen hatte – das von dem Tal, der Bergarbeiterhütte und dem Kirchturm –, auch digital auf dem iPad abgespeichert war.

Nur dass es einen kleinen Unterschied gab.

Der Papierabzug war alt und vergilbt. Ich konnte ihn zwar nicht datieren, doch er hatte offenbar eine lange Zeit, verschollen zwischen den anderen Fotos, im Karton gelegen. Und wenn man das Alter der Aufnahme in Betracht zog, musste sie auf Film, nicht digital, gemacht worden sein. Es handelte sich nicht um ein gestochen scharfes Bild, bestehend aus vielen Millionen Pixel, sondern war leicht verschwommen und verfärbt, was auf einen Rollfilm hinwies – zumindest auf einen Rollfilm in den Händen eines Hobbyfotografen.

Die Fotos auf dem iPad hingegen waren digital entstanden: qualitativ hochwertig und in perfekter Auflösung. Und zwar jedes Einzelne von ihnen. Und dazu gehörte auch eines von dem Tal, auch wenn es sich ein wenig von dem Papierabzug unterschied. Es war aus nahezu derselben Perspektive aufgenommen worden, allerdings nicht ganz. Der Bildausschnitt war der gleiche, aber ein bisschen näher herangezoomt. Auch der Raureif stimmte, nur, dass er nicht so dicht lag. Außerdem befand sich am rechten Bildrand, ein Stück das Tal hinunter, etwas, das zuvor nicht da gewesen war: Zaunpfähle. Ich überprüfte das Datum. Zuletzt war das

Foto am 12. April 2012 bearbeitet worden. Im Jahr nach ihrem Umzug nach Dartmoor.

Es ist derselbe Ort, nur viele Jahre später.

Anscheinend war er aus irgendwelchen Gründen in das Tal zurückgekehrt und hatte versucht, noch einmal ein Foto wie damals zu machen. Aber warum? Weil der Papierabzug allmählich verblasste? Ich betrachtete die neue, digitale Version und erinnerte mich an mein Gespräch mit Ellie: *Wir sind, als wir über fünfzig waren, oft nach Devon gefahren. Len hat den Frieden dort geliebt. Dann haben wir das Wandern entdeckt und Dartmoor ins Herz geschlossen.*

Es gab alle möglichen Gründe, warum zwei leicht unterschiedliche Versionen desselben Tals im Abstand von vielen Jahren entstanden sein konnten. Vielleicht hatte der Ort ja eine besondere Bedeutung für die beiden, und Frank wollte ihn in Erinnerung behalten. Möglicherweise hatte Ellie ja dieses Tal gemeint, als sie gesagt hatte, sie hätten Dartmoor ins Herz geschlossen. Oder es war einfach nur ihr liebstes Ausflugsziel.

Ich griff nach meinem Handy, wählte Craws Privatnummer und hoffte, dass ihre Mutter noch zu Hause sein würde. Ellie meldete sich nach dem fünften Läuten. Wir betrieben eine Minute lang höfliche Konversation. Dann fragte ich sie nach dem Foto. Doch offenbar verstand sie mich völlig falsch.

»Oh, Len hat leidenschaftlich gerne fotografiert. Nach seiner Pensionierung war er fest entschlossen, sich gründlicher damit zu beschäftigen.«

»Ich spreche von einem ganz bestimmten Foto.«

»Warum gerade von diesem?«

Das wusste ich auch nicht genau. Nur, dass mir etwas daran merkwürdig erschien. Und zwar die Tatsache, dass es zwei verschiedene, nahezu identische Versionen davon gab. Da es mir angesichts des Ermittlungsstandes nicht sinnvoll vorkam, sie jetzt schon mit meinem Verdacht zu konfrontieren, bog ich die Wahrheit ein wenig zurecht: »Ich bin ziemlich sicher, dass ich weiß, wo die meisten dieser Fotos gemacht wurden. Allerdings nicht bei diesem. Ich glaube nicht, dass es in Postbridge war. Es ist ein Tal darauf zu sehen, mit einem Kirchturm in der Ferne und einer Bergarbeiterhütte auf …«

»Einer was?«

»Einer Bergarbeiterhütte. Diese Steinhaufen, die man überall in Dartmoor findet. Dort haben die Arbeiter aus den Zinnbergwerken gelebt, bevor die Branche den Bach runtergegangen ist.«

»Ach, richtig. Ja, natürlich.«

»Jedenfalls zeigt das Foto, das ich meine, einen Kirchturm in der Ferne und links eine Bergarbeiterhütte. Sagt Ihnen das etwas? Vielleicht war das ja Ihr und Leonards Lieblingsplatz.«

»Ich bin nicht sicher.«

»Es kommt Ihnen also nicht bekannt vor?«

»Ohne es zu sehen, ist das nur schwer festzustellen.«

»Okay. Haben Sie E-Mail-Anschluss, Mrs Franks?«

»Ellie. Ja, habe ich.«

»Könnte ich Ihnen das Foto mailen, nur um auf Nummer sicher zu gehen?«

Sie gab mir ihre E-Mail-Adresse.

»Würden Sie es sich bitte sofort anschauen?«, fragte ich.

»Ja. In Ordnung.«

»Ausgezeichnet. Vielen Dank.«

Nach dem Telefonat legte ich den Papierabzug neben die Version auf dem iPad und fotografierte beides. Die Unterschiede traten nun deutlicher hervor.

Kurz darauf rief Ellie mich zurück.

»Nein«, sagte sie, »das kenne ich nicht.«
»Sie waren nie mit Leonard dort?«
»Nie. Zumindest nicht, soweit ich mich erinnere.«
»Und Sie wissen auch nicht, was das im Hintergrund für eine Kirche ist?«
»Nein. Tut mir leid.«
Ich betrachtete die Fotos. »Hat er manchmal auch ohne Sie Wanderungen unternommen?«
»Sehr selten.«
»Manchmal aber schon?«
»Ja«, erwiderte sie, »manchmal.«
»War das normalerweise dann, wenn Sie anderweitig beschäftigt waren?«
»Meistens.«
»Aber nicht immer?«
»Nein.« Und dann fügte sie leise hinzu: »Hin und wieder wollte er einfach nur da draußen allein sein.«

15

Kurz darauf, ich leerte gerade meinen Kaffee, traf Annabel ein. Ihr Gesicht war von der Kälte stark gerötet, und wegen des Schneeregens klebte ihr das Haar am Kopf.
»Ich sehe aus wie eine ersäufte Ratte«, konstatierte sie.
»Für mich siehst du prima aus.«
»Du bist voreingenommen.«
»Nun, das stimmt. Wie war es in der großen Stadt?«
Sie lächelte. »Zu guter Letzt hatte ich keine Wahl, als mir auszumalen, wie sie im London Eye von oben aussieht, weil ich keine Lust hatte, einen Kredit auf mein Haus aufzunehmen, um mir eine Fahrkarte leisten zu können.«
»Und sonst?«

»Sonst war es spitze. Die Bustour hat Spaß gemacht, und die Tate Gallery war ein Traum. Die Fahrt mit der U-Bahn war auch toll, obwohl ich nie begreifen werde, wie die Leute das im Berufsverkehr aushalten. Zehn Minuten an der Achselhöhle seines Nebenmanns zu schnuppern muss die Hölle auf Erden sein.«

»Als Pendler hat man Glück, wenn sich das Schnuppern auf zehn Minuten beschränkt, glaube mir.«

Wir bestellten beide ein Steak, und dann erkundigte sie sich, wie ich den Vormittag verbracht hatte. Also berichtete ich ihr von meinem Besuch in Wimbledon, ersparte ihr aber absichtlich die Details. Sie sollte nicht wissen, dass mir Leonard Franks noch immer im Kopf herumspukte, oder denken, dass mir diese Mahlzeit oder ihre Gegenwart nicht wichtig waren. Dann jedoch bekam ich ein schlechtes Gewissen, denn schließlich hatte ich ihr ja versprochen, sie nie zu belügen und ihr nichts zu verheimlichen. Also schilderte ich ihr, wie er verschwunden war und wie mein Auftrag lautete.

»Er ist einfach vor die Tür gegangen und nie zurückgekommen?«

Ich nickte.

»Und wo ist er abgeblieben?«

»Keine Ahnung.« Ich griff nach dem Wasserglas. »Du kennst dich in Dartmoor genauso gut aus wie ich. Eine ziemlich weitläufige Gegend und außerdem menschenleer. Von der richtigen Stelle aus kann man kilometerweit sehen. Nach den Fotos, die ich kenne, zu urteilen, hatten sie absolut freie Sicht auf das umliegende Tal. Falls Franks also da draußen war, hätte in den Minuten, nachdem er beschlossen hatte, sich aus dem Staub zu machen – oder als jemand ihn hat verschwinden lassen –, alles beobachtet werden können.«

»Aber niemand hat etwas beobachtet?«

»Nein.«

»Findest du das nicht ein bisschen …«

»Seltsam?«

Sie zuckte die Schultern. »Eigentlich wollte ich ›unheimlich‹ sagen.«

Ich betrachtete das Foto vom Tal. »Ja, das ganz bestimmt auch.« Nachdem ich Fotos, iPad und Notizbücher wieder im Rucksack verstaut hatte, sagte ich zu Annabel: »Hör zu, ich bin heute Abend zu einer Wohltätigkeitsveranstaltung mitten in London eingeladen. Veranstalter ist die Polizei. Ich glaube, ich sollte hingehen. Auf diese Weise schlage ich vielleicht zwei Fliegen mit einer Klappe.«

»Arbeit und Vergnügen?«

»Hauptsächlich Arbeit.«

Sie lächelte. »Schon in Ordnung.«

»Ich habe ein schlechtes Gewissen.«

»Nein, du musst hingehen.«

»Ich habe mir überlegt, ob du möglicherweise mitkommen willst.«

Während unser Kellner das Bier servierte, musterte ich ihr Gesicht, in dem sich Neugier und Aufregung zeigten, weil sie in einen Fall mit einbezogen wurde. Mir wurde klar, dass ich so etwas noch nie erlebt hatte. Derryn war gestorben, bevor die Anzahl meiner Vermisstenfälle zweistellig geworden war. Und Liz hatte sich überfordert gefühlt, weshalb ich ab einem gewissen Punkt überhaupt nicht mehr über meinen Beruf gesprochen hatte. Sie war Zeugin gewesen, als ich gefoltert, verhaftet und fast getötet worden war. Und deshalb war es ihr unsinnig erschienen, dass ich mit dieser Arbeit weitermachte. Einer Arbeit, die mich beinahe das Leben gekostet hätte.

Nach Derryn hatte ich, bis ich Annabel kennenlernte, niemanden gehabt, mit dem ich mich über meine Fälle austauschen konnte. Oft fragte ich mich, ob die Vermissten vielleicht zum Teil deshalb so wichtig für mich geworden waren, dass ich sie zu Hause in einem Regal stapelte. In mancher stillen Stunde, wenn ich nichts Besseres zu tun hatte, betrachtete ich die Gesichter der Menschen, die mir ihre Rettung verdankten, ein stummes Ritual, bei dem ich Inspirationen in bereits gelösten Fällen suchte. Vielleicht ähnelte ich darin in gewisser Weise Leonard Franks mehr, als ich mir eingestehen wollte.

Denn wir hatten beide Geheimnisse.

Nur, dass meine Geschichte, meine Geheimnisse, offen in diesem Regal lagen.

Und seine irgendwo draußen in Dartmoor.

16

Zu Hause angekommen, wollte Annabel sofort Olivia anrufen, weshalb ich sie in Ruhe ließ, Leonard Franks' Kartons aus dem Auto holte und mich damit in mein Arbeitszimmer zurückzog. Da Craw mir die Kontaktdaten ihres Bruders gegeben hatte, schickte ich ihm eine Mail, in der ich mich vorstellte und ihn vorwarnte, dass ich ihn möglicherweise anrufen würde, um einige Punkte zu klären. Ich hatte Craw außerdem gebeten, ihrem Mann auszurichten, ich würde mich vielleicht bei ihm melden. Aber da er am Abend von Franks' Verschwinden und in den Tagen danach bei den Kindern zu Hause geblieben war und der Bruder sich in Australien aufhielt, hielt ich es für ziemlich unwahrscheinlich, dass ein Telefonat mit den beiden nötig werden würde.

Ich richtete eine neue Datei auf meinem Computer ein und listete den gesamten Inhalt der Kartons bis hinunter zu den Golfpokalen und Schneekugeln auf. Craw hatte mir erzählt, der PC ihre Vaters stünde noch in Dartmoor. Ich hatte ihn im Video gesehen und wollte ihn noch immer gründlich unter die Lupe nehmen. Doch als ich nun die Kartons wegstellte, war meine Liste auf drei interessante Gegenstände zusammengeschrumpft: die Notizbücher, das iPad und die Fotos.

Zuerst nahm ich mir die Notizbücher vor.

Die handelsüblichen schwarzen Kalender aus den Jahren 1982 bis 1994 hatte ich schon bei Craw durchgeblättert; sie waren als reine Terminplaner benutzt worden. Die weißen Notizbücher versprachen hingegen spannend zu werden. Franks hatte sie nicht nur benutzt, um Termine einzutragen und wichtige Daten vorzumerken, sondern er hatte sie außerdem in ein Sammelbecken für Theorien, Namen, Tatortskizzen, Ausdrucke, Post-its und Quittungen verwandelt.

Es waren Bücher derselben Machart. Weißer Einband aus rauem Baumwollstoff, dreihundertfünfzig Seiten. Sie wurden von einem roten Elastikband zusammengehalten; in die Innenseite des hinteren Buchdeckels war bei beiden eine Tasche eingearbeitet, in die Franks weiteren Papierkram gestopft hatte: Notizzettel, vermutlich verwendet, als das Buch gerade nicht zur Hand gewesen war; Listen von Fragen; eine Grafik, die eine Polizeistatistik darstellte, offenbar aus einer Zeitung ausgeschnitten. Man konnte sie nicht unbedingt als Tagebücher bezeichnen, da nicht alle Eintragungen datiert waren und manchmal mehrere Wochen dazwischenlagen, doch sie kamen der Sache ziemlich nahe. Die linierten Seiten waren nicht mit vorgedruckten Datumsangaben versehen. Allerdings folgten die Bücher einer gewissen Chronologie. Notizbuch Nummer eins begann an Franks' erstem Tag als Superintendent im Mai 1995, enthielt jedoch nicht nur Berufliches, sondern auch persönliche Anmerkungen.

»Warum der plötzliche Wechsel?«, hatte ich Craw bei meinem Besuch gefragt.

»Wovon reden Sie?«

»Bis Mai 1995 hat er diese schwarzen Notizbücher verwendet«, erwiderte ich und holte eines aus dem Karton. »Danach ist er zu den weißen gewechselt und hat alles Mögliche darin gesammelt.« Ich klappte die Innentasche am hinteren Buchdeckel auf. »Schauen Sie, was da drin ist: Zettel mit Stichpunkten, Zeitungsausschnitte, ja, sogar eine Serviette mit einer Liste darauf.«

Sie zuckte die Schultern. »Wie ich schon sagte, war er ein Anhänger der alten Schule. Er ist in einer Welt aufgewachsen, in der Papier die schlagkräftigste Waffe eines Polizisten war. Deshalb hat er ständig alles notiert, selbst dann noch, als man bei der Polizei bereits anfing, technisch aufzurüsten. Wenn wir ihn nicht gezwungen hätten, sich das iPad zuzulegen, hätte er vermutlich im Alleingang den Regenwald niedergemacht.«

»Und auf diese Notizbücher ist er im Mai 1995 umgestiegen …«

»Weil er da zum Superintendent befördert wurde. Ich glaube, er hielt es deshalb für nötig, ein wenig auf die Tube zu drücken, um seinen Vorgesetzten zu imponieren. Ihm war klar, dass er jeden Tag rund um die Uhr voll auf Zack sein musste.«

Die beiden Notizbücher würden mich sicher eine Weile beschäftigen: Das erste deckte den Zeitraum zwischen 1995 und 2004 ab und spiegelte, auch wenn ich manche Dinge wie mögliche Geburtstagsgeschenke für Ellie außer Acht lassen konnte, immerhin neun Jahre seines Lebens wider. Das zweite begann 2004 und endete am Tag seines Verschwindens. Die Eintragungen wurden immer spärlicher, als die Computertechnik Einzug in seinen Alltag hielt, insbesondere in der Zeit nach seiner Pensionierung im Jahr 2011. Der letzte Eintrag am Tag, bevor er sich in Luft aufgelöst hatte, war eine Einkaufsliste mit Dingen, die er in einem Baumarkt in Ashburton hatte besorgen wollen. Wie ich mich erinnerte, hatte Ellie von einer undichten Stelle im Dach gesprochen.

Mein Bauchgefühl sagte mir, dass ich hier die Antwort finden würde. Selbst achtzehn Jahre nach dem allerersten Eintrag konnte sich ein Ereignis oder eine falsche Entscheidung plötzlich als verhängnisvoll entpuppt haben. Obwohl die wichtigsten Geheimnisse immer am tiefsten verborgen waren, war es möglich, sie zutage zu fördern. Geschichtliche Abläufe waren ein Konzept, das auf tönernen Füßen stand. Ein Fehler, ein Versehen, ein Fehltritt genügten, dass das ganze Gebäude in sich zusammenstürzte. Man musste nur den Hebel an der richtigen Stelle ansetzen.

Ich öffnete die Innentaschen hinten in den Notizbüchern und sortierte den Inhalt zu zwei Haufen: 1995 bis 2004 und 2004 bis 2013. In jeder Tasche befand sich ein Sammelsurium aus zahlreichen, aus anderen Blöcken herausgerissenen Zetteln, Notizen, die Franks sich auf die Rückseite von Briefen gemacht hatte, und zehn Jahre alte Rechnungen. In der Kladde 2004 bis 2013 stieß ich sogar auf eine Geburtstagskarte. Als ich anfing, alles durchzuarbeiten, geriet ich rasch in eine Sackgasse. Während die Notizbücher selbst der Logik eines zeitlichen Ablaufs folgten, war bei den losen Papieren kein System zu erkennen: Telefonnummern ohne Namen, Namen ohne Telefonnummern, Listen, die keinen Sinn ergaben, Quittungen für Mittagessen im Restaurant und Kassenzettel von Imbissbuden. Für mich kristallisierte sich nur das Bild eines sammelwütigen Menschen heraus, der nichts wegwerfen konnte. Entweder aus Gewohnheit oder weil er befürchtete, dass ihm womöglich etwas Wichtiges entging.

Vielleicht war es auch nur eine Zeitfrage: Wenn er dienstlich stark eingespannt gewesen war, hatte er einfach alles, was ihm halbwegs bedeutsam erschien, in seine Notizbücher gelegt, um später darauf zurückzukommen. Doch je länger er das Sichten vor sich hergeschoben hatte, desto schwieriger war es geworden, die Dinge nach Wichtigkeit zu ordnen, was den Zugang zu seinem System zusätzlich erschwerte.

Falls es überhaupt ein System gab.

Also kehrte ich zurück zum Anfang und arbeitete, diesmal methodischer, die Notizbücher noch einmal durch. Namen und Nummern, die wiederholt auftauchten, fügte ich in das Dokument ein, in dem ich den Inhalt der Kartons katalogisiert hatte. Und nach einer Weile formte sich tatsächlich ein Bild, obwohl bei vielen Telefonnummern der Name fehlte und umgekehrt. Anmerkungen und aufgeführte Örtlichkeiten lieferten nun Querverweise, die mir verrieten, wer die Leute waren, mit denen er im Laufe seiner Karriere zusammengearbeitet hatte, und bei welchen Sitzungen oder Fällen er ihnen begegnet war. Für den Moment kümmerte ich mich nicht um die privaten Eintragungen: gesellschaftliche Anlässe, Verabredungen mit Craw und ihrer Familie, Einkaufslisten für den Baumarkt und ein spontanes Tagebuch, verfasst während des Besuchs bei seinem Sohn in Australien. Damit würde ich mich ein andermal befassen, denn schließlich wollte alles untersucht und bewertet werden. Doch zuerst würde ich die Namen und Ereignisse unter die Lupe nehmen, die mit seinem Hauptberuf während der achtzehn, in diesen Notizbüchern dokumentierten Jahre in Zusammenhang standen.

Eine halbe Stunde später kam Annabel herein und sagte, sie werde sich für die Wohltätigkeitsveranstaltung der Polizei umziehen. Ich erwiderte, ich würde mich auch gleich fertig machen. Dann wandte ich mich wieder dem System in seinen Notizbüchern zu, diesmal mit besonderem Augenmerk auf die Fälle, auf die Franks direkt anspielte.

Wenn die aufgelisteten Details nicht genügten, um mir ein klares Bild von dem Fall zu vermitteln, verglich ich das, was ich wusste, mit Nachrichtenmeldungen aus der fraglichen Zeit, um einen besseren Überblick zu bekommen. Im Internet konnte ich die Entwicklungen jedes Falls vom ersten Bekanntwerden in den Medien bis zur Anklageerhebung gegen den Verdächtigen, der Gerichtsverhandlung und dem Urteil nachvollziehen. Ich verfasste kurze Anmerkungen in Steno und hatte zu guter Letzt einhundervierundvierzig Fälle beisammen, vermutlich nicht annähernd alle, in denen Franks während der fraglichen achtzehn Jahre ermittelt hatte. Immerhin umfasste meine Liste sämtliche zwischen den Deckeln der Notizbücher erwähnten Fälle, was zumindest ein guter Anfang war.

Warum ich mir diese Mühe machte, lag auf der Hand: Wenn ihm der letzte Fall, wie Craw vermutete, Kopfzerbrechen bereitet hatte, hatte er zu diesem Thema doch sicher einige Einzelheiten zu Papier gebracht und versucht, seine Fragen und Zweifel auf den Seiten dieser Notizbücher zu klären. Wenn das stimmte, hieß das, dass ich die fragliche Liste nur noch zu finden brauchte.

Ich ging die Fälle noch einmal durch, um mir Namen, Telefonnummern, Tatorte und ermittelnde Polizisten einzuprägen. Als mir eine Bemerkung von Ellie einfiel, blätterte ich in meinem Block zu dem entsprechenden Teil unseres Gesprächs zurück. Ich hatte wörtlich mitgeschrieben: *Aus der Entfernung und soweit ich mich erinnere, schien es eine Akte zu sein, wie man sie von der Polizei kennt. Ich meine, es war eine Mappe – eine beige, glaube ich. Nur ein normaler DIN-A-4 Klemmhefter.*

Eine offizielle Polizeiakte war es nicht – so viel stand inzwischen fest. Dann jedoch wanderte mein Blick zu einer Notiz, die ich mir am Vortag gemacht hatte: *War der Absender ein Expolizist?* Das hätte erklärt, warum die Akte einen ordentlichen und systematischen Eindruck gemacht hatte. Und auch, wie es dem Betreffenden gelungen war, einen glaubhaften Fall zu konstruieren, ohne dass ihm Formfehler unterlaufen waren und in dem genauen Wissen, welche Details Franks interessieren würden, damit er sich der Sache annahm. Natürlich bestand auch die Möglichkeit, dass es sich gar nicht um einen *Ex*polizisten handelte – sondern um einen, der noch im aktiven Dienst war und irgendein krummes Ding plante.

Aktive Polizisten wie seine Freunde Carla Murray und Jim Paige.

Ich überflog das von mir zusammengestellte Dokument, bis ich auf ihre Namen stieß. Es bestand kein Zweifel: Die beiden tauchten am häufigsten in seinen Notizbüchern auf, ebenso wie in seinem E-Mail-Verkehr. Carla Murray wurde hauptsächlich in Verbindung mit einzelnen Fällen erwähnt, anfangs als Franks' rechte Hand und später, als Franks im Laufe der Jahre die Karriereleiter erklomm, als seine wichtigste Ermittlerin. Jim Paiges Name erschien meist im Zusammenhang mit gesellschaftlichen Ereignissen wie Golfturnieren oder Spendensammelaktionen, allerdings auch in einer Reihe von Sitzungen der Führungsebene.

Ich wandte mich noch einmal den aus den Innentaschen der Notizbücher genommenen Zetteln, Post-its, der Geburtstagskarte, den Listen und den bekritzelten Stücken Papier zu und holte nach, was ich beim ersten Durchgang versäumt hatte: Ich entsorgte alles, was mir nicht wichtig erschien. Die beiden Häufchen waren ein Friedhof willkürlicher Einfälle, spontaner Momente und Details, die Franks damals in einem Büro oder bei einer Besprechung offenbar bedeutsam genug erschienen waren, um sie aufzuschreiben. Doch vermutlich hatte er nie wieder einen Blick darauf geworfen. Eigentlich hätte es mich nicht gewundert, wenn er so einen Zettel in seinem Notizbuch schon eine Woche später wieder vergessen gehabt hätte. Und dennoch stachen mir schließlich zwei Stücke Papier ins Auge. Das eine stammte aus dem ersten Notizbuch, das andere aus dem zweiten.

Bei dem ersten handelte es sich um einen Zettel mit einer Zeichnung darauf.

Der zweite war der Werbeflyer eines Pubs.

Der Zettel war von einer linierten Seite abgerissen und etwa zehn Zentimeter breit. Franks hatte mit Kugelschreiber etwas darauf gezeichnet:

Die Notiz daneben lautete »BROLE108«. Ein Datum oder ein anderer Hinweis, worum es dabei ging, fehlte. Ich wusste nur, dass die Skizze irgendwann zwischen 1995 und 2004 entstanden sein musste. Als ich sie mit meinem Dokument und der Liste aller in seinen Notizbüchern erwähnten Tatorte abglich, stieß ich auf keinen einzigen Fall, in dem »BROLE108« eine Rolle gespielt hätte.

Ich nahm mein Handy, fotografierte die Zeichnung und wählte Craws Mobilnummer. Da sie nicht ranging, rief ich ihre Festnetznummer an. Ellie meldete sich. »Sagt Ihnen das Wort ›BROLE108‹ etwas?«, fragte ich sie, nachdem wir kurz Konversation betrieben hatten.

»Nein. Was soll das sein?«

»Nur etwas, das ich in Lens Notizen entdeckt habe.«

»Glauben Sie, es ist ein Geheimcode?«

Mein Blick wanderte zwischen dem Zettel und dem Pub-Flyer hin und her. »Vielleicht. Ist im Moment schwer festzustellen. Was ist mit der Zahl 108 – hat die für Sie irgendeine Bedeutung?«

»Eins-null-acht? Nein.«

»Und die Buchstaben B, R, O, L, E. Könnten die für etwas stehen?«

»Wahrscheinlich schon.«

»Aber Len hat nie etwas in dieser Richtung erwähnt?«

»Nein.«

»Ich habe Ihnen gerade noch eine Mail geschickt. Könnten Sie sich die mal anschauen?«

Sie legte das Handy weg. Etwa eine Minute später hatte sie sich die Skizze angesehen und war wieder am Apparat. »Was ist das?«

»Sie erkennen es auch nicht?«

»Nein.«

Ich schob den Zettel von den anderen Papieren weg und griff nach dem Pub-Flyer. Er stammte von einem Lokal namens *The Hare and Badger*. Sofort erkannte ich den Namen aus dem Schriftwechsel zwischen Franks und Paige aus dem Jahr 2012 wieder. Der Pub befand sich am Broadway, unweit des Eingangs zum St James's Park, und war nur einen Katzensprung entfernt von Scotland Yard. Paige hatte ihn wegen des Ales gelobt, und der Tonfall der beiden war wehmütig geworden, als Franks schrieb, er vermisse ihren wöchentlichen Kneipenabend. Paiges Antwort hatte gelautet, seit Franks' Pensionierung sei nichts mehr so wie früher. Dieser Briefwechsel war mir deshalb im Gedächtnis geblieben, weil er zu den wenigen Gelegenheiten gehörte, bei denen die beiden Männer versucht hatten, über ihre

Freundschaft zu sprechen, ein Hinweis, dass sie den Pub mit schönen Erinnerungen verbanden. Er war für sie etwas Besonderes und zu einer lieben Gewohnheit geworden.

Der Flyer warb für eine Aktion. *Kampf dem Neujahrs-Blues!*, verkündete die Titelzeile. *Unsere riesigen Triple-Decker-Sandwiches auf selbst gebackenem Bauernbrot plus ein Ale Ihrer Wahl, nur sieben Pfund – heute Mittag und an jedem Mittag dieses Monats!* Darunter waren die näheren Bedingungen aufgeführt. Die Aktion war vom 1. bis zum 28. Februar 2013 gelaufen.

Ich sprach noch immer mit Ellie. »Wissen Sie, ob Sie und Leonard im Februar in London waren?«, fragte ich sie deshalb. »Vielleicht, um Melanie zu besuchen?«

»Im Februar ...« Eine Pause. »Äh, da muss ich in meinen Terminkalender schauen.«

»Könnten Sie das bitte für mich tun?«

Ich hörte, wie sie das Handy erneut weglegte. Während ich wartete, nahm ich mir noch einmal den Flyer vor und drehte ihn um. Die Rückseite war unbedruckt. Franks hatte ein wenig darauf herumgekritzelt – und etwas daran stach mir ins Auge.

»Gefunden.«

Ellie war wieder da.

»Glück gehabt?«

»Ja. Am zweiten Wochenende im Februar. Wir haben ein paar Tage bei Melanie verbracht. Am Montag fand ein Symposium im Black Museum statt, das Len sich gerne anhören wollte. Da die Veranstaltung den ganzen Tag dauerte, habe ich ihn dort abgesetzt und später wieder abgeholt.«

Black Museum war der Spitzname des Kriminalmuseums von Scotland Yard. Es war nicht öffentlich zugänglich, doch Polizisten und geladene Gäste konnten dort Vorträge zu den Themen Forensik, Pathologie und Ermittlungstechniken besuchen und die Mordwaffe von Jack the Ripper oder die Schürze von John Haigh, dem Säurebad-Mörder, bewundern.

»War Len mit Melanie bei dem Vortrag?«, erkundigte ich mich.

»Nein, sie hatte Dienst.«

»Also war er allein dort?«

»Nein«, erwiderte sie, »er war mit Jim Paige verabredet.«

Ich bedankte mich, legte auf und betrachtete dann wieder Franks' Kritzeleien auf der Rückseite des Flyers. Vielleicht hatte er sie ja in einer Pause zwischen den Vorträgen gemacht, als er und Paige gegenüber im *The Hare and Badger* gewesen waren, um etwas zu trinken und zu essen. Oder auch später an einem anderen Ort, weil er den Flyer eingesteckt hatte. Allerdings war eines klar: Ganz gleich, wann diese Kritzeleien auch entstanden waren, etwas musste ihn an diesem Tag beschäftigt haben.

Denn zwischen dem Gekrakel entdeckte ich eine aus zwei Punkten bestehende Liste:

1. Milch?
2. 108 noch mal überprüfen

»Eins-null-acht«, sagte ich leise.

Vor vielen Jahren hatte ich dieselbe Zahl auf ein Blatt Papier geschrieben.

Der Freund
Juli 2005/vor acht Jahren

Der Flur war kühl und steril. Die Wände waren neutral weiß gestrichen, die Türen, soweit sie es feststellen konnte, einheitlich blau. Immer wenn sie Platz nahm, um auf ihren Termin zu warten, hörte sie gedämpfte Gesprächsfetzen, das Öffnen und Schließen von Türen und das Quietschen von Rollen auf dem Linoleum. Allerdings nicht viel mehr. Als links und rechts von ihr zwei Schwestern auftauchten und im Vorbeigehen einige Worte wechselten, erschien ihr das seltsam. Wenn sie auf Garrick wartete, war es fast immer still.

Ihr Blick wanderte zu seiner Tür.

Inzwischen stand sein Name darauf: Dr. John W. Garrick.

Seit Garrick Poulters Stelle übernommen hatte, waren sechs Monate vergangen, und sie musste zugeben, dass sie, wenn auch langsam und vielleicht widerwillig, sich ihm öffnete. In gewisser Weise waren sie alle gleich und überhäuften einen mit Fragen. Und dennoch mochte sie an Garrick das, was ihn von Poulter und den Ärzten, die sie zuvor behandelt hatten, unterschied: Er mauerte nicht und blockte nicht sofort ab, wenn sie ihn persönliche Dinge fragte und wissen wollte, was er von einem bestimmten Thema hielt und was ihm etwas bedeutete. Er gab zwar auch nicht viel von sich preis, kam ihr aber wenigstens ein Stück weit entgegen. Sie hatte keine Lust, immer wieder hier zu sitzen und das Gefühl zu haben, mit einer Wand zu sprechen. Es vermittelte ihr Trost, eine andere Stimme zu hören.

Wenige Minuten später erschien er in der Tür.

»Wie haben Sie sich diese Woche gefühlt?«, fragte er und bat sie herein.

»Gut«, erwiderte sie.

Garrick beobachtete, wie sie sich ihm gegenüber hinsetzte, und ließ sich dann in seinem schwarzen Ledersessel nieder. Er schlug die Beine übereinander, legte eine Hand auf die Armlehne und die andere auf die Schreibtischplatte neben sich. Sie betrachtete seinen Schreibtisch. Es standen nie Fotos darauf.

»Sie haben sich gut gefühlt?« Er lächelte. »Nun, das ist ja ausgezeichnet.«

Er wartete, bis sie es sich bequem gemacht hatte, griff dann nach einem Block auf seinem Schreibtisch und klappte die erste Seite auf. Danach zog er seinen Füllhalter aus der Spiralbindung. Dieser Füllhalter gehörte zu den Dingen, die ihn älter wirken ließen. Viel älter als seine gut fünfzig Jahre. Da er sich geschmeidig und zielstrebig bewegte und klug und schlagfertig war, konnte es keine körperlichen Ursachen haben.

Es musste etwas anderes sein.

Manchmal fragte sie sich, ob er den Füllhalter deshalb benutzte, weil er sich ein Gefühl aus seiner Vergangenheit zurückerobern wollte. Vielleicht war er für ihn ja eine Linie im Sand, ein Anker, ein Gegenstand, mit dessen Hilfe er Verbindung zu einem sehnsüchtig vermissten Meilenstein in seiner Lebensgeschichte hielt. Diese Gedanken gingen ihr durch den Kopf, weil es bei ihr genauso war. Oft hatte sie sich überlegt, ob sie sich wieder einen Hund anschaffen sollte, dieselbe Rasse und Farbe wie Bear, eine lebendige und atmende Erinnerung, um den Kontakt zu besseren Zeiten in ihrem Leben nicht zu verlieren.

»Alles in Ordnung?«

Sie sah ihn an und stellte fest, dass sie geistig abgeschweift war. Er nahm eine andere Sitzposition ein. Seine schlanke Gestalt beugte sich vor. Inzwischen lag der Block auf seinem Schoß. Er hielt den Füller zwischen seinen langen Fingern. Der Anflug eines Lächelns zeigte sich auf seinem Gesicht.

»Ja«, sagte sie, »Verzeihung.«

»Sie brauchen sich nicht zu entschuldigen.«

»Ich habe gerade an früher gedacht.«

»An Dinge in Ihrer Vergangenheit, die Sie bereuen?«

Sie wiegte den Kopf hin und her. »Vermutlich.«

»Wir haben in den letzten sechs Monaten viel über diese Dinge gesprochen. Lucas' Tod. Die Auswirkungen auf Sie. Ihre Selbstmordversuche. Ihre Scheidung von Robert.«

»Ich habe nicht an Lucas oder Robert gedacht.«

»Wenn nicht an Ihren Sohn oder Ihren Exmann, an wen dann?«

Das einzige Fenster im Büro befand sich etwa einen Meter über ihren Köpfen. Von ihrem Platz aus konnte sie nicht hinausschauen. Doch da draußen waren Vögel, dunkle Flecken, die an einem wolkenlos blauen Himmel schwebten.

»Es war nicht weiter wichtig«, entgegnete sie.

Er schwieg. Inzwischen kannte sie sämtliche Tricks, die seinesgleichen auf Lager hatte: Sein Schweigen war eine Methode, ihr Informationen zu entlocken oder sie zu kritisieren. Aber sie fiel nicht mehr darauf herein.

Stattdessen wechselte sie das Thema.

»Ich habe jemanden kennengelernt«, sagte sie.

Garrick schien überrascht. »Wirklich?«

»Er arbeitet auf einer Baustelle.« Sie wandte den Blick von dem hohen Fenster ab, und ehe sie es sich versah, spielte ein Lächeln um ihre Lippen. »Normalerweise nicht der Ort, wo ich auf Männerfang gehe.«

Garrick lachte. »Das ist völlig in Ordnung.«
Sie nickte.
»Und wie fühlen Sie sich damit?«
»Fühlen?« Sie zuckte die Schultern. »Seit Robert und der Scheidung hatte ich nichts mehr mit einem Mann zu tun, also bin ich ein bisschen nervös. Was, wenn sich die Art, sich zu verabreden, in den letzten fünf Jahren geändert hat?«
»Das hat es sicher nicht.«
»Gut. Wann hatten Sie denn das letzte Date?«
»Ich muss zugeben, dass es eine Weile her ist.«
Wieder lächelte sie. »Tja, wir werden sehen.«
»Wie haben Sie ihn denn kennengelernt?«
»Er nimmt morgens denselben Bus wie ich.«
»Und Sie sind einfach ins Gespräch gekommen?«
»Ja.«
»Entwickelt es sich gut?«
Sie zuckte die Schultern. »Es sind ja erst ein paar Wochen, aber ich glaube, es läuft vielversprechend. Er ist zwar nicht sehr gebildet, doch er hat offenbar Humor. Und den kann ich in meinem Leben vermutlich gut gebrauchen.«
»Natürlich. Wie heißt er denn?«
»Simon.«
»Und was haben Sie und Simon bis jetzt unternommen?«
»Bei unserem ersten Date hat er mich zum Inder eingeladen.«
Garrick nickte, und ein wissendes Lächeln umspielte seine Lippen. In einer ihrer Sitzungen vor einigen Monaten war das Gespräch auf Restaurants gekommen, und sie hatte ihm gesagt, sie sei kein großer Fan der indischen Küche.
»Warum haben Sie ihm nicht erklärt, dass Sie lieber in ein anderes Lokal gehen wollen?«
»Er hat mir leidgetan.«
»Warum?«

»Er hat sich solche Mühe gegeben.« Sie betrachtete ihre Hände. »Wie ich schon sagte, ist er nicht sehr gebildet. Ganz anders als die Männer, mit denen ich bis jetzt eine Beziehung hatte. Normalerweise würde ich nicht im Traum daran denken, mich mit einem Mann zu verabreden, der da Vinci für den Namen einer Pizzeria hält. Aber als er mich an der Bushaltestelle angesprochen hat …« Sie hielt inne. »Ich hatte Lust auf ein Risiko.«

»Ein Risiko?«

Sie flocht die Finger ineinander und blickte Garrick an. »Ich habe das Gefühl, dass ihn etwas belastet. Dass er etwas mit sich herumträgt …«

»Etwas, das er Ihnen verschweigt?«

»Das möchte ich gerne herausfinden.«

»Warum?«

»Weil ich wissen will, mit wem ich mich verabrede.«

Garrick musterte sie; seine Finger klopften leise auf den Füllhalter. »Also gehen Sie mit ihm aus, um rauszukriegen, was er Ihnen verheimlicht?«

Erneut zuckte sie die Schultern. »Keine Ahnung.«

»Finden Sie ihn attraktiv?«

»Er ist okay.«

»Er zieht Sie also nicht an?«

»Das habe ich nie behauptet.«

»Sie haben gesagt, er hätte da Vinci für den Namen einer Pizzeria gehalten.«

»Das war ein Scherz.«

Garrick beobachtete sie weiter und notierte sich etwas. Als er fertig war, lehnte er sich zurück. »Und was geschieht, wenn Sie dahintergekommen sind?«

»Hinter sein Geheimnis? Ich weiß nicht. Vielleicht passiert es ja nie.«

»Und wenn doch?«

Wieder wanderte ihr Blick zu dem hohen Fenster und dem Quadrat blauen Himmel, das zu sehen war. »Wahrscheinlich hängt es davon ab, was es für ein Geheimnis ist.«

17

Haus Nummer 474, wo die Wohltätigkeitsveranstaltung stattfinden sollte, befand sich in Milbank mit Blick auf die Victoria Tower Gardens. Durch den Rest des rostbraunen Laubes an den Bäumen konnten wir die Houses of Parliament sehen, die in der eiskalten Dezembernacht hell erleuchtet erstrahlten.

Drinnen waren die Festivitäten schon in vollem Gange: Stimmengewirr, Hintergrundmusik, eine Reihe Fernsehschirme über dem Tresen, die Fotos von Polizisten zeigten. Einige waren in Uniform, andere in Zivil. Manche von ihnen posierten in Krankenhauszimmern für den Fotografen, manche standen draußen auf der Straße. Ich lotste Annabel an Gruppen von Menschen vorbei, die ich nicht kannte, zur Bar.

Auf der Eintrittskarte hatte es zum Punkt Kleidung lässig-elegant geheißen. Allerdings kamen viele der Männer, die ich für Kriminalpolizisten hielt, offenbar direkt aus dem Büro und hatten lediglich den obersten Hemdknopf geöffnet und die Krawatte gelockert. Die meisten, die sonst in Uniform Dienst taten, hatten sich für Jeans und T-Shirt entschieden. Und die Leute aus Whitehall konnte man schon aus einem Kilometer Entfernung erkennen: Anzug, steifer Habitus und in Gespräche mit Polizisten vertieft, auf die keiner der Beteiligten große Lust zu haben schien. Immerhin hingen die knappen Finanzen und die Personalkürzungen wie ein Schatten über dem Raum. Ich besorgte uns beiden etwas zu trinken und kramte dann eine der Eintrittskarten heraus, die Craw mir gemailt hatte.

»Offenbar bedeutet lässig-elegant entweder *wirklich* elegant oder *wirklich* lässig.«

Annabel schmunzelte. »Ich bin viel zu vornehm angezogen.«

Sie trug schwarze Pumps mit einem dezenten Muster, das zu ihrem Oberteil passte, und dazu eine malvenfarbene Hose und eine schicke, auf Figur geschnittene, zugeknöpfte Jacke.

»Du siehst spitze aus«, erwiderte ich. »Ich weiß nicht, ob ein Vater das zu seiner Tochter sagen darf, aber ich muss diesen Job ja erst noch lernen.«

Wieder lächelte sie. »Danke.«

Obwohl ich es Annabel noch nicht gebeichtet hatte, hatte ich immer wieder das Gefühl, dass ich mich falsch ausdrückte. Immerhin war sie fünfundzwanzig Jahre alt und kein Kind mehr, weshalb es mir schwerfiel, einen Mittelweg zu finden. Wenn man von Anfang an am Leben seines Kindes teilgehabt und ihm beim Aufwachsen zugesehen hatte, war es einfach, es in den Arm zu nehmen, an sich zu drücken und ihm zu sagen, wie schön es war und wie sehr man es liebte. Da konnten kaum Missverständnisse aufkommen. Aber bei einer Tochter in ihrem Alter, die nur achtzehn Jahre jünger war als man selbst und die man erst spät im Leben kennengelernt hatte, bestand die Gefahr, dass ein Kompliment falsch aufgefasst und eine Umarmung nicht richtig gedeutet wurde.

Auch Annabel hatte offenbar Mühe mit ihrer Rolle, womöglich zum Teil aus denselben Gründen. Doch es lagen eindeutig noch andere Kleinigkeiten im Argen: Während des Jahres, in dem ich immer wieder quer durchs Land gefahren war, um sie zu besuchen, hatte sie mich nie mit Namen angesprochen. Nicht mit David und ganz sicher nicht mit Dad. Letzteres erwartete ich auch gar nicht, denn nach einem Vierteljahrhundert Abwesenheit war es eigentlich nicht möglich, einen anderen Menschen so zu nennen. Allerdings hatte ich zumindest auf David gehofft. Ich verstand, warum sie zögerte und verunsichert war. Doch obwohl ich versuchte, die Sache beiseitezuschieben und so zu tun, als gäbe es kein Problem, schmerzte es dennoch ein bisschen. Ohne Namen fühlte ich mich, als triebe ich ziellos im luftleeren Raum.

»Hast du etwas?«

»Entschuldige«, erwiderte ich und sah sie an, »ich war in Gedanken.«

Ich hielt Ausschau nach Craw, Carla Murray oder Jim Paige. Da ich die beiden gegoogelt hatte, hatte ich Fotos von ihnen online entdeckt. Murray, wie sie vor einem Wald aus Mikrofonen in einer Pressekonferenz saß, Paige in Uniform in einer Presseerklärung, in der die Londoner Polizei bekannt gab, dass ihm die Leitung von Sapphire übertragen worden war. Leider war keines der Bilder aktuell, weshalb sich mein optischer Eindruck von den beiden auf sechs oder sieben Jahre alte Aufnahmen stützte. Murray war eine gedrungene blonde Frau von Anfang vierzig mit stahlgrauen Augen und einem kleinen Muttermal am Kiefer. Paige war das genaue Gegenteil: dünn wie eine Bohnenstange, höchstens siebzig Kilo, mit einer spiegelglatten Glatze. Seine blauen Augen blickten wärmer drein als ihre.

»Ich verspreche dir, mich zu beeilen«, sagte ich zu Annabel und sah mich wieder um. Zu meiner Überraschung löste sich Melanie Craw aus einer Gruppe und steuerte schnurstracks auf mich zu. Wie immer hatte sie auf ein Kleid verzichtet – falls sie überhaupt eines besaß – und sich für einen anthrazitfarbenen Hosenanzug entschieden, nur dass sie diesmal eine rote Bluse und rote Pumps dazu trug. Mit Ausnahme des Tages, als sie mir ihre Haustür geöffnet hatte, hatte ich sie noch nie so farbenfroh gekleidet erlebt. Sie hatte ein Glas Rotwein in der Hand. Dicht vor mir blieb sie stehen und stellte sich Annabel vor. Die beiden plauderten eine Weile höflich über Annabels Aufenthalt in London.

»Paige ist an der anderen Bar«, sagte sie zu mir.

»Und Murray?«

»Die ist nicht hier.«

Ich nickte und ließ den Blick durch den Raum schweifen, wo in der Ecke ein zweiter, kleinerer Tresen stand. Zwei Männer lehnten daran. Der eine kehrte mir das Profil zu; seine untersetzte Gestalt sprengte fast das enge Nadelstreifensakko. Der andere hatte sich leicht abgewandt und die Ellbogen auf die Theke gestützt. Er trug einen schokoladenbraunen Anzug ohne Krawatte. Es war Paige. Er war Anfang sechzig und etwa eins fünfundsiebzig groß und sah genauso aus wie auf dem Foto, das ich kannte, nur dass er heute sonnengebräunt war.

»Ich dachte, ich wäre auf mich allein gestellt«, sagte ich zu Craw.

»Sind Sie auch. Ich leiste Annabel Gesellschaft.«

Ich warf Annabel einen Blick zu. »Es dauert nicht lang.«

Sie nickte. »Ich komme schon klar.«

Ich ging durch den Raum zu Paige hinüber.

18

Paige hatte den Körperbau eines Marathonläufers. Sein Sakko saß an Schultern und Ärmeln zu locker, und die Hose mit der messerscharfen Bügelfalte war ebenfalls zu weit, was ihm ein etwas komisches Aussehen verlieh. Von seinem äußeren Erscheinungsbild her erweckte er ganz und gar nicht den Eindruck eines Mannes, der einer Abteilung bei der Londoner Polizei vorstand und sich täglich den damit einhergehenden hohen Anforderungen stellen musste. Allerdings machte er die mangelnde Körpergröße auf eine Weise wett, die sich nur schlecht in Worte fassen ließ. Selbst hier am Tresen und während der Mann im Nadelstreifensakko wegen irgendeiner Sitzung auf ihn einredete, besaß er eine gewisse Ausstrahlung, etwas, das man nicht benennen und ganz sicher nicht erlernen konnte.

Ich bestellte eine Flasche Bier, stand an der Bar und schaute in den Raum hinein. Unterdessen ließ sich Mr Nadelstreifensakko weitschweifig und ein wenig angetrunken über Statistiken aus. Paige gab hin und wieder ein höfliches Brummen von sich. Ich wartete sechzig Sekunden und sah ihn dann noch mal an. Paiges und meine Blicke trafen sich. Seine Augen weiteten sich, ein unverkennbarer Hinweis, der wohl *Ihr Name ist mir leider entfallen* bedeuten sollte.

Das war mein Stichwort. »Chief Superintendent Paige?«

Mr Nadelstreifensakko hielt mitten im Satz inne und drehte sich missbilligend zu mir um.

»Einen Moment, guter Mann. Wir sind hier gerade im Gespräch.«

»Schon gut, Al«, erwiderte Paige.

»Aber ich wollte …«

»Darüber können wir auch noch morgen früh reden.«

Al zögerte und verzog gekränkt und verärgert das Gesicht. Dann nickte er Paige zu, bedachte mich mit einem angewiderten Blick und trollte sich.

Ich übernahm seinen Platz.

»Danke«, sagte Paige.

Ich streckte die Hand aus. »David Raker.«

Er schüttelte sie und runzelte die Stirn. »Raker. Wo habe ich diesen Namen schon mal gehört?«

»Vermutlich im Zusammenhang mit einem Kraftausdruck.«

Seine Stirnfalten wurden tiefer.

»Ich suche vermisste Personen. Und da lässt es sich manchmal nicht vermeiden …«

»Dass man dort weitermacht, wo die Polizei gescheitert ist.«

»Ihre Worte, nicht meine«, entgegnete ich mit einem Lächeln.

Er nickte anstelle einer Antwort. »Also darf ich annehmen, dass Sie heute Abend deshalb hier sind, weil jemand vermisst wird und wir ihn nicht gefunden haben.«

»Eigentlich nein. Diesmal gilt mein Vorwurf der Polizei von Devon und Cornwall.« Wieder lächelte ich, um ihn auf meine Seite zu bringen. »Die vermisste Person ist in Dartmoor verschwunden. Der Mann ist hinausgegangen, um Brennholz zu holen, und nie zurückgekommen.«

Er wusste sofort, wen ich meinte.

Etwas an seinem Gesichtsausdruck veränderte sich.

»Ich versuche, Leonard Franks zu finden.«

»Das ist mir klar.« Er musterte mich. »In wessen Auftrag?«

»Seiner Frau.«

»Weiß Melanie davon?«

»Da müssen Sie Ellie fragen. Doch dass DCI Craw und ich nicht unbedingt ein freundschaftliches Verhältnis pflegen und sie mich hier gesehen hat, ohne mir den Hals umzudrehen, ist meiner Ansicht nach ein Hinweis darauf, dass Ellie sich noch bedeckt hält. Oder Craw hielt es für besser, nicht nachzufragen.« Das einzig Wahrheitsgemäße an meiner Antwort war, dass Craw noch keine Anstalten unternommen hatte, mir an die Gurgel zu gehen. Doch ich setzte eine ausdruckslose Miene auf. »Hätten Sie vielleicht ein paar Minuten Zeit für mich?«

Er betrachtete mich einen Moment. »Zeit wofür?«

»Mich würde nur interessieren …«

»Sie sind auf Insider-Informationen aus?«

Er bemühte sich zwar um einen ruhigen und gelassenen Tonfall, doch ich hatte offenbar seinen Argwohn geweckt. Sein Selbstschutzinstinkt hatte sich gemeldet. Das lief immer so, wenn man einem Polizisten auf den Zahn fühlte: Er mauerte, bis er herausgefunden hatte, ob für ihn eine unmittelbare Bedrohung bestand.

»Haben Sie in Erfahrung gebracht, wohin er verschwunden ist?«, fragte er.

»Nein. Noch nicht.«

»Was ist mit den Gründen für sein Verschwinden?«

Ich schüttelte den Kopf. »Ich beschäftige mich erst seit ein paar Tagen damit.«

Er nickte. »In einer Woche, einem Monat oder einem Jahr werden Sie keinen Schritt weitergekommen sein, glauben Sie mir. Leute, die so etwas berufsmäßig machen, konnten keine Spur von ihm entdecken.«

»Ich betreibe das auch nicht als Hobby.«

Ein säuerliches Lächeln. »Das kann ich mir denken.«

»Hören Sie, ich habe nicht die Absicht, Ihre Pensionsansprüche zu gefährden, sondern ich wollte nur mit Ihnen über Leonard Franks sprechen. Soweit mir bekannt ist, waren Sie beide jahrelang Freunde. Deshalb können Sie mir sicher mehr Einblicke in seine Persönlichkeit vermitteln als sonst jemand. Vielleicht helfen Sie mir ja letztlich, ihn zu finden.«

Er sah mich nur an.

»Ich habe keine Ahnung, wer Sie sind«, erwiderte er schließlich.

Ich griff in die Jackentasche, förderte eine Visitenkarte zutage und streckte sie ihm hin. »Ihre Nachforschungen dürften nicht sehr lang dauern.«

»Glauben Sie, es interessiert mich, was bei Google über Sie steht?« Die Stimmung zwischen uns verschlechterte sich rapide. Er nahm die Visitenkarte nicht an. »Ich kenne Sie jetzt seit zwei Minuten. Und dennoch mischen Sie sich hier in offizielle Ermittlungen ein, bei denen es um meinen *besten Freund* geht. Glauben Sie auch nur einen Moment lang, dass ich die Suche nach ihm gefährden werde, indem ich mit jemandem rede, der mich an einem Tresen belästigt?«

Er würde nicht mitspielen. Und eigentlich hatte er recht: Er kannte mich nicht und konnte nicht feststellen, ob ich vertrauenswürdig war. Daraus machte ich ihm keinen Vorwurf. Das Problem war nur, dass ich möglicherweise keine zweite Gelegenheit zu einem Gespräch unter vier Augen bekommen würde. Also stand ich vor der Wahl, mögliche erhellende Einblicke, zu denen er mir vielleicht verhelfen konnte, einfach abzuschreiben, oder ihn als Verbündeten zu gewinnen. Ich dachte an den Pub-Flyer und an das Symposium im *Black Museum*, das Franks laut Ellie zusammen mit Paige hatte besuchen wollen.

»Wissen Sie noch, ob Sie am elften Februar im The Hare and Badger am Broadway waren, DCS Paige? Mir ist bekannt, dass Sie beide diesen Pub mochten. Ich habe Ihren E-Mail-Verkehr gelesen.«

Er warf mir einen Blick zu. »Ach, wirklich?«

»Erinnern Sie sich, ob Sie sich an diesem Tag mit ihm getroffen haben?«

»Das war vor *zehn Monaten*.«

»Er hat Ellie gesagt, er wolle sich mit Ihnen einen Vortrag anhören.«

Er schwieg.

»Im Black Museum.«

Eine Pause – dann wurde sein Gesichtsausdruck argwöhnisch.

Irgendetwas war da faul, und es dauerte nur wenige Sekunden, bis bei mir der Groschen fiel: Franks war zwar am fraglichen Tag im Pub gewesen, allerdings nicht mit Paige. Er hatte auch keinen Vortrag mit ihm besucht. Ich erkannte an Paiges Miene, dass er in diesem Moment zum ersten Mal von einem Vortrag und einem gemeinsamen Mittagessen mit seinem Freund hörte. Bestenfalls hieß das, dass Ellie Franks missverstanden hatte, als sie ihn am Morgen des 11. Februar vor dem Museum absetzte.

Schlimmstenfalls hatte Franks ihr schlichtweg ins Gesicht gelogen.

»Was ist los, Mr Raker?«

Ich stellte fest, dass sich Paiges Miene fast unmerklich verändert hatte. Offenbar hatte die Erkenntnis, dass diese Information nicht nur für ihn überraschend kam, seine Abwehrhaltung ein wenig aufgeweicht.

»Am elften Februar lag ich in einem Liegestuhl am Strand von Teneriffa«, antwortete er. »Sollte Len Ellie etwas anderes erzählt haben, fürchte ich …« Seine Stimme erstarb.

Wir wussten beide, wie der Satz endete.

»Ich glaube, Sie können mir helfen«, sagte ich.

Sein Blick wandte sich von mir ab und wanderte durch den Raum. Er fing wieder an zu mauern. Schließlich nahm er eine Bierflasche vom Tresen und begann, das Etikett zu zerpflücken. »Woher soll ich wissen, dass Sie kein mieser kleiner Reporter sind?«

»Weil ich den Journalismus 2009 an den Nagel gehängt habe.«

Er starrte mich an. »Also sind Sie doch Journalist?«

»*War.*«

Ein langes, schicksalsergebenes Aufseufzen. »*Spitze.*«

»Sie können alles über mich im Internet lesen. Oder Sie loggen sich in die Datenbank der Polizei ein und kriegen von Ihren Kollegen in Blau sämtliche Infos von A bis Z. Ich habe nichts zu verbergen. Es ist kein Trick, um Sie aufs Glatteis zu führen. Ich bitte Sie nur um eine halbe Stunde Ihrer Zeit.«

Wieder seufzte er und fuhr sich mit der Hand über den Schädel. Seine Augen huschten über die Gesichter der Umstehenden. Nach einer Weile setzte er zum Sprechen an, verstummte und musterte mich erneut. Dann, endlich, gab er nach. Seine Stimme wurde plötzlich leiser, als er noch einmal die anderen Gäste beobachtete. »Ich habe seit Lens Verschwinden ein paarmal mit Melanie gesprochen. Uns beiden geht es genau gleich damit. Wir sind ratlos. Sie hat sich schon am Tag eins eine riesige Standpauke eingefangen, weil sie polizeiliche Quellen genutzt hat. Wenn ich zu suchen beginne und dabei erwischt werde, falle ich noch tiefer als sie. Also brauche ich in einem Punkt absolute Gewissheit: Falls wir miteinander reden, ist das inoffiziell. Es bleibt alles unter uns.«

»Das kann ich Ihnen garantieren.«

»Wirklich?« Er drehte sich zu mir um. »Ich kenne Sie nicht, und deshalb hat eine Garantie von Ihnen für mich nicht den geringsten Wert. Also kriegen Sie von mir eine Garantie zurück: Sollten Sie mir auch nur eine einzige schlaflose Nacht bereiten oder mich in etwas reinziehen, das jemand anderer verbockt hat, und wenn es nur der Typ ist, der bei Scotland Yard die Klos schrubbt, werden Sie mir das büßen. Eigentlich neige ich nicht zu Drohungen, aber es ist mein Ernst. Für mich hat Leonard Franks oberste Priorität.«

»Für mich auch.«

»Mein Name wird aus allem herausgehalten.«

»Das wird er.«

»Wenn die Sache den Bach runtergeht, und es gibt Gründe, dass es dazu kommen könnte, habe ich nie ein Wort mit Ihnen gewechselt.«

Ich betrachtete ihn. »Warum sollte sie den Bach runtergehen?«

Er leerte seine Bierflasche, stellte sie auf den Tresen und sah mich an. »Das will ich Ihnen gerne erklären, allerdings nicht hier. In der Horseferry Road gibt es ein Hotel namens *The Neale*. In der Hotelhalle ist eine Bar. Ich treffe Sie dort in einer Stunde.«

19

Annabel und ich verließen die Veranstaltung und aßen rasch einen Happen. Dann gab ich ihr Geld für ein Taxi, damit sie nach Hause fahren konnte, und schlenderte durch Milbank nach Süden. *The Neale* war ein winziges Boutique-Hotel mit Blick auf den St John's Garden. Drinnen war alles mit Marmor und gebürstetem Edelstahl ausgestattet. An der Rezeption vorbei, steuerte ich auf die halbrunde Hotelbar zu. Sie war mit anthrazitgrauen Sofas und malvenfarbenen Accessoires eingerichtet.

Paige saß ganz hinten in einer Nische.

Er war in Begleitung.

Aus der Entfernung war nur schwer festzustellen, um wen es sich bei dieser Person handelte. Sie hatte Paige das Gesicht zugewandt, eine Hand umfasste eine Bierflasche. Der Großteil ihrer Gestalt wurde von der hohen Rückenlehne der Sitzbank verborgen. Doch als ich näher kam, erkannte ich, dass es eine Frau war. Ich sah, dass sie blassrosafarben lackierte Nägel hatte und an der linken Hand einen

Verlobungsring trug. Paige sprach mit ihr und gestikulierte. Sobald er bemerkte, dass ich die Bar betreten hatte, verstummte er.

Im nächsten Moment hatte ich die Frau gut im Blick.

Es war Carla Murray.

Sie hatte sich äußerlich mehr verändert als Paige, stark abgenommen und sich die Haare wachsen lassen. Ihr haftete noch immer eine unbeugsame Ausstrahlung an, und ihre grauen Augen musterten mich, als ich mich dem Tisch näherte. Das Haar hatte sie zu einem praktischen Pferdeschwanz zusammengefasst. Ich schätzte sie auf eins achtundsechzig und knapp sechzig Kilo. Allerdings würde sie niemals zierlich sein, sosehr sie sich auch bemühte: Den Körperumfang, den sie seit dem auf der Pressekonferenz entstandenen Foto verloren hatte, hatte sie offenbar im Fitness-Studio durch solide Muskelpakete ersetzt.

Paige bedeutete mir, ihm gegenüber Platz zu nehmen. Murray rutschte auf ihrer Bank ein Stück weiter und stellte sich in breitem Glasgow-Akzent vor, gab mir aber nicht die Hand.

»Ach, das ist ja eine Überraschung«, sagte ich.

Paige nickte. »Wie ich annehme, kennen Sie Carla bereits.«

»Nur das, was ich über sie gelesen habe.«

»Tja, das wird für den Moment wohl genügen müssen.« Er hielt inne. Sein Blick wanderte rasch durch die Bar und über die Tische, um sicherzugehen, dass wir nicht beobachtet wurden. »Inzwischen ist mir klar, warum mir Ihr Name vorhin so bekannt vorkam«, verkündete er. Als er mich ansah, zeigte sich wieder leichte Feindseligkeit in seinen Augen. »Ich habe Carla gerade erzählt, dass Melanie meinte, sie sei bei ihrem Entführungsfall letztes Jahr auf Schritt und Tritt über Sie gestolpert.«

»Da übertreibt sie sicher.«

»Immerhin sind Sie deshalb Opfer einer Messerattacke geworden.«

»Nun, so viel stimmt.«

Er betrachtete mich einen Moment, als erwarte er, dass ich noch etwas hinzufügen würde. Als ich schwieg, fuhr er fort: »Bei der Londoner Polizei gibt es viele Leute, die Sie nicht mögen, David. Das ist Ihnen doch klar, oder?«

»Ich bin nicht hier, um Freundschaften zu schließen.«

»Sondern, um Menschen ausfindig zu machen?«

»Richtig.«

»Menschen wie Len Franks?«

Ich nickte.

Wieder sah er mich an, warf Murray einen Blick zu und lehnte sich dann mit einem Schulterzucken zurück. »Es ist mir sehr wichtig, dass Len gefunden wird.«

»Dann arbeiten wir ja auf dasselbe Ziel hin.« Da keiner der beiden etwas erwiderte, drehte ich mich auf der Bank zu Murray um. »Ich wusste nicht, dass Sie beide sich kennen.«

»Ich habe Carla wegen Lens Verschwindens kennengelernt«, antwortete Paige.

»Wie genau?«

Seine Augen huschten zu Murray hinüber. Dann wieder zu mir.

»Wie genau?«, beharrte ich.

Erneut blieb Paige mir die Antwort schuldig, und auch Murray unternahm keine Anstalten, das Schweigen zu brechen.

Dann jedoch begann Paige, seine Bierflasche hin und her zu drehen, und hob den Kopf. »Es gibt da einige Dinge, die Sie wissen sollten. Dinge, die Ihnen helfen könnten, Len aufzuspüren. Angesichts dessen, was ich bereits über Sie in Erfahrung gebracht, gelesen und in der letzten Stunde von

Kollegen am Telefon gehört habe, kann ich wohl mit Bestimmtheit davon ausgehen, dass Sie so lange weiterbohren werden, bis Sie die Informationen haben. Deshalb ist es mir lieber, wenn Sie es direkt von mir hören.« Paige wies mit dem Kopf in Richtung Theke. »Kann ich Ihnen etwas zu trinken anbieten?«

»Nein danke.« Als keiner der beiden weitersprach, sagte ich: »Glauben Sie mir, alles, was Sie mir mitteilen, bleibt streng vertraulich. Mir ist klar, dass Sie nur mein Wort dafür haben. Ich bezweifle zwar, dass die Kollegen, mit denen Sie in der letzten Stunde gesprochen haben, irgendwelche Nettigkeiten über mich zu berichten hatten, doch eines kann mir niemand vorwerfen – nämlich, dass ich den Mund nicht halten kann. Ganz gleich, was Sie mir anvertrauen, es erfährt sonst niemand.«

»David«, entgegnete Paige, »wenn ich das nicht glauben würde, wären wir nicht hier.«

Ich griff in die Tasche, holte Block und Stift heraus und legte sie vor mich auf den Tisch. Als ich aufblickte, bemerkte ich, dass Paige und Murray einander anstarrten. Sie machten keinen Hehl daraus und schienen unschlüssig, ob sie fortfahren sollten.

»Eines möchte ich zuvor noch nachdrücklich klarstellen«, sagte Paige schließlich. »Bei unserer Unterhaltung vorhin habe ich Ihnen geschworen, mich an Ihnen schadlos zu halten, falls Sie mir Ärger machen sollten. Das war mein voller Ernst. Ich habe mir einige Ihrer Fälle angeschaut, einige der Örtlichkeiten, an denen Sie aufgetaucht sind, und einige der Leute, die Sie gefunden haben. Das scheint zwar oberflächlich betrachtet alles wasserdicht zu sein, doch ich bin sicher, dass ich auf Unzulässigkeiten stoßen würde, wenn ich ein bisschen genauer hinschaue. Sollte der Inhalt dieses Gesprächs dritten Personen zu Ohren kommen, werde ich die Löcher in diesen Fällen entdecken. Und dann mache ich Sie fertig. Das ist ein Versprechen.«

Er brauchte eine Bestätigung. »Habe verstanden.«

»Len war, *ist*, mein bester Freund. Allerdings hat er einige Entscheidungen getroffen, die …« Paige räusperte sich. »Er hat einige Entscheidungen getroffen, die Konsequenzen haben könnten. Ich will hier nicht für Carla sprechen, doch ich weiß, dass sie es genauso sieht. Er war ihr Vorgesetzter, ihr Mentor und ihr Freund. Diese Entscheidungen … wir müssen sichergehen …« Wieder unterbrach er sich. »Wir müssen sichergehen, dass sie nicht unnötig aufgeblasen werden. Oder wenigstens … sofern es sich wirklich nicht vermeiden lässt, sie öffentlich zu machen, dann nur in einer gekürzten Fassung.«

»Also ist es Ihr einziges Anliegen, jemandem die Haut zu retten?«

»Nein«, entgegnete Paige, »weit gefehlt. Ganz gleich, was Sie auch über Len herauskriegen, es hätte keine Folgen für uns. Lens Entscheidungen waren ganz allein seine eigenen. Wir hatten nie etwas damit zu tun. Zu gar keinem Zeitpunkt.«

»Das heißt, Sie wollen *seinen* Ruf schützen?«

»Ich möchte Ihnen helfen, ihn zu finden.«

»Warum haben Sie eigentlich nicht selbst nach ihm gesucht?« Ich schaute zwischen den beiden hin und her. »Wenn Sie wirklich etwas wissen, was dazu führen würde, dass er entdeckt wird, hätten Sie es doch nur zu sagen brauchen.«

Paige hob eine Hand. »Es ist kompliziert.«

»Craw ist nicht über diese ›Entscheidungen‹ im Bilde, die Franks gefällt hat?«

»Richtig.«

Allerdings kam es mir unwahrscheinlich vor, dass sie Paige nicht einige Fragen gestellt hatte. Immerhin wusste sie, dass Paige und ihr Vater gut befreundet waren. Sicher hatte sie sich bei Paige erkundigt, ob er eine Ahnung hatte, warum Franks verschwunden sein könnte. Sie hatte sich bestimmt an ihn gewandt.

»Also«, merkte ich an, »haben Sie Craw genau genommen belogen?«

»Ich habe beschlossen, einige Dinge für mich zu behalten.«

»Weshalb?«

»Zu ihrem Schutz.«

»Craw scheint mir nicht zu den Leuten zu gehören, die beschützt werden wollen.«

»Niemand glaubt, dass er beschützt werden will. Aber Melanie hat eine Karriere und eine Familie. Sie ist der Londoner Polizei dienstlich verpflichtet. Ihr Vorgesetzter hat ihr *ausdrücklich* untersagt, auf polizeiliche Mittel zurückzugreifen, um Len zu suchen. Doch wenn ich ihr verraten hätte, was ich weiß, wäre das Bedürfnis, ihren Vater zu finden, so groß gewesen, dass sie gegen diesen Befehl verstoßen und ihren Job verloren hätte. Sie, David …« Er hielt inne und verzog missbilligend das Gesicht. »Sie müssen sich ausschließlich vor sich selbst verantworten. Sie unterliegen keinen Beschränkungen. Das hier ist Ihr Beruf. Ihre ganze Familie. Das macht es unmöglich, Sie zu bremsen, und darum habe ich Sie hierhergebeten. Denn nur so kann ich, wenigstens zum Teil, versuchen, den Schaden zu begrenzen, den Sie unweigerlich anrichten werden. Mir ist Melanies Schicksal wichtig, weil mir Len Franks etwas bedeutet. Um es einmal unfreundlich auszudrücken: Wenn *Sie* morgen vom Erdboden verschwinden würden, ginge mir das am Arsch vorbei.«

Ich konnte nicht behaupten, dass ich diesen Satz zum ersten Mal im Leben hörte. »Also sind nur Sie beide informiert?«

Er nickte.

»Und warum?«

Er nickte noch einmal. Offenbar hatte er mit dieser Frage gerechnet. »Ende Januar hat sich Len, jeweils einzeln, mit Carla und mir in Verbindung gesetzt. Später waren wir uns beide einig, dass er ziemlich … bestürzt klang. Er sagte, er säße gerade an einem alten Fall und brauche unsere Hilfe.«

»Okay, Moment mal. Worum ging es bei diesem Fall?«

»Das hat er mir nicht erzählt«, erwiderte Murray.

Seit sie sich vorgestellt hatte, war das ihr erster Gesprächsbeitrag.

»Er hat keinem von Ihnen gegenüber auch nur ein Wort erwähnt?« Ich sah Murray an. Sie schüttelte den Kopf. »Hat er vielleicht angedeutet, dass es sich um einen seiner alten Fälle in London handeln könnte?«

»Das hat er mir nicht erzählt«, wiederholte Murray.

Was bedeutete, dass er nur verraten hatte, er arbeite an irgendeinem ungelösten Fall – dieselbe Geschichte, die er anscheinend allen, auch seiner Familie, aufgetischt hatte. Craw hatte wirklich nicht übertrieben, als sie sagte, er habe alles mit sich allein abgemacht.

»Und weshalb hat er sich nur an Sie beide gewandt?«

Diesmal antwortete Paige: »Ich kenne ihn seit über dreißig Jahren. Carla war eine enge Mitarbeiterin, die in den meisten Fällen mit ihm ermittelt hat. Also liegt die Erklärung wohl auf der Hand.«

»Warum nicht Craw?«

»Er wollte offenbar seine Tochter nicht mit hineinziehen.«

Ich erinnerte mich an Paiges Worte vor ein paar Minuten. *Die Entscheidungen, die er getroffen hat … wir müssen sichergehen, dass sie nicht unnötig aufgeblasen werden.*

Ich blickte zwischen den beiden hin und her. »Worum

ging es in den Telefonaten dann, wenn er Sie nicht angerufen hat, um den Fall mit Ihnen zu erörtern?«

Paige sah Murray an. Sie veränderte ihre Sitzposition, bis sie sich an die Wand lehnen konnte und uns beide im Blick hatte.

»Er hat nicht viel geredet«, meinte sie. »Der Boss hatte noch nie etwas für eine blumige Sprache oder weitschweifige Ausführungen übrig. Er sagte nur, er arbeite an einem Fall, um sich wegen der Küchenrenovierung im Haus etwas dazuzuverdienen. ›Du könntest mir vielleicht weiterhelfen‹, waren seine Worte.«

»Wie weiterhelfen?«

»Er hat mich gefragt, ob ich mich an einen Fall erinnere, in dem wir 1996 ermittelt hatten. Mir ist spontan nichts dazu eingefallen. Siebzehn Jahre sind in jedem Beruf eine lange Zeit. Und wenn man Tag für Tag vor Leichen steht, kommt sie einem noch länger vor.«

»Hat er versucht, Ihrem Gedächtnis auf die Sprünge zu helfen?«

»Ja. Er hat den Namen des Opfers genannt.«

»Und der lautete?«

»Pamela Welland.«

Ich notierte ihn. »Wissen Sie noch, wer sie war?«

»Ja.«

»Was ist ihr zugestoßen?«

»Sie wurde ermordet. Ihre Leiche wurde auf einer Brachfläche in der Nähe von Deptford Creek abgelegt. Elf Stichwunden im Bauch, eine im Rücken. Ein ziemliches Blutbad. Sie war erst vor wenigen Wochen achtzehn Jahre alt geworden.«

Eine bedeutungsschwere und bedrückte Pause entstand, als zollten wir alle dem Gedenken des toten Mädchens Tribut.

»Das war in den Tagen, als noch nicht jeder ein Mobiltelefon hatte«, fuhr sie fort, »und vor dem Online-Dating. Niemand in Pamelas Familie besaß überhaupt einen Computer. Deshalb war es viel schwieriger, ein Bewegungsprofil eines Opfers zu erstellen. Doch alles wies darauf hin, dass sie zwei Abende zuvor mit einem Mann in einer Bar gewesen war. Dort wurde sie zum letzten Mal lebend gesehen. Wir fanden einige Augenzeugen, auch einen aus der Bar, die aussagten, sie hätten beobachtet, wie Pamela mit einem Mann Anfang zwanzig geredet habe: blond, etwa eins achtzig, Muskelpakete. Es könnte ja einer dieser Bodybuildingfreaks gewesen sein. Der Zeuge in der Bar meinte, der Typ habe Pamela eindeutig angebaggert, allerdings, wie es scheint, nicht sehr erfolgreich. Der genaue Wortlaut ging ungefähr so: ›Es machte nicht den Eindruck, als ob sie auf ihn gestanden hätte.‹ Also haben wir uns die Überwachungsvideos aus der Bar vorgenommen. Außerdem eine Liste der Anrufe, die in den Tagen, bevor Pamela diesem Kerl begegnet ist, vom Festnetzanschluss ihrer Eltern aus geführt wurden. Und ein paar Tage später hatten wir den Verdächtigen identifiziert: Paul Viljoen.«

Ich fügte seinen Namen zu der Liste hinzu.

Sie sprach weiter: »Wir haben ihn festgenommen. Der Boss und ich haben ihn verhört, und da hat dieser Viljoen schlappgemacht. Er war Holländer, sprach aber ausgezeichnet Englisch. Ich glaube, er war wegen irgendeines beruflichen Auslandseinsatzes hier. Ich erinnere mich nicht genau. Jedenfalls war er anfangs ganz ruhig und gefasst. Doch als der Boss ihm auf die Pelle gerückt ist, hat er sich in Lügen verstrickt. Nach einer Weile hat er dann gemerkt, dass er so richtig in der Scheiße steckt, hat angefangen, nur noch Holländisch zu sprechen, und so getan, als könne er sich auf Englisch nicht verständlich ausdrücken. Aber da war der Zug schon abgefahren. Er hatte sich bereits sein eigenes Grab geschaufelt. Und eine Stunde später hat er dann gestanden. Im Grunde genommen war er nur ein dummer Junge, bis zur Halskrause mit Alkohol und Steroiden vollgepumpt. Ständig hat er sich bei uns entschuldigt. Und bei ihr, als wäre sie mit im Raum. Er sagte, er sei wütend geworden, weil er gedacht habe, sie mache sich über ihn lustig. Vermutlich werden wir die ganze Wahrheit nie erfahren. Anscheinend war Pamela nicht an ihm interessiert, und das Überwachungsvideo bestätigte das. Allerdings muss sie ihn sympathisch genug gefunden haben, um mit ihm das Lokal zu verlassen.«

»Also haben Sie ihn angeklagt?«

»Ja. Er hat zwanzig Jahre gekriegt.«

Ich machte mir noch ein paar Notizen und sah sie dann wieder an. »Und Franks hat Sie gefragt, ob Sie sich an den Fall erinnern. Was geschah, nachdem er Ihrem Gedächtnis auf die Sprünge geholfen hatte?«

Ihr Blick wanderte zu Paige, als bitte sie ihn um Erlaubnis, antworten zu dürfen. Paige nickte.

»Er hat mich gefragt, ob ich Zugriff auf das Filmmaterial im Fall Pamela Welland hätte.«

»Filmmaterial?«

»Der Überwachungsfilm aus der Bar, in der Nacht, als sie ermordet wurde.«

»Warum?«

»Ich hatte das Gefühl, dass er nicht so recht mit der Sprache herausrücken wollte.«

»Sie haben nicht nachgehakt?«

»Doch, habe ich«, entgegnete sie, als hätte ich ihr mangelnde Professionalität vorgeworfen, »und zwar mehrmals. Aber der Boss wiederholte nur ständig das Gleiche: Es habe mit diesem ungelösten Fall zu tun, an dem er arbeite. Wenn ich weitergebohrt habe, ist er mir jedes Mal ausgewichen.«

Meine Gedanken überschlugen sich bereits: Was hatte der Mord an Pamela Welland mit Franks' altem Fall zu tun? Dann fielen mir der Zettel und der Pub-Flyer ein.

»Sagt Ihnen ›BROLE108‹ etwas?«

Murray runzelte die Stirn. »Nein.«

»Moment mal.« Paige hob einen Finger. »Inwieweit ist das relevant?«

»Das weiß ich nicht.«

»Eigentlich sollte das hier ein Informationsaustausch sein.«

»Ich weiß nicht, was es bedeutet«, erwiderte ich und sah ihn an. »Es stand ein paarmal in Franks' Notizbüchern. Ich bin noch nicht dahintergekommen, was es heißt.«

Paige beäugte mich argwöhnisch.

Ich griff nach einer Serviette und dem Stift und malte die Zeichnung auf, die Franks auf einen Zettel gekritzelt hatte.

»Was könnte das sein?«, fragte ich sie und zeigte ihnen mein Werk.

»Was meinen Sie?«, erwiderte Paige.

»Haben Sie das schon einmal gesehen?«

»Was ist das? Eine Art Strichmännchen?«

»Ich bin nicht sicher.«

Ich betrachtete die Zeichnung: den Körper, die Arme und die Beine des »Strichmännchens«, das Dreieck über seiner linken Schulter und das Oval, das das Ganze einrahmte. Ich wurde das Gefühl nicht los, dass es mir schon einmal begegnet war, kam aber einfach nicht darauf. Franks hatte außerdem »Milch?« und darunter »108 noch einmal überprüfen« auf die Rückseite des Pub-Flyers geschrieben, und zwar Jahre, nachdem er die Zeichnung auf einem Zettel skizziert hatte. Seltsamerweise machte mir das allmählich Sorgen: Wies eine Alltagsnotiz, die daran erinnern sollte, Milch zu kaufen, darauf hin, dass die Zeichnung und die Zahl »108« ebenso unwichtig waren? Was, wenn es sich bei der Zeichnung nur um eine belanglose Kritzelei handelte? Wenn das alles überhaupt keine Bedeutung hatte?

Ich schob meine Zweifel beiseite und fuhr fort: »Und haben Sie Franks den Film geschickt?«

Sie schüttelte den Kopf. »Selbstverständlich nicht. Für den Boss hätte ich alles getan, doch ich war nicht bereit, meinen Job zu riskieren, um einen siebzehn Jahre alten Überwachungsfilm herauszukramen.«

Paige schob seine Flasche auf dem Tisch herum. Die Reste schwappten auf dem Flaschenboden hin und her, und er hatte das Etikett zum Großteil abgelöst. »Einen Tag nach dem Anruf bei Carla hat er sich bei mir gemeldet. Er hat mich um dasselbe gebeten: Ich sollte nachschauen, ob ich an den Überwachungsfilm aus dem Pub im Fall Welland herankommen könne. Carla hat er als Kollegin gefragt, die in dieser Sache mit ihm ermittelt hat. Mich als jemanden, den er schon viele Jahre kannte. Wenn ich Zyniker wäre, würde ich jetzt sagen, er hat versucht, unsere Freundschaft auszunutzen.« Er schwieg kurz. »Es fiel mir schwer, Len etwas abzuschlagen. Aber als ich mich ins System eingeklinkt hatte und feststellte, dass Carla sich erst am Vortag eingeloggt hatte, und zwar wegen des exakt selben Falls, habe ich zum Telefon gegriffen und sie angerufen.«

»Und so haben Sie einander kennengelernt.«

Er nickte. »Sie kam zu mir ins Büro, wir haben darüber geredet, und dann haben wir beschlossen, die Sache nicht an die große Glocke zu hängen. Er hat von uns etwas Illegales verlangt, mit dem wir uns beide eine Menge Ärger hätten einhandeln können. Wissen Sie, ich bin jetzt siebenundfünfzig Jahre alt. Ich hatte nicht die Absicht, mich kurz vor der Pensionierung mit der Hand in der Ladenkasse erwischen zu lassen. Und von Carla hätte ich das auch nicht erwartet. Sie hat noch viele für ihre Karriere wichtige Jahre vor sich. Len zu helfen, das hätte unserer beruflichen Zukunft den Todesstoß versetzt. Deshalb habe ich ihn angerufen und ihm erklärt, wir könnten es nicht tun. Da er auch weiterhin mein Freund sei, würde ich niemandem von seinem Ansinnen erzählen. Doch wir seien nicht bereit, Überwachungsfilme oder sonst etwas aus der Datenbank weiterzuleiten.«

Ich erinnerte mich an die plötzlich weniger werdenden Mails zwischen Franks und Murray in den fünf Wochen vor seinem Verschwinden. Der Tonfall der Nachrichten hatte sich eigentlich nicht geändert – ganz im Gegensatz zur Häufigkeit. In der dritten Woche hatte sich Franks nicht einmal mehr die Mühe gemacht, Murray überhaupt noch zu antworten.

Nun verstand ich den Grund.

Er war verärgert oder gekränkt. Oder beides.

Da er Paige bei Weitem nicht so oft geschrieben hatte wie Murray, wäre mir eine ähnliche Funkstille bei meinen Nachforschungen nicht aufgefallen, so sie denn stattgefunden hatte. Jedenfalls erklärte es, weshalb ich im Mailverkehr zwischen Franks und Paige und dem mit Murray nichts Außergewöhnliches bemerkt hatte: keine Spannungen, keine Anspielungen auf bestimmte Fälle, kein Hinweis darauf, dass es irgendwelche Probleme gab.

Weil sie alles geheim gehalten hatten.

Und zudem war der interessanteste Punkt noch gar nicht

angesprochen worden: Warum hatte Franks überhaupt um das Filmmaterial gebeten?

»Bestand irgendein Zusammenhang zwischen dem Fall Welland und seinem neuen Leben in Devon?«

Murray schüttelte den Kopf. »Nein.«

»Sind Sie sicher?«

»Weshalb, glauben Sie, habe ich in der Datenbank nachgeschaut?«, entgegnete sie. »Ich war neugierig, warum er sich so plötzlich dafür interessierte, siebzehn Jahre, nachdem Viljoen wegen des Mordes an ihr ins Gefängnis gewandert ist. Ich wollte wissen, welcher andere Fall – insbesondere ein ungelöster – eine Verbindung zu ihrem Tod hatte und ob wir damals womöglich etwas übersehen haben.« Als sie wieder den Kopf schüttelte, schwankte ihr Pferdeschwanz hin und her. »Ich habe die Akte von vorn bis hinten und wieder zurück durchgeackert, aber das Urteil war absolut wasserdicht. An der Polizeiarbeit war nichts zu bemängeln. Viljoen war schuldig. Er hat gestanden. Es gab keine Fehler, keine Versäumnisse. Der Boss hatte keinen Grund, die Aufnahmen zu sichten. Außerdem käme für Viljoen erst in drei Jahren eine vorzeitige Entlassung infrage.«

Murray warf mir einen Blick zu.

Sie war noch nicht fertig, also unterbrach ich sie nicht.

»Nur, dass der Boss ...« Wieder hielt sie inne. Ihr Augenausdruck war nicht mehr so hart, und zum ersten Mal konnte ich einen Anflug von Trauer erkennen. »Fälle wie diese gingen ihm immer an die Nieren. Kinder. Frauen. Ich weiß nicht, ob es der Vater in ihm war. Vielleicht wird man ja so, wenn man selbst Kinder hat. Doch als ich mir die Unterlagen noch einmal ansah und mir überlegte, wie die Ermittlungen abgelaufen waren, erinnerte ich mich, dass er sich ganz besonders dafür engagiert hat.«

»Was meinen Sie mit engagiert?«

»Nach seinem Anruf im Februar fing ich an, mich erneut mit dem Fall Welland zu beschäftigen, und mir fielen immer mehr Einzelheiten ein. Kleinigkeiten, die ich damals als unwichtig abgetan hatte.« Wieder verstummte sie und schaute zu Paige hinüber. Er rührte sich nicht und unternahm keine Anstalten, sie am Reden zu hindern. »Eines Tages, einige Wochen, nachdem der Boss verschwunden war, saß ich da und dachte an ihn, und da hatte ich plötzlich ein klares Bild vor Augen: Ich kam in sein Büro, das war etwa fünf Jahre nach Wellands Tod. Es ging um einen völlig anderen Fall, und Viljoen war längst hinter Gittern. Und da sah ich, dass er sich auf seinem tragbaren Fernseher einen alten Film anschaute.«

»Was war das für ein Fall?«

»Keine Ahnung. Er hatte nichts mit der Sache zu tun.«

»Mit Welland?«

»Mit irgendetwas. Nicht der Fall ist wichtig.«

Ich starrte sie leicht verwirrt an.

»Es geht um den Film, den er sich ansah.«

Plötzlich fiel bei mir der Groschen. »War es der Überwachungsfilm?«

Murray nickte. »*Fünf Jahre,* nachdem der Fall abgeschlossen war, bin ich in sein Büro spaziert und habe den Boss dabei angetroffen, wie er sich die Aufnahmen aus der Nacht ansah, in der Pamela Welland verschwand.«

Rückzugsort
Juli 2008/vor fünf Jahren

Weinend flüchtete sie sich auf den Dachboden. Sie öffnete die Luke, zog die Leiter herab und kletterte hinauf in die Dunkelheit. An einem Ende befand sich ein Fenster mit Blick auf die Felder hinter dem Haus. Doch sonst war es finster. Es gab keine Lampen. Sie hatte auch nie welche gewollt. Ihr gefielen die Stille und das Dämmerlicht. Sie entsprachen ihrer Stimmung, wenn sie hierherkam.

Seit einer Weile hatten sie ständig Streit. Eigentlich hatten sie schon vom ersten Tag ihrer Beziehung an gestritten, nur dass es anfangs nicht so häufig geschah: eine Auseinandersetzung, gefolgt von einer kurzen Funkstille, bevor sie sich versöhnten, darüber lachten und alles wieder normal war.

Oder so normal, wie es bei Simon eben sein konnte.

Doch diesmal war es schlimm gewesen.

Begonnen hatte es kurz nach dem Frühstück. Sie hatten verschlafen, was die Angelegenheit nicht besser gemacht hatte. In den letzten Monaten war sie gedanklich häufig anderswo und hatte auch diesmal den Großteil der Nacht wach gelegen und seinem Schnarchen gelauscht. Beim Nachhausekommen hatte er nach Alkohol gestunken. Er war neben sie ins Bett gefallen und sofort eingeschlafen. Seine Sachen waren durchgeschwitzt, und sie erkannte Blut unter seinen Fingernägeln und eine Schnittwunde an seinem Arm.

Das hatte sie in den drei Jahren ihrer Beziehung wieder und wieder gesehen und oft mit dem Gedanken an Trennung gespielt. Vor einiger Zeit hatte sie Garrick erzählt, sie träfe sich mit Simon, weil er ein Risiko sei, so ganz anders als die Männer, mit denen sie früher eine Beziehung gehabt habe – und weil er ihr etwas verschweige. Irgendein Geheimnis. Am Anfang war sie der romantischen Vorstellung verfallen gewesen, es könne ein Geheimnis wie ihr eigenes sein – ein Verlust, eine Leere, die nur von jemandem gefüllt werden konnte, der das kannte. Doch es war viel mehr als das. Er stahl Baumaterialien von seinen Arbeitgebern und verkaufte sie weiter – und er war ein gewalttätiger Trinker, der es mit der Treue nicht so genau nahm.

Dennoch hatte sie keine Angst vor ihm. Sie blieb nicht, weil sie sich vor ihm fürchtete. Obwohl sie ihm alle möglichen üblen Dinge zutraute und schon früh dahintergekommen war, dass er sein Geld nicht nur auf der Baustelle verdiente. Und trotzdem war es nicht die Furcht vor seinen Lügen, vor ihm als Mensch oder davor, dass er ihr etwas antun könnte, die sie bei ihm bleiben ließen. Sondern die Angst vor dem Alleinsein. Um das zu wissen, brauchte sie keinen Psychiater. Und es war auch überflüssig, dass sie in den Spiegel schaute und es in ihrem eigenen Gesicht erkannte. Sie spürte es tief in ihrem Innersten wie ein leises, ständig vibrierendes Raunen.

So fühlte sich der Verlust für sie an: ein nicht enden wollendes Summen.

Um sich davor zu fürchten, dass jemand einem wehtun oder einen schlimmstenfalls umbringen könnte, musste man ein Gefühl für die eigene Sterblichkeit, Begrenztheit und Vergänglichkeit haben. Und das hatte sie verloren, als Lucas starb, während seine Arme wild in dem Wasser des Teichs ruderten.

Ihr wunderschöner, wunderschöner Junge.

Zumindest hatte diese Beziehung den Vorteil, dass sie das Summen unterdrückte. Wenn sie stritten, gelang es ihr, es zu überhören. Und wenn sie sich versöhnten, blieb es gedämpft. Nur in den stilleren Momenten davor und danach, in denen sie allein war, nahm sie es ganz deutlich wahr und spürte es, und ihr wurde klar, dass sie Gesellschaft brauchte. Selbst wenn es jemand wie Simon war.

Sie brauchte Simon, um Lucas vergessen zu können.

Als die ersten Sonnenstrahlen mutig den Himmel kreuzten, begannen ihre Gedanken endlich abzuschweifen, und es gelang ihr einzuschlafen. Es war schon nach acht Uhr, und die Sonne war aufgegangen, als sie wieder aufwachte. Sie stupste Simon an und sagte ihm, er werde zu spät kommen, woraufhin er sich aus dem Bett wälzte. Sein schulterlanges Haar klebte fettig und ungepflegt seitlich am Kopf. Er schaute auf die Uhr. »Scheiße!«, schimpfte er. »Schon so spät.«

Und so war es losgegangen.

Während sie in der Küche stand und Sandwiches für sie beide machte, hatte er etwas gemurmelt. Sie hatte sich zu ihm umgedreht und ihn gebeten, das zu wiederholen. Er war gereizt, weil er verschlafen hatte und nach einer alkoholgeschwängerten Nacht seine Arbeitsstiefel nicht finden konnte. Nur der Himmel wusste, was er sonst noch getrieben hatte. Schließlich stellte er fest, dass die Stiefel dort lagen, wo er sie in der Nacht zuvor ausgezogen hatte, nämlich draußen vor der Hintertür. Und als er sich an den Küchentisch setzte und begann, seine Schnürsenkel zu binden, fragte er: »Wozu brauchst du Sandwiches? Hast du etwa vor, heute zur Arbeit zu gehen?«

Das Küchenmesser in der Hand, trat sie einen Schritt vom Küchentresen weg. Er warf einen kurzen Blick darauf.

»Heute ist Dienstag«, erwiderte sie leise. »Heute habe ich doch meinen Termin bei Dr. Garrick.«

Er schüttelte den Kopf. »Garrick.«

»Du bezahlst die Stunden ja nicht, warum interessiert es dich also?«

Keine Antwort. Er beschäftigte sich weiter mit seinen Schnürsenkeln.

»Also? Warum interessiert es dich?«

Nun war er mit dem einen Stiefel fertig und sah sie an. Der Schnürsenkel des zweiten Stiefels hing zwischen seinen Fingern. »Tut es ja gar nicht«, entgegnete er. »Aber wie lange gehst du jetzt schon zu ihm? Dreieinhalb Jahre, und es hat einen Scheißdreck gebracht. Du hängst immer noch rum, als sei die ganze Welt schuld an allem, nur nicht du.«

»Was?«

»Du hast genau gehört, was ich gesagt habe.« Er schnürte den zweiten Stiefel zu. Dann stand er auf und baute sich ihr gegenüber in der Küche auf. Er benutzte seine überlegene Körpergröße, um sie einzuschüchtern. »Weißt du, was du dir mal überlegen solltest? Dir einen Job zu suchen, der auch ordentlich etwas abwirft. Ich reiße mir da draußen den Arsch auf, um unsere Brötchen zu verdienen. Und du machst dir einen Lenz, spielst die feine Dame und schmeißt deine Kohle für diesen dämlichen Scheißseelenklempner zum Fenster raus.«

»Ich habe dich nie um etwas gebeten.«

Ein Schnauben. »Du wohnst unter meinem Dach.«

»Ich zahle Miete.«

Er nickte und nickte immer weiter, während er seine Signaljacke vom Haken an der Haustür nahm. »Glaubst du, dass uns drei Tage pro Woche in einem popeligen Schuhgeschäft weiterbringen?«

Sie sah ihn einfach nur an.

»Ach, egal«, meinte er, »das geht mir am Arsch vorbei.«

»Den Eindruck habe ich auch.«

Sie stellte fest, dass sich seine Gesichtsfarbe sofort veränderte.

Er kam näher und fuchtelte ihr mit dem Finger vor dem Gesicht herum. »Meinst du, sonst jemand würde sich deinen ganzen Mist antun, du blöde Kuh? Glaubst du das wirklich? Ich bin ein verdammter Heiliger. Es ist ein Wunder, dass ich mich noch nicht am Deckenbalken aufgehängt habe, weil ich mir ständig dein Gejammer anhören muss, als ob du der einzige Mensch auf der ganzen beschissenen Welt wärst, der je ein Problem gehabt hat.«

»So nennst du das also, ›ein Problem‹?«

»Es sind jetzt neun Jahre vergangen.«

»Und?«

»Komm endlich darüber hinweg.«

Zorn stieg in ihr auf. »Darüber hinwegkommen?«

»Ja. Komm darüber hinweg.«

»Er war mein Baby.«

»Er ist tot.«

»Du redest hier von meinem Sohn.«

Anstelle einer Antwort schlüpfte er in seine Signaljacke.

»Von meinem Sohn«, wiederholte sie, zitternd vor Wut. Sie bemerkte, wie fest sie das Messer umklammerte, spürte den Schweiß auf ihren Händen, der den Griff benetzte.

Simon nahm seine Sandwiches und verstaute sie in einer Tüte.

»Wie kannst du es wagen, so über ihn …«

»Ich scheiß auf deinen Sohn«, entgegnete er.

Und im nächsten Moment war er fort.

Auf dem Dachboden stand an einer Wand ein Stapel Kartons. Jeder davon war beschriftet, damit sie nicht vergaß, was sie hineingepackt hatte. Hier war nun der Großteil ihrer Sachen verstaut. Sie brachte nichts davon nach unten, weil er sich darüber beschwerte, sie stelle ihm das ganze Wohnzimmer mit Fotos und anderem Kram zu. Und nach dem, was er ihr am Schluss ihres Streits an den Kopf geworfen hatte, würde sie nie mehr im Leben irgendetwas Wichtiges mit ihm teilen. Weder ihren Tag noch ihre Gedanken und ganz sicher nicht ihre Fotos und Erinnerungen.

Die meisten Dinge, die sie im Laufe der Jahre angesammelt hatte, hatte sie weggeworfen. Wenn sie sich elend fühlte, war das so etwas wie ein Reinigungsritual, eine langsame, qualvolle Säuberungsaktion: Sie nahm alles, was für eine Phase ihres Lebens stand, und entsorgte es. Kleidung. Fotos. Musik. Filme. Bücher. Doch einige Sachen konnte sie einfach nicht loslassen, obwohl ihr klar war, welche Gefahr es darstellte, sie zu behalten. Sie besaß Gegenstände, die sie sich loszuwerden geschworen hatte. Sie wusste, wie riskant es war, sich daran zu klammern. Allerdings schien es ihr in Zeiten wie diesen das Risiko wert zu sein.

Diese Dinge waren ihr Lebensanker.

Das, was sie aufrecht hielt.

Also wischte sie sich die Tränen von den Wangen, wuchtete zwei Kartons vom Stapel auf den Boden und öffnete den Deckel von der Schachtel, die die Aufschrift »1996« trug.

Ganz oben lagen die Zeitungsausschnitte.

»Hallo, Pamela«, sagte sie leise.

TEIL ZWEI

20

Als ich das Hotel verließ, rieselten Schneeflocken vom Himmel. Ich zog den Reißverschluss meiner Jacke zu, weil ein eisiger Wind durch die Straße fegte, und versuchte, das eben Gehörte in ein logisches System zu bringen. Franks hatte mit der Post einen Umschlag erhalten, mit an Sicherheit grenzender Gewissheit Ende Januar. Und dessen Inhalt hatte etwas mit Pamela Welland oder mit Paul Viljoen zu tun – oder mit beiden.

Einige Tage später hatte er dann Murray angerufen, weil sie den Fall gemeinsam bearbeitet hatten, und versucht, sie zu überreden, ihm Videoaufnahmen aus der Bar zu beschaffen, die Welland und Viljoen in der Mordnacht zeigten. Aufnahmen, die er bereits ein Mal aus der Asservatenkammer geholt hatte, und zwar fünf Jahre, nachdem der Fall 1996 von ihm und Murray abgeschlossen worden war. Als sie sich weigerte, hatte er sich an Paige gewandt und sich auf ihre Freundschaft berufen. Paige lehnte ebenfalls ab, da ihm klar war, dass Franks sich damit selbst geschadet hätte, und riet ihm, die Sache auf sich beruhen zu lassen. Und einen Monat später war Franks verschwunden.

Im Gehen rief ich den Browser auf meinem Handy auf und gab den Suchbegriff »Pamela Welland« ein. Es gab einige Berichte über ihre Ermordung, hauptsächlich auf Seiten, die sich mit wahren Verbrechen beschäftigten. Allerdings hatte das Internet 1996 noch in den Kinderschuhen gesteckt, was hieß, dass es sich bei den Zeitungsberichten aus dieser Zeit zum Großteil um eingescannte Titelseiten handelte. Die Informationen, auf die ich stieß, bestätigten Paiges und Murrays Schilderungen. Ich hatte ihnen den Vorschlag gemacht, mir die Akte Welland zu besorgen, doch Paige hatte ihn abgeschmettert. Natürlich bestand noch die Möglichkeit, durch jemanden wie Ewan Tasker an eine Kopie heranzukommen. Aber wenn Paige oder Murray, aus welchen Gründen auch immer, einen zweiten Blick auf den Fall Welland warfen, würden sie bemerken, dass Tasker sich eingeloggt hatte – und damit hätte ich einen meiner besten Informanten in Schwierigkeiten gebracht.

Also schrieb ich die Idee ab und klickte Abbildungen von Welland an. Sie saß auf einer weiß gekalkten Steinmauer vor einem spanischen Hotel und war zum Zeitpunkt der Aufnahme schätzungsweise sechzehn Jahre alt gewesen. Ein blonder Zopf, die Augen hinter einer verspiegelten Sonnenbrille verborgen. Die Zeitung, die das Foto gebracht hatte, bezeichnete sie als »tragisch und schön«, und ich konnte diesen beiden Feststellungen nur zustimmen. Der Gedanke an sie und ihre Familie erfüllte mich mit Trauer.

Als ich Milbank erreichte, wo die Hartholzskelette der Victoria Tower Gardens und die gnadenlos grauen Gebäude der M15 aufragten, dachte ich an Ellie und dann an Craw. Vermutlich war es ihre schlimmste Befürchtung, dass Franks irgendwo mit aufgeschnittenen Pulsadern in einer Grube lag, sein Wissen über den Fall Welland und Viljoen und auch über alles andere für immer mit ihm begraben. Als sie mir über die Schulter ihrer Mutter hinweg einen Blick zugeworfen hatte, hatte ich es an ihrem Gesichtsausdruck erkannt. Sie war nötigenfalls bereit, sich damit abzufinden, wenn Franks wirklich so geendet hatte.

Und dennoch: Craw war zwar Realistin und wegen ihres Berufs mit menschlichen Tragödien vertraut, aber es gab solche und solche Lügen. Nach neunzehn Jahren perlten die Unwahrheiten, die ihr unzählige Verdächtige in einer langen Reihe von Vernehmungszimmern aufgetischt hatten, vermutlich von ihr ab.

Doch wenn ihr eigener Vater sie belogen hatte, würde sie das nicht so leicht verkraften.

Es würde sich anfühlen, als habe ihr jemand ein Messer in den Rücken gestoßen.

Als ich die U-Bahn-Station Westminster betrat, fing mein Handy an zu summen. Also ging ich zurück nach draußen, damit der Empfang nicht abbrach, und suchte mir ein geschütztes Plätzchen hinter den Pfeilern in der Bridge Street.

»David Raker.«

»David, ich bin's, Spike.«

Ich hatte fast vergessen, dass ich ihn angerufen hatte. Sein Auftrag lautete, mir die Namen und Adressen aller Personen auf Franks' Telefonliste zu besorgen, die Craw mir gegeben hatte. Außerdem hatte ich ihn gebeten, dasselbe für den Rest des Jahres 2013 zu tun, und zwar vom 3. März bis jetzt.

»Spike, danke für den Rückruf.«

»Entschuldige, dass ich dich so spät störe.«

Ich schaute auf die Uhr. »Viertel nach zehn? Das nennst du spät? Ich laufe gerade erst richtig warm. Also, was hast du für mich?«

»Okay«, begann er, und ich hörte das Klappern einer Tastatur, »zwölfeinhalb Monate Telefonunterlagen. Die erste Charge deckt, wie gewünscht, den Zeitraum vom ersten November 2012 bis zum dritten März dieses Jahres ab. Die zweite reicht von diesem Datum bis gestern, also dem zwölften Dezember. Ich habe für dich die Namen und Adressen jedes Anrufers. Das ist es, was so lange dauert. Wenn man erst mal eine Nummer hat, muss man nur noch kopieren und einfügen. Aber herauszukriegen, wem die Nummer gehört und wo derjenige wohnt, ist eine echt harte Nuss. Jedenfalls müsste alles beisammen sein.«

»Ich bin dir dankbar. Ist dir etwas Ungewöhnliches aufgefallen?«

»Nachdem sich dein Typ am dritten März in Luft aufgelöst hat, ist da nicht mehr viel.«

»Ist da überhaupt etwas?«

»Ein paar eingegangene Anrufe, womit wahrscheinlich zu rechnen ist, oder?«

Sicher hatten sich Freunde und Angehörige in den Tagen und Wochen nach seinem Verschwinden bei ihm gemeldet, um herauszufinden, wo er steckte. Die späteren Anrufe kamen vermutlich von Leuten, denen er nicht so nahestand und die nicht ahnten, was geschehen war.

»Und wurde auch telefoniert?«

»Ausgehende Anrufe vom Mobiltelefon nach dem dritten März?« Eine Pause, während er die Unterlagen überprüfte. Die Antwort erfolgte rasch. »Nein«, sagte er, »kein einziger.«

21

Eine Stunde später, die U-Bahn war an der Station Earl's Court stecken geblieben, war ich endlich zu Hause. Als ich näher kam, bemerkte ich aus dem Augenwinkel eine Bewegung und drehte mich um. Liz ging ihre Auffahrt hinauf. Sie war elegant mit einem langen schwarzen Regenmantel bekleidet. Ihr Haar wippte auf dem Rücken, und sie hatte einen roten Schal um den Hals geknotet. In der einen Hand hatte sie eine Aktenmappe, mit der anderen fragte sie die

Nachrichten auf ihrem Handy ab. Das blaue Licht des Geräts beleuchtete ihr Gesicht.

Kurz hielt ich inne und beobachtete sie. Sie nahm mich nicht wahr, weil ich auf der anderen Seite des Drahtzauns stand, der unsere Grundstücke trennte. Doch drei Meter vor ihrer Haustür sprang der Bewegungsmelder an. Seine Strahlen fielen auf sie, und sie sah mich auf halbem Wege zwischen meinem Haus und der Straße stehen. Sie verharrte auf der Stelle und ließ das Handy sinken. Wir betrachteten einander. Zwischen uns herrschte nichts als beklommenes Schweigen.

»Hallo, Liz.«

»David, ich habe dich gar nicht bemerkt.« Ihr Blick wanderte zu meinem Haus, wo Licht brannte. Ein Stück die Straße entlang sah ich Weihnachtsbeleuchtung, die sich blinkend von der schwarzen Nacht abhob.

»Wie geht es dir?«, fragte ich.

»Gut.«

»Offenbar hattest du einen langen Tag.«

Ein mattes Lächeln huschte über ihr Gesicht. »Es war einer von den Fällen, die ich schon immer gehasst habe. Einer, in dem der Mandant, den ich verteidigt habe ...« Sie verstummte und verdrehte die Augen. *So etwas mag ich nicht.* Nicht einmal unter vier Augen neigte sie dazu, schlecht über ihre Mandanten zu sprechen. Das gehörte zu den Dingen, die mir immer an ihr gefallen hatten.

»Was machst du an Weihnachten?«

»Kate kommt für ein paar Tage.«

Kate war ihre Tochter. Während meiner Beziehung mit Liz hatte ich sie nicht kennengelernt. Und ich bezweifelte, dass ich in dem Jahr seit unserer Trennung in einem vorteilhaften Licht dargestellt worden war.

»Das heißt, falls mir die Kaufinteressenten nicht die Bude einrennen.« Wir schauten beide zu dem ZU-VERKAUFEN-

Schild hinüber. »Ich erwarte sie eigentlich morgen, also bete ich, dass sie sich noch ein bisschen Zeit lassen.«

»Ich hoffe, du …« Ich hielt inne. »Ich hoffe, dass du nicht …«

Ich wusste nicht, wie ich die Frage formulieren sollte, ohne arrogant zu klingen. Nie hatte ich mich bei ihr erkundigt, ob sie wegen der Sache auszog, die zwischen uns vorgefallen war. Allerdings war ein Umzug bei ihr davor nie Thema gewesen – eigentlich eher das Gegenteil –, weshalb es mir stets als die plausibelste Erklärung erschienen war. Sie beobachtete, wie ich mich wand, ohne für mich in die Bresche zu springen, und in ihren Mundwinkeln zuckte ein beinahe echtes Lächeln.

»Hilf mir«, witzelte ich.

»Warum sollte ich das?«

Doch dann verflog das Lächeln, und ihr Blick wanderte über meine Schulter zum Haus. Ich drehte mich um. Annabel war an die Tür gekommen, um zu schauen, wer da war, und wieder im Haus verschwunden.

Ich wandte mich zu Liz um. »Es ist nicht das, was du glaubst.«

»Es geht mich nichts an.«

»Sie ist meine Tochter.«

Sie musterte mich argwöhnisch, und mir wurde klar, dass ich genau das Gegenteil der erhofften Wirkung erreicht hatte: Sie misstraute mir wieder, unsicher, ob ich auch die Wahrheit sagte. Momente wie dieser hatten letztlich einen Keil zwischen uns getrieben und waren der Grund dafür, dass es für uns keinen Neuanfang gab. Es war exakt derselbe Gesichtsausdruck, den ich jedes Mal hervorgerufen hatte, wenn ich über meine Arbeit, meine Fälle und die Vermissten sprach, die ich aufspürte. Und ich machte ihr überhaupt keinen Vorwurf daraus: Ich hatte sie, was meinen Job anging, belogen, um unsere Beziehung nicht zu belasten. Doch damit hatte ich nur jedes unserer Gespräche unterminiert.

»Ehrlich«, beteuerte ich.

»Es geht mich nichts an«, wiederholte sie und legte den Rest der Strecke bis zu ihrer Vortreppe zurück. Ich blickte ihr nach, in der Erkenntnis, dass das wohl die letzten Worte waren, die wir miteinander wechselten. Sie drehte sich zu mir um, als sei ihr das ebenfalls klar.

Aber wir schwiegen beide.

Vielleicht, weil wir wussten, dass es zwischen uns nichts mehr zu reparieren gab.

Vielleicht, weil es immer so endete.

22

Als Annabel im Bett lag, ging ich ins Arbeitszimmer, schloss die Tür und weckte das MacBook aus seinem Schlaf. Ich loggte mich in meine Mails ein, klickte Spikes Nachricht an und zog die PDF-Anhänge auf den Desktop. Es waren zwei, getrennt nach Festnetz und Mobiltelefon, wiederum unterteilt in den Zeitraum vor und nach Franks' Verschwinden.

Die Festnetztelefonate aus dem von mir gewünschten Jahr nahmen insgesamt zwanzig Seiten ein. Die Mobilfunktelefonate sogar noch mehr, nämlich neununddreißig. Spike hatte dafür gesorgt, dass neben jeder Nummer, die Verbindung zu einem von Franks' Telefonen gehabt hatte, ein Name und eine Adresse standen. Außerdem hatte er die Empfänger sämtlicher von Franks getätigten Telefonate aufgelistet. Ich musste davon ausgehen, dass ein beträchtlicher Teil der Gespräche am Festnetztelefon vor und nach dem 3. März von Ellie geführt worden waren. Und dennoch würden sie mir helfen, ein Muster zu ermitteln.

Bevor ich die PDFs herunterlud, nahm ich das weiße Notizbuch aus den Jahren 1995 bis 2004 und öffnete das von mir eingerichtete Dokument, das alle von Franks in den Notizbüchern verzeichneten Namen und Fälle aufführte. Ich konzentrierte mich auf das Jahr 1996. Der Fall Pamela Welland wurde erwähnt – allerdings längst nicht so oft, wie ich erwartet hatte. Eigentlich entdeckte ich im ersten Notizbuch sogar weniger Eintragungen dazu als zu sämtlichen anderen Fällen. Als mein Blick über die von Franks dokumentierten Informationen wanderte, machte sich Enttäuschung in mir breit.

Seine Notizen ließen sich in zwei Kategorien aufteilen – die vom 12. April, also dem Tag nach dem Mord, und die einen Monat später – vom 14. Mai –, als Viljoen festgenommen worden war. Beim ersten Eintrag handelte es sich nur um eine Auflistung der kargen Fakten, die ich bereits von Murray erfahren hatte. Im zweiten Eintrag vom 14. Mai bezog sich Franks auf Murray und schrieb, sie leite das Verhör. Er hatte sich eine Reihe von Fragen notiert, vermutlich, damit sie sich im Voraus absprechen konnten. Außerdem stand da noch, Viljoen sei eine Kaution verweigert worden; stattdessen wurde für ihn Untersuchungshaft angeordnet. Darauf folgte das Datum des Haftprüfungstermins. Ich erfuhr nichts, was mir weitergeholfen hätte.

Du verschweigst mir noch immer etwas, Leonard.

Ich schob meine Enttäuschung beiseite und wandte mich dem Zettel mit der Zeichnung und der Aufschrift »BROLE108« und dem Pub-Flyer zu. Ich hatte die Sachen auf einen eigenen Stapel, nicht zu dem Krimskrams aus seinen Notizbüchern gelegt. Wenn ich den Zettel als älter einstufte, weil er aus dem Notizbuch 1995 bis 2004 stammte, musste ich annehmen, dass ihn die Zahl »108« viele Jahre später – im *The Hare and Badger* – noch immer beschäftigt hatte.

Ganz gleich, ob er nun allein oder in Begleitung im Pub gewesen war. Wieder fiel mein Blick auf das Wort »Milch?«, das gleich über den Ziffern auf dem Flyer stand. Und wieder meldeten sich leichte Zweifel, eine leise, zersetzende Stimme, die mir einzuflüstern versuchte, dass ich nur eine Art Einkaufsliste vor mir hatte. Eine Gedächtnisstütze, um eine Besorgung nicht zu vergessen.

Und dennoch weigerte ich mich, auf diese Stimme zu hören: Dass mir die Skizze irgendwie bekannt vorkam, war eine Sache für sich. Doch die Wiederholung der Zahl »108« nach so vielen Jahren war es, die den Ausschlag gab.

Draußen vor dem Fenster setzte leichter Schneefall ein. Ich sah Schneeflocken im Lichtkegel der Straßenlaternen wirbeln. An der Regenrinne des Hauses gegenüber blinkte eine Lichterkette, und kurz fragte ich mich, wie die Franks wohl vor einem Jahr das Weihnachtsfest verbracht hatten. Doch ganz gleich, wie – einen Monat später war die Akte eingetroffen, und alles hatte sich verändert.

Ich machte mich an die PDFs.

Zuerst befasste ich mich mit den Festnetzanrufen und ging sie in zeitlicher Reihenfolge vom ersten Tag, dem 1. November, bis zum Datum von Franks' Verschwinden, dem 3. März, durch. Dieselben Namen wiederholten sich ständig: Craw, zu Hause und am Mobiltelefon; drei Ferngespräche mit Franks' Sohn in Australien; Jim Paige, im Büro und zu Hause; Carla Murrays Mobiltelefon; Derek Cortez; die Telefonzentrale von Franks' Golfclub und die Nummern anderer Mitglieder, die alle bereits überprüft worden waren. Außerdem noch eine Reihe von Baustoffhandlungen, Sanitärfirmen, Maurern und Anstreichern.

Nichts erschien mir verdächtig. Die Telefonate zwischen Paige und Franks fanden offenbar in einem verhältnismäßig festen Turnus statt: alle vierzehn Tage, zwischen fünfzehn und fünfundzwanzig Minuten. Ellie hatte bei unserem Gespräch berichtet, die beiden Männer hätten gerne miteinander telefoniert.

Es gab nur eine einzige Abweichung von diesem Muster, und zwar Ende Januar. Am Dienstag, dem 31., hatte das Telefonat fünfzig Minuten gedauert, also zwei- oder dreimal so lange wie gewöhnlich. Offenbar handelte es sich um den Anruf, den Paige vorhin erwähnt hatte: *Einen Tag nach seinem Telefonat mit Carla hat er sich bei mir gemeldet und mich gebeten, ihm die Aufnahmen von Pamela Welland aus dem Pub zu besorgen.*

Als ich vierundzwanzig Stunden zurückging, stellte ich fest, dass Paige recht hatte: Am Mittwoch, dem 30. Januar, hatte Franks um 15:34 Uhr Murray angerufen. Sie hatten zweiundzwanzig Minuten miteinander gesprochen. Danach kamen noch einige kurze Telefonate zwischen Franks und Paige, eine weitere Bestätigung von Paiges Aussage, er habe versucht, Franks seinen Plan auszureden. Später kehrte wieder der normale Rhythmus ein, obwohl die Gespräche nicht mehr so lang ausfielen. Die Kürze der Telefonate passte zu den seltener werdenden Mails an Murray während jener letzten fünf Wochen.

In den Tagen nach Franks' Verschwinden bot die Aufstellung der Festnetztelefonate das zu erwartende Bild: panische Anrufe von Ellie, erst bei Craw, dann bei der Polizei und später bei Freunden von Franks, um nachzufragen, ob jemand ihn gesehen habe. Danach trat schrittweise eine Flaute ein, bis sie schließlich kaum noch telefoniert hatte. Ab dem 27. November gab es gar keine Anrufe mehr, ein zeitliches Zusammentreffen mit Ellies Rückkehr nach London.

Ich wandte mich den Mobilfunkunterlagen zu und erkannte sofort eine Reihe von Übereinstimmungen: dieselben Nummern, die ich schon vom Festnetzanschluss kannte, dieselben Personen, die diese Anrufe getätigt und erhalten hatten. Ich arbeitete mich durch den November, Dezember und dann durch den Januar und den Februar. Wie Spike angedeutet hatte, hörten die Anrufe nach Franks' Verschwinden nicht völlig auf. Die Leute, mit denen er nicht regelmäßig Kontakt hielt, ahnten offenbar nicht, dass er verschwunden war, und riefen weiter an. Allerdings wurde die Liste nach dem 3. März immer kürzer, bis sich im Herbst niemand mehr bei ihm gemeldet hatte. Franks war in Vergessenheit geraten.

Doch als ich mich weiter mit den Mobilfunkunterlagen beschäftigte, wurde mir klar, dass ich etwas übersehen hatte. Am 10. März, sieben Tage nach seinem Verschwinden, hatte jemand mit einer Londoner Vorwahl versucht, sich mit ihm in Verbindung zu setzen. Der Anruf hatte nur zwei Sekunden gedauert, ein Hinweis darauf, dass derjenige lediglich Franks' Mailbox erreicht und prompt aufgelegt hatte. Am Rand der Seite, neben den Nummern, standen die Namen und Adressen der Anrufer. Nur, dass bei dieser Nummer der Name fehlte. Es gab lediglich eine Adresse.

Es war ein öffentlicher Münzfernsprecher.

In einer Straße namens Scale Lane in London SE15.

Da mir die Nummer bekannt erschien, blätterte ich zum 24. Januar zurück und wusste sofort, warum. Franks war schon einmal von derselben Telefonzelle aus angerufen worden.

Allerdings hatte dieses Gespräch sieben Minuten gedauert.

Ich verkleinerte die PDFs, rief den Browser auf und entdeckte die Telefonzelle bei Google Maps. Sie stand in einer engen Seitenstraße, die in einem leichten Zickzackkurs von der Old Kent Road abging. Die Telefonzelle selbst war leicht zu übersehen, denn sie war zwischen einem Imbiss und einem Nagelstudio eingezwängt. Selbst wenn die umliegenden Bäume im Winter kahl waren, wurde sie vermutlich von den Schatten der Dächer ringsum zum Teil verborgen. Als ich das Bild maximal vergrößerte, fiel mir noch etwas auf: Im Umkreis von etwa hundert Metern gab es keine einzige Überwachungskamera.

Jemand hatte sie sich mit Absicht ausgesucht.

Ich griff nach meinem Block und skizzierte einen groben zeitlichen Ablauf:

Ende Januar – Franks erhält Akte von ungelöstem Fall mit der Post. Absender unbekannt.
24. Januar – Franks bekommt Anruf von Telefonzelle im Süden von London. Dieselbe Person, die ihm die Akte geschickt hat?
30. Januar – Franks ruft Murray an und bittet sie um die Aufnahmen im Fall Welland.
31. Januar – Franks ruft Paige an und bittet um dieselben Aufnahmen.
11. Februar – Franks trifft jemanden (wen?) im The Hare and Badger *zum Mittagessen; sagt Ellie, er sei mit Paige verabredet.*
23. Februar – Franks erwähnt alten Fall gegenüber Craw.
3. März – Franks verschwindet.
10. März – Franks erhält Anruf von derselben Telefonzelle. Anruf dauert zwei Sekunden. Weiß Anrufer nichts von Franks' Verschwinden? Oder weiß er es doch und will rauskriegen, wo er ist?

Ich unterdrückte mein unbehagliches Gefühl und rief Craw an. Sie sparte sich den Small Talk und erkundigte sich nach der Wohltätigkeitsveranstaltung. »Haben Sie von Paige erfahren, was Sie wollten?«

»Ich bin noch nicht sicher.« Ich ließ es darauf beruhen. »Ich habe nur eine kurze Frage: Ihr Vater ist zweimal von einer Telefonzelle in der Nähe der Old Kent Road angerufen worden.«

»Ja, ich erinnere mich.«

»Sind Sie der Sache nachgegangen?«

»Meinen Sie, ob ich herausgefunden habe, wer der Anrufer war?«

»Genau.«

»Nein. Daran habe ich mir eine Woche lang die Zähne ausgebissen. Die Telefonzelle steht gut hundert Meter von der nächsten Überwachungskamera entfernt. Das weiß ich deshalb, weil ich dort war und es überprüft habe.«

»Kannte er jemanden, der in dieser Gegend wohnt?«

»Nein.«

Allmählich wurde mir klar, warum der Polizist aus Devon in den Tagen nach Franks' Verschwinden Craw gegenüber angedeutet hatte, ihr Vater könne sich freiwillig aus dem Staub gemacht haben.

»Was haben Sie dann getan?«

»Ich habe mich bei seinen Freunden umgehört. Der Anrufer war niemand aus seinem Bekanntenkreis. Dann habe ich seine jüngsten Fälle durchgearbeitet und nichts entdeckt. Ich war gerade dabei, Einblick in die Aufnahmen der beiden Kameras in der Old Kent Road zu beantragen, doch dann hat mich mein Chef zurückgepfiffen.« Eine lange, wehmütige Pause. »Ich muss Ihnen ja wohl nicht erklären, dass es sowieso Zeitverschwendung gewesen wäre. Man braucht sich nur den Standort der Telefonzelle anzuschauen, um zu wissen, warum sie ausgewählt worden ist.«

Anonymität.

Obwohl sie nichts hinzufügte, sprach ihr Schweigen Bände. Ich hatte den Eindruck, dass diese Anrufe im Laufe der letzten neun Monate zum wichtigsten Hinweis in diesem Fall geworden waren. Und je länger ihr Vater verschwunden blieb, desto mehr gewannen die sieben Minuten an Bedeutung. Das war bei Vermisstenfällen nicht ungewöhnlich. Die Angehörigen klammerten sich an unerklärliche Fakten, ganz gleich, um welches Verbrechen es ging. Denn Ungewissheit hieß Hoffnung, vielleicht Antworten, möglicherweise irgendeine Lösung. Nur, dass ich nach meiner Unterhaltung mit Paige und Murray nicht mehr so sicher war, welche Antworten Craw erhalten würde – und ob es sie trösten würde, Franks wiederzufinden.

23

Der nächste Morgen war wunderschön. Der Schnee lag auf den Dächern, in den Gärten und Straßen und auf Fensterbrettern und Zaunpfählen und hüllte London in eine ungewöhnliche Stille. Die Autos standen in den Auffahrten, die Menschen blieben in ihren Häusern, und der Himmel über unseren Köpfen war weit und blau, ohne dass eine Wolke seine Makellosigkeit gestört hätte. Ich nahm mein Frühstück mit ins Wohnzimmer, setzte mich ans hintere Fenster und schaute hinaus in den Garten, wo nichts anderes zu sehen war als die Spuren von Vögeln im Schnee.

Kurz darauf bemerkte ich, dass mein Handy auf dem Tisch vibrierte und auf mich zurutschte. Es war Ewan Tasker. Vor achtundvierzig Stunden hatte ich ihn gebeten, mithilfe der Polizeidatenbank einen Blick auf wichtige unaufgeklärte Verbrechen in London zu werfen, um Franks' ungelösten Fall ein wenig einzugrenzen. Das war gewesen, bevor ich von Pamela Welland erfuhr. Inzwischen war die Frage nicht mehr, welcher Fall Franks so an die Nieren gegangen war. Denn wenn Paige und Murray richtiglagen, lautete die Antwort: Welland. Also musste ich nun in Erfahrung bringen, warum ihr Tod ihm so viel bedeutet hatte.

Nachdem wir eine Weile geplaudert hatten, lenkte ich das Gespräch auf die Ergebnisse von Taskers Nachforschungen.

»Ich weiß nicht, ob du mir danken oder mich verfluchen wirst«, meinte er. Da es Samstag war, war er zu Hause, sodass man im Hintergrund keine Bürogeräusche hören konnte. »In einer Stadt mit sieben Millionen Einwohnern und noch dazu in einem so breit gefassten Zeitrahmen kriegt man tonnenweise Treffer. Aber das habe ich dir ja prophezeit. Ich bin auf achtundneunzig ungeklärte Fälle gestoßen, die ich persönlich als Kapitalverbrechen einstufen würde. Doch wenn du auch die Leute einbeziehen willst, die mit dem Messer bedroht oder in der letzten U-Bahn zusammengeschlagen worden sind, wird das noch ein Weilchen dauern. Für den Moment habe ich mich nur auf die wirklich schweren Straftaten beschränkt.«

»Klingt spitze, Task.«

Ich holte die Notizbücher aus dem Arbeitszimmer. Und auch mein Dokument, das ich ausgedruckt hatte. Es vermittelte mir einen Überblick über sämtliche Fälle und Namen sowie jeden Gegenstand – wie zum Beispiel den Pub-Flyer –, die Frank erwähnt oder in eines seiner Notizbücher gelegt hatte.

Schritt für Schritt arbeiteten wir uns durch die achtundneunzig ungelösten Fälle. Tasker schilderte mir kurz, was vorlag – Datum, Straftat, Opfer, Umstände –, und ging dann zum nächsten Fall über. Ich verglich jeden davon mit meinen Unterlagen. Wenn Tasker, auch nur nebenbei, einen Fall erwähnte, den Franks sich notiert hatte, bat ich ihn, diesen beiseitezulegen, damit wir später darauf zurückkommen konnten. Nach einer Viertelstunde hatte ich meinen Kaffee ausgetrunken. Noch zwanzig Minuten später hörte ich, wie Annabel aufstand und duschen ging.

Es dauerte eine Stunde, bis wir endlich fertig waren. Als ich Annabel in der Küche hantieren hörte, hatten wir die achtundneunzig Fälle auf nur noch vier eingegrenzt.

Kurz hielt ich inne. Mein Verstand sagte mir, dass das nicht zwangsläufig etwas bedeuten musste. So stark mein Verdacht auch war, dass Franks eine für ihn wichtige Untersuchung auch auf den Seiten seines Notizbuchs erwähnte, konnte es genauso gut sein, dass er beschlossen hatte, gar nichts aufzuschreiben. Der Fall Pamela Welland hatte ihm aus noch unbekannten Gründen eindeutig sehr zugesetzt. Und dennoch beschränkten sich seine Notizen dazu – und auch zu Paul Viljoen – auf zwei kleine Absätze in seinem ersten Buch. Vielleicht hatte er sich bei Fällen, die ihm besonders am Herzen lagen, ja genau andersherum verhalten als sonst.

Vielleicht hatte er sie gar nicht erwähnt.

Ich kam zu der Entscheidung, im Moment nicht mehr darüber nachzugrübeln, und wandte mich den vier Fällen zu, die ich hatte beiseitelegen lassen. Immerhin konnte ich auf diese Weise bestätigen, dass Franks etwas damit zu tun gehabt hatte, entweder als Ermittler oder als Leiter der Londoner Mordkommission.

»Okay«, sagte ich, »schauen wir sie uns noch mal an.«

»Möchtest du chronologisch vorgehen?«

»Ja, das wäre wunderbar.«

Ein wenig Geklapper auf der Tastatur. Dann: »Der erste – ein Typ aus King's Cross namens Burgess Smith erzählt seiner Frau, er wolle rasch Milch kaufen gehen. Er kommt nicht mehr nach Hause. Am nächsten Tag wird seine Leiche im Grand Union Canal gefunden, etwa einen Kilometer entfernt vom Bahnhof. Smith war schon tot, als er ins Wasser geworfen wurde. Jemand hat ihm ein Messer in den Hals gerammt. Sah nach Raubmord aus – seine Brieftasche wurde nie aufgespürt. Die Polizei hat sogar Taucher eingesetzt.«

Ich betrachtete die anderen Details, die ich den Notizbüchern und meinen späteren Online-Recherchen entnommen hatte. Sie halfen mir nicht viel weiter. Der Mord hatte sich im August 1997 ereignet. Der Täter war nie gefasst worden. Franks hatte die Ermittlungen geleitet, Murray ihn dabei unterstützt.

»Okay. Der nächste.«

»Im nächsten Fall geht es um eine einundzwanzigjährige Frau namens Mary Swindon, die nach einem Kneipenabend auf dem Weg zu ihrem Auto in der Nähe des Friedhofs Kensal Green war. Irgendein Typ erscheint aus dem Nichts, packt sie, zerrt sie in eine Seitenstraße, vergewaltigt sie und schlägt ihr den Schädel ein. Die DNA des Täters war zwar überall an der Leiche, aber nirgendwo in der Datenbank. Auch später haben sie nie rausgekriegt, wer der Kerl war. Das passierte 2002.«

Ich nahm den Ausdruck zur Hand, um mich daran zu erinnern, was Franks sich zu dem Fall aufgeschrieben hatte. Er hatte die wichtigsten Details notiert – alles deckte sich mit dem, was Tasker mir gerade geschildert hatte –, doch darunter hieß es in seinem Notizbuch: »Wir müssen das Arschloch finden, und zwar JETZT.« Als ich diese Zeile noch einmal las, fielen mir Carla Murrays Worte vom Vorabend ein: *Dem Boss sind Fälle wie der von Welland immer sehr an die Nieren gegangen. Kinder. Frauen.* Ich hatte einige Details hinzugefügt, die ich den Medienberichten entnommen hatte. Dieser Fall gehörte derselben Kategorie an wie der Mord an Welland.

Doch für den Moment musste ich weitermachen. »Was ist mit dem dritten?«

»Ein Mann wird vor dem *The Knight* in Mile End in die Brust gestochen. Vermutlich ein Pub, das hätte ich nachprüfen sollen. Wie dem auch sei, er stirbt später im Krankenhaus. Laut Zeugenaussagen hat er mit jemandem am Telefon gestritten. Aber als die Polizei sich seine Telefonrechnung besorgt hat, stellte sich heraus, dass der Anrufer ein gestohlenes Gerät benutzt hat.«

»Wer war das Opfer?«

»Äh, Bryan Calhoon. Moment mal.« Er hielt kurz inne und las in der Akte. »Bauunternehmer. Anscheinend hatte er einen Riesenzoff mit einem seiner Konkurrenten, einem gewissen Dean Ireland. Und zwar, weil Calhoon angeblich, *und verbotenerweise*, ein Angebot in die Finger bekommen hat, das Ireland bei der Stadt eingereicht hatte. Dann hat er ihn massiv unterboten, um den Auftrag zu kriegen. Ireland kam zwar als Verdächtiger infrage, doch er hatte ein Alibi.«

Eine Auseinandersetzung zwischen zwei Mitbewerbern in der Baubranche schien rein überhaupt nichts mit dem zu tun zu haben, wonach ich suchte. Außerdem hatte Franks im Jahr 2007, als Calhoon getötet wurde, bereits die gesamte Mordkommission geleitet. Das hieß, dass er sich mit Fällen wie diesem bestimmt nicht mehr selbst befasst hatte. Und auch seine Notizen bestätigten das: Er hatte sich den Namen des Opfers und der ermittelnden Kollegen in seinem Team aufgeschrieben. Doch sonst wies nichts auf irgendeine Verbindung mit Wellands Tod hin.

»Und der vierte?«

»Nicht identifiziertes Opfer«, erwiderte Tasker. »Über dreißig. Weiß. Eins fünfundsiebzig. Der Mann wurde im März 2011 getötet. Der muss *wirklich* den falschen Leuten auf den Schlips getreten sein. Jemand ist bei ihm zu Hause eingebrochen, hat ihn gefesselt und ihm dann die Kehle durchgeschnitten. Von einem Ohr zum anderen. Wahrscheinlich ein Drogenmord. Bei dem Opfer wurde Koks im Wert von fünf Riesen in der Küche entdeckt.«

Ich kreiste den Fall auf dem Ausdruck ein. »Keine zahnärztlichen Unterlagen?«

»Die Zähne wurden entfernt.«

»Wirklich?«

»Wirklich.«

»Und die Fingerabdrücke haben auch nichts gebracht?«

»Nein. Fingerabdrücke, DNA, nichts.«

Wie schon den Streit zwischen den Bauunternehmern, hatte Franks diesen Fall nur sehr allgemein erwähnt. In seinen Notizen hieß es: »Unid. Opfer + CB?« Darauf folgte die Adresse des Ermordeten, eine Sozialbausiedlung in Lewisham. Als ich am Vorabend weitere Details eingetragen und mich dabei auf die wenigen online verfügbaren Informationen gestützt hatte, hatte ich nicht herausfinden können, worauf sich die Sache mit dem *CB* bezog. Dennoch konnte ich mir kaum vorstellen, dass ein Drogenmord Franks zwei Jahre später noch betroffen gemacht und ihn dazu gebracht hatte zu verschwinden.

Ich sah mir an, was ich mir aufgeschrieben hatte.

Der Mord an Mary Swindon schien am besten zu passen, doch wenn ich den Fall näher betrachtete, gab es zwischen den beiden Tötungsdelikten nur wenige Gemeinsamkeiten. Viljoen kam als Täter ganz sicher nicht infrage. Erstens war die DNA am Tatort nicht seine, und zweitens saß er, als Swindon 2002 getötet wurde, bereits seit sechs Jahren hinter Gittern.

»Kannst du dir denken, warum er in dem Fall ermittelt hat?«, fragte Tasker.

Ich kehrte in die Gegenwart zurück. »Verzeihung, was hast du gesagt?«

»Franks.«

»Was soll mit ihm sein?«

»Hier steht, er hätte in dem Fall ermittelt.«

»Welchem Fall?«

»Dem Drogenmord.«

Er meinte den vierten Fall, den mit der nicht identifizierten männlichen Leiche, der die Kehle durchgeschnitten worden war. »Moment mal. Franks hat selbst ermittelt?«

»Ja. Franks war der für den Tatort zuständige Beamte, was darauf hinweist, dass er auch ermittelt hat. Außerdem war es sein letzter Fall in London. Ein bisschen unterhalb seines Rangs, finde ich.«

»Was steht da sonst noch?«

Schweigen.

»Task?«

»Mist. Ich habe gerade auf die Uhr geschaut. Um zwölf bin ich mit Freunden verabredet.« Eine lange Pause. »Ich muss los, Raker. Brauchst du Kopien dieser Akten?«

Meine Gedanken überschlugen sich. »Wo triffst du sie denn?«

»Wie bitte?«

»Ich meine, könnte ich kommen und die Akten bei dir abholen?«

»Warum, bist du in der Stadt?«

»Ich könnte da sein.«

»Wir essen in einem Lokal in der Nähe von Waterloo zu Mittag.«

»Was hältst du davon, wenn wir uns auf der Westminster Bridge treffen?«

»Gut«, antwortete er, »dann sehen wir uns dort um eins.«

24

Als ich mit Tasker fertig war, saß Annabel am Küchentresen und frühstückte. Ich nahm ihr gegenüber auf einem Hocker Platz.

»Bereit für die Rückkehr nach Devon?«, fragte ich.

Sie zuckte die Schultern. »Ja und nein. Ich freue mich schon auf Liv. Normalerweise gehen wir am Samstagnachmittag zusammen ein Milchshake trinken.« Eine Pause und dann noch ein zweites, diesmal leichteres, Schulterzucken. »Aber manchmal … steigen so viele schlechte Erinnerungen in mir hoch, wenn ich wieder dort ankomme.«

Ich nickte. »Das bessert sich.«

Sie sah mich an. Dann wanderte ihr Blick durch die Küche. »Löst dieses Haus auch hin und wieder solche Gefühle in dir aus? Ich meine, schließlich hast du hier, du weißt schon …«

Als sie nicht fortfuhr, erklärte ich ihr, dass ich sie genau verstanden hatte. »An manchen Tagen stelle ich mir vor, wie es gewesen wäre, mit Derryn hier zu wohnen. Ich denke oft daran, was sie anders gemacht hätte. Mit dem Garten, dem Haus. Und ob wir, wenn wir irgendwann Kinder gekriegt hätten, überhaupt auf lange Sicht hier wohnen geblieben wären.«

»Und es tut nicht weh, hier zu leben?«

»Anfangs schon.«

»Und jetzt nicht mehr?«

»Im Laufe der Zeit lässt der Schmerz nach. Er geht nicht weg, wird aber schwächer.«

Danach kamen wir auf meine Arbeit und auf Colm Healy zu sprechen, ohne dass das meine Absicht gewesen wäre. Er war der ehemalige Polizist, über den ich am Vortag mit Craw geredet hatte.

Annabels Zug nach Devon ging in zwei Stunden. Und so erschien mir Healys und meine bewegte Geschichte ein zu schwieriges Thema, um es in so kurzer Zeit abzuhaken. Doch als ich abschweifen wollte, blickte sie mich an, und ich hatte wieder einmal den Eindruck, dass sie meine Gedanken las. An äußerlichen Ähnlichkeiten mit mir konnte ich nur das Lächeln entdecken. Doch unter der Oberfläche verbarg sich mehr, eine Art Bauchgefühl, ein Gespür für Menschen, das meine Persönlichkeit besser widerspiegelte, als es optische Gemeinsamkeiten je hätten tun können.

»Warum rufst du Healy nie an?«, fragte sie.

»Ich habe es schon öfter versucht.«

»Meinst du nicht, dass es noch einen Versuch wert wäre?«

Ich schmunzelte. »Du klingst wie mein schlechtes Gewissen.«

Sie lächelte ebenfalls. »Er ist Bulle, richtig?«

»Ja, Exbulle.«

»Meldet er sich je bei dir?«

»Nur wenn er Ärger hat.« Als ich sie musterte, wurde mir klar, wie ich ihn ihr gegenüber dargestellt haben musste. »Damit wollte ich nur sagen, dass er nicht der gesellige Typ ist.«

»War er schon immer so?«

Ich ließ die zwei Jahre Revue passieren, die wir einander nun kannten. Und dann das, was ich über sein Leben davor erfahren hatte. »Nein, nicht immer. Seine ehemaligen Kollegen bei der Polizei haben mir erzählt, er sei früher ein Hansdampf in allen Gassen gewesen. Aber dann kam dieser Fall, und danach …«

»Ging alles den Bach runter.«

Ich nickte. »So könnte man es ausdrücken.«

»Was für ein Fall war das?«

»Drei Morde. Eine Mutter und ihre Töchter.«

»Töchter?«

»Achtjährige Zwillinge.«

Ein Schatten huschte über ihr Gesicht, und sie stützte die Hände auf den Küchentresen. Mir wurde klar, woran das lag: Olivia war im selben Alter wie diese Mädchen. Genau das hatte sie bei unserem gestrigen Gespräch gemeint. *Ich habe Angst. Ich habe Angst, dass ich sie nicht beschützen kann.*

»Vielleicht sollten wir ein andermal darüber reden.«

»Was ist mit ihnen passiert?«

Ich zögerte kurz. Auf gar keinen Fall wollte ich sie noch mehr verunsichern. Möglicherweise drängte mich etwas tief in meinem Innersten, sie abzuschirmen. Im nächsten Moment jedoch ging mir ein Licht auf: Sie war fünfundzwanzig Jahre alt und wusste genauso gut wie ich, dass die Welt eben so war, selbst wenn es einem manchmal unerträglich erschien.

»Er hat einmal darüber geredet«, erwiderte ich. »Er hat mir erzählt, er sei so besessen von der Jagd nach ihrem Mörder gewesen, dass für nichts anderes mehr Platz gewesen sei. Tag für Tag, Sekunde für Sekunde. Es hat ihn seine Ehe und seine Kinder gekostet. Im Fall seiner Tochter Leanne sogar buchstäblich.«

»Sie wurde auch ermordet?«

»Zu einem anderen Zeitpunkt und in einem anderen Fall – ja.«

»Wie entsetzlich.«

Ich nickte wieder. »Leanne und Healy hatten an dem Tag, als sie verschwand, einen riesigen Streit. Als er sie das nächste Mal sah, war sie an einem Ort zurückgelassen worden, der so schrecklich war, dass ich mich manchmal frage, wie er nachts noch schlafen kann. In ihm haben sich so viel Wut, Verbitterung und Trauer aufgestaut, mit denen er nichts anderes anzufangen weiß, als um sich zu schlagen. Aber soll ich dir etwas sagen? Manchmal kann ich das sehr gut verstehen.«

»Und die Zwillinge?«

Ich schaute hinüber zu Liz' von Möbeln und Topfpflanzen freigeräumtem Garten und sann über eine Möglichkeit nach, die Wahrheit zu beschönigen. »Nichts lief so, wie es hätte laufen sollen«, sagte ich und stellte mir das Grauen vor, in das Healy hineingeraten war, an jenem Tag, als er die Mädchen und ihre Mutter fand. Als ich mich wieder zu Annabel umdrehte, glänzte etwas in ihren Augen. »Alles in Ordnung?«

Sie blinzelte. »Ja, gut. Ich habe nur …«

Ich legte den Arm um sie und zog sie an mich. »Tut mir leid.«

»Das braucht es nicht«, erwiderte sie.

»Olivia geht es gut.«

Sie nickte leicht.

»Euch beiden kann nichts geschehen, das verspreche ich dir.« Eine Weile blieben wir so sitzen. Das Haus war still. Die Welt draußen, gedämpft vom Schnee, sogar noch stiller. »Ich hätte nicht darüber sprechen sollen …«

»Wurde Healy der Fall entzogen?«

Als ich nicht antwortete, sah sie mich an. Trotz ihrer Tränen in den Augen strahlte sie eine unerwartete Entschlossenheit aus, eine plötzliche Kraft.

»Wurde er ihm entzogen?«, wiederholte sie.

»Ja.«

»Hat jemand den Mord aufgeklärt?«

Ich betrachtete sie wortlos, denn mir fiel kein Weg ein, sie zu schonen. Sie wischte sich die Tränen weg, und kurz hatte ich das Gefühl, dass mein Spiegelbild mir entgegenblickte.

»Wurde er aufgeklärt?«

»Nein.« Ich schüttelte den Kopf. »Es gab kein Happy End.«

25

Inzwischen war auf den Hauptstraßen kaum etwas von dem Schnee übrig geblieben. Die Gehwege waren geräumt, auf den Straßen funkelten Wasser und Reste von Granulat. Aber es war noch immer bitterkalt. Als Annabel und ich den Bahnhof Ealing erreichten, war ich durchgefroren bis auf die Knochen, und meine Haut brannte und schmerzte von dem beißenden Wind. Wir fuhren mit der U-Bahn zum Bahnhof Paddington. An der Schranke umarmte ich sie und versprach, sie bald wiederzusehen.

Nachdem sie in den Zug gestiegen war, kehrte ich zurück zur U-Bahn und marschierte zum Bahnsteig der District Line. Mittlerweile schneite es schon längst nicht mehr, doch als ich dort in der Eiseskälte stand, wurde der Schnee durch die Ritzen über unseren Köpfen heruntergeweht: von den Dächern und Fensterbrettern hoch oben in der Praed Street und von den Torbögen, die entlang der hinteren Wand beider Bahnsteige verliefen. Ich suchte mir eine geschützte Stelle, wo ein geschwungenes Dach über die Gleise ragte, ließ mich auf einer der Bänke nieder und fragte die Nachrichten auf meinem Handy ab.

Ein paar Minuten später schaute ich wieder auf.

Instinktiv.

Ohne nachzudenken.

Ein seltsames Gefühl beschlich mich, ein kurzer Schauder, und zwar nicht wegen der Kälte. Und als mein Blick über den Bahnsteig schweifte, wurde mir klar, woran es lag.

Es ist, als ob mich jemand beobachtet.

Der Bahnsteig war belebt. Die Menschen standen in drei Reihen und warteten auf einen Anschluss nach Earl's Court. Es waren hauptsächlich eng zusammengedrängte Touristengruppen und Geschäftsleute in austauschbaren Anzügen. Ich musterte die Gesichter. Niemand schien auf mich zu achten, weder auf meinem Bahnsteig noch auf der anderen Seite der Gleise. Ich stand auf, um bessere Sicht auf die Menschenmenge zu haben. Doch als die U-Bahn quietschend stoppte, begann ich, an meiner eigenen Wahrnehmung zu zweifeln, und schob den Gedanken beiseite.

Ich suchte mir ein Café, genoss einen Kaffee und ein angebranntes überbackenes Käsesandwich und schaute fünfundvierzig Minuten lang zu, wie der Verkehr von der Westminster Bridge herabströmte. Dabei dachte ich an Annabel und unser Gespräch und schwor mir, Healy anzurufen, sobald dieser Fall abgeschlossen war. Im nächsten Moment erinnerte ich mich an die Akten, die ich von Tasker abholen wollte. Vier ungeklärte Fälle. Franks hatte erwiesenermaßen mit ihnen zu tun gehabt, und bei einem davon kam mir das reichlich seltsam vor: dem Drogenmord.

Warum hatte Franks beschlossen, sich aktiv in die Ermittlungen einzuschalten?

Ich stellte einen Zeitplan für die Ereignisse vom Anfang dieses Jahres auf – das hieß, vom Eintreffen der Akte bei Franks bis zu dem letzten von der Telefonzelle aus getätigten Anruf. Nur, dass ich diesmal parallel vorging:

Zwischen Mai 1995 und Mai 2004 – Franks schreibt sich BROLE108 auf und zeichnet so etwas wie ein »Strichmännchen« auf einen Zettel.

April 1996 – Pamela Welland wird von Paul Viljoen ermordet.

Mai 1996 – Viljoen wird von Franks/Murray festgenommen und angeklagt.

1997 – Viljoen wird zu zwanzig Jahren verurteilt.

2001 – Murray ertappt Franks dabei, sich Überwachungsbänder aus der Nacht anzuschauen, als Viljoen Welland in einer Bar angesprochen hat. Kein Zusammenhang zu einem aktuellen Fall. Warum also hat er sich die Aufnahmen angesehen? Warum nach all dieser Zeit?

März 2011 – Nicht identifiziertes Opfer wird in Lewisham tot aufgefunden (offensichtlicher Drogenmord?). Franks schreibt »Unid. Opfer + CB?« in sein Notizbuch. Was ist CB? WARUM HAT FRANKS AKTIV IN DEM FALL ERMITTELT?

Februar 2013 – Franks schreibt »Milch?« und »108« auf Flyer.

Als ich den zeitlichen Ablauf betrachtete, musste ich wieder daran denken, dass Franks die Ermittlungen in dem Drogenmord geleitet hatte. Im März 2011 hatte er nur noch wenige Wochen vor der Pensionierung gestanden und war viele Jahre lang Leiter der Abteilung gewesen, war also viel zu hoch in der Hierarchie aufgestiegen, um sich noch mit dem Alltagsgeschäft derartiger Fälle abzugeben. Warum hatte er die Sache nicht Murray überlassen wie bei zahlreichen anderen Fällen in den vorangegangenen Jahren auch?

Ich griff zum Handy, wählte die Nummer der Londoner Polizei und bat darum, mit Murray verbunden zu werden. Nach einigen Malen Klingeln hob sie ab. Als ich meinen Namen nannte, konnte ich buchstäblich spüren, wie sie erstarrte.

Ihre Stimme senkte sich zu einem Flüstern. »Was soll das?«

»Ich habe eine Frage.«

»Rufen Sie mich *niemals wieder* hier an.«

»Es geht um einen anderen Fall.«

Eine Pause. »Wovon reden Sie?«

»Sagt Ihnen folgender Fall vom März 2011 etwas? Einem Typen wurde die Kehle durchgeschnitten. Das Ganze sah nach einem Mord im Drogenmilieu aus. Die Polizei hat etwa fünf Kilo Koks in seiner Wohnung sichergestellt.«

Schweigen.

»Murray?«

»Ja, das sagt mir etwas. Na und?«

»Ich habe Franks' Aufzeichnungen durchgearbeitet und eine Eintragung dazu gefunden. Das Seltsame ist, dass er die Ermittlungen offenbar persönlich geleitet hat. Warum sollte er sich mit so einem Fall befassen?«

»Warum nicht?«

»Weil er schon zehn Jahre lang nicht mehr aktiv ermittelt hatte. Er war Leiter der Abteilung, kein Fußsoldat. Außerdem war es sechs Wochen vor seiner Pensionierung.«

»Und?«

»Es handelte sich nicht um einen bedeutenden Mordfall. Die Medien haben nicht berichtet. Die Öffentlichkeit zuckt bei dieser Art von Verbrechen nicht mal mit der Wimper. Deshalb kann ich mir nur schwer einen Grund vorstellen, warum die Chefetage Franks aufgefordert haben sollte, sich selbst der Sache anzunehmen. Und dennoch hat er genau das getan.«

»Keine Ahnung.«

»Sie erinnern sich nicht?«

Sie seufzte auf. »Ich will Ihnen mal erklären, wie so etwas läuft, okay? Jemand wird umgebracht, und uns werden die Fälle zugeteilt, mehr nicht. Das ist nicht wie beim Klamottenkaufen. Man holt sich keinen Fall aus dem Regal, beschließt, dass er einem nicht gefällt, und legt ihn dann zurück. Habe ich meine Aufträge je angezweifelt? Nein. Habe ich meinen Chef je gefragt, warum er beschlossen hat, sich mit den Folgen irgendeines zufälligen Drogenmords zu beschäftigen? Nein. Meine Theorie lautet wie folgt: Die Rezession hatte gerade zugeschlagen, wir hatten zu wenig Mittel und Personalknappheit und warteten bloß noch darauf, wer als Nächstes seinen Hut nehmen muss. Deshalb habe ich nur darauf geachtet, mich bedeckt zu halten, damit die Kündigungswelle mich nicht auch noch erwischt.«

Ich machte mir Notizen.

»Hat er viele Fälle selbst übernommen?«

»Nein.«

»Das habe ich mir gedacht. Also war es ziemlich ungewöhnlich?«

»Der Boss hat mitgemischt, wenn Not am Mann war, insbesondere in der Zeit, als die Regierung nichts Besseres zu tun hatte, als die Polizei handlungsunfähig zu machen. Sind wir jetzt fertig?«

»Ich würde nur ...«

Sie legte auf, bevor ich den Satz beenden konnte.

Ich griff nach meinem Block, trat wieder hinaus in die Kälte und steuerte auf das westliche Ende der Westminster Bridge zu, wo Tasker mich bereits erwartete. Mit seinen auf eins fünfundneunzig verteilten hundert Kilo war er noch immer ein Bär von einem Mann und zwischen den Menschen, die ihren Weihnachtseinkäufen nachgingen, gut zu erkennen. Er förderte eine in der Mitte gefaltete Zeitung zutage und reichte sie mir.

»Ausdrucke der ungelösten Fälle, über die wir am Telefon gesprochen haben«, verkündete er.

Ich nahm die Zeitung entgegen. »Danke, Task.«

»Verbrenn sie, wenn du damit durch bist«, fügte er hinzu. Sein Blick blieb an der Zeitung hängen, unter deren Kante die Ecke einer braunen Aktenmappe hervorlugte. »Du wirst dich doch nicht etwa wieder ermorden lassen, Raker?«

»Beim letzten Mal hat es schließlich auch nicht geklappt.«

Er schmunzelte. »Sei bloß vorsichtig.«

»Weißt du etwas, das ich nicht weiß?«

Er schüttelte den Kopf. »Nein. Aber ich kenne dich. Du ziehst Ärger magisch an.«

Ein Karton voller Reue
Juli 2008/vor fünf Jahren

»Ich habe auf dem Speicher einen Karton«, sagte sie und sah Garrick quer durch das Büro an.

Heute war er lässiger gekleidet als sonst – Hemd ohne Krawatte, Pullunder, schwarze Jeans, schwarze Budapester, allerdings alles namhafte Marken. Sie hatte ihn mal gefragt, wie viel er denn verdiene, woraufhin er nur gelacht hatte und ihr die Antwort schuldig geblieben war. Nun schob er seine Brille auf dem Nasenrücken hoch und beugte sich ein Stück vor.

»Und was ist in diesem Karton?«

»Erinnerungen.«

»Was für Erinnerungen?«

»Ein paar gute.«

»Und ein paar nicht so gute?«

Sie nickte.

»Dinge, die Sie bereuen?«

Sie nickte wieder.

Er schlug eine neue Seite seines Blocks auf, nahm seinen Füllhalter von der Schreibtischkante und schob die Hülse mit dem Daumen weg. »Darüber haben wir ja schon gesprochen. Sie halten an sehr vielem fest, was Sie bereuen.«

»Ich habe Dinge getan, die mir genügend Grund dazu geben.«

»Was zum Beispiel?«

»Das habe ich Ihnen bereits erklärt.«

»Tun Sie mir den Gefallen«, erwiderte er.

»Zum Beispiel, mich auf eine Beziehung mit Simon einzulassen.«

»Sie wollen nicht mehr mit ihm zusammen sein?«

»Ich hasse ihn.«

»Warum bleiben Sie dann bei ihm?«

»Was hätte ich denn sonst noch?«

Garrick verzog das Gesicht. »Was meinen Sie damit?«

»Was, wenn es da draußen niemand anderen für mich gibt? Was, wenn Arschlöcher wie Simon das Beste sind, was ich erwarten kann? Vielleicht ist meine Chance jetzt vorbei. Vielleicht bin ich ja sonst nichts mehr.«

»Glauben Sie das wirklich?«

Sie zuckte die Schultern. »Simon und ich …«

»Was?«

»Manchmal schaue ich ihn an und frage mich …«

Garrick musterte sie. »Was?«

Sie schluckte, blickte Garrick kurz an und senkte dann den Kopf. »Letzte Woche hatte ich einen Riesenstreit mit ihm. Und während wir dastanden und einander anbrüllten, habe ich bemerkt, dass ich ein Messer in der Hand hatte. Ich habe gerade Sandwiches gemacht.«

Zum ersten Mal seit Langem stellte sie fest, dass sich ein leicht besorgter Ausdruck auf Garricks Gesicht zeigte.

»Und was geschah dann?«, erkundigte er sich ruhig.

»Er hat abfällig über Lucas gesprochen. ›Scheiß auf deinen Sohn‹, hat er gesagt.«

»Das hat sicher wehgetan.«

Sie nickte. »Und in diesem Moment wurde mir klar, dass ich ein Messer in der Hand habe. Doch nachdem Simon weg war, habe ich auf dem Speicher bei meinem Karton voller Reue gesessen …« Sie hielt inne, und ein fahles Lächeln huschte über ihr Gesicht, als sie begriff, welchen Namen sie dafür gewählt hatte. »Ich saß auf dem Speicher und dachte mir: ›Wie mag er wohl mit diesem Messer im Auge aussehen?‹ Ich habe es mir ausgemalt. Ich habe mir ausgemalt, wie ich wieder und wieder auf ihn einsteche, bis sein Gesicht nur noch eine Masse aus blutigen Knochensplittern ist. Und wissen Sie, was das Schlimmste war?« Sie betrachtete Garrick. »Ich habe mich danach tatsächlich besser gefühlt.«

Er beugte sich vor. Er trug eine neue Brille und hatte sich den Rest seines Haars wachsen lassen, sodass es nun einen hufeisenförmigen Kranz rings um seinen Schädel bildete. Sie fand, dass er damit älter wirkte als dreiundfünfzig Jahre.

»Meiner Ansicht nach könnte Ihre Beziehung mit Simon schädlich für Ihre Genesung sein«, sagte er und rollte den Füller zwischen Daumen und Zeigefinger hin und her.

»Da haben Sie wahrscheinlich recht.«

»Warum also unternehmen Sie nichts dagegen?«

Sie zuckte die Schultern. »Ich habe in der Vergangenheit viele Dinge getan, die ich für richtig hielt, und schauen Sie, wohin es mich gebracht hat. Ich hocke jetzt schon seit neun Jahren in der Psychoanalyse herum.«

»Wie Sie es ausdrücken, klingt es ziemlich unerfreulich«, erwiderte Garrick. Er lächelte, um ihr die Befangenheit zu nehmen, damit sie sich öffnete und ihm zuhörte. Als das Lächeln schließlich verflog, formulierte er seine Frage neu. »Wenn Sie die Zeit zurückdrehen könnten, was würden Sie dann ändern?«

Sie sah ihn an, schwieg jedoch.

»Möchten Sie darauf nicht antworten?«, meinte er.

»Gibt es Dinge, die Sie in Ihrem Leben ändern würden, Dr. Garrick?«

»John«, erwiderte er. Er legte den Füller weg. »Natürlich.«

»Was zum Beispiel?«

»Nun, wir sind nicht hier, um über mich zu reden.«

»Tun Sie mir den Gefallen«, wiederholte sie seinen Satz von vorhin.

Er lächelte leicht und betrachtete seinen Füller, der inzwischen auf dem Block lag, als erwarte er sich von ihm eine Eingebung. Hab ich es doch gewusst, dachte sie. Ich wusste, dass dieser Füllhalter ihm etwas bedeutet. Sie hatte schon bei den ersten Sitzungen bemerkt, dass er ihm wichtig war. Daran, wie liebevoll er ihn behandelte.

»Es gibt immer Dinge, die man bereut«, sagte er. »Immer.«

»Sie scheinen mir nicht der Typ dazu zu sein.«

Wieder lächelte er breit und aufmunternd. »Warum beschäftigen wir uns nicht wieder mit Ihnen?« Offenbar war er nicht bereit, dieses Thema weiterzuverfolgen.

»Ich wünschte, ich hätte nicht mit dem Malen aufgehört«, entgegnete sie.

»Sie haben gemalt?«

»Ja. Ich habe früher viel gemalt.«

»Das ist wundervoll. Was für Motive?«

»Ich war nie sehr gut.«

»Aber es hat Sie glücklich gemacht?«

»Ja«, antwortete sie, »ja, das hat es wirklich.«

»Und warum malen Sie jetzt nicht mehr?«

Sie zuckte die Schultern. »Das Umfeld passt irgendwie nicht.«

»Was für ein Jammer.«

Er notierte sich etwas.

»Ich wünschte, ich hätte meinen Sohn nicht aus den Augen gelassen«, fügte sie hinzu.

Garrick sah sie an.

Sie holte tief Luft. »Es waren nur zehn Sekunden. Ich wünschte, ich könnte diese zehn Sekunden rückgängig machen.« Erneut hielt sie inne und versuchte, das Beben in ihrer Stimme zu unterdrücken. »Ich bereue, dass weder Robert noch ich mit der Situation danach zurechtgekommen sind. Er hat mir Vorwürfe gemacht und ich mir selbst auch, bis es schließlich zur Scheidung geführt hat – und mich hierher.«

Ein langes Schweigen.

»Pamela Welland«, sagte sie dann.

Wieder nickte Garrick. »Das Mädchen, das ermordet wurde?«

Sie starrte ins Leere und ließ ihr Leben in den letzten neun Jahren rückwärts ablaufen, bis hin zu den Tagen und Wochen, nachdem die Polizei Pamela auf einer Brachfläche in der Nähe von Deptford Creek gefunden hatte. Sie hatte es am nächsten Tag in der Zeitung gelesen und Fotos von dem Mädchen gesehen, wie es – wunderschön und unversehrt – auf der Mauer vor einem spanischen Hotel saß, geflochtenes Haar, verspiegelte Sonnenbrille, noch kaum erwachsen. Und als sie die Geschichte gelesen hatte, hatte sich ihre Brust mit einer verzweifelten und nicht abzuschüttelnden Angst erfüllt. Die Furcht war ihr die Kehle hinaufgekrochen, bis sie kaum noch atmen konnte.

Warum ich? Warum ich?

»Warum ich?«

Garrick beugte sich vor. »Verzeihung?«

Sie antwortete nicht.

»Warum Sie?«, hakte er nach.

Ihr wurde klar, dass sie es laut ausgesprochen hatte. »Warum musste es mich treffen?«

»Ich bin nicht sicher, ob ich Ihnen folgen kann.«

»Ohne sie hätte mein Leben anders verlaufen können.«

»Sie meinen, wenn Sie nichts über sie in der Zeitung gelesen hätten?«

Wieder schweiften ihre Gedanken ab, diesmal zu ihrem Hund Bear, bis zu dem Moment, als sie zum ersten Mal sein Fell berührt und mit der Hand über seinen Bauch gestrichen hatte.

»Vielleicht, in gewisser Weise.«

»Was genau heißt das?«

Der kurze, schwache Anflug eines Lächelns. »In jeder Weise, die zählt.«

Nach der Sitzung mit Garrick ließ sie sich auf einer der Steinbänke an der Seite des Gebäudes nieder, um auf den Bus zu warten. Sie beobachtete, wie eine Möwe mit den thermischen Strömungen aufstieg, weit nach oben, wo rings um das Krankenhaus ein Zaun verlief. Als der Vogel den Natodraht hinter sich und das Dach des Gebäudes erreicht hatte, konnte sie ihn nicht mehr sehen, nur noch hören. Er kreischte in dem stillen Morgen, während im Hintergrund weitere Geräusche wahrzunehmen waren: das Surren eines Generators; das dumpfe Brummen eines Staubsaugers; leise Musik aus dem Aufenthaltsraum; Geschrei aus einer der Stationen.

Sie öffnete ihre Handtasche, nahm das Handy heraus und fragte ihre Nachrichten ab. Es waren keine vorhanden. Sie ging nie aus. Sie hasste ihren Job. Sie hasste ihr Leben. Mit Simon wechselte sie kaum noch ein Wort. Garrick predigte ihr ständig, dass diese Beziehung ihr schaden könnte. Dass Simon sich möglicherweise als destruktiver Einfluss erweisen und sie in die nächste Abwärtsspirale schicken würde. Er machte sich Sorgen, sie könne wieder ganz am Anfang landen, so am Boden zerstört wie in den Tagen, Wochen und Monaten, nachdem Lucas ertrunken war.

Allerdings ahnte Garrick nicht, dass es noch weitere Spiralen gab, auf denen sie in die Tiefe rutschen konnte. Momente, die sie ihm verschwiegen und die ihr dennoch das Herz aus dem Leibe gerissen hatten.

Ihr Karton der Reue enthielt noch mehr und viel größere Geheimnisse.

26

Insgesamt war ich kaum zweieinhalb Stunden weg gewesen. Und dennoch wusste ich, dass etwas nicht stimmte, sobald ich vor meinem Gartentor stand. Hier lag noch überall Schnee und bedeckte Straße und Gehweg wie eine weiße Teerschicht. Nur über die Auffahrt führte ein Trampelpfad, getreten von meinen und Annabels Füßen, als wir heute Morgen aufgebrochen waren.

Und nun war da eine dritte Fußspur.

Ich erkannte den Abdruck meines Stiefels und die kreisförmigen Wirbel von Annabels Pumps. Die dritte Fußspur war größer als unsere – schätzungsweise Größe vierundvierzig oder fünfundvierzig. Das Emblem des Herstellers mitten auf der Sohle zeichnete sich deutlich in der Lücke zwischen den verschneiten Blumenbeeten und meinem BMW ab. Im ersten Moment tat ich sie als belanglos ab: der Postbote, ein Werbezettelverteiler, ein Hausierer. Dann jedoch fiel es mir wie Schuppen von den Augen: Die Fußabdrücke verliefen parallel zur Auffahrt bis zur Vortreppe.

Und kehrten nicht mehr zurück.

Ich sah mich um. Die Straße war still und menschenleer. Das leise Dröhnen des Verkehrs auf der Uxbridge Road war gerade noch hörbar, wurde jedoch vom Schnee gedämpft. Heute Morgen hatte ich Jugendliche beim Verlassen des Hauses beobachtet, doch jetzt war niemand hier. Die einzigen Autos waren die, die geparkt und dann von den Schneemassen außer Gefecht gesetzt worden waren. Als ich weiterging, ballte sich Unbehagen in meinem Magen zusammen. Rasch erkannte ich, dass das Fliegengitter an der Veranda eingedrückt und das Schloss an der Haustür aufgebrochen war. Sie war fast zugezogen, sodass es von der Straße aus wirkte, als sei abgeschlossen. Aber als der Wind auffrischte, klappte die Tür leicht auf und zu und schlug gegen den Rahmen.

Ich versetzte ihr einen Stoß.

Sie schwang in den dunklen Flur hinein. Links befand sich die Küche. Die Tür, die seitlich ins Haus führte, war weiterhin verschlossen. Vor mir mündete der Flur im Wohnzimmer. Ich schlich zum Bedienungsfeld der Alarmanlage rechts von mir. Eigentlich hätte oben auf der Tastatur ein grünes LED-Lämpchen sichtbar und auch die Zahlen hätten beleuchtet sein müssen. Beides war ausgeschaltet, und die Sensoren, die mich sonst von den Ecken im Haus aus beobachteten, sprangen nicht blinkend an, als ich mich weiterpirschte. In der Küche stellte ich fest, dass die Uhr am Herd noch funktionierte und die richtige Zeit anzeigte. Das Gleiche galt für die Mikrowelle.

Was bedeutete, dass es Strom gab.

Aber die Alarmanlage war deaktiviert worden.

Als ich ins Wohnzimmer kam, traf mich fast der Schlag: Jemand hatte die Möbel verschoben, weggestoßen oder umgeworfen. Topfpflanzen waren umgekippt, sodass die Erde auf dem Teppich gelandet war. Die Türen des Fernsehschranks standen offen, die Filme ergossen sich auf den Boden. Rechts von mir beschrieb das Haus eine Biegung, wo ein anderer Flur ins Bad und in zwei weitere Zimmer führte.

Auf Zehenspitzen ging ich ihn entlang und streifte mit beiden Händen die Wände zu meinen Seiten. Dabei achtete ich darauf, bloß kein Geräusch zu machen, nur für den Fall, dass sich noch jemand im Haus aufhielt. Zuerst war das Bad an der Reihe. Abgesehen von einem offenen Schrank, war hier alles mehr oder weniger unverändert. Doch in meinem Schlafzimmer waren sämtliche Sachen aus den Schränken gezerrt worden. Die Schubladen meines Nachttischs lagen auf dem Boden; ihr Inhalt war überall verstreut.

Im Arbeitszimmer sah es noch übler aus.

Jemand hatte meine Akten wild herumgeworfen. Fotos waren verteilt wie Konfetti. Alles, was ich so mühsam geordnet hatte – Franks' Akte, meine Aufzeichnungen, die gesammelten Fotos, Craws DVD vom Haus, der Zettel mit der Skizze und der Aufschrift »BROLE108«, der Pub-Flyer –, war verschwunden. Ebenso die in Baumwollstoff gebundenen Notizbücher und der Ausdruck meiner Liste. Und Franks' iPad. Selbst mein MacBook war gestohlen worden. Das Elektrokabel schlängelte sich lose über einen leeren Schreibtisch. Die Maus, die ich anstelle des Trackpads benutzte, lag auf dem Boden neben dem Stuhl. Zorn stieg in mir hoch, als mein Blick auf die Wände fiel: Jeder Bilderrahmen war zerschmettert worden. Die Fotos, die noch vor wenigen Stunden darin gewesen waren – die aus meinen Journalistentagen und der Zeit mit Derryn – hatten der oder die Täter absichtlich herausgenommen, zerrissen und zu dem übrigen Durcheinander auf den Boden geworfen. Als ich sie betrachtete, entstand ein Bild vor meinem geistigen Auge: Wie ich vor zwei Stunden auf dem eiskalten Bahnsteig im Bahnhof Paddington stand und das Gefühl nicht loswurde, dass jemand mich beobachtete.

Dann: ein Geräusch, das Splittern von Holz.

Ich schlich aus dem Arbeitszimmer, spähte den Flur entlang und lauschte. Nun war nichts anderes mehr zu hören als das leise Heulen des Windes. Als ich wieder ins Wohnzimmer kam, sah ich, dass die Eingangstür weiter sanft in der Brise schwang und gegen den Türrahmen stieß. Und ich nahm noch etwas wahr – einen Luftzug in Knöchelhöhe, der aus dem vorderen Teil des Hauses heranwehte. Im nächsten Moment dachte ich an die Fußabdrücke in der Auffahrt.

Die Täter waren hereingekommen.

Aber nicht mehr hinausgegangen.

Im hinteren Teil des Hauses gab es rechts eine Terrassentür, die auf ein kleines Sonnendeck führte. Es war auf einen Meter hohe Pfähle gebaut. Von dort aus gelangte man über vier Stufen in den Garten. Die Türen waren einen Spalt weit offen. Ich schob die Akten, die Ewan Tasker mir gegeben hatte und die noch in der Zeitung steckten, unter den Fernsehschrank, das einzige Möbelstück, das noch an seinem Platz stand.

Dann stieg ich über umgekippte Möbel und herumliegende DVD-Hüllen hinweg, näherte mich der Terrassentür und öffnete sie ganz. Kalte Luft drang mit einem sanften Pfeifen ins Haus. Gleich vor der Tür führten Fußspuren über das Sonnendeck und die Stufen hinunter durch den Garten. In dessen hinterem Bereich wuchsen einige Föhren und bewachten den zwei Meter hohen Zaun, der meine Grundstücksgrenze bildete. In der rechten Ecke war der Zaun mit einem Tor versehen, das ich stets abschloss. Nur, dass es jetzt offen war. Das Vorhängeschloss lag im Schnee, eine der Holzlatten war herausgebrochen.

Das also war das Geräusch gewesen.

Rasch huschte ich durch den Garten und zum Tor hinaus, wo ein Fußweg von Norden nach Süden verlief. Auf der einen Seite wurde er von Föhren gesäumt, auf der anderen von einem Lattenzaun. Im Süden endete der Weg an einer Eisenbahnbrücke und querte unweit der U-Bahn-Station South Ealing die Gleise. In nördlicher Richtung beschrieb er eine leichte Kurve nach Osten bis zu einer Kleingartenanlage. Ich bemerkte nur drei Personen: einen Vater, der seinen Sohn auf einem Schlitten zur Kleingartenanlage zog, und einen Mann – die Kapuze auf dem Kopf und kaum noch zu sehen –, der sich in Richtung Eisenbahnbrücke verdrückte.

Er hatte einen Rucksack bei sich.

Wenige Sekunden später, ich hatte mich inzwischen an die Verfolgung gemacht, schien er meine Gegenwart hinter sich zu spüren. Er drehte sich um und blickte über die Schulter – und ich stellte fest, dass er eine Sturmhaube trug.

Ich wurde schneller.

Wieder schaute er sich um und erkannte, dass ich aufholte.

Er rannte los.

27

Der Schnee spritzte hoch, als ich in einen Laufschritt verfiel. Erneut sah er sich um, einmal, zweimal, bevor er um eine Kurve bog und außer Sicht war. Als ich ihn wieder ausmachen konnte, sah ich, dass der Abstand zwischen uns schrumpfte. Auf dem Boden wimmelte es von Hinweisen darauf, dass er gestolpert oder auf einer Eisplatte ins Rutschen geraten war, sodass er sich mit der Hand im Schnee hatte abstützen müssen. Mittlerweile befand er sich etwa fünfzehn Meter vor mir und näherte sich einem kurzen düsteren Teil des Wegs, wo sich die Bäume zu beiden Seiten in der Mitte trafen und ein Dach aus Ästen bildeten.

Der Mann trug schwarze Jeans und eine schwarze Jacke aus Polar-Fleece. Die Sturmhaube war dunkelblau, sein Rucksack mattrot. Plötzlich wurde er von dem Pfad verschluckt wie von einem Maul. Kurz blitzte der rote Rucksack im Schatten auf, und dann war der Mann verschwunden. Einen Moment wurde ich langsamer, weil ich nicht wusste, was mich erwartete. Doch unter den knorrigen Ästen der Bäume fand ich nichts vor als altes Laub. Da hier kein Schnee lag, konnte ich schneller laufen, auch wenn der Weg glitschig von Eiswasser war. Einmal rutschte ich aus und schaffte es gerade noch, nicht das Gleichgewicht zu verlieren. Als ich auf der anderen Seite wieder ans Licht kam, erkannte ich, dass sich der Weg gabelte: links ging es zur Eisenbahnbrücke, rechts zu einer Sozialbausiedlung. Hier schien der Schnee höher zu liegen. Einen Moment lang verlor ich den Mann aus den Augen. Links wurde der Weg auf beiden Seiten von Grundstücksgrenzen und Bäumen gesäumt, rechts ragten einige zugemauerte Bogen einer Eisenbahnbrücke empor, die mit Ranken bewachsen waren.

Rechts bewegte sich etwas.

Die Brückenbogen warfen in regelmäßigen Abständen Schatten in den Schnee, als hätte jemand schwarze Farbe verschüttet. Etwa zehn Meter vor mir sprang der Mann aus der Dunkelheit. Obwohl mir die Bäume den Großteil der Sicht versperrten, hatte ich einen freien Blick auf die Wohnungen in den oberen Etagen. Rote Backsteingebäude ragten in den Himmel. Zwanzig Sekunden später endete der Pfad, und wir befanden uns in einem Betonlabyrinth: fünfstöckige Wohnblocks, einer neben dem anderen. Abgesehen von ihrem Standort, waren sie identisch. Hier bedeckte hoher Schnee den Boden; es war nicht gestreut und gefährlich glatt. Als der Mann auf der Mitte der Straße entlangrannte, geriet er mit dem Fuß auf eine Eispfütze, taumelte vorwärts und prallte gegen ein geparktes Auto. Da ich befürchtete, das gleiche Schicksal zu erleiden, wurde ich ein wenig langsamer und stellte fest, dass uns von oben auf den offenen, außen gelegenen Treppenhäusern Leute beobachteten.

Der Mann schlitterte um das Auto herum und rannte

schnurstracks in eine Seitenstraße zwischen zwei Häusern. Ich folgte ihm, vom Schnee auf den Beton und dann zurück in den Schnee, bis die Straße in einer Art Hof endete. In der Mitte befand sich ein erhöhtes sechseckiges Blumenbeet, in dessen Zentrum das Skelett einer Platane emporragte. Einige Kinder lieferten sich eine Schneeballschlacht. Als wir näher kamen, hörten sie auf und erstarrten bei unserem Anblick wie Wachsfiguren. Wir rannten weiter. Inzwischen wusste ich, wohin er wollte: in einen mit Graffiti verzierten Treppenaufgang, der durch eines der Gebäude verlief und zu beiden Seiten Verbindung zu den verschiedenen Stockwerken hatte. Offenbar wollte der Mann mich in diesem Gewirr aus Wohnungen abhängen.

Als er die Treppe hinaufsprintete, verlor ich ihn aus den Augen, und als ich ihn wieder im Blick hatte, war er schon eine Etage über mir. Ich mobilisierte alle meine Kräfte. Der Treppenaufgang war zwar komplett überdacht und vor Schnee geschützt, doch von irgendwoher rann Wasser die Stufen hinunter. Der Gestank nach Verdorbenem war übermächtig. Ich schaute wieder nach oben und bemerkte, dass der Rucksack gegen seinen Rücken klatschte. *Er hat mein Notebook. Dieser Kerl hat mein Notebook.*

Er hat meinen ganzen Fall.

Doch als er um die nächste Ecke bog und erneut verschwand, waren die Schritte nicht mehr zu hören. Ich bremste ab. Mein Herz klopfte. Über mir sah ich, dass die Treppe spiralförmig bis hinauf in den fünften Stock führte. Aber keine Spur von dem Mann. Wie vom Erdboden verschluckt.

Entweder war er vom Geländer zurückgetreten und deshalb nicht mehr in meinem Blickfeld.

Oder er hatte den Treppenaufgang im dritten Stock verlassen.

Stufe für Stufe und mit dem Rücken zur Wand schlich

ich weiter. Während ich mich vorwärtspirschte, spielte das Gebäude unablässig seine Melodie: tropfendes Wasser, das mechanische Surren eines Generators, Musik und Stimmen aus den Wohnungen. An der letzten Ecke vor dem Ausgang zum dritten Stock blieb ich stehen und richtete mich auf einen Zusammenstoß ein. Aber der Mann war nicht da. Ich bewegte mich weiter und erkannte, dass sich die Treppe bis zum vierten Stock hinaufwand und zu einem außen gelegenen Treppenhaus führte, wo sich eine Prozession von Wohnwaben erstreckte. Die vielfarbigen Türen reichten bis ganz zum Ende, wo das Treppenhaus eine scharfe Linkskurve beschrieb und nicht mehr einzusehen war. Ich trat aus dem Treppenhaus, schlich an den Wohnungen vorbei, schaute mich um und ließ dann das Panorama auf mich wirken: ein verschneiter Friedhof der Sechzigerjahre-Architektur. Die Wohnblocks waren einander zugewandt, als wollten sie sich schützend zusammenducken.

Wo, zum Teufel, steckte der Kerl?

Der Mann stand mit dem Rücken an einer Betonmauer – eine Sackgasse – und sah mich an. Er benutzte einen kleinen Jungen als Schutzschild. Nicht älter als sechs Jahre, den Schneeball noch in den behandschuhten Händen. Seine Mütze war zu Boden gefallen, sein Schal hatte sich gelockert und hing ihm schief um die Schultern. Sein Gesichtsausdruck konnte einen das Fürchten lehren: weit aufgerissene Augen, die Hand des Mannes auf dem Mund, Tränenspuren auf beiden Wangen. Der Mann hielt dem Jungen ein Messer an die Kehle. Die Klinge glitzerte im Sonnenlicht.

Ich machte langsam einen Schritt vorwärts.

»Stehen bleiben«, befahl der Mann.

Dem Akzent nach war er nicht von hier. *Manchester vielleicht. Eindeutig aus dem Nordwesten.* Ich hörte ein Schniefen, sah den Jungen an und stellte fest, dass es nicht von ihm kam. Im nächsten Moment bemerkte ich, dass eine der Türen offen war. Eine Frau stand da und beobachtete alles. Seine Mutter. Ich sah, dass sie sich ein Stück vorbeugte und um den Türstock herum zu mir hinüberspähte. Ihr Gesicht war tränennass, und sie hatte die Hand vor den Mund geschlagen.

Ihr Blick sagte alles: *Helfen Sie uns.*

»Lassen Sie den Jungen los«, herrschte ich den Mann an.

»Und was passiert sonst?«

Ich trat noch einen Schritt vor. »Er hat nichts mit der Sache zu tun.«

»Noch ein Stück weiter, und ich schneide ihm die Kehle durch.«

Die Mutter des Jungen begann wieder zu schluchzen. Doch ich wandte die Augen nicht von dem Mann ab. Inzwischen trennten uns noch etwa sieben Meter. Also konnte ich, trotz der Sturmhaube, mehr von ihm erkennen. Seine Haut war hell und makellos wie eine glatte Maske aus Alabaster. Aber seine Augen waren das genaue Gegenteil davon – pechschwarz wie zwei Öltropfen. Als er seinen Griff um den Jungen veränderte, grinste er. An einem seiner Schneidezähne fehlte eine Ecke.

»Lassen Sie ihn los.«

Er schüttelte den Kopf. »Ich werde Ihnen jetzt erklären, wie das hier läuft, *David.*« Er schaute zu der Mutter des Jungen. Dann wieder zu mir. »Ich nehme dieses Kind mit, bis ich absolut und hundertprozentig sicher bin, dass Sie mir nicht folgen. Wenn Sie irgendwelche Mätzchen machen, schneide ich ihm die Scheißkehle durch, das schwöre ich Ihnen. Ist das klar genug für Sie?«

Seine Mutter wimmerte.

»Ist das klar?«

Ich nickte. Er musterte mich einen Moment.

Und dann setzte er sich in Bewegung.

Während er sich vorwärtsschob, fing der Junge wieder zu weinen an. Der Mann achtete nicht auf ihn. Als er an der Mutter vorbeikam, trat sie aus der Wohnung. Ich stellte fest, dass sie Anfang zwanzig und noch im Morgenmantel war. Sie hatte das Haar zusammengebunden. Ihr Gesicht war verquollen und von Tränen verschmiert. Ich sah, dass ihre Glieder zuckten, als wolle sie sich dazwischenwerfen, doch dann trafen sich unsere Blicke, und ich schüttelte den Kopf. Wieder flossen die Tränen, als sie draußen auf dem eiskalten Flur verharrte und Zeugin wurde, wie der Mann ihren Sohn wegschleppte.

Der Täter stand bereits dicht vor mir, als er noch einmal innehielt und rasch meine Füße, meine Hände und dann schließlich mein Gesicht beäugte. »Eine falsche Bewegung, und der Junge stirbt.«

Ich wich ans Geländer zurück.

Sie zwängten sich an mir vorbei.

Ein Geruch hing zwischen uns in der Luft, eine säuerliche Mischung aus Tabak und Moder. Im nächsten Moment zerrte der Mann den Jungen wieder vor sich und näherte sich rückwärts dem Treppenaufgang. Ich erschauderte bis ins Mark und musste gegen den Drang ankämpfen, ihn aufzuhalten. Als sie die Treppe erreichten, hörte ich seine Mutter hinter mir murmeln: »Joshy, tun Sie meinem Joshy nichts.«

Dann waren sie fort.

Die Mutter war völlig außer sich und schrie den Namen ihres Sohnes. Ich drehte mich um, packte sie und zog sie an mich. Während sie schluchzend an meiner Brust lehnte, schaute ich den offenen Flur entlang. »Alles wird gut«, sagte ich, leere Worte, die ihren Wert verloren, sobald sie ausgesprochen waren.

Kurz darauf erschien der Mann unter uns. Er spähte kurz nach oben, um festzustellen, wo ich war, und dann stieß er den Jungen weg. Das Kind taumelte seitlich an ein Auto und prallte so hart dagegen, dass die Alarmanlage losging, deren Gellen die Stille durchschnitt.

Der hasserfüllte, raubtierartige Blick des Mannes ruhte einen Moment auf mir. Er hastete über den Hof davon und verschwand in der Seitenstraße.

Wenige Sekunden später war er fort.

28

Nachdem ich den Jungen zurück zu seiner Mutter gebracht hatte, rief ich die Polizei an und meldete bei dieser Gelegenheit gleich den Einbruch in mein Haus. Danach wartete ich auf dem Hof, bis die Beamten eintrafen. Unterdessen aktivierte ich eine Ortungs-App auf meinem Handy. Genau aus diesem Grund hatte ich vor einem halben Jahr mein Mobiltelefon und meinen Laptop registrieren lassen. Ich hatte nämlich schon einen Einbruch hinter mir. Ich war nicht nur bestohlen worden, sondern hatte auch miterlebt, wie Männer in mein Haus eindrangen, um mir noch mehr zu nehmen als nur mein Hab und Gut. Das war mein Weg, mich zu wehren.

Kurz darauf hatte ich ihn. Er bewegte sich die Fußgängerzone südlich vom Ealing Broadway entlang. Das MacBook hatte sich in die WLAN-Überwachung eingeloggt, was bedeutete, dass ich es lokalisieren konnte. Ich beobachtete, wie ein grüner Punkt langsam auf die U-Bahn-Station zuschwebte.

Sobald der Mann sie betrat, brach das Signal ab.

Als er den Mac gestohlen hatte, hatte sich dieser im Schlafmodus befunden. Und solange sich nichts daran änderte und der Dieb immer wieder WLAN-Hotspots passierte, konnte ich ihm quer durch die Stadt folgen. Allerdings würde er seinen Fehler früher oder später bemerken. Ich konnte nur hoffen, dass er das erst an seinem Zielort tat.

Eine Stunde später war ich wieder zu Hause. Ich hatte meine Aussage gemacht, und die Mutter des Jungen hatte sie der Polizei gegenüber bestätigt. Doch es hatte nicht viel dazugehört, sie zu überzeugen, selbst wenn es nicht die Wahrheit gewesen wäre: Bei mir zu Hause sah es aus, als hätte eine Bombe eingeschlagen.

Ich listete alles auf, was gestohlen worden war, auch das MacBook. Einer der Polizisten sicherte mir zu, sie würden ihr Bestes tun, um es aufzuspüren, wies mich aber darauf hin, dass er mir nichts versprechen könne.

Ich beschloss, ihm nicht zu verraten, dass ich schon an der Sache dran war.

»Warum sollte jemand diese weißen Notizbücher mitnehmen?«, fragte der Polizist.

Er hatte sich noch nicht nach meinem Beruf erkundigt, und sobald er ihn erfahren hatte, würde es mit unserem Gespräch ziemlich rapide bergab gehen. Polizisten hatten nicht viel für Privatdetektive übrig, noch weniger, wenn diese auf eine Vergangenheit wie meine zurückblicken konnten.

»Ich suche vermisste Personen.«

Er schaute von seinem Notizblock auf. »Was, sind Sie so eine Art privater Ermittler?«

Ich nickte und ließ es dabei bewenden.

Er nickte ebenfalls und notierte sich noch etwas. »Wissen Sie vielleicht, wer der Typ war, den Sie verfolgt haben?«, fragte er, als er fertig war.

Ich schüttelte den Kopf. »Nein.«

Sein Blick wurde argwöhnisch.

Er war über fünfzig, grau meliert und wettergegerbt.

Doch ich merkte ihm an, dass er nicht auf den Kopf gefallen war. Ironie des Schicksals war es, dass ich die Polizei ausnahmsweise einmal nicht belog: Ich hatte wirklich nicht die geringste Ahnung, wer dieser Mann war.

Doch ich würde es rauskriegen.

Nachdem sie fort waren, griff ich zum Handy und versuchte, den Aufenthaltsort meines Laptops zu bestimmen. Seit ich zuletzt nachgesehen hatte, waren fast zwei Stunden vergangen. Während ich auf das Update der App wartete, ließ ich die Momente kurz vor der Flucht des Täters Revue passieren. Sein Aussehen, als er sich auf dem Gang an mir vorbeigeschoben hatte. Gut gebaut, aber blass. Dunkle Augen, ein schiefes Grinsen, ein schadhafter Zahn. Ich erinnerte mich auch an seinen Geruch nach Tabak und Moder. Ungewaschen. Ungepflegt.

All mein Material im Fall Franks war verschwunden: das Dokument auf dem Mac, der Ausdruck davon, die Notizbücher, alles, was Franks hinten hineingelegt hatte, einschließlich des Zettels und des Flyers. Die Polizei hatte wissen wollen, ob Bargeld, Schmuck oder sonstige Wertsachen fehlten. Doch dafür hatte er sich nicht interessiert. Er war einzig und allein aus einem Grund hier gewesen, nur mit einem ganz bestimmten Ziel vor Augen.

Mich daran zu hindern herauszufinden, was aus Franks geworden war.

Das Handy meldete mit einem leisen Summen, dass das Update abgeschlossen war. Inzwischen gab es kein Signal mehr. Entweder hatte er den Laptop abgeschaltet, oder er befand sich an einem Ort ohne Internetverbindung. Ich ließ das Programm weiterlaufen, nahm das Festnetztelefon und rief Craw an.

»Ich bin es«, sagte ich, als sie sich meldete.

»Was ist los?«

»Ich gebe Ihnen jetzt eine Personenbeschreibung. Ich muss wissen, ob Ihnen der Mann bekannt vorkommt.«

»Aber bitte schnell.«

»Sind Sie gerade beschäftigt?«

»Ich habe gleich eine Sitzung.«

Ich schilderte ihr das Aussehen des Mannes und betonte besonders den Schneidezahn mit der fehlenden Ecke. Daran würde man ihn erkennen. »Passt diese Beschreibung auf jemanden, der Ihnen schon mal begegnet ist?«

»Nein. Warum, wer soll das sein?«

»Er ist in mein Haus eingebrochen.«

»Was?«

»Die Sachen Ihres Vaters sind weg.«

»Was?«

»Sein iPad. Mein Laptop. Ich habe nur noch den Notizblock, den ich bei mir hatte.«

Eigentlich hatte sich Craw nur deshalb an mich gewandt, weil sie nicht den offiziellen Weg beschreiten konnte. Doch nun brauchten wir ihr Insiderwissen. Insbesondere ihren Zugriff auf die polizeiliche Datenbank.

»Und was soll ich jetzt tun?«, fragte sie, wusste allerdings schon, worauf es hinauslief.

»Ich würde nicht fragen, wenn es nicht wichtig wäre.«

Schweigen.

»Craw?«

»Völlig ausgeschlossen.«

»Der Typ hat sich in Luft aufgelöst«, sagte ich zu ihr und warf einen Blick auf mein Mobiltelefon, wo die Ortungs-App weiterlief. Es stimmte zwar nicht ganz, wenigstens noch nicht, doch wenn der Mann nicht in einer Gegend wieder auftauchte, wo mein MacBook sich in ein öffentliches WLAN-Netz einloggen konnte, würde es bald so weit sein.

»Und was, wenn er ein seit Langem verschollener Freund meines Vaters ist?«

Ich antwortete nicht, denn genau dort lag das Risiko: Dass sie dabei erwischt wurde, wie sie Polizeidaten durchsuchte, obwohl sie zurückgepfiffen worden war – und dabei auf jemanden stieß, der Verbindung zu ihrem Vater hatte.

»Es geht hier um meine *Karriere*, Raker.«

»Ich weiß. Schauen Sie, wenn es nicht möglich ist …«

In diesem Moment gab mein Handy ein Summen von sich.

Neben der Eintragung für das MacBook war ein grüner Lichtpunkt erschienen. Als ich darauf tippte, wechselte die App zu einem Bildschirm mit Stadtplan und Straßennummern, die ich nicht kannte, und Seitengassen, die mir nichts sagten.

Ich zoomte den Punkt heran.

Während ich wartete, dass der Bildschirm sich veränderte, hörte ich Craws Stimme. »Raker?«

»Moment mal.«

Der grüne Punkt erschien am Ende einer kleinen, namenlosen Straße unweit der A2. Wo, zum Teufel, ist die A2? Ich zoomte ein drittes Mal, und der Stadtplan begann sich aufzubauen. Diesmal mit Straßennamen. Doch der Punkt rührte sich nicht.

Weil er den Zielort erreicht hat.

Ich schaltete auf ein Satellitenbild und stellte fest, dass sich der Mann in einem Industriegebäude befand, einem von vier Häusern, die sich eng aneinanderdrängten. Das Signal hielt sich etwa eine Minute lang und brach dann ab.

Nur, dass der Standort jetzt feststand.

Der Mann war in einem Lagerhaus in der Bayleaf Avenue, einer Seitenstraße der A2 im Süden von London. Wie ich herausfand, handelte es sich bei der A2 um die Old Kent

Road – und von dort aus bis zur Scale Lane waren es nur zwei Straßen weiter. Es war die Adresse der Telefonzelle in den Unterlagen, die ich von Spike hatte.

Die Telefonzelle, von der aus Franks angerufen worden war.

29

Um acht Uhr, längst hatte sich Dunkelheit über die Welt gesenkt, ging ich auf der Bayleaf Avenue nach Süden. Die einspurige Straße endete knapp zweihundert Meter weiter in einer Sackgasse. Zu beiden Seiten standen zwei Gebäude, alle mit der identischen Wellblechfassade. Der einzige Unterschied war, dass am hintersten Haus kein Firmenschild hing und dass die Fenster weiß überstrichen waren.

Es war verlassen.

Von dort war das Signal gekommen.

Ich schlich etwa fünfzig Meter weiter und schaute mich zu der beleuchteten Old Kent Road um. Es war, als fiele man in eine dunkle Höhle. In keinem der Gebäude brannte Licht, und auch kein Bewegungsmelder kündigte mein Eintreffen an. Von Autos, Transportern oder Lieferwagen fehlte ebenfalls jede Spur. Da ich schon die Hälfte der Strecke hinter mir hatte, blieb mir nichts anderes übrig: Ich sah mich nach möglichen Verfolgern um, holte die mitgebrachte Taschenlampe heraus und schaltete sie ein.

Als ich mich dem leeren Gebäude näherte, erkannte ich, dass einige, etwa zwanzig Meter hohe Torbogen mit großen Eisengittern versperrt waren. Über mir hörte ich das metallische Zischen einer Bahnlinie. Der Lichtstrahl der Taschenlampe durchschnitt die Dunkelheit, Schatten tanzten auf der gewellten Außenhaut des Gebäudes. Aus der Nähe betrachtet, schienen sich sämtliche Häuser in verschiedenen Stadien des Verfalls zu befinden, wobei das verlassene Haus im schlimmsten Zustand war: An der Fassade hatten sich Risse gebildet, einige Dachziegel fehlten, und der Boden vor den Verladetoren war mit Unkraut überwuchert.

Die Tore waren mit Vorhängeschlössern an einer im Boden verankerten Metallplatte gesichert. Daneben jedoch gab es, ungefähr zwei Meter über dem Boden und am Ende einer windschiefen Holztreppe, eine gewöhnliche Tür. Ich stieg über abgestürzte Mauerbrocken und verfilzte Unkrautbüschel hinweg und steuerte darauf zu. Als ich den Fuß auf die erste Stufe setzte, spürte ich, wie das verzogene alte Holz leicht unter meinem Gewicht nachgab. Auf der zweiten knackte etwas, weshalb ich so schnell wie möglich weitereilte und zwei Stufen auf einmal nahm. Oben stellte ich fest, dass die Tür ebenso heruntergekommen war wie der Rest: Sie hing ein wenig schief im Türstock, der Lack platzte ab, und die Glasscheibe wies in der Mitte einen Sprung auf. Allerdings hatte man sie nicht völlig dem Verfall überlassen.

Das Schloss war neu.

Ich holte Dietrich und Spannhebel aus einer meiner Taschen und verbrachte die nächsten zehn Minuten damit, die Taschenlampe zwischen den Zähnen, die Zapfen entlangzutasten. Meine Hände wurden immer kälter, und von meinem Atem beschlug die Glasscheibe an der Tür. Ich hasste es, Schlösser zu knacken, denn es erforderte ein Höchstmaß an Sorgfalt, und ich war offen gestanden nicht sehr gut darin. Doch endlich – beim vierten Versuch – hörte ich ein leises Klicken. Die Tür schwang sanft und mit quietschenden Angeln im Rahmen zurück.

Vor mir erstreckte sich ein Flur. Links führte eine Tür in ein Büro, eine weitere am Ende des Korridors war geschlossen. Neben der linken Tür gab es ein blindes, verschmiertes Fenster. Durch das matte Glas waren die geisterhaften Umrisse alter Möbelstücke auszumachen. Als ich das Gebäude betrat, knirschte eine dünne Schicht Schutt unter meinen Füßen. Und dann veränderte sich die Temperatur. Erst kaum merklich und nahezu nicht wahrzunehmen, da durch die offene Eingangstür noch bittere Kälte hereinwehte. Doch als ich diese zuzog, verschwand der Winter schlagartig, und es wurde sofort unangenehm warm. An der Wand neben mir hing ein kleiner Heizkörper mit vier Rippen. Ich berührte ihn.

Er war kalt.

Ich ging weiter. Je tiefer ich in das Gebäude vordrang, desto heißer wurde es. An dem Fenster zum Büro hatte sich Kondenswasser gebildet, das in dünnen Rinnsalen den Rand der Scheibe hinablief.

Inzwischen konnte ich auch Geräusche hören.

Leise und sich ständig wiederholend. Wie eine Maschine in Betrieb.

Zögernd blieb ich stehen, und mein Bauchgefühl meldete Alarm. Dann aber pirschte ich mich wieder vorwärts und schlich immer weiter in das Lagerhaus hinein. Ich schob die Tür zum Büro auf und sah mich drinnen um. Der Raum roch nach Feuchtigkeit und Zigarettenrauch, die in Wände und Möbel eingesickert waren. Doch es war kühler als auf dem Flur.

Weil die Wärme nicht von hier kam.

Ich wandte mich zu der anderen Tür, der geschlossenen, um.

Sie hatte unten einen schmalen Spalt. Wo sie nicht dicht am Rahmen anlag, war ein dünner Lichtstreifen zu erkennen, der den Boden vor meinen Füßen beleuchtete. Je näher ich kam, desto stärker spürte ich die Hitze. Sie drückte von der anderen Seite fest gegen die Tür, und als ich die

Klinke anfasste, war diese warm. In diesem Moment wurde mir klar, dass das sich ständig wiederholende Maschinengeräusch in Wahrheit ein Knacken war.

So hört es sich an, wenn etwas verbrennt.

Als ich die Tür aufstieß, lag dahinter das eigentliche Lagerhaus. Es war zum Großteil dunkel, denn die Decke war zu hoch, als dass das Licht sie hätte erreichen können. Die Wände waren pechschwarze Flächen. Der Raum wurde von Reihen freistehender Schwerlastregale unterteilt, die längst leer geräumt worden waren. Links befand sich eine L-förmige, etwa eins fünfzig hohe Mauer aus bröckeligem Backstein. Sie trennte einen Bereich ab, wo ich eine schmutzig silbrige, in ungefähr drei Metern Höhe an der Wand befestigte Abzugshaube und außerdem einige Belüftungsrohre bemerkte.

Darunter stand ein Schmelzofen.

Als ich mich näherte, erkannte ich die Überreste eines früheren Lebens, Relikte einer Zeit, als dieses Gebäude noch als Glasbläserei genutzt worden war. Eine Zange, beinahe durchgerostet, lag auf dem Boden neben dem kastenförmigen Ofen. Dazu eine Schere. Ein zerschrammtes Blasrohr. Selbst in mehr als fünf Metern Entfernung war die Hitze kaum auszuhalten. Ich trat weiter heran. Das Knacken wurde lauter, und ich stellte fest, dass der Ofen voller Schutt war: Holz, Backsteine, Pappe und Plastik wild durcheinander.

Alles, was beseitigt werden muss.

Etwas flatterte in meinem Magen.

Ich blieb an der Backsteinmauer, etwa zwei Meter vor dem Ofen, stehen und blickte mich um. Inzwischen fühlte sich das Lagerhaus noch weitläufiger an, so als hätten die Schatten sich ausgebreitet. Als ich mich wieder zum Feuer umdrehte, wurde ich erneut von Angst ergriffen, die sich schwer in meinem Magen zusammenballte.

Bereits aus dieser Entfernung konnte ich die Überreste der Notizbücher erkennen. Zu Ascheflocken verbrannte Papierfetzen wurden nach oben in den Trichter der Abzugshaube gesaugt. Noch ein Schritt, und ich sah meinen Laptop, der hochkant in einem Haufen aus Holz und Geröll steckte. Die eine Hälfte war bereits geschmolzen und hatte sich an den Wänden des Ofens verteilt wie nach einer Explosion. Hatte der Mann ihn dort hineingeworfen, als ihm klar geworden war, dass ich ihn zu orten versuchte? Oder war es von Anfang an sein Plan gewesen, den Computer samt Daten zu vernichten? Mein Blick wanderte weiter und fiel auf einen Rucksack – den, in dem der Mann meine Sachen transportiert hatte – und auf seine Kleidung, die schwarze Hose, die schwarze Fleecejacke und die dunkelblaue Sturmhaube. Auch Franks' iPad war da und klebte hinten im Ofen. Der Bildschirm war zerbrochen, das Gehäuse zu einer silbrigen Pfütze zerschmolzen.

Er hatte alles entsorgt.

Um bessere Sicht zu haben, beugte ich mich so weit über den Rand des Ofens, wie es ging, ohne mir das Gesicht zu versengen. Ich hatte eine Müllhalde vor mir: die verbogenen Skelette von Mobiltelefonen, ein wie eine schwarze Schlange zusammengerolltes Kabel, eine blaue Jeans, oben an den Deckel des Ofens geheftet wie aufgemalt, und auch noch zahllose weitere Gegenstände, längst bis zur Unkenntlichkeit verbrannt und in der Hitze zu einer einheitlichen Masse verschmolzen. Fast hatte ich damit gerechnet, außerdem Knochen vorzufinden. Doch falls wirklich Leichen in diesen Ofen geworfen worden waren, waren sie längst Geschichte.

Plonk.

Ein dumpfes Geräusch hallte durch das Lagerhaus.

Ich ließ den Lichtstrahl der Taschenlampe über meine Umgebung bis zu der Tür, durch die ich hereingekommen war, und zu den Verladetoren gleiten. Nichts rührte sich. Ich richtete die Taschenlampe auf die Regale und fragte mich, ob vielleicht etwas heruntergefallen sein könnte. Aber dann erinnerte ich mich, dass sie ja alle leer waren. Kurz hielt ich inne und wartete darauf, dass das Geräusch sich wiederholte. Doch ich hörte nur den Ofen, ein Knacken und Knallen und das Lodern der Flammen.

Ich spürte, wie mir ein Rinnsal Schweiß den Rücken hinunter- und die Wirbelsäule entlanglief. Im nächsten Moment streifte der Schein der Taschenlampe einen Bereich ein Stück entfernt von mir. Ein wackeliger Tisch, auf dem sich leere Imbissbehälter und Bierdosen türmten. Zerfledderte Zeitschriften. Ein umgekipptes Radio mit Farbsprenkeln. Eine Taschenlampe.

Außerdem stand da noch ein alter, verbeulter Laptop. Da hier schon seit Langem der Strom abgestellt worden war, fehlte das Elektrokabel. Es gab in unmittelbarer Nähe ohnehin keine Steckdosen, um ihn aufzuladen; ein Modem war ebenfalls nicht vorhanden.

Doch als ich den Deckel aufklappte, sprang der Computer an.

Offenbar war er anderswo aufgeladen und hierhergebracht worden – und nun loggte er sich heimlich in den WLAN-Anschluss von nebenan ein. Aus einem der USB-Schlitze ragte ein dünner Fünfpolstecker, der keine Verbindung zu einem anderen Gerät aufwies – zumindest nicht momentan.

Der Desktop war so blank gefegt, dass eindeutig Absicht dahintersteckte. Es gab, abgesehen von der Werkseinstellung, keine Ordner, Dateien oder Programme. Ich klickte das Menü an und wählte »Dokumente und Bilder«. Auch hier wurde ich nicht fündig. Sogar der Papierkorb war geleert worden. Der Laptop war auf eine Nummer »334« registriert, was auch Absicht gewesen sein musste: Der Mann hatte seinen Namen nicht benutzt, vermutlich, um sich gegen das abzusichern, was ich gerade tat.

Sein Online-Verlauf reichte einen halben Tag zurück. Davor – davon ausgehend, dass er den Laptop um die Mittagszeit benutzt hatte – wies nichts darauf hin, dass er je im Internet gewesen war. Er hatte auch seine Cookies gelöscht und den Cache geleert, und die Lesezeichen fehlten ebenfalls.

Er löscht seine Daten regelmäßig.

Ich warf einen Blick auf das, was er sich heute angesehen hatte.

Verschiedene Zeitungen, Fußball-Webseiten. Am späten Nachmittag hatte er zwei Stunden mit Pornos verbracht. Sein Verlauf zeigte mir eine Reihe von Bildern an, auf denen Frauen von Männergruppen überwältigt wurden. Je länger er sich das angeschaut hatte, desto abstoßender und gewalttätiger wurden die Inhalte. Doch dann, in der Stunde danach, beruhigte sich die Lage wieder, und ich stieß auf eine weitere Webseite, die er besucht hatte. Es war eine technische Seite, und sie hieß: »Laufen Mac-Dateien auch auf einem PC?«

Nun war mir klar, wozu der Fünfpolstecker diente.

Eine externe Festplatte.

Ich betrachtete den Ofen und die kläglichen Überreste meines MacBooks. Er hatte sämtliche Daten auf meinem Mac und Franks' iPad auf die Festplatte kopiert. Der nächste Schritt war, sie auf seinen PC zu überspielen.

Dann: Wieder ein Geräusch.

Ich klappte den Deckel des Laptops zu. Der Ton war nicht dasselbe Poltern wie zuvor. Diesmal klang es gedämpfter, weniger wie eine Maschine.

Ich lauschte.

Das Summen des Laptops.
Das leise Knistern des Ofens.
Und dann ein Klicken.
Ich hielt inne. Mein Blick wanderte über Ofen, Regale und die Verladetore zu der Tür, die zurück in den Flur führte.
Und da wusste ich, was es war.
Im Lagerhaus ist jemand.

30

Rasch huschte ich durch den Raum und weg vom Ausgang. Ich ging dort in die Hocke, wo zwei Regale T-förmig zusammengestellt waren, und knipste die Taschenlampe aus.
Die Tür öffnete sich.
Aus dem Flur näherte sich ein Schatten und hob sich dunkel vom Hintergrund ab. Der Schein aus dem Ofen tauchte eine Seite der Gestalt in ein weiches, orangefarbenes Licht. Unter der Kapuze seines Pullis konnte ich einen Blick auf ein Gesicht erhaschen: Es war der Mann, den ich gejagt hatte und dem ich bis hierher gefolgt war. Seine Haut war so bleich und blutleer wie Schnee. Die Augen bildeten einen scharfen Kontrast dazu. Sie sahen aus wie glatte Scheiben, ja, wie Löcher in seinem Schädel. Seine Kleider von vorhin verbrannten zwar gerade im Ofen, doch die neuen Sachen waren mehr oder weniger identisch: schwarzer Kapuzenpulli, schwarze Hose, schwarze Stiefel und eine blaue Weste mit zugezogenem Reißverschluss.
Die Seitentür hatte ein Zylinderschloss, das eingerastet war, als ich sie geschlossen hatte. Also wies nichts darauf hin, dass je ein Mensch hier gewesen war. Dennoch erkannte ich, als er auf der Schwelle verharrte, dass er zögernd in-

nehielt. Die Finger noch am Türgriff, spähte er durch das Lagerhaus hinüber zum Ofen.

Dann schaute er langsam durch den Raum.

Seine Bewegungen waren abgehackt und roboterhaft. Er erinnerte an ein Ortungsgerät, das seine Umgebung absucht. In der Dunkelheit wirkte er sogar noch bedrohlicher. Seine starre Haltung und die Art und Weise, wie er argwöhnisch Witterung aufnahm, ließ mich an ein Tier denken. Unwillkürlich zuckte ich zusammen, als er erst in meine Richtung, dann zu dem Bereich links von mir und zu guter Letzt zu den Verladetoren blickte. Als er den Kopf erneut drehte, fing sich ein winziger Lichtpunkt unter der Kapuze. Offenbar waren seine Augen auf den Ofen gerichtet. Im nächsten Moment war das Licht verschwunden, und seine Augen wurden wieder ölig schwarz.

Schließlich rührte er sich wieder und wandte sich dem Ofen zu. Ich stellte fest, dass er einen anderen Rucksack in der Hand hielt, der halb von seinem Körper verdeckt wurde. Er trat einen weiteren Schritt ins Lagerhaus und stieß die Tür mit der Ferse zu. Dann erstarrte er noch einmal und stand so absolut reglos da wie zuvor. Die Kapuze tarnte sein Gesicht. Nun bewegte sich nur noch der Rucksack, der neben ihm sachte hin und her schwang wie ein Metronom. Ich hatte den Eindruck, dass er die Ohren spitzte.

Ich hatte ihn schon einmal gestellt und nur wenige Meter vor ihm gestanden, in dem Wissen, dass ich mit ihm fertiggeworden wäre, hätte sich die Möglichkeit ergeben. Aber nicht jetzt. Er wirkte nun anders: ruhig, kontrolliert, bedrohlich. Bei unserer ersten Begegnung hatte ich ihn überrascht. Er hatte nicht damit gerechnet.

Jetzt schon.

Etwa zehn Sekunden später ging er wieder los, diesmal zum Ofen, und spähte durch die Tür ins Feuer. Während er beobachtete, wie die Flammen die von ihm hineingeworfenen Beweisstücke verschlangen, konnte ich ihn mir zum ersten Mal richtig anschauen. Ohne Kapuze und ohne Sturmhaube.

Er war Anfang vierzig. Sein Kopf war rasiert, sodass der Schein des Feuers sich auf seinem kahlen Schädel spiegelte. Zwischen eins siebzig und eins fünfundsiebzig. Ein wenig übergewichtig, aber nicht so sehr, dass es ihn träge gemacht hätte. Er sah aus wie ein Bodybuilder, der das Training hatte schleifen lassen. Die Muskeln waren noch vorhanden, auch wenn er ein wenig aus dem Leim gegangen war. Allerdings fiel mir ein eigenartiger Widerspruch auf: Er wirkte wie ein muskelbepackter Türsteher und hätte deshalb eigentlich langsam und unbeholfen sein müssen. Und dennoch erinnerte ich mich an seine sparsamen und kampfbereiten Bewegungen draußen im offenen Treppenhaus des Wohnblocks. Als ich ihn nun wieder beobachtete, wurde mir klar, dass er mich genau deshalb so beunruhigte.

Er verbarg, wer er wirklich war.

Ich spürte, wie meine innere Anspannung wuchs, als er vom Ofen wegtrat und sich dem Tisch ungefähr fünf Meter links von mir näherte. Der Mann stellte den Rucksack ab und begann, ihn auszupacken: ein Sechserpack Bier, ein Sandwich, Chips, eine Zeitschrift. Er richtete das umgekippte Radio auf und schaltete es ein. Es war auf einen Heavy-Metal-Sender eingestellt und lief leise. Der Mann drehte es nicht lauter, sondern fuhr mit dem Auspacken fort. Weitere Lebensmittel: Schokolade, Obst in Dosen, Frühstücksflocken, Milch. Dann aber war Schluss mit dem Essen.

Eine Festplatte.

Isolierband. Ein Seil.

Er schob Isolierband und Seil beiseite, schaute nach, ob noch etwas in der Tasche war, und warf sie auf den Boden.

Anschließend öffnete er seine Weste, durchsuchte die Innentaschen und förderte ein Mobiltelefon zutage. Als er das Display betrachtete, fiel dessen Schein kurz auf sein Gesicht und die nähere Umgebung. Ich duckte mich tiefer in die Dunkelheit, um nicht vom Lichtkegel erfasst zu werden, und spähte dann zu dem einzigen Ausgang des Lagerhauses hinüber. Wenn ich losrannte, würde ich vielleicht zwei Sekunden Vorsprung haben. Allerdings würde ich unterwegs Regale umrunden und jeweils eine Sekunde mit dem Öffnen der beiden Türen vergeuden müssen. Bis dahin würde er mich einholen. *Oder du greifst ihn an.* Ich drehte mich wieder zu ihm um und stellte fest, dass er die Hand in die andere Tasche seiner Weste steckte.

Er holte eine Pistole heraus.

Ich fuhr erneut zusammen und spürte ein ängstliches Prickeln. Der Mann legte die Waffe neben seine anderen Sachen. Dann wickelte er sein Sandwich aus. Ich blickte zwischen ihm und der Tür hin und her. Falls er sich nun für die Nacht einrichtete, wollte ich nicht hier festsitzen. Andererseits hatte ich auch nur wenig Lust auf eine Kugel in den Rücken. Zu meiner Verteidigung hatte ich nur das gummierte Gehäuse meiner Taschenlampe bei mir. Meine Brieftasche. Mein Handy.

Sonst nichts.

Ich saß in der Falle.

Ich rutschte ein wenig in der Dunkelheit herum, um Abstand zwischen uns zu bringen. Er konnte zwar kein Licht machen, weil es nicht funktionierte, doch ich fand trotzdem, dass er mir zu dicht auf der Pelle saß. Also arbeitete ich mich in der Hocke nach links vor und kauerte mich hinter ein anderes Regal. Dort ließ ich mich lautlos nieder – und der Metallreißverschluss meiner Jacke streifte das Regal.

Es klimperte.

Sofort schaute er in meine Richtung. Ich kroch noch ein Stück zurück. Bis auf das Knacken und Knistern aus dem Ofen war es still im Lagerhaus. Er griff nach der Pistole, trat vom Tisch weg, streife die Weste ab und warf sie hinter sich auf den Boden. Dann neigte er leicht den Kopf und versuchte, in die Dunkelheit zu spähen. Im nächsten Moment machte er, den Rücken zum Ofen, einen Schritt vorwärts und verwandelte sich in einen Scherenschnitt. Nun konnte ich sein Gesicht nicht mehr erkennen. Auch nicht, worauf sich seine Augen richteten, ja, nicht einmal, wohin er sein Gesicht wandte.

Ich war blind.

Mein Herz hämmerte gegen den Brustkorb.

Dreh dich um.

Und da erwachte sein Handy zum Leben.

Begleitet von einer Reihe roboterhafter Piepser, die an einen mechanischen Puls erinnerten, hopste es hinter ihm über die Tischplatte. Licht blitzte über die Wände und tauchte die eine Seite seines Gesichts in einen blassgrünen Schein. Ich beobachtete, wie sich seine Augen in den dunklen Höhlen bewegten und das Licht auffingen wie eine verspiegelte Fläche: an, aus, an, aus. Er rührte sich nicht von der Stelle, regte keinen Muskel und achtete nicht auf das Handy. Die Pistole hatte er gezückt.

Zehn Sekunden. Zwölf. Fünfzehn.

Als er sich endlich wieder in Bewegung setzte, vollführte er eine halbe Drehung und wandte mir sein Profil zu. Er warf einen Blick auf das Handy und dann noch einmal einen in meine Richtung. Seine Miene war argwöhnisch.

Er wusste, dass etwas im Busch war.

Er ahnte es.

Doch als das Handy aufhörte zu läuten, erwachte er aus seiner Erstarrung, kehrte zurück zum Tisch und griff nach dem Gerät. Er betrachtete das Display, klickte ein paar Optionen an und legte das Handy wieder auf den Tisch. Dann nahm er sein Sandwich, zog einen Stuhl unter dem Tisch hervor, ließ sich darauf nieder und schaltete den Laptop ein.

Einige Minuten später kam mir ein Gedanke: *Was, wenn mein eigenes Handy läutet?* Ich steckte so schnell wie möglich die Hand in die Tasche, tastete danach und schaltete es aus.

Als ich wieder aufblickte, blieb mir fast das Herz stehen. Der Mann hatte den Kopf ein Stück gedreht und schaute aus dem Augenwinkel in die Finsternis, genau dorthin, wo ich das Regal gestreift hatte. Auf dem Laptop lief ein Video, doch das schien ihn nicht zu interessieren. Stattdessen fing er an, etwas zu suchen. Im nächsten Moment wusste ich, was.

Die Taschenlampe.

Ich kroch rasch und lautlos auf die Verladetore zu und orientierte mich dabei an dem Regal neben mir. Staub wirbelte auf und stieg mir in die Kehle, sodass ich die Hand vors Gesicht halten musste, um ein Hüsteln zu unterdrücken. Als ich ein Klappern hörte, schaute ich gerade noch rechtzeitig auf, um zu sehen, wie der Mann die Waffe weglegte und nach der Taschenlampe griff. Er schaltete sie ein, verharrte auf der Stelle und leuchtete zu der Ecke, wo ich gerade noch gesessen hatte. Ich robbte weiter, inzwischen langsamer, während er den Lichtkegel hin und her gleiten ließ. Ein Scheinwerfer, der meinen Weg nachverfolgte. Vor mir kamen die Verladetore aus der Dunkelheit in Sicht. Ein schmaler Schimmer drang unter ihnen hindurch. Für mich war Endstation.

Mist.

Doch der Lichtkegel stoppte etwa einen Meter fünfzig rechts von mir. Der Mann ließ die Taschenlampe sinken. Ihr Licht huschte durch das Lagerhaus und bildete eine Pfütze neben seinem Bein.

Er knipste sie aus.

Nach einer Weile kehrte er zum Ofen zurück, öffnete die Tür und blieb eine Weile davor stehen. Sein Gesicht war beleuchtet, in seinen Augen glomm es, als dächte er nach. Dann marschierte er wieder zum Tisch, kontrollierte noch einmal sein Handy, packte seine Sachen – auch die Pistole – in die Tasche. Und ging.

31

Ich hörte, wie die Tür des Gebäudes sich schloss. Danach Schritte, die sich draußen in der Anlieferungszone entfernten. Schritte knirschten auf dem Schnee. Ich rappelte mich auf. Nachdem ich so lange reglos verharrt hatte, war ich völlig steif. Dennoch machte ich mich an die Verfolgung und ließ das warme Lagerhaus hinter mir. Es war angenehm, als die Temperatur draußen auf dem Flur ein wenig sank. Und noch angenehmer war es, in die eisig kalte Nachtluft hinauszutreten.

Er hatte das Ende der Straße bereits erreicht.

Ich hastete den Gehweg entlang, wobei ich mich bemühte, so wenig Lärm wie möglich zu machen. Schließlich sollte mich niemand auf der Old Kent Road kommen hören oder mich gar wiedererkennen, falls die Sache keinen guten Ausgang nahm. Da es erst zwanzig vor zehn war, war die Hauptstraße noch recht belebt. Autos rollten über die gestreute Fahrbahn, und die Fußgänger benutzten Gehwege, wo der Schnee zu Haufen zusammengeschoben war oder sich in Matsch verwandelt hatte. Am Ende der Straße blieb ich stehen. Zwischen den Passanten gab es Lücken von etwa zehn Sekunden. Als ich die Bayleaf Avenue verließ und mich unter die Menschen mischte, bemerkte ich den Mann etwa fünfzig Meter vor mir. Er hatte die Kapuze aufgesetzt und die Weste geschlossen. Die Hände in den Taschen, steuerte er auf Walworth im Norden zu.

Ich schaltete mein Handy wieder ein und beschleunigte meine Schritte. Vor mir ragten drei identische achtzehnstöckige Wohnblocks aus dem Boden wie Finger. Hunderte von Fenstern hoben sich hell erleuchtet vom schwarzen Himmel ab.

Kurz darauf, der Mann marschierte weiter die Old Kent Road hinunter, sah er sich um. Ich machte verstohlen einen Schritt nach links und hielt mich hinter einem Paar, das einen Meter vor mir ging. Eine abrupte Bewegung, eine größere Veränderung inmitten der Schatten auf dem Bürgersteig, wäre ihm sicher aufgefallen. Einige Sekunden später beugte ich mich vor, spähte an dem Paar vorbei und stellte fest, dass er gerade einen von steinernen Drachen flankierten China-Imbiss passierte. Mittlerweile war er ein wenig langsamer geworden. Er hatte den Kopf gesenkt und nestelte an etwas in seinen Händen herum. An der nächsten Kreuzung stoppte er, immer noch auf den Gegenstand in seiner Hand konzentriert. Ich versteckte mich im Schatten eines Gebäudes, das ein Stück von der Straße zurückversetzt stand. Und da sah ich, was er in der Hand hielt.

Sein Handy.

Schickt er jemandem eine SMS?

Oder bekommt er gerade eine?

Er ging an einem ausgebrannten Gebäude vorbei, das zwischen einer Sprachenschule für Englisch und einem aufgegebenen Plattenladen eingezwängt war. Die Fenster waren mit Brettern verrammelt. Graffiti zierte die unteren Stockwerke. Schwarze Rußspuren zogen sich die Fassade hinauf. Und dann, plötzlich, als wir links in die New Kent Road einbogen, wurde mir klar, wohin er wollte: die U-Bahn-Station

Elephant and Castle. Vor uns, eingerahmt von der abweisenden Fassade des Einkaufszentrums, erhoben sich die graugrünen Glasscheiben des Bahnhofs. Der Himmel darüber war schwarz, und ein leichter Regen kam auf. Das Nieseln war kaum auszumachen, doch ich spürte die Feuchtigkeit auf meinem Gesicht.

In der U-Bahn-Station fuhr er mit der Rolltreppe in den Untergrund und steuerte auf den Bahnsteig der nach Norden fahrenden Züge der Northern Line zu. Ich blieb ein Stück zurück, um nicht entdeckt zu werden. Da es inzwischen nach zehn Uhr war, war der Bahnsteig nahezu menschenleer. Ich bezog meinen Posten und lauerte im Durchgang zwischen den Gleisen. Der Mann stand ungefähr zehn Meter weiter am Rand des Bahnsteigs. Jenseits seiner Schulter, im dunklen Tunnel, brannten Scheinwerfer immer größer werdende Löcher in die Dunkelheit; die Schienen gaben ein elektrisches Surren von sich, und Bremsen begannen zu quietschen. Dann, endlich, fuhr der Zug ein und sauste an dem Mann vorbei, dessen Gesicht sich immer wieder in den Scheiben unzähliger Fenster spiegelte, sodass er abwechselnd auftauchte und verschwand. Ich pirschte mich näher heran. Sein Gesicht war klarer zu sehen, als der Zug zum Stehen kam. Unter seiner Kapuze erkannte ich sein bleiches Gesicht und die Augenhöhlen, die in der Deckenbeleuchtung wie schwarze Löcher wirkten.

Als er einstieg und mir den Rücken zukehrte, folgte ich seinem Beispiel und schlenderte lässig durch die offene Tür am Ende des nächsten Wagens. Von dort aus hatte ich ihn gut im Blick. Er wandte mir die Seite zu und streckte den muskulösen Arm nach einem Haltegriff aus. Nach einigen Sekunden schien er zu spüren, dass er beobachtet wurde, und drehte sich in meine Richtung. Ich wich von der Glasscheibe zurück und verschwand aus seinem Blickfeld. Die

Tür schloss sich. Der Zug setzte sich schaukelnd in Bewegung. Ich hielt mich ebenfalls fest und beschloss, fürs Erste nicht mehr hinzuschauen.

Doch dann kam er wieder in Sicht.

Er stand draußen auf dem Bahnsteig.

Seine Augen wanderten über die vorbeifahrenden Wagen, bis er mich entdeckt hatte. Ich trat vor. Als unsere Blicke sich trafen, huschte ein Lächeln über sein Gesicht, und seine Augen folgten mir den ganzen Bahnhof entlang, bis wir einander nicht mehr sehen konnten. Und dann wurde der Zug vom dunklen Tunnel verschluckt.

Mist.

Er hat bemerkt, dass ich ihm auf den Fersen bin.

Und das, obwohl ich keinen einzigen Fehler gemacht hatte.

Es war eine Beschattung wie aus dem Lehrbuch gewesen.

Der Groschen fiel, als ich mich daran erinnerte, dass er auf dem Weg vom Lagerhaus hierher sein Handy benutzt hatte. War er gewarnt worden, dass ich ihm auf der Spur war? Wenn ja, hieß das, dass jemand mich verfolgt hatte, während ich ihn verfolgte. Allerdings erschien mir das nicht plausibel. Ich hatte ganz genau auf meine Umgebung, auf ihn und auf die übrigen Passanten geachtet. Deshalb hielt ich es für unmöglich, dass mir ein Schatten entgangen sein könnte.

Außer, diese Person ist nicht tatsächlich präsent gewesen.

Ich holte mein Mobiltelefon heraus.

Außer, derjenige hat es gar nicht nötig, anderen Leuten auf der Straße nachzulaufen.

32

Als ich in Burrow ankam, hatte ich bereits Akku und SIM-Karte aus meinem Handy entfernt. Ich nahm die nächste U-Bahn zurück nach Elephant and Castle, stieg aus und ging zu meinem Auto. Sobald ich am Steuer saß und den Motor angelassen hatte, legte ich die SIM-Karte wieder ein und schaltete kurz das Handy an, um meine Nachrichten abzufragen. Wenige Sekunden später summte es.

Craw.

Sofort rief ich sie an.

»Wir wollen sofort auf den Punkt kommen«, begann sie, was mir verriet, dass ihr eine Laus über die Leber gelaufen sein musste. »Besser, ich verabschiede mich gleich mit einem Knall, bevor ich morgen früh gefeuert werde.«

»Wovon reden Sie?«

»Ich habe für Sie in der Datenbank recherchiert.«

Ich dachte an den Mann, der mir gerade in der U-Bahn durch die Lappen gegangen war. Offenbar meinte sie, dass sie trotz ihrer Vorbehalte seine Personenbeschreibung mit den Daten im Computer abgeglichen hatte. Ich konnte nicht behaupten, dass ich enttäuscht war.

»Und?«

»Und Sie hatten recht.«

»Worin?«

»Der Zahn mit der fehlenden Ecke hat einen Treffer ergeben.«

Ich griff nach meinem Notizblock. »Und wer ist es?«

»Das ist kompliziert.«

»Alles ist kompliziert.«

»Ja, sobald Sie mitmischen.«

Sie stellte die Stacheln auf, weil sie sich von mir unter

Druck gesetzt und genötigt fühlte, gegen ihren Willen die Datenbank zu durchsuchen. Allerdings hätte sie es nie getan, wenn sie die Antworten nicht selbst gebraucht hätte. Craw war einer der uneinsichtigsten Menschen, die ich kannte.

»Vergessen Sie nicht, dass es *Ihr* Vater ist, den ich hier finden möchte.«

»Ich weiß.«

»Sind Sie sicher?«

Eine Pause, die man auch als Entschuldigung gelten lassen konnte.

»Er war Polizist«, sagte sie schließlich.

»Wer?«

»Der Typ mit dem angeschlagenen Schneidezahn.«

Ich erinnerte mich daran, wie er am Bahnsteig gestanden hatte. An ihn im dunklen Lagerhaus. Daran, wie er dem Jungen das Messer an die Kehle hielt. »Also ist er kein Polizist mehr?«

»Nein. Laut Datenbank wurde er vor zwei Jahren wegen einer Geschwindigkeitsübertretung auf der M25 entlassen. Einer *richtigen* Geschwindigkeitsübertretung. Der Typ hatte etwa hundertneunzig Sachen drauf. Es war seine zweite Verurteilung wegen zu schnellen Fahrens in ebenso vielen Jahren. Also hat er diesmal zwanzig Stunden gemeinnützige Arbeit und fünf Jahre Führerscheinentzug aufgebrummt gekriegt.«

»Wie heißt er?«

»Neil Reynolds«, erwiderte Craw.

»Haben Sie schon mal von ihm gehört?«

Schweigen.

»Craw?«

»Ja, ich habe schon mal von ihm gehört.«

»In welchem Zusammenhang?«

»Jim Paige hat ihn rausgeschmissen.«

»Aus der Londoner Polizei?« Ich ließ das auf mich wirken. »Wann?«

»Juni 2011.«

»Warum?«

»Keine Ahnung. Ich habe nie mit ihm zusammengearbeitet und bin ihm auch nie begegnet. Ich weiß nur noch, dass ich aufgeschnappt habe, wie zwei Kollegen eines Morgens in der Teeküche über ihn redeten. Es gab da ein paar Gerüchte.«

»Was für Gerüchte?«

»Es wurde gemunkelt, er sei bestechlich.«

»Wann war das?«

»Kann ich nicht sagen. Es war wirklich nur Klatsch und Tratsch.«

»Also war er bei Sapphire und Paiges Untergebener?«

»Eine Weile. Dann hat er in die Mordkommission gewechselt. Nach Dads Pensionierung im April 2011 wurde Jim für sechs Monate zum amtierenden Leiter aller Mordkommissionen ernannt und somit zum zweiten Mal Reynolds Chef.«

Eine Hand am Lenker, die andere am Schaltknüppel, hielt ich inne. Meine Gedanken überschlugen sich. Weshalb kümmerte es Reynolds, dass ich Franks suchte? Er war in mein Haus eingebrochen und hatte meine Fallunterlagen gestohlen, kopiert und den Rest verbrannt. Das wies auf einen Mann hin, der etwas zu verbergen hatte – oder sich zuerst Klarheit über den Stand der Dinge verschaffen wollte. War er womöglich auch auf der Suche nach Franks?

»Raker?«

»Also hat Paige diesen Reynolds zwei Monate nach der Pensionierung Ihres Dads gefeuert?«

»Ja.«

Beruhten diese Gerüchte, Reynolds sei bestechlich, auf

der Wahrheit? Oder hatte sich Reynolds zwei Monate nach dem Beginn von Paiges kurzem Einsatz als Chef der Mordkommission etwas noch Schlimmeres zuschulden kommen lassen? Ich würde noch einmal mit Paige sprechen müssen, auch wenn mir diese Vorstellung nicht behagte. Er war schon beim ersten Mal nicht sehr auskunftsbereit gewesen. Und wenn mein Telefonat mit Murray etwas zu bedeuten hatte, würde es ein gutes Stück Arbeit werden, ihm weitere Informationen zu entlocken.

»Ich rufe Paige morgen früh an«, sagte ich.

Stille in der Leitung.

»Craw?«

»Vielleicht gibt es ja einen Umweg.«

»Umweg?«

»Möglicherweise können Sie ja mit jemand anderem reden.«

»Mit wem?«

»Jemandem, der mit Reynolds zusammengearbeitet hat.«

»Wem?«

Eine lange Pause. »Colm Healy.«

33

Ich parkte ein paar Straßen von meinem Haus entfernt und pirschte mich durch einige Seitengassen von Süden her an. Immerhin hatte ich Neil Reynolds nun aus der Nähe bewundern dürfen und gesehen, wie er einem Sechsjährigen ein Messer an die Kehle hielt, ohne mit der Wimper zu zucken. Nachdem ich mich mit ihm in ein und demselben Raum aufgehalten hatte, rechnete ich durchaus mit der Möglichkeit, dass er zurückkommen und mir zu Hause auflauern könnte. Er war gewaltbereit, gnadenlos und unberechenbar – und er war klug. Beim ersten Mal hatte er einen Fehler gemacht und eine Spur bis hin zum Lagerhaus gelegt, doch ich bezweifelte, dass ihm ein solcher Schnitzer noch einmal unterlaufen würde.

Die Nacht war so kalt wie nie zuvor, und die Seitengassen waren nicht gestreut. Ich ging, so schnell ich konnte. Entlang der Straßen leuchteten Nikolaus-Figuren und Rentiere in den Gärten, und Lichterketten blinkten an Fallrohren und Traufblechen. Ein paarmal geriet ich ins Schlittern, erkannte aber die meisten Eispfützen, bevor ich darauf trat. Als mein Haus in Sicht kam, wurde ich langsamer und spähte die Straße hinauf. Die Vorhänge waren geschlossen, die Rollläden hinuntergelassen.

Es war totenstill auf der Straße.

Ich schlich die Auffahrt entlang zur Haustür. Sie war noch abgeschlossen. Also trat ich ein, ohne Licht zu machen, und holte mir eine Taschenlampe aus der Küche. Dann suchte ich ein Zimmer nach dem anderen ab.

Ich wurde nicht erwartet.

Ich packte einen Koffer, schnappte mir das Ersatzhandy aus der Nachttischschublade und nahm auch den alten Laptop mit, den ich als Journalist benutzt und nie zurückgegeben hatte. Danach durchquerte ich das Wohnzimmer, wo es noch immer so aussah, wie Reynolds es hinterlassen hatte. Auf dem Heimweg hatte ich mir eine neue SIM-Karte gekauft. Nun legte ich sie in mein Ersatzhandy ein und schickte Craw eine SMS, um ihr mitzuteilen, dass sie mich unter dieser Nummer erreichen konnte, falls sie mich brauchte. Anschließend simste ich auch Annabel die neue Nummer. Zu guter Letzt steckte ich das Handy ein, angelte Ewan Taskers Akten unter dem Fernsehschrank hervor und blätterte sie rasch durch.

Die drei ersten ungelösten Fälle legte ich sofort beiseite,

weil ich inzwischen sicher war, dass sie mich nicht weiterbringen würden.

Doch mit dem Drogenmord war es etwas anderes.

Ich hatte das Gefühl, dass da noch mehr dahintersteckte.

Beim Durchblättern der Seiten erhielt ich zum ersten Mal die offizielle Bestätigung dafür, dass Franks tatsächlich in diesem Fall ermittelt hatte, und bekam außerdem endlich das nicht identifizierte männliche Opfer zu sehen. Der Mann lag auf einem Tisch in der Gerichtsmedizin. Das Foto musste in den Tagen nach seinem Tod entstanden sein. In der Akte hieß es, er sei neununddreißig Jahre alt, aber er wirkte um einiges älter, abgemagert und ausgezehrt. Seine Wangen waren eingefallen, die Haut spannte sich so straff über sein Gesicht, dass sein Kiefer sich rasiermesserscharf abhob.

Ich spähte noch einmal in den Garten und hielt Ausschau, ob sich dort etwas bewegte. Doch bis auf die Föhren, die sich sanft im Wind wiegten, rührte sich nichts. Es war mir gelungen, das zerschmetterte Tor wieder zuzuziehen und es mit einem neuen Vorhängeschloss zu sichern. Doch alles andere würde warten müssen. Meine Möbel, meine Sachen und meine Erinnerungen würden weiter wie eine Geröllhalde in meinem Haus herumliegen, bis ich Zeit hatte, Ordnung zu schaffen. Auch die Alarmanlage würde ich nicht aktivieren. Das Einzige, was ich vom Boden aufhob, war das Foto von Derryn und mir – eines der wenigen Bilder, die Reynolds nicht zerrissen hatte. Ich legte es in ein Buch, um es zu glätten, und schob dieses unter die Matratze.

Dann klappte ich die Akte zu und ließ mein Gespräch mit Craw Revue passieren.

Healy.

Er hatte mit Reynolds zusammengearbeitet.

Ich kramte seine Nummer hervor und versuchte, ihn anzurufen, erreichte jedoch nur die Mailbox. »Healy, ich bin es, Raker. Ich wollte nur ...« Ich hielt inne, weil er auf keinen Fall glauben sollte, dass ich mich nur aus Mitleid bei ihm meldete. Also wollte ich dieses Missverständnis aus dem Weg räumen. »Ich wollte mit dir über einen Fall reden.«

Ich legte auf.

Er war daran gescheitert, den Fall aufzuklären, der ihn zerstört hatte. Den Mörder der Zwillinge hatte er nie gefasst. Mittlerweile trug er die Geister der Vergangenheit schon sehr lange mit sich herum, bekämpfte sie bis zum letzten Blutstropfen und rappelte sich doch immer wieder auf. Es war ein Wunder, dass er immer noch durchhielt. Aber wenn Healy einen Blick für eines hatte, dann war es ein Ungeheuer in Menschengestalt.

Und Reynolds war so ein Ungeheuer.

34

Mit Reynolds' Adresse bewaffnet, kehrte ich zurück in die Londoner Innenstadt. Craw hatte gesagt, er wohne in einem Haus am südlichen Ende der Old Kent Road, etwa einen Dreiviertelkilometer vom Lagerhaus entfernt. Ich hatte mich auf den Webseiten umgesehen, die gewerbliche Immobilien anboten, und festgestellt, dass dieses Lagerhaus seit fast zwei Jahren leer stand. Was hieß, dass er es ohne Erlaubnis nutzte. Um Reynolds das Handwerk zu legen, spielte ich mit dem Gedanken, anonym bei der Polizei anzurufen und sie auf das Gebäude und insbesondere darauf aufmerksam zu machen, dass er dort Beweisstücke entsorgte. Damit hätte ich mir zwar ein wenig Luft verschafft, weil er mir nicht ans Leder konnte, solange er in einem Verhörraum saß. Aber im Moment war es noch zu riskant.

Wenn ich Reynolds die Polizei auf den Hals hetzte, würde

ich damit auch Craw und mich selbst ans Messer liefern. Er besaß Kopien aller meiner Aufzeichnungen zu diesem Fall sowie Hinweise darauf, dass Craw sie mir besorgt hatte. Das hätte nicht nur das Ende ihrer Karriere bedeutet, sondern auch das meiner Ermittlungen in diesem Fall. Und ich war nicht bereit, mir von der Polizei Tempo und Stoßrichtung meiner Suche nach Franks vorschreiben zu lassen. Wenn die Polizei sich einschaltete, würde ich Reynolds wohl niemals stoppen können und deshalb auch nicht erfahren, was seine Motive waren. Zum Beispiel, warum er – was mir inzwischen beinahe zwingend erschien – Franks von der Telefonzelle in der Scale Lane aus angerufen hatte. Er hatte mein Haus durchwühlt, alles verwüstet und versucht, meine Ermittlungen zu behindern. Nun war ich neugierig auf seine Gründe, obwohl ich den Verdacht nicht loswurde, dass Reynolds' endgültiger Schlag gegen mich noch ausstand. Er hatte zwar mein Hab und Gut zerstört – doch bis jetzt war er mir gegenüber nicht handgreiflich geworden.

Das war, bevor ich mich an seine Fersen geheftet hatte.

Ehe ihm klar geworden war, dass er unter Verdacht stand.

Die nächste Runde war eröffnet.

Eine Stunde nach meinem Aufbruch befand ich mich auf einem Parkplatz gegenüber von Reynolds' Haus. Es war nach Mitternacht, und seine Fenster waren alle dunkel, was bedeutete, dass er vielleicht schon zu Hause war und schlief.

Aber eigentlich bezweifelte ich das.

Ich stellte den Wagen in einer Parklücke mit Blick auf sein Haus ab und sah mich nach Anzeichen dafür um, dass ich verfolgt wurde. Doch das einzige Auge, das ich entdeckte, gehörte zu einer Überwachungskamera an einem Laternenmast, etwa zwanzig Meter entfernt von seiner Haustür.

Das Haus war eines in einer Reihe brauner zweistöckiger Gebäude, deren Erdgeschosse Kosmetiksalons, Wettbüros,

Zeitungskioske und Tante-Emma-Läden beherbergten. Im ersten Stock waren kleine Wohnungen untergebracht. Einige Fenster waren mit Stores versehen, andere hatten keine Vorhänge. Die Türen zu diesen Wohnungen wurden von den Schaufenstern der Läden flankiert, fast so, als hätte man in letzter Minute beschlossen, sie nachträglich einzubauen. Jede war in einer anderen Farbe lackiert.

Unterwegs hatte ich mir in einer Tankstelle Kaffee und ein Specksandwich besorgt. Während ich das Sandwich auswickelte, ließ ich Reynolds' Haustür nicht aus den Augen.

Im nächsten Moment läutete mein Handy.

Ich griff danach und betrachtete das Display. Eine unbekannte Festnetznummer im Zentrum von London. Ich schob das Handy in die Freisprechanlage und drückte auf »Annehmen«.

»David Raker.«

»Ich bin es, Healy.«

Fast hatte ich erwartet, dass er sich nicht bei mir melden würde, weshalb mich sein Anruf überraschte. Ich warf einen Blick auf die Uhr am Armaturenbrett: Viertel nach zwölf.

»Healy, wie geht es dir?«

Eine Pause. »Okay. Und dir?«

»Kann nicht klagen. Lange nichts von dir gehört.«

»Ja.«

»Fast dreizehn Monate.«

»Ja.«

»Was hast du so getrieben?«

»Nicht sehr viel.«

Wieder schaute ich auf die Uhr. »Hast du einen Job?«

»Ja. Ein Zeitvertrag für zwölf Monate.«

»Als was?«

Keine Antwort. In den gut zwei Jahren, die ich Healy nun kannte, hatte ich gelernt, dass sich seine Grundstimmung am besten mit »genervt« beschreiben ließ, weshalb mich die knappen Antworten nicht weiter verwunderten. Allerdings verbarg sich hinter seinem Schweigen noch etwas anderes: Lebensüberdruss und Trauer.

»Healy?«

»Ich habe einen Job als Wachmann«, erwiderte er in seinem irischen Akzent, der nach all den Jahren in London ein wenig weicher geworden war.

»Und wie läuft es?«

»Was glaubst du denn, wie es läuft?«

Er sprach zwar leise, konnte aber den Widerwillen in seinem Tonfall nicht verbergen. Ich malte mir aus, wie der Mann, den ich kannte – zornig, verbittert, übergewichtig –, hinter einem Empfangstisch in irgendeinem Bürogebäude saß, auf die Uhr starrte und beobachtete, wie seine Lebenszeit verstrich. Vor achtzehn Monaten war er Craws rechte Hand gewesen und hatte ihr geholfen, eine der größten Verbrecherjagden in der Geschichte der Londoner Polizei zum Abschluss zu bringen.

»Du hast etwas von einem Fall gesagt?«, fragte er.

»Ja. Erinnerst du dich an einen Typen namens Neil Reynolds?«

Stille. »Was willst du denn von dem?«

»Craw hat mir erzählt, du hättest mit ihm zusammengearbeitet.«

»*Craw*? Handelst du jetzt etwa in *ihrem* Auftrag?«

»Sie hat sich an mich gewandt. Ihr Vater ist verschwunden.«

Wieder eine Pause, diesmal eine längere. Ich schaute noch einmal auf die Uhr im Auto. Entweder war Healy bei der Arbeit und kurz vor Ende seiner Schicht, oder er litt an Schlafstörungen. Angesichts dessen, was er durchgemacht hatte – der Fall, der sein Leben zerstört hatte, der Tod seiner Tochter und sein Rausschmiss bei der Polizei –, fragte ich mich manchmal, wie er überhaupt noch schlafen konnte.

»Healy?«

»Also suchst du Leonard Franks?«

»Ja. Kennst du ihn?«

»Recht gut.«

»Wie schätzt du ihn ein?«

»Er ist ein anständiger Kerl.«

Er fügte zwar nichts hinzu, doch von Healy war das ein großes Lob. Ich lenkte das Gespräch zurück zum eigentlichen Grund meines Anrufs. »Und Reynolds?«

Erneut eine lange Pause.

»Ich muss in fünf Minuten meinen Rundgang machen«, sagte er schließlich. »Ich rufe dich wieder an, wenn ich zurück am Schreibtisch bin.«

Er legte auf, ohne mir Gelegenheit zu einer Antwort zu geben.

Während ich wartete, widmete ich mich weiter meinem Specksandwich und beobachtete dabei das Haus. Im ersten Stock befanden sich zwei Fenster, beide weiterhin unbeleuchtet. Ich öffnete den mitgebrachten Koffer auf dem Rücksitz und holte die Akte des Drogenmordes heraus.

Ich hatte gerade ein paar Seiten gelesen, als sich mein Mobiltelefon wieder meldete.

»Warum interessierst du dich für Reynolds?«, erkundigte sich Healy, nachdem ich den Anruf angenommen hatte.

»Sein Name ist gefallen.«

»In welchem Zusammenhang?«

»Im Zusammenhang mit Franks.«

Er schwieg, offenbar mit Bedacht, als wolle er mir drohen, sein Wissen für sich zu behalten. Dann jedoch sprach er ruhig und langsam weiter. »Reynolds war bei Trident und hat in Sachen Organisiertes Verbrechen ermittelt. Dann ist er zu Sapphire gegangen, das von Jim Paige geleitet wurde. Und danach wurde er Mitglied eines Mordermittlungsteams in Lewisham. Ich war bei einer ähnlichen Einheit in Southwark, und unsere beiden Vorgesetzten haben eine Zusammenarbeit mit Amtshilfe über die Bezirksgrenzen hinweg vereinbart. Ich bin Reynolds ein paarmal begegnet und nahm an einigen Sitzungen teil, bei denen er auch anwesend war. Aber ich habe nie direkt mit ihm zusammengearbeitet.« Er hielt inne. »Sie haben ihn Milch genannt.«

Milch.

Obwohl die Zweifel beinahe die Oberhand gewonnen hätten, hatte mein Instinkt mich nicht getrogen: Als Franks »Milch?« auf den Pub-Flyer geschrieben hatte, war das nicht ein Teil einer Einkaufsliste. Sondern ein Spitzname. Was hieß, dass Reynolds an jenem Tag im Februar auf Franks' Radarschirm gewesen sein musste. Ich spürte, wie Aufregung mich ergriff. Wenn »Milch?« eine Bedeutung hatte, musste das Gleiche auch für die Skizze und die Zahl »108« gelten.

»Raker?«

Ich kehrte in die Gegenwart zurück. »Haben sie ihn Milch genannt, weil er so blass ist?«

»Genau.«

»Craw meinte, Reynolds sei im Juni 2011 rausgeflogen?«

»Wieder richtig.«

»Weshalb?«

»Warum fragst du nicht Craw? Offenbar kennt sie ja all die Antworten.«

Ich ging nicht auf den Seitenhieb ein. »Weil ich deine Einschätzung der Sache hören will.«

»Ich habe nur Gerüchte und Klatsch aufgeschnappt«, begann er – und verstummte wieder. Im Hintergrund hörte ich eine andere Stimme. »Okay, Kumpel«, sagte Healy, nun ein wenig gedämpft. »Bis zum nächsten Mal.« Nach ein paar Sekunden war er wieder in der Leitung. Seine Stimme klang so klar wie zuvor. »Dieser Kollege von mir ist eine echte Landplage. Der bewacht lieber mich als den verdammten Laden hier.«

»Du hast gerade über Reynolds gesprochen.«

»Ja.«

»Er ist rausgeschmissen worden.«

»Richtig. Doch meine Infos sind nur aus zweiter Hand.«

»Schon in Ordnung.«

Kurz entstand Stille, als müsse er seine Gedanken ordnen. »Wie ich es verstanden habe, hat Franks immer mehr Ungereimtheiten bei einigen von Reynolds' Mordfällen bemerkt. Kleine Dinge. Widersprüche. Und als er Reynolds deshalb zur Rede gestellt hat, haben Milchs Antworten nicht gerade dazu beigetragen, Franks' Befürchtungen zu zerstreuen. Es wurde darüber geredet, dass Reynolds Kohle von einem Typen namens Kemar Penn annimmt. Schon mal von ihm gehört?«

»Nein.«

»K-Penn. Ein mieser Unsympath, wie er im Buche steht. Er hat in der Sozialbausiedlung Cornhill in der Nähe von Blackheath Hill die Strippen gezogen. Angeblich soll er auch ein paar Leichen verscharrt haben. Doch der Mann war nicht auf den Kopf gefallen. Genau das, was die Welt braucht: ein Psycho mit Gehirn.« Ein abfälliges Schnauben. »Jedenfalls endete jeder Versuch, ihn hinter Gitter zu bringen, genau so, als wolle man ein Stück Scheiße an der Wand festkleben. Er hat weder sein Handy benutzt, noch war er im Internet unterwegs – er hat eben alles getan, um nirgendwo Spuren zu hinterlassen. Die Kollegen haben sich jahrelang beschwert, K-Penn sei offenbar ein Hellseher, so als habe er eine Art zweites Gesicht. Nach einer Weile haben sich einige dann gefragt, ob seine Kristallkugel vielleicht Neil Reynolds heißt.«

Ich ließ das schweigend auf mich wirken. »Doch Franks hatte nicht genug in der Hand, um Reynolds den Stuhl vor die Tür zu stellen?«

»Nein. Wie ich es gehört habe, hat Reynolds geschickt getrickst. Allerdings haben die Vorgesetzten geahnt, dass da etwas nicht koscher ist, obwohl sie ihm nichts nachweisen konnten. Franks erwartete von seinen Leuten, dass sie blitzsauber waren und streng nach Vorschrift vorgingen. Also war er dementsprechend stinksauer auf Reynolds. Einer der Jungs aus Reynolds' Mannschaft hat mir erzählt, Franks habe Milch eines Tages in ein Konferenzzimmer zitiert und ihm dort so richtig den Arsch aufgerissen. Mein Bekannter sagte, Franks sei so in die Luft gegangen, dass man sein Gebrüll auf der ganzen Etage hören konnte. Als Paige nach Franks' Pensionierung den Laden übernahm, hatte er Reynolds deshalb von Anfang an im Visier.«

»Und zwei Monate später hat Paige ihn rausgeschmissen?«

»Richtig. Aber du kannst einen drauf lassen, dass Franks die Angelegenheit weiter im Auge behalten hat, obwohl er schon in Pension war. Er konnte Bestechlichkeit auf den Tod nicht ausstehen. Beim leisesten Verdacht hat er sofort mit der Faust auf den Tisch geschlagen. Vermutlich hat er Paige in den Wochen und Monaten vor seinem Ruhestand gründlich instruiert. Also brauchte Paige nur noch darauf zu warten, dass Reynolds einen Fehler macht. Und das ist dann ja auch passiert.«

»Was genau?«

»Es wird gemunkelt, dass es mit Franks' letztem Fall zu tun hatte.«

Ich horchte auf. Healy sprach von dem Drogenmord. Ich

betrachtete die Akte auf meinem Schoß. Das Gesicht des Opfers. Ein Gespenst, das zwischen den Seiten der Akte umging.

»Und was war damit?«, hakte ich nach.

»Das ist wieder alles nur aus zweiter Hand«, erwiderte Healy, doch zum ersten Mal hörte ich einen leicht veränderten Unterton in seiner Stimme, so als munterten ihn die Erinnerungen an seine Tage bei der Polizei ein kleines bisschen auf. »Franks ging in den Ruhestand, ohne je herausgefunden zu haben, wer das Opfer in dem Drogenmord war und weshalb man den Mann umgebracht hatte. Ich weiß noch, dass ich mit ein paar meiner damaligen Informanten gesprochen habe, und alle üblichen Verdächtigen wurden vorgeführt. Franks hat Gegenüberstellungen mit mehr zwielichtigen Typen veranstaltet, als man sie bei einer Demo von Neonazis treffen würde. Doch die Informanten hatten alle den Eindruck, dass K-Penn die ganze Zeit über der Hauptverdächtige war. Irgendwann hat Franks auch Penn verhaften lassen und ihn mehrmals in die Mangel genommen. Und noch immer konnte er ihm keine Anwesenheit am Tatort nachweisen. Als er pensioniert wurde, hatte sich der Fall totgelaufen. Franks hatte sämtliche Ansätze und Möglichkeiten ausgeschöpft. Und dennoch hat Jim Paige Reynolds ein paar Wochen später mit der Nase in Franks' Akten erwischt. Alle Kollegen haben darüber geredet, dass Milch endlich einen Fehler gemacht hat. Denn warum sollte er so was tun? Welcher Teufel hat ihn geritten, in den Akten rumzuschnüffeln?«

Ich ahnte, worauf er hinauswollte. »Kemar Penn.«

»Richtig. Nach Ansicht vieler Leute wollte Reynolds rauskriegen, ob Penn ihn in den Verhören bei Franks verpfiffen hat. Milch hatte eine Menge zu verlieren: Wahrscheinlich stand er auf Penns Gehaltsliste. Und außerdem hatte Penn sicher etwas mit diesem Mord zu tun. Jemandem vom einen Ohr zum anderen die Kehle aufzuschlitzen und dem Typen auch noch die Zähne rauszubrechen? So ein Mist würde genau zu Penn passen.«

Ich machte mir ein paar Notizen, unterbrach ihn aber nicht.

»Franks war zwar nicht mehr dabei, doch alle wussten, dass er und Paige alte Freunde waren. Auch Reynolds wusste das. Offenbar hat er sich schon gedacht, dass Paige sich auf ihn stürzen würde wie Fliegen auf ein Stück Scheiße, sobald er Franks' alten Job übernahm. Deshalb lautete die allgemeine Theorie, dass Reynolds den Fall im Computer rausgesucht und ihn durchgearbeitet hat, um sicherzugehen, dass ihm Penn im Verhör nicht am Zeug geflickt hat. Und als er von Paige dabei ertappt wurde, wie er sich die Akte ansah, hat er damit prompt den Verdacht der beiden bestätigt: nämlich, dass er K-Penns Maulwurf war.«

»Und aus diesem Grund ist er rausgeflogen?«

»Offenbar. Und – aber auch das ist nur ein Gerücht – Paige hat ihm einen Deal angeboten: Wenn du freiwillig abhaust, stochern wir nicht in all deinen anderen alten Fällen herum. Die Sache ist, dass kein Polizist die Interne Ermittlung am Hals haben will – ganz zu schweigen von der unabhängigen Untersuchungskommission für polizeiliches Fehlverhalten, der Teufel soll die Brüder holen.«

Das ergab zwar alles Sinn, erklärte aber trotzdem nicht, warum Franks die Ermittlungen in dem Drogenmord persönlich übernommen hatte. Weshalb ausgerechnet *dieser* Fall? Aus welchem Grund hatte er an vorderster Front mitgemischt?

Ich warf einen Blick auf die Akte. »Und niemand hat je herausgefunden, wer das Opfer war?«

»Ich erinnere mich nur, dass alle den Toten für einen Drogendealer hielten – allerdings für jemanden, der noch neu in der Szene war. Die Identifizierung wurde dadurch zusätzlich erschwert, dass die Miete für das Drecksloch, in dem der Typ umgelegt worden war, stets in bar bezahlt wurde. Außerdem hatte er die Bude unter einem falschen Namen angemietet, und dazu noch von einem zwielichtigen Hausbesitzer, dem das alles scheißegal war, solange er nur seine Kohle kassieren konnte.«

»Und welchen Namen hatte er angegeben?«

»Ich überlege gerade. Marvin Roberts. Oder Robinson. Irgendwie so ähnlich.«

Ich musterte noch einmal das Foto des Opfers. *Wer bist du?*

»Ich muss jetzt Schluss machen«, sagte Healy.

»Ja. Okay. Du, ich weiß deine Hilfe zu schätzen.«

Er antwortete nicht.

»Wenn das hier abgeschlossen ist, könnten wir vielleicht …«

»Ja«, meinte Healy.

Kurz herrschte beklommenes Schweigen.

»Also, Healy … nun, was hältst du davon, dass wir uns in ein paar Wochen auf einen Drink treffen. Pass auf, dass dein Handy auch eingeschaltet ist, okay?«

Stille.

»Healy?«

»Ja«, erwiderte er leise, »bis bald, Raker.«

35

Ich arbeitete die Akte noch einmal durch. Als mir wieder das ausgemergelte Gesicht entgegenstarrte, erinnerte ich mich an Carla Murrays Worte bei meinem Anruf in ihrem Büro, um zu erfahren, warum Franks ausgerechnet in diesem Fall die Ermittlungen geleitet hatte. *Habe ich ihn je gefragt, warum er beschlossen hat, sich selbst mit den Folgen eines zufälligen Drogenmords zu befassen? Nein.* Zu diesem Zeitpunkt war mir ihre Ausdrucksweise nicht sonderbar erschienen. Dafür aber jetzt: *sich mit den Folgen befassen.*

Er hatte den Fall von jemandem übernommen.

Beim Durchblättern der Akte stellte ich fest, dass sich die Ermittlung in zwei deutlich voneinander getrennte Abschnitte aufteilte: die beiden Tage nach dem Auffinden des Ermordeten, in denen ein Polizist namens Cordus die Leitung innegehabt hatte; und dann sechs Wochen später bis zu Franks' Pensionierung, als er entschieden hatte, die Sache selbst in die Hand zu nehmen. Letztlich lief es auf dasselbe Ergebnis hinaus: Der Täter war nie dingfest gemacht, das Opfer nicht identifiziert worden.

Der Arbeitsstil der beiden Männer unterschied sich grundlegend. Franks war sorgfältiger, seine Verhöre wurden langsamer durchgeführt und gingen mehr in die Tiefe. Allerdings blieb die wichtigste Frage bestehen: Warum hatte sich Franks ausgerechnet mit *diesem* Fall beschäftigt? Er war damals nicht nur Leiter des Mordermittlerteams in Lewisham, sondern der Mordkommissionen von ganz London gewesen. An Fällen wie diesem hatte er zuletzt vor zehn Jahren gearbeitet. Im März 2011 hatte er an Sitzungen der Commissioners teilgenommen, was, so wenige Wochen vor der Pensionierung, hieß, dass er nichts, aber rein gar nichts mit Ermittlungen in einem konkreten Fall hätte zu tun haben sollen.

Ich schaute zu dem Haus hinüber.

Es war weiterhin dunkel und still.

Aufgrund seiner Position in der Führungsebene der Mordkommissionen klang es plausibel, dass Franks an Sitzungen zum Thema Reynolds teilgenommen hatte, insbesondere dann, wenn mögliche Korruption in einem seiner Teams im Spiel war. Es ergab Sinn, dass er Reynolds die Leviten gelesen hatte, wie gerade von Healy geschildert, schließlich unterstanden ihm alle Detectives. Jeder, mit dem ich gesprochen hatte, hatte Franks als grundehrlich beschrieben. Wenn er Reynolds misstraut und auch nur den geringsten Zweifel an seiner Unbestechlichkeit gehabt hatte, wunderte es mich gar nicht, dass er ihn schnellstmöglich loswerden wollte. Hatte er den Fall also von Cordus übernommen, weil Reynolds ihm nicht ganz koscher vorkam?

Ich beobachtete weiter das Haus, trank meinen Kaffee und versuchte, einen klaren Kopf zu bekommen. Laut Paige und Murray waren Franks insbesondere die Fälle an die Nieren gegangen, bei denen es um Frauen und Kinder ging. Keines davon traf in diesem Fall zu. Hatte er womöglich eingegriffen, weil er sicher sein wollte, dass Kemar Penn streng nach Vorschrift überführt wurde? War dieser letzte große Fall als fulminanter Abschluss seiner Karriere gedacht gewesen? So etwas passte zu Franks – insbesondere deshalb, weil die Polizei Penn schon seit Jahren dingfest zu machen versuchte.

Und dennoch erschien mir etwas nicht stimmig.

Ich kam nur einfach nicht darauf.

Was ist da los, Leonard?

Am 11. März 2011 hatten Nachbarn die Haustür des Opfers in Lewisham unverschlossen vorgefunden. Als sie das Haus betraten, hatten sie ihn mitten im Zimmer liegen sehen, geknebelt, gefesselt und mit durchgeschnittener Kehle. In der Küche waren fünf Kilo Kokain hinter Packungen mit Frühstücksflocken versteckt. Sein Handy befand sich neben ihm auf dem Boden, und zwar mit seinen Fingerabdrücken und Blut darauf. Bei der Durchsuchung des Hauses auf Fingerabdrücke hatte man eine teilweise erhaltene Fußspur gleich an der Eingangstür entdeckt. Laut Spurensicherung waren alle Griffe, Arbeitsflächen und Türrahmen abgewischt worden.

In seinem ursprünglichen Bericht schrieb Cordus, dass offenbar eingebrochen worden war. Man hatte die Eingangstür mit einem Stemmeisen geöffnet, seitlich am Türrahmen war das Holz gesplittert. Franks stimmte dem zwar zu, ging aber noch einen Schritt weiter und nahm an, der Verdächtige sei nachts eingebrochen: Der teilweise erhaltene Fußabdruck wies Reste von nassem Schlamm auf, und auf Nachfrage in seinem Büro hatte Franks erfahren, dass es in der Nacht des 9. März 2011 drei Stunden lang geregnet hatte. Obwohl Franks ausgezeichnete Polizeiarbeit geleistet hatte, blieb ihm die gewünschte Antwort verwehrt: Als er in Pension ging, war der Tote nicht identifiziert und sein Mörder noch auf freiem Fuß.

Hinten in der Akte lag das Protokoll einer Vernehmung, die Franks mit drei Studentinnen aus der Wohnung gegenüber von der des Opfers geführt hatte. Doch noch während ich las, bemerkte ich etwas.

Auf der Straße war es ruhig geworden. Stille senkte sich herab, und der leichte Regen klopfte weiter aufs Autodach. Am Randstein hatte sich grauer Schneematsch gebildet, in den die Regentropfen ein pockennarbenartiges Muster gruben.

Jemand näherte sich dem Haus.

Es war Reynolds.

36

Er kam von rechts, die Kapuze noch immer auf dem Kopf, den Rucksack über der Schulter und genauso gekleidet wie vorhin, als ich ihn verfolgt hatte. Er sah sich um und schaute über die Straße, in die Richtung, wo mein Auto stand. Ich rutschte tiefer in meinem Sitz nach unten, aber seine Blicke waren schon weiter die Straße entlanggewandert. Während er verharrte und den richtigen Schlüssel an einem Schlüsselbund heraussuchte, fiel das Licht einer Schaufensterbeleuchtung auf ihn, und ich stellte fest, dass der rechte Ärmel seines Pullis weggesengt war und nur noch an einigen dünnen Fäden hing. Offenbar hatte er sich verbrannt, als er Gegenstände in den Ofen warf.

Er öffnete die Tür – dahinter war nichts zu erkennen – und schaute noch einmal nach rechts und links die Straße entlang. Dann trat er ein und schloss die Tür.

Ich wartete.

Etwa dreißig Sekunden später ging direkt über dem Wettbüro ein Licht an. Zum ersten Mal sah ich, dass eine Plastikfolie auf die Glasscheibe geklebt war. Kurz beobachtete ich, wie sich sein Schatten über etwas beugte. Seine Arme bewegten sich. Im nächsten Moment war er wieder verschwunden. Nach zehn Minuten entdeckte ich ihn zum zweiten Mal, nun näher am Fenster und nach rechts gewandt. Inzwischen stand er auf der Stelle und fuchtelte mit der Hand herum. *Telefonierte er mit jemandem?* Er verharrte etwa sechzig Sekunden in dieser Position, bevor er sich wieder weg vom Fenster und aus meinem Blickfeld bewegte.

Das Licht ging aus.

Eine Minute verstrich. Zwei. Fünf.

Als ich mich schon fragte, ob er sich tatsächlich hingelegt

hatte, öffnete sich die Haustür erneut. Er erschien auf dem vom gefrierenden Regen rutschigen Gehweg. Sein Atem bildete eine Wolke über seinem Kopf. Inzwischen hatte er Kopfbedeckung und Oberteil gewechselt, doch die restliche Kleidung war dieselbe. Er spähte nach rechts und links die Straße entlang. Sein weißes Gesicht unter der Kapuze war bleich wie der Mond. Mein Verstand sagte mir, dass er mich nicht sehen konnte: Ich hatte hinter einer gut eins zwanzig hohen Betonmauer geparkt, die das Modell meines Autos und das Nummernschild verbarg. Außerdem wuchsen dicht neben mir Bäume, deren Äste sich nach meiner Windschutzscheibe ausstreckten und das Dach berührten. Und dennoch wirkte er plötzlich wie erstarrt, als sein Blick hin und her wanderte. So als spanne er seinen Körper sprungbereit an.

Er ahnt, dass er beobachtet wird.

Ich rutschte noch tiefer in meinem Sitz nach unten.

Dann jedoch schien etwas anderes sein Interesse geweckt zu haben. Nachdem er die Tür abgeschlossen hatte, stand er da und kramte in seinen Taschen herum. Schließlich förderte er ein Zigarettenpäckchen zutage, fingerte eine Zigarette heraus, steckte sie zwischen die Lippen und zündete sie an. Und ging durch die Lichtkegel der Schaufensterbeleuchtungen nach Süden. Kurz hatte ich ihn nicht mehr im Blick. Doch er tauchte bald wieder auf, diesmal auf dem hell angestrahlten Parkplatz eines Spielwarengeschäfts. Zigarettenrauch stieg in die Nacht auf und umwehte ihn. Einmal, zweimal, dann war er fort.

Ich stieg aus und aktivierte die Alarmanlage meines Autos.

Während ich mich, den Nieselregen im Gesicht, in Bewegung setzte, überlegte ich, was ich nun tun sollte – allerdings nicht lang. Je mehr ich darüber nachdachte, desto größer würden meine Zweifel werden, und die konnte ich jetzt nicht gebrauchen. stattdessen steuerte ich auf die Häuserreihe zu, wo Reynolds wohnte.

Hinter den Gebäuden befand sich eine schmale Einbahnstraße. Schmutzige, zwei Meter hohe Mauern umgaben die Gärten, und auf der anderen Straßenseite erhob sich die südliche Fassade eines zwölfstöckigen Wohnblocks, so fensterlos und gewaltig wie der Rumpf eines riesigen Tankers. Ich fragte mich, ob ich sein Türschloss knacken sollte, doch die Tür war zu gut einsehbar, und außerdem gab es in zwanzig Metern Entfernung eine Überwachungskamera. Hier jedoch fehlten die Kameras. Es war kein Mensch unterwegs, und auch konnte man kaum ein Geräusch hören. So weit von der Hauptstraße zurückversetzt, war der Schnee nicht geräumt worden. Es war, als beträte man eine andere Stadt in einem anderen Teil der Welt.

Ich näherte mich Reynolds' Garten, vergewisserte mich, dass ich nicht beobachtet wurde, hievte mich über die Mauer und landete in einem Gewirr aus Schatten.

In der Dunkelheit blieb ich stehen und ließ den Blick über die Fenster der Häuserreihe schweifen.

Die Rollläden waren geschlossen, die Vorhänge zugezogen. Ich war gut versteckt. Direkt vor mir erhob sich ein Anbau mit schrägem Dach. Ein Fenster gehörte offenbar zu einem winzigen Personalzimmer.

Es war die Rückseite des Wettbüros.

An Fallrohr und Fensterbrett hangelte ich mich auf das schräge Dach unter Reynolds' Fenster im ersten Stock und versuchte, es aufzustemmen. Es war ein altes Modell, das auf Schienen lief, und als ich kräftig dagegendrückte, bewegte es sich im Rahmen.

Der Riegel auf der Innenseite war nicht vorgelegt. In dem Raum konnte ich die undeutlichen Umrisse eines Fernsehers und Licht von der Old Kent Road erkennen, das durch die Vorhänge des gegenüberliegenden Fensters schimmerte. Noch einmal drückte ich gegen das Fenster, und als es auf seinen Schienen erbebte, war der Spalt groß genug, dass ich die Finger hindurchzwängen und es nach oben schieben konnte. Ich kroch unter dem Fenster hindurch in die Wohnung und schloss es wieder hinter mir.

Dann holte ich eine Taschenlampe heraus und leuchtete in die Dunkelheit.

Es war das Wohnzimmer. Ein kleiner Fernseher auf einem billigen Möbelstück zum Selbstzusammenbauen. Ein Stoß DVDs an der Wand. Auf der anderen Seite befand sich ein altmodischer Gaskamin mit geschwärzter Haube und einem rußigen Metallrahmen. Ein dreisitziges Sofa, das schon vor Jahren aus dem Leim gegangen war, mit einem Kissen darauf. Daneben ein Pappkarton, der als provisorischer Tisch diente. Und dann war da noch einer, in dem sich Elektrokabel, Schalttafeln und lose Plastikteile türmten.

Ganz oben lag, halb zerbrochen, eine altmodische Wanze.

Als ich mich dem Sofa näherte, wehte mir Mief entgegen. Ungewaschenes Bettzeug. Moder. *Schimmel.* Reynolds' Geruch. Ich leuchtete Wände ab, die schon seit zehn Jahren nicht mehr gestrichen worden waren. Außerdem eine nackte Glühbirne, die an einem Kabel baumelte wie am Strick des Henkers.

Ich schaute vorn hinaus, um sicherzugehen, dass Reynolds nicht zurückkam, und trat dann aus dem Wohnzimmer in einen kurzen Flur, in dem es ein wenig feucht roch. Links befand sich ein fensterloses Bad, wo noch der Entlüftungsventilator surrte. Rechts führte eine Treppe ins Erdgeschoss. Daneben lag eine Küche mit einem Oberlicht in der Decke. Es war mit Moos und Vogelkot bedeckt. Am Ende des Flurs gab es noch ein Zimmer. Die Tür war offen.

Es war ein Schlafzimmer.

Das Bett darin war ordentlich mit Laken und einer Daunendecke gemacht. Ein Nachttisch. Eine Kommode und zwei Schränke. Hier roch es besser, nach Deo und nach frischer Wäsche.

Ich öffnete den Schrank und durchsuchte die darin hängenden Kleidungsstücke. Ein paar Anzüge, Jeans, Sportbekleidung. Unten standen die Schuhe und einige Pappkartons. Ich zog einen heraus und klappte ihn auf. Ein Berg von DVDs, zusätzlich zu denen im Wohnzimmer. Der zweite Karton enthielt weitere Kleidung.

Und einige Ausdrucke.

Da sie zusammengefaltet waren, strich ich sie glatt. Die ersten Seiten waren leer, doch den Rest erkannte ich sofort.

Leonard Franks' Vermisstenakte.

Oben stand die Datenbank-ID-Nummer der Person, die sich eingeloggt und die Akte ausgedruckt hatte. Daneben das Datum: 12. März 2013. *Neun Tage nach Franks' Verschwinden.* Zu diesem Zeitpunkt war Reynolds bereits aus dem Polizeidienst ausgeschieden gewesen. Und dennoch war er irgendwie in den Besitz der Akte gelangt. Er hatte trotzdem Mittel und Wege gefunden.

Als ich die Schilderung von Franks' Verschwinden studierte, wurde ich plötzlich von Niedergeschlagenheit ergriffen. Ich hatte diese Zeilen in den letzten Tagen unzählige Male gelesen. Ging es hier nur darum, dass Franks und Paige Reynolds an die Luft gesetzt hatten? Lief es wirklich darauf hinaus?

Da ich es für interessant hielt, die ID-Nummer oben auf der Seite zu überprüfen, notierte ich sie mir und legte die Ausdrucke wieder an ihren Platz. Dann wandte ich mich den Kommodenschubladen zu. Noch mehr Kleidung und zudem Elektroartikel: ein tragbarer DVD-Spieler, ein elektrischer Rasierer, ein altes Mobiltelefon. Ich nahm das Handy und schaltete es ein. Doch es war keine SIM-Karte darin, und es war wieder auf Werkseinstellung zurückgesetzt worden. Ich verstaute es genau dort, wo ich es gefunden hatte.

Trotz der rissigen Decke und des fadenscheinigen Teppichs behandelte Reynolds diesen Teil seiner Wohnung liebevoller, so als bedeuteten ihm die Dinge hier mehr als der Rest. Obwohl er sich draußen auf der Straße sofort eine Zigarette angesteckt hatte, wurde hier offenbar nicht geraucht. Dass alles in Kartons verpackt und aufgeräumt war, zeigte mir eine andere Seite von ihm. Ordnung. Systematik. Und beide Erkenntnisse waren beängstigend – denn sie machten ihn umso gefährlicher.

In der hintersten Ecke des letzten Schranks befand sich ein schlichtes graues Notizbuch. Ich nahm es heraus. Als ich es hochhob, fielen zwei Fotos heraus.

Ich sammelte sie ein und schlug das Notizbuch auf.

Es stand nichts darin geschrieben. Anscheinend diente das Notizbuch nur dazu, die Fotos aufzubewahren, damit sie sich nicht einrollten oder vergilbten.

Weil sie ihm wichtig sind.

Das erste Bild zeigte ein beeindruckendes Gebäude aus Stein mit einer Reihe hoher Buntglasfenster. Es war nicht das gesamte Bauwerk, sondern nur ein Ausschnitt: ein bogenförmiger Eingang, eine beschlagene Eichentür, eine halbrunde Treppe, die dort hinaufführte. Über dem Eingang befand sich ein Turm.

Eine Kirche.

Nur, dass diese Kirche schon ziemlich verfallen war. Eines der Buntglasfenster war eingeschlagen, sodass ein Loch mit schartigen Rändern entstanden war. Der Pfad links davon verlief entlang einer leicht geschwungenen, cremefarbenen Mauer, rissig und wild mit Gestrüpp überwuchert. Ganz außen am Rand des Bildes erkannte ich noch etwas: einen

Zaun, in den sich lange Grashalme geflochten hatten, und einen Fluss. Vielleicht war es auch ein See.

Meine erste Vermutung war, dass es sich womöglich um die Kirche handelte, die ich von einem anderen Foto kannte: diejenige, von der ich zwei Versionen in Franks' Sachen entdeckt hatte. Auf seinen Fotos war das gesamte Tal zu sehen gewesen, mit einem Turm in der Ferne und den Überresten einer Bergarbeiterhütte am Abhang auf der linken Seite.

Ich schob den Gedanken beiseite und betrachtete das zweite von Reynolds Fotos. Es zeigte einen langen Flur mit Fenstern zu beiden Seiten. Jedes Fenster bestand aus zwanzig mit dünnen Metallstreifen abgetrennten Glasbausteinen. Das Glas war zwar intakt, doch der restliche Flur war schon längere Zeit sich selbst überlassen worden.

An der Decke blätterte in fleckigen großen Fladen die Farbe ab wie Haut, die sich von alten Knochen löst. Die großen Holzkästen, die einst Heizkörper beherbergt hatten, waren abgerissen und zerschmettert. Die Wände, von Farbe befreit wie die Decke, zeigten wieder das ursprüngliche Grau von nacktem Beton. Am Ende des Flurs gab es eine bogenförmige Tür wie die in der Kirche. Sie wurde von zwei Buntglasfenstern flankiert. Die Tür stand einen Spalt weit offen, und durch die Lücke kam der nächste Teil der Kirche in Sicht: Umrisse, die Kirchenbänke zu sein schienen, ein Lichtstrahl aus einem hoch oben gelegenen Fenster und dazu eine Art Metallständer, mit Spinnweben bedeckt und irgendwie nicht ins Bild passend.

Ich schaute zwischen den beiden Fotos hin und her und versuchte zu ergründen, wo sich dieser Ort befand.

Wenn der Turm wirklich zu dieser Kirche gehörte, hieß das, dass sie für Franks und für Reynolds eine Bedeutung hatte. Ansonsten wusste ich jetzt von zwei Kirchen, die in Zusammenhang mit dem Fall standen.

Ohne einen Zusammenhang, der auf den ersten Blick ins Auge stach.

Kurz spielte ich mit dem Gedanken, die Fotos mitzunehmen. Doch wenn ich mir diesen Teil der Wohnung und die Ordnung betrachtete, die Reynolds dort hielt, war klar, dass er es sofort bemerken würde, wenn etwas fehlte. Also holte ich mein Handy heraus, fotografierte beide und legte sie und das graue Notizbuch wieder in den Schrank.

In diesem Moment hörte ich ein Poltern.

Ich wich vom Schrank zurück und lauschte. Nichts. Nachdem ich den Schrank geschlossen hatte, ging ich ins Wohnzimmer und schaute hinunter auf die Old Kent Road. Keine Spur von Reynolds. Doch da hörte ich das Poltern zum zweiten Mal.

Mist.

Das war das Zufallen einer Tür.

Er war bereits in der Wohnung.

37

Ich steuerte schnurstracks auf das Fenster zu und versuchte, es vorsichtig auf seinen Schienen hochzuschieben. Es quietschte leise, erbebte und klemmte dann auf der linken Seite. Hinter mir im Flur war das Licht angegangen. Schritte näherten sich auf der Treppe. Ich ließ das Fenster ein Stück herunter, um die verkeilte Ecke zu lösen. Doch als es sich endlich wieder bewegte, erzeugte es ein lautes und durchdringendes Geräusch, das an ein schmerzerfülltes Aufstöhnen erinnerte.

Die Schritte verstummten.

Ich zerrte hektisch an dem Fenster und schob es weiter nach oben, obwohl ich mir des Lärms bewusst war, den ich da veranstaltete. Allerdings war die Vorstellung, von ihm in der Wohnung erwischt zu werden, um einiges unerfreulicher. Hinter mir hörte ich erneut ein Knarzen auf der Treppe. Und noch einmal. Sobald er den Treppenabsatz erreicht hatte, würden die Bodendielen mir das verraten – doch dann würde uns nur noch die Breite eines Zimmers voneinander trennen.

Ich drückte weiter. Obwohl das Fenster sich standhaft sträubte, konnte ich es diesmal in ein, zwei Etappen nach oben schieben, sodass der Spalt darunter breit genug für mich war. Ich duckte mich unter der Kante hindurch und hinaus in die bittere Kälte. Regen und Graupel peitschten mir ins Gesicht und tropften von den löchrigen Regenrinnen über mir. Ich umfasste den Rand des Fensters und drückte es auf seinen Schienen wieder nach unten, bis es mit einem dumpfen Geräusch unten am Fensterbrett einrastete.

Im nächsten Moment wurde Licht gemacht.

Nur wenige Zentimeter vom Fenster entfernt, fuhr ich zurück, um außer Sichtweite zu sein. Anfangs konnte ich nichts aus dem Zimmer hören. Nur die Autos, die zu beiden Seiten des Hauses auf der Old Kent Road vorbeifuhren, und das leichte Prasseln des Regens gegen die Scheibe. Meine Hand lag auf dem schrägen Dach in einem eiskalten Schneehaufen. Doch als ich mir gerade überlegte, ob ich mich bewegen und eine bequemere Position finden sollte, regte sich drinnen ein Schatten, und ich sah, dass jemand ans Fenster getreten war.

Reynolds.

Er beugte sich ans Fenster vor, ja, er presste sich beinahe dagegen. Seine Haut wirkte so weiß und pulverig wie Mehl. Ich war noch nie so dicht an ihm dran gewesen, nicht einmal, als er dem Jungen das Messer an die Kehle gehalten hatte, und plötzlich erschien er mir größer und muskelbepackter denn je. Er spähte hinunter auf die Straße und musterte sie, als wolle er sich einen Eindruck verschaffen. Hinter ihm hörte ich ein leises, kaum wahrzunehmendes Geräusch, und mir wurde klar, dass es Reynolds' Mobiltelefon war. Sicher hatte er nicht länger als fünfzehn Sekunden dort gestanden, doch es waren gefühlte Stunden, in denen seine Augen immer wieder von links nach rechts dasselbe Stück Straße entlangwanderten. Endlich wich er vom Fenster zurück.

»Hallo«, meldete er sich. Sein Akzent wurde vom Regen verschluckt.

Ich rührte mich keinen Millimeter vom Fleck.

Nicht einen einzigen.

Stattdessen belauschte ich das Telefonat.

»Was?« Wieder hielt er inne. Fünf Sekunden. Zehn. »Was könnte das denn bringen?« Noch eine Pause, diesmal etwas kürzer. »Bist du jetzt total *durchgeknallt*? Jetzt weiß er über mich Bescheid.« Dann herrschte Stille, bis Reynolds, endlich, wieder das Wort ergriff. »Ja, gut, wollen wir's hoffen.«

Die Lichtverhältnisse änderten sich leicht.

Er bewegt sich.

Ein Knarzen, näher am Fenster, bis er sich offenbar entfernte. Er durchquerte das Zimmer. Rasch verklangen seine Schritte, und es war nichts mehr zu hören als der Regen, der rhythmisch gegen die Mauern, das Dach und meine Jacke schlug.

Ich riskierte einen Blick.

Das Wohnzimmer war verlassen. Licht drang vom Flur herein und fiel auf den farblosen Teppich. *Zeit zum Abhauen.* Ich rutschte vom Dach und landete mit einem dumpfen Aufprall auf einer nackten Betonfläche. Ein scharfer Stich fuhr mir in den Knöchel. Ich unterdrückte den Schmerz, hastete zur Gartenmauer, kletterte darüber und sprang auf der anderen Seite hinunter.

Als ich wieder – durchgefroren, müde und verbeult – im Auto saß, ließ ich den Motor an und schaltete die Heizung auf volle Kraft. Während ich allmählich wieder auftaute, ging das Licht im Schlafzimmer an, und Reynolds' Schatten glitt an den dünnen Vorhängen vorbei.

Ich schaute auf die Uhr.

Zehn vor zwei.

Im nächsten Moment bemerkte ich etwas aus dem Augenwinkel: ein weiteres Auto am anderen Ende des Parkplatzes, halb hinter einem schief stehenden Baum mit den vom Schnee schweren Ästen verborgen. Das Auto zeigte in meine Richtung, der Motor lief, und eine Gestalt saß am Steuer. Das Fenster auf der Fahrerseite war offen, ein Ellbogen ragte heraus, und ein orangefarbenes Licht leuchtete im dunklen Wageninneren auf. Offenbar rauchte die Person eine Zigarette.

Als ich die übrigen Autos auf dem Parkplatz betrachtete, stellte ich fest, dass sie alle leer waren. Hier gab es keine rund um die Uhr geöffneten Läden. Auch keine Geldautomaten. Keinen Grund also, sich so spät noch hier aufzuhalten. Beim Parken hatte ich dieses Auto nicht gesehen. Auch nicht, als ich zum Haus gegangen war.

Was hieß, dass seine Ankunft noch nicht lange zurücklag.

Ich stieg aus.

Als ich dastand und das Auto beobachtete, spürte ich, wie der Schwall warmer Luft von der Heizung in die Nacht herauswehte und sofort verflog. Von rechts wehte ein beißender Wind. Ich blickte die Straße entlang, wohl wissend, dass es sich um eine Falle handeln konnte. Nur, dass Reynolds inzwischen wieder im Wohnzimmer war und dort Licht gemacht hatte. Als ich erneut zu dem Auto hinüberschaute – rot, das Fabrikat in der Dunkelheit nicht zu erkennen –, hatte sich dort nichts verändert. Die Person am Steuer rauchte immer noch und stützte den Ellbogen in den Fensterrahmen. Wolken von Zigarettenrauch stiegen in die kalte, regnerische Nacht auf. Ich schloss die Tür des BMW und trat drei oder vier Schritte auf den Wagen zu, in der Hoffnung, dem Fahrer irgendeine Reaktion zu entlocken.

Doch es kam keine.

Der Motor lief.

Der Fahrer rauchte.

Also ging ich weiter. So schnell ich konnte, steuerte ich auf das Auto zu, wobei ich darauf achtete, nicht auf eine Eispfütze zu treten. Fest entschlossen, den Unbekannten nicht entkommen zu lassen. Doch je näher ich kam, desto unbekümmerter erschien der Fahrer des Wagens. Sein Arm bewegte sich, er führte die Zigarette an den Mund. Hin und her wie ein Pendel.

Gute fünf Meter vor dem Fahrzeug blieb ich wieder stehen.

Der Fahrer war eine Frau.

Sie wandte sich mir zu. Die Schatten gerieten in Bewegung, und der schwache orangefarbene Schein einer nahe gelegenen Straßenlaterne fiel auf den Fahrersitz. Ihre grauen Augen waren auf mich gerichtet. Sie hatte das Haar zu einem strengen Dutt zusammengefasst. Nachdem sie die Zigarette hinaus in den Schnee geworfen hatte, zog sie ihre Lederjacke bis zum Kinn hoch. Der Kragen schmiegte sich eng an ihren Hals. Dann kehrte ihr Blick zum Boden vor meinen Füßen zurück, wo die Zigarettenkippe sanft verglomm.

»Wir müssen reden«, sagte sie.

Es war Carla Murray.

38

Ich fuhr ihr nach in Richtung Norden, auf der Tower Bridge über den Fluss und dann nach Osten die Whitechapel Road hinunter. Es regnete immer weiter und inzwischen heftiger, und die Sichtverhältnisse wurden schlechter. Murrays Autoscheinwerfer entfernten und näherten sich, weil uns ständig andere Fahrzeuge in die Quere kamen. Als wir das Royal London Hospital passierten, sauste ein Streifenwagen mit eingeschaltetem Blaulicht an uns vorbei. Es beleuchtete die dunklen Nischen, in denen schemenhaft die Schatten von Obdachlosen auftauchten, die dort in den Hauseingängen zwischen schwarzen Müllsäcken kampierten. Als die Whitechapel Road in die Mile End Road überging, bog Murray rechts ab.

Einige Minuten später ragten sechs Reihenhäuser aus der Nacht auf. Ihre Vorderseiten zeigten auf einige, jetzt im Winter kahle Bäume, an ihre Rückseiten grenzten die Garagen einer Sozialbausiedlung, deren Gewirr aus Türen im Zickzackkurs bis nach Stepney Green verlief.

Murray fuhr weiter zu einer Reihe von Parklücken, die zu einer Wohnsiedlung in der Nähe gehörten. Ich stoppte neben ihr und ließ mein Fenster herunter. Sie folgte meinem Beispiel.

»Wie lange beschatten Sie mich schon?«, fragte ich.

»Nicht sehr lange. Seit Sie mich angerufen haben.«

»Warum?«

Sie warf einen Blick in den Rückspiegel.

»Murray?«

»Hier will ich nicht reden.«

»Wo dann?«

Sie rutschte auf ihrem Sitz herum und schaute zurück zu

den Reihenhäusern. »Das am Ende mit den Blumenkästen vor den Fenstern.«

»Ist das Ihres?«

Sie nickte.

Ich stellte den Motor ab und ging hinter ihr her den kurzen betonierten Weg hinauf zur Haustür. Während sie aufschloss, spähte sie in beide Richtungen die Häuserreihe entlang, um sich zu vergewissern, dass wir nicht beobachtet wurden, bevor sie mich hereinbat. Ich war nicht sicher, was ihr mehr Magendrücken verursachte: Das, was sie mir gleich mitteilen würde, oder dass jemand sie mit mir sehen könnte.

In ihrem Haus lag am Ende eines kleinen Flurs die Küche, und rechts ging es in einen Raum, der vermutlich das Wohnzimmer war. Allerdings konnte ich das nicht mit Bestimmtheit sagen. Sie schloss die Tür. Als ich die Treppe hinaufblickte, erkannte ich, dass sie auch oben alle Türen zugezogen hatte.

»Folgen Sie mir.«

Wir stiegen die Treppe hinauf.

Oben auf dem Treppenabsatz wehte mir der zarte Duft von Parfum, frischer Wäsche und Badesalz entgegen. Die Wände waren in sanften Eierschalenfarben gestrichen, Türen und Türstöcke frisch lackiert. Ich bemerkte ein Foto von Murray und einem Mann, der offenbar ihr Verlobter war, ein Typ Mitte vierzig mit dem Körperbau eines Rugbyspielers. Ansonsten wies nichts darauf hin, was sich in diesem Haus tat oder ob sich je andere Personen darin aufhielten. An der restlichen Wand prangten Gemälde, die alle gleich aussahen.

Vor dem letzten Zimmer, das zur Vorderseite des Hauses hinausführte, blieb sie stehen. Es war die einzige Tür im Haus, die mit einem Schloss versehen war. »Wir haben eine Stunde, bevor mein Partner nach Hause kommt«, verkündete sie und kramte einen Schlüssel aus der Tasche. »Bis dahin müssen Sie verschwunden sein.«

Das klang nicht unbedingt nach der herzlichsten Einladung, die ich je erhalten hatte. Doch ich schwieg, neugierig auf das, was sich wohl hinter dieser Tür verbarg.

Endlich, nach kurzem Zögern, schloss sie auf und schob die Tür in den dunklen Raum hinein. Auf den ersten Blick wirkte er leer. An den Fenstern gab es zwar Vorhänge, doch sie hatte sich die Mühe gespart, sie zuzuziehen. Stattdessen hatte sie ein Stück dicke schwarze Pappe vor die Scheibe geklebt, um das Licht abzuhalten.

Oder besser, um zu verhindern, dass jemand von draußen hereinschaute.

Im nächsten Moment bemerkte ich, dass das Zimmer gar nicht leer war. An der Wand und hinter der Tür halb verborgen hing etwas. Sie machte Licht.

Es war ein drei mal drei Meter großer Stadtplan von London, mit Stecknadeln gespickt. Von jeder Stecknadel verliefen dünne Fäden zu den Rändern des Stadtplans, wo Murray Fotos, Zeitungsausschnitte und Fotokopien aufgehängt hatte.

Ich trat einen Schritt näher heran.

Ein Faden verband ein Haus in Lewisham mit einem Foto des Opfers im Drogenmordfall.

Ein weiterer Faden führte von der Stelle in Deptford Creek, wo Pamela Wellands Leiche gefunden worden war, zu der Aufnahme von ihr, die ich bereits aus den Zeitungen kannte – verspiegelte Sonnenbrille, auf der Mauer vor einem spanischen Hotel sitzend.

Eine dritte Nadel steckte in dem Pub *The Hare and Badger* am Broadway, einen Katzensprung entfernt von Scotland Yard, wo Leonard Franks sich mit jemandem getroffen und Ellie etwas von einem Besuch im *Black Museum* mit Jim Paige vorgelogen hatte.

Und dann gab es da noch verschiedene Fotos von Neil Reynolds, mit einem Weitwinkelobjektiv aufgenommen, wahrscheinlich von Murray selbst. Auf ihnen verließ er gerade das Haus oder saß hinter dem Fenster eines Cafés. Von jedem dieser Fotos reichten Fäden zu den Örtlichkeiten, wo die Bilder entstanden waren: Old Kent Road, Rotherhide New Road, die U-Bahn-Station New Cross Gate.

Und zu guter Letzt waren da noch ein Foto von Franks, ein zweites, das sein und Ellies Haus in Dartmoor zeigte, und dann noch ein drittes.

Wieder ein Haus.

Eines, das ich nicht kannte.

Das Zimmer, in dem wir standen, war klein und beengt. Die meisten Leute hätten es als Arbeitszimmer oder eher noch als Kinderzimmer genutzt. Vielleicht würde es ja eines Tages auch bei Carla Murray als ein solches Verwendung finden. Doch im Moment war dieser Raum keins von beiden.

Er war ihre ganz persönliche Kommandozentrale.

»Was wird hier gespielt?«, fragte ich sie.

Sie öffnete ihre Jacke und holte ihr Handy und ein Notizbuch im DIN-A-6-Format heraus. »Sie sind nicht der Einzige, der Leonard Franks aufspüren will.«

39

Sie klappte ihr Notizbuch in der Mitte auf und klemmte Daumen und Zeigefinger dazwischen. Ihr Blick wanderte von den Eintragungen zu mir, danach zu den Fotos an der Wand und dann zu mir zurück.

»Ich konnte in Paiges Gegenwart nicht offen mit Ihnen sein«, begann sie.

Ich sah kurz den Stadtplan an. »Das wundert mich nicht.«

Ihr Kiefer verspannte sich, und ihre Muskeln zuckten. Wieder schien sie verunsichert. In vielen Jahrzehnten geschulte Instinkte und die in Verhörräumen gewonnene Professionalität ließen sich nicht so rasch abschütteln. »Sie müssen mir versprechen, dass Sie …«

»Sie brauchen mich nicht um Diskretion zu bitten.«

Sie musterte mich noch einmal und betrachtete dann den Raum, in dem wir uns befanden und zu dem sie mir Zutritt gewährt hatte. Offenbar wurde ihr klar, dass es kein Zurück mehr gab.

»Ich habe nie aufgehört, darüber nachzugrübeln, warum er verschwunden ist«, fuhr sie fort. »Er war für mich nicht nur mein Boss und mein Mentor, sondern ein Freund. Mein Vater hat sich aus dem Staub gemacht, als ich drei Jahre alt war. Deshalb hatte ich nie einen richtigen Dad.« Sie hielt inne. »Vermutlich bin ich ein wandelndes Klischee. Aber für mich war er etwas Ähnliches. Nicht direkt ein Vater, doch sehr nahe dran.«

Ich nickte, schlüpfte aus dem Mantel und legte ihn auf den Boden. Es war warm im Haus. Ich hörte auf dem Treppenabsatz einen Boiler anspringen.

»Und als er anrief und mich um das Überwachungsvideo im Fall Pamela Welland bat, war offensichtlich, dass ihn etwas bedrückte. Ich habe jahrelang – *jahrelang* – mit ihm zusammengearbeitet. Und wenn man so viel Zeit mit einem Menschen verbringt, lernt man seine Verhaltensweisen kennen und weiß, wie er tickt. Man entwickelt ein Gespür dafür, was ihn belastet, was ihn glücklich macht, für seine Sicht der Dinge. Und der Boss war einer der beherrschtesten Menschen, denen ich im Leben je begegnet bin.«

»Doch bei dem Anruf war er nicht beherrscht?«

»Nein.« Sie schüttelte den Kopf. »Weit gefehlt. So hatte ich ihn nur selten erlebt. Vielleicht ein oder zwei Mal in zwanzig Jahren. Erinnern Sie sich an den Vergewaltiger vom Richmond Park? Das ist ihm wirklich nahegegangen.«

Ich hatte die Zeitungsberichte noch vor Augen: Zehn vergewaltigte Frauen, die ersten beiden im Richmond Park selbst, die anderen an dessen Rand. Der Polizei war es in siebenundzwanzig Monaten nicht gelungen, den Schuldigen zu fassen, bis Presse und Öffentlichkeit nach Blut schrien. Aber die Polizei hatte sich geweigert, ihnen einen Sündenbock zu liefern. Was ein Glück für Jim Paige gewesen war. Denn damals hatte er Sapphire, die Abteilung für Vergewaltigung und schwere Sexualstraftaten, geleitet.

»Franks war doch gar nicht für Sapphire verantwortlich«, wandte ich ein.

»Darf er also nur für Mordopfer etwas empfinden?«

»So habe ich es nicht gemeint.«

Sie atmete tief durch. »Er war eben so gestrickt.«

Allmählich kristallisierte sich ein Muster heraus: Franks konnte Fälle nicht loslassen, in denen Frauen die Opfer waren. Wahrscheinlich lag das hauptsächlich an Craw: Wenn man selbst eine Tochter hatte, verschoben sich die Perspektiven. Er konnte sich die Tatorte ausmalen und sich sein Kind dort vorstellen. Er konnte die Gefühle der Familien nachvollziehen. Er konnte verstehen, dass sie Vergeltung forderten. In letzter Zeit wuchs nämlich mein Verdacht, dass es bei mir ganz ähnlich war.

Und dennoch hatten Themen wie diese in seinem letzten Fall keine Rolle gespielt. Der Mord an einem Drogendealer und der Versuch, Kemar Penn dingfest zu machen – das war Franks' Zugabe gewesen.

»Wie dem auch sei«, fuhr Murray fort, »es gab da ein paar Fälle, allerdings nicht viele. Wenn ihn etwas bewegt hat, hat er das meistens mit sich selbst abgemacht, denn an seinem

Gesichtsausdruck oder daran, wie er einen behandelte oder mit einem sprach, war nie etwas zu erkennen. Das heißt nicht, dass ihm nicht ab und zu die Hutschnur hochgegangen wäre. Aber wer für den Boss arbeitete, wusste, was er von ihm zu erwarten hatte: Ehrlichkeit, Loyalität und Vertrauen. Wenn man sich in seine Fälle reinkniete, gewissenhaft war und sich keine krummen Touren erlaubte, hielt er einem immer die Stange. Bis ganz zum Schluss. Einen besseren Käpt'n konnte es nicht geben.« Sie schwieg und rieb sich das Auge. Ihr Gesicht wirkte plötzlich ein wenig blass. »Doch wer schlampte und nicht sein Bestes für die Opfer tat – oder gar log und dadurch ein wasserdichtes Ermittlungsergebnis gefährdete –, dem verpasste er einen Schuss vor den Bug, und zwar ohne mit der Wimper zu zucken.«

Ich betrachtete das Foto von Reynolds. »So, wie es bei ihm gelaufen ist.«

»Anscheinend sind Sie inzwischen ein wenig über dieses Arschloch im Bilde.«

»Ich bin offenbar schnell von Begriff.«

»Milch hatte so etwas an sich. Etwas Gruseliges. Wenn er einen ansah, war das immer einen Moment zu lang. Wenn man sich in einer Sitzung umdrehte, stellte man fest, dass er einen beobachtete. Oder man saß in der Kantine, er kam herein und setzte sich ganz dicht neben einen, obwohl alle anderen Tische frei waren. Sein wahres Talent, wenn man es so bezeichnen will, war die Überwachung, also andere Leute zu beschatten und zu belauschen. Und das machte ihn noch … wie soll ich es ausdrücken … unheimlicher.«

Ich dachte an das altmodische Abhörgerät, das ich in seiner Wohnung gefunden hatte. Und auch daran, dass er offenbar in der Lage gewesen war, das Signal meines Handys zu orten.

Anscheinend machte er noch immer ausgiebig von seinen Talenten Gebrauch.

»Früher habe ich geglaubt, dass es bei ihm nur Show ist, den schrägen Vogel zu spielen«, sagte Murray. »Doch nach einer Weile wurde mir klar, dass es kein Theater war. Sondern sein Naturell.«

Ihr Dutt hatte angefangen, sich zu lockern, und als sie ihn wieder hochstecken wollte, fiel ihr Blick auf das Foto von Reynolds.

»Vielleicht hat das den Boss ja alarmiert«, sprach sie weiter. »Keine Ahnung. Möglicherweise lag es ja auch daran, dass einige von Milchs Fällen nie aufgeklärt wurden, obwohl alles danach aussah, als sei an einer Verurteilung nicht mehr zu rütteln. Plötzlich löste sich eine Spur in Luft auf, oder ein Zeuge verschwand von der Bildfläche. Alle nahmen an, dass es anfing, als er beim Organisierten Verbrechen war. Denn zu dieser Zeit hat er die Bekanntschaft von Kemar Penn gemacht. Allerdings gab es damals kein Gerede, dass er bestechlich sein könnte. Auch in seiner Zeit bei Sapphire wurde nie etwas in dieser Richtung gemunkelt. Doch als er dann zum Mordermittlerteam kam, änderten sich die Dinge. Die ersten Gerüchte machten die Runde.«

»Und wie genau?«

»Ich weiß nicht. Es wurde eben getratscht. Die Sache mit diesem Drogenmord war, dass niemand einen Zusammenhang zu Reynolds herstellen oder mit Sicherheit sagen konnte, dass er sich unter der Hand Informationen besorgt hatte. Oder, noch schlimmer, dass er selbst in die Angelegenheit verwickelt war. Allerdings hielt sich der Verdacht hartnäckig, verstehen Sie? Immerhin war er so an dem Fall interessiert, dass er ihn nach der Pensionierung von Franks im Computer herausgesucht hat, um ihn genauer unter die Lupe zu nehmen.«

Ich nickte. »Warum hat Franks beschlossen, in diesem Fall selbst zu ermitteln?«

»Was meinen Sie damit?«

»Ich habe die Unterlagen gelesen, und darin steht, er habe den Fall von einem Detective namens Cordus übernommen, als die Ermittlungen schon seit zwei Tagen liefen. Am Telefon sagten Sie, Sie hätten keine Ahnung, weshalb er sich ausgerechnet diesen Fall ausgesucht hat …« Ich wies auf die Wand. »Und jetzt bin ich hier, mitten in der Nacht in Ihrem Haus, und habe einen von Ihnen angelegten Stadtplan vor mir. Mit Fotos, die Sie gemacht haben.«

Sie schwieg.

»Hören Sie, eigentlich ist es mir egal, ob Sie Paige oder mich angelogen haben. Die Geheimnisse, die man bei der Polizei unter dem Deckel halten will, interessieren mich nicht. Mir kommt es nur darauf an herauszufinden, was Franks zugestoßen ist. Also, warum hat er den Drogenmord übernommen? Warum nicht einen anderen Fall? Warum überhaupt einen? Hatte es etwas mit Reynolds zu tun?« Ich verstummte und wartete auf eine Antwort. Im nächsten Moment aber schoss mir ein neuer, noch klarerer Gedanke durch den Kopf. »Oder mit Pamela Welland?«

Falls ich ins Schwarze getroffen hatte, ließ Murray sich das nicht anmerken. Ihr Blick wanderte langsam zu dem Stadtplan, den Fotos und den Zeitungsausschnitten.

»Sie haben mir vorhin erzählt, Sie seien mir seit meinem Anruf bei Ihnen gefolgt«, fuhr ich rasch fort, um zu verhindern, dass sie womöglich einen Rückzieher machte. »Aber offenbar beschatten Sie Reynolds schon viel länger.«

Zögerliches Schweigen.

»Murray?«

Sie betrachtete mich eine Weile. »Es gibt da einen Pub, gleich gegenüber vom Yard. *The Hare and Badger.* Ich habe mich mit dem Boss dort auf einen Drink getroffen, obwohl ich das nicht hätte tun sollen.«

Endlich fiel der Groschen. »Also war er mit *Ihnen* verabredet?«

»Wussten Sie von einem Treffen?«

»Ja, nur nicht, mit wem.«

Im ersten Moment schien sie das aus dem Konzept zu bringen. Doch schnell hatte sie sich wieder gefasst. »Das war in den Tagen, nachdem er Paige und mich gebeten hatte, ihm das Videomaterial aus der Nacht zu besorgen, in der Pamela Welland ermordet worden war. Und wir hatten uns geweigert. Der Boss … als er sich mit mir verabreden wollte, rief er mich aus einer Telefonzelle in der Nähe seines Hauses in Devon an. Einer *Telefonzelle*. Bei mir haben sofort sämtliche Alarmglocken geschrillt. Das hieß nämlich, dass der Anruf nicht auf seiner Telefonrechnung auftauchen durfte.«

»Oder dass Ellie nichts davon mitkriegen sollte.«

Sie nickte. »Ja, das wäre auch eine Idee.«

»Und was hat er gesagt?«

»Er meinte, er könne das mit den Videos verstehen und wolle mich auch nicht dazu drängen. Aber er wolle sich dennoch mit mir treffen. Er habe nämlich einige Fragen.«

»Worüber?«

»Er erzählte mir, er werde übers Wochenende nach London kommen, um Melanie und ihre Familie zu besuchen. Am Montag habe er ein wenig Zeit. Deshalb fragte er, ob ich im Pub mit ihm zu Mittag essen wolle. Und das taten wir dann. Wir haben uns so weit abseits gesetzt wie möglich – und da hat er sich aus heiterem Himmel bei mir nach Neil Reynolds erkundigt.«

»Reynolds? Warum das?«

»Er wollte wissen, was Reynolds derzeit täte. Ob ich gehört hätte, was er so trieb, seit man ihn gefeuert hatte. Das war etwa *zwei Jahre*, nachdem Milch von Paige an die frische Luft befördert worden war. Ich hatte keine Ahnung, wo Reynolds steckte. Die Frage kam völlig unerwartet. Ein paar Wochen zuvor hatte der Boss mich gebeten, Videomaterial aus einem siebzehn Jahre alten Fall auszugraben, und nun interessierte er sich für den Aufenthaltsort von *Neil Reynolds*. Was, zum Teufel, hatte das zu bedeuten? Als Pamela Welland 1996 ermordet wurde, war Reynolds noch nicht einmal bei der Polizei.«

Das bestätigte mir zumindest eines: Warum er sich »Milch?« in seiner aus zwei Punkten bestehenden Liste auf der Rückseite des Pub-Flyers notiert hatte. Nun brauchte ich nur noch einen Tipp, was den zweiten Eintrag, »108 noch einmal überprüfen« anging und wie das alles mit der Zeichnung auf dem Zettel zusammenhing – sofern es überhaupt eine Verbindung gab.

»Erinnern Sie sich daran, dass ich Sie und Paige nach ›BROLE108‹ gefragt habe?«

Sie nickte.

»Haben Sie mir die Wahrheit gesagt, oder wollten Sie nur keine Probleme mit Paige kriegen?«

»Die Wahrheit.«

»Sie haben wirklich keine Ahnung, was das bedeutet?«

»Nein«, erwiderte sie. »Warum?«

»Das ist eine noch ungeklärte Sache, über die ich gerne Gewissheit hätte.« Mein Blick wanderte zu den Fotos von Reynolds. »Hat sich Franks an diesem Tag nach weiteren Dingen erkundigt?«, wandte ich mich wieder an sie.

Sie schüttelte den Kopf. »Nur nach Reynolds.«

»Was geschah, als Sie ihn fragten, warum er Reynolds finden wolle?«

Sie zuckte die Schultern. »Er hat mich abgewimmelt und wollte mir einreden, das sei alles nicht so wichtig. Als ich ihm vorschlug, ich könnte mit Paige darüber reden, war er dagegen. Er sagte, Paige solle nicht erfahren, dass er mich angerufen und schon wieder um einen Gefallen gebeten habe. Niemand dürfe davon wissen. Zu guter Letzt habe ich ihn direkt gefragt, ob er glaube, dass für ihn Gefahr bestehe.« Sie hielt inne und starrte ins Leere. Die Erinnerungen an jenen Tag standen ihr ins Gesicht geschrieben. »Aber er hat das verneint.«

»Haben Sie ihm geglaubt?«

Etwas huschte über ihr Gesicht. »Nein, eigentlich nicht.«

Ich gab ihr einen Moment Zeit, während wir diese letzten drei Worte auf uns wirken ließen.

Ihre Augen ruhten wieder auf Franks. Und zum ersten Mal verstand ich sie so deutlich, als ob sie die Frage laut ausgesprochen hätte.

Habe ich ihn je wirklich gekannt?

»Und seit diesem Treffen versuchen Sie, die Einzelteile Stück für Stück zusammenzusetzen?«

Sie nickte. »Eines, was der Boss mir, gleich nachdem ich bei der Polizei anfing, eingebläut hat, war, jedes Detail aufzuschreiben – und nie etwas wegzuwerfen. Er hat mir beigebracht, alles aufzubewahren. So hat er es auch gehalten. Das war schon damals in den Neunzigern eine altmodische Arbeitsmethode. Aber weil ich Eindruck bei ihm schinden wollte, habe ich auf ihn gehört. Und mit der Zeit ist es mir in Fleisch und Blut übergegangen. Jeder Fall, jedes Opfer, jede neue Entwicklung …« Ihre Stimme erstarb. »Insbesondere dann, wenn mir bei einer Ermittlung das eine oder andere merkwürdig erschien.«

Mir war klar, worauf sie hinauswollte: Franks' Bitte um die Videos im Fall Pamela Welland gehörte zu diesen Merkwürdigkeiten – und auch, dass er sich danach erkundigt hatte, wo Neil Reynolds sich derzeit aufhielt.

»Nach unserer Verabredung im Pub«, fuhr sie fort, »bin ich nach Hause gefahren und habe meine Unterlagen aus der Zeit des Drogenmordes wieder ausgegraben. Ich war nicht mit diesem Fall befasst, doch der Boss hat mich nach meiner Meinung gefragt, wie immer, und mir die Akte gegeben, damit ich einen Blick hineinwerfen konnte. Damals hatte ich mir ein paar Anmerkungen gemacht. Und als ich Anfang dieses Jahres meine Notizen noch einmal las, fielen mir immer mehr Einzelheiten aus dieser Zeit ein.« Kurz hielt sie inne und ordnete ihre Gedanken. »Wie viel wissen Sie darüber?«

»Den Drogenmord? Nicht sehr viel.«

»Das Opfer hätte genauso gut eine Schaufensterpuppe sein können. Seine Zähne waren alle entfernt worden, die Fingerabdrücke brachten uns nicht weiter, er hatte einen falschen Namen benutzt, und sein Vermieter gehörte zu den Leuten, die einfach das Geld einstecken, ohne Fragen zu stellen. Als ich meine Aufzeichnungen wieder durchging, entdeckte ich einen Hinweis auf eine Besprechung mit dem Boss am dreizehnten März 2011, in der er mich instruiert und mir mitgeteilt hat, er werde die Ermittlungen von Cordus übernehmen. Ich kann Ihnen *genau* erklären, was seine Gründe waren, weil ich sie mir wortwörtlich aufgeschrieben habe. Er sagte, er könne ›wegen der Mittelkürzungen seinen Teams, die sowieso schon bis zum Anschlag überlastet sind, keinen weiteren Fall aufhalsen, und so bleibe nur noch ich allein übrig‹. Und wissen Sie, was? Ich habe damals keinen Gedanken daran verschwendet. Ich steckte bis über beide Ohren in anderen Fällen, so wie alle übrigen Kollegen auch. Deshalb habe ich mich für seine Unterstützung bedankt, und wir sind an unsere Schreibtische zurückgekehrt, ohne uns den Kopf darüber zu zerbrechen.«

Sie schwieg. In der Stille hörte ich draußen auf der Straße ein Auto vorbeifahren.

»Inzwischen …«, fügte sie leise hinzu und nestelte an ihrer Halskette, »inzwischen bin ich ziemlich sicher, dass das nicht die Wahrheit war.«

»Vielleicht hielt er Cordus ja für überfordert.«

»Nein. Cordus gehörte zu den Leuten, auf die der Boss immer gebaut hat, wenn es brenzlig wurde. Er hat ihm genauso vertraut wie mir. Cordus hatte einen scharfen Verstand und auch sonst alle Eigenschaften, die der Boss von einem guten Mordermittler erwartete.«

In dem Zimmer gab es weder Schreibtisch noch Stuhl. Nur die Karte an der Wand und darunter einen Stapel Aktenkartons. Murray flocht die Hände ineinander und lehnte sich ans Fensterbrett. Sie wich meinem Blick aus. Offenbar hatte ich ihr Vertrauen noch nicht ganz gewonnen, doch es war zu spät, um jetzt noch einen Rückzieher zu machen. Ich war in ihrem Haus und genauso tief in die Sache verwickelt wie sie.

»Ich habe mir noch einige andere Dinge aufgeschrieben«, sagte sie schließlich und blätterte einige Seiten in ihrem Notizbuch um. »Das Opfer hat dem Vermieter gegenüber seinen Namen als Marvin Robinson angegeben. Doch die Nachbarinnen des Toten, ein paar ständig zugedröhnte Partymädchen, die an der UEL studierten, haben ausgesagt, er habe sich einmal zusammen mit ihnen einen angetrunken. Und da hat er ihnen gestanden, dass er – *Überraschung!* – in Wirklichkeit gar nicht so heißt.«

Ich erinnerte mich, dass ich beim Warten im Auto gerade im Begriff gewesen war, das Vernehmungsprotokoll der Studentinnen von gegenüber zu lesen, als ich Reynolds hatte kommen sehen.

Ich beobachtete, wie Murrays Augen wieder zu dem Stadtplan, den Fotos und den Zeitungsausschnitten wanderten. Dann zu dem Foto von dem zweiten Haus, das ich nicht kannte und das ein Stück abseits von den anderen Fotos an der Wand hing.

»Wissen Sie, wo das ist?«, fragte sie.

Ich betrachtete das Haus. »Nein.«

»Devon.«

Ich trat einen Schritt näher heran und musterte es noch einmal gründlich. Es war eine schäbige Doppelhaushälfte, hinter der sich geschwungene Felder in eine undeutlich auszumachende Ferne erstreckten. Murray tippte mit dem Finger auf das blutleere Gesicht des Opfers in dem Drogenfall, beide Augen geschlossen, der Autopsietisch eine matte blaugraue Fläche hinter seinem cremefarbenen Schädel.

»Es gehört unserem Opfer.«

»Das Haus in Devon?«

»Ja, wenigstens hat es ihm einmal gehört.«

Sie drehte sich zu dem Foto von dem Toten um.

»Und laut Aussage der Studentinnen von gegenüber hat Marvin Robinson ihnen erzählt, er heiße eigentlich Simon.«

Simon
September 2010/vor drei Jahren

Simon ging an einem Dienstag. Als sie eines Morgens aufwachte, stellte sie fest, dass er im Gästezimmer einen Koffer packte. Rings um ihn lagen verstreut Kleidungsstücke herum. Er stank wie jemand, der eine durchzechte Nacht hinter sich hat. Nach Alkohol, nach Schweiß, nach anderen Frauen. Seine Brust und sein Rücken glänzten fettig. Als sie näher kam, dachte sie, dass er noch besser in diese Umgebung aus feuchten Tapeten und muffigen alten Teppichen zu passen schien als sonst. Das Fenster war, anstelle eines Vorhangs, mit einer zerfledderten, schmuddeligen orangefarbenen Decke verhängt.

»Was ist hier los?«, fragte sie.

Er antwortete nicht.

»Simon?«

»Das interessiert dich doch sowieso einen Scheißdreck.«

Das stimmte sogar, es war ihr wirklich egal. Er hatte in den Jahren nach Lucas' Tod eine Funktion für sie erfüllt, und zwar auf eine Art und Weise, die sie in ihren Sitzungen bei Dr. Garrick nie richtig hatte in Worte fassen können.

»Willst du irgendwohin?«

»Ja«, erwiderte er, »so könnte man es ausdrücken.«

»Wohin?«

»Ich ziehe aus.«

»Was?« Ihr erster Gedanke war, dass sie nun ihr Dach

über dem Kopf verlieren und kein Zuhause mehr haben würde.

»Warum?«

»Warum nicht?«

Stirnrunzelnd machte sie noch einen Schritt ins Zimmer. Er beobachtete, wie sie hereinkam, und ließ sie nicht aus den Augen.

»Was ist los?«, wiederholte sie.

»Hast du was an den Ohren?«

»Was, du hast ganz plötzlich beschlossen auszuziehen?«

»Ja. Na und?«

Sie betrachtete den Koffer. »Also wirst du noch mehr Sachen brauchen als nur einen Koffer voller Klamotten. Was ist mit dem Rest hier?« Sie wies in das Zimmer, auf die Wände, die dringend gestrichen werden mussten, und die billigen verschossenen Möbel. »Was ist mit dem Haus?«

»Was soll damit sein?«

»Was meinst du mit ›Was soll damit sein‹?«

Er grinste hämisch. »Das ist bereits verkauft, du blöde Fotze.«

Sie wurde von Verzweiflung ergriffen. »Was?«

»Es ist schon seit sechs Monaten auf dem Markt. Vor zwei Monaten habe ich ein Angebot gekriegt, und gestern habe ich den Vertrag unterschrieben.«

Sie fühlte sich wie nach einem Magenschwinger.

»Und du hast es nicht für nötig gehalten, mir das zu sagen?«

»Was geht dich denn das an, verdammte Scheiße?«

Als sie ein Stück zurückwich, stieß sie an das Türblatt. Sie stützte die Handflächen gegen das Holz. »Wann wolltest du mir denn eröffnen, dass ich jetzt obdachlos bin?«

Er zuckte die Schultern.

»Mehr nicht? Nur ein Schulterzucken?«

»Du ziehst mich runter«, erwiderte er und klappte den Koffer zu. »Du bist wie eine beschissene Regenwolke auf Beinen. Den ganzen Tag wimmerst und jammerst du und hängst rum, nur weil du ein bisschen Pech im Leben gehabt hast. Das passiert uns allen mal. Wir müssen alle mit der Scheiße klarkommen, die das Leben uns vor die Füße knallt.«

»Ja?«, entgegnete sie und fasste sich mühsam. Plötzlich brannte der Zorn in ihrer Kehle und Brust. »Was für Pech hattest du denn, Simon? Dass du in der Arbeit nicht so viel klauen konntest, wie dir lieb gewesen wäre? Dass die Hehlerware nicht genug eingebracht hat? Dass du dir von einer der Nutten, die du vögelst, einen Tripper geholt hast?«

Plötzlich trat er einen Schritt auf sie zu. »Was hast du da gesagt?«

»Du hast mich sehr wohl verstanden.«

Er packte sie am Arm. Seine Finger gruben sich in ihre Haut, und er drückte so fest zu, als wolle er sich bis zum Knochen vorarbeiten. »Sprich nie wieder so mit mir.«

»Oder?«

»Oder ich mach dich kalt, du Miststück.«

»Ja? Vielleicht solltest du ja …«

Er stieß sie heftig gegen die Wand. Eine Hand umfasste sofort ihre Kehle, die andere hielt weiter ihren Arm umklammert.

»Du glaubst mir wohl nicht, dass ich es ernst meine?«, zischte er zwischen zusammengebissenen Zähnen.

Er drückte kräftiger zu, um sie zu einer Reaktion zu zwingen. Doch sein Griff war zu fest. Sie bekam keine Luft mehr, und alles verschwamm ihr vor den Augen. Simon verwandelte sich in einen matten Farbklecks, so als betrachte sie ihn durch eine Milchglasscheibe. Mit letzter Kraft versuchte sie, sich gegen ihn zu wehren. Ihre Fingernägel streiften wieder und wieder die Vorderseite seines Hemds. Schließlich berührten sie die Seite seines Gesichts, bohrten sich hinein und rissen in einer Abwärtsbewegung die Haut ein. Mit einem Aufschrei taumelte er zurück. Blut quoll zwischen seinen Fingern hervor. Er prallte gegen das Bett, sodass der Koffer hinter ihm ins Schwanken geriet, und fiel auf den Rücken.

»Du blödes Stück Scheiße!«, brüllte er und starrte auf seine Hände. Er hatte Blut an den Fingern und im Gesicht und einen weiteren blutigen Streifen am Kiefer.

Sie schüttelte ihre Benommenheit ab. Immer noch spürte sie den Druck seiner Finger brennend an der Kehle. Sie hastete die Treppe hinunter und hielt sich dabei am Geländer fest, um nicht zu stürzen. Als sie ihn hinter sich auf dem Treppenabsatz hörte, rasche Schritte und das Knarzen von Dielenbrettern, rannte sie schneller den Flur entlang und in die Küche. Sie riss eine Schublade auf und griff nach einem Messer, achtzehn Zentimeter lang und mit gezackter Klinge.

Doch als sie sich, an die Messerschublade gepresst, sodass er sie würde wegdrängen müssen, um selbst an eines zu kommen, umdrehte, stand er in der Tür. Er lehnte am Rahmen, als sei ihm gerade etwas eingefallen. Blut lief ihm in vier Rinnsalen übers Gesicht. Aber das schien ihn nicht einmal zu stören. Sie hielt sich das Messer vor die Brust und schwenkte es hin und her. Er reagierte nicht, sondern beobachtete sie nur.

»Keinen Schritt näher«, drohte sie.

Er schwieg.

»Ich sollte die Polizei rufen.«

Diesmal lächelte er nur und löste sich vom Türrahmen. Sie holte mit dem Messer aus, doch er kam nicht näher. Stattdessen ging er durch die Küche zum Telefon.

Er griff danach. »Dann ruf sie doch an.«

Überrascht blickte sie zwischen ihm und dem Telefon hin und her.

»Los, ruf an«, wiederholte er. »Mach schon. Erzähl ihnen, was passiert ist. Erzähl ihnen alles. Dann kommen sie her und bringen uns aufs Revier. Und dort kannst du ihnen genau sagen, wer ich bin.« Er hielt inne. »Und ich ihnen alles über dich.«

Sie verzog unwillig das Gesicht.

Wieder ein Lächeln, diesmal sogar noch breiter. »Denn eigentlich weißt du gar nichts über mich. Ansonsten würdest du nämlich auch wissen, dass ich schon vor Jahren aufgegeben habe, meinen Boss zu beklauen. Inzwischen mache ich in Drogen, Schätzchen. Mit Pillen und Koks lässt sich nämlich mehr verdienen, als je beim Abzweigen von Holz und dämlichen Metallplatten rausgesprungen ist.« Theatralisch hielt er inne. Seine Finger berührten die Kratzer in seinem Gesicht. »Und soll ich dir was verraten? Aus diesem Grund habe ich mir überlegt, dass ich mich für eine Weile aus Devon verdrücken sollte. Hier am Arsch der Welt zu hocken ist ziemlich lästig. Es ist ein echtes Problem, an Stoff ranzukommen. Außerdem hab ich jetzt jede Schlampe im ganzen Landkreis durch. Hier gibt es nichts als Konditoreien und Teestuben. Aber weißt du, wo ich richtig groß absahnen werde? In London.«

Er musterte sie, als rechne er mit einer Reaktion, doch sie ließ sich nichts anmerken. Und dennoch wich das Lächeln nicht aus seinem Gesicht.

»Aber egal«, fuhr er fort. »Nachdem ich das Angebot für die Bude hier gekriegt habe, habe ich darüber nachgedacht, was von dem Kram ich in die große Stadt mitnehmen soll. Und da habe ich mir gesagt: ›Was, wenn ich etwas Wichtiges auf dem Speicher vergessen habe?‹ Also bin ich rauf, und da ist mir eingefallen, dass wir ja das meiste von deinem Mist da oben hingestellt haben, als du eingezogen bist. Du hast immer behauptet, es wäre nur wertloses Zeug.«

Inzwischen war sie in Panik.

»Aber das stimmt nicht, richtig?«

Sie sah zu, wie er das Telefon wieder weglegte und sich zu ihr umdrehte. Das Messer hatte sie sinken lassen, ohne es zu bemerken. Verwirrung und Angst hatten die Oberhand gewonnen. Endlich hatte er sie so weit – und dazu hatte er nicht einmal die Hand gegen sie erheben müssen.

»Was willst du?«, fragte sie.

»Was ich will?« Grinsend trat er einen Schritt auf sie zu. »Ich will, dass du mir alles erzählst. Und bei Pamela Welland fängst du an.«

40

Wir standen beide vor dem Stadtplan und starrten auf das Opfer des Drogenmordes.

Simon.

Nun hatte er einen Vornamen, auch wenn wir sonst nichts über ihn wussten. Dennoch schien Murray etwas zu beunruhigen. Ich bemerkte eine Regung in ihrem Gesicht, beinahe eine Grimasse, als sie den Faden entlangfuhr, der das Haus in Lewisham mit dem Foto von ihm in der Gerichtsmedizin verband.

»Wo in Devon hat er denn gewohnt?«, erkundigte ich mich.

»Kingsbridge.«

Ich betrachtete sie. Noch immer war sie in Gedanken anderswo, offenbar bei einer Sache, die sie beschäftigte. Ich gab ihr noch einen Moment Zeit und sprach sie dann darauf an. »Ist alles in Ordnung?«

Beinahe erschrocken wandte sie sich zu mir um. Ihr Blick wanderte von den Fotos von Simon und dem Haus zu dem Punkt, der Franks' Haus darstellte.

»Nicht wirklich«, antwortete sie schließlich.

»Was ist los?«

Sie holte tief Luft. »In Anbetracht dessen, was ich über den Boss wusste – seine Art zu arbeiten, die ich zwanzig Jahre lang miterlebt habe, dieser unglaublich gründliche und unermüdliche Kreuzzug, damit den Opfern Gerechtigkeit widerfährt –, da würde ich eigentlich damit rechnen, dass er auf der Grundlage dieser Informationen weitergemacht hätte, sobald er von den Studentinnen den wirklichen Namen dieses Typen erfuhr. Ich hätte erwartet, dass er Simon als Ausgangspunkt nimmt und auf dieser Grundlage andere Drogenfälle im Computer untersucht, in die ein Mann, der so heißt, involviert war.«

»Und das hat er nicht?«

Sie schüttelte den Kopf. »Nein. Sie werden nirgendwo in der Akte einen Verweis finden, dass der Boss eine Suchanfrage nach Simon gestartet hat. Wie bereits gesagt, habe ich mich nicht näher mit diesem Fall befasst, an dem er damals arbeitete. Ich hatte meine eigenen Fälle und meine eigenen Probleme. Wir hatten Personalknappheit und zu wenig Geld. Und dann, kurz nachdem er in einer Sackgasse gelandet war, ist er in Pension gegangen, und die Sache geriet in Vergessenheit. Doch nach unserem Treffen im Pub, damals im Februar, seiner eigenartigen Bitte, ihm die Welland-Videos zu besorgen, und seinen Fragen nach Reynolds, habe ich mir meine Notizen noch einmal angeschaut und selbst ein wenig recherchiert.« Sie hielt inne und sah mich kurz an. »Einige Tage später habe ich die Akte des Drogenmordes angefordert.«

»Und worauf sind Sie gestoßen?«

»Der Boss hat mir 2011 ins Gesicht gesagt, die Angelegenheit mit Simon sei eine Sackgasse. Er meinte, er habe nie herausgefunden, ob der Ermordete gelogen habe, als er den Studentinnen seinen wahren Namen verriet. Das weiß ich noch, weil ich alles aufgeschrieben habe, so wie er es mir beigebracht hatte. Er behauptete, er habe keine Verbindung zu anderen Drogenfällen entdeckt, in denen der Name Simon vorkam. Und soll ich Ihnen verraten, wie lange *ich* dazu gebraucht habe, als ich im Februar anfing, danach zu suchen?«

Ich nickte.

»Eine halbe Minute.«

Wir ließen das beide auf uns wirken. Obwohl sie seit Franks' Verschwinden sicher unzählige Male darüber nachgegrübelt hatte, war es, als ginge ihr erst jetzt endlich ein Licht auf. Franks hatte niemals eine Verbindung zu einem Simon aufgespürt.

Bei ihr hatte es dreißig Sekunden gedauert.

»Im Januar 2011«, fuhr Murray fort, »also zwei Monate, bevor der Mann tot aufgefunden wurde, hat die Polizei in Lewisham nach einer Personenkontrolle einen Simon Preston vernommen. Sie hatten dreißig Gramm Gras bei ihm sichergestellt. Da sie ihn nach einer Verwarnung wieder laufen ließen, gibt es im Computer nicht viel über ihn. Nur im Personenstandsregister, wo die Eingabe seines vollen Namens einen Führerschein und Grundbucheintragungen zutage fördert.« Sie wies auf sein Foto an der Wand. »Das ist er. Das Foto im Führerschein stimmt mit dem des Typen in der Gerichtsmedizin überein.«

Ich betrachtete Simon Preston.

Franks hat entschieden, nicht nach ihm zu suchen.

»Haben Sie das Protokoll der Vernehmung gelesen, das der Boss mit den Studentinnen geführt hat?«, fragte Murray. Als ich den Kopf schüttelte, fügte sie hinzu: »Dann halten Sie mal Ausschau nach dem Absatz, in dem die Mädchen dem Boss erzählen, der Typ hätte sich Simon genannt. Das haben sie nämlich gar nicht gesagt. Der Boss hat diesen Teil des Verhörs nicht ins Protokoll aufgenommen. Der Name Simon ist im Büro gefallen, allerdings nur mündlich. Deshalb habe ich ihn mir notiert. Doch in der Akte selbst stand er nie. Stattdessen schrieb er in seiner abschließenden Bewertung, die Studentinnen seien ›unzuverlässige Zeuginnen‹, unter Drogeneinfluss, unreif.«

»Also hat er gelogen?«

»Nein. Die Mädchen waren unzuverlässig. Das geht aus dem Bericht klar hervor. Die Vernehmung war völlig chaotisch. Ein hochrangiger Polizist mit fünfunddreißig Jahren Berufserfahrung ignoriert die Hinweise von zwei Kifferinnen – da ist doch weiter nichts dabei.«

»Aber er hat beschlossen, der Sache nicht weiter …«

Sie unterbrach mich mit einer Handbewegung. »Nachdem ich die Akte aufgerufen hatte, habe ich versucht zu begreifen, warum er damals nicht nach diesem Simon gesucht hat. Dabei habe ich ständig gedacht: Ich vertraue dem Boss. Ich vertraue ihm hundertprozentig. Es muss einen Grund gegeben haben, warum er sich nicht weiter mit diesem Simon befasst hat.«

Murray hatte eine verzerrte Wahrnehmung – oder zumindest war es für sie erträglicher so. Franks hatte sich um die Leitung der Ermittlungen bemüht, um ihren Verlauf beeinflussen zu können. Und die Art und Weise, wie er das getan hatte, lief darauf hinaus, eine Verbindung zu Simon Preston unter den Teppich zu kehren.

Aber warum?

Was war an diesem Preston so besonders?

Ich schaute auf die Uhr. Unser Gespräch dauerte bereits fünfunddreißig Minuten, was hieß, dass die Zeit knapp wurde, bis ihr Partner zurückkam. Ich wies auf das Foto von Simon Prestons Haus in Kingsbridge. »Also stammte Preston ursprünglich aus Devon und ist nach London gezogen?«, erkundigte ich mich.

Murray nickte. »Im September 2010.«

»Und davor?«

»Wie Sie sehen, habe ich das Haus entdeckt, das er vor seinem Umzug verkauft hat. Ich bin auch auf seinen alten Arbeitsplatz auf einer Baustelle gestoßen. Hier gibt es nichts weiter. Während er in Devon lebte, hat er seine Steuern gezahlt und ist nicht in Schwierigkeiten geraten. Falls er, bevor er hierherkam, in Drogengeschäfte verwickelt war, hat er das sehr geschickt geheim gehalten.«

»Also ist es möglich, dass Franks Simon Preston vor dessen Tod gekannt hat?«

»Vielleicht. Das Problem ist, das der Boss bereits verschwunden war, als ich endlich den Mut hatte, ihn zu fragen, warum er sich nicht weiter um diesen Simon gekümmert hat, und seine Entscheidungen im Rahmen dieser Ermittlungen anzuzweifeln.« Sie hielt inne, und ihr Blick wurde argwöhnisch, als empfände sie meine Miene als vorwurfsvoll. »Sie wissen nicht, in welchem Verhältnis wir zueinander standen. Ich habe in der ganzen Zeit, in der er mein Vorgesetzter war, *keine einzige* Entscheidung von ihm infrage gestellt. Und soll ich Ihnen sagen, warum? Weil er immer die *richtigen* Entscheidungen getroffen hat. *Immer.*«

»Und diesmal?«

Kurz loderte Zorn auf, als wolle sie sich gegen meine Unterstellung verwahren. Doch im nächsten Moment rieb sie sich die Augen und schien plötzlich in einer überwältigenden Trauer erstarrt. Wieder wich sie zum Fensterbrett zurück, stemmte die Füße in den Teppich und schaute zu Boden.

Während Schweigen herrschte, versuchte ich, meine Gedanken zu ordnen. Franks. Reynolds. Simon Preston. Pamela Welland. Zwischen diesen Personen gab es eine Verbindung. Davon war ich überzeugt, auch wenn ich keine Ahnung hatte, wie oder warum. Ich bemerkte, dass Murray mich beobachtete. Sie hatte den Kopf zur Seite geneigt. Schatten lagen auf ihrem Gesicht.

»Möchten Sie mir sagen, was Sie gerade denken?«

Ich wandte mich zu ihr um. Dieser Fall war so vielschichtig, dass ich vorsichtig sein musste, damit nicht alles ineinander verschwamm. »Okay«, begann ich. »Dass Preston in der Drogenszene mitgemischt hat, ist angesichts der Personenkontrolle zwei Monate vor seinem Tod und den fünf Kilo Koks in seiner Wohnung nach seiner Ermordung ziemlich wahrscheinlich. Außerdem ist zu vermuten, dass Kemar Penn über einen Neuling in seinem Revier nicht sehr erfreut war. Lassen wir mal den Gedanken beiseite, dass Simon Preston und Leonard Franks einander vor Prestons Tod schon einmal irgendwo begegnet sind. Was, wenn Franks nicht richtig in der Sache ermittelt hat, weil ihm ein anderer Aspekt daran aufgefallen war?«

»Und das heißt?«

»Das heißt, dass Neil Reynolds etwas damit zu tun haben könnte.«

Murray runzelte die Stirn. »Sie beschuldigen Reynolds des Mordes an Simon Preston?«

Ich warf einen Blick auf die Fotos von Reynolds, wie er das Haus verließ, ins Auto stieg und im Schummerlicht einer Tankstelle stand. Dann erinnerte ich mich daran, wie er dem Jungen das Messer an die Kehle gehalten hatte. Daran, wie ich ihn im dunklen Lagerhaus beobachtet hatte, das Gesicht beleuchtet vom rötlichen Schein aus dem Schmelzofen. Es war ihm zuzutrauen. Dieser Mann war fähig, jemanden zu ermorden.

Preston. Franks. Jeden x-Beliebigen.

Als ich mich wieder zu Murray umdrehte, musterte sie dieselben Fotos wie ich. An ihrem Gesichtsausdruck hatte sich etwas verändert.

»Nein«, sagte sie schließlich, »nein, ich finde das ganz und gar nicht unwahrscheinlich.«

41

Wir hatten noch zwanzig Minuten.

»Am Tag Ihrer Verabredung mit Franks im Pub«, sagte ich, um die Gunst der Stunde zu nutzen, »hat er Sie gefragt, ob Sie wüssten, wo Reynolds sich aufhält, richtig? Also könnte der alte Fall, an dem er nach seiner Pensionierung und in dem Monat vor seinem Verschwinden gearbeitet hat, etwas mit diesem Drogenmord zu tun haben?«

Ich hielt inne und erinnerte mich sinngemäß an Craws Worte: *Ich kann Ihnen nur sagen, dass es, als er über diesen Fall redete, so klang, als bestünde eine Verbindung zu einem anderen Fall, in dem er bereits ermittelt hatte. Er sprach darüber, als sei er ihm vertraut.*

»Vielleicht hat er sie ja angefordert?«

»Die Akte des Drogenmordes?«

»Ja.«

»Bei wem?«

»Keine Ahnung.«

Als sie mich ansah, bemerkte ich, wie es in ihrem Verstand arbeitete. »Was, wenn ...« Verunsichert hielt sie inne. »Was, wenn der Boss Simon Preston als eine Art ...«

Ich ahnte, worauf sie hinauswollte. »Als Informanten?«

Sie nickte. »Die haben wir alle.«

»Wollen Sie damit andeuten, er habe Simon Preston aus allem rausgehalten, um ihn als Informanten zu schützen?« Ich dachte darüber nach. »Warum sollte er sich solche Mühe machen? Preston war tot. Was hätte es also geschadet, wenn jemand herausgefunden hätte, dass er ein Spitzel gewesen war?«

»Weil es vielleicht noch andere gab.« Schulterzuckend schwieg sie. »Ich überlege nur laut. Aber möglicherweise hatte der Boss weitere V-Leute überall verteilt. Und wenn Simon enttarnt worden wäre, wäre der Rest auch aufgeflogen – und das hätte geheißen, keine Infos mehr über K-Penn.«

»Und das bedeutete …«

»Dass niemand Reynolds hätte ans Messer liefern können. Und das war es, was dem Boss wirklich wichtig war. Er wusste, dass Reynolds Simon Preston auf dem Gewissen hatte, doch ihm fehlten die Beweise. Und so hat der Boss den Fall absichtlich im Sand verlaufen lassen, damit er später noch einmal darauf zurückkommen konnte. Er hat Informationen für sich behalten, weil Reynold nicht bemerken sollte, dass er unter Verdacht steht. Reynolds hatte bereits einen gründlichen Blick in die Akte Preston geworfen, als Jim Paige ihn beim Schmökern erwischte, und festgestellt, dass er aus dem Schneider war. Nur, dass das ein Irrtum war. Selbst im Ruhestand wartete der Boss nur darauf, dass Reynolds einen Fehler machte. Und als Jim Paige Reynolds rausschmiss, konnte er sich nicht mehr hinter dem Polizeiapparat verstecken. Jetzt hatte der Boss die Gelegenheit, ihm so richtig zuzusetzen – und das hat er auch prompt gemacht.«

»Aber was ist mit Pamela Welland?«

»Was soll mit ihr sein?«

»Wie passt sie ins Bild?«

»Vielleicht tut sie das ja nicht.«

»Warum hat Franks dann Sie und Jim Paige angerufen und um eine Kopie dieses Überwachungsbandes gebeten?«

Murray atmete tief durch. »Ich weiß es nicht.«

Wieder betrachtete ich die Wand und versuchte, das gerade Gehörte zu ordnen. Murrays Theorie klang in gewisser Weise plausibel. Dass Reynolds in Kemar Penns Auftrag Simon Preston umgebracht hatte, war für mich definitiv vorstellbar. Dass Preston außerdem V-Mann gewesen war, das erklärte die Verbindung zwischen Franks und ihm. Und dennoch stieß mir etwas auf. Weshalb sollte Franks, ein von Grund auf aufrichtiger Mensch und Sinnbild eines Ehrenmannes, seine ganze Karriere gefährden, indem er eine Fallakte fälschte? Warum riskierte er dafür sein Leben und seinen Neuanfang in Devon? Er hatte Reynolds zwar verabscheut, weil dieser bestechlich und ungestraft davongekommen war. Aber konnte Hass so weit gehen? Was mich noch mehr an der Sache störte, war, dass Ellie mit keinem Wort erwähnt hatte, Franks habe während seiner zwei Jahre im Ruhestand auch nur ein einziges Mal einen Blick in eine Polizeiakte geworfen – geschweige denn an einer gearbeitet. Und zwar bis dieser letzte Fall mit der Post eingetroffen war. Ende April 2011 hatte er seinen Abschied genommen. Den alten Fall hatte man ihm im Januar 2013 geschickt. Wenn ihm so viel daran lag, Neil Reynolds dingfest zu machen – warum hatte er dann fast zwei Jahre lang nichts in dieser Sache unternommen?

Ich versuchte, wieder einen klaren Kopf zu bekommen. Noch einmal wanderte mein Blick zu dem Stadtplan, der von Fäden durchkreuzt wurde wie auf einem Webstuhl. Die Zeitungsausschnitte flatterten an der Wand, als weiter warme Luft durchs Haus strömte. Zum ersten Mal bemerkte ich, wie erschöpft ich war. Während der Adrenalinstoß langsam verebbte, die Wirklichkeit wieder in den Vordergrund trat und sich Enttäuschung in mir breitmachte, weil ich einfach die richtigen Antworten nicht fand, erschauderte ich am ganzen Körper. Ich bekam eine Gänsehaut, erst an den Armen, dann kroch sie mir das Rückgrat hinauf.

»Was ist mit seinem Leben in Devon?«, fragte ich, in dem Versuch, mich zu konzentrieren.

»Von Simon Preston?«

»Wissen wir etwas darüber?«

»In welcher Hinsicht?«

»In jeder. Sie sagten, er habe auf einer Baustelle gearbeitet?«

»Ja.«

»Haben Sie mit seinem Chef gesprochen?«

»Ja. Die Firma wurde zwar 2012 geschlossen, doch ich konnte ihn aufspüren. Er meinte, Preston sei ein wenig aufbrausend, aber immer pünktlich und fleißig gewesen, und so weiter und so fort. Nachdem ich mit ihm durch war, habe ich mit der Ortspolizei geredet. Die hatten nichts über ihn. Er war nicht einmal in der Nähe ihres Radarschirms.«

Ich drehte mich um, und wir sahen einander im Halbdunkel an. »Sperren Sie mich jetzt ein, wenn ich Ihnen einen kleinen Hausfriedensbruch beichte?«, fragte ich.

Zum ersten Mal der Hauch eines Lächelns.

»Reynolds ist bei mir zu Hause eingebrochen und hat sämtliches Material in Sachen Franks mitgehen lassen.«

»Was?«

»Also habe ich Reynolds' Bude heute Nacht einen Besuch abgestattet.«

»Sie sind bei Reynolds eingebrochen?«

»Dort kam ich gerade her, als Sie mich zu meinem Auto gehen sahen.«

Der innere Konflikt stand ihr ins Gesicht geschrieben: Ihr Pflichtgefühl als Ermittlerin und Hüterin des Gesetzes kämpfte gegen die Neugier zu erfahren, was ich herausgefunden hatte.

»Und?«, sagte sie schließlich.

»Unter seinen Sachen war Franks' Vermisstenakte. Ganz oben stand eine ID-Nummer. Wir sollten rauskriegen, wem sie gehört.«

»Das heißt, dass *ich* es rauskriegen soll?« Sie musterte mich einen Moment. »Okay.«

Ich nickte ihr dankend zu. Hinter ihr fielen dünne Lichtstrahlen von der Straße durch die Ritzen zwischen Fensterrahmen und schwarzer Pappe.

Dann meinte Murray: »Da wäre noch etwas.«

»Was?«

»Ich habe in Erfahrung gebracht, wo dieses Haus steht, die Karte entdeckt« – sie wies mit dem Kopf auf das Foto von Simon Prestons früherem Zuhause – »und sie ausgedruckt. Es ist eine winzige Sackgasse mit zehn Doppelhaushälften am östlichen Rand von Kingsbridge. Die Rückseiten zeigen auf diese Felder, die parallel zur Straße nach Plymouth verlaufen.«

»Und?«

»Wie dem auch sei. Vor zwei oder drei Monaten habe ich angefangen, die Bewohner der anderen Häuser abzutelefonieren, um herauszufinden, ob sich jemand an Preston erinnert. Dabei bin ich mit seinem direkten Nachbarn ins Gespräch gekommen. Andrew Stricker. Als ich ihn fragte, wie Preston so war, antwortete er nur: ›Wollen Sie mich auf den Arm nehmen? Natürlich erinnere ich mich an ihn.‹ Also habe ich nachgehakt, und er erwiderte: ›Die haben so oft gestritten, dass man sie unmöglich vergessen konnte.‹«

»*Die?*«

»Preston hat mit jemandem zusammengelebt.«

Ich musterte sein Foto. »Mit wem?«

»Danach habe ich mich bei diesem Stricker auch erkundigt, und er sagte, er habe während der ganzen Zeit, die sie dort wohnte, kaum mehr als ein paar Sätze mit ihr gewechselt. Sie habe einen recht netten Eindruck gemacht und immer gegrüßt, wenn sie sich begegnet seien. Allerdings schien sie lieber Abstand zu ihren Mitmenschen zu halten. ›Ich hatte nicht den Eindruck, dass sie wirklich sein Typ war‹, lauteten Strickers Worte.«

»In welcher Hinsicht?«

»Das habe ich ihn ebenfalls gefragt, und er meinte: ›Simon war ein ungehobelter Bursche. Er kam nachts betrunken nach Hause, und wenn etwas nicht so lief, wie er wollte, konnte ihn die ganze Straße rumkrakeelen hören. Sie hat viel weicher gewirkt. Keine graue Maus, keine Frau, die sich herumschubsen ließ. Aber sehr still.‹ Er fand, man habe gemerkt, dass sie intelligent war. ›Man hat gesehen, dass sich bei ihr im Oberstübchen eine Menge tat‹, so hat er es ausgedrückt. Also habe ich von ihm wissen wollen, warum eine kluge Frau wie sie mit einem Mistkerl wie Simon Preston zusammengelebt haben könnte. Er antwortete, er habe keine Ahnung, doch wenn sie gestritten hätten – und das war ziemlich oft, also lautstarkes Gebrüll, ein bis zwei Mal in der Woche –, habe sie sich nie einschüchtern lassen. Kein einziges Mal. Ich habe mich erkundigt, ob er je Hinweise auf körperliche Misshandlungen bemerkt hätte, und er hat das verneint: jedenfalls nichts Sichtbares. Er hat hinzugefügt, er hätte in diesem Fall die Polizei verständigt.« Frustriert zuckte sie die Schultern. »Das hätte er, offen gestanden, besser mal tun sollen. Dann würden wir nämlich wissen, wie sie heißt.«

»Stricker kannte ihren Namen nicht?«

»Er hat nur mal mitgehört, wie Preston sie Kay genannt hat.«

»K-A-Y?«

»Vermutlich.« Sie holte tief Luft. »Stricker hat mir außerdem erzählt, er könne sich noch sehr gut an den letzten Streit erinnern, bevor sie im September 2010 ausgezogen sind. Er habe eine Auseinandersetzung belauscht, bei der es darum gegangen sei, dass jemand ins Krankenhaus müsse.«

»Krankenhaus? War Preston krank?«

»Nein. Ich habe den Autopsiebericht gelesen. Er war auf dem besten Weg, sich mit dem Mist, den er sich reinzog, Leber und Lunge zu ruinieren. Aber fürs Krankenhaus hätte es noch nicht gereicht. Also war vielleicht seine Lebensgefährtin das Thema.«

»Die wir nicht finden können.«

»Richtig.«

Doch dann, völlig unerwartet, überkam mich das Gefühl, dass mir hier etwas vertraut erschien. Der Verdacht, dass ich unbewusst eine Verbindung hergestellt hatte. Langsam tauchte der Umriss einer Erinnerung aus der Dunkelheit auf. Ich schaute wieder hinüber zu der Wand, der Gesichtergalerie und dem Haus in der Old Kent Road, wo Reynolds sich verkrochen hatte. *Was ist das? Was sehe ich hier?* Inzwischen musterte Murray mich, als seien ihr die Erkenntnis und die neue Idee aufgefallen, die sich in meinem Gesichtsausdruck zeigten.

Und im nächsten Moment traf es mich wie ein Blitz aus heiterem Himmel.

Die beiden Fotos, die Reynolds in seiner Wohnung gehabt hatte.

Das eine hatte ein gewaltiges, verlassenes viktorianisches Gebäude dargestellt. Mit einem Kirchturm, Buntglasfenstern, einem Zaun ringsherum und dem Ausschnitt eines Flusses oder Sees im Hintergrund.

Das zweite zeigte einen Flur mit Glasbausteinen zu beiden Seiten, abblätternder Farbe an den Wänden und einer einen Spalt weit offenen Tür am Ende. Jenseits der Tür war ein mit Spinnweben bedeckter Metallständer zu erkennen gewesen, doch ich hatte mir nicht erklären können, worum es sich handelte.

Nun wusste ich es: Es war ein Ständer für einen Infusionsbeutel.

Weil das auf dem Foto gar keine Kirche war.

»Es war ein Krankenhaus«, sagte ich leise.

»Was?«

»Haben Sie eine Suchanfrage nach ›Kay‹ gestartet?«

Sie nickte. »Ja, aber nichts gefunden.«

»Nichts, was mit Preston, Reynolds oder Franks zusammenhing?«

»Nein.«

»Was, als Sie die Suchbegriffe ›Kay‹ und ›Krankenhaus‹ eingegeben haben?«

»Wieder nichts«, entgegnete Murray. »Die Frau ist ein Phantom.«

»Nein«, widersprach ich, »wir können sie aufspüren.«

Ein Stirnrunzeln. »Warum, kennen Sie sie?«

Ich förderte meinen Notizblock zutage und hielt Ausschau nach der Zeichnung, die Franks auf einen Zettel skizziert hatte. Ich hatte sie mehr oder weniger genau kopiert – und nun, endlich, wusste ich, warum sie mir jedes Mal ein wenig bekannt vorkam, wenn ich sie ansah.

»Erinnern Sie sich noch, dass ich Sie danach gefragt habe?«

Ich drehte die Zeichnung so, dass Murray sie betrachten konnte.

Sie nickte. »Ja.«

»Paige hielt es für ein Strichmännchen.«

»Und ist es keines?«

»Nein«, erwiderte ich. »Dieses seltsame Dreieck dort oben, das kenne ich. Ich weiß, was das ist, nämlich aller Wahrscheinlichkeit nach ein Gewächshaus. Das ist der Grundriss eines Gebäudes.«

Während ich diese Worte aussprach, strömten Erinnerungen auf mich ein: eine verschwommene, von der Sonne ausgebleichte Bilderserie aus dem August 1978, als meine Mutter und ich am Ufer des Meeres gestanden und hinaus auf den Ärmelkanal geblickt hatten.

»Was ist das da drüben, Mum?«

Sie schaute über den Ärmelkanal, unsicher, was sie antworten sollte.

»Mum?«

»Das ist … das ist, äh …«

»Was? Was ist es, Mum?«

Und dann, langsam und unwillkürlich, zog sie mich an sich und drückte mich an ihre Hüfte. »Das ist ein schlimmer Ort, mein Schatz«, sagte sie. »Ein ganz schlimmer Ort.«

Ich sah Murray an.

»Wer Kay auch immer ist«, verkündete ich, »glaube ich, dass sie Patientin in Bethlehem war.«

Bethlehem
November 2010/vor drei Jahren

Das Meer leckte an den Reifen des Fahrzeugs, als es die Dammstraße überquerte. Weiter draußen war die See rau. Wellen wälzten sich heran, gnadenlos und unablässig verschlangen sie einander und rollten auf die Küste zu. Doch hier, auf der anderen Seite der Sandbank, war das Wasser fast so ruhig wie eine Milchglasscheibe. Die einzige Bewegung war das kegelförmig auslaufende Kielwasser des Fahrzeugs.

Sie schaute geradeaus, aus der Fähre hinaus zum Krankenhaus.

Bethlehem.

So früh am Morgen waren fast nur seine Umrisse zu erkennen, die sich grau und undeutlich vom Himmel abhoben. Seine T-förmigen Gebäudeflügel umfassten die Kurven und Einschnitte der Gezeiteninsel. Als im Osten die Sonne aufging, entzog sie der Westseite des Bauwerks sämtliche Farbe. Die Fensterreihen – drei davon übereinander – schienen mit den Mauern zu verschmelzen und aus dem Blickfeld zu verschwinden. Und wenn es so weit war, dachte sie stets, dass die westliche Fassade gleich viel bedrohlicher wirkte: schwarz, monolithisch, unheilverkündend.

Die gesamte Insel war mit einem Maschendrahtzaun umgeben, der sich auf allen Seiten, von Norden nach Süden, erhob und den Bodenwellen folgte. Oben wurde er von zwei Strängen Natodraht gekrönt, und es gab auch einen Wachturm, der das Ganze wie ein Gefangenenlager aussehen ließ. Am Anlegesteg standen Sicherheitsleute vor dem Haupttor Wache. Weitere zwei Wachleute hatten fünfzehn Meter weiter im Inneren ihren Posten. Dahinter schlängelte sich die Straße um eine Erhebung in der Insel bis hin zur Fassade des Hauptgebäudes.

Draußen parkten keine Autos.

Es waren nie Autos da. Das Krankenhaus war zu einer Zeit erbaut worden, als die Leute eher nicht motorisiert gewesen waren. Vor hundert Jahren war das eben so.

Doch jetzt war es ein Problem.

Damals hatten die meisten Mitarbeiter die Dammstraße mit einem zweiten, anderen Fahrzeug bewältigt. Beide Fahrzeuge wurden als »Fähren« bezeichnet, obwohl sie keine Schiffe waren – eine fuhr am Morgen, eine am Abend, also in zwei Touren. Diese Fähre war nur für die Angestellten bestimmt und wurde bei einem Farmhaus, einen Dreiviertelkilometer weit im Landesinneren, abgestellt. Die Patienten durften sie nie benutzen.

Ihr Fahrzeug – das, in dem sie sich gerade befand – war karger und spartanischer ausgestattet und bestand eigentlich nur aus Sitzplätzen und Fenstern. Alles war festgeschraubt und verstärkt, um sicherzugehen, dass es nicht als Waffe verwendet werden konnte. Es sah beinahe komisch aus – die umgebaute Karosserie eines Busses, auf einen großen Anhänger montiert und von einem Traktor mit überdimensionalen Reifen gezogen. Doch sie kam nun schon so lange hierher, dass es ihr nicht mehr seltsam erschien. Trotz seines Äußeren war das Fahrzeug sehr praktisch. Sie hatte gelesen, dass es in den gesamten sechsundvierzig Jahren, die die Fähre nun auf der Dammstraße verkehrte, nur zu einem einzigen schweren Zwischenfall gekommen war. Das war wohl auch gut so, denn am Freitag wurde, anders als an ihren Besuchstagen, der Sicherheitstransporter eingesetzt. In diesem Gefährt wurden die Patienten vor der Reise mit Handschellen an Metallbügeln festgekettet, die an den Sitzlehnen verankert waren. Jeder Patient hatte seinen eigenen Wachmann. So brachte man die Mörder hierher. Die Leute, die nie wieder auf freien Fuß kommen würden. Sie hatte gehört, wie das nichtmedizinische Personal diesen Tag als Psychotag anstatt als Freitag bezeichnet hatte.

Denn dann trafen die Psychos ein.

Damals, ganz am Anfang, hatte sie fast ein Jahr hier als Patientin verbracht, durch die Fenster hinaus aufs Meer geblickt und zugehört, während ihr erster Arzt – Poulter – versucht hatte, ihr den Selbstmord auszureden. Als es ihr wieder besser ging, war sie weiter, zu Beginn drei Mal pro Woche, zur ambulanten Behandlung nach Bethlehem gefahren. Als Garrick Poulter abgelöst hatte, waren die Sitzungen auf Dienstag und Mittwoch beschränkt worden, weil das Garricks Tage im Krankenhaus waren. Er sprach leise mit ihr, als ob sie leicht einzuschüchtern sei, und wollte sie dazu bringen, von Lucas, ihrer Scheidung von Robert und ihren Selbstmordversuchen zu erzählen. Trotz allem, was geschehen war, fand sie Gefallen an dem regelmäßigen Ablauf, den es bedeutete, an seinen Praxistagen immer wieder hierherzukommen und ein Gespräch mit jemandem zu führen, der ein offenes Ohr für sie hatte. Manchmal verheimlichte sie Garrick etwas, dann wieder verhandelte sie mit ihm, indem sie anbot, sich mehr zu öffnen, wenn er dafür etwas von sich preisgab. Obwohl sie ihm vertraute, gab es – sogar noch nach fünf Jahren – manches, was sie ihm lieber verschwieg.

»Also ist Simon jetzt seit zwei Monaten fort?«

Sie riss sich aus ihren Gedanken und blickte Garrick an. Er beugte sich vor. Eine Hand umklammerte den Füllhalter, mit der anderen reichte er ihr ein Glas Wasser. Sie bedankte sich, nahm das Glas und stellte es zwischen sie beide auf den Tisch.

»Und wie würden Sie diese Zeit beschreiben?«

Sie zuckte die Schultern. »Ich vermisse ihn nicht, falls Sie das meinen.«

»Damit habe ich eigentlich auch nicht gerechnet.« Er lächelte sie an. »Hat Simon Sie seit seinem Umzug nach London kontaktiert?«

Sie schüttelte den Kopf. »Nein.«

»Wie geht es Ihnen damit?«

»Es ist mir absolut egal.«

Garrick nickte und notierte sich etwas. »Sie haben mir einmal gesagt, dass Sie ihn nie geliebt haben. Warum sind Sie fünf Jahre bei ihm geblieben, wenn das so war?«

»Wahrscheinlich hat er mir geholfen, meine Schmerzen zu betäuben.«

»Sie meinen, wegen Lucas?«

»Wegen Lucas, Robert …«

»Wegen was sonst noch?«

Sie schwieg, und der Anflug eines traurigen Lächelns huschte über ihr Gesicht. »Meinem Hund.«

»Wie hat er Ihnen geholfen, diese Dinge zu vergessen?«

»Einfach nur, indem er er selbst war. Simon war ein hinterhältiger, egoistischer Mistkerl. Also musste ich mich in seiner Gegenwart immer hundertprozentig konzentrieren. Das hat mir gutgetan. Es hat verhindert, dass meine Gedanken abschweiften. Außerdem hatte ich ein Dach über dem Kopf. Ich habe ihm von meinem Verdienst im Schuhgeschäft eine kleine Miete bezahlt, aber es war nicht viel. Wie ich allmählich herausfinde, kostet es sogar Geld, unter den erbärmlichsten Verhältnissen zu leben.«

»Wie ist die neue Wohnung?«

»Es sind jetzt zwei Monate. Sie ist also nicht mehr so neu.«

»Natürlich. Und wie ist sie?«

»Okay. Was man erwarten kann, wenn man ein kleines Zimmer in einem kleinen Haus mietet. Vier Wände. Ein Bett. Besser als Obdachlosigkeit. Die alte Frau, von der ich es gemietet habe, ist stocktaub. Und so sitze ich abends in meinem Zimmer und höre zu, wie sie versucht, bei Quizshows im Fernsehen die Antworten zu erraten.«

Garrick nickte. »Das ist eine Umstellung.«

Sie schwieg.

»Gibt es da noch etwas, das Sie belastet?«

Kurz sah sie Garrick an. Eigentlich hätte es sie nicht wundern dürfen, dass er sie so leicht durchschaute – nicht nach dieser langen Zeit. Anfangs, ja, sogar bis vor Kurzem war es ihr noch gelungen, ihre Gedanken für sich zu behalten und zu tarnen. Er war stets daran gescheitert, ihrer Miene zu entnehmen, dass sie etwas vor ihm verbarg. Doch jetzt nicht mehr. Inzwischen kannten sie einander zu gut.

»Simon …« Sie hielt inne. »Simon hat etwas gefunden.«

»Wann war das?«

»Vor zwei Monaten. Ehe er mich rausgeschmissen hat.«

»Und was hat er gefunden?«

»Meinen Karton der Reue.«

Falls diese Eröffnung Garrick überraschte – da sie diese Tatsache bis jetzt nicht erwähnt hatte –, ließ er sich nichts anmerken.

»Hat er ihn tatsächlich aufgemacht und in Ihren Sachen gewühlt?«

»Ja.«

»Und wie haben Sie sich deshalb gefühlt?«

»Ich habe mich geärgert, weil ich nachlässig geworden bin.«

»Was meinen Sie damit?«

»Er war auf dem Speicher in einer Ecke versteckt. Simon ist nie dort hinaufgegangen, weil dort mein ganzer Kram herumlag und ihn nur interessiert hat, dass ihm nichts davon Platz in seinem Haus wegnimmt. Doch als er das Haus zum Verkauf angeboten hat, ohne es mir zu sagen, und insbesondere als er anfing, seinen Umzug vorzubereiten, war er oben … und er hat ihn gefunden.«

Garrick zuckte die Schultern. »Er wusste doch schon über Lucas Bescheid.«

»Da wäre noch etwas …«

»Was?«

»In dem Karton war noch mehr als nur Erinnerungen an Lucas.«

»Was außerdem?«

Sie hielt inne. »Pamela Welland.«

Garrick lehnte sich zurück und runzelte die Stirn. »Ich verstehe nicht, warum das so wichtig ist. Ich glaube, ich kann nachvollziehen, warum Sie bei Simon geblieben sind. Dass Ihre Beziehung mit ihm« – er holte tief Luft, als suche er nach den richtigen Worten – »aus wie auch immer gearteten Gründen für Sie eine Funktion erfüllt hat. Ich hoffe, dass Sie mir eines Tages mehr über dieses Thema erzählen werden.«

Sie antwortete nicht.

Als er erkannte, dass sie nichts beisteuern würde, fuhr er fort: »Mir ist klar, dass Sie Simon nicht genug vertraut haben, um Ihre ganze Vergangenheit mit ihm zu teilen. Aber er wusste von Lucas. Er wusste, dass Sie vor Ihrem Umzug nach Devon in London gewohnt und gearbeitet haben. Warum sollte er dann auf gar keinen Fall etwas über Pamela Welland wissen? Die Sache ist abgeschlossen. Ihr Mörder sitzt im Gefängnis, und zwar seit vierzehn Jahren.«

Wieder keine Antwort.

Garrick neigte den Kopf zur Seite. »Kay? Warum ist der Mord an diesem Mädchen so wichtig für Sie?«

Sie blickte Garrick an.

»Welche Rolle spielt es, dass Simon von Pamela erfahren hat?«

»Es geht nicht um sie«, erwiderte sie.

»Was geht nicht um sie?«

»Eigentlich geht es gar nicht um Pamela Welland. Nicht wirklich.«

»Wovon reden Sie?«

Sie schaute durch das Fenster hinauf in den endlosen Himmel und zu den Möwen, die kreischend vorbeisegelten. Dann wandte sie sich wieder Garrick zu. »Pamela Welland ist nur der Anfang.«

TEIL DREI

42

Die Gezeiteninsel befand sich nur zehn Kilometer von meinem Heimatdorf im Süden von Devon entfernt, etwa drei Kilometer westlich vom Leuchtturm Start Point. Dazwischen hatte sich an der Spitze des Landkreises eine V-förmige Bucht eingegraben, umgeben von blauem Wasser und schartigen Felsen. Vor dem Bau des Leuchtturms war die ganze Gegend ein Friedhof für Schiffe gewesen.

Doch die Insel hatte nicht deshalb Berühmtheit erlangt.

Anfang der Fünfzigerjahre des neunzehnten Jahrhunderts hatte man beschlossen, alles auf der Gezeiteninsel, die erst ein Kloster und dann ein kleines Fischerdorf beherbergt hatte, dem Erdboden gleichzumachen.

An seiner Stelle hatte man eine psychiatrische Klinik erbaut.

Als sie ihre Pforten geöffnet hatte, existierte die stationäre Psychiatrie als Konzept noch nicht, weshalb die Einheimischen das Krankenhaus nur als Asyl bezeichneten. Doch sein eigentlicher Name lautete Keel Point, nach der Gegend, in der es stand. Im Jahr 1897 wurde ein Geistlicher aus Salcombe namens Balthazar Rowe zu dem Leiter der Klinik ernannt, ein Versuch, die in drangvoller Enge lebenden, gefährlichen und unberechenbaren Patienten durch Gottesfurcht unter Kontrolle zu bringen. Natürlich war das Projekt zum Scheitern verurteilt. Fünf Jahre später wurde Rowe von einem Patienten getötet, den heutige Ärzte vermutlich als schizophren einstufen würden. Allerdings war es Rowe zuvor noch gelungen, Keel Point in Bethlehem umzubenennen.

Der Name blieb hängen.

Da die Insel sechshundert Meter breit und einen Dreiviertelkilometer vom Festland entfernt war, hatte man ursprünglich gedacht, dass es ein Leichtes sein würde, die Patienten bei Flut einzusperren und an der Flucht zu hindern. Doch um Sicherheitslücken auch bei Ebbe zu vermeiden, wenn man die Dammstraße zwischen Festland und Insel – sei es auch mit Mühe – zu Fuß bewältigen konnte, errichtete man einen drei Meter hohen Zaun rings um die Insel. Ich hatte viel über Bethlehem gelesen und Artikel darüber in der Lokalpresse studiert, weshalb mir der ungewöhnliche Grundriss des Gebäudes im Gedächtnis geblieben war – das Strichmännchen und das Dreieck, ein bleibender Eindruck, dessen ich mir gar nicht mehr bewusst gewesen war. Auf dem Rücksitz des Autos meiner Eltern war ich oft auf der Küstenstraße daran vorbeigefahren. Die Glasscheiben des Gewächshauses, das im Süden der Insel spitz zulief, hatten in der Sonne gefunkelt. Allerdings war ich nur ein Mal in der Nähe gewesen, mit acht Jahren, als meine Eltern mich mit zum Strand von Keel Point genommen hatten. Ich hatte einen knappen Kilometer weit über das Wasser geschaut, wo das Gebäude inmitten von wogendem Gras aufragte wie die gebrochenen Klauen eines Vogels, und es für ein Gefangenenlager gehalten.

Ein schlimmer Ort, mein Schatz.

Ein ganz schlimmer Ort.

Die Warnung meiner Mutter ging vermutlich auf ein Ereignis vier Jahre zuvor zurück, als ein Patient namens William Silas in der Klinik Amok gelaufen war. Silas hatte 1974 vier Männer in einem Einzimmerapartment in Bristol getötet und ihre Leichen in einem Nebengebäude im Garten versteckt. Im Laufe der nächsten drei Wochen war er immer wieder dorthin zurückgekehrt, hatte Stücke von den Leichen abgeschnitten und sie gekocht. Er hatte schon zwei der Männer aufgegessen, als die Nachbarn wegen seiner ständigen nächtlichen Ausflüge in den Garten Verdacht schöpften. Silas wurde zu lebenslänglicher Unterbringung in der Psychiatrie verurteilt und in Keel Point eingewiesen.

Auf der Überfahrt zur Insel gelang es ihm, sich den Daumen und zwei Finger zu brechen und die Handschellen abzustreifen. Sobald er aus dem Bus gestiegen war, rannte er los, nahm einen Wachmann als Geisel, tötete einen zweiten und brachte noch vier Angehörige des Küchenpersonals um, bevor er sich verschanzte. Als er endlich von einem bewaffneten Einsatzkommando überwältigt wurde, saß er mitten in der Küche in einer Blutlache und zerstückelte seine Opfer.

Danach rissen die Gerüchte über Bethlehem nicht ab.

Noch jahrelang redeten die Einheimischen darüber, wie das Blut von Silas' Opfern an jenem Tag ans Ufer gespült worden sei. Doch während mir das unwahrscheinlich vorkam – obwohl meine Mutter fest daran glaubte –, gab es noch weitere Geschichten, die man nicht so leicht ignorieren konnte: Die Berichte von Küstenanwohnern, die besagten, man könne in ruhigen Nächten Schreie über das Wasser hallen hören. Dass es bei Sonnenuntergang im Sommer aussehe, als bluteten die Mauern des Krankenhauses. Oder dass sich die drei Fensterreihen in der östlichen Mauer – erbaut, damit die Patienten Blick auf den Ärmelkanal hatten – verdunkelten wie die Augen der Toten, wenn die Sonne versank.

Aber dann, im November 2011, war das alles nur noch Vergangenheit.

Nicht mehr in der Lage, die anfallenden Kosten zu tragen, wegen seiner nicht zeitgemäßen Sicherheitsmaßnahmen ins Kreuzfeuer der Kritik geraten und unter dem Druck der Einheimischen, die so eine Einrichtung nicht in ihrer Nähe haben wollten, schloss Bethlehem seine Pforten. Seitdem plante man den Abriss, was zu einer endlosen Reihe von Debatten führte, und dennoch stand es immer noch: eine gespenstische, verfallene Erinnerung auf einem Stück Land, einen knappen Kilometer weit draußen auf dem Meer.

43

Als vier Stunden später die Sonne aufging und den bewölkten Himmel blutrot färbte, erreichte ich den Strand, wo ich vor fünfunddreißig Jahren gestanden hatte. Die Fahrt von London hierher hatte nicht lange gedauert. Die Straße, durch Felder und schließlich die Küste entlang, war frei gewesen.

In diesem Teil des Landes lag kaum noch Schnee. Der Regen hatte die Reste in Matsch verwandelt, doch es war bitterkalt. Ich stieg aus dem Auto und schlenderte zum Ufer, wo ich vor einer Ewigkeit mit meiner Mutter gewesen war. Inzwischen hatte man rings um die Insel zwei Meter hohe Mauern errichtet, die das Krankenhaus verbargen. Allerdings hatte man es nicht völlig verstecken können: Als hinter dem einsamen Turm von Bethlehem der Tag anbrach, erkannte ich Graffiti an der Mauer und auch an dem Gebäude selbst. Eingeschlagene Fenster. Bröckeliges Mauerwerk. Löcher im Dach. Es war die Art von langsamem Verfall, den nur ein Bauwerk durchleben konnte: einsam, lautlos, immer schneller voranschreitend.

Es waren bereits Menschen unterwegs, die Hunde ausführten oder, Ohrhörer in den Ohren, den Strand entlangliefen. Ihr Atem bildete Wolken über ihren Köpfen. Während ich sie beobachtete, dachte ich wieder an die Fotos von Bethlehem, die Reynolds bei sich aufbewahrte. Ich fragte mich, aus welchem Grund er sie wohl behielt. Und ich grübelte über Prestons ehemalige Freundin nach. Wer mochte sie sein? War sie für meinen Fall wichtig? Zu guter Letzt beschäftigte ich mich mit der Skizze des Krankenhausgrundrisses, die Franks irgendwann zwischen 1995 und 2004 gezeichnet hatte. Aber warum?

Konnten die Antworten drüben am anderen Ufer liegen?

Doch selbst wenn, sie würden für den Moment warten müssen. Am helllichten Tag war es zu gefährlich, zu Fuß über die Dammstraße zu gehen. Dazu brauchte ich Ebbe und den Schutz der Dunkelheit, was hieß, dass ich mich bis zehn vor fünf heute Abend oder zwanzig nach fünf morgen früh würde gedulden müssen. Am Abend jedoch war das Problem, dass auch in der winterlichen Dämmerung Leute unterwegs sein würden, die entweder am Ufer ihre Hunde ausführten oder von der Arbeit nach Hause kamen. Morgen früh um zwanzig nach fünf würde es ruhiger sein, was jedoch das Risiko nicht verringerte: Wenn ich nur ein klein wenig länger als eine Stunde dort drüben blieb, bestand die Gefahr, dass ich dann auf der Insel festsaß. In der Stunde nach und vor Einsetzen der Ebbe konnte das Wasser bis zu einem halben Meter steigen – und je höher es wurde, desto rauer wurde auch die See, was das Vorwärtskommen ohne Boot sehr erschwerte.

Wenn ich hinüberruderte, hatte ich mehr Spielraum, weil ich dann aufbrechen konnte, wann ich wollte. Dazu benötigte ich jedoch ein stabiles Boot, und das war an diesem Teil der Küste nirgendwo zu mieten. Das Beste, was ich so kurzfristig auftreiben konnte, war das Dinghi aus dem alten Häuschen meiner Eltern, und ich bezweifelte, dass es einer stärkeren Belastung als der bei Ebbe gewachsen sein würde. Und wenn ich ein größeres Boot kaufte, musste ich es transportieren und außerdem gut versteckt anbinden, sobald ich drüben auf der Insel war.

Deshalb beschäftigte mich im Moment hauptsächlich die Frage, wie ich zur Insel kommen und dennoch bei Tageslicht unbemerkt bleiben konnte. Wenn ich von einem vorbeifahrenden Boot aus oder von Leuten am Strand beim Verlassen des Krankenhauses oder bei der Rückkehr beobachtet und gemeldet wurde, gefährdete ich meine gesamten Ermittlungen. Bestenfalls würde mich die Ortspolizei mit offenen Armen empfangen und mir eine Geldbuße aufbrummen. Schlimmstenfalls würde man mich in einen Verhörraum stecken und wegen unbefugten Betretens anklagen.

Außerdem glaubte ich, einen tieferen Einblick in die Hintergründe zu benötigen. Welche Rolle spielte Bethlehem in Franks' Leben? Das Krankenhaus war 2011 geschlossen worden – in dem Jahr, als Leonard und Ellie sich in Devon zur Ruhe gesetzt hatten. Ellie hatte gesagt, Franks sei in den Jahren vor ihrem Umzug niemals allein, also ohne sie, nach Devon gefahren. Ich fand es ziemlich wahrscheinlich, dass sie es anderenfalls bemerkt hätte. Und dennoch wollte mir ein Gespräch mit ihr nicht mehr aus dem Kopf. Sie hatte mir erzählt, sie seien in ihrer Zeit dort gerne zum Wandern gegangen.

Ist er je ohne Sie beim Wandern gewesen?

Sehr selten, hatte sie geantwortet.

Aber manchmal schon?

Ja, manchmal. Manchmal wollte er einfach da draußen allein sein.

Was, wenn er bei seinen Soloausflügen gar nicht allein durch die Moorlandschaft gestreift war? Wenn er stattdessen zur Küste gewollt hatte? Über den Ärmelkanal gefahren war? Nach den Fotos in Reynolds Wohnung zu urteilen war es klar, dass der die Antworten im Krankenhaus vermutete. Doch was konnte so wichtig für Franks gewesen sein, dass er es riskierte, die Dammstraße entlang zu einem geschlossenen Krankenhaus zu marschieren? Ganz gleich, was die Gründe waren – wenn Neil Reynolds diese Fotos selbst gemacht hatte, hieß das, dass er seit der Schließung des Krankenhauses irgendwann dort gewesen sein musste. Allerdings wurde Franks neun Monate nach seinem Verschwinden noch immer vermisst, ein möglicher Hinweis darauf, dass Reynolds nichts entdeckt hatte. Sonst wäre Franks längst wieder aufgetaucht.

Und dennoch wollte ich der Insel persönlich einen Besuch abstatten.

Eines der beiden Fotos in Reynolds Wohnung hatte den Eingang zu einem Raum mit einem Metallständer darin gezeigt. Warum hatte er diesen Eingang fotografiert? Warum diesen Raum? Das Krankenhaus war gespenstisch leer und verlassen. Trotzdem war Reynolds dort eingedrungen und hatte fotografiert.

Franks hatte er nicht gefunden.

Aber vielleicht etwas anderes.

44

Eine Stunde später, es war gerade neun Uhr, erreichte ich schließlich Dartmoor. Der Winter hatte die Landschaft ihrer Farbe beraubt. Das Dornengestrüpp war braun wie verbrannt, die Bäume erinnerten an Skelette, und ein feiner grauer Dunst verschleierte die Sicht. Als ich auf der B3212 im Stau stecken blieb, konnte ich die schartigen Erhebungen der Hügel sehen. Doch der hauptsächliche Eindruck war der von Nässe. Nieselregen bedeckte die Windschutzscheibe und verschlechterte die Sicht auf die Straße, wodurch ich noch langsamer in das Zentrum des Parks vorankam.

Meine Gedanken wanderten zu Craw.

Ich beschloss, sie im Moment noch nicht anzurufen, sondern damit zu warten, bis ich mir ein klareres Bild von den Zusammenhängen gemacht hatte: Preston, seine Lebensgefährtin, Bethlehem, Welland. Aber auch ohne mit ihr zu sprechen, konnte ich mir gut vorstellen, was die neuesten Erkenntnisse bei ihr auslösen würden – ein Gefühl, als geriete ihr Leben aus den Fugen. Der Mann, den sie sich in ihrer Weltanschauung, ihrer beruflichen Karriere und in ihrem Familienleben zum Vorbild genommen hatte, hatte ein Lügengebilde errichtet, um Simon Prestons wahre Identität zu verschleiern. Und dabei hatte er genau die Werte verraten, deren Einhaltung er seinen Mitmenschen so vehement abforderte. Angesichts dessen, was ich inzwischen über ihn wusste, war Franks ganz sicher davon überzeugt gewesen, richtig zu handeln – doch das machte sein Verhalten nicht besser.

Ebenso wenig wie den Schaden, den er seiner Tochter möglicherweise damit zufügen würde.

Um halb zehn Uhr traf ich endlich in Postbridge ein. Das Dorf war still und menschenleer und schien im Winterschlaf zu liegen. Bis auf die leicht und beinahe feierlich aus den Kaminen aufsteigenden Rauchwolken war kaum ein Lebenszeichen zu entdecken. Von der Straße aus waren sechs oder sieben Gebäude zu sehen, und als ich das letzte passierte, hatte ich das Dorf bereits hinter mir und bemerkte geradeaus ein Holzschild mit der Aufschrift »Franks«.

Ich bog auf einen unbefestigten Weg ein, der mit Wasserpfützen und grauem Schneematsch bedeckt war. Er stieg steil an und führte in die Moorlandschaft hinein. Das Haus selbst war von hier unten noch nicht auszumachen. Links von mir erhoben sich die Bäume, die ich von Craws Video kannte, eine Reihe alter, knorriger Stämme, das Laub längst abgefallen. Ein Satteldach ragte über eine Hügelkuppe, und der Weg beschrieb eine Linkskurve. Als ich weiterfuhr, kam allmählich das Haus in Sicht, das wie ein Vogel in seinem Nest in der Landschaft kauerte. Zu beiden Seiten erstreckten sich Felder. Das Moor reichte bergauf bis hinter die Grundstücksgrenze, wo eine Ansammlung großer Felsbrocken in etwa einem Kilometer Entfernung auf ein Tor hinwies. Alles sah genau so aus wie auf dem Video, nur dass aus dem Film nicht so klar hervorging, wie abgelegen dieser Ort war: ein winziges Haus inmitten endloser Felder, im Schatten eines Tors und unter einem grenzenlos weiten Himmel.

Ich parkte und stieg aus.

Als ich im Nieselregen vor dem Haus stand, wusste ich, dass ich hier vermutlich keine Antworten finden würde, auch wenn es der Tatort war. Deshalb war ich ja auch noch nicht hier gewesen, sondern hatte mich auf Craws Video verlassen. Falls Franks freiwillig untergetaucht war, hatte er seine Spuren sicher verwischt. Und sollte er auf der Flucht vor Reynolds sein, war es umso unwahrscheinlicher, dass er sich einen Fehler erlaubt hatte – geschweige denn einen, der Craw verborgen geblieben wäre. Reynolds war es nun schon sehr lange gelungen, unter dem Radar zu fliegen. Selbst als die ersten Zweifel an ihm aufkamen – quasi ein Dauerzustand, seit er unter Franks' Leitung arbeitete –, hatten die Anhaltspunkte nie gereicht, um ihn dingfest zu machen. Der Mann war nicht zu fassen. Und was noch schlimmer war: Er war gerissen.

Und dadurch wurde er so gefährlich.

Ich ging ein Mal ums Haus herum.

Der Holzschuppen wirkte bei persönlicher Betrachtung noch windschiefer, ein Anbau mit verzogenen, krummen Stützbalken und einem in der Mitte durchgerosteten Wellblechdach. Es lagen zwar noch Holzscheite darin, doch in den neun Monaten seit Franks' Verschwinden hatte das Moos sie fast völlig überwuchert.

Ich setzte meinen Weg zur Rückseite des Holzschuppens fort, wo der Baumstumpf stand, den ich schon aus dem Film kannte. Die darin steckende Axt war längst weggenommen worden.

Nur wenige Meter davon entfernt befand sich der Geräteschuppen.

Ich öffnete das Vorhängeschloss mit dem Schlüssel, den Craw mir gegeben hatte, und spähte hinein. Drinnen roch es nach altem Holz und Öl. Franks' Werkzeuge waren bis auf eine Schaufel, einen Pinsel und einen verrosteten Rasenmäher weggeräumt worden. Keine Hämmer. Keine Schraubenzieher. Keine Meißel. Ich kramte in Schachteln voller Nägel, Steckdosen und Vorhangclips herum und entdeckte nichts.

Hinter dem Haus gab es eine kleine Veranda, über die man in die Küche kam. Durch die Scheibe konnte ich einen Blick auf die unvollendeten Renovierungsarbeiten der Franks erhaschen. Die Schubladen der bereits eingebauten Elemente waren leer, in den Regalen stand nichts. Als ich wieder an der Vorderseite des Hauses war, wo die Veranda endete, schaute ich zu dem Tor siebzig Meter oberhalb von mir hinauf. Die Felsbrocken, die seine Spitze markierten, waren in Nebel gehüllt.

Drinnen im Haus streifte ich durch die Zimmer und öffnete Küchenschränke und Kleiderschränke, wieder ohne Ergebnis. Franks' alter PC stand noch im Arbeitszimmer, doch der Strom war schon lange abgestellt worden. Da Craw mich darauf hingewiesen hatte, hatte ich ein Verlängerungskabel und einen Adapter mitgebracht. Ich ließ den Motor meines Autos an, stöpselte den Adapter in den Zigarettenanzünder und das Verlängerungskabel in den Stecker und zog das Kabel den ganzen Weg durchs Haus bis ins Arbeitszimmer. Allerdings hatte Craw mich auch davor gewarnt, dass der PC nicht sehr ergiebig sein würde. Und zehn Minuten später war ich tatsächlich auf nichts weiter gestoßen als auf Kopien der Fotos, die Franks auf sein iPad überspielt hatte.

Im nächsten Moment hörte ich etwas.

Ich stand vom PC auf und ging ins Wohnzimmer.

Es hatte geklungen, als habe es mehrere Male *klick* gemacht.

Nur, dass es jetzt wieder absolut totenstill war. Noch einmal sah ich mich in beiden Etagen um und horchte auf das Geräusch, doch ich konnte nur das Prasseln des Regens auf dem Dach wahrnehmen. Nachdem ich einen Moment gewartet hatte, fing ich an, das Verlängerungskabel aufzurollen.

Als ich das Haus abschloss und zum Auto zurückkehrte, blieb ich mitten auf dem Rasen stehen und wandte mich zum Holzschuppen um.

Ein seltsames Gefühl ergriff mich.

Gerade hatte ich eine Stunde damit verbracht, das Haus zu durchsuchen, sämtliche Türen zu öffnen und jedes lose Dielenbrett zu überprüfen, um sicherzugehen, dass nirgendwo etwas versteckt war.

Und dennoch ließ mich das Unbehagen nicht los.

Der Eindruck, dass ich etwas übersehen haben könnte.

Ich beobachtete, wie sich die vorbeiziehenden Wolken in den Fensterscheiben des Hauses spiegelten. Lauschte dem leisen Ächzen seines hölzernen Gerippes, als der Wind es peitschte. Mein Blick glitt über die Landschaft rings um das

Gebäude und das Moor, bis er an drei Trampelpfaden hängenblieb, die, von Wanderern in vielen Jahren ausgetreten, durch ein Meer aus Heidekraut und Gestrüpp führten. Wie die Kratzspuren von Krallen liefen sie nebeneinander her und verschwanden schließlich in der Ferne.

Vielleicht ist es ja nichts.

Vielleicht ist es ja nur dein eigenes Wunschdenken.

Ich ging zum Auto.

45

Das alte Haus meiner Eltern stand westlich von Dartmoor und abseits der Küstenstraße, die sich bis nach Kingsbridge schlängelte. Es gehörte zu einem kleinen Dorf, das sich in die Biegung einer Bucht schmiegte, und befand sich ein wenig abseits vom Rest des Dorfes, ein Stück den Hügel hinauf. Von der Küche aus blickte man auf eine Reihe von Fischerhütten, die an eine Kaimauer angrenzten, und auf den Strand dahinter, wo Boote an der kiesigen Küste ankerten. Wenn nachts der Wind wehte, konnte man im Bett liegen und dem Klimpern ihrer Takelage lauschen. In anderen Nächten wehte Gelächter vom *The Seven Seas* herüber, einem schäbigen Pub mit einer vom Salzwasser ausgebleichten Fassade, der zwischen den Häuschen stand. Doch meistens hörte man nur das endlose, rhythmische Rauschen des Meeres, das leise Wispern der Kiesel im Sommer und das Dröhnen der sich brechenden Wellen im Winter.

Ich ging ins Haus, stellte Strom und Wasser an, setzte mich an den Küchentisch und wartete, bis das Wasser im Teekessel kochte. Obwohl es hier nicht neblig war, wirkte der Himmel nicht minder bedrückend, und während ich eine Tasse Kaffee trank, prasselten die ersten Regentropfen gegen die Glasscheibe. Ich fühlte mich, als sei die Zeit stehen geblieben. Erst vor dreizehn Monaten hatte ich, das gleiche Getränk vor mir, an diesem Platz gesessen und auf ein ganz ähnliches Wetter hinausgeblickt.

Eine andere Zeit. Ein anderes Leben.

Durch die Vermissten miteinander verknüpft.

Ich wurde vom Läuten meines Handys geweckt. Im ersten Moment war ich verwirrt und wusste nicht gleich, wo ich war. Doch dann, als ich langsam aus den Tiefen des Schlafs auftauchte, meldete sich die Erinnerung zurück.

Ich schaute auf die Uhr.

Zehn nach fünf.

Ich hatte sechs Stunden lang geschlafen.

Ich griff nach dem Handy und sah aufs Display. Annabel. Ich ging in die Küche und setzte mich an den Tisch.

»Hallo, Liebes.«

»Hallo. Alles in Ordnung?«

»Ich habe nur ein bisschen Schlaf nachgeholt.«

»Zündest du die Kerze schon wieder an beiden Enden an?«

»Nicht so, dass es Spaß machen würde.« Inzwischen war es draußen dunkel, das Dorf hatte sich in Lichtpunkte verwandelt. »Aber dafür bin ich zurück in der Heimat.«

»Wie cool. Kommst du uns besuchen?«

»Definitiv. Ich muss nur zuerst noch ein paar Sachen erledigen.«

»Suchst du noch immer diesen Typen?«

»Ich gebe mir Mühe.« Im Hintergrund hörte ich Olivia über etwas lachen. »Wie geht es Liv?«

»Gut. Sie hängt vor der Glotze.«

»Und dir?«

»Bestens.«

Doch als sie einen Moment innehielt, spürte ich, dass sie etwas auf dem Herzen hatte. »Bist du sicher?«

»Es liegt an Emily«, erwiderte sie. »Ständig versucht sie, mich anzurufen.«

Emily, die Frau, die Annabel, mir und dem Rest der Welt verheimlicht hatte, wer die wirklichen Eltern meiner Tochter waren. Sie hatte ihre Gründe gehabt, einige davon sogar nachvollziehbar, doch das machte es für Annabel nicht weniger problematisch. Mir tat es auch weh, manchmal sogar sehr, weil es mich vierundzwanzig Jahre lang der Möglichkeit beraubt hatte, meine Tochter kennenzulernen. Nur, dass ich älter und lebenserfahrener war als sie. Auf seltsame Weise rechnete ich inzwischen beinahe damit, dass die Menschen mich belogen; wahrscheinlich Berufskrankheit. Annabel würde lernen, damit zurechtzukommen – allerdings erst, wenn sie selbst so weit war, und zu ihren eigenen Bedingungen.

»Die Lage zwischen euch wird sich bestimmt entspannen«, sagte ich.

»Ich will nicht mit ihr reden.«

»Das verstehe ich. Aber wenn du auch nur einen Moment lang das Gefühl hast, dass es klappen könnte, melde dich bei ihr. Emily ist genau wie wir alle.« Ich schaute über den Tisch und auf die Fotos, die ich dort ausgebreitet hatte: Franks, Ellie, Craw. »Wir wollen nichts weiter, als von den Menschen umgeben sein, die wir lieben.«

46

Franks' iPad – und die Fotos darauf – waren zwar längst Schnee von gestern, doch ich hatte, entweder reines Glück oder weise Voraussicht, die SD-Karte aus seiner Spiegelreflexkamera genommen, als Craw mir die Kartons ihres Vaters gegeben hatte. Die Kamera hatte ich bei ihr zurückgelassen und nur die SD-Karte eingesteckt, eigentlich als Sicherheitskopie, falls etwas mit den Fotos auf dem iPad nicht funktionieren sollte. Mit den Problemen, die Reynolds mir eingebrockt hatte, hatte ich allerdings nicht gerechnet. Beim Einbruch in mein Haus hatte er die Karte nicht gefunden, denn die hatte im Auto gelegen.

Nach meinem Telefonat mit Annabel ging ich hinaus zum BMW, holte den alten Laptop, den ich von zu Hause mitgebracht hatte, kehrte zurück ins Haus und legte die SD-Karte ein. Eine Minute später wurden die Fotos auf den Desktop überspielt.

Während ich wartend dasaß, wurde ich das Gefühl, etwas übersehen zu haben, einfach nicht los.

Vielleicht etwas, das Murray gesagt hatte.

Oder etwas im Haus der Franks.

Mit dem Trackpad klickte ich zweimal auf ein Foto des Hauses, das Leonard oder Ellie in den Monaten nach dem Umzug gemacht hatte. Neben dem Laptop lagen die Farbausdrucke von Craws Fotos in zwei Reihen auf dem Tisch. Ich hatte sie gebeten, sie mir noch einmal zu schicken, nachdem Reynolds die Originale aus meinem Haus gestohlen hatte. Craws Fotos waren mehr als zweieinhalb Jahre später entstanden, stellten jedoch dasselbe Haus aus denselben Blickwinkeln dar.

Das Haus ist leer.

Du hast nichts übersehen.

Mein Blick wanderte zurück zu dem Foto auf dem Laptop – das Haus, als Leonard und Ellie gerade eingezogen gewesen waren. Ich hatte es unzählige Male betrachtet. Als ich es mit den Aufnahmen verglich, die Craw in den Monaten nach Franks' Verschwinden gemacht hatte, erschienen mir die Bilder identisch. Dasselbe Satteldach. Dieselbe Veranda. Derselbe Holzschuppen. Dieselbe Atmosphäre absoluter Abgeschiedenheit.

Ich schaute mir zuerst die Fotos auf dem Desktop des PC und dann die Ausdrucke auf dem Tisch an. Draußen war der Strand wegen des Regens kaum noch zu erkennen. Mein Arbeitsplatz wurde von einer Schreibtischlampe erleuchtet. Im Hintergrund surrte sanft die Zentralheizung.

Nach zehn Minuten stand ich auf und füllte den Wasserkessel noch einmal.

Streng dein Gehirn an.

Ich ging zur Küchentür, öffnete sie und ließ die eiskalte Luft an mir vorbeiwehen. Das leise Plätschern des Regens auf der kiesbestreuten Einfahrt klang wie das Raunen von Stimmen. Während ich lauschte, dachte ich an ein anderes Foto, das auch in Dartmoor entstanden war: das, von dem Franks zwei Versionen besaß – die Aufnahme von dem Tal mit den Überresten einer Bergarbeiterhütte und einem Kirchturm in der Ferne. Der Turm auf diesem Bild war ein echter Kirchturm, der wirklich zu einer Kirche gehörte, nicht einer wie der des Krankenhauses in Keel Point. Allerdings musste ich noch herausfinden, wo er stand. Und außerdem beschäftigte mich weiterhin die Frage, was Franks mit zwei Versionen derselben Ansicht wollte: ein Foto, geknipst mit einem Rollfilm vor vielen Jahren, und eines aus der Zeit nach seiner Pensionierung in Devon.

Als das Wasser kochte, waren meine Gedanken wieder bei Bethlehem und meinem Plan angelangt, der Insel morgen früh bei Ebbe einen Besuch abzustatten. Ich wusste nicht, was ich mir davon erwartete. Doch ich war überzeugt, dass es dort etwas zu finden gab. Immer wieder hatte ich das Bild von dem Raum mit dem Infusionsständer vor Augen. Warum interessierte sich Reynolds dafür? Welche Bedeutung hatte dieser Ort?

Wenn ich zur Insel wollte, musste ich um fünf Uhr morgens am Strand sein. Ich hatte auf der Fahrt von Dartmoor hierher einen Neoprenanzug gekauft und ihn, sowie Kleider zum Wechseln und eine Taschenlampe, in einen wasserdichten Rucksack gepackt, der im Kofferraum meines Autos lag. Natürlich wusste ich, dass die Überfahrt mit einem Boot leichter zu bewerkstelligen und außerdem weniger gefährlich sein würde. Allerdings würde es schwierig werden, das Boot zu verstecken, wenn ich erst mal drüben war – also nur eine Sorge mehr.

Ich schloss die Tür, schenkte mir einen Kaffee ein und wandte mich wieder den Fotos zu.

Nach der zweieinhalb Jahre alten Frontalaufnahme des Hauses, entstanden kurz nach dem Einzug der Franks, beugte ich mich wieder über das Bild, das Craw erst vor wenigen Monaten an einem grauen Herbsttag gemacht hatte. Der einzige Unterschied war die Farbe des Gebäudes selbst, winzig und kaum feststellbar, als sei das Holz, ausgebleicht vom Sonnenlicht, im Laufe der Jahre ein paar Schattierungen heller geworden.

Was übersehe ich hier?

Ich studierte die übrigen Fotos. Die Rückseite des Hauses, die Veranda, die Zimmer, die unvollendete Küche, und kehrte dann wieder zu der Frontalansicht zurück. Ich war sicher, dass da etwas sein musste. Vor wenigen Stunden hatte ich genau an diesem Fleck vor dem Haus im Regen gestanden und dasselbe Gefühl gehabt, dass etwas im Argen lag.

Der Hauch einer Gewissheit.

Eine Überzeugung.

Also, was, zum Teufel, ist es?

Als die Zentralheizung wieder ansprang, knarzten und vibrierten die alten Rohre in den Mauern des Häuschens.

Das Haus ist leer.

Du hast nichts übersehen.

»Das Haus ist leer«, wiederholte ich mit leiser Stimme.

Und dann, im nächsten Moment, fiel es mir wie Schuppen von den Augen.

Ich habe mir den falschen Teil des Bildes angeschaut.

Vorhin am Haus hatte ich hinter dem Garten drei Trampelpfade bemerkt, die – beinahe parallel zueinander – durch Teppiche aus Heidekraut und Brombeerranken über die Moorlandschaft verliefen. Sie waren während vieler Jahre von Wanderern ausgetreten worden, die auf dem Weg zum Tor das Grundstück umrundet hatten. Nur, dass es auf dem Bild, das die Franks kurz nach ihrem Einzug gemacht hatten, keine drei Pfade gewesen waren.

Sondern nur zwei.

Auf Craws Foto – zweieinhalb Jahre später – gab es noch einen dritten Pfad, weniger tief eingegraben als die anderen beiden und noch von platt gedrücktem Gestrüpp bedeckt. Doch er war unverkennbar vorhanden und bog leicht nach rechts ab, während die anderen beiden geradeaus führten. Ich versuchte, mir verschiedene logische Gründe dafür vorzustellen: Vielleicht hatten Spaziergänger in den Jahren dazwischen ja einen neuen Pfad getreten und waren dabei dem leichten Auf und Ab des Hügels gefolgt. Weil es weniger mühsam war. Ein nicht so steiler und anstrengender Weg durch eine Landschaft, die sehr rau und unwirtlich sein konnte.

Oder es waren gar keine Wanderer gewesen.

Sondern womöglich Franks selbst nach seinem Einzug.

Weil dieser Pfad zu einem bestimmten Ziel führte.

47

Kaum hatte ich das Moor erreicht, wurde das Wetter schlechter. Als ich am Haus ankam, war es elf Uhr nachts, und der Regen prasselte so heftig auf das Auto, als fielen Nägel vom Himmel.

Ich fuhr so dicht ans Haus heran wie möglich, sodass die Scheinwerfer die Veranda beleuchteten, und ließ den Motor laufen. Um mich herum war das Moor pechschwarz. Man konnte keinerlei Umrisse ausmachen und auch keine einzelnen Erhebungen oder Bodensenken erkennen. Außerhalb der Lichtkegel meiner Scheinwerfer erstreckte sich eine scheinbar endlose Leere. Als ich ausstieg, fegte ein böiger Wind heran, der den Wagen zum Schaukeln brachte.

Ich nahm das bereits vorhin benutzte Verlängerungskabel aus dem Kofferraum, rollte es auf und zog es über den Rasen vor dem Haus – eigentlich nicht mehr als eine eingezäunte Fortsetzung der Moorlandschaft – und die Veranda hinauf. Dann schloss ich auf, griff nach der alten Lampe, die Ellie zurückgelassen hatte, und stöpselte sie ein. Licht fiel durchs Wohnzimmer bis in die Küche. Da ich keinen Strom hatte, war keine hellere Beleuchtung möglich. Doch das Wichtigste war, dass sich das Haus aus der Dunkelheit abheben würde, während ich in die Nacht hinausging und dem dritten Pfad folgte. Als ich fertig war, trat ich wieder aus dem Haus, wo sich Wind und Regen sofort erneut auf mich stürzten.

Ich ging um den Holzschuppen herum und leuchtete die Fläche hinter dem Garten ab, bis ich die drei Pfade gefunden hatte. In den Monaten seit Franks' Verschwinden war der dritte Pfad ein wenig zugewachsen. Das niedergetrampelte Gestrüpp hatte neue Wurzeln gebildet, und Heidekraut wucherte zu beiden Seiten. Die anderen beiden Wege, ausgetreten im Laufe von Jahrzehnten, waren weiterhin gelb und eben und durchschnitten klar begrenzt das Gras.

Der Regen peitschte auf mich ein und prasselte mir auf Gesicht und Jacke. Ich stand am Anfang des dritten Pfades und leuchtete ihn mit meiner Taschenlampe ab. Hinter mir knarzte und knackte der Zaun, der rings um das Grundstück der Franks führte, im Wind. Irgendwo links von mir in der Dunkelheit erhob sich einen halben Kilometer über mir das Tor. Rechts konnte ich undeutlich ein schwaches Licht ausmachen: ein quadratisches Fenster, das zu einem der Häuser in Postbridge gehörte.

Ansonsten herrschte, bis auf die Lampe im Haus, völlige Finsternis.

Ich zückte die Taschenlampe und machte mich auf den Weg.

Der Pfad war uneben und nur schwer zu erkennen. Als ich in einen Tierbau geriet und mir beinahe den Knöchel verrenkte, wurde ich noch langsamer und spürte, wie die Spitzen meiner Stiefel sich in den unter Dornengestrüpp verborgenen Rissen im Boden verfingen. Außerdem ging es häufig und unvermittelt bergab, sodass ich öfter das Gleichgewicht verlor und einmal sogar vom Pfad herunterstolperte. Als ich wieder festen Boden unter den Füßen hatte, versuchte ich, besser darauf zu achten, wo ich hintrat, was jedoch zunehmend schwieriger wurde. Das lag nicht nur daran, dass der Weg immer undeutlicher zu erkennen war. Hinzu kam der heftiger werdende Regen, der mir Hagelkörner ins Gesicht trieb, die sich anfühlten wie Kieselsteine. Schließlich musste ich – inmitten eines Meers aus undurchdringlicher Dunkelheit – stehen bleiben, die Kapuze aufsetzen und meine Jacke bis zum Kinn zuziehen.

Nun hörte ich nur noch den Regen.

Er trommelte auf meine Kapuze, während ich weitermarschierte. Vor mir glitzerten gefährlich glitschige Schlammpfützen im Schein meiner Taschenlampe. Als der Pfad einen Moment unter Dornengestrüpp verschwand, blieb ich erneut stehen und hob die Taschenlampe. Auf der anderen Seite entdeckte ich den Pfad wieder. Er verlief in einem leichten Zickzackkurs nach links.

Ich schaute über die Schulter zurück zum Haus.

Deshalb hatte ich ja die Lampe eingeschaltet: als eine Art Leuchtturm. Dennoch fühlte ich mich wie mitten in der Nacht auf hoher See, wenn die Küstenlinie nur noch als Lichtpunkt wahrzunehmen ist. Allerdings war ich weiter gekommen als erwartet: Inzwischen befand ich mich etwa hundertzwanzig Meter unterhalb des Hauses, hatte mich also schon etwa einen halben Kilometer davon entfernt. Als mir Regenwasser in die Augen lief, schien das Licht in Wohnzimmer und Küche zu flackern.

Ich schritt weiter aus; tiefer und tiefer ging es über immer unebeneres Gelände, bis mir klar wurde, dass ich den Pfad aus den Augen verloren hatte. Ich hielt inne und leuchtete mit der Taschenlampe in die Richtung, aus der ich gekommen war. Der Regen hatte den Abhang in eine Schlammrutsche verwandelt, doch ich konnte trotzdem im Morast eine Reihe niedergetrampeltes Gestrüpp erkennen. Ich folgte ihm etwa zwanzig Meter weit im Lichtstrahl meiner Taschenlampe bis zurück zu meinem Standort. Und dann, etwa zehn Meter vor mir, fiel mir etwas auf.

Der Pfad war zu Ende.

Er mündete in einer kleinen Lichtung von etwa einem Meter Durchmesser, die man von Gestrüpp und Heidekraut befreit hatte. Als ich näher kam, stellte ich fest, dass sie nicht durch Niedertrampeln entstanden war. Jemand hatte sie, offenbar mit Unkrautvernichtungsmittel, gerodet – und dabei zu viel erwischt.

Das Gras war verbrannt.

Als mich nur noch fünf Meter von der Lichtung trennten, bemerkte ich einen Maulwurfshügel, einen flachen Schlammhaufen, der dort stand wie ein Kuchen. Wieder wehte eine Windbö durch das Tal und pfiff zwischen den Hügeln zu beiden Seiten hindurch wie durch einen Trichter. Ich musste einen Schritt zur Seite treten. Der Regen prasselte auf meine Kapuze herab. Dann, als der Lichtstrahl noch einmal über den Maulwurfshügel strich, fiel es mir wie Schuppen von den Augen.

Das ist gar kein Maulwurfshügel.

Hier war etwas vergraben worden.

Schnell setzte ich mich in Bewegung und kniete mich in der Lichtung auf den Boden, ohne mich darum zu kümmern, dass das nasse Gras mir die Hose durchweichte und dass mir der Regen ins Gesicht peitschte. Nachdem ich die Taschenlampe weggelegt hatte, fing ich an, mit den Händen zu graben und die Erde beiseitezuwerfen. Immer weiter grub ich tief ins Moor hinein. Nach etwa einem halben Meter hielt ich inne, um Atem zu schöpfen. Unter der Jacke war mir warm, alle ungeschützten Körperteile wurden hingegen starr vor Kälte. Dennoch grub ich weiter, tiefer und tiefer, bis ich einen halben und schließlich einen drei viertel Meter weit gekommen war. Als ich ein etwa einen Meter tiefes Loch gegraben hatte, fragte ich mich allmählich, ob es nicht doch ein Irrtum oder ein Missverständnis gewesen war.

Und dann berührten meine Finger einen Gegenstand.

Er lag lose in dem Loch.

Ich griff hinein, holte ihn heraus und hielt ihn ans Licht.

Ein Plastikstreifen.

Er war etwa fünf Zentimeter lang und einen guten Zentimeter breit. In der Mitte befand sich ein eingestanztes Loch – er sah aus, als hätte er zu einem Schlüsselring gehört. Ich wandte mich wieder dem Loch zu und leuchtete es gründlich ab, um sicherzugehen, dass ich keinen im Schlamm vergrabenen Schlüsselbund übersehen hatte. Im nächsten Moment hielt ich inne, denn mir war ein Gedanke gekommen.

Die Schlüssel sind nicht da, weil jemand sie bereits mitgenommen hat.

Der Anhänger wurde versehentlich fallen lassen.

Ich drehte das Stück Plastik herum und betrachtete die andere Seite.

Ein Adrenalinstoß durchfuhr mich.

Es stand etwas darauf, und zwar dieselbe Folge aus Buchstaben und Zahlen, die ich auf einem Stück Papier neben dem Grundriss von Bethlehem in Franks' erstem weißem Notizbuch gesehen hatte; genau das hatte er später auf die Rückseite eines Flyers geschrieben, als er mit Murray im Pub gewesen war.

Die Aufschrift lautete: »BROLE108«.

48

Ich steckte den Plastikstreifen ein und begann, das Loch zuzuschütten. Als ich fertig war, bemerkte ich am Rande des Lichtkegels meiner Taschenlampe in der Dunkelheit eine Bewegung.

Ich erstarrte.

Und leuchtete mit der Taschenlampe nach rechts.

Auf beiden Seiten fiel das Moor zunehmend steiler in Richtung Tal ab. Der Strahl meiner Taschenlampe reichte etwa fünfzehn Meter bis zu einem Meer aus Farnen, die sich im Wind wiegten. In die andere Richtung konnte ich sogar noch weiter sehen, und zwar bis zu einer ebenen Fläche Moorlandschaft, wo keine Bäume oder andere Pflanzen wuchsen. Der sanft ansteigende Hügel versperrte mir die Sicht auf die Lichtpunkte von Postbridge, die ich aus größerer Höhe hatte ausmachen können.

Ich rappelte mich auf und machte mich an den Rückweg.

Die Taschenlampe hatte ich auf den Boden gerichtet, damit ich nicht mehr vom Pfad abwich. Dennoch war es ein Gewaltmarsch: Inzwischen war das Gras glitschig vom Regenwasser, und meine Füße fanden kaum Halt im Morast. Einige Male rutschte ich aus, sodass mir die Taschenlampe aus der Hand fiel und ins Gebüsch rollte. Sobald ich sie wieder herausgeangelt hatte, hatte ich weitere anderthalb oder zwei Meter verloren. Auf halbem Weg blieb ich stehen und warf einen Blick hinüber zum beleuchteten Wohnzimmer, um festzustellen, wie weit ich schon gekommen war.

Im Haus bewegte sich etwas.

Ich knipste die Taschenlampe aus. Dunkelheit senkte sich rings um mich herab, und in meiner Brust breitete sich Beklommenheit aus. Ich sah mich um und zwang mich, genau hinzuschauen. Doch ich konnte nur die grauen Umrisse der Farne in der Nähe und die winzigen Lichtflecken aus den Häusern im Dorf erkennen. Als ich mich in Richtung Hügel umdrehte, rutschte mein Fuß auf einer morastigen Stelle ab, und ich musste mich an einer Bodenerhebung vor mir auf dem Weg festhalten. Eine Weile verharrte ich in dieser Stellung und schloss die Augen.

Ich lauschte.

Der Regen rauschte, und der Wind heulte wie ein Tier, was es erschwerte, etwas zu hören. Ob sich jemand näherte. *Ob jemand dicht hinter mir stand.* Als ich die Augen wieder aufschlug, konnte ich gerade noch die Umrisse des Hauses etwa fünfundzwanzig Meter weiter den Hügel hinauf erahnen. Seine Silhouette erinnerte an einen Fleck verwischter grauer Farbe, die sich vom schwarzen Moor abhob.

Drinnen brannte noch Licht.

Auch die Scheinwerfer meines Autos vor dem Haus waren eingeschaltet.

Ich marschierte weiter, allerdings langsamer. Je näher ich dem Haus kam, desto mehr achtete ich darauf, Geräusche zu vermeiden. Als ich endlich die Hügelkuppe erreicht hatte und sich nur wenige Meter vor mir der Lattenzaun erhob, hörte ich etwas: ein Scheppern in unregelmäßigen Abständen, laut und immer lauter. Dann Stille.

Die Haustür.

Ich hatte sie zugeschoben.

Jetzt stand sie offen.

Ich drehte die Taschenlampe um, packte sie wie eine Waffe und pirschte mich an die Grundstücksgrenze und so dicht wie möglich ans Haus heran. Auf halbem Weg schaute ich mich um: der Garten, der Lattenzaun und alles dahinter waren inzwischen von der Dunkelheit verschluckt. Ich konnte nur noch sehen, spüren und riechen, was sich unmittelbar in meiner Nähe befand: die Südseite des Hauses hinter mir, der schwache Lichtschein aus Postbridge, feuchtes Gestrüpp.

Ich schlich mich zur Ecke des Grundstücks.

Die Veranda war einen Meter über dem Boden erbaut und reichte mir bis an die Hüfte. Ich spähte am Holzschuppen vorbei und die Dielen der Veranda entlang zur Haustür. Sie schwankte langsam im Wind und schlug gegen den Rahmen. Jemand hatte sie aufgemacht und sie bei seinem Aufbruch nicht mehr geschlossen. Oder er hatte sie geöffnet, war hineingegangen – und noch nicht wieder herausgekommen.

Ich schaute zu meinem Auto hinüber.

Die Fahrertür war zugeschoben, aber nicht geschlossen worden. Anscheinend hatte der Eindringling sie ebenfalls aufgemacht, um sich im Wagen umzusehen. Ich blieb stehen und überlegte, ob ich etwas im Kofferraum hatte, das besser als Waffe geeignet war als eine Taschenlampe. Unterdessen schlug die Tür wieder im Wind, prallte gegen den Rahmen und schwang erneut in meine Richtung. Diesmal fiel Licht aus dem Wohnzimmer nach draußen – und etwas stach mir ins Auge.

Der Gegenstand war an der Tür befestigt.

Ein dünnes Stück Draht.

Er schlängelte sich vom unteren Rand der Tür über die Veranda zum Holzschuppen. Noch einmal blickte ich mich um, weil ich sichergehen wollte, dass sich niemand dem Haus näherte. Dann griff ich durch das Geländer nach dem Draht.

Er war so dünn wie ein Baumwollfaden.

Kaum sichtbar, doch fest und nicht zu zerreißen.

Und er führte direkt in den Holzstapel.

Aus der dunklen Mitte des Holzstoßes, verborgen im Gewirr der Scheite, blinkte mir etwas Rotes entgegen. Einmal. Zweimal. Dreimal. *Ein elektronisches Gerät.* Auf meiner Seite des Holzhaufens gab es eine kleine Lücke, die genügte, um einige Finger hineinzustecken. Also schob ich meine Hand in den Spalt, um den Gegenstand herauszufischen.

Ich spürte, wie mein Zeigefinger ein Plastikgehäuse streifte.

Also bohrte ich die Finger noch tiefer in die Öffnung. Der raue Rand eines Holzscheits schürfte mir die Fingerknöchel auf. Der Wind wehte vom Tor her und heulte ums Haus. Regen peitschte in mein Gesicht und tropfte mir in die Kapuze. Die Wange an ein Holzscheit gepresst – der Geruch nach feuchtem Holz drang mir in die Nase –, versuchte ich weiter, das Ding zu fassen zu kriegen, ganz gleich, was es auch sein mochte. Meine Finger glitten über erhabene Stellen und Einbuchtungen.

Eine Reihe von LED-Lämpchen.

Ein Plastikrost.

Es fühlte sich an wie ein Walkie-Talkie.

Doch als ich einen dritten – vergeblichen – Versuch unternahm, an das Ding heranzukommen, fiel mein Blick wieder auf den daran befestigten Draht, der an der unteren Kante der Tür hing. Ich ließ die Stunden Revue passieren, in denen ich heute das Haus durchsucht und es ein paarmal klicken gehört hatte.

Scheiße.

Rasch zog ich die Hand aus dem Holzstoß. *Als ich heute schon einmal hier gewesen und durch die Tür ins Haus spaziert war, hatte ich das Ding ausgelöst.*

Eine selbst gebastelte Alarmanlage.

49

Mit aller Macht spitzte ich die Ohren, um Geräusche aus dem Haus aufzufangen – eine Bestätigung dafür, dass ich nicht allein war. Doch der Regen erschwerte mir mein Vorhaben, da er alles dämpfte oder umleitete. In der Mitte der Veranda flatterte die Tür wie eine Zunge. Das ganze Holzhaus ächzte, als der Wind auffrischte. Ich wartete auf ein Flackern des Lichts oder das fast unmerkliche Huschen eines Schattens, aber bis auf das Wetter bewegte sich nichts. Im Haus blieb es still.

Hinter dem Haus knarzte der Lattenzaun im Wind. Als ich noch einmal die Veranda entlangschaute, stach mir wieder die Alarmanlage ins Auge. Der Draht wand sich in Wind und Regen wie ein gestrandeter Fisch.

Das Ding war installiert worden, um weiterzumelden, dass jemand dem Haus einen Besuch abgestattet hatte.

Nachdem ich mich vergewissert hatte, dass sich der Plastikanhänger noch in meinem Besitz befand, schlich ich zurück hinter das Haus. Etwa fünf Meter weiter war der Geräteschuppen an die Rückseite angebaut. Auf der anderen Seite des Schuppens führte die Hintertür in die Küche. Weil noch immer Licht aus dem Wohnzimmer strömte, duckte ich mich unter der ersten Fensterreihe hindurch und lief durch den Garten auf den Schuppen zu. An der Tür ging ich unter dem Vorhängeschloss in die Hocke, blickte mich nach dem Haus um und öffnete das Schloss. Es fiel herunter.

Ich fing es auf und legte es auf den Boden.

So vorsichtig und leise wie möglich schob ich die Tür auf, bis mir der Geruch nach Öl, alten Lappen und feuchtem Holz entgegenwehte. Ich griff in den Schuppen und schnappte mir eine Schaufel. Doch im nächsten Moment bemerkte ich etwas aus dem Augenwinkel.

In der Küche hatte das Licht geflackert.

Ich nahm die Schaufel, machte die Tür des Geräteschuppens zu und hakte das Vorhängeschloss in die Ösen. Und dann beobachtete ich. Nur, dass da nichts mehr war: Kein Hinweis darauf, dass sich im Haus jemand aufhielt. Das Licht bewegte sich nicht. Kein Schatten.

Ich hielt die Schaufel nach unten gerichtet und umfasste sie in der Mitte des Stiels. Dann schlich ich durch den Garten zur Haustür zurück. Wenige Meter davor blieb ich stehen und spähte erneut durch die Glasscheibe. Noch immer nichts. Ganz langsam pirschte ich mich weiter, richtete mich bis zum Rand der Scheibe auf und schaute hindurch. Obwohl drinnen die Lampe brannte, waren große Teile der Küche in Dunkelheit getaucht. Ich konnte knapp einen Blick auf die vordersten Unterschränke erhaschen. Wo die Renovierungsarbeiten nicht beendet worden waren, befanden sich schwarze Lücken. An der Wand machte ich die Umrisse einer Uhr aus.

Alles tot.

Ich steckte die Taschenlampe in die Gesäßtasche und packte die Schaufel mit beiden Händen. Dann setzte ich meinen Weg, vorbei an der Küche, zur Ecke des Hauses fort. Dort gab es eine kleine betonierte Fläche, wo Franks und Ellie ihren Audi geparkt hatten.

Plötzlich: eine Bewegung.

Am Rand meines Blickfelds erkannte ich durch den Scheinwerferstrahl des BMW ein farbiges Aufblitzen. Nur ganz kurz, dann war wieder alles stockfinster. Im nächsten Moment sah ich dasselbe farbige Aufblitzen, das sich in Richtung der Bäume entfernte. Jemand lief vom Haus weg.

Er hatte zu viel Vorsprung.

Zu Fuß würde ich ihn nicht einholen.

Ich ließ die Schaufel fallen, rannte zum Auto, zerrte die Tür auf und sprang hinters Steuer. Nachdem ich den Adapter aus dem Zigarettenanzünder gezogen hatte, legte ich den Rückwärtsgang ein und riss den Wagen herum. Kurz verloren die Reifen die Haftung im nassen Gras, sodass ich einen Satz nach vorn machte. Ich hatte sofort das Gefühl, dass etwas nicht stimmte. Aber als die Scheinwerfer nach links schwenkten und die Dunkelheit durchschnitten wie ein Messer einen Vorhang, sah ich die Gestalt noch einmal und richtete meine gesamte Aufmerksamkeit auf sie. Grauer Kapuzenpulli. Ein Lichtstrahl erleuchtete seinen rasierten Schädel.

Reynolds.

Er befand sich etwa zwanzig Meter vor mir, als er sich umdrehte – und seltsamerweise langsamer wurde. Ich fuhr weiter und stellte fest, dass sich das Auto nur schwer lenken ließ, so als würde es nach rechts gezogen.

Die Zeit genügte, um den Anflug eines Grinsens auf seinem Gesicht zu erkennen und mich zu fragen, warum er weggelaufen war, anstatt mich anzugreifen – bis mir klar wurde, was er getan hatte.

Er hatte mir einen Reifen aufgeschlitzt.

Ohne nachzudenken, trat ich verzweifelt das Gaspedal bis zum Anschlag durch. Der Wagen schlingerte und schlitterte vom morastigen Pfad aufs Gras. Vor mir ragte drohend die Baumreihe auf. Als ich feststellte, dass das Auto nicht mehr rechtzeitig stoppen würde, zog ich mir den Sicherheitsgurt vor die Brust und ließ ihn einrasten. Wenig später holperte der Wagen über eine Bodenwelle und knallte in eine mit Gras bewachsene Böschung. Der Gurt spannte sich an und fesselte mich unerbittlich an den Sitz, als der Aufprall den Wagen ins Schleudern brachte, sodass mein Kopf gegen das Seitenfenster knallte. Das Glas zerbrach, ich spürte Splitter am Gesicht.

Und dann Dunkelheit.

50

Als ich wieder aufwachte, befand ich mich im Haus und lag mitten im Wohnzimmer neben der Lampe auf dem Boden. Sie funktionierte noch, war allerdings umgekippt. Ich schmeckte Blut in meinem Mund und fühlte, wie es mir seitlich am Gesicht entlanglief. Mein Arm klemmte unter mir fest. Als ich mich bewegen wollte, um ihn herauszuziehen, schoss mir ein Schmerz durch die Schulter. Schleudertrauma. Stoßverletzungen. Sobald ich mich rührte, krampfte sich mir die Brust zusammen.

Ein Geräusch.

Als ich den Kopf hob, um seinen Ursprung zu ermitteln, stieg mir Brechreiz in die Kehle. Ich spitzte die Ohren und rollte mich auf den Rücken. Nachdem ich mich wieder ein wenig gefangen hatte, schaute ich noch einmal hin, um festzustellen, woher das Geräusch kam.

Es war mein Mobiltelefon.

Mit zusammengebissenen Zähnen kämpfte ich mich vor einem der Sofas in die Sitzposition und beobachtete, wie mein Handy sanft vibrierend über den Teppich rutschte. Langsam und stetig kam es bei jedem Ton einen Zentimeter auf mich zu. Als ich in die andere Richtung blickte, konnte ich durch die offene Tür mein zerschmettertes Auto sehen. Die Warnblinkanlage blitzte auf, ein Scheinwerfer funktionierte noch, leuchtete jedoch in einem Fünfundvierzig-Grad-Winkel durch die Bäume ins dahinterliegende Moor.

Warum bin ich wieder hier?

Im ersten Moment verwirrt, schaute ich mich noch einmal im Zimmer um. Das Haus war leer. Nur die Lichtverhältnisse hatten sich wegen der umgekippten Lampe verändert. Schatten umgaben Türbögen, Fenster und die Ecken des Raums. Alles war plötzlich weniger beleuchtet, denn der Lichtschein endete auf halber Höhe der Wände.

Hat Reynolds mich ins Haus geschleppt?

Mir brummte der Schädel.

Und pochte.

Ich fand weder eine Erklärung, noch konnte ich Zusammenhänge herstellen.

Unterdessen läutete mein Handy immer weiter und rutschte auf mich zu. Nach ein paar Sekunden versuchte ich, danach zu greifen. Meine Finger streiften das Gehäuse, doch die Bewegung sorgte dafür, dass mir ein stechender Schmerz im Brustkorb fast den Atem raubte.

Ich gönnte meinem Körper ein wenig Ruhe.

Als das Handy fünf Sekunden später wieder in meine Reichweite geriet, unternahm ich einen zweiten Versuch. Diesmal gelang es mir, die Finger darum zu schließen, ohne die Schulter zu benutzen, und ich zog es an mein Bein. Die Uhr zeigte halb zwölf an. Es war ein unbekannter Anrufer.

Ich drückte auf »Annehmen« und hob das Handy langsam ans Ohr.

»Willkommen zurück unter den Lebenden«, sagte eine Männerstimme.

Ein Manchester-Akzent.

Reynolds.

Während ich mich um eine bequemere Sitzposition bemühte, stieg mir zum ersten Mal ein Geruch in die Nase. Erneut schaute ich mich im Raum um, und Unbehagen machte sich in mir breit, als mein Blick auf die Treppe auf der anderen Seite des Zimmers fiel. In diesem Teil des Wohnzimmers war es fast vollständig dunkel.

»Ich kann mir vorstellen, dass Sie sich im Moment nicht so toll fühlen.«

»Nein, nicht unbedingt«, entgegnete ich.

Inzwischen war es so totenstill im Haus wie zuvor. Es hatte aufgehört zu regnen, der Wind war abgeflaut. Nun entspannte sich das Gebäude wieder: ein gelegentliches Knirschen, ein Knarzen und das Knacken von Holz, als sich die Wände in der Kälte allmählich zusammenzogen.

»Die Sache mit dem Reifen hätte nicht so laufen sollen.« Eine Pause. Er sprach zwar fast im Flüsterton, klang aber monoton und roboterhaft, als läse er einen Text ab. »Ich habe nicht damit gerechnet, dass Sie mit siebzig Sachen übers Moor brettern. Die Leute hier fahren normalerweise nicht so. Verstehen Sie mich nicht falsch, ich wollte, dass Sie einen Unfall bauen, damit Sie sich wehtun und auch Ihr Ego vielleicht ein paar Schrammen abkriegt. Aber so schnell hätten Sie nicht fahren dürfen. Sie hätten mich eigentlich gar nicht erst sehen sollen.«

»Offenbar ist Ihr Plan nicht aufgegangen«, erwiderte ich.

Die Verbindung begann zu wackeln, und ich hörte ein leises Echo, so als störe ein anderer Anrufer den Funkkontakt. »Was wollen Sie?«

»Geben Sie die Suche nach Franks auf.«

Ich antwortete nicht, doch meine Gedanken überschlugen sich: Auf wessen Seite stand er? Und warum verlangte er, dass ich meine Suche abbrach? Weil er Franks schützen wollte? Oder weil er vorhatte, sich ihn selbst zu schnappen? Dass er mit Franks zusammenarbeitete, erschien mir nicht sehr plausibel. Die beiden hatten nicht gerade ein freundschaftliches Verhältnis gepflegt. Sie hatten einander gehasst wie die Pest.

»Ich habe es bei Ihnen auf die sanfte Tour versucht, Raker. Ich habe zwar Ihr Haus auf den Kopf gestellt und Ihre Unterlagen mitgenommen, Sie aber am Leben gelassen. Damals dachte ich, dass das reichen würde, um Ihre ... wie würden Sie es nennen ... Ermittlungen? ... Mission? ... zu stören. Oder geht es hier wieder um eine verlorene Seele, für die Sie sich verantwortlich fühlen? Ganz gleich, was es auch ist, ich wollte ehrlich nicht, dass es so weit kommt. Doch da ich seitdem ein paar Dinge über Sie in Erfahrung gebracht habe, hätte ich es mir eigentlich denken können.«

»Und warum sollte ich aufhören?«

»Warum? Weil ich das Messer beim nächsten Mal nicht nur in Ihren Reifen bohren werde.« Eine Pause. »Ob Sie es glauben oder nicht, ist es normalerweise nicht mein Geschäft, meine Mitmenschen umzulegen. Das war von Anfang an nicht das Thema. Die ganze Sache ... betrachten Sie es als Dienst an der Allgemeinheit. Und trotzdem verspreche ich Ihnen eines: Wenn Sie nicht sofort Ihre Sachen packen und zurück nach London fahren, werde ich nicht nur Sie töten, sondern auch jeden, der Ihnen etwas bedeutet. Das schließt auch Ihre Tochter ein.«

»Wehe, wenn Sie es wagen …«

»Wenn ich *was* wage?«

Und in diesem Moment fiel es mir wie Schuppen von den Augen: der Geruch. Ich spähte durch den Raum hinüber zur dunklen Treppe. Jetzt erkannte ich ihn wieder.

Moder.

Plötzlich bewegte sich etwas in den Schatten, als hätte jemand meine Gedanken gelesen. Aus der Finsternis kam die Spitze eines Stiefels in Sicht. Schwarz. Voller Schlammspritzer. Abgetragen.

Reynolds.

Er beugte sich vor und stützte die Ellbogen auf die Knie. Sein bleiches Gesicht leuchtete wie ein silbriger Schein. Er war so in Dunkelheit eingehüllt, dass er sie beinahe trug wie einen Umhang. Nachdem er mich eine Weile beobachtet hatte, beugte er sich vor – eine der Nacht entrissene Gestalt – und erhob sich, ohne mich aus den Augen zu lassen. Ich bemerkte Staub und Schlamm an seinen Händen. Außerdem mein Blut. Er durchquerte das Zimmer – muskelbepackt und dennoch wieder mit denselben sparsamen Bewegungen – und blieb dicht vor mir stehen. Er hatte ein Mobiltelefon in der rechten Hand. Als er einen Knopf drückte, zirpte es leise.

»Wenn Sie nicht innerhalb von vierundzwanzig Stunden wieder in London sind und Melanie Craw mitteilen, dass Sie ihren Fall niederlegen, werde ich Ihre Tochter vor Ihren Augen töten.« Er hielt inne und betrachtete mich. Inzwischen hatte sich sein Tonfall verändert. Er war härter geworden, und sein Akzent trat stärker hervor. »Möchten Sie zusehen, wie Ihrer Tochter die Kehle durchgeschnitten wird?«

Die Kehle durchgeschnitten.

Genau wie er es bei Simon Preston gemacht hatte.

Ich bedachte ihn mit einem hasserfüllten Blick. »Wenn Sie auch nur wagen, sie anzusehen, werde ich …«

»*Was* werden Sie? Glauben Sie, ich habe Angst vor Ihnen? Ich beobachte Sie nun schon seit einer Weile, ohne dass Sie auch nur die geringste Ahnung davon hatten. Also sollten *Sie* vielleicht derjenige sein, der hier Angst hat.«

Ich schwieg.

»Ihrer Tochter zuliebe hoffe ich, dass Sie Angst haben.«

Wieder sagte ich nichts.

»Sie haben vierundzwanzig Stunden.«

Seine Augen ruhten noch einen Moment auf mir, und der Anflug eines Lächelns huschte über sein Gesicht. Dann ging er aus dem Wohnzimmer und hinaus auf die Veranda. Ein leichter Nieselregen umwehte ihn. Das Dämmerlicht aus dem Haus fing sich in den Tropfen. Ich schaute ihm nach, als er langsam und mit beinahe abgehackten Schritten die Stufen hinunterstieg.

Unten angekommen, sah er sich noch einmal nach mir um.

Dreißig Sekunden später hatte die Moorlandschaft ihn verschluckt.

51

Sobald Reynolds fort war, stemmte ich mich am Sofa und der Wand daneben hoch. Der Schmerz in meiner Schulter hatte ein wenig nachgelassen; allerdings fuhr mir noch immer ein pochendes Stechen quer durch die Brust. Ich suchte in der Küche nach Schmerztabletten, ohne zu erwarten, dass ich welche finden würde, und wurde auch nicht enttäuscht. Den linken Arm fest an die Taille gedrückt, hob ich mein Mobiltelefon auf.

Annabel.

Ich wählte ihre Nummer.

Während ich darauf wartete, dass sie ranging, kam mir ein neuer Gedanke: Was, wenn Reynolds bereits bei ihr gewesen war? Bestimmt rechnete er damit, dass ich sie sofort anrief und versuchte, sie an einen sicheren Ort zu schaffen. Und nachdem es zehnmal geläutet hatte, ohne dass sich jemand meldete, ergriff eine grausige, klebrige Furcht Besitz von mir. *Er war schon dort. Er hat sie in seiner Gewalt.*

Doch dann, endlich, nahm sie ab. »Hallo?«

»Annabel, ich bin es.«

»Hallo, wie geht es dir?«

»Ist bei dir und Olivia alles in Ordnung?«

»Bestens. Mann, weißt du, wie spät es ist?«

»Wo bist du?«

Eine besorgte Pause. »Zu Hause. Warum?«

»Du musst mir jetzt ganz genau zuhören, okay? Ich möchte, dass du und Olivia euch anzieht, ins Auto steigt und auf der M5 nach Norden fahrt. Du musst weiterfahren, bis ihr an der Raststätte in Bristol seid.«

»Was? Ich dachte, du wolltest uns besuchen.«

»Ich erkläre dir alles später. Bitte tu es einfach für mich. Wenn ihr in Bristol seid, parkt ihr, geht rein und wartet dort, wo euch jeder sehen kann. Ich schicke euch jemanden, der euch abholt.«

»*Was?* Ich verstehe nicht … sind wir in Gefahr?«

Da sie inzwischen in Panik war, griff ich zu einer Lüge. »Nein. Es ist etwas dazwischengekommen. Ich kann gerade nicht selbst kommen. Ich möchte nur sichergehen, dass nichts passiert. Wahrscheinlich bin ich paranoid, aber so sind Väter nun einmal, richtig?« Allerdings kaufte sie mir meinen Versuch nicht ab, die Sache auf die leichte Schulter zu nehmen. Ich schaute auf die Uhr. Mitternacht. »Der Mann, der euch dort treffen wird, heißt Ewan Tasker. Ich schicke dir ein Foto von ihm auf dein Handy. Ihr geht nur mit ihm mit. Mit niemand anderem. Alles wird gut. Aber tu das bitte für mich, okay?«

»Okay.«

»Danke, Liebes.«

Ich fügte hinzu, ich würde mich in zehn Minuten noch einmal melden, wenn sie und Olivia angezogen und bereit zum Aufbruch waren. In der Zwischenzeit rief ich Tasker an. Da er nur wenig schlief, war er nach ein paarmal Läuten am Apparat. Und nachdem ich ihm mein Anliegen erklärt hatte, erwähnte er die späte Stunde, die weite Fahrt, die ich von ihm verlangte, und den großen Gefallen, den er mir damit tat, mit keinem Wort. Die Zeit, in der er mich noch nach Gründen gefragt hatte, war für ihn längst abgehakt. Vielleicht war ja jede meiner zwischenmenschlichen Beziehungen dazu verurteilt, dieses Schicksal zu erleiden. Nachdem alles besprochen war, legte ich auf und rief noch einmal Annabel an. Sie hob sofort ab.

»Alles in Ordnung?«, erkundigte ich mich.

»Vermutlich schon.«

Ich forderte sie auf, die ganze Zeit weiterzureden, während sie das Haus verließen, abschlossen und ins Auto stiegen. Als sie im Wagen saßen, steckte sie das Handy in die Freisprechanlage, und ich lauschte, wie sie mir ihre nächsten Aktionen schilderte: hinaus auf die Straße, aus dem Dorf und auf die A38.

Als sie auf der Schnellstraße waren, beruhigte ich mich ein kleines bisschen. Im Hintergrund konnte ich hören, wie Olivia vor sich hin sang. Dazu das Piepsen eines Videospiels.

Ich sagte ihr hallo.

»Hallo, David«, antwortete sie.

»Wie geht es dir?«

»Gut.«

»Super. Du passt auf deine Schwester auf, ja?«

»Die soll doch auf mich aufpassen.«

»Ich weiß. Dann passt ihr eben aufeinander auf.«

»Okay.«

Kurzes Schweigen.

»Belle sagt, du hättest uns in Gefahr gebracht.«

»Olivia«, zischte Annabel. Da sie sich dicht über den Lautsprecher des Handys beugte, klang ihre Stimme so laut, dass es in der Leitung knisterte. »Das habe ich nicht … sie weiß nicht … das habe ich nicht gesagt.«

»Hast du doch«, protestierte Olivia.

»*Sei still*, Liv.«

»Schon in Ordnung«, erwiderte ich. »Ich schicke dir jetzt sein Foto. Ruf mich an, sobald du in Bristol bist. Und natürlich auch sonst, wenn du mich brauchst. Aber fahr immer weiter, bis du an der Raststätte bist.«

Nach dem Telefonat sah ich mich in dem leeren Haus um. Dunkelheit züngelte die Wände hinauf. Die Lampe lag noch umgekippt auf dem Boden. Ich schaute hinüber zu meinem demolierten Auto, dessen Motorhaube sich in die Böschung gebohrt hatte, und wusste, dass Annabel recht hatte: Ich hatte die beiden in Gefahr gebracht. Die Mädchen bedeuteten mir inzwischen sehr viel, sie waren ein Teil meines Lebens. *Dieses* Lebens. Und ganz gleich, was sie auch taten und wie viele Kilometer uns voneinander trennen mochten, jeder x-Beliebige konnte ihr Dasein nach Lust und Laune in eine Hölle verwandeln.

Bei ihrem Besuch hatte ich Annabel versprochen, dass ich sie und ihre Schwester beschützen würde. Ich hatte ihr gesagt, dass sie nun zu mir gehörten und dass sie jetzt stärker seien, denn jetzt sei ich ja für sie da.

Nur, dass das nicht stimmte.

Sie wurden durch mich nicht stärker.

Sondern zu Opfern.

52

Nachdem ich mich um Annabel gekümmert hatte, fiel mir etwas ein: der Plastikanhänger, den ich weggeworfen in dem Loch gefunden hatte. Ich tastete meine Jackentaschen ab.

Er war noch da.

Kurz betrachtete ich die Aufschrift »BROLE108« und überlegte, was sie wohl bedeuten könnte. Dann knipste ich die Lampe aus, stellte sie auf den Tisch und ging hinaus. Als ich die Haustür zuzog, spürte ich ein Stechen in meiner Schulter. Doch indem ich den Arm fest an den Körper presste, konnte ich die Schmerzen recht gut unterdrücken. Nieselregen benetzte mein Gesicht, als ich abschloss und mich auf den Weg über das Moor machte. So hatte ich mir meinen Abschied von diesem Haus nicht vorgestellt – verletzt, in die Ecke gedrängt und bedroht. Als ich das Grundstück hinter mir ließ, gab der Wind ein Geräusch von sich, das wie ein Aufatmen klang.

Du sorgst dafür, dass Menschen zu Opfern werden.

Ich schob den Gedanken beiseite und leuchtete mit der Taschenlampe den Weg bis zu meinem Auto ab. Es war zwar schwer beschädigt, doch es hätte auch schlimmer kommen können: Die Stoßstange hing lose herab. Der Kühlergrill war eingedrückt, und im Gras vor dem Wagen lagen Plastikscherben von dem zerschmetterten Scheinwerfer. Außerdem musste der Reifen gewechselt werden. Vermutlich wies auch das Innenleben des Fahrzeugs Schäden auf, aber das würde ich erst feststellen können, wenn ich wieder auf der Straße war. Ich war nicht sicher, wie ich den Wagen zum Haus fahren sollte. Eigentlich wusste ich auch nicht, ob es überhaupt eine gute Idee war, dorthin zurückzukehren.

Ich beobachte Sie jetzt schon seit einer Weile.

Vielleicht sollten Sie ja derjenige sein, der Angst hat.

Reynolds Worte hallten in meinem Kopf wider. Ich drängte sie wie alles andere weg, riss die Fahrertür auf und rutschte hinters Steuer. Im Wageninneren roch es nach verschmorten Kabeln. Als ich den Zündschlüssel umdrehte, ließ er sich mühelos bewegen. Ein leichter Wind strich durchs Auto, während ich versuchte, den Motor anzulassen. Vergeblich. Beim zweiten Mal hustete und stotterte er, sprang aber an. Ich legte den Rückwärtsgang ein, war aber nicht in der Lage, schmerzfrei über die Schulter nach hinten zu schauen. Also orientierte ich mich mithilfe des Rückspiegels und gab kräftig Gas.

Der intakte Vorderreifen drehte durch, dass der Schlamm emporspritzte.

Dann bekam er Bodenhaftung.

Der Wagen schoss nach hinten. Als ich auf die Bremse trat, ließ der Ruck die Karosserie erschaudern, und ich spürte, wie der Schmerz mir wieder durch den Körper fuhr. Ich biss die Zähne zusammen, spannte die Muskeln an und drängte ihn weg.

Dann stieg ich aus, öffnete den Kofferraum und griff nach dem Ersatzreifen. Er war schwer wie ein Betonklotz. Ich zerrte ihn ein Stück weit heraus, drückte den Arm noch fester gegen den Bauch und zog daran. Der Reifen fiel mit einem dumpfen Geräusch zu Boden. Ich richtete ihn auf und rollte ihn mühsam mit einem Arm zur Motorhaube. *Wie, zum Teufel, soll ich das hinkriegen?*

Während ich noch überlegte, hörte ich etwas.

Das Motorengeräusch eines anderen Autos.

Ich ließ den Reifen fallen, nahm die Taschenlampe von der Motorhaube und richtete sie auf den Abhang, wo Postbridge lag.

Dunkelheit.

Keine Spur von einem Auto.

Und dennoch hörte ich es immer deutlicher.

Ich verharrte einen Moment. Mein Auto stand hinter mir auf dem Pfad. Das Licht des funktionierenden Scheinwerfers durchschnitt die Baumreihe rechts von mir. Inzwischen regnete es wieder, und der Lärm steigerte sich, als aus dem Nieseln erst ein Wolkenbruch und dann eine Sintflut wurde. Eine Minute später öffnete der Himmel vollends seine Schleusen. Ich stand im strömenden Regen und starrte in die undurchdringliche Dunkelheit vor mir.

Bestimmt ist es Reynolds, der gerade wegfährt.

Offenbar hatte er sein Auto unten am Weg geparkt und war dann zu Fuß zum Haus gegangen, wohl wissend, dass ich sein herannahendes Fahrzeug sonst bemerkt hätte. Nur, dass das Motorengeräusch nicht verklang. Derjenige fuhr nicht weg.

Er kam näher.

Ich drehte mich zum Kofferraum um und leuchtete mit der Taschenlampe hinein, um das mit Klebeband an der Innenseite des Kofferraumdeckels befestigte Stemmeisen zu holen. Als ich es abriss, schoss mir ein höllischer Schmerz durch Oberarm und Ellbogen bis hinauf ins Schlüsselbein. Einen Moment lang war ich ausgebremst, und es fiel mir zunehmend schwer, die Schmerzen zu ignorieren. Doch dann knallte ich den Kofferraum zu, setzte mich ans Steuer und legte den Gang ein. So schnell ich konnte, fuhr ich rückwärts den Abhang hinauf.

Über das Gras rollte ich immer weiter und weiter in Richtung Tor. Als mich etwa fünfzehn Meter vom Pfad trennten und ich im Schutz der Dunkelheit untergetaucht war, schaltete ich Scheinwerfer und Motor ab, stieg aus und hastete hinter die Bäume. Plötzlich fühlte sich das Stemmeisen in meiner Hand bleischwer an, vielleicht wegen meiner Verletzung, vielleicht auch, weil ich nicht wusste, was mich erwartete. Aber der Reifen lag noch mitten auf der Straße. Als ich hinter einer alten, knorrigen Eiche in Deckung ging, wurde mir klar, dass er sich genau am richtigen Platz befand.

Zehn Sekunden.

Zwanzig.

Plötzlich tauchten wie aus dem Nichts Scheinwerfer auf, und zwar etwa einen halben Kilometer unter mir auf dem Weg. Als sich die Straße von links nach rechts schlängelte, streifte ihr Licht die Bäume. Allerdings war es unmöglich, festzustellen, um was für ein Auto es sich handelte oder wer am Steuer saß. Die Scheinwerfer waren zu grell, das Wageninnere war zu dunkel, und außerdem regnete es zu heftig. Als der Wagen näher und näher kam, konnte ich sehen, dass Ströme von Wasser die Windschutzscheibe bearbeiteten wie gewaltige Fäuste. Die Lücken, die kurz in der Schicht Wasser auf dem Glas entstanden, erinnerten an Beulen, bevor sie im nächsten Moment zerrannen.

Vielleicht ist es Reynolds.

Er könnte etwas vergessen haben.

Doch dann, endlich, stoppte das Auto, die Tür öffnete sich, und leise Musik wehte durch den Regen zu der Stelle hinüber, wo ich hinter dem Baum kauerte.

Der Fahrer stieg aus und musterte den Reifen mitten auf der Straße.

Es war Melanie Craw.

53

Ich trat hinter den Bäumen hervor und hinaus auf die Straße. Kurz hob sich Craw vom Scheinwerferlicht ihres Autos ab. Als sie wieder klar zu erkennen war, betrachtete sie mich durch eine Regenwand. Ihr Blick wanderte von den Schnittwunden in meinem Gesicht zu meinem Arm und dann hinüber zum dunklen Haus.

»Was ist hier los, Raker?«

Sie musste schreien, um das Unwetter zu übertönen. Während ich näher kam, fragte ich mich, aus welchen Gründen sie wohl die weite Fahrt auf sich genommen hatte. »Craw. Was, zum Teufel, machen Sie denn hier?«

»Und was ist mit Ihnen passiert?«

»Was machen Sie hier?«, wiederholte ich.

»Gehen Sie gar nicht mehr ans Handy?«

Ich starrte sie verdattert an und tastete dann in meiner Tasche nach dem Handy. Regen spritzte aufs Display, als ich es überprüfte. Aber ich konnte es einwandfrei lesen.

Keine verpassten Anrufe.

»Sie haben mich doch gar nicht angerufen.«

Sie schien verwirrt. »Ich habe Sie heute dreimal angerufen.«

Wieder schaute ich auf das Handy. »Nein.«

»Doch. Dreimal.«

Sie kramte auch in der Tasche, holte ihr Handy heraus und zeigte es mir. Ich kam einen Schritt näher. Auf ihrer Liste der Anrufe stand mein Name: einmal um 14:40 heute Nachmittag, das zweite Mal eine Stunde später um 15:31 und das dritte Mal um 17:10 Uhr.

Ich kontrollierte noch einmal mein Handy.

Nichts.

»Ich habe keinen einzigen Anruf von Ihnen erhalten«, beteuerte ich.

Sie musterte mich, und kurz huschte der Ausdruck von Argwohn über ihr Gesicht. Dann steckte sie ihr Handy weg und wies auf meinen Arm. »Was ist passiert?«

»Was machen Sie hier?«, beharrte ich.

»Ich habe um die Mittagszeit einen Anruf von Derek Cortez erhalten.«

Cortez, der pensionierte Polizist aus dem Dorf.

»Cortez? Was wollte er?«

»Er sagte, er habe jemanden hinauf zum Haus fahren sehen.«

»Ja. Mich.«

»Tja, das weiß ich jetzt auch.«

»Also sind Sie nur hergekommen, um sich zu vergewissern?«

Sie betrachtete mich. »Er sagte außerdem, er habe vor drei Tagen noch jemanden beobachtet.«

Reynolds.

Er war hier gewesen, um seine improvisierte Alarmanlage zu installieren. Nur, dass die Ermittlungen vor drei Tagen noch kaum begonnen hatten. Vor drei Tagen war ich wegen meines ersten Treffens mit Craw in diesem Herrenclub gewesen. Und dennoch hatte er schon damals gewusst, dass wir in Kontakt zueinander standen. Er war uns immer einen Schritt voraus. Und dann fielen mir seine Worte vorhin im Haus vor einer knappen halben Stunde ein: *Ich beobachte Sie jetzt schon seit einer Weile, ohne dass Sie die geringste Ahnung davon hatten.*

»Was ist passiert?«, wiederholte Craw und beäugte meine Verletzungen.

»Ist Ihnen unterwegs jemand begegnet?«

Sie runzelte die Stirn. »Nein. Warum?«

Ich schaute hinüber zum Haus. »Lassen Sie uns anderswo hinfahren.«

»Was stört Sie denn am Haus?«

Vielleicht sollten Sie ja derjenige sein, der Angst hat.

»Hier ist es nicht mehr sicher.«

Mein Auto war zwar verbeult und beschädigt, und der Motor tickte leise, doch es funktionierte wieder mehr oder weniger, nachdem Craw mir beim Reifenwechsel geholfen hatte. Ich fuhr voran nach Postbridge und dann in südwestlicher Richtung nach Princetown. Im Moor war es zu gefährlich. Hier war es einsam und verlassen, sodass man jeder Zeit einen zweiten Anschlag auf mich verüben konnte, ohne dass ein Mensch es bemerken würde. Allerdings bot diese abgeschiedene Lage auch gewisse Vorteile: Man sah es sofort, wenn jemand kam.

Für mich war es im Moment das Wichtigste, nicht auf den Radarschirm zu geraten, bis ich wusste, dass Annabel und Olivia ganz bestimmt in Sicherheit waren. Ihr Wohlbefinden war das Einzige, was zählte. Sobald Tasker sie unter seine Fittiche genommen hatte, würde ich mir meinen nächsten Schritt überlegen.

Wenn ich Reynolds richtig einschätzte, würde mir der Entschluss, dass ein Rückzug die beste Lebensversicherung war, überhaupt nichts nützen. Dieser Mann ging keine Risiken ein. Sollte Franks noch am Leben sein, sodass Reynolds seine Pläne für ihn in die Tat umsetzen konnte, nämlich ihn zu finden und zu töten, würde er sich anschließend an mir schadlos halten. Ich hatte nur die Wahl, mich jetzt oder später gegen ihn zu wehren. Doch um einen Kampf würde ich nicht herumkommen. Reynolds würde mich niemals einfach laufen lassen.

Die Lichter von Princetown tauchten aus der schwarzen Moorlandschaft auf. Wir fuhren am nördlichen Stadtrand entlang, während der Regen unsere Autos peitschte und die Schafe auf den Feldern links und rechts von uns die Flucht ergriffen. Unterdessen gingen mir immer wieder dieselben Fragen im Kopf herum. Warum hatte Reynolds mich verschont? Warum hatte er mich nicht schon heute Nacht im

Haus aus dem Verkehr gezogen, als die Gelegenheit günstig war?

Und nach einer Weile fand ich auch die Antwort.

Obwohl ich seine Motive noch nicht ganz verstand, war ich sicher, dass Reynolds auch nicht schlauer war als ich: Er wusste nicht, ob Franks tot oder am Leben war. Er hatte ihn noch nicht aufgespürt. Bis jetzt fischte er weiterhin im Trüben. Und deshalb brauchte er eine Inspiration. Jemanden mit neuen Ideen.

Und das war meine Rolle.

Als er von mir verlangt hatte, die Suche aufzugeben, hatte er sich meine Reaktion vermutlich denken können. Er erwartete, dass ich genau das Gegenteil tat. Mittlerweile kannte er mich gut genug, um sich auszurechnen, dass ich nicht einfach den Hammer fallen lassen und davonspazieren würde. So funktionierte ich nämlich nicht.

Und deshalb würde er versuchen, mich zu benutzen.

Mich beobachten.

Mich beschatten.

Er wollte, dass ich ihn zu Franks führte.

Und dann, sobald er die Wahrheit kannte, würde er ein sehr tiefes Grab für mich schaufeln.

54

An der Straße nach Plymouth gab es eine kleine Raststätte, die rund um die Uhr geöffnet hatte. An den verschmierten Fenstern des Cafés reihten sich Sitznischen mit ergonomisch geformten Plastikbänken, jede davon besetzt mit Lastwagenfahrern, die mit Waren für die nächste Woche die Tour von Norden nach Süden machten. Ich bog auf den Parkplatz ein und rollte, von Schatten und Lastwagen vor

Blicken von der Straße geschützt, direkt auf das hinterste Ende zu. Craw folgte mir. Als ich den Motor abschaltete, heulte er auf und klapperte, als habe sich etwas gelockert.

Wir umrundeten das Gebäude bis zum Eingang. Drinnen war es ruhig, aber nicht menschenleer. Einige Gäste blickten auf, doch die meisten nahmen uns gar nicht zur Kenntnis und waren, Teetassen in ihren Händen und Zeitungen vor sich auf den Tischen, beschäftigt.

Die Einrichtung war schäbig: verschrammte Furnierflächen, Wände, von denen die Farbe abblätterte. Hinter einer zerkratzten Theke stand ein grauhaariger Mann über sechzig, der sich halb zu einer Durchreiche umgewandt hatte. Eine etwa gleichaltrige Frau steckte den Kopf durch die Luke und unterhielt sich mit ihm. Man fühlte sich wie in einer Zeitmaschine; ein Radio, aus dem leise Musik aus den Siebzigern ertönte, rundete den Effekt ab.

Wir bestellten Kaffee.

Der Mann verkündete in breitem Devonshire-Akzent, er werde ihn uns bringen. Also ging ich voran in den hinteren Teil des Cafés – so weit weg von den Fenstern und den anderen Gästen wie möglich – und setzte mich mit dem Rücken zur Wand, um die Tür im Auge behalten zu können.

Dann wandte ich meine Aufmerksamkeit Craw zu. Offenbar war sie nicht die Einzige, die schlecht geschlafen hatte. Um ihre Augen zogen sich Fältchen, ihre Haut war blass. Die Kapuze ihres schwarzen Parkas hatte sie hochgeschlagen. Doch als wir saßen, nahm sie sie ab, öffnete den Mantel und fuhr sich mit der Hand durch das kurze regennasse Haar. Sie trug einen anthrazitfarbenen Pulli mit schwarzweißem Muster, das an ein zerschmettertes Schachbrett erinnerte.

»Ist alles in Ordnung?«, fragte sie.

Ich nickte. »Es war eine interessante Nacht.«

»Sollten Sie nicht zum Arzt gehen?«

Inzwischen fühlte sich meine Schulter besser an. Die ständigen Bewegungen beim Schalten hatten die Steifheit ein wenig gelockert. »Ich glaube, es sind nur ein paar Beulen.«

»Ihr Auto sieht auch ziemlich verbeult aus.«

Ich schmunzelte. »Ja, das muss eindeutig zum Arzt.«

Der Mann servierte unseren Kaffee. Nachdem er wieder gegangen war, kippte Craw zwei Tütchen Zucker und Unmengen von Milch in ihren. Seltsamerweise wunderte mich das. Wenn ich hätte raten müssen, hätte ich bei ihr auf schwarz, ohne Zucker getippt.

»Wahrscheinlich haben Sie versucht, mich unter meiner alten Nummer zu erreichen«, sagte ich und zeigte ihr mein Handy. »Ich habe Ihnen die neue gesimst.«

Sie runzelte die Stirn. »Wirklich? Wann?«

»Gestern.« Ich schaute auf die Uhr. Es war Montagnacht um halb zwei Uhr. »Oder eher vorgestern. Jedenfalls musste ich die Telefone wechseln. Reynolds hat mich mit dem alten geortet.«

Sie schien ehrlich erschrocken. »Und wozu?«

Allerdings kannte sie die Antwort schon, und sie war offenbar ein Schock, was nicht weiter verwunderlich war. Nun hatte sie die Bestätigung, dass ihr Vater gejagt wurde. Und konnte sich denken, was geschehen würde, wenn Reynolds ihn erwischte – sofern er ihn überhaupt lebend aufspürte.

»Was will Reynolds von Dad?«, erkundigte sie sich.

Mein Blick wanderte durch das Café, um sicherzugehen, dass niemand uns beobachtete. Dann spähte ich durch die Scheiben in die Nacht hinaus. Die Fenster beschlugen immer stärker.

»Ihr Dad hat in zwei Fällen ermittelt. Dem Mord an einer Achtzehnjährigen namens Pamela Welland im Jahr 1996 und dem an einem Drogendealer namens Simon Preston im Jahr

2011. Ich denke, dass da ein Zusammenhang mit seinem Verschwinden besteht. Vielleicht haben sogar die beiden Fälle selbst etwas miteinander zu tun.«

»Wie?«

Ich hielt inne und erinnerte mich an Murrays Worte: Simon Preston hatte mit jemandem zusammengelebt.

Einer Frau namens Kay.

Ich dachte an den Grundriss von Bethlehem, den Franks gezeichnet hatte, und an die Fotos in Reynolds' Wohnung. Außerdem an den Streit, den Prestons Nachbar belauscht hatte und in dem es um ein Krankenhaus gegangen war. Doch wie, wenn überhaupt, mochte das alles mit Pamela Welland zusammenhängen? War Preston die Antwort? Oder seine Freundin? Vielleicht das Krankenhaus? Doch ganz gleich, wie ich es auch drehte und wendete, ein Teil der Lösung musste in Bethlehem zu finden sein. Und während dieser Gedanke Gestalt annahm, fiel mir ein, dass am Strand von Keel Point in vier Stunden Ebbe herrschen würde. Ich ließ die Schulter kreisen und spürte ein leichtes Stechen in der Brust. Es war besser geworden.

Allerdings noch nicht so gut, wie es sein sollte.

Hinzu kam, dass es im Moment drängendere Themen gab.

Ich musste für Annabels und Olivias Sicherheit sorgen, bevor ich etwas unternahm oder gar nach Bethlehem hinüberfuhr. Doch selbst wenn Tasker mir meldete, dass sie wohlauf waren, wollte jeder Schritt gut überlegt sein. Denn ich musste mich stets auf einen Kampf gefasst machen: Reynolds würde versuchen, mich zu beschatten und als Köder zu benutzen, um die Wahrheit über Franks zu erfahren. Sobald er zu dem Schluss kam, dass ich ihn durchschaut hatte oder nicht wunschgemäß lieferte, würde er mich umlegen.

»Raker?«

Ich sah Craw an und bemerkte, dass ich gedanklich abgeschweift war. Sie hatte den Kopf leicht zur Seite geneigt, und ihre Miene wirkte nicht mehr ganz so hart. Vielleicht war es die Uhrzeit oder der Schlafmangel. Es konnte auch an meiner schmerzenden Schulter oder daran liegen, dass der Adrenalinstoß allmählich verebbte. Und zum ersten Mal fiel mir auf, wie attraktiv sie war. Sie gab sich stets Mühe, es zu verbergen, und ich konnte sehr gut verstehen, warum. Sie hatte ihren Ruf auf genau die richtigen Fähigkeiten begründet: Talent, Verstand, Instinkt, ein Gespür dafür, wie Menschen tickten, und Unbeirrbarkeit. In einem von Männern beherrschten Umfeld wie der Londoner Polizei hatte sie die Jungs in ihrem eigenen Spiel geschlagen.

»Ihre Töchter«, sagte ich zu ihr. »Ich habe nie mit ihnen gesprochen und weiß nicht einmal mehr, ob Sie mir gesagt haben, wie sie heißen.«

Sie musterte mich. Offenbar hatte sie nicht mit dieser Bemerkung gerechnet. Und es war ebenso klar, dass sie die Kinder vor den Ereignissen um ihren Großvater abschirmen wollte.

»Maddie und Evelyn«, erwiderte sie schließlich.

»Wie alt sind sie?«

»Dreizehn und zehn. Warum?«

»Haben Sie je das Gefühl, dass Sie sie in Gefahr bringen?«

Stirnrunzelnd lehnte sie sich zurück. »In Gefahr?«

»Durch Ihren Beruf.«

Sie hatte die Arme verschränkt. Die Ponyfransen fielen ihr diagonal in die Stirn. Kein Make-up, nur vielleicht ein Hauch von Wimperntusche. Auch keine Ohrringe, obwohl sie Ohrlöcher hatte.

»Nein«, entgegnete sie.

Ich nickte.

»Warum? Glauben Sie, dass Sie Ihre Tochter in Gefahr bringen?«

Belle sagt, du hast uns in Gefahr gebracht.

»Ich wünschte, es wäre nicht so«, erwiderte ich. »Aber ich fürchte, es könnte passiert sein.«

Craw betrachtete mich weiter. Der harte Gesichtsausdruck war zurück; die Mischung aus Gleichmut und Argwohn, die ich so gut kannte. »Ihr Beruf birgt gewisse Risiken.«

»Und Ihrer nicht?«

Sie zuckte die Schultern. »Natürlich ist die Arbeit bei der Polizei nicht ungefährlich. Ich bin angegriffen und unzählige Male bedroht worden. Und zwar nicht nur von Gesindel draußen auf der Straße. Doch meistens schützt einen das Gesetz. Wenn man zum richtigen Zeitpunkt das Richtige tut und dabei Vorsichtsmaßnahmen trifft, minimiert man das Risiko für alle.«

Ich hatte keine Lust, ein altes Thema mit ihr zu beharken oder meinen Beruf zu rechtfertigen. Meine Begründung, warum ich manchmal nicht auf die Gesetze achtete. Ich verstieß nicht oft gegen das Gesetz, doch wenn ich es tat, dann nur in Situationen, in denen es einfach nicht griff. Ich brach es, weil es mich daran hinderte, unschuldige Menschen aufzuspüren. Tief in ihrem Innersten wusste sie, dass meine Methoden genauso effektiv waren wie ihre. Und wenn man noch ein wenig nachbohrte, würde sie vielleicht Punkte entdecken, in denen sie möglicherweise überlegen waren. Ansonsten hätte sie mich schließlich nie gebeten, ihren Vater zu suchen.

Und dennoch konnte ich die Risiken nicht abstreiten.

Insbesondere jetzt.

Bis Annabel in mein Leben getreten war, hatte es eigentlich keine Rolle gespielt. Nicht, dass mir mein Leben nicht lieb gewesen wäre, doch mein Gefühl für die Verschwundenen und ihre Familien hatte mich angetrieben. Trotz allem, was mir zugestoßen war, und der Dämonen und menschlichen Abgründe, denen ich mich hatte stellen müssen, hatte ich nie einen einzigen Moment bereut. Und dennoch bereute ich das, was heute Nacht geschehen war. Ich bereute es, dass ich meine Tochter in die Schusslinie gebracht hatte.

»Was wissen Maddie und Evelyn über Ihren Beruf?«

Sie zuckte die Schultern. »Für seine Kinder verkörpert man etwas völlig anderes. Als ich anfangs noch in Uniform zur Arbeit ging, waren sie zu klein, um es zu bemerken. Inzwischen sind sie Jugendliche und haben ihr eigenes Leben. Ich bezweifle, dass sie sich den Kopf darüber zerbrechen.«

»Und Ihr Mann?«

»Inzwischen weiß ich nicht mehr, was Bill denkt.«

Ihr Blick verriet alles: *Wir haben Eheprobleme, und die möchte ich nicht erörtern.* Ich nickte und spähte nach draußen.

Als ich mich wieder zu ihr umdrehte, musterte sie mich noch immer. Offenbar war sie verärgert und aufgebracht, weil ich sie in ein Gespräch über ihr Privatleben verwickelt hatte.

»Wie hängen diese beiden Fälle zusammen?«, fragte sie.

»Pamela Welland und Simon Preston?«

Ein Nicken.

Bevor ich antworten konnte, begann mein Handy zu summen. Ich griff danach und schaute auf das Display. *Murray.* Wieder sah ich auf die Uhr. Viertel vor zwei. Entweder konnte sie nicht schlafen, oder es war dringend.

»Verzeihung«, wandte ich mich an Craw, »ich muss rangehen.«

Sie verzog zwar unwillig das Gesicht, hob aber die Hände und lehnte sich zurück.

»Schönen Abend«, meldete ich mich, nachdem ich auf »Annehmen« gedrückt hatte.

»Habe ich Sie geweckt?«

»Nein.«

»Das müssen Sie sich anhören.«

Ich warf einen Blick auf Craw, die in ihren Kaffee starrte und die Tasse mit beiden Händen hin und her drehte. Sie tat zwar so, als lausche sie nicht, doch inzwischen kannte ich sie gut genug: Sie bekam jedes Wort mit.

»Was gibt es?«, fragte ich.

»Der Laden, den Sie erwähnt haben, Bethlehem. Davon hatte ich schon einmal gehört. Also bin ich meine Notizen noch mal durchgegangen, und … da steht es.«

»Was meinen Sie?«

»Es liegt bereits eine Weile zurück, Mai 2000, aber jetzt erinnere ich mich wieder. Wahrscheinlich war der Boss nicht im Büro, vielleicht in einer Sitzung oder wegen eines Falls unterwegs. Irgendwo eben.« Sie sprach schnell und hektisch. »Und da hat er einen Anruf gekriegt, und ich habe ihn angenommen. Weil ich nichts anderes griffbereit hatte, habe ich das, was ich ihm ausrichten sollte, in mein Notizbuch geschrieben. So wusste ich wenigstens, dass es nicht verloren gehen konnte.«

Sie hielt inne, offenbar nicht in der Absicht, fortzufahren.

Also gab ich ihr ein Stichwort. »Okay. Und wie lautete die Nachricht?«

»Der Typ am Telefon sagte, er hieße Poulter.«

Ich holte mein Notizbuch heraus, klemmte das Handy zwischen Kinn und Schulter und schlug eine neue Seite auf. Ich stellte fest, dass Craw mich beobachtete, während ich mir den Namen notierte.

»Wer ist er?«

»Er hat keine Nummer hinterlassen, aber ich habe mir die Nachricht aufgeschrieben, die ich weitergeben sollte: ›Sagen Sie Mr Franks, dass ich bis heute Abend um sieben im Krankenhaus sein werde.‹«

Bethlehem.

Ich versuchte, meine Gedanken zu ordnen. »Er hätte aus jedem x-beliebigen Krankenhaus anrufen können.«

»Nein, ich, äh …« Murray verstummte. In ihrem Schweigen schwang ein schlechtes Gewissen mit. »Hören Sie, ich weiß, dass ich den Boss hintergangen habe, doch damals habe ich befürchtet, er könnte krank sein, und mir Sorgen gemacht.«

»Soll das heißen, Sie haben nachgeforscht, von wo aus der Typ anrief?«

»Ja. Bis zum Krankenhaus. Deshalb kam mir der Name Bethlehem auch so bekannt vor.«

»Und wie hat Franks reagiert, als Sie ihm den Anruf ausgerichtet haben?«

Craw hatte in den Raum geblickt, wo die Lastwagenfahrer langsam in die Nacht hinausströmten, um sich wieder auf den Weg zu machen. Doch als sie den Namen ihres Vaters hörte, drehte sie sich ruckartig zu mir um.

»Darüber habe ich auch schon nachgedacht«, erwiderte Murray. »Doch offen gestanden hat er, glaube ich, gar nichts gesagt. Er hat sich nur bei mir bedankt.«

»Mehr nicht?«

»Soweit ich mich erinnere, nein.«

»Hat er Sie vielleicht seltsam angesehen?«

»Das war vor dreizehn Jahren. Ich weiß nicht mehr, wie er mich angesehen hat. In meinen Aufzeichnungen steht nur, dass der Typ Poulter hieß und dass er den Boss aus dem Krankenhaus angerufen hat.«

»Okay.«

»Natürlich ist Bethlehem inzwischen geschlossen, weshalb die Nummer, die ich mir notiert habe, nicht mehr in Betrieb ist. Allerdings habe ich ein wenig recherchiert und seine Privatnummer rausgekriegt.«

Sie las sie mir vor.

»Danke«, antwortete ich, »das ist super.«

»Nun ja, vielleicht auch nicht.«

Ich hielt inne. »Was soll das heißen?«

»Da ist noch was, das Sie wissen sollten.«

»Was?«

Sie zögerte.

»Sind Sie noch dran?«, fragte ich.

»Sie haben mich doch gebeten, die polizeiliche ID-Nummer zu überprüfen, die oben auf Franks' Vermisstenakte stand. Die Akte, die Sie in Reynolds' Wohnung gefunden haben.«

»Ja.«

»Ich habe einen Namen dazu.«

»Also wissen wir jetzt, wer ihm die Akte gegeben hat?«

»Ja.«

»Und wessen Nummer ist es?«

Eine Weile Schweigen.

»Es ist die von Melanie Craw.«

55

Ich schaute über den Tisch zu Craw hinüber. Ihr Blick ruhte wieder auf mir.

»Okay«, sagte ich zu Murray, »ich rufe Sie morgen früh an.«

Sie spürte sofort, dass etwas nicht stimmte. »Gibt es bei Ihnen Probleme?«

»Nein, alles bestens. Wir sprechen uns später.«

Ich beendete das Telefonat, bevor Murray weiterfragen konnte. Dann legte ich das Handy auf den Tisch, klappte lässig mein Notizbuch zu und steckte es ein.

»Wer war das?«, erkundigte sich Craw.

Sie stellte die Frage zwar in beiläufigem Ton, so als sei die Antwort nicht weiter wichtig, doch ihre Miene wirkte inzwischen ziemlich argwöhnisch. *Anscheinend spürt sie auch, dass etwas nicht stimmt.* Ich schwieg und gönnte mir einen Moment Zeit zum Nachdenken.

Sie schob ihre Tasse weg. »Raker?«

Nun sah ich die Risse in der Fassade.

Sie war dreihundert Kilometer weit gefahren, obwohl sie auch Derek Cortez hätte bitten können, im Haus nach dem Rechten zu sehen. Sie war nur wenige Minuten nach Reynolds aufgekreuzt, ihm aber angeblich unterwegs nicht begegnet – was mir angesichts der einsamen Lage des Hauses und der Tatsache, dass es nur eine einzige Straße dorthin gab, unmöglich erschien. Und dann dieser Unsinn, den sie mir aufgetischt hatte, ich sei nicht ans Handy gegangen. *Weil sie mich absichtlich unter meiner alten Nummer angerufen hat.* Das alte Handy hatte ich ja schon vor Tagen weggeworfen, nachdem ich bemerkt hatte, dass Reynolds mich damit ortete. Und die erste Person, der ich die Nummer gesimst hatte, war Craw gewesen. Inzwischen lag die Erklärung für mich auf der Hand: Sie hatte beschlossen, nicht die neue Nummer anzurufen, weil sie mich gar nicht erreichen wollte.

Sie brauchte nur einen Vorwand, um hierherzukommen.

»Raker?«

Als wir über ihren Vater gesprochen hatten, hatte ich sie kein einziges Mal weinen sehen. Sie hatte nicht einmal Tränen in den Augen gehabt. Welche Tochter zeigte denn keine Spur von Gefühlen, wenn ihr Vater vermisst wurde?

Eine, die gegen ihn arbeitete.

Ich betrachtete sie und ließ dann den Blick über die Gesichter im Café schweifen. Steckte nur sie dahinter, oder waren noch weitere Polizisten in die Angelegenheit verwickelt? Saßen sie womöglich an den anderen Tischen? Ich hatte Craw vor unserem Aufbruch in Dartmoor gesagt, wohin wir fuhren. Sie hätte die Information unterwegs an alle übrigen Beteiligten durchgeben können. Doch dann sah ich sie schließlich wieder an, und mir kam ein noch erschreckenderer Gedanke: *Ich beobachte Sie nun schon seit einer Weile, ohne dass Sie die geringste Ahnung davon hatten.* Konnte es sein, dass Reynolds mir deshalb so früh auf die Schliche gekommen war, weil jemand ihm bereits vor Beginn meiner Ermittlungen einen Tipp gegeben hatte?

Vielleicht saß ich ja hier mit der Schuldigen zusammen.

»Raker?«, wiederholte sie. »Was, zum Teufel, ist los mit Ihnen?«

Inzwischen schien sie aufgeregt und nervös, und plötzlich fand ich es absolut logisch: Welche bessere Methode gab es, um mich im Auge zu behalten? Und darauf folgte der niederschmetterndste Gedanke von allen: *Ich habe Reynolds belauscht, als er in seiner Wohnung telefoniert hat.* Da ich draußen auf dem Dach vor seinem Fenster gekauert hatte, hatte ich nur ihn reden hören. *»Was?« … »Was könnte das bringen?« … »Bist du jetzt total durchgeknallt? Jetzt weiß er über mich Bescheid« … »Ja, nun, wollen wir's hoffen.«* Er hatte gerade erfahren, dass seine Akte aufgerufen worden war. Jemand teilte ihm mit, dass ich nun einen Teil seiner Vergangenheit kannte. Und bestätigte ihn darin, dass das zum Plan gehörte.

»Raker?«

Ich hob eine Hand. »Ich habe nur nachgedacht.«

»Worüber?«

Darüber, dass du für mich Einblick in Reynolds' Akte genommen hast. Was du im Schilde führen könntest. Warum Reynolds und du zusammenarbeiten, um deinen Vater zu finden.

»Worüber?«, beharrte sie.

»Ist es einfach, sich Zugriff auf die Datenbank zu verschaffen?«

Sobald ich die Worte ausgesprochen hatte, hätte ich sie am liebsten wieder zurückgenommen. Meine Schulter schmerzte stärker, und bei dem Gedanken, dass ich von der Tochter des Mannes, den ich zu finden versuchte, in eine Falle gelockt und verraten worden war, krampfte sich mir der Magen zusammen. Und dennoch: Während die Wahrheit in meinem Verstand Gestalt annahm, wehrte sich etwas in mir gegen diese Theorie. Ich kannte Craw nicht. Nicht sehr gut zumindest. Im Grunde genommen kannte niemand seine Mitmenschen wirklich. Doch damit hatte ich nicht gerechnet. Ich hatte es niemals kommen sehen.

»Die Datenbank«, wiederholte ich.

»Sprechen Sie von der Datenbank der *Polizei*?«

»Genau.«

»Sehr schwierig.«

»Es ist also schwierig, da ranzukommen?«

»Was glauben Sie denn?«, entgegnete sie mit verächtlicher Miene. »Sie ist nicht öffentlich zugänglich, falls Sie das meinen.«

»Könnte sich jemand mit Ihrer ID einloggen?«

Ein Stirnrunzeln, aber keine Antwort.

»Könnte er das?«

»Technisch betrachtet – ja.«

»Aber nur, wenn Sie ihm die Nummer geben?«

Sie nickte. »Was, zum Teufel, wird hier gespielt?«

»Machen Sie das öfter?«

»Was?«

»Leuten Ihre Nummer geben?«

»Ganz bestimmt nicht.«

»Kennt jemand Ihre Nummer?«

Sie musterte mich einen Moment lang – ein Sekundenbruchteil der Verunsicherung –, und dann war es, als hätte jemand ein Licht eingeschaltet. Sie rutschte auf der Bank zurück und stützte die Hände auf den Tisch.

In ihr war eine Veränderung vorgegangen.

»Warum?«, entgegnete sie.

Ich schwieg.

Plötzlich spürte ich einen scharfen Schmerz am Hinterkopf, und kurz tanzten weiße Lichtpunkte vor meinen Augen. Als sie verflogen, stieg mir erneut Brechreiz in der Kehle hoch. Ich versuchte, nicht darauf zu achten, und beobachtete, wie Craws Blick durch das Café schweifte. Ich drehte mich um und schaute selbst hin. Das Lokal hatte sich unbemerkt geleert. Nur noch wir und ein Lastwagenfahrer in grüner Trainingsjacke waren übrig.

Wie auf ein Stichwort schaute er in unsere Richtung.

Er war Mitte vierzig, bärtig und übergewichtig, allerdings auch kräftig gebaut und muskelbepackt. Der Mann sah zwischen mir und Craw hin und her. Kurz blieb sein Blick an ihr hängen, dann beugte er sich wieder über die Zeitung, die vor ihm lag. *Er könnte ein Komplize von ihr und Reynolds sein.*

Jeder käme dafür infrage.

»Was wird hier gespielt, Craw?«

Sie starrte mich wortlos an.

»Was ist hier los, verdammt?«

Diesmal beugte sie sich über den Tisch. Sie hatte die Hände noch immer aufgestützt, und die Ponyfransen rutschten ihr in die Augen. »Ich glaube, Sie brauchen ein bisschen Ruhe, David«, erwiderte sie leise. »Und vielleicht doch einen Arzt.«

»Lügen Sie mich nicht an.«

»Ich denke, ein Arzt würde Ihnen guttun.«

Ich blickte wieder zu dem Mann in der grünen Trainingsjacke hinüber.

»Wenn Sie sich ausgeruht haben, können wir weiterreden.«

»Worüber?«

»Darüber, was wirklich hier los ist.«

Ich hatte unwillkürlich die Fäuste geballt. Meine Muskeln verkrampften sich, und meine Nerven waren zum Zerreißen gespannt. Ich beobachtete, wie sie sich wieder zurücklehnte, sich mit der Hand durchs Haar fuhr und über ihre Brauen strich. Alles verschwamm mir ein wenig vor Augen.

Im nächsten Moment durchbrach mein Handy die Stille.

Ich schaute aufs Display.

Ewan Tasker.

Den Blick immer noch auf Craw gerichtet, griff ich danach. »Hallo?«

»Raker, ich bin es.«

»Ist alles okay?«

»Ja. Sie sind beide gesund und munter.«

»Danke.«

Er hielt inne. »Stimmt bei dir etwas nicht?«

»Alles bestens. Ich melde mich, wenn die Sache hier ausgestanden ist.«

Ich beendete das Telefonat, legte das Handy mit dem Display nach unten auf den Tisch und sah auf die Uhr.

Es war zwei Uhr morgens.

Craw betrachtete mich. Sie hatte den Ellbogen auf dem Tisch und die Knöchel auf den Mund gepresst. Ihr Gesicht war so reglos wie eine Maske.

Ich schnappte mir mein Handy und erhob mich. Inzwischen war ich wackelig auf den Beinen. Mir pochte der Schädel. Mein Magen war in Aufruhr, so als bewege sich etwas darin.

Craw fasste mich am Arm. »Wo wollen Sie hin?«

Wieder sah der Mann zu uns herüber.

»Ich werde der Wahrheit auf den Grund gehen«, entgegnete ich.

Sie hielt mich weiter am Ellbogen fest.

»Lassen Sie mich los.«

»Wecken Sie keine schlafenden Hunde, David.«

»Dann hindern Sie mich doch daran.«

Ich riss mich los und trat, nach einem erneuten Blick auf den Lastwagenfahrer, in den Regen hinaus. Während nadelspitze Tropfen in mein Gesicht peitschten, spähte ich noch einmal durch die Glasscheibe in Richtung Craw. Sie saß hinten im Café, fixierte mich und sagte etwas zu dem Mann.

Wieder ein Knacken in meinem Kopf.

Eine erneute Schmerzwelle.

Ich ging zum Auto.

56

Als die Sonne den Himmel hell verfärbte, war es acht Uhr. Ich befand mich in der Notaufnahme des Derriford Hospital nördlich von Plymouth. Nachdem ich Craw verlassen hatte, war ich tatsächlich ins Krankenhaus gefahren, denn meine Kopfschmerzen waren mit jeder Minute am Steuer schlimmer geworden, bis ich fünf Kilometer weiter an einer roten Ampel das Bewusstsein verloren hatte. Ich konnte nicht mehr klar denken, geschweige denn geradeaus lenken, und bevor ich das Krankenhaus erreichte, hatte ich mich ein Mal übergeben müssen. Meine Schulter war zwar ziemlich verbeult, allerdings nicht gebrochen. Mehr Sorge hatte den Ärzten die Platzwunde unten an meinem Hinterkopf bereitet.

Sie war mit neun Stichen genäht worden.

Während ich darauf wartete, entlassen zu werden, döste ich immer wieder ein. Ich war hundemüde, konnte aber nicht schlafen. In meinem Kopf knisterte es laut, und mir hallten immer wieder dieselben Gespräche in den Ohren wider. In der Dämmerwelt zwischen Schlaf und Wachsein fing ich an, mich zu fragen, was ich in der Nacht zuvor eigentlich gesehen und gehört hatte. Wie vieles davon war Wirklichkeit, und was hatte ich mir lediglich eingebildet? Um neun Uhr durfte ich endlich gehen, und als ich in den kühlen Morgen hinaustrat, hatte ich den Eindruck, dass die Passanten mich beobachteten und dass in jeder geraunten Unterhaltung mein Name fiel. Am Auto angekommen – bei Tageslicht sah der Schaden noch verheerender aus –, betrachtete ich den Parkplatz und entdeckte Schatten, die sich in den Autos bewegten und sich in den Scheiben spiegelten. Ich hörte sich entfernende Schritte.

Und dass jemand meinen Namen aussprach.

Ich öffnete die hintere Wagentür, ließ mich auf den Rücksitz fallen und zog die Tür zu. Im Auto war es eiskalt und roch nach verschmorten Kabeln und Feuchtigkeit. Als ich mich bäuchlings hinlegte, beschlugen sofort die Scheiben. Meine Schulter pochte und pulsierte wie ein schlagendes Herz. Die Naht an meinem Hinterkopf sendete grüne Schmerzblitze bis hinauf zu meinem Scheitel. Doch das interessierte mich alles nicht. Ich hatte in den letzten zwei Tagen sechs Stunden Schlaf abgekriegt. Jetzt wollte ich nur noch schlafen. Und schließlich, endlich, schlief ich auch ein.

Ich wurde vom Läuten meines Handys geweckt.

Verwirrt und durchgefroren, rollte ich mich herum und stieß mir prompt den Arm an der Tür an. Anfangs wusste ich nicht einmal genau, wo ich war. Der Himmel war dunkel und kündigte ein Unwetter an. Außerdem waren die Fenster inzwischen so beschlagen, dass ich draußen kaum etwas erkennen konnte.

Ich stemmte mich hoch und ließ die Schulter kreisen. Sie war zwar noch steif, tat aber nicht mehr so weh. Allerdings pochte mein Schädel immer noch, ein dumpfer, sich ständig wiederholender Schmerz wie ein Trommelwirbel. Als ich ein Stück Scheibe freiwischte, fiel mir wieder ein, wo ich war: auf dem Parkplatz des Derriford Hospital. Das funktionale graue Hauptgebäude des Krankenhauses ragte über die Wagendächer links von mir.

Ich schaute auf die Uhr.

Zehn vor vier nachmittags.

Ich hatte fast sieben Stunden lang geschlafen.

Während ich meine Gedanken ordnete und alles einsortierte, was ich vorhin in meiner Benommenheit nicht richtig hatte bewerten können, spürte ich weiter das Vibrieren des Handys in meiner Jackentasche.

Ich nahm es heraus.

Eine Nummer im Süden von Devon.

»David Raker.«

»Ah«, meldete sich eine Stimme, »ich habe mich schon gefragt, ob Sie niemals rangehen werden.« Es war ein alter Mann. Seine Stimme klang ein wenig brüchig, und ein leises Keuchen folgte auf seine Worte. »Sie schlafen wohl gerade Ihren Rausch aus.«

Da mir plötzlich zu warm wurde, stieg ich aus und atmete die kühle Luft ein. Es hatte aufgehört zu regnen. Nur die Pfützen überall und das Wasser, das gurgelnd Rinnsteine und Fallrohre hinabfloss, erinnerte an das Unwetter der letzten Nacht. Faulendes Laub hatte sich in bronzefarbene Matschhaufen verwandelt, die überall auf dem Parkplatz herumlagen. Ich betrachtete meine Umgebung: Eine Familie verließ gerade ihr Auto. Eine Frau ging zum Parkautomaten. Niemand beobachtete mich. Niemand lauerte mir auf.

»Wer spricht da?«

»Ich bin Alan Poulter«, erwiderte der Mann. »Erinnern Sie sich nicht an Ihren Anruf bei mir gestern Nacht? Um drei Uhr morgens, verdammt. Beim nächsten Mal suchen Sie sich bitte eine weniger unchristliche Zeit aus.«

Poulter.

Der Arzt vom Bethlehem-Krankenhaus.

In einem weit entfernten Winkel meines Gedächtnisses hatte ich undeutlich gespeichert, dass ich ihn angerufen hatte. In der Nacht zuvor war ich nicht ganz ich selbst gewesen, verstört von dem, was ich über Craw erfahren hatte, benommen von der Kopfverletzung und absolut übermüdet.

»Es tut mir leid, Dr. Poulter.«

»Das sollte es auch.«

»Ich war nicht betrunken, falls Sie das versöhnlicher stimmt.« Mit der freien Hand tastete ich meine Taschen ab und förderte mein Notizbuch zutage. »Ich hatte einen Autounfall. Eine leichte Kopfwunde.«

»Oh.«

»Trotzdem Entschuldigung.«

»Das ist … äh …« Eine Pause. »Kein Problem.«

»Danke, dass Sie mich zurückrufen.«

Ich legte den Block aufs Autodach und zog einen Stift aus der Spiralbindung. Dann schaute ich mich wieder um. *Ich beobachte Sie nun schon seit einer Weile, und Sie hatten nicht die geringste Ahnung.*

Inzwischen hatte die Frau ihren Parkschein hinter der Windschutzscheibe platziert. Die Familie von vorhin war längst verschwunden. Ansonsten war der Parkplatz menschenleer.

»Eigentlich wollte ich mit Ihnen über Bethlehem reden«, begann ich.

»Ich verstehe. Für wen arbeiten Sie?«

»Ich suche nach vermissten Personen.«

»Im Auftrag der Polizei?«

Ich überlegte, was wohl die beste Antwort darauf war. Poulter entstammte einer Zeit und einem Berufsstand, in dem Vertraulichkeit das A und O war. Da ich ihn nur am Telefon hatte und mir so kein persönliches Bild von ihm machen konnte, entschied ich mich deshalb für eine Lüge. »Ja«, sagte ich, »im Auftrag der Polizei.«

»Ich verstehe«, wiederholte er.

»Darf ich Ihnen also Fragen zu Bethlehem stellen?«

»Ich bezeichne es lieber als Keel Point Hospital. Das Schlimmste, was dieser Einrichtung passieren konnte, war dieser religiöse Spinner, der beschlossen hat, sie umzubenennen. Im Laufe der Jahre haben sich Medien und Einheimische regelrecht darauf eingeschossen, dass vorn an der Fassade dieser – in ihren Augen – fromme Name stand, während die dort eingesperrten Menschen alles andere als Heilige waren. Das hat ihnen erst so richtig Munition gegen uns geliefert. Ich bin sicher, dass viele insgeheim Luftsprünge gemacht haben, als Silas in der Küche all diese Leute umgebracht hat.«

Ich gab ihm einen Moment, um sich zu beruhigen, und ließ die Geschichte Revue passieren, wie William Silas sich seiner Handschellen entledigt und vier Mitarbeiter abgeschlachtet und verstümmelt hatte. Dann fuhr ich fort: »Wie lange haben Sie dort gearbeitet, Dr. Poulter?«

»Neunundzwanzig Jahre.«

»Waren Sie bis zur Schließung dort?«

»Oh, nein, nein, nein«, erwiderte er. »Ich bin 2005 in Rente gegangen.«

»Gut. Okay. Nun, ich versuche, einen Mann zu finden,

der möglicherweise eine Verbindung zu dem Krankenhaus hatte. Ich bin nicht sicher, ob er Patient war, doch meinen Informationen zufolge haben Sie und er miteinander telefoniert. Sein Name ist Leonard Franks.«

»Franks?«

»Ja. Leonard.«

In der Leitung war nur ein leises Keuchen zu hören.

»Dr. Poulter?«

»Das war der Polizist, richtig?«

Bingo. »Ja, ganz richtig.«

»Ja, ich erinnere mich an ihn. Tja, ich habe etwas über ihn gelesen.«

»In der Lokalzeitung?«

»Ja. Er ist Anfang des Jahres verschwunden, oder?«

»Ja, am dritten März.«

»Ach, genau. Jedenfalls weiß ich noch, dass ich davon gelesen habe, denn ich habe mir gedacht: ›Diesen Mann kenne ich doch von irgendwoher.‹«

»Aus dem Krankenhaus?«

»Inzwischen fällt es mir wieder ein. Ja.«

»Aber Sie glauben nicht, dass er einer Ihrer Patienten war, richtig?«

»Oh, nein. Er hat in London gewohnt, ja?«

»Ja. Leider kann Mr Franks' Familie ihn nicht ausfindig machen.« Ich hielt inne und dachte an Craw. Aber ich sprach sofort weiter, um den roten Faden nicht zu verlieren. »Wie dem auch sei, glaube ich, dass Sie etwa um das Jahr 2000 herum Kontakt zu ihm hatten.«

»Das ist sehr lange her, Mr Raker.«

»Ja, dessen bin ich mir bewusst.« Wieder verstummte ich und ließ den Blick erneut über den Parkplatz schweifen. »Sie wissen vermutlich nicht mehr, worüber Sie und Mr Franks gesprochen haben.«

Ein Schnauben. »Ich habe nicht die leiseste Ahnung.«

»Überhaupt keine?«

»Das war vor *dreizehn* Jahren. Wir waren in ständigem Kontakt mit der Polizei. Sie erkundigte sich regelmäßig nach Leuten, die sie verhaftet hatte und die wir nun behandelten. Vielen Polizisten gefällt die Vorstellung nicht, dass Menschen an psychischen Störungen leiden und deshalb bedauerliche Dinge tun. Ihnen ist eine Schwarz-Weiß-Sicht der Dinge lieber. So können sie nachts besser schlafen. Also standen sie oft bei uns auf der Matte und überprüften Patienten, die sie festgenommen hatten. Sie wollten sichergehen, dass die Betreffenden nicht simulierten, um sich eine Haftstrafe zu ersparen.«

»Und Mr Franks?«, hakte ich nach.

»Ich erinnere mich nur im Rückblick an ihn.«

»Das heißt, wegen des Zeitungsartikels?«

»Richtig.«

Ich beschloss, aus einer anderen Richtung anzugreifen. »Wenn ich Ihnen jetzt einige Namen nenne, könnten Sie mir vielleicht sagen, ob es sich um Patienten von Ihnen gehandelt hat?«

»Ich darf nicht über einzelne Patienten sprechen, Mr Raker.«

»Die fraglichen Personen sind alle tot.«

Ich schaute auf meine Liste – Welland, Vijoen, Preston, die unbekannte Kay, wohl wissend, dass nur zwei von ihnen offiziell für tot erklärt worden waren. Dennoch fuhr ich fort.

»Das verstößt gegen die Standesregeln«, protestierte Poulter.

»Mir ist klar, dass ich Sie um einen großen Gefallen bitte, Dr. Poulter. Ich möchte ja nicht im Detail wissen, was Sie mit diesen Leuten besprochen haben …« Ich hielt inne. Jedenfalls noch nicht. »Es geht nur darum, zu ermitteln, ob sie in der Zeit, als Sie in Kontakt zu Mr Franks standen, irgendwelche Verbindungen zu Keel Point unterhielten.«

»Im Laufe von neunundzwanzig Jahren hatte ich viele Patienten.«

»Könnten wir es nicht trotzdem versuchen?«

Eine lange Pause. »Okay, wenn Sie glauben, dass es Ihnen weiterhilft.«

»Ja, tut es«, erwiderte ich. »Vielen Dank. Also der erste: Pamela Welland.«

»Wie schreibt sich das?«

Ich buchstabierte, obwohl ich schon wusste, dass es eine Sackgasse war. Welland hatte in ihren achtzehn Lebensjahren nie außerhalb von London gelebt, geschweige denn in einer psychiatrischen Klinik in Devon.

»Hmmm«, brummte er, »ich glaube nicht.«

»Sind Sie sicher?«

»Hat Sie hier in der Nähe gewohnt?«

»In Devon? Nein, in London.«

»Hmmm«, wiederholte er. »Der Name kommt mir bekannt vor. Aber ich bin mehr oder weniger überzeugt, dass sie nie meine Patientin war. Wie alt ist sie jetzt?«

»Sie wurde 1996 mit achtzehn Jahren ermordet.«

»Oh. Nun, zu meinen Schäfchen hat sie dann bestimmt nicht gehört. Könnte ich in der Zeitung von ihrem Tod gelesen haben, ebenso wie von Franks' Verschwinden?«

»Durchaus möglich.«

»Sicher ist das die Erklärung.«

»Gut. Was ist mit Paul Viljoen?«

Wieder verneinte er.

»Simon Preston?«

Er überlegte. »Nein, das sagt mir auch nichts.«

»Haben Sie je eine Patientin mit dem Vornamen Kay behandelt?«

»K-A-Y?«

»Ja.«

»In neunundzwanzig Jahren? Da möchte ich mich nicht festlegen.«

»Erinnern Sie sich nicht?«

»Ich bin achtundsiebzig Jahre alt, Mr Raker, und seit acht Jahren in Rente. Fast mein gesamtes Berufsleben habe ich in diesem Krankenhaus verbracht. Sie können nicht von mir erwarten, dass ich mir den Namen jedes meiner Patienten merke.«

Inzwischen fielen die ersten Regentropfen und landeten auf dem Autodach und auf meinem Notizblock. Mir erschien es als der passende Abschluss eines Gesprächs, das offenbar ins Leere lief.

»Und Sie haben wirklich nicht die geringste Ahnung, warum Sie Mr Franks im Jahr 2000 angerufen haben?«, beharrte ich. »Vielleicht hatte er ja jemanden festgenommen, der in Ihre Obhut überstellt worden war.«

»Das ist die wahrscheinlichste Erklärung.«

»Aber Sie sind nicht sicher?«

»Ich fürchte, nein.«

Als ich in meinen Notizen zurück zu den Namen aller Personen blätterte, die mit dem Fall in Verbindung standen, wuchs mein Gefühl, dass ich mich hier vergeblich abmühte.

»Welland«, verkündete Poulter plötzlich.

Ich konzentrierte mich wieder auf das Gespräch. »Pamela Welland?«

»Ja. Sagten Sie, sie sei in London ermordet worden?«

»Richtig. 1996.«

Wieder hörte ich sein leises Keuchen in der Leitung. Ich wartete ab und betrachtete noch einmal den Parkplatz. Ein Mann und seine schwangere Frau kamen vom Hauptgebäude aus auf mich zu. Ein blauer Ford bog auf den Parkplatz ein, am Steuer saß ein Mann, neben ihm ein halbwüchsiges Mädchen. Ich beobachtete sie, bis sie in die Parklücke neben mir eingeschert waren, und wandte mich dann meinem Telefonat zu.

»Dr. Poulter?«

»Ich weiß nicht«, antwortete er.

»Was wissen Sie nicht, Sir?«

»Ob das hier wirklich …«

»Wirklich was?«

Eine lange Pause. »Wirklich mit den Standesregeln vereinbar ist.«

Es dauerte einen Moment, bis bei mir der Groschen fiel. »Erkennen Sie ihren Namen?«

Schweigen.

»Dr. Poulter?«

»Ich sollte über diese Dinge nicht sprechen.«

»Dafür habe ich Verständnis. Allerdings geht es hier um alte Fälle, alte Verbrechen. Ich würde mich über einen Hinweis freuen, aus welchem Grund Sie den Namen Pamela Welland erkannt haben könnten.«

Stille.

Jetzt mach schon.

»Dr. Poulter?«

»Vielleicht.«

»Vielleicht erkennen Sie den Namen?«

»Ja.«

»Und zwar nicht nur aus der Zeitung?«

»Ja.«

Mein Griff um den Stift wurde fester. »Woher, Dr. Poulter?«

»Ich hatte früher …« Er hielt inne. *Mach schon, mach schon, lass mich jetzt nicht hängen.* Er räusperte sich. »Ich hatte früher eine Patientin. Ein reizendes Mädchen. Voller

Probleme, aber wirklich sympathisch. Als sie ins Krankenhaus kam, ging es ihr sehr schlecht. Sie hatte ihren zweijährigen Sohn bei einem Unfall verloren. Dann haben sie und der Kindsvater sich scheiden lassen. Daraufhin ist sie in eine Abwärtsspirale geraten, die sie nicht mehr aufhalten konnte. Als ich mit der Behandlung begann, hatte sie bereits drei Selbstmordversuche hinter sich. Nach dem dritten Mal lag sie zwei Wochen auf der Intensivstation. Sie war dem Tod schon so nahe gewesen, dass lebenswichtige Organe versagt haben.«

Ich schrieb alles auf. »Wer war sie?«

»Sie haben vorhin eine Kay erwähnt.«

»Diese Frau war Kay?«

»Ich weiß nicht, ob sie *Ihre* Kay ist«, entgegnete Poulter. »Allerdings kann es meiner Ansicht nach kein Zufall sein, dass Sie erst Pamela Welland und dann eine Frau namens Kay erwähnen.«

»Kay kannte Pamela Welland?«, hakte ich nach.

»Sie redete ständig davon, ein Mord sei ihr sehr nahegegangen«, fuhr er fort, als habe er meine Frage nicht gehört. »Einer, der sich ganz in der Nähe ihres Wohnorts ereignet habe. Bevor sie ihren Sohn zur Welt brachte und vor der Scheidung hatte sie irgendwo in London gelebt. Greenwich, glaube ich. Ursprünglich stammte sie aus dieser Gegend hier und ist nach dem tragischen Tod ihres Sohnes zurückgekehrt. Aber sie hat einige Jahre lang in London gelebt. Jedenfalls hat sie in unseren Gesprächen über ihre Zeit dort immer wieder davon angefangen, wie betroffen sie der Tod dieses Mädchens gemacht habe. Die Gründe hat sie mir nie erklärt, nur, dass sie sehr bestürzt gewesen sei. Ich habe immer angenommen, es liege am Alter des Mädchens.«

Ich wartete ab, ohne ihm ins Wort zu fallen. Mein Stift schwebte über der Seite.

»Möglicherweise hat sie ja die kleine Welland gemeint.«

»Haben Sie deshalb Franks angerufen?«

Er schien verwirrt.

»Bitte denken Sie gründlich nach, Dr. Poulter. Denn Franks war der leitende Ermittler im Fall Welland. Hat Kay Ihnen etwas über diesen Fall erzählt?«

»Nein. Nein, das war es nicht.«

»Sind Sie sicher?«

»Hundertprozentig. Vielleicht habe ich ihn ja angerufen, um ihm Auskunft über ihr Befinden zu geben. Er könnte mich gebeten haben, ihn auf dem Laufenden zu halten. Doch es ist schon so lange her, dass ich mich nur noch undeutlich erinnere …«

»Warum hätte Franks sich für Wellands Befinden interessieren sollen?«

»Daran kann ich mich beim besten Willen nicht erinnern.«

Ich warf einen Blick auf meine Notizen.

»Aber Sie könnten Folgendes tun«, fügte Poulter hinzu. »Sie könnten mit meinem Nachfolger in Keel Point sprechen, einem Mann namens John Garrick. Ich habe hier irgendwo seine Nummer.«

»Okay. Ich schreibe sie mir auf. Vielen Dank.«

Er bat mich um einen Moment Geduld. Nachdem er das Handy weggelegt hatte, klickte ich den Browser an und googelte »Bethlehem« und »Dr. Poulter«. Ich entdeckte ein Foto von ihm, das ihn auf irgendeiner Tagung zeigte. Selbst damals hatte er wie ein alter Mann ausgesehen. Ich klickte zurück und startete die gleiche Suchanfrage nach dem Namen, den er mir genannt hatte: John Garrick. Dieses Foto hatte nichts mit dem Krankenhaus zu tun, sondern illustrierte einen Artikel in einer Lokalzeitung, der eine Kampagne gegen die Zerstörung von Naturreservaten im südlichen Devon behandelte. Zum Zeitpunkt der Aufnahme war Garrick Anfang fünfzig gewesen. Er hatte einen kahl rasierten Schädel mit einem Hauch grauer Stoppeln darauf und trug einen Anstecker am Revers. *Hallo! Mein Name ist John*, lautete die Aufschrift.

Inzwischen war Poulter wieder am Apparat. »Hier habe ich sie. John fing bei uns an, als wir unser Angebot bereits langsam zurückfuhren. Es wurden keine Vollzeitkräfte mehr eingestellt, sondern nur noch Freiberufler. Eine Schande ist das, finde ich. Man kann doch ein Krankenhaus nicht mit Teilzeitkräften betreiben.« Er hielt inne. In seinem Tonfall schwang dieselbe Bitterkeit mit wie vorhin bei seinen Bemerkungen über die Medien und die Einheimischen. »Doch das war natürlich nicht Johns Schuld. Er war ein sehr guter Psychiater. Soweit mir bekannt ist, mochte Casey ihn sehr.«

»Moment mal. Sie hieß Casey?«

»Ja«, antwortete er, »Abkürzung Kay.«

Ich blätterte in meinem Block zurück, bis ich das Gesuchte gefunden hatte: einen Eintrag in Franks' Notizbuch, der mir bis jetzt unverständlich erschienen war.

Unid. Opfer + CB?

Mit dem nicht identifizierten Opfer war Simon Preston gemeint.

Und nun hatte ich seine Freundin entdeckt.

»Wie war denn ihr Familienname?«, fragte ich.

»Caseys?«

»Ja.«

Eine kurze Pause, als krame er in seinem Gedächtnis.

»Mit Familiennamen hieß sie Bullock.«

Casey
September 2011/vor zwei Jahren

Eines Freitags Ende September fuhr sie mit dem Auto nach Keel Point, parkte und beobachtete vom Strand aus, wie die Wachen die Hochrisikopatienten in die Fähre verluden.

Psychotag, dachte Casey.

Etwa hundertfünfzig Meter entfernt von ihr führten Aufseher und Polizisten die Patienten einzeln aus einem Bus und durch einen abgesperrten, mit einem Zaun gesicherten Bereich, der direkt an den Landungssteg grenzte, auf die im Wasser wartende Fähre. Die meisten Patienten standen unter starken Beruhigungsmitteln und brauchten Hilfe beim Einsteigen. Doch wer nicht benommen war und sich allein auf den Beinen halten konnte, wurde von den Wachen, die nie mehr als einen halben Meter Abstand hielten, durch die Sicherheitszone geführt. An Bord fesselten die Wachleute die Patienten mit Handschellen an den Sitz vor ihnen und kehrten dann zurück, um den nächsten zu holen. Ein Aufseher aus der Klinik und ein bewaffneter Polizist blieben die ganze Zeit über am Bus, verfolgten die Vorgänge und ließen die Patienten nicht aus den Augen.

Sie war die Einzige, die dabei zusah. Allein saß sie an diesem warmen Tag im Frühherbst am Kiesstrand. Die Sonne lugte durch die Wolken, das Meer war blau und reglos.

Die meisten Patienten ließen sich widerstandslos von einem Fahrzeug zum anderen bringen. Sie hielten die Köpfe gesenkt und gingen mit schlurfenden Schritten. Einige andere schauten über das Wasser, ihre Blicke waren leer und stumpf, und sie zeigten keinerlei Regung. Nur einer brach in Tränen aus, als er feststellte, was ihn auf der anderen Seite der Dammstraße erwartete, so als mache das Krankenhaus ihm Angst. Und dann erschien der letzte Patient, ein Mann Mitte vierzig mit Pferdeschwanz und schwarzem Kinnbärtchen. Er trug Handschellen und Fußketten und wurde von zwei Aufsehern flankiert, die ihn an beiden Ellbogen festhielten und weiterschoben. Als er vom Bus aus die Rampe herunterkam, erstarrten alle Anwesenden. Der Wachmann schien sich aufzuplustern, die Hand des Polizisten umfasste die Waffe fester.

»Wissen Sie, wer das ist?«

Erschrocken drehte Casey sich um.

Hinter ihr an der Kaimauer, die den Kiesstrand von einem menschenleeren Parkplatz trennte, stand ein Mann Ende dreißig. Er war kräftig gebaut, Brust und Arme waren muskelbepackt. Von seiner Statur her sah er aus wie ein Bodybuilder, doch er wirkte blass und blutleer. Seine Sonnenbrille machte es schwer festzustellen, in welche Richtung er gerade schaute. Er war schwarz gekleidet, trug schmutzige, schlammgesprenkelte Stiefel und hatte die Kapuze seines Pullis über den Kopf gezogen.

Sie bemerkte, dass sein Schädel darunter rasiert war.

Als Casey nicht antwortete, wandte sich der Mann ein Stück weiter in ihre Richtung, wie um ihr mitzuteilen, dass er eine Reaktion von ihr erwartete. Als diese auch weiterhin nicht erfolgte, nahm er die Sonnenbrille ab und trat einen Schritt vor. Sie wurde von einem seltsam beklommenen Gefühl ergriffen und zog in einer beschützenden Geste ihre Handtasche näher an sich heran. Der Mann beobachtete jede einzelne ihrer Bewegungen. Seine Augen speicherten den Weg der Tasche, das Spiel der Muskeln in ihrer Hand und ihren schneller gehenden Atem. Sie schluckte, rutschte auf dem Kies herum und stand schließlich auf.

»Wollen Sie weg?«, fragte er.

»Ja.«

»Ich hoffe, es liegt nicht an mir.«

Sie musterte ihn. »Ich möchte lieber allein sein.«

Ein bösartiges Grinsen breitete sich auf seinem Gesicht aus. Dann wies er über ihre Schulter auf den Patienten mit dem Pferdeschwanz, der gerade auf die Fähre verfrachtet wurde. »Also wissen Sie es?«

»Was?«

»Wer dieser Typ ist?«

Inzwischen wollte sie dem Mann nicht mehr den Rücken zukehren. Nicht, um zuzuschauen, wie ein Patient weggeführt wurde. Doch als er noch immer keine Antwort erhielt und sie den Patienten auch nicht ansah, fuhr sein Blick ruckartig zu ihr herum.

»Hat es Ihnen die Sprache verschlagen?«

Sie spürte, wie Panik in ihr aufstieg. Simon war ein dumpfer Schläger gewesen und hatte sie beschimpft, um sie kleinzumachen. Wenn sie sich geweigert hatte nachzugeben, hatte er sie gepackt und geschüttelt. Dennoch hatte sie nie Angst vor ihm gehabt. Simon war zwar herzlos, allerdings auch ein Dummkopf.

Dieser Mann war anders.

»Sehen Sie ihn sich an«, beharrte er und trat einen Schritt von der Kaimauer weg. Sie konnte nicht anders, als ihm zu gehorchen, obwohl sich alles in ihr dagegen sträubte, ihm den Rücken zuzukehren.

»Das ist Gary Corrigan.«

Als sie seine Stimme hörte, drehte sie sich wieder zu ihm um. Er war näher gekommen, ohne dass auch nur ein Kieselsteinchen geknirscht hätte. Er war etwa zehn oder zwölf Zentimeter größer als sie und gut gebaut. Die Sonnenbrille hielt er in seinen glatten, blassen Händen. Während er auf sie hinunterblickte, bewegte er die Brille zwischen den Fingern hin und her, spielte daran herum und ließ sie an Daumen und Ringfinger auf und ab gleiten.

Vor und zurück. Vor und zurück.

»Der Vergewaltiger vom Richmond Park«, fügte er hinzu.

Ohne nachzudenken, wandte sie sich wieder zu Corrigan um. Sie kannte den Namen aus den Nachrichten. Als ihr klar wurde, was sie getan hatte, war der Mann so nahe, dass er sie beinahe streifte und die Luft zwischen ihnen in Bewegung brachte. Langsam drehte sie sich um. Das Herz in ihrer Brust schlug wie wild. Er war in die Hocke gegangen. Sein Blick wanderte von ihren Füßen ausgehend die Beine hinauf und dann nach oben zu ihren Brüsten und ihrem Gesicht.

»Was für eine beschissene Zeitverschwendung«, fuhr er, den Blick erneut auf Corrigan gerichtet, fort. »Erst bringen die ihn den ganzen Weg aus London hierher, stecken ihn sechs Wochen lang in die Psychiatrie, und dann karren sie ihn zurück.« Als er sie ansah, bemerkte er ihre Verwirrung, und ein Lächeln zeigte sich auf seinem Gesicht. »Ach, wussten Sie es nicht? In zwei Monaten wird Ihre kleine Irrenanstalt da drüben nämlich dichtgemacht. Sie ist zu teuer.«

Sie schaute über die Dammstraße hinweg zum Krankenhaus, betrachtete dann die Patienten, die inzwischen alle in der Fähre saßen, und sah schließlich den Mann an. »Ich habe nie …« Sie hielt inne. »Nein, das kann nicht …«

»Es kann.«

Er erhob sich wieder, wodurch der Größenunterschied zwischen ihnen noch mehr hervortrat. Dann blickte er von ihr zur Fähre und beugte sich so dicht vor, dass sie seinen Atem auf ihrem Gesicht spürte. Außerdem konnte sie ihn riechen: ein Gestank nach Moder und ungewaschenen Kleidern.

»Dieser langweilige kleine Arzt, zu dem Sie gehen, wird fort sein. Das Krankenhaus wird langsam verfallen. Und was machen Sie dann? Auf Knien zurück nach London kriechen?«

»Wer sind Sie?«

Er zuckte die Schultern. »Früher haben sie mich Milch genannt.«

Ihr Blick wanderte wieder zum Krankenhaus. Konnte das stimmen? Schloss das Krankenhaus wirklich? Sie erinnerte sich, dass Garrick vor ein paar Monaten erzählt hatte, im Krankenhaus täte sich etwas. Doch an Schließung hätte sie nie gedacht. Warum hatte er ihr nichts gesagt? Vielleicht hatte er ja befürchtet, sie mit dieser Nachricht zu überfordern. Oder er wusste selbst nichts davon.

Im nächsten Moment wurde ihr etwas klar.

Sie kehrte dem Mann den Rücken zu.

Plötzlich spürte sie seine Hände an ihrem Nacken.

Sie erstarrte, und eine Gänsehaut lief ihr das Rückgrat hinunter. Als er ihre Reaktion und ihren Widerwillen bemerkte, drückte er ihr den Hals auf beiden Seiten zusammen und bohrte ihr die harten Fingerkuppen in die Sehnen. »Wissen Sie denn nicht, was mit Ihrem Freund passiert ist?«

Sein Atem streifte ihr Ohr.

»Wissen Sie es?«

»Lassen Sie mich los.«

Er drückte fester zu. »Haben Sie das von Simon gehört?«

Sie wurde stocksteif und versuchte, ihn anzusehen.

»Das verstehe ich mal als nein«, stellte er fest.

»Was ist mit Simon?«

»Dem wurde im März die Kehle durchgeschnitten.«

»Was?«

»Von einem Ohr zum anderen. Dass kann vorkommen, wenn man anderen Leuten ihr Revier streitig machen will. Außerdem hatte er eine große Klappe, was auch nicht wirklich hilfreich war. Hier unten mag er eine große Nummer gewesen sein. In London war er nichts als ein Stück Scheiße. Ein Niemand. Ein Moskito.« Er grub ihr die Nägel in den Hals. Seine Worte wurden sofort in den grauen Morgen hinausgeweht. »Ich möchte Sie mal etwas fragen, Casey.«

Er kannte sogar ihren Namen.

»Wissen Sie, wie viele Frauen Gary Corrigan vergewaltigt hat?«

Sie versuchte, sich gegen ihn zu wehren und sich loszureißen.

Seine Nägel ritzten ihre Haut.

Sie zuckte zusammen, als er sie langsam an sich zog, sodass sie bewegungslos war. Eine Spinne, die ihre Beute einwickelt. »Sie haben meine Frage nicht beantwortet«, sagte er.

Sie schüttelte den Kopf.

»Corrigan hat zehn Frauen vergewaltigt. Und wissen Sie, wer damals bei den Bullen das Kommando führte?« Er hielt zwar inne, erwartete diesmal jedoch keine Antwort. »Ein Arschloch namens Jim Paige. Und wollen Sie hören, was an Jim Paige so spannend ist, Casey? Er ist der beste Freund von Leonard Franks, und da gab es …« Eine dramatische Pause. »Moment, ich hoffe, ich bin nicht zu schnell für Sie. Sie haben doch von Leonard Franks gehört, oder?«

Erneut schüttelte sie den Kopf.

»Sind Sie sicher?«

»Natürlich bin ich sicher.«

»Das ist aber komisch. Denn Ihr toter Freund schien Leonard recht gut zu kennen. Und wissen Sie, was er noch herumposaunt hat, in den Tagen, bevor ihm die Kehle durchgeschnitten wurde? Wissen Sie, was er gesagt hat, Casey?« Er zog sie so nahe an sich, dass seine Lippen ihr Ohr berührten. »Simon hat gesagt, dass er alles, was er über Leonard Franks weiß, von Ihnen hat.«

57

Ich fuhr nach Plymouth, stellte den BMW auf einem Langzeitparkplatz ab und mietete dann bei Hertz, einen Kilometer weiter die Straße hinunter, ein Auto. Es war ein kleiner schwarzer Vauxhall, doch der war im Moment die beste Lösung. Der BMW starb einen langen, schmerzhaften Tod, was dadurch nicht besser wurde, dass ich keine Zeit hatte, etwas dagegen zu unternehmen. Je mehr Schäden ich ignorierte und nicht reparieren ließ, desto eher würde ich auffallen. Und umso wahrscheinlicher wurde es, dass ich irgendwo mit einer Panne liegen blieb. Ein zusätzlicher Vorteil war es, dass niemand, den ich kannte, Ausschau nach einem Vauxhall hielt.

Nicht Reynolds.

Nicht Craw.

Bevor ich losfuhr, holte ich meinen Neoprenanzug, die Taschenlampe und den Rucksack aus dem BMW. Ich hatte mein Vorhaben, die Dammstraße zu überqueren, zwar verschieben müssen, doch der Plan stand noch. Am nächsten Morgen um 6:17 Uhr war Ebbe. Diesmal würde ich die Gelegenheit nicht verpassen.

Dann meldete ich mich bei Tasker. Er sagte, den Mädchen ginge es gut. Als er mir mitteilen wollte, wo er sie untergebracht hatte, unterbrach ich ihn. »Ich will es gar nicht wissen«, erwiderte ich. »So kann ich die Information auch nicht preisgeben.«

»Wo, zum Teufel, bist du jetzt wieder hineingeraten, Raker?«

»Spielt keine Rolle.«

»Für mich schon. Und für die Mädchen.«

»Alles in Ordnung, Task – mehr zählt nicht.«

Ich erklärte ihm, ich würde für eine Weile nicht erreichbar sein und in ein paar Stunden wieder anrufen. Danach wählte ich Murrays Nummer. Ich wollte sie fragen, ob ihr der Name Casey Bullock bekannt vorkäme. Poulter nahm an, der Fall Pamela Welland habe für Bullock eine besondere Bedeutung gehabt – oder sie habe zumindest davon gewusst.

Doch sie ging nicht ans Handy.

Als ich dem Läuten lauschte, schoss mir ein beängstigender Gedanke durch den Kopf: Womöglich hatte ich den Verdacht auf Murray gelenkt. Dann jedoch schaltete sich mein Verstand ein. Schließlich hatte ich Craw gegenüber nicht erwähnt, dass ich mit Murray telefonierte. Nachdem ich aufgelegt hatte, ohne eine Nachricht zu hinterlassen, schaltete ich das Handy ab und nahm die SIM-Karte heraus. Immerhin hatte Reynolds mich schon einmal mithilfe meines Mobiltelefons geortet und überrumpelt.

Das würde mir kein zweites Mal passieren.

Ich verließ die Stadt auf der A38 und folgte ihr gut zwanzig Kilometer weit nach Westen. Wie auf allen Straßen in diesem Teil der Welt kam man nur langsam voran, und als ich meine Ausfahrt erreichte – eine Landstraße, die nach Süden führte und mich bis nach Keel Point bringen würde –, dämmerte es bereits. Der Abend senkte sich herab, der Himmel verblasste zusehends, die Wolken waren nicht mehr zu erkennen, und alles wurde von der aschegrauen Düsternis einer weiteren Winternacht verschluckt.

Auf halbem Weg machte ich einen kurzen Umweg nach Osten, wo Kingsbridge lag. Am Rand des Dorfes stieß ich auf das Haus, in dem Simon Preston und Casey Bullock einmal gewohnt hatten. Es war eine winzige Doppelhaushälfte am Ende einer schäbigen Sackgasse. Das Beste an dieser Lage war die Aussicht, denn die Rückseite des Hauses grenzte an Wiesen. Das Gebäude selbst war schlicht, aber gut in Schuss: der Rasen ordentlich gemäht, die Eingangstür frisch lackiert, die Einfahrt, wo ein Mittelklasse-Ford parkte, frei von Unkraut. Mit laufendem Motor blieb ich stehen, betrachtete die Fassade und fragte mich, wie das Haus wohl ausgesehen haben mochte, als es noch Preston gehörte. Vermutlich weniger einnehmend, sondern eher heruntergekommen und verwahrlost.

Ein Spiegelbild seines damaligen Besitzers.

Daneben befand sich das Haus von Andrew Stricker, dem Nachbarn, mit dem Murray am Telefon geplaudert hatte. In der Auffahrt standen keine Autos, und drinnen brannte kein Licht. Ich überlegte, ob es sich lohnte, zurückzukommen und selbst mit ihm zu sprechen. Doch das würde warten müssen. Stillstand konnte ich jetzt nicht gebrauchen. Überhaupt nicht.

Ich fuhr weiter in die Stadt, eine Ansammlung von Lichtern rings um die Flussmündung von Kingsbridge, wo ich parkte und hinunter zum Kai ging. Ein Café hatte noch geöffnet. Ein Mann wischte draußen vor dem Lokal Tische ab, an denen vermutlich im letzten Monat kein Mensch gesessen hatte. Durch die Fensterscheibe sah ich, dass das Café nahezu menschenleer war, was mir gut in den Kram passte. Außerdem standen – aufgereiht in der Nähe des Tresens – drei iMacs. Ein Schild darüber warb für KOSTENLOSES WLAN *bei jeder Essensbestellung*. Ich hätte mich auch mit meinem Handy ins Netz einloggen können. Doch je weniger ich es benutzte, desto mehr erschwerte ich es Craw und Reynolds, mich aufzuspüren. Hinzu kam, dass ich Hunger hatte.

»Bis wann haben Sie heute Abend geöffnet?«, fragte ich den Mann.

»Bis sieben, Kumpel.«

Ich schaute auf die Uhr. Viertel nach sechs. Also hatte ich genug Zeit.

Deshalb bestellte ich ein Sandwich, Pommes und Kaffee und ließ mir von der Frau hinter der Theke den Zugangscode geben. Ich entschied mich für den Mac, der am weitesten entfernt von der Tür war, setzte mich, loggte mich mit dem Code ein und klickte Google an.

Dann startete ich eine Suchanfrage nach »Casey Bullock«.

Die Ergebnisse waren anfangs ziemlich mager. Ich stieß unter diesem Namen zwar auf Treffer, doch die meisten bezogen sich auf die Facebook-Profile von Frauen in anderen Ländern. Ganz unten auf der ersten Seite befand sich ein Twitter-Account, das in Devon angelegt worden war. Doch als ich die Seite anklickte, war sie leer.

Ich wandte mich der nächsten Seite zu.

Und auf halber Höhe fand ich sie.

Ein kurzer Artikel in einer Lokalzeitung, datiert vom 30. September 2011.

Darüber befand sich das Foto einer Frau. Es war ihr dreißigster Geburtstag. Sie stand vor einem silbrigen herzförmigen Luftballon mit der Aufschrift »30«, eine Hand an der Schnur, eine auf einer Stuhllehne und ein Lächeln auf dem Gesicht. Es gab keinen Hinweis darauf, wann das Foto gemacht worden war. Also beschäftigte ich mich näher mit ihr.

Sie besaß eine stille Schönheit, die beinahe traurig wirkte, obwohl sie in die Kamera lächelte. Ihr rötlich braunes Haar fiel über die Schultern, doch ihr Gesicht war gut zu erkennen. Es war vor der Zeit gealtert, blaue Augen wie ein verblassender Himmel, Falten auf den eingefallenen Wangen. Dann las ich den Bericht, der darunter stand.

Drei Zeilen später blieb mir fast das Herz stehen.
Ich hatte sie gefunden.
Allerdings zwei Jahre zu spät.

FRAU AUS UNSERER GEGEND VERSCHWUNDEN

Eine Frau aus Kingsbridge wird vermisst, und zwar unter Umständen, die die Polizei von Devon und Cornwall als besorgniserregend bezeichnet. Die sechsunddreißigjährige Casey Bullock wurde seit achtundvierzig Stunden nicht gesehen, was die Polizei »höchst ungewöhnlich« nennt. Ms Bullock, die im Bethlehem Psychiatric Hospital in ambulanter Behandlung ist, wurde zuletzt am Strand von Keel Point im Gespräch mit einem Mann beobachtet.

Ein Polizeisprecher war bemüht, die Bedeutung der psychiatrischen Therapie im Zusammenhang mit ihrem Verschwinden herunterzuspielen: »Laut Aussage ihres Arztes und der für ihr Wohlergehen verantwortlichen Personen ist Ms Bullock gesund, im Vollbesitz ihrer geistigen Kräfte und sich ihrer Handlungen absolut bewusst. Sie wurde bereits seit einigen Jahren im KPH therapiert, wodurch sich ihr Zustand vor ihrem Verschwinden sehr gebessert hat. Ihre Krankengeschichte ist derzeit nicht Bestandteil unserer Ermittlungen. Dennoch würden wir gerne mit jedem sprechen, der ihr in den Stunden davor am 28. September begegnet ist, insbesondere mit einem Mann Ende dreißig mit rasiertem Schädel, den man am Strand von Keel Point in einer Unterhaltung mit ihr gesehen hat.«

Da Ms Bullock Einzelkind ist und ihre Eltern nicht mehr am Leben sind, hat sich die Polizei um die Mithilfe ihres geschiedenen Ehemanns Robert Collinson bemüht, von dem sie sich persönliche Einblicke in die Hintergründe ihres Verschwindens erhoffte. Dabei ist sie auf die tragische Information gestoßen, dass Lucas, der zweijährige Sohn von Collinson und Bullock, bei einem Unfall 1999 in einem See in einem Londoner Park ertrank. Als wir Mr Collinson kontaktierten, nannte er das als Grund für die Trennung. »Ich habe auch nach der Scheidung versucht, in Verbindung mit Casey zu bleiben«, sagte er. »Doch sie hat sich immer mehr zurückgezogen. Ich weiß nicht einmal, wann wir zuletzt miteinander gesprochen haben. Aber ich werde alles tun, um der Polizei zu helfen, obwohl ich offen gestanden bezweifle, dass die Casey, die ich damals kannte, noch die Casey von heute ist.«

Ein Sprecher des Bethlehem Psychiatric Hospital sagte, man werde in vollen Umfang mit der Polizei zusammenarbeiten. Im Juli haben die örtlichen Gesundheitsbehörden entschieden, das KPH wegen sprunghaft ansteigender Kosten und unzureichender Ausstattung zu schließen. Dass Einzelheiten dieser Schließung den Mitarbeitern bis letzte Woche nicht mitgeteilt worden waren, gab einigen Anlass zu Kontroversen.

Als ich gerade wieder zu Google zurückklickte, wurden Essen und Kaffee serviert. Aber ich hatte plötzlich keinen Hunger mehr. Mein Magen hatte sich zusammengekrampft, und eine kriechende Furcht breitete sich darin aus.

Casey Bullock war spurlos verschwunden.

Franks wurde vermisst.

Bethlehem hatte geschlossen.

Sämtliche Anhaltspunkte, die mir ein Bild der Geschehnisse hätten vermitteln können, wurden von Reynolds einer nach dem anderen aus dem Weg geräumt. Und das Schlimmste war, dass ich ihn anhand der polizeilichen Personenbeschreibung sofort wiedererkannte. Alter und Aussehen stimmten, doch er hätte genauso gut ein Phantom sein können.

Und dann war da auch noch Melanie Craw.

Franks hatte beschlossen, Simon Prestons Identität im Rahmen seiner Ermittlungen in Sachen Drogenmord nicht preiszugeben – eine falsche Entscheidung, auch wenn er vermutlich geglaubt hatte, sie aus den richtigen Gründen zu treffen. Nach allem, was ich seitdem gehört und gelesen hatte, war er offenbar überzeugt gewesen, dass Reynolds bei dem Mord an Preston die Hände im Spiel hatte. Entweder als Komplize oder sogar als der Mann mit dem Messer. Womöglich hatte er ihn ja deshalb gefeuert – und dann, in seinem Streben nach Gerechtigkeit, versucht, Bullock aufzuspüren, um mehr über Preston und sein Verhältnis zu Reynolds zu erfahren.

Nur, dass Reynolds ihm zuvorgekommen war.

Dennoch gab es noch jede Menge offene Fragen, nicht zuletzt die, welche Motive Craw antrieben. Anstatt weiter darüber nachzugrübeln, schob ich diese Gedanken beiseite und startete eine neue Suchanfrage – diesmal unter dem Begriff »Casey Bullock Verschwinden«.

Ich stieß auf denselben Artikel, den ich gerade gelesen hatte, und noch einige andere aus den Tagen danach, in denen im Grunde genommen das Gleiche stand, nämlich die Bestätigung, dass sie nicht gefunden worden war. Die schlichte Wahrheit lautete, dass eine sechsunddreißigjährige, vom Leben gebeutelte Frau mit einer psychiatrischen Vorgeschichte nicht der Broadway-Star war, der bei den Zeitungen großes Interesse hervorrief. Da gab eine Pamela Welland viel mehr her: ein hübsches junges Mädchen, blond, blauäugig und aus einer anständigen Mittelschichtfamilie, das seine ganze Zukunft noch vor sich gehabt hätte.

Damit verkaufte man Zeitungen, nicht mit einer Casey Bullock.

Ich hatte so etwas wieder und wieder erlebt. Eine Woche nach Bullocks Verschwinden, in der die Zeitungen mehr oder weniger angedeutet hatten, dass sie entführt worden sein könnte, war die Kerze abgebrannt, und die Story verschwand im Cyberspace. Ich empfand Trauer für sie und auch eine ordentliche Portion schlechtes Gewissen. Immerhin hatte ich auch einmal in dieser Branche gearbeitet, die so leicht vergaß. Allerdings steigerte das nur meine Entschlossenheit.

Damals war sie im Stich gelassen worden.

Aber nicht jetzt.

58

Bevor ich das Café verließ, fragte ich meine Mails ab. Ich hatte eine neue Nachricht.

Sie war von Melanie Craw.

Ich glaube, Sie sollten mich anrufen.
M

Kurz saß ich da, starrte auf den Bildschirm und versuchte zu ergründen, was sie wohl im Schilde führte. Sie hatte mir eindeutig deshalb eine Mail geschickt, weil sie mich telefonisch nicht erreichen konnte. Und das hieß vermutlich auch, dass sie meine Telefonate seit unserer letzten Begegnung nicht hatte orten können. Ich loggte mich aus und erinnerte mich an die letzte Nacht, als ich erfahren hatte, dass die Polizei-ID oben auf der Vermisstenakte ihres Vaters von ihr war.

Und ich wusste noch genau, wie ihre letzten Worte an mich lauteten.

Wecken Sie keine schlafenden Hunde, David.

Die restlichen Ereignisse hatte ich zum Großteil nur noch undeutlich im Gedächtnis.

Mein Hinterkopf begann zu pochen, als ich versuchte, in meinen Erinnerungen zu kramen. Als ich mich auf meinem Stuhl umdrehte, ertappte ich die Frau, die mich bedient hatte, dabei, wie sie auf meine Wundnaht starrte.

Ich erhob mich, bedankte mich bei ihr und ging hinaus.

Auf der anderen Straßenseite stand unmittelbar am Kai eine Telefonzelle. Als ich wieder in die Dunkelheit zurückkehrte, peitschte mir Regen ins Gesicht, und von der Flussmündung wehte mir ein bitterkalter Wind entgegen. Das Wasser war schwarz. Lichtpunkte – Häuser und Pubs, eng gedrängt – säumten die Ufer zu beiden Seiten. Ein Stück weiter, in etwa sechs Kilometern Entfernung, vereinte sich der Fluss mit dem Ärmelkanal.

Dort, wo Bethlehem lag.

Ich betrat die Telefonzelle, warf ein paar Münzen in den Schlitz und wählte John Garricks Nummer, die Poulter mir gegeben hatte. Immerhin war er nach Poulters Pensionierung jahrelang Bullocks behandelnder Arzt gewesen. Die Nummer gehörte zu einem Mobiltelefon. Nach siebenmaligem Läuten sprang die Mailbox an: »Hallo, hier ist der Anschluss von John Garrick. Wenn Sie eine Nachricht hinterlassen, rufe ich Sie zurück.«

»Dr. Garrick, mein Name ist David Raker. Ich würde gerne mit Ihnen über eine Frau namens Casey Bullock sprechen.« Ich beließ es dabei, nannte meine Mobilnummer und legte auf.

Dann rief ich Craw an.

Sie hob nach dem vierten Läuten ab.

»Melanie Craw.«

»Am Kai von Kingsbridge gibt es ein Café«, sagte ich zu

ihr. »Wir treffen uns in einer halben Stunde vor dem Eingang. Kommen Sie allein und versuchen Sie nicht, mich aufs Kreuz zu legen.«

»Raker?«

Ich hängte ein.

59

Fünfundzwanzig Minuten später sah ich, wie sich ihr Mini vom westlichen Stadtrand her näherte. Ich stand am anderen Ufer und beobachtete Parkplatz und Café. Anfangs war es von meinem Posten aus nicht leicht, festzustellen, ob sie allein war. Doch sobald sie sich im Lichtschein der Parkplatzbeleuchtung befand, war das Innere ihres Wagens von einem orangefarbenen Schimmer erfüllt, und ich konnte keinen Beifahrer erkennen. Sie schaltete den Motor ab, schaute sich um und stieg aus. Die Nacht war kalt. Ihr Atem formte sich vor ihrem Gesicht zu Wolken. Nachdem sie den Wagen abgeschlossen hatte, marschierte sie am Ufer entlang in Richtung Café. Inzwischen waren Tische und Stühle hineingeräumt worden, und es hatte geschlossen.

Vor dem Café blieb sie stehen und suchte die Umgebung ab. Jetzt, außerhalb der Saison, war das Dorf still und schien zu schlafen. Autos rollten langsam vorbei, doch sonst war niemand unterwegs.

Nach einigen Minuten schaute sie auf die Uhr. Dann holte sie ihr Handy heraus und überprüfte es. Ich fragte mich, ob sie vielleicht jemanden kontaktieren würde. Aber nachdem das Display kurz ihr Gesicht beleuchtet hatte, steckte sie es wieder weg.

Ich baute mein eigenes Handy zusammen, wartete noch sechzig Sekunden und rief sie an. Als ihr Handy summte und in ihrer Jackentasche ein gedämpftes weißes Licht aufblitzte, zog sie es heraus und betrachtete das Display. Kurz darauf hatte sie erkannt, dass ich es war, und sie blickte sich erneut um: zum Parkplatz, das Ufer entlang und zur anderen Straßenseite, wo die Schaufenster der Läden an dunkle Quadrate erinnerten. Schließlich hob sie das Handy ans Ohr und meldete sich.

»Raker?«

»Sind Sie allein?«

»Wir müssen reden.«

»Sind Sie allein?«

Ich wartete auf eine Reaktion, die mir verriet, dass das nicht so war, ein unwillkürliches Zusammenzucken, weil sie wusste, dass ihr jemand in einem anderen Fahrzeug gefolgt war. Oder eine Bewegung der Augen. Doch sie rührte sich nicht und starrte zu der Stelle hinüber, wo ein vier Meter langes Boot an der Kaimauer vor Anker lag und sanft auf den Wellen schaukelte.

»Ja«, erwiderte sie, »ich bin allein.«

»Sehen Sie nach rechts.« Ich beobachtete, wie sie die parallel zum Fluss verlaufende Promenade entlangblickte. »Etwa einen Dreiviertelkilometer weiter gibt es einen Unterstand mit einigen Bänken. Wissen Sie, was ich meine?«

»Ja«, antwortete sie.

»Ich werde da sein.«

»Ist Ihnen klar, was Sie …«

Ich legte auf und machte mich auf den Weg zum Treffpunkt.

Es handelte sich um ein sechseckiges Häuschen mit dreieckigem Dach, das auf die Stelle der Flussmündung blickte, wo diese ein Stück weiter breiter wurde. Tagsüber diente der Unterstand wohl dazu, von hier aus die Aussicht zu genießen.

Allerdings nicht nachts.

Nicht mitten im Winter.

Craw erschien drei Minuten später. In ihrem Gesicht zeigte sich eine Mischung aus Unwillen und Argwohn. An der kurzen Treppe, die hinunterführte, blieb sie stehen und betrachtete sie, dann mich und zu guter Letzt noch einmal den Unterstand. Sie trug denselben schwarzen Parka und hatte die Hände in den Taschen. Das kurze Haar hatte sie aus dem Gesicht gestrichen. Unter dem Parka zeigten sich schwarze Jeans und schwarze Lederstiefel. Sie kam die Treppe herab in den Unterstand. Schließlich verharrten wir beide voreinander und musterten einander. Um uns herum hing Regen in der Luft.

»Was, zum Teufel, ist hier los?«, fragte sie nach einer Weile.

Ich machte einen Schritt an ihr vorbei und spähte die Straße hinunter. Niemand war uns gefolgt. Niemand belauerte uns. Im Moment waren keine Autos in Sicht.

Wir waren allein.

»Soll das eine Art Scherz sein?«, wandte ich mich an sie.

Anstelle einer Antwort blickte sie mich nur an. »Geht es Ihnen gut?«

»Nein«, entgegnete ich, »mir geht es alles andere als gut.«

Sie betrachtete mich von Kopf bis Fuß. »Erinnern Sie sich an letzte Nacht?«

»Natürlich.«

»Nur, weil Sie offenbar eine ziemlich schwere Kopfverletzung …«

»Alles bestens.«

»Sind Sie sicher?«

»Hören Sie auf, mich zu verarschen, Craw …«

»Ich *verarsche* Sie nicht, Raker, sondern ich möchte nur herausfinden, was, zum Teufel, hier gespielt wird. Schauen

Sie sich nur dieses Ding hier an.« Sie wies mit beiden Armen auf den Unterstand. »Wir stehen im Pissregen am Ende einer Promenade, und noch dazu in einem Drecksloch, wo es nach Kotze und Schnaps stinkt.«

Zum ersten Mal fühlte ich mich leicht verunsichert.

War das alles nur Show?

»Warum haben Sie mich angelogen?«

»Angelogen? Wovon reden Sie …«

»Ich weiß, dass Sie die Vermisstenakte Ihres Vaters an Reynolds weitergegeben haben. Nur auf den Grund dafür bin ich noch nicht gekommen. Und den werden Sie mir jetzt verraten.«

»*Was?* Sind Sie jetzt völlig übergeschnappt?«

Ich schwieg.

»Warum, verdammt noch mal, sollte ich diesem Arschloch irgendetwas geben?«

Ich trat zur Seite und unter dem Dach des Unterstands hervor, um ein wenig Abstand zwischen uns zu bringen. »Unter Reynolds Sachen befand sich ein Ausdruck der Akte. Ganz oben stand Ihre ID-Nummer. Und ich habe belauscht, wie Sie mit dem Mistkerl telefoniert haben.«

Das schien sie aus dem Konzept zu bringen.

Anstelle einer Antwort wandte sie den Blick von mir ab und schaute über das Wasser. Der Regen wurde heftiger, trommelte rhythmisch auf das Dach des Unterstands und wühlte das reglose Wasser auf. Endlich drehte sie sich wieder zu mir um. »Ich arbeite nicht mit Reynolds zusammen.«

»Ach, wirklich? Und an die Akte ist er dann wohl durch Zauberei gekommen.«

»Jemand muss …«

»Was? Ihre ID missbraucht haben?«

»Ja.«

Ich musterte sie. »Letzte Nacht habe ich Sie gefragt, ob es

schwierig sei, sich Zugriff auf die Datenbank zu verschaffen, und Sie haben mir das bestätigt. Ich habe mich erkundigt, ob jemand Ihre Login-Daten kannte – und wissen Sie, wie Sie reagiert haben?« Ich hielt inne, während sie überlegte. »Sie haben das Thema gewechselt.«

»Na und?«

»Weil Sie mir nicht antworten wollten.«

»Das bedeutet nicht …«

»Sie lügen.«

Sie bedachte mich mit einem abfälligen Blick. »Sie sollten sich mal reden hören.«

»Wollen Sie leugnen, dass Sie das gesagt haben?«

»Warum sollte ich Sie anlügen?«

»Keine Ahnung. Warum denn?«

»Ich lüge Sie nicht an. Wenn jemand Dads Akte in die Finger gekriegt hat, dann heimlich. Ich habe niemandem meine Login-Daten gegeben – zumindest nicht wissentlich.«

Ich versuchte, ihrer Miene zu entnehmen, ob sie mich täuschen wollte. In der Nacht zuvor war es mir so offensichtlich erschienen. Ihr Gesichtsausdruck. Ihre Worte. Nun war davon nichts mehr zu bemerken. Sie war ruhig und undurchschaubar. Falls sie log, war es für mich nicht zu erkennen.

Oder sie hat überhaupt nicht gelogen.

Ich suchte die Umgebung des Unterstands mit Blicken ab: die Gehwege, den Uferpfad, den Parkplatz auf der anderen Seite des Wassers. Als ich mich wieder zu Craw umdrehte, beäugte sie mich argwöhnisch.

»Erinnern Sie sich eigentlich noch an irgendetwas von letzter Nacht?«, fragte sie.

»An genug.«

Sie machte einen Schritt auf mich zu. »Einen Moment lang habe ich gedacht, Sie würden mir umkippen. Sie sagten, etwas habe in Ihrem Kopf geknackt.«

Ich verzog unwillig das Gesicht. »Was versuchen Sie da …«

»Hören Sie mir zu. Ganz gleich, welcher Verdacht Sie auch umtreibt, Sie liegen falsch. Glauben Sie allen Ernstes, ich würde mich je im Leben mit einem Arschloch wie Neil Reynolds zusammentun?«

»Sie sagten …«

»Es ist mir scheißegal, was ich in Ihrer Einbildung gesagt haben soll. Wissen Sie noch, wie Sie mich letzte Nacht einmal genannt haben?«

Sie hielt inne.

Mir brummte der Schädel.

»Sie haben mich Derryn genannt.«

Ich starrte sie an. »Nein.«

»Doch.«

»Verschonen Sie mich mit Ihrem Unsinn, Craw.«

»Sie haben eine genähte Wunde am Hinterkopf. Letzte Nacht haben Sie mehr oder weniger unzusammenhängendes Zeug geredet. Ihr Auto sah aus wie vom Schrottplatz gerettet. Sie hatten einen Verkehrsunfall …« Sie verstummte. »Ich habe Ihnen vorgeschlagen, zum Arzt zu gehen.«

Ich rieb mir die Augen und rief mir mühsam die letzte Nacht ins Gedächtnis.

Hatte ich sie Derryn genannt?

War ich wirklich so durcheinander gewesen?

Sie machte noch einen Schritt auf mich zu. Plötzlich zeigte sich der Ausdruck von Mitgefühl auf ihrem Gesicht, den ich nicht einordnen konnte. »Deshalb habe ich Ihnen den Auftrag erteilt«, fügte sie leise hinzu.

Zunächst verwirrte mich ihr veränderter Tonfall, doch dann fand ich allmählich Gefallen daran, dass er weicher geworden war. Einen Moment lang wirkte sie auf einmal wie ein völlig anderer Mensch.

»Ihre Fälle sind Ihnen wichtig«, fuhr sie fort.

Sie berührte mich am Ellbogen.

»Aber Sie sollen nicht *mich* bekämpfen. *Ich* bin nicht Ihr Feind, David. Die Kraft, die Sie an mich vergeuden, wird Ihnen für den Kampf fehlen, auf den es ankommt.«

Ich schaute von meinem Ellbogen in ihr Gesicht. Inzwischen stand sie dicht vor mir. Der Duft ihres Parfums drang durch die regenschwere Luft.

Ich musterte sie eine Weile.

»David?«

Als ein Lächeln über ihr Gesicht huschte, wurde ich von einer seltsamen Erleichterung ergriffen. Ich wollte nicht, dass ausgerechnet sie es war, die mich verriet. Trotz unserer Vorgeschichte, unserer Differenzen, unserer Meinungsverschiedenheiten und des Bildes, das ich von ihr gehabt hatte, war an ihrer Ehrbarkeit nie zu rütteln gewesen.

»Hören Sie«, setzte ich zu einer Entschuldigung an.

»Schon gut«, erwiderte sie und nahm die Hand von meinem Ellbogen. »Ich möchte nichts weiter als herausfinden, was aus meinem Dad geworden ist.«

Ich nickte und überlegte mir meinen nächsten Schritt – und da summte mein Handy.

Mist. Ich hatte vergessen, es auszuschalten.

Ich holte es aus der Tasche und schaute aufs Display.

Eine unterdrückte Nummer.

Ich wollte sie schon wegdrücken, hielt aber inne. *Was, wenn es Garrick ist, der mich zurückruft?* Ich hob den Finger, um Craw einen Moment um Geduld zu bitten, und trat dann noch ein Stück aus dem Unterstand in den Regen.

»David Raker«, meldete ich mich.

»Ich weiß nicht, was Sie wollen oder wer Sie sind«, erwiderte eine Männerstimme, kaum lauter als ein Flüstern. Sie klang angespannt und bedrohlich. »Aber lassen Sie sich von mir einen guten Rat geben, okay? Vergessen Sie Casey Bullock. In Ihrem eigenen Interesse … vergessen Sie sie einfach.«

Ich wartete ab. Sein Atem knisterte in der Leitung.

»Hallo?«, sagte er nach ein paar Sekunden.

Inzwischen zögerte er, und mir wurde klar, dass er keine bösen Absichten verfolgte. Er drohte mir nicht, sondern wollte mich warnen. Er wollte mir helfen.

Er hat Angst.

Ich wich noch ein wenig zurück, um außerhalb von Craws Hörweite zu sein. »Dr. Garrick?«

Wieder eine kurze Pause. Die Worte entstanden und verflogen, als spräche er etwas aus, ohne sicher zu sein, ob er nicht einen Fehler machte. Und dann, schließlich, flehte er mit schwacher Stimme: »Bitte. Bitte tun Sie mir nichts. Ich habe es niemandem verraten, Ehrenwort.«

60

Garrick schwieg. Sein Atem ging stoßweise. Ich warf einen Blick auf Craw. Sie hatte sich auf eine der Bänke gesetzt, ließ mich jedoch nicht aus den Augen. Ihr weicher Anteil, der Anflug einer anderen Person, war inzwischen verschwunden. Nun war sie wieder die Frau, als die ich sie kannte. Nachdem sie mich argwöhnisch betrachtet hatte, holte sie ihr Handy heraus und fragte Nachrichten ab. Ich kehrte ihr den Rücken zu und spähte die Straße entlang. Keine Fahrzeuge. Keine Menschen.

»Dr. Garrick, ich möchte mit Ihnen über Casey Bullock sprechen.«

»*Bitte.* Ich habe es niemandem verraten.«

»Wovon reden Sie?«

»Ich schwöre bei Gott, es ist die Wahrheit.«

»Moment mal. Ich habe keine Ahnung, was Sie meinen. Aber ich würde mich freuen, wenn Sie sich beruhigen würden, okay?«

Er hörte sich an, als stünde er kurz vor einem Nervenzusammenbruch. Dann jedoch stellte ich fest, dass der Empfang sich änderte. Im Hintergrund fiel eine Tür zu. Als Garrick wieder am Apparat war, schien er sich ein wenig gefasst zu haben, obwohl seine Stimme weiterhin leise und eingeschüchtert klang. »Wer sind Sie?«, fragte er.

»Mein Name ist David Raker. Ich bin privater Ermittler und wollte mit Ihnen über Casey Bullock sprechen.«

»Warum?«

»Ich versuche, sie zu finden.«

Eine Pause. »Ist das Ihr Ernst?«

»Absolut.«

Eine erneute Pause, diesmal eine längere, als überlege er, ob ich ihn auf den Arm nehmen wollte. »Casey ist tot.«

»Wissen Sie das genau?«

»Sie wurde seit anderthalb Jahren nicht gesehen«, erwiderte er. »Und der Mann, der ihretwegen bei mir war, er war …« Ein langes Schweigen. »Er gehörte zu der Sorte Mensch, die …«

»Die was?«

»Die ihr wehtun würde. Die *mir* wehtun würde.«

Mir war sofort klar, dass er Neil Reynolds meinte, weshalb die Frage nicht war, auf wen Garrick anspielte. Mich interessierte mehr, warum Reynolds nach dem Mord an Simon Preston dessen Exfreundin zugesetzt hatte.

»Und dieser Typ wollte Sie über Casey aushorchen?«

Noch mehr Zögern in der Leitung. »Ich kenne Sie ja nicht einmal.«

»Das ist mir bewusst, aber ich …«

»Sie könnten jeder x-Beliebige sein.«

»Ich habe Ihnen doch erklärt, dass ich Vermisste suche.«

»Und *ich* habe *Ihnen* erklärt, dass Casey nicht vermisst wird.«

»Casey ist nicht die Person, die ich finden will.«

Das schien ihn vollends zu verwirren.

Ich schaute zu Craw hinüber. Sie beobachtete mich. Wir befanden uns an entgegengesetzten Enden des Unterstands. Mittlerweile regnete es wie aus Kübeln. Wasser strömte vom Dach und durch die Löcher in der Regenrinne. Ein Auto fuhr vorbei. Kurz verwandelte das Licht seiner Scheinwerfer die Boote auf dem Wasser in eine Standaufnahme. Ich hielt die Hand über das Handy und trat näher an Craw heran, damit sie mich hören konnte. »Ich muss ein paar Telefonate führen.«

Sie antwortete nicht.

»Wir können uns an Ihrem Auto treffen.«

Wieder beäugte sie mich misstrauisch. Dann jedoch erhob sie sich und steckte ihr Handy ein. »Ich habe keine Lust, mit Ihnen Katz und Maus zu spielen, Raker.«

»Ich erzähle Ihnen alles, wenn ich fertig bin.«

Ihr Blick ruhte noch einen Moment auf mir, bevor sie die Kapuze ihres Mantels hochschlug und hinaus in den Regen und die Promenade entlang in Richtung Zentrum ging.

Ich hörte, dass Garrick etwas sagte.

»Verzeihung, könnten Sie das wiederholen?«

»Wenn Sie nicht Casey finden wollen, wen dann?«, fragte er.

»Ich suche einen Mann namens Leonard Franks.«

Schweigen.

»Dr. Garrick?«

»Ich kann nicht … Er ist nicht …« Er verstummte. Nun klang er wirklich verängstigt. »Ich möchte nichts damit zu tun haben.«

»Kennen Sie Franks?«

»Bitte rufen Sie mich nicht mehr an.«

»Dr. Garrick?«

»Ich will nicht sterben.«

»Sie werden nicht sterben.«

»Sie waren nicht dabei, als dieser Mann mich aufgesucht hat.«

»Ich kann Sie vor ihm beschützen.«

»Nein, können Sie nicht.«

»Doch.«

»Können Sie nicht.«

Da er kurz davor war aufzulegen, wurde mir klar, dass ich nur eine Chance hatte, ihn aus der Reserve zu locken. »Hören Sie, ich werde herausfinden, was Leonard Franks zugestoßen ist, ganz gleich, ob Sie mir helfen oder nicht. So lautet mein Auftrag. Aber wenn Sie mir nicht helfen, kann ich Ihnen nicht garantieren, dass Sie nicht ins Kreuzfeuer geraten.«

Er schnappte hörbar nach Luft.

Selbst mir fiel es schwer, die folgenden Worte auszusprechen. »Wenn Sie jetzt auflegen, bringen Sie sich in Gefahr. Wenn nicht, kann ich dafür sorgen, dass Ihnen nichts geschieht.«

Ich bekam ein leicht mulmiges Gefühl im Magen. Mir gefiel es nicht, seine persönliche Sicherheit als Verhandlungsmasse zu benutzen. Doch mir blieb nichts anderes übrig.

Ich stellte fest, dass Craw am anderen Ufer bereits im Auto saß. Der Motor lief, die Scheinwerfer waren eingeschaltet. Mein Vauxhall stand dicht daneben. Selbst wenn ihr der Wagen auffiel, würde sie ihn nicht erkennen, da sie ja mit meinem verbeulten BMW rechnete.

Weil Garrick noch immer schwieg, ließ ich ihm Zeit.

»Bitte«, flehte er schließlich.

Offenbar war er den Tränen nahe. Regen wehte mir aufs Gesicht und auf die Jacke. »Für mich ist es wichtig herauszufinden, was hier los ist. Dann kann ich versuchen, etwas für Sie zu tun.«

Stille in der Leitung.

»Dr. Garrick?«

»Ich habe Angst.«

»Ich weiß. Das kann ich verstehen.«

»Er hat gedroht, mich umzubringen, falls ich rede.«

»Hat der Kerl gesagt, wie er heißt?«

Ein langes Schweigen. »Woher soll ich wissen, dass Sie nicht mit ihm zusammenarbeiten?«

»Im Moment können Sie das nicht wissen.«

Ein Schnauben. »Also soll ich Sie einfach beim Wort nehmen? Ich soll meine Sicherheit, die Sicherheit meiner Frau und die meiner drei Söhne in Ihre Hände legen?«

»Lassen Sie mich Ihnen die Alternative schildern: Wenn Sie mir nicht helfen und ich den Entführer von Casey Bullock nicht kriege, werden Sie den Rest Ihres Lebens in der Angst verbringen, Ihre Söhne könnten gekidnappt werden, sobald Sie ihnen den Rücken zukehren.«

Ich spürte, wie er die Worte formte und eines nach dem anderen verwarf, endlose Sekunden, in denen er sich nicht entscheiden konnte, was schlimmer war: einem Mann zu vertrauen, mit dem er noch nie zuvor gesprochen hatte, oder jeden Tag in Sorge zu sein, dass Neil Reynolds sich an seiner Familie schadlos halten könnte.

Als er schließlich antwortete, war seine Stimme kaum lauter als ein Flüstern. »Ich wusste nicht einmal von Caseys Verschwinden. Ich hatte nirgendwo eine Meldung oder einen Zeitungsbericht gelesen. Es interessierte keine Menschenseele, dass sie nicht mehr da war.« Eine lange bedeutungsschwere Pause, so schmerzlich, dass man es fast mit Händen greifen konnte. »Und so habe ich in der Woche, nachdem sie verschwunden war – ich bin nicht sicher, es muss Anfang Oktober 2011 gewesen sein – auf sie gewartet, weil wir einen Termin hatten. Ich habe sie stets dienstags und donnerstags gesprochen. Sie hat so häufige Sitzungen zwar nicht mehr gebraucht, aber danach verlangt. Sie wollte es so. An diesem Tag hatte ich vor, ihr mitzuteilen, dass das Krankenhaus geschlossen wird. Mir hat schon davor gegraut.«

»Und was geschah dann?«

»Sie ist nicht erschienen. Dafür aber dieser Mann. Seinen Namen hat er mir nicht genannt.«

»Wie sah er aus?«

Ich hörte ihn schlucken, wieder ein Moment der Angst, als habe er sich in einen neuen, sehr düsteren Winkel seines Gedächtnisses vorgewagt. »Ich weiß nicht ... Ende dreißig, schätze ich. Zwischen eins siebzig und eins fünfundsiebzig. Aber kräftig. Muskulös. Blass. Rasierter Schädel. Er hat ... etwas Seltsames an sich.«

Eindeutig Reynolds.

»Was hat er Sie gefragt?«

»Er hat mich nach Casey gefragt.«

»Was genau?«

»Er wollte wissen, worüber wir in den Therapiesitzungen gesprochen haben.«

»Und was haben Sie ihm gesagt?«

»Er hatte ein Messer«, entgegnete er mit zitternder Stimme.

»Also haben Sie ihm alles über Ihre Therapiesitzungen mit Casey erzählt?«

Keine Antwort, dann ein Schniefen. »Ich habe sie verraten.« Seine Sprache klang verwaschen. »Sie hat sich mir anvertraut ... und ich habe sechs Jahre ihres Lebens verraten.«

Plötzlich fing er leise zu schluchzen an. Obwohl er mir leidtat, schwieg ich und gab ihm die Zeit zu trauern. Sogar nach diesem kurzen Telefonat war mir klar, dass Casey Bullock ihm sehr viel bedeutet hatte.

Als er sich allmählich wieder beruhigt hatte, fragte ich: »Welche Fragen hat dieser Kerl Ihnen genau gestellt?«

»Er hat sich nach ihrer Vergangenheit erkundigt.«

»Ihrer Vergangenheit mit ihrem Exfreund Simon?«

Er schien nicht sicher zu sein, wie ich auf diesen Schluss gekommen war. »Ja. Ja, danach und nach allem anderen. Nach ihrer Ehe mit Robert, dem Tod ihres Sohnes, ihrem Nervenzusammenbruch, ihren Selbstmordversuchen.«

»Haben Sie je mit ihr über Leonard Franks gesprochen?«

»Ja.«

»Was hat sie Ihnen über Franks erzählt?«

»Sie sagte, sie mache sich seinetwegen Sorgen.«

»Sorgen in welcher Hinsicht?«

Nun konnte ich im Hintergrund ein Geräusch hören – Gelächter. Im nächsten Moment wusste ich, was es war: Garricks Kinder.

»Ich glaube, sie fürchtete sich vor ihm.«

Das interessierte mich. »Moment mal, sie *fürchtete* sich vor Franks?«

»Ja.«

Ich schaute zu Craw in ihrem Auto hinüber. Im orangefarbenen Licht der Straßenlaternen konnte ich im Wageninneren gerade noch ihr Gesicht ausmachen.

»Warum fürchtete sie sich vor ihm?«

»Das hat sie mir nie verraten.«

»Sie hat es nie erwähnt?«

»Nein. Immer wieder habe ich versucht, an sie heranzukommen. Ich spürte, dass ein wichtiges Ereignis aus ihrer Vergangenheit seinen Schatten auf unsere Sitzungen warf.

Sie hat vier Jahre lang in London gelebt, und es hatte etwas mit ihrer Zeit dort zu tun. Etwas mit einem Fall, über den sie in der Zeitung gelesen hatte.«

»Der Mord an Pamela Welland?«

Eine Pause. »Woher wissen Sie das alles?«

In seinem Schweigen schwang Argwohn mit. Vermutlich fragte er sich inzwischen, ob er das Richtige getan hatte.

»Der Mord an Pamela Welland hat ihr zu schaffen gemacht?«

Keine Antwort.

»Dr. Garrick?«

»Sehr«, erwiderte er nach einer Weile.

Poulter hatte genau dasselbe gesagt. Und dennoch hatte keiner der beiden die Hintergründe in Erfahrung bringen können. Ich hatte nichts weiter vorzuweisen als den Tod von Pamela Welland, Franks als leitenden Ermittler bei der Suche nach dem Mörder und Casey Bullock – eine Frau, die sich weit mehr als nur beiläufig für diesen Fall interessiert hatte. Und nun, siebzehn Jahre später, waren die einzigen beiden Menschen verschwunden, die möglicherweise zur Aufklärung beitragen konnten. Reynolds hatte Bullock irgendwo vergraben, wo sie nie gefunden werden würde. Doch was aus Leonard Franks geworden war, konnte ich nicht mit Sicherheit sagen. Noch nicht.

»Hat sie je erwähnt, Franks habe sie bedroht?«

»Nein.«

»Und trotzdem fürchtete sie sich vor ihm?«

»Sie meinte, sie sei seinetwegen ›besorgt‹. Das waren ihre Worte.«

»Und sie hat nie erklärt, woran das lag?«

»Nein. Ich habe Casey sechs Jahre lang behandelt. Bei meinem Vorgänger, Dr. Poulter, war sie knapp sechs Jahre in Therapie. Und keiner von uns hat je eine klare Vorstellung davon gewonnen, warum der Tod dieses Mädchens sie so faszinierte – wenn das der richtige Ausdruck ist. Was diesen Leonard Franks betrifft …« Er hielt inne. Wieder hörte ich im Hintergrund Lachen. »Kinder, gönnt eurem Dad mal ein bisschen Ruhe, ja?« Noch eine kurze Pause. »Lassen Sie es mich einmal so sagen: Haben Sie eine Vorstellung davon, wie lange Casey gebraucht hat, um den Namen dieses Mannes auszusprechen?«

»Franks? Nein. Wie lange?«

»Fünf Jahre. Das sind fünfhundertzwanzig Sitzungen. Fünfhundertzwanzig *einstündige* Sitzungen, bevor sie den Mut hatte, überhaupt seinen Namen auszusprechen.«

»Haben Sie das dem Mann gesagt, der bei Ihnen war?«

Stille, in der bittere Reue spürbar war. »Ja. Er hat gedroht, meine Familie umzubringen. Ich habe sie verraten, ich habe Casey verraten, aber …« Er schwieg kurz. »Meine Familie … ich hätte es nicht ertragen …«

… ohne sie weiterzuleben.

Diesmal schluchzte er nicht, doch ich hörte ihn schniefen und die Hand vor die Sprechmuschel halten, um seine Kinder zum zweiten Mal um ein wenig Ruhe zu bitten.

Dann war er wieder am Apparat.

»Ich muss jetzt Schluss machen, Mr Raker.«

»Haben Sie je daran gedacht, die Polizei zu verständigen?«

»Wegen des Mannes, der bei mir war? Auf gar keinen Fall.«

»Warum nicht?«

»Was glauben Sie denn? Ich bringe doch meine Söhne nicht in Gefahr.«

»Was ist mit Casey? Ich meine damals, als sie Ihnen von ihrer Angst vor Leonard Franks erzählt hat. Haben Sie überlegt, ihretwegen die Polizei einzuschalten?«

»Genau das war ja das Problem«, erwiderte er, und ich hörte, wie sein Tonfall wieder unsicherer wurde. Ein ängstliches Zittern machte seine letzten Worte beinahe unverständlich. »Ich konnte die Polizei nicht anrufen – denn sie sagte, die Polizei sei in die Sache verwickelt.«

61

Sobald ich eintraf, stieg Craw aus. Die Wagentür ließ sie offen. Die Scheinwerfer leuchteten, und die Heizung lief auf Hochtouren. Während sie dastand und mich erwartete, fielen Schatten auf ihr Gesicht. Ich setzte eine bemüht ausdruckslose Miene auf, obwohl es in mir brodelte. *Ich konnte die Polizei nicht anrufen – denn sie sagte, die Polizei sei in die Sache verwickelt.* Ich hatte keine Ahnung, ob sie nur Reynolds gemeint hatte oder ihn und Craw. Vielleicht Paige. Vielleicht Murray. Vielleicht sogar Franks. Inzwischen wusste ich nicht mehr, wem ich noch trauen konnte.

»Alles in Ordnung?«

Ich sah sie an. »Ja, bestens.«

Sie musterte mich, als ahne sie, dass das nicht ganz die Wahrheit war. Doch dann spähte sie über den Parkplatz. »Ich sehe hier nirgendwo Ihr Auto.«

»Stimmt. Ich habe ein Stück entfernt geparkt.«

»Soll ich Sie hinfahren?«

»Nein, schon gut. Ich bin ja bereits klatschnass.« Ich zwang mich zu einem Lächeln, das hoffentlich überzeugend wirkte, und zog den Schlüsselring zu dem Häuschen aus meiner Tasche. »Hier.«

»Was ist das?«

»Die Schlüssel zum alten Haus meiner Eltern.«

Sie warf einen Blick darauf. »Kommen Sie nicht mit?«

»Ich muss noch ein wenig herumtelefonieren.«

»Mit wem?«

Nimm einfach die verdammten Schlüssel. »Es gibt da noch ein paar Hinweise, denen ich nachgehen muss. Wenn ich fertig bin, treffen wir uns im Haus, und dann klären wir alles.«

»Klären?«

Ich hatte mich ungeschickt ausgedrückt. Wieder musterte sie mich, und das Misstrauen stand ihr überdeutlich ins Gesicht geschrieben. »Das heißt, ich berichte Ihnen alles, was ich herausgefunden habe, und dann schmieden wir einen Plan. Und zwar einen, der nicht mit einem Umweg über die Notaufnahme endet.«

Sie nickte.

»Okay?«

Sie schaute zwischen den Schlüsseln, die ich ihr noch immer hinstreckte, und mir hin und her. Nach einer Weile griff sie danach. »Okay.«

Ich beschrieb ihr den Weg. Falls sie oder sonst jemand das Haus durchsuchen sollte, würden sie nichts entdecken. Ich hatte, als ich Anfang des Jahres zurück nach London gezogen war, gründlich aufgeräumt. Alles, was ich brauchte, befand sich in dem Auto, das nur wenige Meter entfernt von ihr parkte.

»Dann also bis später.«

Sie nickte erneut und sah mich noch einmal an. Und dann machten wir uns beide auf den Weg.

Sie zu ihrem Auto.

Und ich an einen Ort, an dem ich ungestört sein würde.

62

Etwa zwei Kilometer außerhalb von Kingsbridge entdeckte ich eine Telefonzelle, von Gras umwuchert und in der Dunkelheit kaum auszumachen. Ich stoppte daneben, schaltete den Motor ab und stieg aus.

Drinnen roch es nach Pisse und Feuchtigkeit.

Die Straße war einsam und wurde auf beiden Seiten von hohen Hecken gesäumt. Doch der Regen hatte aufgehört, und hier und da entstand eine Lücke in den Wolken, als habe jemand ein Loch in eine Zimmerdecke gebohrt. Während ich ein paar Münzen in den Schlitz warf, stellte ich fest, dass Mondlicht durch diese Lücke drang und die Felder beleuchtete. Außerdem die Umrisse dahinter.

Die schartige Silhouette der Küste.

Und – am anderen Ende der Dammstraße – Bethlehem.

Ich wählte Ewan Taskers Mobilnummer und wartete auf eine Verbindung. Er meldete sich nach ein paarmal Läuten, klang jedoch argwöhnisch, da er die Nummer nicht erkannte.

»Task? Ich bin es.«

»Raker?«

»Ja. Wie läuft es?«

»Allen geht es gut. Und bei dir?«

»Gut.«

»Möchtest du mit ihnen reden?«

»Bitte.«

Ich hörte gedämpfte Stimmen. Dann war Annabel am Apparat.

»Hallo?«

»Wie geht es dir, Liebes?«

»Okay, glaube ich.«

»Das alles tut mir leid.«

Zunächst schwieg sie. »Okay«, meinte sie schließlich.

»Was machst du gerade?«

»Olivia ins Bett bringen.«

»Kommt sie klar?«

»Alles in Ordnung. Sie hält die Sache für ein großes Abenteuer.«

Allerdings brauchte ich nicht nachzubohren, um zu wissen, wie Annabel zu der Angelegenheit stand. Mit einem leisen Heulen strich der Wind durch die Telefonzelle, die Risse im Glas und das verrostete Gehäuse. Im Hintergrund konnte ich am anderen Ende der Leitung Gelächter aus dem Fernseher hören. Ein Schnappschuss, der häuslichen Alltag darstellte. Nur dass selbst das eine Lüge war. Ich hatte die beiden mitten in der Nacht aus den Betten gerissen und in ein Versteck verfrachtet.

Das war jetzt ihr Alltag.

Und daran war nur ich schuld.

»Hast du den Mann, den du suchst, schon gefunden?«, erkundigte sie sich.

»Nein, noch nicht.«

»Was passiert, wenn du es geschafft hast?«

»Hängt davon ab.«

»Von was?«

»Davon, ob er noch lebt oder nicht.«

Sie hielt inne. »Und mit uns?«

»Mit dir und Liv?«

»Ja. Können wir zurück nach Hause, wenn du ihn gefunden hast?«

»Das ist der Plan.«

»Und so etwas wird nie wieder geschehen?«

In ihrer Stimme schwang eine Mischung aus Trauer und Hoffnungslosigkeit mit, die mir nicht nur deshalb ans Herz ging, weil sie meine Tochter war.

»Nein«, erwiderte ich, »es wird nicht wieder geschehen.«

Kurz sah ich mein eigenes Spiegelbild in der Glasscheibe.

Noch eine Lüge.

»Und wo bist du gerade?«, fragte sie.

Mein Blick wanderte noch einmal zur Küste, ein grauer Streifen in der Ferne. Die Wolken ballten sich wieder zusammen, sodass die Welt in Dunkelheit versank. »Ein paar Kilometer entfernt von Keel Point.«

»Keel Point? Da ist ja das Krankenhaus.«

»Richtig«, antwortete ich, ein wenig erstaunt. Dass sie davon wusste, überraschte mich, obwohl es mich nicht hätte wundern sollen. Immerhin war sie nur wenige Kilometer weiter die Küste hinunter aufgewachsen.

»Du willst doch nicht etwa dorthin?«

Die Frage war scherzhaft gemeint.

»Ich spiele mit dem Gedanken.«

»Echt?«

»Echt.«

Eine lange Pause. »Ganz schön mutig von dir.«

»Warum sagst du das?«

Ich wartete ihre Antwort ab, obwohl ich glaubte zu ahnen, was sie nicht in Worte fassen konnte. Nicht nur Menschen beherbergten Erinnerungen. In meinem Beruf, der Suche nach Vermissten, hatte ich Orte erlebt, die den Widerhall, ja, ein Gefühl für die Dinge ausstrahlten, die sich dort ereignet hatten, auch wenn das Gebäude selbst schon seit Jahren leer stand. Es waren keine Gespenster, sondern etwas beinahe Greifbares, dessen Macht nachwirkte. So, als trüge ein Ort für immer die Narben seiner Geschichte.

»Falls du tatsächlich dorthin willst, solltest du beim Parl Rock rüberfahren«, erklärte sie schließlich.

»Wo ist das?«

»Ein Dreiviertelkilometer die Küste hinunter. Der Weg ist

zwar ein bisschen länger, aber wegen der Sandbänke steigt das Wasser nicht so hoch.«

Ich fragte mich, woher sie das wusste.

Offenbar hatte sie meinen Gedanken erraten. »Freunde von mir sind rübergefahren, nachdem es geschlossen hatte. Es war eine Mutprobe. Weil ich ein intelligenter Mensch bin, habe ich nur vom Strand aus zugesehen.« Sie räusperte sich, als suche sie nach den richtigen Worten. »Auf der einen Seite des Gebäudes gibt es eine Menge Fenster. Unglaublich viele, die alle Meerblick haben. Ich erinnere mich, dass ich meinen Freunden nachgeschaut und mir gedacht habe, dass diese Fenster … sie sahen aus wie …«

»Was?«

»Jetzt glaubst du bestimmt, ich hätte eine Schraube locker.«

»Nein, schon gut.«

Ein kurzes Zögern. »Sie sahen aus wie Augen«, fuhr sie fort. »Ein paar waren schon eingeschlagen worden, zerschmettert und zersplittert, aber viele waren noch intakt. Und als sich der Mond oder die Lichter vom Strand im Glas spiegelten … es war, als würden sich dahinter Menschen bewegen.«

Ich spähte hinaus in die Dunkelheit.

»Sei einfach nur vorsichtig«, fügte sie hinzu.

»Falls ich aufs offene Meer hinausgespült werden sollte, gebe ich dir Bescheid.«

Sie lachte kurz auf. »Jetzt mal ernsthaft, fahr bei Parl Rock rüber. Dort ist es leichter. Um hinzufinden, musst du nur den Wegweisern nach Brompton Lee folgen.«

»Okay, ich …« Ich hielt inne. »Moment mal, wohin?«

»Brompton Lee. Das ist das letzte Dorf vor Parl Rock. Meine Freunde haben dort gewohnt. Die, die rübergefahren sind.«

»Was gibt es in Brompton Lee?«

»In dem Dorf? Was meinst du damit?«

»Häuser? Läden?«

»Aha. Äh ... einen Pub. Ein Postamt.«

Ich holte den Block heraus und blätterte meine Aufzeichnungen durch. Bald hatte ich gefunden, was Franks sich auf dem Zettel und dem Pub-Flyer notiert hatte. Und die Aufschrift des Plastikstreifens, ausgegraben in Dartmoor.

BROLE108.

Ich sagte Annabel, ich würde mich in ein paar Stunden noch einmal melden. Dann hängte ich auf, schaltete mein Mobiltelefon ein, rief den Web-Browser auf und suchte nach »Brompton Lee Postamt«. Nach wenigen Sekunden hatte ich das Foto in Google Images entdeckt. Es war eine Postagentur in einem Kolonialwarenladen. Auf dem Schild über dem Eingang stand in einer schmalen Serifen-Schrift BROMPTON LEE GENERAL STORE. Und daneben die Telefonnummer.

BROLE 577233.

Als ich das Bild herunterscrollte, erfuhr ich auch die Öffnungszeiten. Wegen des Warenangebots – Milch, Brot, Zeitungen – öffnete der Laden schon um sechs Uhr morgens. Es war ein Glücksfall, dass ich einen Blick hineinwerfen und dennoch rechtzeitig zur Ebbe am nächsten Morgen am Parl Rock sein konnte.

Doch das war es nicht, was mein Interesse geweckt hatte. Stattdessen stach mir ein Teil einer Liste unter den Öffnungszeiten ins Auge.

Die Angebote und Leistungen.

Zum Beispiel einhundertzehn Postfächer.

63

Brompton Lee war ein mittelgroßes Dorf südlich von Salcombe an der Küste. Es bestand aus etwa achtzig in verschiedensten Schattierungen der Farbpalette gestrichenen Häusern, zwei Pubs, einer Metzgerei, einer Immobilienagentur, einer Teestube und einer Apotheke. Der Kolonialwarenladen stand für sich allein in der Dorfmitte; ein seitlicher Anbau fungierte als Eingang. Die Schnellstraße sorgte für eine gute Verbindung nach Salcombe, Kingsbridge, die umliegenden Dörfer und alle anderen Ortschaften südlich des Avon, vermutlich der Grund dafür, dass dieses Postamt die von der Regierung verfügte Schließung überlebt hatte.

Im Schaufenster war ein Sammelsurium aus Lebensmitteln, Eiscreme-Werbung und Ansichtskarten aus der Umgebung ausgestellt. Ein Schild bestätigte, dass der Laden um sechs Uhr öffnete. Ich fuhr weiter und entdeckte etwa zweihundert Meter entfernt eine Parklücke. Als ich Motor und Scheinwerfer abschaltete, senkte sich die Nacht herab, und ich konnte – bis auf die fünfundzwanzig Meter unter mir rhythmisch an den Strand schlagenden Wellen – nur die quadratischen, erleuchteten Fenster im Dorf sehen, die in der Dunkelheit zu schweben schienen.

Als ich ausstieg, war die Nacht kühl. Ich ging weiter in die Parkbucht hinein, wo man ein Loch in das dichte Efeugestrüpp geschnitten hatte. Durch die Lücke konnte ich undeutlich die Umrisse von Booten erkennen, die langsam über den Ärmelkanal und aufs offene Meer hinausglitten. Vor ihnen war kaum etwas auszumachen.

Doch ich wusste, dass dort das Krankenhaus war.

Ein Phantom, umgeben von Wasser.

Ich hatte den Wecker auf Viertel vor sechs gestellt. Als er klingelte, schlug ich den zweiten Mantel zurück, den ich als Decke benutzt hatte, und setzte mich auf der Rückbank auf. Es hätte genauso gut Mitternacht sein können. Die Sonne würde erst nach acht Uhr aufgehen, weshalb am Himmel auch nicht der Hauch eines Lichtscheins festzustellen war. Außerdem war es kalt wie in einer Gruft. Also kletterte ich erst einmal auf den Vordersitz, warf den Motor an und schaltete die Heizung auf volle Kraft.

Zehn Minuten später war es warm, und ich war hellwach. Ich schloss das Auto ab und machte mich zu Fuß auf den Weg ins Dorf, da ich wollte, dass meine Ankunft möglichst unbemerkt blieb. Die Ladenbeleuchtung brannte bereits, und etwa fünfzehn Meter vom Eingang entfernt beobachtete ich, wie eine grauhaarige Frau von etwa sechzig Jahren das GEÖFFNET/GESCHLOSSEN-Schild umdrehte. Im Schutz der Dunkelheit erreichte ich die Tür, bevor sie bemerkte, dass sie Kundschaft hatte.

Der Laden war klein und vollgestellt. In den Regalen türmten sich die Lebensmittel. Weidenkörbe an der Tür waren mit frischem Obst gefüllt. Am anderen Ende des Ladens gab es eine Theke aus dunklem Holz und eine Auslage mit Süßigkeiten, auf der ein Stapel der Tageszeitung von heute lag. Dahinter tat sich eine etwa drei Meter fünfzig breite Nische auf, deren Ausstattung der einzige Hinweis darauf war, dass wir uns im einundzwanzigsten Jahrhundert befanden: Postfächer, die sich vom Boden bis zur Decke erstreckten. Allerdings hatte man auch hier nicht darauf verzichtet, das Dekor auf alt zu trimmen: Die Postfächer waren mit einer Schwingtür wie in einem Saloon vom Rest des Raums abgetrennt.

»Morgen«, sagte die Frau.

Ich lächelte sie an. »Morgen. Schöner Tag heute.«

»Ja, stimmt. Sie sind aber früh auf.«

Natürlich hatte sie sofort bemerkt, dass ich nicht von hier war, denn ihr Blick ruhte einen Sekundenbruchteil länger auf mir als üblich. Sie bewegte sich langsam, ging leicht vornübergebeugt und war ziemlich beleibt, aber offenbar nicht auf den Kopf gefallen. Ihr Blick zeugte von einem wachen Verstand. Durch eine Glastür hinter der Theke sah ich einen etwa gleichaltrigen Mann. *Ihr Ehemann.* Er hakte Punkte auf einer ausgedruckten Liste ab. Neben ihm an der Wand hing ein Brett voller Haken. Und an diesen Haken baumelten einhundertzehn Schlüssel, alle in einem abgeschlossenen Kasten aus Panzerglas gesichert. Anscheinend die Ersatzschlüssel für die Postfächer.

Jeder Schlüssel war mit einem Plastikanhänger versehen.

»Ich bin nur auf der Durchreise«, erwiderte ich.

»Aha, ich habe gleich gemerkt, dass Sie mir nicht bekannt vorkommen.«

»Ich war schon ein paarmal hier.«

Sie runzelte die Stirn. »Ach so.«

»Ihr Mann hat mir mit meinem Postfach geholfen.« Ich wies mit dem Kopf nach hinten in die Nische. »Meine Frau und ich sind vor Kurzem in ein Haus auf der anderen Seite von East Prawle gezogen.«

»Ach so«, wiederholte sie. Es war klar, dass sie mich nicht erkannte, sondern nur so tat, als wisse sie, wovon ich redete.

»Jetzt kümmere ich mich am besten um meine Post.«

»Ja, natürlich«, antwortete sie und machte eine Handbewegung in Richtung Nische. »Brauchen Sie sonst noch etwas? Ich kann die Sachen in der Zwischenzeit für Sie zusammensuchen.«

Ich musste sie beschäftigen, während ich mich umsah. Doch sie Milch und Brot holen zu lassen, das würde nicht länger als eine Minute dauern. Ich tastete in meinen Jackentaschen: Plastikanhänger, Notizbuch, Handy.

Und Dietriche.

»Das wäre sehr nett von Ihnen«, meinte ich. »Vielen Dank.«

Ich betete eine Einkaufsliste herunter und steuerte dann schnurstracks auf die Saloontüren zu. Nachdem ich sie durchquert hatte, wartete ich, bis sie nicht mehr hin und her schwangen, holte mein Handy heraus und wählte die Nummer des Ladens. Als ich über die Türen spähte, stellte ich fest, dass die Frau sich gerade in einen Kühlschrank beugte.

»Wie viel Milch möchten Sie?«, fragte sie, ohne sich umzudrehen.

»Nur zweimal einen halben Liter, danke.«

Ich musterte die Postfächer. Sie hatten Normgröße, waren rot, von 1 bis 110 durchnummeriert und bedeckten alle drei Wände.

Postfach 108 befand sich rechts in der untersten Reihe.

Ich wandte mich wieder meinem Handy zu, rief den Laden an und steckte das Gerät ein. Im nächsten Moment erklang ein Klingeln, gefolgt von Schritten. Es waren nicht die der Frau, sondern die ihres Mannes. Während ich vor dem Schloss des Postfachs in die Hocke ging, hörte ich, wie er sich meldete. Als er das zweite Mal *hallo* sagte, hatte ich schon den Spannhaken in der Hand und drückte mit dem Dietrich auf die Zapfen.

Der Mann legte den Hörer auf.

In meiner Jackentasche erklang leise das Freizeichen.

»Braun oder weiß?«, rief die Frau.

»Braun«, erwiderte ich, schob den Spannhaken ein wenig zurecht und spürte, wie die Zapfen am Dietrich einrasteten. Als ich durch die Lamellen der Saloontüren spähte, sah ich sie an den Weidenkörben stehen und die drei bestellten Äpfel auswählen. Ich widmete mich wieder dem Postfach und versuchte, mich zu beeilen. Doch wenn ich zu hastig zu Werke ging und alles wieder zurückschnappte, würde ich noch einmal von vorn anfangen müssen.

Plötzlich waren draußen vor der Nische weitere Schritte und das Geräusch der Schiebetür zu hören. Nun war auch der Mann im Laden.

Ich bemühte mich um eine ruhige Hand, schloss kurz die Augen und versuchte, mich auf mein Gefühl zu konzentrieren, nicht auf das, was ich sah. Während ich langsam den Dietrich herauszog, fingen die beiden an zu reden. Die Frau erklärte ihrem Mann, was sie gerade tat und wo ich war. Als ich die Augen wieder aufschlug, stellte ich fest, dass der Mann in meine Richtung schaute. Er hatte den Kopf zur Seite geneigt und blickte zweifelnd drein. Die Frau wiederholte, was ich ihr erzählt hatte: Er habe mir geholfen, das Postfach einzurichten.

Nur, dass er sich nicht an mich erinnern konnte.

Weil das alles nur ein Märchen war.

Er trat hinter der Theke hervor – und kam auf mich zu.

Mist.

Ich unterdrückte den Impuls, den Dietrich zurückzuziehen, zwang mich zur Ruhe und ruckelte noch einmal am Spannhebel. Nur ganz sparsame, winzige Bewegungen, bis ich spürte, wie die Zapfen an den Dietrich stießen. Und dann drehte sich das Schloss langsam von links nach rechts.

Mach schon.

Der Mann war nur noch zwei Meter von mir entfernt.

Mach schon, mach schon.

Das Freizeichen in meiner Jackentasche hatte sich in das stete Tuten eines beendeten Telefonats verwandelt. Ich lugte durch die Lamellen.

Anderthalb Meter.

Noch ein Zapfen.

Während ich den Dietrich vorsichtig zurückzog, kamen

die Füße des Mannes am unteren Rand der Saloontüren in Sicht. Dann erschien oben sein Kopf.

Ich schaffe es nicht rechtzeitig.

Mist, Mist, Mist …

Die Tür des Postfachs sprang mit einem Knacken auf.

Sofort ließ ich Dietrich und Spannhebel in meiner anderen Jackentasche verschwinden, öffnete das Postfach und schaute über die Saloontüren.

Inzwischen ragte der ganze Kopf des Mannes darüber auf.

Er lächelte höflich. »Hallo, alles in Ordnung?«

Ich setzte eine betont fragende Miene auf, während meine Hand verstohlen in die Jackentasche wanderte, um das Handy abzuschalten. »Alles bestens, danke. Nett, Sie wiederzusehen.«

Immer noch ein höfliches Lächeln auf den Lippen, nickte er ein zweites Mal.

Er erinnerte sich nicht mehr an mich, wollte sich aber nichts anmerken lassen. Die Hand weiterhin in der Tasche, drückte ich auf »Wählen«, wohl wissend, dass die zuletzt gewählte Nummer nun wieder angerufen werden würde.

Das Telefon klingelte erneut.

Der Mann blickte zwischen der Theke und mir hin und her und verdrehte die Augen. »Tut mir leid. Bin gleich zurück.«

Ich antwortete, ich käme auch allein zurecht, und schaute ihm nach. Sobald er weit genug weg war, beugte ich mich zu dem Postfach vor.

Darin befand sich eine etwa dreißig Zentimeter lange Reisetasche im Miniaturformat.

Das Telefon irgendwo im Laden hörte auf zu klingeln, als der Mann abhob. Seine Stimme hallte von den Wänden der Nische wider und als Echo aus meinem Mobiltelefon. Als sich niemand meldete, fragte er gereizt und ärgerlich, wer denn am Apparat sei.

Ich holte die Tasche heraus und schulterte sie.

Zeit, mich aus dem Staub zu machen.

64

Am Auto angekommen, warf ich die Tasche auf den Beifahrersitz und folgte dann den Wegweisern aus dem Dorf in Richtung Parl Rock. Es handelte sich um eine Landzunge, die in den Ärmelkanal hineinragte und wie ein Finger auf die Dammstraße zeigte. Eine schmale Straße brachte mich auf halbe Höhe, wo man auf einer kreisrunden Fläche aus Schiefer und klumpigem Quarz einen Parkplatz eingerichtet hatte.

Ich schaltete die Scheinwerfer ab, saß einen Moment in der Dunkelheit und fragte mich, was ich wohl vorfinden würde. Dann klemmte ich die Taschenlampe zwischen die Zähne und zog den Reißverschluss der Reisetasche auf.

Sie war voller Geld.

Kurz verharrte ich und starrte ein wenig ratlos in die Tasche, während sich meine Gedanken überschlugen. Und schließlich griff ich hinein und holte einen Teil des Inhalts heraus.

Das Geld war mit Büroklammern zu Häufchen im Wert von jeweils dreihundert Pfund gebündelt. Als ich nachzählte, kam ich auf zwanzig dieser Häufchen. *Sechstausend Pfund.*

Unter dem Geld lag noch etwas.

Ein Mobiltelefon.

Ich nahm es und schaltete es ein. Es war ein drei Jahre altes Nokia – kein Touchscreen, nur ein runder Auswahlschalter. Zunächst dachte ich, es sei auf Werkseinstellung zurückversetzt oder sogar nie benutzt worden. Das Adressbuch war leer, keine SMS, keine Anrufe, kein Web-Verlauf. Dann jedoch sah ich mir Fotos und Videos an.

Die Daten waren nicht gelöscht.

Es war ein einziger zweiminütiger Film darauf.

Ich klickte ihn an und drückte auf PLAY.

Anfangs konnte ich kaum etwas erkennen. Offenbar hatte die Kamera Mühe, in einem spärlich beleuchteten Raum ein klares Bild einzufangen. Verschwommene schwarz-weiße Schemen verschmolzen miteinander und trennten sich wieder. Ich warf einen Blick auf die Zeitanzeige.

Das Video lief schon seit fünfzehn Sekunden.

Doch dann, im nächsten Moment, wurde das Bild auf einmal deutlich.

Die Kamera hatte zwar keine sehr gute Auflösung, aber es genügte. Endlich konnte ich einzelne Gegenstände ausmachen. Das verschwommene Schwarz waren die Ecken des dunklen Raums, in dem der Film gedreht worden war. Und der verwackelte flackernde weiße Umriss darin war ein Fernseher.

Die Person, die die Kamera bediente, trat näher an den Fernseher heran. Die Kamera schwenkte hin und her, damit das Bild klarer wurde. Und endlich begriff ich, was da gefilmt worden war: eine Fernsehsendung, die in einem Pub spielte. Das Lokal war voll. Leute drängten sich am Tresen, um etwas zu trinken zu bestellen. Alle Tische – sie standen ein Stück weiter hinten – waren besetzt. Auf der kleinen Tanzfläche rechts wimmelte es von Menschen. Das Video war mit Ton aufgenommen worden, denn ich hörte das Rascheln von Kleidung und das Surren eines elektrischen Geräts, allerdings nichts aus dem Fernseher.

Er war auf stumm geschaltet.

Plötzlich erfolgte ein ungeschickter schneller Zoom auf den linken Bildschirmrand, und zum ersten Mal konnte ich einen Blick auf die Person hinter der Kamera erhaschen. Wie erstarrt stand sie im Rahmen des Fernsehgehäuses.

Es war Leonard Franks.

Hab ich dich endlich.

Er hielt das Handy vor sich ausgestreckt; sein Gesicht lag zum Großteil im Schatten, der Raum hinter ihm war unkenntlich und verschwommen. Ich hörte ihn einmal schniefen. Dann wich er wieder zurück, und seine Gestalt wurde eins mit der Dunkelheit.

Auf dem Bildschirm war die Kamera weiter auf einen Schauspieler am Tresen gerichtet. Er hatte einen Ellbogen auf die Theke gestützt und hielt in der anderen Hand eine Bierflasche. Er sprach mit jemandem. Franks zoomte ihn näher heran, diesmal vorsichtiger. Und da war auch eine Schauspielerin.

Auf einmal fiel es mir wie Schuppen von den Augen.

Das ist keine Fernsehsendung.

Sondern ein Film aus einer Überwachungskamera.

Es waren Pamela Welland und Paul Viljoen.

Als Franks seine Position veränderte, wurde das Bild plötzlich klarer. Die Szene lief genau so ab, wie Murray sie geschildert hatte. Viljoen, ein muskelbepackter Kleiderschrank von einem Mann, wollte Eindruck schinden. Pamela Welland, blond, zierlich und höflich, war allerdings nicht interessiert. Franks' Hand wurde ruhiger, sodass ich die Unterhaltung der beiden beobachten konnte. Nachdem Viljoen sich mit einem kräftigen Schluck gestärkt hatte, versuchte er ein zweites Mal sein Glück, rückte näher an sie heran und streckte die Finger auf der Theke aus, sodass sie fast ihren Arm berührten. Als er etwas sagte, lächelte sie, und er erwiderte das Lächeln. Dann schaute sie auf die Uhr. Er fragte sie etwas, woraufhin sie sich zu seinem Ohr hinüberbeugte – das erste Mal, dass sie ihm so nahe kam.

Doch dann ließ die Qualität des Films schlagartig nach.

Die Fernsehbilder wurden immer verschwommener, und die Szene begann zu flimmern. Franks versuchte, näher draufzuhalten, aber vergeblich. Während Viljoen Welland noch einmal auf die Pelle rückte, entstanden von unten nach oben verlaufende Streifen auf dem Bild. Mir wurde klar, dass Franks offenbar ein altes VHS-Video abgefilmt hatte.

Wie alt mag seine Aufnahme sein?

Ich stoppte den Film und klickte die Daten des Videos an: Franks hatte den Film am 1. März 2013 gemacht. Zwei Tage vor seinem Verschwinden.

Allerdings war das Band, das er abgefilmt hatte, um einiges älter.

Ich konnte mir denken, was das zu bedeuten hatte: Er hatte Paige und Murray nicht angerufen, weil er einfach nur eine Kopie des Bandes brauchte – sondern eine mit *besserer Qualität*. Besser als die Aufnahme, die er bereits besaß. Aber warum? Was sagte ihm diese Szene zwischen Welland und Viljoen? Warum hatte er sie sich so oft angesehen, dass sein Original – sein VHS-Band – schweren Schaden genommen hatte? Und warum hatte er sich die Mühe gemacht, sie achtundvierzig Stunden vor seinem Verschwinden noch einmal abzufilmen?

Ich wandte mich wieder Franks' Video zu und ließ es weiter ablaufen. Wieder flimmernde Linien, die die Bilder von Opfer und Täter verzerrten.

Noch dreißig Sekunden.

Und im nächsten Moment erhielt ich meine Antwort.

65

Franks trat noch näher an den Fernseher heran. Inzwischen stand er direkt davor, es trennte ihn nur noch etwa ein halber Meter von dem Gerät. Nur, dass seine Aufmerksamkeit jetzt nicht mehr Welland und Viljoen galt. Stattdessen richtete er die Kamera auf den Rand der Tanzfläche, wo vier Männer und fünf Frauen an einem Tisch saßen. Sie sahen aus, als kämen sie direkt aus dem Büro. Die Männer trugen Anzüge, die Frauen Rock und Bluse, Kleid oder Hosenanzug. Inzwischen waren die störenden Linien noch stärker geworden. Das Fernsehbild zuckte, die Farben verblassten und leuchteten wieder auf. Anscheinend war das Band unzählige Male abgespielt worden. Aber warum?

Eine Sekunde später kannte ich den Grund.

Eine der Frauen stand vom Tisch auf. Bis jetzt hatte sie der Überwachungskamera den Rücken zugekehrt; nun steuerte sie auf den Tresen zu. Sie war mit einem grau gemusterten, knielangen Kleid und schwarzen Pumps bekleidet.

Es war Casey Bullock.

Franks hatte sich nicht wegen Pamela Welland für das Video interessiert.

Von Anfang an nicht.

Ihm ging es um Bullock.

Sie hatte noch den Anflug eines Lächelns auf dem Gesicht, vermutlich wegen einer Bemerkung, die am Tisch gefallen war. Die Aufnahme wackelte wieder, und das Bild zerbröckelte in ein flimmerndes Gewirr aus Linien.

Ich beobachtete, wie Franks sich vor dem ohne Ton ablaufenden Video bewegte. Sein Finger streifte das Mikrofon des Nokia-Handys. Dann richtete er es erneut auf den Fernseher und stoppte den Film.

Eine Standaufnahme von Bullock erschien.

Der Zeitpunkt war optimal gewählt, so als habe Franks den richtigen Moment genau gekannt: Zwei senkrechte Linien umrahmten Bullocks Gesicht und Schultern, als sie Welland und Viljoen am Tresen passierte. Über den dreien hing der Wegweiser zu den Toiletten. Offenbar wollte sie dorthin. Doch trotz der miserablen Bildqualität bemerkte ich, dass ihr die beiden im Vorbeigehen anscheinend aufgefallen waren. Viljoen wurde zum Teil von einer flimmernden Linie verdeckt. Inzwischen hatte er die Hand auf Wellands Oberarm. Welland betrachtete seine Hand.

Bullock hatte den Blick auf die zwei gerichtet.

Wir hatten ein paar Augenzeugen, auch einen, der in der fraglichen Nacht in der Bar gewesen war. Er sagte, er habe Pamela mit einem Mann Anfang zwanzig reden sehen, hatte Murray mir erzählt, als ich mich mit ihr und Paige im Hotel getroffen hatte. *Der Zeuge in der Bar sagte, der Typ habe Pamela eindeutig anbaggern wollen, doch offenbar hatte sie kein Interesse.* Die Art und Weise, wie Welland Viljoens Hand beäugte, war ein eindeutiger Hinweis darauf, dass ihr die Berührung nicht gefiel. Und das war es vermutlich, was Casey Bullock später der Polizei geschildert hatte.

Der Zeuge war eine Zeugin.

Während das Handy auf der Nahaufnahme von Bullock, auf dem Weg durch den Pub erstarrt, verharrte, war aus dem Mikrofon des Geräts etwas zu hören. Ein leises Geräusch wie ein sachtes Knarzen.

Eine Tür, die sich im Wind bewegt.

Oder ein Stuhl, auf den sich gerade jemand setzt.

Dann war das Video zu Ende. Im Auto herrschte schlagartig Dunkelheit. Ich saß da und versuchte, das soeben Gesehene zu verarbeiten.

Das Geld.

Die Aufnahmen von Casey Bullock.

Am liebsten hätte ich sofort noch einmal bei Murray angerufen, um sie zu fragen, woran sie sich noch im Zusammenhang mit Casey Bullock erinnerte, woher Franks' Interesse an ihr kam – und warum Bullock solche Angst vor ihm gehabt hatte. Im nächsten Moment jedoch fielen mir John Garricks Worte ein.

Casey sagte, die Polizei sei in die Sache verwickelt.

Ich wusste nicht, ob er damit auch Murray gemeint hatte.

Also schaltete ich mein Handy an, loggte mich in den Browser ein und suchte ein zweites Mal nach Informationen über den Mord an Pamela Welland. Zehn Minuten verbrachte ich auf Webseiten, die sich mit wahren Verbrechen beschäftigten, und klickte jpgs von Titelseiten aus jener Zeit und die Artikel über den Mord an. Ich hatte mir dieselben Seiten schon vor vier Tagen angesehen, als Paige und Murray den Fall zum ersten Mal erwähnt hatten. Und wieder fand ich nicht viel Neues. Der Fall war beinahe älter als das Internet. Allerdings hatte ich bei der ersten Lektüre die Wahrheit zwischen den Zeilen nicht bemerkt: Nämlich, dass der Name Bullock nirgendwo fiel. Nicht einmal im Rahmen der Prozessberichterstattung.

Weil man sie bewusst rausgehalten hatte.

Offenbar hatte Franks irgendeine Abmachung mit der Justiz getroffen, damit ihre Identität außerhalb des Gerichtssaals geheim blieb. Doch eine solche Vereinbarung hätte sich damals – wie auch heute – sicher nicht auf die Polizeiakten ausgewirkt. Und deshalb hatte Franks, als Simon Preston fünfzehn Jahre später ermordet wurde, die Ermittlungen selbst in die Hand genommen. Tief in meinem Innersten hatte ich das immer gewusst. Und nun hatte ich die Bestätigung: Dass er sich persönlich um den Drogenmord gekümmert hatte, hatte rein gar nichts mit Personalknappheit zu tun – ihm war schlicht und ergreifend klar gewesen, dass der Mord an Preston die Ermittler irgendwann zu Bullock geführt hätte. Und deshalb hatte er die Untersuchung absichtlich im Sand verlaufen lassen und somit die Spur zu Casey Bullock zum zweiten Mal verwischt.

Aber warum?

Weshalb hatte Franks ihr solche Angst gemacht?

Ich saß da und dachte über die Antworten nach. Als mir einfach nichts Vernünftiges einfallen wollte, wandte ich mich von dem Geld, das inzwischen wieder in der Tasche steckte, ab und spähte durch die Windschutzscheibe in die Dunkelheit hinaus.

Ich hörte nur das endlose Lied des Meeres.

Nachdem ich in meinen Neoprenanzug geschlüpft war, sah ich nach, ob ich auch Taschenlampe, trockene Kleider und etwas zu trinken dabeihatte, verschloss den wasserfesten Rucksack und ging zum Strand. Zu dem Anzug gehörte auch ein Paar Neoprenstiefel, die willkommenen Schutz vor der eiskalten Morgenluft boten.

Am Strand – eine sanft abfallende, sandige Fläche, etwa vierzig Meter lang und umrahmt von den Klippen, die sich fünfundzwanzig Meter hoch bis nach Brompton Lee erhoben – blieb ich stehen und vergewisserte mich, dass ich allein war. Doch außer mir hielt sich hier kein anderer Mensch auf. Da hier völlige Dunkelheit herrschte, schaltete ich die Taschenlampe ein, um den Weg zum Felsen zu finden. Der Strand verlief in Form eines leicht geneigten Abhangs bis zum Ufer. Krabben huschten davon, wenn der Strahl meiner Taschenlampe sie streifte.

Kletterer hatten im Laufe vieler Jahrzehnte einen Pfad in den Felsen getreten, der bis zu dessen Ende, etwa fünfzehn Meter draußen auf dem Wasser, reichte und inzwischen einen natürlichen Anlegesteg bildete. Ich stieg auf den Grat, der ungefähr zweieinhalb Meter hoch aus dem Sand ragte, und machte mich auf den Weg. Als ich die Uferlinie passierte, fing das Meer rings um mich zu plätschern und zu gurgeln an, und ich spürte kühle Gischt auf Gesicht und Händen. Fünf Minuten später hatte ich das Ende des Felsenpfads erreicht und leuchtete ins Wasser. Es war knapp eins fünfzig tief.

Ich kletterte hinunter.

Die Wassertemperatur raubte mir den Atem. Ich hatte zwar damit gerechnet, dass es kalt sein würde, doch es war trotzdem ein Schock. Also verharrte ich einen Moment, um mich daran zu gewöhnen – und dann ging ich los.

Das Wasser reichte mir über den halben Bauch, aber das Meer war verhältnismäßig ruhig und das Wetter freundlich. Links von mir war der Himmel heller geworden. Die Schwärze der Nacht wich einem sanften anthrazitgrauen Schimmer. Es war das erste Licht des Morgens. In anderthalb Stunden würde die Sonne aufgehen, und sobald die Lichtverhältnisse sich änderten, hätte ich meine Umgebung besser im Blick.

Hinter mir die Silhouette von Parl Rock.

Darüber die Häuser von Brompton Lee.

Und dann, schließlich, die Insel, die sich vor mir aus dem Wasser erhob.

TEIL VIER

66

Um zwanzig vor sieben erreichte ich den Anlegesteg der Insel Keel Point. Meine Beine schmerzen, und meine Haut war schweißnass. Als ich mich auf den Steg hievte, erbebte er leicht unter meinem Gewicht. Ich schaute zu dem Gebäude hinauf, das mich erwartete. Die Morgendämmerung verbarg die meisten Schäden, die Bethlehem davongetragen hatte, jedoch nicht alle. Jenseits der beiden Sicherheitszäune – der eine eine Holzbarrikade und erst nach der Schließung errichtet, der andere der ursprüngliche von Natodraht gekrönte Maschendrahtzaun – konnte ich die gewaltige, nach Osten zeigende Fensterfront erkennen, die Annabel beschrieben hatte: drei Reihen mit jeweils zwanzig Fensterscheiben.

Ich verließ den Steg in Richtung Zufahrt, schlüpfte aus dem Neoprenanzug und zog trockene Sachen und Stiefel an. Nachdem ich den Anzug in einem Gebüsch versteckt hatte, schulterte ich den Rucksack und marschierte los. Aus unmittelbarer Nähe wirkte das Krankenhaus durch seine schiere Größe noch einschüchternder. Seine Fassade ragte in den düsteren Morgenhimmel auf, so hoch, dass man kaum bis zum Dachfirst sehen konnte. Die Risse im Putz, die ich unterwegs hatte erkennen können, waren nun riesige Krater. Die Löcher in Fenstern und Dach – vom Festland aus nur Tintenkleckse – erschienen mir jetzt wie klaffende Kiefer. Die Vorderseite des Hauses war eine Gedenkstätte des

Verfalls und der Erinnerungen, auslaufend in einem dreißig Meter hohen zerbröckelnden Turm.

Ich ging weiter die Auffahrt entlang.

Und blieb stehen.

Ein Geräusch.

Hinter der Holzbarrikade war der Maschendrahtzaun leicht eingesackt. Die Fenster des einsamen Wachturms in der Mitte – knapp sieben Meter hoch, die Leiter auf halber Höhe abgesägt – waren anscheinend als Zielscheibe für Steine und Mauerbrocken benutzt worden. Auch die Tür des Wachturms war nicht mehr verschlossen, sondern schwang hin und her, als vom Ärmelkanal ein Wind heranwehte. War das der Ursprung des Geräuschs?

Da hörte ich es wieder.

Ich leuchtete das Gebüsch zu beiden Seiten ab und fragte mich schon, ob es vielleicht ein Tier gewesen war. Beim zweiten Mal war es eindeutig von links gekommen. Ich bückte mich und zielte mit der Taschenlampe in das Gewirr aus Ästen und Blättern.

Etwas bewegte sich.

Ich kauerte mich noch tiefer, bis mein Gesicht beinahe die Straße berührte, und versuchte, es zu orten. Dann wurde mir klar, dass sich die Geräuschquelle nicht im Gebüsch selbst befand.

Sondern auf der anderen Seite.

Ich rappelte mich auf, ging die Straße zurück bis fast hinunter zum Wasser und kämpfte mich auf der anderen Seite durchs Gestrüpp. Im Moment konnte ich im Schein meiner Taschenlampe nur herumliegende Mauerbrocken im hohen Gras erkennen. Als ich weitermarschierte, flogen Vögel auf. Dann rührte sich ein Tier. Beinah hätte ich mir den Knöchel in einer nicht erkennbaren Bodenspalte verrenkt. Als ich langsamer wurde, um wieder sicheren Halt unter den

Füßen zu bekommen, huschte etwas am Rand des Lichtkegels vorbei.

Ich schwenkte die Taschenlampe zurück.

Und hatte endlich den Verursacher des Geräuschs entdeckt.

Der Gegenstand war an den äußeren Zaun gelehnt und halb unter Gras und trockenem Gestrüpp verborgen. Als der Wind über die Insel strich, schwankte er leicht und erzeugte, als er gegen den Holzzaun traf, ein leises Pochen. Einen halben Meter daneben hatte jemand mit einer Säge ein Loch in den Zaun geschnitten.

Schief und schartig.

Doch wer nicht danach suchte, wäre nie darauf gestoßen.

Unwillkürlich wanderte mein Blick über den Rand des Zauns zu den Fensterreihen in der östlichen Mauer. Von meinem jetzigen Standort aus konnte ich diese Seite des Gebäudes besser sehen denn je. Die Glasscheiben wechselten die Farbe, als der Tag anbrach.

Wieder das leise Pochen.

Klopf.

Klopf.

Ich schaute mich nach dem Geräusch um.

Im Licht meiner Taschenlampe war neben dem Loch im Zaun ein Boot zu erkennen.

67

Das Loch war etwa einen halben Meter hoch und genauso breit. Nachdem ich meinen Rucksack hindurchgeschoben hatte, kroch ich hinterher und rutschte auf dem Bauch auf die andere Seite des Zauns. Dahinter erhob sich der Maschendrahtzaun, doch auch in diesen hatte jemand ein Loch geschnitten. Ich krabbelte durch den zweiten Zaun und pirschte mich mit abgeschalteter Taschenlampe eine eins fünfzig hohe und mit Gras bewachsene Böschung hinauf, bis zu einem Fußweg, der parallel zum Gebäude verlief. Das Krankenhaus ragte über mir auf, als sei es plötzlich größer geworden.

Hinter mir schlug der Rumpf des Bootes weiter sanft gegen den Holzzaun. Am Himmel über mir kreischte eine Möwe. Wellen schwappten an die Insel.

Ansonsten war es totenstill.

Ich orientierte mich am fahlen Morgenlicht. Inzwischen war es kurz vor sieben. Draußen auf dem Meer gewann allmählich der Tag die Oberhand und verfärbte den Himmel. Falls mich jemand auf dem Weg zu dem Loch im Zaun beobachtet hatte, war ich ohnehin aufgeflogen. Also konnte ich nichts weiter tun, als das Dämmerlicht als vorübergehende Tarnung zu nutzen.

Ich machte mich auf den Weg zum Haupteingang.

Zu beiden Seiten des Eichentors verliefen Reihen von Fenstern, alle von innen verrammelt. Die Zufahrtsstraße ging in eine Auffahrt über, die in einer kreisrunden Fläche mündete. Hier hatte die Traktorfähre zum Umkehren gewendet. Über mir befanden sich die verbogenen und zerbrochenen Überreste eines Buntglasfensters.

Ich stieg die Stufen zur Pforte hinauf – und erstarrte.

Sie stand bereits einen Spalt weit offen.

Zwar nicht sehr weit, doch weit genug, dass ein schmaler schwarzer Strich zwischen Türflügel und Rahmen sichtbar wurde. Ich drückte vorsichtig mit der Hand dagegen, um festzustellen, welches Geräusch sie machte. Als nichts zu hören war, schob ich sie weiter auf; diesmal ertönte ein mattes Ächzen wie das Wimmern eines verletzten Hundes. Am Rand der Tür konnte ich die Spuren eines Meißels erkennen. Das Holz war gesplittert, das Schloss selbst entfernt worden.

Und da war noch etwas.

Als sich die Tür nicht mehr bewegte, nahm ich eine Reihe kurzer, mir wohlbekannter Klicks wahr – die gleichen Geräusche, die ich bereits im Haus der Franks gehört hatte. Zu meinen Füßen und halb von der Dunkelheit verborgen, befand sich ein dünner Draht, der unter der Tür hervorragte. An der Wand dahinter war mit Klebeband ein kleines Plastikgehäuse befestigt. Es sah aus wie ein Walkie-Talkie mit einer Reihe von LEDs. Wieder eine improvisierte Alarmanlage.

Reynolds.

Er war hier.

Als ich langsam weiterging, konnte ich den Korridor deutlicher ausmachen: krankenhausgrüne Wände, eine endlose Reihe von Türen, die sich in der Dunkelheit verlor, schwarzweiß gekachelte Fußböden, deren Muster an Dominosteine erinnerte. Mein Herz klopfte schneller, und meine Finger umkrampften die Taschenlampe. Doch kurz darauf wurde ich von einem unangenehmen Geruch abgelenkt: muffig, nach Medikamenten und Verbranntem.

Es gab hier keine Fenster.

Nur Türen.

Die Tür neben mir führte in einen Raum, der wohl früher einmal ein Verwaltungsbüro gewesen war, fensterlos, mit einem Schreibtisch und drei leeren Regalreihen. An den Wänden hatten vermutlich Tabellen und Pläne gehangen, doch die waren längst verschwunden. Ich schloss die Tür, ging ein Stück weiter und öffnete die nächste: genau das gleiche Bild, mit Ausnahme einiger konzentrischer Kreise an der Decke, wo offenbar Wasser eingedrungen war.

Ich setzte meinen Weg fort.

Splitter von Fliesen zerbrachen knackend unter den Sohlen meiner Stiefel. An den Wänden hatten Bilder blasse Rechtecke hinterlassen. Sonst war hier nichts. Nur Wände, von denen die Farbe abblätterte, als häuteten sie sich, und Lampenanschlüsse ohne Glühbirnen.

Je weiter ich in den Flur vordrang, desto kühler und dunkler wurde es, und desto strenger roch es nach Verfall: das Gebäude verrottete, brach zusammen, blutete aus, siechte dahin.

An einer Biegung im Flur blieb ich stehen, schaute den Weg zurück, den ich gekommen war, und leuchtete mit der Taschenlampe ins Dämmerlicht. Ich konnte nicht einmal den Eingang erkennen. Doch dann, als ich mich wieder umdrehte, bewegte sich etwas vor mir, und zwar außerhalb meines Lichtkegels.

Mit klopfendem Herzen wartete ich ab.

Stille.

Kein Geräusch.

Was soll dieser Mist?

Als ich die Taschenlampe auf volle Stärke einstellte, schoss der Lichtstrahl den Flur entlang, der sich ungefähr fünfzehn Meter weiter teilte. Nach rechts führte er in die Gedärme des Krankenhauses, also in die westlichen und südlichen Gebäudeflügel.

Links beschrieb er einen Bogen nach Osten.

Ich schlich weiter. Je tiefer ich in das Gebäude gelangte, desto unangenehmer wurde der Geruch. Feucht und säuerlich klebte er mir in Nase und Kehle. Als ich zu schlucken versuchte, schien er, sogar noch widerwärtiger, in mir emporzusteigen. Während der Gestank zunahm, wurde auch die Dunkelheit undurchdringlicher, und zwar so schnell, dass alles außerhalb meines Lichtkegels an die Falten eines nicht enden wollenden Vorhangs erinnerte. Ich konnte kaum die Wände einen Meter fünfzig vor mir ausmachen. Alles, was weiter weg war, zeigte sich lediglich als feste schwarze Masse.

Als ich die Gabelung im Flur schließlich erreichte, wurde ich von einem leichten Unbehagen ergriffen, der Erkenntnis, dass ich mich zu schnell in dieses Labyrinth hineingewagt hatte. Ich dachte an das Boot draußen, an die Alarmanlage und daran, dass Reynolds sicher hier war, wartete und mich belauerte. Es fühlte sich an, als habe sich dic Luft um mich herum verändert. Sie war aufgeladen mit einer Gefahr, die ich nicht sehen konnte. Die Erinnerungen dieses Ortes erwachten, als strichen ihre Geister an mir vorbei. Als ich die Ohren spitzte und auf verräterische Geräusche horchte, war nichts zu hören. Absolut nichts.

Kein Knarzen. Keine Echos.

In welchem Gebäude gibt es denn überhaupt keine Geräusche?

Plötzlich regte sich etwas.

Ich hob die Taschenlampe und leuchtete den östlichen Flur entlang. Noch mehr Türen, alle identisch. Die gleichen blassgrünen Wände. Der gleiche schwarzweiß geflieste Fußboden.

Nur, dass sich am Ende ein Aufzug befand.

Daneben erhob sich eine Treppe.

Ein Schatten huschte über die Wand neben der Treppe – und war im nächsten Moment wieder verschwunden. Anfangs schob ich es auf das Licht meiner Taschenlampe, denn es entstanden immer wieder neue Schatten, die sich auflösten, sobald der Lichtkegel über den Flur strich. Dann jedoch war ich nicht mehr so sicher. Mein Magen krampfte sich zusammen, und ich schwenkte die Taschenlampe von links nach rechts.

Die Schatten auf der Treppe blieben unverändert.

Ich konnte sie von hier aus nicht beeinflussen.

Ganz im Gegensatz zu jemandem, der sich eine Etage höher aufhielt.

68

Die Taschenlampe nach unten gerichtet, pirschte ich mich die Treppe hinauf. Über mir strömte endlich ein weiches graues Licht in das Treppenhaus und fing sich an den abblätternden Wänden und Geländern. Überall lag eine dünne Staubschicht wie eine Decke, und Putzbrocken und Glasscherben glitzerten im Schein der Taschenlampe wie Raureif.

Oben angekommen, blieb ich stehen und beugte mich in den Flur hinein. In der einen Richtung erkannte ich nichts als Leere: so undurchdringlich und endlos wie ein Kohleflöz. In der anderen Richtung zog sich der Flur etwa vierzig Meter in völliger Gleichförmigkeit dahin: eine Krankenstation nach der anderen, abgetrennt von identischen Glastüren, die meisten davon geschlossen.

Die meisten, aber nicht alle.

Einige waren aufgeklappt und gaben den Blick auf ihr dämmrig erleuchtetes Inneres frei. Ich konnte die Umrisse von Bettgestellen ausmachen, manche waren umgekippt, andere standen quer im Raum. In der Tür einer Station hielt ein dünner Infusionsständer aus Metall Wache. Ich erinnerte mich an einen ähnlichen auf Reynolds' Foto. Gleich hinter der Tür einer weiteren Station war ein Nachttisch umgefallen. Nur eines wiederholte sich überall: In jedes dieser Zimmer schien von irgendwoher Tageslicht zu kommen.

Weil das die Stationen mit Blick aufs Wasser sind.

Hier befand sich die Fensterfront.

Ich richtete die Taschenlampe in die entgegengesetzte Richtung, wo es dunkler war. Hier gab es keine Krankenzimmer, nur Türen. Der Verfall des Krankenhauses schien in diesem Gebäudeteil schneller und gründlicher voranzuschreiten, als werde der Niedergang durch die Dunkelheit beschleunigt.

Ich steuerte auf die Krankenstationen zu.

Auf meinem Weg, vorbei an offenen Türen, spähte ich zu den Fenstern hinüber, die auf die Dammstraße zeigten. Vor mir beschrieb der Flur eine Rechtskurve. Ein umgekippter Stuhl lag mir im Weg. Inzwischen war auch der Wind zu hören, der leise durch die Risse in den Wänden und die scheibenlosen Fenster strich.

An der Biegung verharrte ich.

Hinter ihr schien der Flur endlos weiterzugehen. Krankensaal nach Krankensaal, Tür auf Tür, erstreckte sich vor mir das Labyrinth.

Nur, dass ich in der Mitte noch etwas anderes entdeckte: eine doppelflüglige Tür.

Ein Aufenthaltsraum.

Ich steuerte darauf zu.

Der Raum war groß, der Durchmesser betrug circa fünfundzwanzig Meter. Ganz links befand sich ein Fenster mit Blick auf die Dammstraße. Die Fensterscheibe war intakt, nur die Wand darüber war abgebröckelt und gab Wasserrohre frei. Das gesamte Zimmer war mit einer Schicht aus Staub und Schmutz, heruntergefallenem Isoliermaterial und zerborstenen Wandfliesen bedeckt.

Allerdings unterschied es sich von den anderen.

Rechts vom Fenster war eine Reihe von Wandgemälden direkt auf den Putz aufgemalt worden. Jedes war etwa eins fünfzig breit und zwei Meter hoch und unten mit einem Namensschild versehen, das den Titel des Bildes und den Namen des Künstlers nannte. Als ich auf das nächstbeste zutrat – eine Reihe blaugrauer Streifen, die mich an eine Hyäne erinnerten –, wurde mir klar, was ich da vor mir hatte: die Arbeiten von Patienten. Neben dem Namen des Malers standen der Titel und die Nummer der Station.

»Die Hyäne« von Carl H., Station C Ost.

Ich ließ den Blick über die übrigen Bilder schweifen.

An der dem Fenster gegenüberliegenden Wand befand sich ein Gemälde, das zum Teil im Schatten lag.

Und dennoch fiel mir etwas daran auf.

Es stellte zwei Hügel links und rechts dar, die sich in der Mitte trafen. Beide waren in Smaragdgrün gehalten. Die Sonne im Himmel darüber war kreisrund. Ihre Strahlen fielen in parallelen Linien auf zwei unbeholfen gezeichnete Gestalten, Mutter und Kind. Direkt von der Sonne beschienen, wanderten sie hinunter ins Tal.

Ich trat einen Schritt näher heran und starrte darauf – und zwar weder auf den Himmel noch auf die Sonne oder die beiden Menschen, sondern auf etwas Graues auf halbem Weg den linken Hügel hinauf.

Es waren die Überreste einer alten Bergarbeiterhütte.

Ich studierte das Namensschild darunter.

»Himmel« von Casey B., Station A Ost.

69

Das Wandbild war eine Version von Franks' Foto: das Tal, der Kirchturm, die Bergarbeiterhütte. Ich ging in die Hocke, fuhr mit dem Finger über ihren Namen und wischte ein wenig den Schmutz weg, während sich meine Gedanken überschlugen. Doch noch ehe ich Gelegenheit hatte, über die Bedeutung des Bildes nachzudenken oder eine Antwort auf die Frage zu finden, warum Casey Bullock dasselbe Motiv gemalt hatte wie auf Franks' Foto, fiel mir etwas anderes auf: Unter dem Wandbild gab es einen winzigen Luftschacht für die Klimaanlage. Er war etwa achtzehn Zentimeter breit und zehn Zentimeter lang. Die Abdeckung lag davor auf dem Boden.

Und in dem Schacht konnte ich das Ende eines Seils erkennen.

Ich griff hinein und packte es.

Das Seil schlängelte sich tief in die Klimaanlage, doch als ich daran zog, spannte es sich an. *Es ist auf der anderen Seite an etwas befestigt.* Ich zerrte wieder daran, diesmal kräftiger. Und dann spürte ich, wie sich ein Gewicht verlagerte. Und mir wurde klar, dass ich keinen Gegenstand im Schacht bewegt hatte.

Es war die Wand selbst.

Die gesamte Wandfläche glitt auf mich zu.

Hastig ergriff ich die Flucht, weil ich damit rechnete, dass die Wand über mir zusammenstürzen würde. Doch das geschah nicht. Stattdessen rollte sie wie auf Schienen langsam heraus. Als ich weiter an dem Seil zog, fand ich meinen ersten Eindruck bestätigt: Die Wandfläche war ausgesägt, auf der Rückseite mit einem improvisierten Metallrahmen abgestützt worden und ruhte auf zwei Schienen, mit deren Hilfe man sie herausziehen und zurückschieben konnte. Dahinter, in der Zwischenwand, hatte jemand eine ungefähr eins fünfzig hohe und einen knappen Meter breite Öffnung herausgeschlagen.

Sie führte in ein Nebenzimmer.

Die Taschenlampe vor mir ausgestreckt, schlüpfte ich durch die Öffnung und in den nächsten Raum. Er war stockfinster. Keine Fenster. Eine Tür.

Ich rüttelte daran.

Von außen abgeschlossen.

Als ich die Taschenlampe hin und her schwenkte, stellte ich fest, dass hier früher einmal eine Art Lagerraum gewesen sein musste. Drei Regale mit je vier Böden waren nebeneinander aufgereiht. Alle waren leer. Ein Regal war umgekippt und lehnte an der Wand. Überall lag Staub, ein Meer aus Flocken fing sich im Lichtstrahl der Taschenlampe. Im Raum roch es feucht und modrig, so als sei er seit der Schließung des Krankenhauses nicht mehr betreten worden. Ein Blick zurück zur Tür verriet mir, dass an der Schwelle kein Licht hereinfiel.

In diesen Lagerraum kam niemand hinein.

Außer er benutzte den geheimen Eingang.

Ich ging weiter und spürte, wie die Luft sich veränderte. Sie schien sich zu setzen und schwerer und dichter zu werden. Auch der Geruch war nicht mehr derselbe, nicht länger feucht, sondern eher scharf und stechend wie nach verbranntem Plastik. Außerdem drang ein leises Surren an mein Ohr; ein stetes, pausenloses Brummen. Ich leuchtete mit der Taschenlampe in Richtung des Geräuschs. Es war ein akkubetriebener Generator, der ein Stück abseits etwa zwei Meter entfernt von mir an der rückwärtigen Wand stand. Er summte unablässig, während seinem Plastikrost ein leichter Brandgeruch entströmte.

Etwas streifte mein Gesicht.

Ich zuckte zusammen und schaute nach oben.

Es war eine Lampenschnur.

Ich zog daran. Schwaches gelbliches Licht erfüllte den Raum um mich herum. Doch ich wandte den Blick nicht von der rückwärtigen Wand ab.

Weil sie vollständig zugehängt war.

Fotos. Landkarten. Tickets. Belege.

Als ich darauf zutrat, schienen sie sich zu vermehren. Sie

bedeckten jede verfügbare Fläche mit Ausnahme eines kleinen Rechtecks an der Wand, und zwar genau in der Mitte, wo jemand einen Klapptisch aufgebaut hatte.

Darauf befand sich ein Videorecorder.

Und auf dem Recorder ein Fernseher.

In den Schatten unter dem Tisch entdeckte ich noch etwas. Ich schaltete die Taschenlampe wieder ein und richtete ihren Strahl unter den Tisch.

Es war eine Urne.

Die eingravierte Aufschrift lautete LUCAS.

Ich wurde von einem merkwürdigen Gefühl beschlichen, so als sei ich unvermittelt auf eine heilige Stätte gestoßen – ein Denkmal, ein Mausoleum. Und im nächsten Moment fiel mir ein Foto rechts von mir auf.

Ich beugte mich vor.

Es war Casey Bullock, mindestens fünf Jahre jünger als auf dem Bild, das ich aus der Zeitung kannte. Sie hielt ihren Sohn im Arm. Er war zehn oder elf Monate alt und trug eine schwarz-rote Winterjacke und Jeans. Der Junge lächelte. Bullock hatte sich ihm zugewandt. Alle ihre Gefühle für ihn sprachen aus ihrer Miene. Ihre Augen strahlten, ihr Mund lächelte, ihr Gesicht war entspannt, und ihre Haut leuchtete.

Über dem Foto hing eine Quittung.

Sie war im Laufe der Zeit ziemlich ausgeblichen, doch jemand hatte sich die Mühe gemacht, das Datum hervorzuheben und mit Kugelschreiber nachzumalen.

7. Februar 1998.

Ganz oben war das Logo des Londoner Zoos aufgedruckt.

Mein Blick wanderte wieder zu dem Foto. Sofort war klar, wo Bullock und ihr Sohn sich gerade aufhielten: Im Hintergrund der Aufnahme konnte ich den Casson Pavillon im Londoner Zoo ausmachen. Und als mein Blick weiter über die Wand und vorbei an dem Foto von den beiden und dem Beleg schweifte, entdeckte ich, halb verborgen in der Dunkelheit, noch etwas anderes.

Die schwarz-rote Jacke, die der Junge auf dem Foto anhatte.

Endlich fiel bei mir der Groschen: Nichts an diesem Raum war zufällig. Jedes Stück Wand diente als Archiv für eine Sammlung miteinander zusammenhängender Gegenstände – manchmal ein Foto, eine Quittung und ein Kleidungsstück; dann wieder ein Kleidungsstück und ein Spielzeug; gelegentlich nur Fotos, ja, sogar gemalte Bilder.

Und alle Objekte in einer Gruppe stammten vom selben Tag oder Anlass.

Als ich mich weiter umschaute, entdeckte ich, dass die ersten beiden Lebensjahre des Jungen hier, Woche für Woche, dokumentiert worden waren. Vom Krabbeln zu den ersten Gehversuchen bis hin zum Laufen. Das dunkle Haar bei seiner Geburt, der Blondschopf mit zwei Jahren. Auf einem Foto direkt neben dem Tisch betrachtete er ehrfürchtig die Kerzen auf einer Geburtstagstorte; ein Zug fuhr auf Gleisen aus Zuckerguss darauf herum. Die Sachen, die er auf dem Foto trug, hingen daneben an der Wand.

Am Tisch blieb ich stehen.

Der Fernseher lief, als sei er gerade noch benutzt worden. Der Bildschirm war zwar schwarz, doch als ich ihn berührte, fühlte er sich warm an. Der Videorecorder darunter war auch eingeschaltet, der Timer stand auf 00:00 und blinkte langsam. Ein Symbol auf der Anzeige wies darauf hin, dass sich eine Kassette darin befand.

Ich drückte auf PLAY.

Ein Bild erschien.

Das Überwachungsvideo aus der Nacht, in der Pamela Welland ermordet worden war.

Die Aufnahme war in einem erbärmlichen Zustand, noch schlechter als die mit dem Handy abgefilmte Version. Ununterbrochen verliefen Störlinien von unten nach oben, bis zu dem Moment, als Casey Bullock vom Tisch aufstand und zur Toilette ging. Ab da wurde das Bild so miserabel, dass man die Geschehnisse kaum noch verfolgen konnte.

Der Bildschirm wurde schwarz.

Ich blickte auf.

Hoch über dem Fernseher, ganz oben an der Wand, hing ein weiteres Foto in der Dunkelheit, als sollte es versteckt werden. Es zeigte wieder Bullock mit ihrem Sohn in den Armen. Der Junge, etwa einen Monat alt, war in einen wattierten Overall eingewickelt. Bullock, frühlingshaft gekleidet, trug Schal und Regenmantel. Im Hintergrund waren ein Kirchturm und eine Bergarbeiterhütte zu sehen.

Darüber war eine unbedruckte Karte angebracht. Mit Franks' Handschrift darauf.

Sofort musste ich an das mit dem Handy aufgenommene Video denken, das ich mir vorhin im Auto angeschaut hatte. Kurz bevor Franks aufgehört hatte zu filmen, hatte ich im Video ein Knarzen gehört.

Eine Tür, die sich im Wind bewegt. Oder ein Stuhl, auf den sich gerade jemand setzt.

Nur, dass es keines von beidem gewesen war.

Das wusste ich inzwischen.

Weder ein Windhauch noch ein Knarzen.

Sondern Schluchzen.

Denn neben Bullock auf dem in Dartmoor entstandenen Foto erkannte ich einen jüngeren Leonard Franks. Er hatte eine Hand auf dem Kopf des Jungen liegen, mit der anderen Hand hielt er eine Kamera, um ein Foto von ihnen dreien zu machen. Er lächelte – und er hatte Tränen in den Augen.

Beim Betrachten des Videos von Casey Bullock hatte er geweint.

Genauso wie damals, als er zum ersten Mal ihren und seinen neugeborenen Sohn gesehen hatte.

Das Ende

Oktober 2012/vor vierzehn Monaten

Casey verließ das Haus und ging die Straße entlang, wo am Rand der Klippen eine Telefonzelle stand. Drei Kilometer die Küste hinunter im Westen konnte sie die Insel Keel Point draußen auf dem Wasser erkennen. Von hier aus war das Krankenhaus nur ein grauer Klecks, eine Ansammlung von Gebäuden und im schwindenden Abendlicht kaum noch sichtbar. Allerdings hatte sie es auch noch elf Monate nach der Schließung gut im Gedächtnis – seinen Grundriss, das Bauwerk, die Korridore. Sie brauchte es nicht mit eigenen Augen zu sehen.

An der Telefonzelle blieb sie stehen und schaute sich um.

Drei Monate lang hatte sie in billigen Hotels, in Pensionen, in Jugendherbergen, ja sogar auf der Straße gelebt, voller Angst vor ihrem Verfolger, bis sie im Januar endlich dieses Zuhause hier gefunden hatte. Nun, zehn Monate später, hatte sich ihre Angst zwar ein klein wenig gelegt, allerdings nicht sehr. Sie war gezwungen, sich an Regeln zu halten, die sie als quälend empfand, obwohl sie wusste, dass sie nötig waren. Sie ging nur bei Morgengrauen und in der Abenddämmerung aus dem Haus. Sie benutzte kein Mobiltelefon. Sie verschickte keine Mails. Sie verriet niemandem ihren wahren Namen. Ihre Nachbarn von oben, ein Paar mit einer einjährigen Tochter, dachten, dass sie Charlotte hieß. Das war der Name, den sie ihnen genannt hatte.

Charlotte.

Abkürzung Charlie.

Dennoch war sie es inzwischen leid, sich zu verstecken. Ihr ganzes Leben hatte sie sich nie vor etwas versteckt. Allen Schicksalsschlägen und Widrigkeiten – Lucas' Tod, die Scheidung, der Abwärtsstrudel in die Depression, Simon – hatte sie sich gestellt. Einige Reisen hatten länger gedauert als andere. Manche würde sie nie zu Ende bringen. Aber versteckt hatte sie sich nie.

Nicht – bis jetzt.

Sie versuchte, sich nicht mit diesem Gedanken aufzuhalten, der Erkenntnis, dass das nun ihr Leben war, und warf einige Münzen in den Schlitz. Wieder sah sie sich um, nur für den Fall, dass jemand sie beobachtete. Doch in Wahrheit war es im Dorf immer ruhig. Eigentlich war es nicht einmal ein richtiges Dorf. Es gab sieben Häuser, zwei davon in Wohnungen aufgeteilt. Das Dorf selbst lag einen Dreiviertelkilometer nördlich von der nächsten Durchfahrtsstraße. Deshalb kamen nur Leute hierher, die auch hier wohnten. Fremde hätten neugierige Nachbarn auf den Plan gerufen. Fremde fielen auf.

Deshalb hatte sie es sich ja auch ausgesucht.

Sie wählte wie angewiesen die Nummer und spähte noch einmal hinüber zur Insel. Die Sonne spiegelte sich in den Fenstern an der Ostseite des Krankenhauses. Einige waren bereits zerbrochen; die gewaltige cremefarbene Fassade saugte die Farbe des späten Abends auf.

Bethlehem blutete.

Einige Sekunden später meldete sich eine Computerstimme, die sie aufforderte, eine Nachricht zu hinterlassen. Sie wartete auf den Pfeifton und sagte: »Es ist Mittwoch, der vierte Oktober, neunzehn Uhr fünfzehn.«

Sie legte auf. Eine Münze fiel ins Telefongehäuse, die andere kullerte in den Auswurfschacht. Sie steckte zwei Finger hinein, um sie herauszufischen. Das Geld reichte, wenn sie wollte, für einen zweiten Anruf. Einen Anruf bei Dr. Garrick, um ihm mitzuteilen, dass sie noch lebte. Dass sie nicht verschwunden war. Oder tot. Ein Anruf, nur um endlich mit jemandem zu reden, der ihr zuhören wollte.

Langsam hob sie die Münze zum Schlitz. Während ihre Hand davor in der Luft verharrte, rief ihr Verstand ihr eine Warnung zu und zählte ihr alle Gründe auf, es bleiben zu lassen. Ihr Herz indes zog in die andere Richtung.

Du bist einsam, hörte sie sich sagen.

Verzweifelt einsam.

Sie warf die Münze ein und wählte seine Nummer. Seine Mobilnummer wusste sie auswendig. Er hatte sie ihr nach einer Weile gegeben, mit dem Hinweis, sie könne im Notfall anrufen.

Doch als die Verbindung hergestellt wurde, geriet sie in Panik.

Während sie dem Freizeichen lauschte, dachte sie an die Mailbox-Anrufe, zu denen sie verdonnert war. Sie erinnerte sich daran, wie Reynolds sie am Strand von Keel Point abgefangen hatte. Daran, wie sie ihm einige Stunden später entkommen war, und an die dreizehn Monate, die sie sich durchgeschlagen hatte, ohne dass es ihm gelungen war, sie aufzuspüren. Und an die folgenschweren Risiken, die sie einging, wenn sie Garrick jetzt anrief.

Risiken für sich selbst. Und für Garrick.

Für seine Söhne.

Als sich Garricks Mailbox meldete, drückte sie hastig die Gabel hinunter und brach den Anruf ab. Dann blickte sie zurück zum Dorf, wo sie jetzt eine Gefangene war.

Besser eine Gefangene als eine Leiche.

Das hatte Len ihr erklärt.

Auch wenn sie nicht sicher war, ob sie das noch glaubte.

Zwei Tage später kam sie von ihrem Mailbox-Anruf nach Hause, trat ein und schloss die Tür ab. Ihr Blick fiel auf den Spiegel im Flur: eine siebenunddreißigjährige Frau, der jedes einzelne dieser Jahre ins Gesicht geschrieben stand. Sie hatte schon lange aufgehört, sich selbst attraktiv zu finden. Doch manchmal hatte sie in den Monaten, bevor sie untergetaucht war, bemerkt, dass Männer sie ansahen und Blickkontakt suchten, wenn sie auf der Straße an ihnen vorbeiging. In diesen Momenten war ihr bewusst geworden, dass ihr etwas von früher geblieben war.

Der letzte Hauch ihrer Jugend.

Eines besseren Lebens.

Sie trat in die Küche. Diese hatte zwei Türen, eine, die ins Wohnzimmer, und eine, die in den Flur führte. Die Wohnung war klein, doch trotz der Beengtheit und obwohl sie sich allmählich darin wie eine Gefangene fühlte, war sie eigentlich recht gut geschnitten. Ihr gefiel es, wie alle Zimmer ineinander übergingen. Vielleicht hätte ihr sogar die Lage gefallen, wenn sie öfter das Haus hätte verlassen können. Selbst die Geräusche der Familie in der oberen Etage waren ihr inzwischen ans Herz gewachsen: ihr Lachen, das Weinen des kleinen Mädchens, wenn es traurig war, und wie es der Mutter stets gelang, das Kind rasch zu trösten.

Das hatte Casey auch einmal getan, vor langer Zeit, und als sie sich an diese Jahre erinnerte, gestattete sie es sich, zu tagträumen. Sie setzte sich in die halb dunkle Küche und ließ Momente Revue passieren, die für immer vorbei waren und nie zurückkommen würden. Die erste Zugfahrt nach London, das nochmalige Durcharbeiten ihrer Unterlagen für das Vorstellungsgespräch, ihr vor Lampenfieber zusammengekrampfter Magen. Der Tag, als man sie in Devon angerufen hatte, um ihr mitzuteilen, dass sie die Stelle bekam. Drei Jahre später, als sie Lucas in den Stunden nach seiner

Geburt in den Armen hielt. Wie sie sich, scheinbar nur eine Sekunde lang, umgedreht hatte, bis seine Hilfeschreie an ihr Ohr gedrungen waren. Seine Beerdigung an einem regnerischen Tag, sein kleiner Sarg versank im Grab. Und dann der Zusammenbruch ihrer Ehe, der Abstieg in die Depression – und auch, dass sie sich wieder daraus hervorgekämpft hatte. Manchmal fragte sie sich, ob das nicht vergebliche Liebesmüh gewesen war.

Im nächsten Moment hörte sie ein Geräusch.

Ein Klicken.

Sie lauschte.

Nichts.

Vorsichtig rutschte sie um den Küchentisch herum und spähte durch den Türbogen ins Wohnzimmer. Sie konnte die Sofakante und eine leere Tasse auf dem Beistelltisch sehen. Während sie durch die Tür trat, tastete ihre Hand nach dem Lichtschalter.

Im Wohnzimmer war niemand.

»Ich dachte, ich komme besser mal rein.«

Ihr Herz machte einen Satz.

Sie wirbelte herum in Richtung Küche.

Reynolds stand in der Tür, die zum Flur führte. Er machte einen Schritt auf sie zu. Sie wich unwillkürlich zurück, bis sie mit dem Rücken an die Wand stieß.

Er hat mich gefunden, dachte sie.

Oh Scheiße, oh Mist, er hat mich gefunden.

Im Dämmerlicht schimmerte seine Haut kreideweiß und gespenstisch. Er lächelte und hob eine riesige Pranke, als wolle er sie beruhigen.

Doch es hatte genau die gegenteilige Wirkung.

Er hatte überhaupt nichts Beruhigendes an sich.

»Regen Sie sich nicht auf«, sagte er.

»Was wollen Sie?«

»Ich glaube, wir müssen reden.«

»Wie haben Sie mich gefunden?«

Er grinste herablassend. »Oh, das war nicht weiter schwierig. Ich wusste, dass Sie der Versuchung nicht widerstehen könnten, Ihren netten Arzt anzurufen. Schließlich haben Sie ja sonst niemanden.« Er hielt inne, und seine Augen weiteten sich. »Ich orte sein Mobiltelefon jetzt schon seit einem Jahr. Er ist so beschäftigt mit seiner eigenen Welt, seinen Schlagwörtern und seiner Stammtischpsychologie, dass es ihm nicht aufgefallen ist. Und dreizehn Monate später hat Ihre Schwäche Sie schließlich verraten. Offenbar sind Sie nicht gerne allein, richtig, Casey?«

»Was wollen Sie?«

»Was ich will?« Er machte noch einen Schritt in die Küche hinein und streckte die Hand nach der Arbeitsfläche aus. Als er die Hand darauf presste, breiteten seine Finger sich aus wie eine Ölpfütze. »Wir hatten keine Gelegenheit, unser Gespräch zu Ende zu führen. Erinnern Sie sich nicht mehr? Unser Gespräch am Strand von Keel Point? Wir haben beobachtet, wie all die Patienten in den lustigen Bus verfrachtet wurden.«

Sie sah ihn nur an.

»Erinnern Sie sich?«

Sie nickte.

»Und wissen Sie noch, was ich zu Ihnen gesagt habe? Ich sagte, ich wolle mich irgendwo ungestört mit Ihnen unterhalten, wo niemand sieht, wie ich Ihnen die Hände um den Hals lege. Also haben wir etwas verabredet: Ich wollte Ihnen hinaus ins Moor folgen, damit wir reden können.«

»Sie wollten mich dorthin verschleppen, um mich zu töten, mein Auto zu beseitigen und sämtliche Spuren zu verwischen, damit es aussieht, als hätte es mich nie gegeben.«

Wieder ein herablassendes Grinsen.

Rasch trat er noch ein paar Schritte auf sie zu, und ehe sie sich von der Wand lösen konnte, ragte er schon einen halben Meter vor ihr auf und beugte sich über sie. Er berührte sie zwar nicht, doch das war auch überflüssig, denn er versperrte ihr den Weg ins Wohnzimmer und in den Flur.

»An diesem Tag haben Sie es geschafft, mich abzuhängen. Wahrscheinlich haben Sie den Vorteil genutzt, dass Sie diese Landstraßen besser kennen als ich. Ich bin eher ein Großstadtmensch. Aber trotzdem. Nachdem Sie mich abgeschüttelt hatten und nicht nach Hause zurückgekehrt sind, habe ich mir gedacht: ›Die wird doch nicht so dumm sein, sich gegen mich zu wehren. Sie wird wiederkommen, weil sie weiß, was sonst passiert.‹ Und dennoch habe ich Tag um Tag, Woche um Woche vor Ihrem Haus im Auto gesessen und auf Sie gewartet. Doch Sie sind einfach nicht aufgekreuzt.«

Sie schluckte. »Sie hätten mich umgebracht.«

»Ja«, bestätigte er lächelnd. »Nur, dass ich es damals schmerzlos getan hätte.«

Plötzlich klopfte es an der Tür.

»Charlie?«, fragte eine gedämpfte Stimme.

Reynolds rührte sich nicht, sondern beugte sich weiter über sie und sah ihr in die Augen. Sie blickte von ihm zur Tür, die in den Flur führte.

»Das sind meine Nachbarn«, erklärte sie.

»Charlie?«, wiederholte die Stimme.

Noch ein Klopfen.

»Was wollen die?«, zischte Reynolds.

»Sie kochen am Freitagabend immer einen großen Eintopf.«

»Und?«

»Und dann bringen sie mir etwas davon runter.«

»Charlie?«, beharrte die Stimme. »Bist du da?«

Reynolds packte sie an der Kehle und drückte sie an die

Wand. Seine Finger fühlten sich so hart an wie Pistolenkugeln. »Antworte. Wimmle sie ab.« Er drückte noch fester zu. »Verarsch mich nicht.«

Sie zeigte keine Reaktion.

»Hast du was an den Ohren?«

Diesmal nickte sie.

»Wenn du sie warnst, schreist oder wegrennst, leg ich sie alle um: ihn, sie und ihr kleines Mädchen. Und zwar vor deinen Augen.«

Er umklammerte noch einen Moment ihren Hals.

»Hast du mich verstanden, Casey?«

Sie nickte wieder.

Er sah sie argwöhnisch an – und ließ los.

Casey hastete durch die Küche. Ihr Herz pochte, ihr Magen krampfte sich zusammen. Doch auf der Schwelle zögerte sie und schaute den Flur entlang zur Wohnungstür. Sie erkannte die Umrisse ihres Nachbarn von oben.

Anthony.

Ein sympathischer Mann. Ein sympathisches Paar.

Eine sympathische Familie.

Sie haben eine kleine Tochter, dachte Casey. Ich darf nicht zulassen, dass Reynolds ihr etwas tut.

Während sie noch unschlüssig war, klopfte Anthony erneut an die Tür. Reynolds trat einen Schritt vor. Seine Fäuste waren an den Seiten geballt. »Mach auf«, befahl er barsch. »Und schick ihn weg.«

Sie wandte sich wieder zur Tür um.

»Charlie?«, rief Anthony noch einmal.

Sie ging den Flur hinunter.

»Ich komme«, antwortete sie leise. Ihre Stimme verriet ihre Angst, und langsam stiegen ihr die Tränen in die Augen, als ihr klar wurde, dass es vorbei war. Vor dem Tod hatte sie sich nie gefürchtet. Nicht nach Lucas.

Aber jetzt fürchtete sie sich.

Und in den letzten Momenten, bevor sie aufmachte, den Teller von ihrem Nachbarn entgegennahm und dann die Welt da draußen für immer aussperrte, dachte sie daran, dass Len morgen von ihr keinen Mailbox-Anruf erhalten würde.

Er würde wissen, dass etwas schiefgegangen war.

Wissen, dass Reynolds sie gezwungen hatte, alles zu gestehen.

Und erkennen, dass das Spiel – so wie für sie jetzt – nun endgültig aus war.

70

Es fühlte sich an, als seien dem Raum Wurzeln gewachsen, die mich am Boden festhielten. Ich spähte zu der weißen Karte hinauf, einem Brief von Franks an Bullock, in dem er schrieb, wie sehr er seinen Sohn vermisste. Dann wanderte mein Blick zu dem Foto von den dreien. Im Jahr 1997 war Franks siebenundvierzig Jahre alt gewesen, Bullock knapp zweiundzwanzig. Ich dachte an ihren damaligen Mann, Robert Collinson, und fragte mich, ob er auch nur einen Moment lang den Verdacht gehegt hatte, dass der Junge nicht von ihm war. Ich bezweifelte es, sonst hätte ihre Ehe sicher nicht drei weitere Jahre gehalten. Nach dem, was ich gelesen hatte, war die Beziehung am Tod des Kindes zerbrochen. Nur, dass der Junge, den er zwei Jahre lang wie sein eigen Fleisch und Blut großgezogen hatte, gar nicht sein Sohn gewesen war.

Sondern der von Franks.

Alles hat mit dem Fall Pamela Welland angefangen.

Franks war der leitende Ermittler gewesen, Bullock die Zeugin aus der Bar. Die beiden waren einander durch Glück, Zufall – oder woran sie auch immer glauben mochten – begegnet. Und inzwischen hatte ich begriffen, dass mehr daraus entstanden war. Allerdings war die Schwangerschaft sicher nicht geplant gewesen. Bullock war damals bereits mit Collinson verheiratet, Franks lebte seit sechsundzwanzig Jahren in einer Ehe mit Ellie. Ihre Kinder – ihr Sohn und ihre Tochter – waren inzwischen flügge. Carl war dreiundzwanzig, Craw fünfundzwanzig Jahre alt.

Sogar älter als Bullock.

Ich dachte an Craw und fragte mich, ob sie etwas vom Doppelleben ihres Vaters gewusst hatte. Hatte sie mich womöglich deshalb gebeten, ihn zu suchen? Ich hatte auch Mitgefühl mit Ellie, die nicht ahnte, dass ihre letzten siebzehn Ehejahre nichts als Lüge waren. Offenbar hatte ihr Mann nicht deshalb nach Devon ziehen wollen, weil er die weite, raue Landschaft so liebte, wie er ihr weisgemacht hatte. Sondern weil er eine andere Frau liebte.

Er hatte näher bei ihr sein wollen.

Bei den Erinnerungen an seinen Sohn.

Sie sagte, sie sei seinetwegen in Sorge, hatte Dr. Garrick mir am Handy berichtet. *So hat sie es ausgedrückt.* Inzwischen verstand ich. Bullock war nicht in Sorge gewesen, weil Franks ihr etwas antun könnte. Sie hatte sich nicht *vor ihm* gefürchtet, sondern Angst *um ihn* gehabt. Angst, dass ihr Geheimnis ans Licht kommen könnte.

Sie hatte seine Liebe erwidert.

Inzwischen stürmten unzählige Fragen, eine nach der anderen, auf mich ein, und mir wurde klar, dass ich die übrigen Geräusche im Raum ausgeblendet hatte. Das mechanische Brummen des Generators. Das leise Surren von Videorecorder und Fernseher. Das sachte Knistern der Glühbirne über mir.

Und noch etwas.

Ich wich von der Wand zurück und schaute mich im Lagerraum um. Das Geräusch war mittlerweile verstummt. Ich umfasste die Taschenlampe fester, kehrte zu der falschen Wand mit dem Loch darin zurück und kroch hinaus.

Im Aufenthaltsraum war es heller als zuvor: Die Sonne war aufgegangen und schien durch das einzige Fenster herein. Ihre Strahlen strömten außerdem durch die Fenster in der östlichen Fassade vom Flur her ins Zimmer.

Ich stapfte durch den aufgewirbelten Staub zu der doppelflügligen Tür des Aufenthaltsraums und spähte hinaus. In beide Richtungen kein Lebenszeichen: Der Wind wehte durch die Löcher in den Fensterscheiben herein, strich den Flur entlang und verlor sich in den Tiefen des Krankenhauses. Links von mir setzte sich der Flur fort; eine der Türen schwang hin und her. Etwa sieben Meter weiter befand sich der eigentliche Eingang zu dem Lagerraum, aus dem ich gerade kam. Wie erwartet, war die Tür mit einer dicken Metallplatte gesichert, was die falsche Wand zum einzigen Weg machte, den Raum zu betreten und wieder zu verlassen.

Langsam ging ich weiter und sah mich alle zehn Schritte um. Ich kam an identischen Räumen vorbei, einige geschlossen, andere offen, manche möbliert, manche nicht. Mit jeder Sekunde schienen sich die Lichtverhältnisse ein wenig zu verändern: Von überall her strömte die Sonne herein. Durch Fenster, Oberlichte und Risse und Spalten im Gebäude selbst. Vor mir erstreckte sich ein Gewirr aus Sonnenstrahlen, die sich kreuzten wie Laser. Schließlich erreichte ich den nächsten Flur, der nach links zur Südspitze der Insel führte.

Diesen Teil kenne ich.

Der Flur hatte auf beiden Seiten Fenster, die aus jeweils zwanzig Glasbausteinen bestanden. Die abblätternde Farbe an den Wänden und der Decke warf Blasen, als wolle sich das Gebäude häuten. Am Ende des Flurs gab es eine offene Tür, flankiert von zwei Buntglasfenstern.

Gleich hinter der Tür ragte ein mit Spinnweben bedeckter Infusionsständer auf.

Reynolds' Foto.

Als ich mich auf die offene Tür zubewegte, knirschten die Scherben alter Fliesen und Farbfladen unter den Spitzen meiner Stiefel. An der Tür blieb ich stehen und lugte durch den Spalt. Die Bänke, die ich von Reynolds' Foto kannte, befanden sich, ebenso wie der Infusionsständer, noch an ihrem Platz. Rechts im Raum sah ich ein Podium mit einem Rednerpult, darüber ein rundes Buntglasfenster. Es stellte eine Szene dar, in der Jesus vom Teufel in Versuchung geführt wird.

Es war eine Kapelle.

Ich legte die Hand auf die Tür und schob sie auf. Sie bestand, ähnlich wie das Hauptportal, aus massivem Eichenholz und ächzte leise, als sie zurückschwang und den Rest des Raums freigab.

Doch noch während ich überlegte, warum Reynolds ausgerechnet die Krankenhauskapelle fotografiert hatte, hörte ich etwas hinter mir.

Ein leises Scharren.

Ich wollte mich umdrehen, doch schon umfasste eine Hand meinen Nacken, und mir wurde ein Messer an die Kehle gehalten. Die Klinge war so scharf, dass sie die Haut am Schlüsselbein ritzte.

»Keine Bewegung.«

Ich hielt beide Hände hoch.

»Werden Sie mir Schwierigkeiten machen?«

Ich schüttelte den Kopf, ganz vorsichtig, um nicht versehentlich die Kehle durchgeschnitten zu bekommen. Dabei überschlugen sich meine Gedanken: Ich kannte diese Stimme.

Es war nicht die von Reynolds.

Dieser Mann hatte einen Londoner Akzent.

Und klang rau, als wäre er schon älter.

Ich hatte diese Stimme – vor den heutigen Ereignissen und auch vor allem, was seitdem passiert war – in dem Heimvideo gehört, das Ellie gedreht hatte und das zeigte, wie ihr Mann in ihrem Haus in Dartmoor eine Wand einriss.

Ich hatte Leonard Franks gefunden.

71

»Leonard, ich bin nicht Ihr Feind.«

Der Druck des Messers auf meine Haut nahm ab.

Er antwortete nicht und umklammerte weiter mein Genick. Doch als ich seinen Namen ein zweites Mal aussprach und mich um einen beschwichtigenden Tonfall bemühte, spürte ich, wie das Messer von meiner Kehle weggenommen wurde. Im nächsten Moment versetzte er mir einen Schubs.

Ich drehte mich um.

Vor mir stand ein bleiches Ebenbild des Leonard Franks, den ich von den Fotos kannte. Ein Schatten des Mannes, dem ich dabei zugesehen hatte, wie er mit einem Vorschlaghammer eine Wand demolierte. Nun war er ein fahler alter Mann, an dem die Kleider schlotterten. Die Haut spannte sich straff über die Knochen seines Gesichts. Sein früher so makellos gepflegtes silbergraues Haar hatte sich in ein verfilztes Gestrüpp verwandelt.

Er wirkte wie eine Geistererscheinung, blutleer und farblos. Selbst seine hochgewachsene Gestalt war gebeugt, als habe er die letzten neun Monate zusammengekauert in der finstersten Ecke dieses Gebäudes verbracht. Ich dachte an den Lagerraum und die an seinen Wänden dokumentierte Geschichte und kam zu dem Schluss, dass er vermutlich genau das getan hatte. Doch im nächsten Moment hob er das Messer und schien kurz davor, zuzustechen. Kurz zeigte sich Entschlossenheit in seiner Miene, und ich bemerkte, dass er den Kampfgeist noch nicht ganz verloren hatte. Er blieb ein ernst zu nehmender Gegner.

Er wusste sich zu wehren.

Und auch, wie man überlebte.

Ich hielt die Hand hoch. »Leonard, ich kann Ihnen helfen.«

»Wen haben Sie mitgebracht?«

»Niemanden. Ich bin allein.«

»Lügen Sie mich nicht an, junger Mann.«

»Es stimmt.«

Er neigte leicht den Kopf, als wolle er mir die ganze Wahrheit entlocken, und wies mit dem Messer den Flur entlang. »Haben Sie je da rausgeschaut?«

Ich sah ihn fragend an.

»Los.«

Er wedelte mit dem Messer und bedeutete mir, an ihm vorbei- und den Flur entlangzugehen. Ich gehorchte. Als ich wieder in dem Korridor mit den Krankenzimmern war, drohte er mir mit dem Messer, damit ich nach rechts abbog. Unterwegs zermarterte ich mir das Gehirn nach einem Plan. Wie sollte ich nahe genug an ihn herankommen, ohne dass er mir das Messer in die Rippen stieß? Wie sollte ich ihm klarmachen, dass ich nicht sein Feind war? Wie sollte ich von ihm erfahren, was ich unbedingt wissen musste?

»Da rein«, befahl er.

Er deutete auf einen der Räume auf der Ostseite. Ich trat ein, stieg über weitere Schutthaufen hinweg und ging an einem verrosteten Bettgestell vorbei, bis ich an einem Fenster stand, von dem aus man aufs Wasser blicken konnte.

Unten am Steg lag ein anderes Boot.

Mist.

Nach mir war noch jemand angekommen.

Ich drehte mich um. »Ich bin nicht mit …«

Doch er war fort.

Ich hastete aus dem Raum und auf den Flur hinaus – und konnte links von mir einen Blick auf ihn erhaschen, wie er die Treppe hinunter ins Erdgeschoss lief.

Die Schatten verschluckten ihn.

Ich rannte ihm nach. »Leonard, warten Sie.«

Zwei Stufen auf einmal nehmend, eilte ich zu der Gabelung im Flur zurück. Einige Sonnenstrahlen hatten es bis hierher geschafft; das graue Dämmerlicht genügte, um zu sehen, dass er durch den südlichen Flur in den hinteren Teil des Krankenhauses lief – und dort regierte noch die Nacht. Dichte, undurchdringliche Schatten klammerten sich an Säulen, Nischen und Türstöcke und hüllten plötzliche Biegungen in den Fluren ein, die in verschiedene Teile des Irrgartens führten. Ich lief schneller und folgte Franks, der zwischen Licht und Dunkelheit hin und her huschte – bis er plötzlich verschwunden war.

Ich konnte nur noch seine Schritte hören.

Ich kam an unzähligen Türen vorbei, bis der Flur eine Kurve, weg von den östlichen und westlichen Fronten des Gebäudes, beschrieb und sich, immer weiter nach Süden, quer durch die Insel erstreckte. Wieder erkannte ich Franks für einen Moment vor mir, bis er sich erneut in Luft auflöste. Nur das Echo seiner Bewegungen in diesem Tunnel ohne Ende hallte an mein Ohr. Je tiefer ich in das Gebäude kam, desto bedrückender wurde die Finsternis. Das graue Licht verblasste, und die Wände schienen näher zu rücken. Dazu der Geruch: abgestanden und modrig wie altes Papier – gefolgt von einem stechenden, übermächtigen Gestank. Kompost.

Bald wurde mir der Grund klar.

Ohne Vorwarnung wurde es plötzlich wieder hell. Durch eine doppelflüglige Tür mit Glasscheiben vor mir strömte Farbe herein. Als ich näher kam, stellte ich fest, dass die Türflügel noch sachte hin und her schwangen. Franks war hier gewesen.

Ich wurde langsamer.

Durch die Scheiben konnte ich das Gewächshaus sehen, den unverkennbaren dreieckigen Anbau am Westflügel von

Bethlehem. Die Sonne schien herein und beleuchtete den Raum. In der Mitte stand eine Reihe leerer Blumenkästen. Zwischen zwei von ihnen befand sich ein Gärtnerhocker, und daneben waren fünf Stühle gestapelt. Das Gewächshaus maß vom einen Ende zum anderen etwa fünfzehn Meter, das Glasdach war ungefähr zehn Meter hoch.

Ich wollte schon die Tür öffnen, hielt aber inne.

Hier war es totenstill, da es keine zerbrochenen Fenster gab, die dem Wind Einlass geboten hätten. Es herrschte Ruhe. Und dennoch hatte ich den Eindruck, dass ich hinter mir eine Stimme gehört hatte.

Ich drehte mich um und spähte in die Dunkelheit.

Nichts.

Als ich noch einmal durch die Glasscheibe schaute, stellte ich fest, dass Franks nur einen Weg genommen haben konnte: die Treppe am anderen Ende nach unten. Über der Tür hing ein verrostetes Schild mit der Aufschrift NUR FÜR MITARBEITER. Das muss die Küche sein.

Wieder das Geräusch.

Was, zum Teufel, ist das?

Ich wich von der Tür zurück und schlich, die Taschenlampe noch immer fest in der Hand, ein paar Schritte den Flur zurück. Ich konnte sie nicht einschalten. Nicht mehr. Denn sie würde Franks verraten, wo ich war.

Und auch der Person, die sich außerdem hier herumtrieb.

Nach geschätzten sieben Metern blieb ich stehen und lauschte. Noch immer nichts. Es war so still im Krankenhaus, dass ich nur ein leises Surren in meinen Ohren hörte.

Doch dann kam es wieder.

Lauter. Näher.

Eine Stimme.

»David?«, sagte sie. Das Wort hallte mir entgegen.

Da wusste ich, wer es war: Melanie Craw.

72

Das Licht aus dem Gewächshaus fiel durch die Glasscheiben der doppelflügligen Tür und malte lange, parallel verlaufende Rechtecke vor mir auf den Boden. Der Flur dahinter war dunkel.

Ich hörte sie, bevor ich sie sah.

Sie sagte nichts und rief auch nicht mehr nach mir, doch ich stellte fest, dass ihre Schritte – rhythmisch und stetig – immer näher kamen. Und dann tauchte sie direkt am oberen Rand der Rechtecke im Lichtschein auf. Sie blieb stehen. Die Hälfte ihres Gesichts, ihre Füße und ein Teil ihrer Hose waren zu erkennen. Der Rest blieb mit der Finsternis im Flur verschmolzen.

»Hallo, David«, sprach sie mich an.

Ich warf einen Blick auf ihre Hände. Sie hingen seitlich herab und hielten keine Waffe. Eine Handfläche berührte ihr Hosenbein, die andere Hand war zur Faust geballt.

»Craw. Was, zum Teufel, ist hier los?«

Sie nickte, als habe sie mit dieser Frage gerechnet. Ihre Haut war kreidebleich, ihr Haar zerzaust. Sie wirkte verändert und untypisch mitgenommen.

Sie schluckte. »Reynolds sagte, dass Sie hier sein würden.«

Dass sie mich verraten hatte, versetzte mir einen Stich. Tief in meinem Innersten hatte ich mich noch an die Hoffnung geklammert, sie könnte nicht in die Sache verwickelt und nicht die Komplizin von Reynolds sein, sondern seine Gegnerin. Doch dann fiel mir ein, was ich oben in Franks' Zimmer gesehen hatte: Jahre der Heimlichtuerei und Täuschung. Craw war seine Tochter. Sie hatten die gleichen Gene.

Zorn brannte mir in der Kehle, und die Worte waren heraus, bevor ich Zeit hatte, darüber nachzudenken. »Sie verlogenes Miststück. Sie haben behauptet, dass Sie nicht mit ihm zusammenarbeiten.«

Sie zuckte zusammen und schwieg.

»Wo ist Reynolds?«

Ich war machtlos gegen die Wut und Verachtung, die ich für sie empfand. Sie stauten sich in meiner Brust auf und stiegen unaufhaltsam in mir hoch. Selbst als ich um Beherrschung rang und mir sagte, dass sie keine Waffe hatte, um mich anzugreifen – und dass ich nicht laut zu werden brauchte, um die gewünschten Antworten zu erhalten –, hatte ich meine Gefühle nicht mehr unter Kontrolle. In diesem Moment hasste ich sie für das, was sie getan hatte.

Sie hatte Selbstzweifel in mir geweckt.

Und noch schlimmer, sie hatte mir einen Dolch in den Rücken gestoßen.

»Ist Reynolds *hier*?«, wiederholte ich, die Zähne zusammengebissen.

Sie schien zu erschrecken, als hätte ich sie aus ihren Gedanken gerissen. Dann trat sie einen Schritt vor. »Sie haben vor einer Stunde den Alarm ausgelöst. Doch er ist Ihnen schon seit einer Weile auf den Fersen. Er hat vor zwei Tagen einen Peilsender an Ihrem Handy angebracht – nachdem Sie Ihr Auto zu Schrott gefahren hatten.«

Plötzlich fiel es mir wie Schuppen von den Augen. Ich hatte mein Handy zwar einmal gewechselt, als er mir in der U-Bahn durch die Lappen gegangen war – aber nicht beim zweiten Mal. In den Stunden, nachdem er mir den Reifen aufgeschlitzt und ich mich mit einer Wundnaht am Hinterkopf aus einem Krankenhaus geschleppt hatte, war ich unkonzentriert gewesen. Ich hatte nicht richtig aufgepasst. Ich war nachlässig geworden. Über jene Momente in Dartmoor hatte ich nicht mehr nachgedacht. Ich war aus der Bewusstlosigkeit aufgewacht, hatte ihm nachgeblickt, als er aus Franks' Haus spazierte, hatte mich verarzten lassen, mich ausgeschlafen und mir ein anderes Auto besorgt. Und während sich die Ereignisse überstürzten, hatte ich keinen Gedanken daran verschwendet, was er in der Zeit, die ich außer Gefecht gewesen war, getrieben haben mochte.

Ich hatte mich für sehr schlau gehalten, weil ich mein Handy abgeschaltet, die SIM-Karte herausgenommen und mich auf wenige Anrufe beschränkt hatte. Doch die beiden hatten von dem Moment an, als ich nach dem Unfall aufgewacht war, genau gewusst, wo ich mich aufhielt. Jedes Mal, wenn ich mein Handy benutzte, hatten sie mich geortet. Und beim letzten Mal, in der Postagentur, war ihnen klar gewesen, dass ich in Brompton Lee war – weshalb der Schluss nahelag, dass ich mich auf den Weg zur Insel machen würde. Mit dem Auslösen des Alarms hatte ich ihre Theorie bestätigt. Reynolds hatte immer vermutet, dass sich in Bethlehem ein Geheimnis verbarg: Deshalb hatte er ja die Fassade und die Kapelle fotografiert und die Alarmanlage angebracht.

Ironie des Schicksals war es, dass alles genau so abgelaufen war, wie ich es vorhergesagt hatte: Er hatte abgewartet, bis ich mehr über die wahren Hintergründe von Franks' Verschwinden herausgefunden hatte, und würde mich jetzt erledigen. Er hatte nur einen neuen Ansatz gebraucht. Jemanden, der das Rätsel für ihn löste.

Das galt für alle beide.

»Warum tun Sie das?«, fragte ich sie.

Keine Reaktion. Sie rührte sich nicht. »Haben Sie rausgekriegt, was aus ihm geworden ist?«, murmelte sie stattdessen. Ihrer Stimme fehlte jeglicher Ausdruck. Sie klang tonlos und roboterhaft. »Wissen Sie, was Dad zugestoßen ist?«

Ich schüttelte den Kopf. »Soll das ein *Scherz* sein?«

»Ich muss ihn finden.«

Zum ersten Mal fiel mir etwas an ihr auf. Wieder musterte ich ihr Haar: zerzaust. Ihre Kleidung: schmuddelig und voller Schlammspritzer. Und zu guter Letzt ihr Gesicht. Hatte sie geweint?

Furcht blitzte in ihren Augen auf, als habe sie meine Gedanken gelesen.

»Craw?«

»Ich arbeite nicht mit ihm zusammen«, stieß sie hastig hervor.

Im ersten Moment verwirrt, trat ich einen Schritt auf sie zu. Doch dann zuckte sie erneut zusammen, diesmal heftiger, und taumelte aus der Dunkelheit ins Licht.

Mein Magen machte einen Satz.

Denn sie war nicht allein.

Hinter ihr, verborgen in den Schatten, stand Neil Reynolds.

73

Die obere Hälfte seines Kopfes kam in Sicht, als bräche ein Hai durch die Wasseroberfläche. Seine Stirn, seine Augen, eine Wange und die Kontur seines Kiefers. Dann blieb er stehen. Er befand sich eine Armeslänge hinter Craw und zielte mit einer Pistole auf ihren Hinterkopf.

Als er ihr die Waffe ins Genick stieß, verzog sie vor Schmerzen das Gesicht. Kaum bewegte ich mich auf sie zu, als er die Pistole schon auf mich richtete.

Jeder Handgriff saß.

Die Pistole zitterte kein bisschen.

»Wahrscheinlich sollte ich eines klarstellen«, begann er.

»Wenn einer von Ihnen irgendwelchen Mist baut, kriegen Sie eine Kugel ins Auge. Also ... möchten Sie den Helden spielen, David?«

Ich hob beide Hände.

»Hab ich's mir doch gedacht.«

Er zielte wieder auf Craw und schob sie vorwärts. Als er aus dem schwarzen Flur auftauchte und dabei noch breiter wirkte als sonst, stellte ich fest, dass er einen Rucksack geschultert hatte.

Sobald Craw mit mir auf einer Höhe war, drehte Reynolds sie zu mir herum und benutzte sie als menschlichen Schutzschild. In ihrem Gesicht zeigte sich nichts als Angst. Ihre Selbstbeherrschung war verflogen, die Nüchternheit, jede Technik, die sie beherrschte, jede reglose Miene, mit der sie bei der Polizei erfolgreich gewesen war, alles Geschichte.

Als ihr Tränen in die Augen stiegen, bekam ich ein schlechtes Gewissen.

Reynolds' Augen huschten zwischen mir und der Tür zum Gewächshaus hin und her. Schließlich sah er mich wieder an. »Ist Franks hier?«, fragte er.

Ich antwortete nicht.

Seine Miene wurde tückisch, und er stieß Craw die Pistole fest gegen den Hinterkopf. Sie taumelte vorwärts, der Schmerz ließ sie nach Luft schnappen. Doch als ich sie stützen wollte, packte Reynolds sie an der Schulter und riss sie zurück. Im nächsten Moment bedrohte er sie wieder mit der Waffe.

»Ist Franks hier?«, wiederholte er.

Ich nickte.

Erschrecken, Angst und das verzweifelte Bedürfnis, ihn selbst zu sehen, malten sich plötzlich in Craws Gesicht – und sie schaute durch die Glasscheibe. Reynolds folgte ihrem Blick und wandte sich dann wieder in meine Richtung.

»Los«, wies er Craw an, ohne mich aus den Augen zu lassen.

Offenbar hatte sein Befehl nicht die gewünschte Wirkung.

Er bohrte ihr die Pistole in die Schläfe, sodass ihr Kopf nach rechts gedrückt wurde. »Das ist kein Spiel, du blöde Fotze. Du sagst jetzt genau das, was ich von dir verlange.«

Er musterte mich weiterhin.

Und dann fing Craw leise und wie eingeübt zu sprechen an: »Dad?«

»Lauter.«

»Dad?«, wiederholte sie.

Reynolds hielt ihr die Waffe an den Kopf und benutzte die andere Hand, um vorsichtig einen Türflügel aufzuschieben. Als der Spalt einen knappen halben Meter breit war, versetzte er ihr einen Stoß.

»Noch mal«, zischte er, »lauter.«

»Dad?«, rief sie. Diesmal schien ihre Stimme von dem hohen Gewölbe des Gewächshauses widerzuhallen und in seinen Weiten zu verklingen.

Stille.

Reynolds schob sie durch die Tür und bedeutete mir, ihr zu folgen. Sobald wir an ihm vorbei waren, trat er einen Schritt zurück und wies mit dem Kopf auf Craw. »Noch mal.«

»Dad«, sagte Craw, »Dad, ich bin es, Mel.«

Ich spähte zu der etwa zehn Meter entfernten Treppe hinüber, die nach unten in die Küche führte. Reynolds versteckte sich im Flur. Ich konnte ihn durch die Scheibe nicht sehen.

Er war vor Blicken verborgen.

»Dad. Bitte.«

»Was ist hier los?«, raunte ich ihr zu.

Sie schluckte und starrte weiter in Richtung Küche. Wir standen mit dem Rücken zur Tür. »Er hat mich heute Morgen in Ihrem Haus geschnappt, als ich auf Ihrem verdammten Sofa ein Nickerchen gehalten habe.« Ihre Stimme klang angespannt und zornig. »Sie wollten sich dort mit mir *treffen*, Raker.«

»Ich dachte, Sie stecken auch in der Sache drin.«

»Ich habe Ihnen doch erklärt, dass das nicht stimmt. Er ist mein *Vater*.«

Ich versuchte, den Nebel in meinem Kopf zu vertreiben – die Vermisstenakte mit ihrer ID-Nummer darauf; dass sie vergessen hatte, mich unter meiner neuen Nummer anzurufen; alles Dinge, die sie für mich verdächtig gemacht hatten. Doch es passierte einfach zu viel auf einmal.

»Ist Dad wirklich hier?«

Während ich erst sie und dann die Küchentreppe betrachtete, verstand ich zumindest eines: Reynolds hatte mich benutzt, um Franks ausfindig zu machen. Und jetzt sollte Craw ihren Vater für ihn herauslocken.

Aber damit würde es längst nicht ausgestanden sein.

Reynolds lief sich gerade erst richtig warm.

»Raker? Ist Dad hier?«

»Ja«, erwiderte ich, »er ist …«

Doch er erschien, bevor ich den Satz beenden konnte.

Das Messer in der seitlich herabhängenden Hand, kam er die Küchentreppe herauf. Ich hörte, wie Craw beim Anblick des Mannes, den sie seit neun Monaten nicht gesehen und ihr ganzes Leben lang gekannt hatte, nach Luft schnappte, so sehr hatte er sich verändert.

Auf halbem Weg durch den Raum blieb Franks plötzlich stehen.

Kurz trat der Ausdruck von Panik auf sein Gesicht.

Und bald wurde mir auch der Grund klar.

Reynolds hatte inzwischen den Raum betreten. Er stand drei Meter hinter uns und bedrohte uns mit der Pistole.

Franks befand sich beinahe in der Mitte des Gewächshauses. Sonnenlicht strömte auf ihn herab. Nun hob er die Hand. Sein Blick huschte zu Craw, und seine Miene wurde zornig, als Reynolds noch einen Schritt auf sie zumachte und ihr den Lauf der Waffe an den Kopf presste.

»Lass sie los, Reynolds«, sagte Franks zu ihm. »Sie hat nichts mit der Sache zu tun.«

Die Waffe weiterhin an Craws Kopf, ließ Reynolds den Rucksack zu Boden fallen.

Ein Gegenstand schepperte metallisch.

»Schieb dein Messer auf dem Boden zu mir rüber, Leonard.«

Franks gehorchte.

Reynolds hob das Messer auf.

»Also gut«, fuhr er fort, die Augen auf Franks und die Pistole auf Craw gerichtet. Er warf mir einen Blick zu, um mir mitzuteilen, dass seine Zeit für eine Reaktion reichen würde, falls ich ihn angreifen sollte. »Ich glaube, wir machen jetzt einen Film.«

74

»Mein Name ist Leonard Franks, und das ist mein Geständnis.«

Er saß mitten im Gewächshaus. Die Sonne beleuchtete ihn wie ein Scheinwerfer. Sein Gesicht war eingefallen und müde, das Haar klebte ihm seitlich am Schädel, und er wirkte zehn Jahre älter und geschrumpft, wie er so den Boden vor sich betrachtete. Reynolds hatte sich in zwei Metern Entfernung aufgebaut. Er stand hinter einem Stativ mit einer Videokamera darauf. Craw hatte er neben sich gesetzt, ihr die Hände mit Isolierband auf dem Rücken gefesselt, ihre

Füße zusammengebunden und sie geknebelt. Sie beobachtete schwer atmend die Szene.

Reynolds hielt ihr die Pistole an den Kopf.

Mich hatte er in einigem Abstand platziert, parallel zu Franks, sodass ich zwar zuschauen konnte, aber nicht vor die Linse der Kamera geriet. Außerdem war er mit mir genauso verfahren wie mit Craw: Knöchel und Handgelenke fest verschnürt, ein Knebel in meinem Mund.

»Beginne ganz am Anfang«, befahl Reynolds.

Franks hatte er nicht gefesselt. Die Meter, die die beiden Männer voneinander trennten, genügten Reynolds, um nötigenfalls zu schießen. Franks rührte sich nicht und starrte weiter auf den Boden. Reynolds machte einen Schritt auf Craw zu und presste ihr die Pistole unters Kinn. Sie atmete schneller, und ihre Kehle zitterte. Und dann gab sie ein so verzweifeltes und angsterfülltes Geräusch von sich, dass Franks sofort den Kopf hob.

»Tu ihr nichts«, sagte er.

»Dann fang endlich an zu reden.«

Das war auch ein Grund, warum er Franks nicht gefesselt hatte – ganz gleich, was Reynolds letztlich im Schilde führte, es sollte wie ein echtes Geständnis aussehen, eine Beichte, die Franks freiwillig und nicht etwa unter Zwang ablegte. Nur, dass natürlich genau das Gegenteil zutraf und dass inzwischen klar war, warum Reynolds Craw entführt hatte: Sie war das Druckmittel.

»Soll ich ihr wehtun, Leonard?«, fragte Reynolds.

»Ich …« Franks verstummte und sah Craw an. Etwas schimmerte in seinen Augen. *Er wird über Bullock sprechen.* Und dann ergriff er mit leiser Stimme das Wort. »Casey und ich, wir …«

»Fang bei Pamela Welland an«, unterbrach Reynolds.

»Okay, okay.« Er schluckte und nickte. »Damals konnten

wir in den ersten Tagen einfach keinen glaubhaften Zeugen auftreiben. Niemand hatte Paul Viljoen in der Mordnacht gesehen. Er hatte ihre Leiche in Deptford Creek abgelegt und dabei Glück gehabt: Er hat keine Spuren hinterlassen. Wir fanden zwar einen Taxifahrer, der möglicherweise ein geparktes Auto in der Nähe des Fundorts beobachtet haben wollte, doch er war nicht hundertprozentig sicher. Es gab noch einige Anhaltspunkte mehr, aber nichts brachte uns wirklich weiter.« Er blickte vom Boden auf und schaute erst die Kamera und dann Craw an. »Doch schließlich …«

Reynolds stieß Craw die Pistole fest gegen den Kiefer, um ihn zum Weitersprechen zu motivieren.

»Doch schließlich wandte sich Casey an uns.«

»Welche Casey?«

Reynolds wusste es genau, wollte es jedoch auf Film haben.

»Casey Bullock.«

»Warum erklärst du Melanie nicht, wer Casey ist?«

Franks schluckte wieder und wieder, als schnüre ihm etwas die Kehle zu. »Sie erschien bei uns etwa eine Woche, nachdem wir Pamela gefunden hatten. Zunächst hat sie mit Murray geredet und ihr erzählt, sie habe ein Foto von Pamela in der Zeitung gesehen und sie von jener Nacht im Pub wiedererkannt. Sie meinte, sie habe vielleicht hilfreiche Informationen für uns. Aber sie hatte Angst.« Er hielt inne, und kurz huschte der Ausdruck von Trauer über sein Gesicht. »Sie war noch sehr jung. Einundzwanzig. Vor ihrem Umzug nach London hatte sie Devon ihr Leben lang nicht verlassen. Sie kannte niemanden.«

»Aber das hast du ja rasch geändert, richtig, Leonard?«

Zum ersten Mal blickte Craw erst Reynolds und danach ihren Vater fragend an. Während der ereignisreichen letzten halben Stunde hatte ich eines vergessen: Craw war nicht oben im Lagerraum gewesen. Sie wusste noch nichts von dem Geheimnis ihres Vaters.

»Sie hatte Robert mit zwanzig Jahren geheiratet«, murmelte Franks.

»Sprich lauter.«

Er räusperte sich. »Er war sieben Jahre älter als sie. Ich möchte nicht behaupten, dass er sie nicht geliebt hat, doch ich glaube, sie brauchte Gesellschaft. Das hat sie in London bekommen. Von Robert. Einmal hat sie mir erzählt, ihre Mutter sei früher ständig krank und ihr Vater nie zu Hause gewesen. Sie habe ihre Kindheit allein verbracht.« Er verstummte und konnte seiner Tochter nicht in die Augen schauen. »Sie befürchtete zu vereinsamen, wenn sie mit der Polizei redete. Ihre Arbeitskollegen könnten sie meiden, und Robert würde sie nicht unterstützen.«

»Aber irgendwann hat sie trotzdem den Mund aufgemacht«, stellte Reynolds fest.

Franks nickte, den Blick gesenkt. »Ich habe Murray gebeten, mich mit ihr sprechen zu lassen. Melanie war etwa so alt wie Casey. Ich dachte, ich würde leichter Zugang zu ihr finden.« Sein Blick huschte zu seiner Tochter hinüber und wandte sich wieder ab. »Weil sie nicht ins Revier kommen wollte, habe ich sie in ihrer und Roberts Wohnung aufgesucht, und … keine Ahnung, wie es passiert ist, es hat einfach zwischen uns gefunkt. Ich mochte sie. Sie kannte die Abgründe des Lebens noch nicht – aber sie war nicht auf den Kopf gefallen. Ganz bestimmt nicht. Ich weiß noch, wie ich dachte: ›Sie ist klug. Gib ihr zehn Jahre, und sie wird einen tollen Job landen.‹« Eine Pause. Seine Stimme erstarb, als er sich die Wirklichkeit vor Augen hielt. »In ihrem nächsten Leben vermutlich.«

»Ein bisschen Tempo, Leonard.«

Er starrte weiter zu Boden.

»Leonard.«

»Ich konnte sie überzeugen …«

»In die *Kamera*«, zischte Reynolds.

Franks sah zu mir. Ich befand mich links von ihm, genau in seinem Blickfeld, war aber nicht in der Lage, ihm zu helfen. Dann schaute er wieder in die Kamera. »Ich konnte sie überzeugen, uns zu schildern, was sie weiß. Und sie hat es getan. Da sie aussagte, sie sei in jener Nacht zufällig selbst im Pub gewesen, haben wir die Bänder aus der Überwachungskamera gesichtet und Viljoen entdeckt. Aber sie hatte Angst. Immer wieder habe ich beteuert, dass ihr nichts geschehen könne. Ich habe ihr meine Telefonnummer gegeben, und sie rief mich ständig an. Manchmal weinend. Inzwischen war … war sie mir wirklich ans Herz gewachsen.«

Seine Augen wanderten zu Craw. Sie beobachtete ihn. Noch immer funkelten Tränen in ihren Augen. Offenbar ahnte sie, was nun kommen würde.

»Nachdem wir Viljoen unter Anklage gestellt hatten und ihr klar wurde, dass sie vor Gericht würde aussagen müssen, rief sie noch häufiger an und erklärte, sie habe Angst. Sie wiederholte dauernd, Robert verstehe ihre Gefühle nicht. Ich setzte mich mit der Strafverfolgungsbehörde zusammen, um den Fall zu erörtern, und teilte den Leuten dort mit, wir würden nur eine brauchbare Aussage von ihr erhalten, wenn ihr Name in den Medien nicht genannt würde. Wir hatten zwar Viljoens Geständnis auf Band, doch die Indizienlage war bestenfalls mäßig. Deshalb war eine glaubhafte Zeugin wie Casey, jemand, mit dem die Geschworenen sich identifizieren konnten, umso wichtiger für uns.« Er schluckte. Einmal. Zweimal. »Doch als ich die Strafverfolgungsbehörde dringend um Wahrung der Anonymität bat, wurde mir, nachdem das Okay da war, klar, dass ich das nicht nur für sie getan hatte. Ich spürte, was sich zwischen uns anbahnte.«

Craw zuckte zusammen.

Franks nickte, wohl wissend, dass sie sich den Rest inzwischen denken konnte. Er betrachtete seine auf dem Schoß ineinandergekrampften Hände. Seine Tochter schaute die zwei Meter zu mir hinüber, um festzustellen, ob ich im Bilde gewesen war. Ich versuchte, trotz des Knebels ein Geräusch auszustoßen. Und als ich scheiterte, schüttelte ich den Kopf. *Ich weiß es erst seit heute. Ich schwöre, erst seit heute.*

»Warum erklärst du uns nicht, was sich zwischen euch ›angebahnt‹ hat?«, hakte Reynolds nach.

Endlich sah Franks Craw an. Seine Miene war eigenartig leer. Eigentlich hätte ich mit einer Entschuldigung oder irgendeiner Form von Reue gerechnet. Doch dann fiel es mir wie Schuppen von den Augen: *Er bereute nichts.*

Überhaupt nichts.

»Sie wurde schwanger«, erwiderte er.

Craw ließ sich kaum etwas anmerken, saß reglos da. Ihr Gesicht war unbewegt, als sie ihren Vater anstarrte. Reynolds schien enttäuscht, blickte zwischen ihr und Franks hin und her und trat einen Schritt vor. »Sie wurde schwanger von *dir*«, ergänzte er. »Sag es.«

Franks fixierte weiter die Kamera. »Sie wurde schwanger von mir.«

Endlich schien bei Craw der Groschen zu fallen. Sie atmete einige Male zischend ein, und im nächsten Moment rann ihr eine Träne aus dem linken Augenwinkel. Franks drehte sich nicht zu ihr hin.

»Als ich Lucas das erste Mal sah, war er einen Monat alt«, fuhr er fort. »Er war wunderschön. In den Monaten vor seiner Geburt war ich ziemlich durcheinander. Panik. Angst. Reue. Zorn. Ich war wütend auf Casey und auch auf mich selbst. Ich konnte meine Frau, meine Familie, nicht verlassen. Und ich wusste, dass man mich feuern würde, wenn das

Geheimnis publik wurde, dass ich eine *Zeugin* geschwängert hatte. Mein Leben wäre am Ende gewesen. Ich wäre vor Gericht und vermutlich auch im Gefängnis gelandet. Also habe ich ihr gesagt, ich wolle, dass sie das Kind abtreiben lässt.«

Ein verächtliches Schnauben, das hauptsächlich ihm selbst galt.

Ich spähte zu Craw hinüber.

Sie hatte die Augen geschlossen, um ihn auszusperren.

»Aber das kam für Casey nicht infrage. Niemals. Sie wollte das Baby. Sie antwortete, sie verstehe die Gründe, warum ich das Kind nicht offiziell anerkennen könne. Deshalb werde sie Robert weismachen, es sei von ihm. Allerdings würde sie sich sehr freuen, wenn ich den Kontakt zu meinem Sohn halten würde.«

Er rutschte auf seinem Stuhl herum.

»Einen Monat nach Lucas' Geburt rief sie mich an und teilte mir mir, Robert sei verreist. Ich holte sie ab, und wir fuhren nach Dartmoor. Wir waren in einem wunderschönen Tal, das Parsons Wood heißt. Casey war als Kind oft dort gewesen.«

Parsons Wood.

Der Ort auf dem Foto. Und auf Caseys Wandgemälde.

Er hatte ganz am Anfang, kurz nach Lucas' Geburt, ein Foto davon gemacht. Und da dieses mit der Zeit vergilbte, hatte er dasselbe Motiv noch einmal fotografiert, als er und Ellie bereits in Dartmoor wohnten. Diese Methode hatte er mit dem Überwachungsfilm, der Casey Bullock zeigte, zu wiederholen versucht: Er hatte eine alte, schwächer werdende Erinnerung durch eine neuere, identische Version ersetzt.

»Einmal im Monat sind wir dorthin gefahren. Ellie habe ich erzählt, ich sei den ganzen Tag in Sitzungen und telefonisch nicht zu erreichen. Dann habe ich einen Tag Urlaub genommen, und wir fuhren los. Um neun Uhr sind wir aufgebrochen und waren um fünf zurück, damit weder Robert noch Ellie Verdacht schöpften. Zwischen meinen Besuchen hat sie Fotos für mich gemacht und Bilder von ihm gemalt, von den Ausflügen, die sie zusammen unternommen haben. Sie hat sie für mich in einem Lagerhaus mit Schließfächern in der Holloway Road hinterlegt. Die Kleidungsstücke, aus denen er herausgewachsen war, hat sie auch dort deponiert. Ich fand das schön.«

Kurz hielt er inne und rieb mit dem Daumen über einen Kratzer an seinem Fingerknöchel. »Als Lucas alt genug war, um sich an mich zu erinnern, konnten wir nicht mehr nach Dartmoor fahren, damit er sich nicht verplapperte. Stattdessen trafen wir uns in Londoner Parks, zufällige Begegnungen, an denen Lucas nichts Ungewöhnliches finden würde. Aber es war eine Quälerei. Mir wurde klar, dass meine Möglichkeit, ihm nahe zu sein, mit zunehmendem Alter schwinden würde. Je mehr Liebe ich ihm zeigte, ihn zum Lachen brachte, ihm Spielsachen schenkte und ihn herumtrug – alles, wonach ich mich so *verzweifelt* sehnte –, desto größer wurde die Wahrscheinlichkeit, dass er es irgendwann Robert erzählen würde. Und dann wäre alles vorbei gewesen.«

Reynolds war von Craw zurückgewichen und hatte wieder Posten hinter der Kamera bezogen. Reglos und bleich ragte er auf, während die Sonne weiterwanderte und ihr Licht sich auf seinem kahlen Schädel fing. Eine Hand hatte er am Stativ, mit der anderen umklammerte er die Pistole.

Kurz schien sich die Dynamik leicht zu verändern: Zwei Lügner, die einander gegenüberstanden – der eine bewaffnet, der andere dabei, vor einer Kamera seine Sünden zu beichten.

Und dann, völlig unerwartet, lief eine Träne aus Franks' linkem Auge. Er rührte sich nicht, um sie wegzuwischen, sondern ließ sie einfach seine Wange hinunter und durch die grauen Bartstoppeln an seinem Kiefer rinnen. Im nächsten Moment war sie verschwunden.

»Der Tag, als ich von seinem Tod erfuhr …« Er schaute Craw an, die ihn inzwischen wieder beobachtete. Auch sie hatte Tränenspuren auf den Wangen. »Bei seiner Beerdigung musste ich ganz hinten zwischen all den Leuten stehen, die verschwinden und ihn in derselben Minute vergessen würden. Meinen eigenen Sohn. Und danach bin ich nach Hause zu Ellie gegangen. Ich habe sie angeschaut und mir gedacht: ›Ich weiß nicht einmal, was ich dir sagen soll.‹ Sie hat sich erkundigt, wie mein Tag war, und dann angefangen, von ihrem zu erzählen. Und ich dachte nur: ›Das ist mir so egal.‹ Natürlich konnte ich es nicht laut aussprechen. Ich musste ruhig bleiben, zuhören und Interesse heucheln, und das nur wenige Stunden, nachdem ich meinen Sohn beerdigt hatte.«

Craw stieß durch den Knebel ein Geräusch aus.

Kurz richtete Reynolds den Blick auf sie und ging dann zu ihr hinüber. »Wollen wir hören, was deine Tochter davon hält, Leonard?«

Er riss ihr das Isolierband vom Mund.

Sie holte tief Luft, als habe sie das Atmen verlernt, und ich erkannte Blutspuren auf ihrer Oberlippe. Obwohl der Schmerz von allen Seiten auf sie einstürmte, ließ sie sich nichts anmerken. Nicht mehr. Sie sah ihren Vater nur an. »Du verlogenes Stück Scheiße«, sagte sie.

Er schaute in meine Richtung, danach wieder zu Craw. Ihre Miene war angespannt und voller Empörung und abgrundtiefem Widerwillen. Sein Gesichtsausdruck war anders: eindeutig aufgewühlt, doch auch gefasst, ja, beinahe erleichtert, als habe er diese Beichte schon unzählige Male in Gedanken formuliert.

»Wer bist du?«, fragte sie ihn.

Inzwischen hatte sie sich ein wenig beruhigt, doch ihr Gesicht sah zum Fürchten aus: Tränenspuren, Blut, Schmutz und Schlamm. Das Haar fiel ihr in die Augen, als sie versuchte, auf ihrem Stuhl nach vorn zu rutschen, näher zu dem Mann, dem sie vertraut hatte – vermutlich noch mehr als allen anderen.

»Mel, ich konnte nicht …«

»Wer bist du?«

Kurz huschte ein schmerzlicher Ausdruck über Franks' Gesicht. Doch dann versteinerte seine Miene so langsam wie aushärtender Beton. »Ich verstehe dich«, sagte er, wieder an sie gewandt. »Doch die Sache ist, dass ich noch weitaus schlimmere Dinge getan habe.«

75

»Als Lucas tot war, ging es mit Casey rasch bergab.«

Inzwischen hatte Franks sich vorgebeugt, die Ellbogen auf die Knie gestützt und die Hände ausgestreckt. Ich schaute zu Craw hinüber. Sie beherrschte sich zwar mit aller Macht, doch das hatte seinen Tribut gefordert: Sie war auf dem Stuhl zusammengesackt und wurde nur noch von ihren Fesseln gehalten. Der Kopf war zur Seite gesunken, und sie starrte zu Boden. Reynolds stand hinter ihr, und zum ersten Mal spielte der Anflug eines Lächelns um seine Lippen. Genau das hatte er gewollt.

»Raus mit der Sprache, Leonard«, befahl er. »Jetzt wird es erst richtig interessant.«

Franks' Blick ruhte auf Reynolds, als überlege er, ob er ihn angreifen solle. Doch Reynolds hielt Craw erneut die Waffe an den Kopf, und sein Lächeln verflog.

»Mach den Mund auf«, sagte er.

Nach einem kurzen Zögern fuhr Franks fort: »Ihre Ehe

zerbrach, und sie rief mich nicht mehr zurück. Etwa einen Monat später meldete sich das Krankenhaus bei mir. Man teilte mir mit, man habe sie mit aufgeschnittenen Pulsadern neben Lucas' Grab gefunden. Der Arzt sagte, es sei reines Glück, dass jemand auf sie gestoßen sei. Fünf Minuten später, und sie wäre tot gewesen.«

Ich stellte fest, dass etwas in ihm vorging: wie ein verzögerter Schock, ein Beben, das ihn von Arm zu Arm und vom Becken bis zur Kehle durchfuhr.

»Nach einer Weile hatte sie darum gebeten, man möge mich anrufen. Als ich dort ankam und sie ansah, habe ich versucht, mir einzureden, es sei nur eine einmalige Sache, und sie würde sich erholen. Dann aber hat sie noch zwei Selbstmordversuche unternommen, und ich wusste, dass sie nicht damit aufhören würde, wenn ich nichts tat. Ich musste sie an einem sicheren Ort unterbringen, wo sie behandelt werden konnte. Außerdem war es mir lieber, wenn sie nicht in London blieb. Sie war unberechenbar geworden. An manchen Tagen war sie völlig teilnahmslos. An anderen verhielt sie sich wie ein fremder Mensch und bestand nur noch aus Wut. Ihr Zorn und ihre Trauer brachten mich in Gefahr. Deshalb schlug ich ihr vor, nach Devon zurückzukehren. Sie weigerte sich, doch ich bearbeitete sie immer weiter. Und so ist sie dort gelandet. Mein Verstand sagte mir, dass es das Richtige war. Und dennoch war ich innerlich zerrissen.«

Er hielt inne, ließ den Blick durch den Raum schweifen und sprach weiter: »Als ich sie hierherbrachte, hat man mir einen Grundriss des Krankenhauses gegeben, auf dem ihre Station eingekreist war. Dazu Telefonnummern der zuständigen Leute und die Besuchszeiten. Ich weiß noch, dass ich den Zettel weggeworfen habe, sobald ich wieder auf dem Festland war. Wie hätte ich ihn mit nach Hause nehmen sollen? Was, wenn Ellie ihn gefunden hätte? Doch wenn ich nicht bei Casey war, fühlte ich mich, als hätte ich durch das Beseitigen des Zettels meine letzte Verbindung zu ihr gekappt. Darum habe ich eine … Angewohnheit entwickelt. Immer wieder habe ich den Grundriss dieses Krankenhauses gezeichnet, manchmal völlig unwillkürlich und ohne darüber nachzudenken, und hielt mir vor Augen, dass es so das Beste sei. Schließlich durfte ich niemandem erzählen, dass sie hier war, ihren Namen niederschreiben oder über sie sprechen. Dieses Gebäude zu zeichnen wurde zu meiner Methode, mir einzureden, dass ich richtig gehandelt hatte.«

Allmählich wurde die Stille vom Geräusch des Windes abgelöst, der quer durch das Gewächshaus strich. Über uns erhob sich die Sonne und vertrieb die letzten Schatten. Und dennoch schien Franks von einer Art Dunkelheit umhüllt zu sein, dieser Mann, der so hohe Ansprüche an seine Mitmenschen gestellt und der Fälle wie den Mord an Pamela Welland sehr ernst und sehr persönlich genommen hatte. Und dennoch hatte er sich so rasch in ein Netz aus Lügen verstrickt.

Trotzdem verstand ich eines noch immer nicht: Was führte Reynolds im Schilde? Er presste Franks ein Geständnis ab, zeichnete es auf Video auf und sorgte somit dafür, dass die Menschen, die ihn kannten, ihn so sahen, wie er wirklich war. Aber warum war ihm das so wichtig? Es musste persönliche Gründe haben.

Offenbar hatte Reynolds meine Gedanken gelesen, denn er setzte sich in Bewegung, und im nächsten Moment war Schluss mit der Stille. Er packte Craw am Haar und riss ihren Kopf zurück. Unwillkürlich beugte sich Franks auf seinem Stuhl nach vorn, hielt aber inne. Craw hingegen zeigte kaum eine Reaktion. Es war, als hätte sie etwas verloren: ihren Kampfgeist, ihre Angst. Sie starrte ihren Vater mit ausdrucksloser Miene an.

»Wir wollen die Sache ein wenig beschleunigen«, meinte Reynolds und wedelte mit der Pistole in Franks' Richtung. »Casey war ein Jahr lang in der Klapse, und als sie Ende 2000 entlassen wurde, verlangte sie häufigere Sitzungen mit dem Seelenklempner, als nur ein Mal alle zwei Wochen, was alles war, das die Krankenkasse ihr bewilligen wollte. Deshalb hast du die Kosten getragen, um dir ihr Schweigen zu erkaufen, und sie kam dreimal pro Woche hierher.«

Franks schwieg.

»War das in etwa richtig?«

Er nickte.

»War das in etwa richtig, Leonard?«

»Ja«, erwiderte er. »Ich habe angefangen, Geld für sie beiseitezulegen, und immer wieder etwas abgehoben, nur kleine Summen, damit es nicht auffiel und niemand den Verwendungszweck nachvollziehen konnte.«

Deshalb also hatte ich nichts Ungewöhnliches in seinen Finanzunterlagen entdeckt.

»Deine Mum hat mir sehr viel bedeutet«, fügte er leise, an Craw gewandt, hinzu.

Reynolds lächelte. »Und deshalb hast du eine andere gefickt?«

Franks schaute zwischen Reynolds und Craw hin und her. »Sie waren sehr unterschiedliche Menschen. Deine Mum ist dir so ähnlich. Stark und ... und ...« Er verstummte. *Er findet nicht die richtigen Worte, um Ellie zu beschreiben.* In diesem Moment wurde klar – wenn es nicht schon längst auf der Hand gelegen hätte –, dass er sowohl ihre Nähe als auch die Beständigkeit gebraucht hatte, die Ellie ihm vermittelte. Er hatte die Familie geliebt, die sie gemeinsam gegründet hatten. Doch seine Gefühle hatten sich geändert. Er hatte nicht mehr Ellie geliebt, sondern Casey Bullock.

»Ich habe ein Postfach in Brompton Lee eröffnet«, fuhr

Franks fort und drehte sich ein Stück in meine Richtung. »Als ich noch bei der Polizei war, habe ich den Schlüssel im Büro aufbewahrt und bin ein Mal im Monat hingefahren, um Geld für sie zu hinterlegen. Doch als wir dann nach Devon zogen, musste ich den Schlüssel an einem Ort verstecken, wo Ellie ihn nicht finden würde. Also habe ich ihn draußen im Moor vergraben. Sie kramte ständig Sachen hervor, die ich längst vergessen hatte.« Ein kurzes, flüchtiges Lächeln. »Ich habe dieses Postfach in den letzten neun Monaten benutzt, um Geld zu bunkern … und andere Dinge, die mir wichtig sind.«

Er meinte das Mobiltelefon.

Die Filmaufnahmen von Bullock.

Inzwischen wusste ich, warum Franks Paige und Murray angerufen hatte, um in den Besitz des Überwachungsbandes zu kommen. Er wollte eine weniger beschädigte Kopie. Allerdings verstand ich allmählich, weshalb dieses Anliegen so dringend für ihn gewesen war: Bullock war tot, und Franks war zu dem Schluss gelangt, dass es nur einen Weg gab, seine Erinnerungen an sie zu bewahren – durch die Aufnahmen aus der Nacht, in der sie zufällig im Pub an Welland und Viljoen vorbeigegangen war. Als er sich schließlich damit abgefunden hatte, dass Paige und Murray ihm keine neuere Version des Films schicken würden, hatte er das Originalvideo abgefilmt, und zwar mit dem Nokia, das ich bei dem Geld entdeckt hatte, damit er wenigstens *irgendeine* Aufnahme besaß.

Zwei Tage später war er verschwunden.

Außerdem kannte ich nun die Lösung eines anderen Rätsels: Warum er immer wieder den Grundriss von Bethlehem gezeichnet hatte. Dass die Zeichnung auf dem Zettel in dem weißen Notizbuch zudem mit »BROLE108« beschriftet war, wies darauf hin, dass es sich um eine der ersten Versionen handelte, entstanden in den Wochen und Monaten, nachdem sie angefangen hatte, sich das Geld aus dem Postfach zu holen.

Er hatte die ganze Zeit an sie gedacht.

Aber er durfte ihren Namen nicht aufschreiben.

Reynolds stellte die Kamera neu ein und trat dann vor. »Warum erzählst du uns nicht von Simon Preston?«

Franks warf einen Blick auf Craw.

Schweigen.

Reynolds seufzte auf. »Okay, dann übernehme ich das eben. Simon Preston wurde in der Siedlung Cornhill im Süden von London zunehmend zum Problem, richtig, Leonard?«

»Das musst du ja am besten wissen. Immerhin hast du mit Kemar Penn unter einer Decke gesteckt.«

»Simon war ein mikroskopisch kleiner Fisch in einem riesengroßen Teich«, fuhr Reynolds mit ausdrucksloser Miene fort. »Er dachte, er könnte in der großen Stadt die gleichen dilettantischen Geschäfte durchziehen wie hier im verschlafenen Devon. K-Penn gefiel das gar nicht, und deshalb hat er seine Gorillas auf ihn gehetzt. Und, bumm, schon wurde Simon die Kehle durchgeschnitten.«

»Und einer dieser Gorillas warst du, *Neil.*«

Reynolds grinste. »Nein, an diesem speziellen Tag war ich nicht dabei.«

Die beiden wechselten einen Blick, ein Gespräch ohne Worte. Und im nächsten Moment traf es mich wie ein Schlag in die Magengrube. Ich vergaß den Knebel und wollte etwas sagen. Und als Reynolds bemerkte, dass der Groschen bei mir gefallen war, kam er durch das Gewächshaus auf mich zu.

»Ich glaube, unser David hier hatte gerade eine Erleuchtung.«

Er zog mir den Knebel aus dem Mund.

Ich schaute zu Craw hinüber.

Sie starrte mich fragend an.

Dann drehte ich mich zu Franks um. »Nicht Reynolds hat Simon Preston getötet. Sondern Sie.«

76

Kurz ruhten seine Augen auf mir – und dann nickte er knapp.

Nun konnte Craw nicht mehr an sich halten. »Nein«, rief sie aus, »nein, Dad, nicht auch noch das. *Nein.*«

Reynolds stand hinter ihr und beobachtete die Szene.

»Casey hat mir erzählt, sie träfe sich mit einem anderen Mann«, begann Franks und neigte den Kopf in meine Richtung. »Allerdings hat sie nie über ihn gesprochen, und ich habe auch nicht nachgefragt. Allmählich ahnte ich, wie es für sie sein musste, mich nur ein Mal im Monat in diesem Postamt in Brompton Lee treffen zu können. Ich habe eine halbe Stunde mit ihr geredet und bin dann wieder zurück zu Ellie verschwunden. Deshalb habe ich ihr keinen Vorwurf daraus gemacht, dass sie ihr Leben neu ordnen wollte.«

»Weiter«, forderte Reynolds ihn auf.

»Sie waren seit fünf Jahren zusammen, als Preston einen Karton entdeckte, den sie auf dem Speicher versteckt hatte«, fuhr Franks fort, ohne mich aus den Augen zu lassen. »Er war voller Dinge aus ihrer Zeit in London, die er gegen mich verwenden konnte. Und er hat die Gelegenheit beim Schopf gepackt.«

»Er hat Sie erpresst?«, hakte ich nach.

Franks nickte. »Eines Abends hat er mich vor dem Büro abgepasst. Das war genau drei Monate vor meiner Pensionierung. Er wollte mich aufhalten, aber ich habe ihn abgewimmelt. Meine Bahn fuhr in Kürze, und ich wollte nach Hause. Doch dann hat er mir etwas nachgerufen: ›Casey lässt Sie schön grüßen.‹« Er verstummte erschaudernd, als Bilder aus der Vergangenheit in ihm aufstiegen. »Er meinte, wenn ich ihm einen Tausender geben würde, würde ich nie wieder von ihm hören. Also habe ich es getan. Ich hatte an meinem sechzigsten Geburtstag im Februar eine hohe Summe von meiner Pension abgehoben, und steckte immer wieder etwas von diesem Geld in die Hausrenovierung. Und so habe ich den Tausender abgezweigt. Ich wollte nur, dass dieser Kerl verschwand.«

»Aber er kam wieder.«

»Immer wieder. Er drohte, die Sache zwischen Casey und mir und das mit Lucas überall herumzuposaunen. Deshalb habe ich weitergezahlt – dreitausend hier, zweitausend da. Nach fünfunddreißig Jahren bei der Polizei bekam ich eine ordentliche Pension. Die Summe, die ich abgehoben hatte, war sechsstellig. Allerdings war mir klar, dass Ellie früher oder später dahinterkommen würde. Sie würde bemerken, dass die Kosten für das Haus und meine Ausgaben nicht zusammenpassten. Zwischen Ende Februar und meiner Pensionierung hatte ich ihm fast zwölftausend in den Rachen geworfen. Und da habe ich mir gesagt: ›Das wird bis in alle Ewigkeit so weitergehen. Es wird nie aufhören, wenn ich nichts dagegen unternehme.‹«

Ich sah Craw an. Sie war bleich geworden und beobachtete uns mit unbewegter Miene.

»Und so haben Sie ihn umgebracht?«, fragte ich.

Eine lange, gequälte Pause. »Ja.«

»Lauter sprechen, Leonard.«

Wir schauten beide zu Reynolds hinüber. Inzwischen stand er wieder hinter Craw und hielt ihr die Pistole an die Schläfe.

»Und schön deutlich. Denn das wollte ich von dir hören.«

»Ja«, entgegnete Franks mit fester Stimme und betrachtete Craw, »ich habe Simon Preston getötet.«

»Dann hast du alles aus Prestons Wohnung rausgeräumt, was den Verdacht auf dich oder Casey hätte lenken können«, erklärte Reynolds. »Und du hast es wie einen Drogenmord aussehen lassen. Richtig, Leonard?«

Er nickte.

»Ist das *richtig*, Leonard?«

»Ja.«

»Und warum sollte es wie ein Drogenmord wirken?«

»Ich wollte nur, dass er mich endlich in Ruhe ...«

»Nein«, zischte Reynolds, »ich möchte, dass deine Antwort wie folgt anfängt: ›Ich habe Simon Prestons Tod wie einen Drogenmord aussehen lassen, weil ...‹«

Franks warf ihm einen Blick zu. Zorn. Hass.

Doch dann stieß Reynolds die Waffe so fest gegen Craws Schläfe, dass sie aufstöhnte. »Du traust mir wohl nicht zu, dass ich es tun würde, Leonard? Bist du dir *wirklich* sicher?«

Franks gab sich geschlagen. Offenbar hatte er resigniert, als er Craw nun ansah. Während er auf seinem Stuhl zurückrutschte wie ein Tier, das Deckung sucht, schaute ich zwischen uns hin und her. Das Licht, das durch die bröckelnden Mauern des Krankenhauses hereinströmte, hüllte uns ein, und ich fragte mich, wie das alles enden würde. *Blutig. Tödlich.* Ein Mann wie Reynolds würde sich niemals mit einem Geständnis und dem, was er damit zu erreichen hoffte, zufriedengeben. Er hatte Preston zwar nicht eigenhändig umgebracht, war aber durchaus in der Lage zu töten. Er hatte seine Geheimnisse nur besser versteckt als Franks.

»Los, lass hören, Leonard.«

Franks schluckte wieder. »Ich habe Simon Prestons Tod als Drogenmord hingestellt, weil ich wusste, dass ich die

Tat Kemar Penn in die Schuhe schieben konnte. Deshalb habe ich Preston auf die Weise getötet, wie Penn und seine Lakaien normalerweise vorgingen. Ich habe ihm die Kehle aufgeschlitzt und alles entfernt, wodurch man ihn hätte identifizieren können. Preston hatte eine große Menge Kokain unter den Dielenbrettern versteckt. Ich habe eine Weile gebraucht, um es zu finden, doch schließlich ist es mir geglückt. Ich habe es herausgenommen und es in die Küche gelegt, wo man es leicht entdecken würde.«

»Wusste Casey davon?«, erkundigte ich mich.

»Nein. Sie und Preston hatten sich inzwischen getrennt. Sie ahnte nichts von seinem Tod, bis ...« Er hielt inne und warf quer durch den Raum einen Blick auf Reynolds. »Bis du es ihr an jenem Tag am Strand erzählt hast. Doch als Preston angefangen hatte, mich zu erpressen, habe ich sie angerufen und versucht, mehr über ihn herauszufinden. Aber es war, als habe sie ihn kaum gekannt.«

»Weil sie Sie schützen wollte«, merkte ich an.

Er verzog unwillig das Gesicht. »Wie kommen Sie darauf?«

»Sie hat Preston nie persönliche Fragen gestellt, weil sie ihm auch nichts anvertrauen wollte. Solange niemand über ihre Vergangenheit im Bilde war, waren Sie ebenfalls sicher.« Ich sah Craw an. »Deshalb wussten ihre Nachbarn in Kingsbridge nicht einmal ihren vollen Namen.«

»Wie rührend«, höhnte Reynolds. »Allerdings glaube ich, dass wir noch etwas vergessen haben.«

Franks musterte ihn.

Reynolds trat einen Schritt vor. »Detective Inspector Cordus hat im Mordfall Preston ermittelt. Nur, dass er für deinen Geschmack ein bisschen zu schlau war. Und darum musstest du dir einen Vorwand ausdenken, um ihm den Fall abzunehmen.«

Franks schien in sich zusammenzusacken. »Für Cordus kam Penn als Täter eigentlich nicht infrage. Er ist auf Abweichungen gestoßen, Dinge, die ich an der Leiche versäumt hatte zu tun, die bei anderen Drogenmorden in dieser Sozialbausiedlung jedoch festgestellt worden waren. Also musste ich einschreiten. Ich habe ihm mitgeteilt, wir hätten zu wenig Leute, weshalb ich ihn für wichtigere Fälle bräuchte – und dann habe ich übernommen. Ich habe noch eine Weile in seine Richtung weiterermittelt, damit es überzeugend wirkte, allerdings nicht so gründlich, dass es zu irgendwelchen Ergebnissen geführt hätte. Ich habe Penn festgenommen, ihn als Sündenbock benutzt und alles abgeblockt, was zu den Kifferinnen aus der Wohnung gegenüber führte – denen, die gehört hatten, dass Preston sich Simon nannte.«

»Und?«, fragte Reynolds.

»Und so geriet Casey nicht auf den Radarschirm.«

»Nein, nicht ganz.«

Franks betrachtete ihn eindringlich und mit trotziger Miene. Dann jedoch huschte sein Blick zu der Waffe am Kopf seiner Tochter, und er schien sich zu erinnern, dass nicht er es war, der hier die Regeln bestimmte. Mit leiser Stimme fuhr er fort: »Nach meiner Pensionierung habe ich eines Tages mit Carla Murray telefoniert. Ich weiß nicht einmal mehr, warum sie mich angerufen hatte. Wir haben ein wenig geplaudert, und dann erwähnte sie, Cordus habe beschlossen, den Fall noch einmal unter die Lupe zu nehmen …«

»Welchen Fall?«, herrschte Reynolds ihn an.

»Den Fall Simon Preston.« Franks wandte sich an mich, als könne er es nicht ertragen, Craw – und insbesondere Reynolds – anzusehen. »›Cordus denkt, es sei einen Versuch wert, die Sache wieder aufzurollen‹, sagte sie zu mir. Ich war wie erstarrt. Inzwischen ging es Casey wieder gut. Sie wohnte in der oberen Etage bei einer alten Frau, die sich den ganzen Tag Quizshows im Fernsehen anschaute. Ich hatte … ich hatte sie nicht *vergessen*, aber wir hatten beide … Wie dem auch sei, Ellie und ich waren im Ruhestand und lebten in einem idyllischen Teil der Welt. Wir waren glücklich.«

»Es war eine Lüge«, protestierte Craw.

Er blickte sie an. »Es war keine Lüge. Wir waren …«

»Verdammte Scheiße, komm endlich auf den Punkt«, unterbrach Reynolds ihn.

Als Franks sich vorbeugte, traf ein Sonnenstrahl, der durch das Glasdach fiel, seinen Kopf. »Es waren Gerüchte im Umlauf, dass Reynolds bestechlich sei.«

Ich schaute zu Reynolds; er starrte Franks an.

»Nach meiner Pensionierung übernahm Paige das Kommando. Und als Carla mich anrief und berichtete, der Fall Preston werde wieder aufgerollt, meldete ich mich bei Jim. ›Du solltest mal genau überprüfen, inwieweit Neil Reynolds in der Sache drinsteckt‹, schlug ich ihm vor. Etwas anderes ist mir nicht eingefallen, um von mir abzulenken, und ich wusste, dass Jim darauf eingehen würde. Ich hatte mir Reynolds sechs oder sieben Monate zuvor in einem Konferenzraum vorgeknöpft und ihm an den Kopf geworfen, dass er nicht koscher sei.« Seine Augen wanderten wieder zu Reynolds, und kurz blitzte Hass in ihnen auf. »Du hast mit Kemar Penn zusammengearbeitet, und wir alle wussten das. Die ganze Stadt hast du mit ihm unsicher gemacht. Ich habe der Polizei einen Gefallen erwiesen.«

Reynolds grinste. »Und deshalb hast du gelogen?«

»Das war keine Lüge. Du hattest Dreck am Stecken.«

»Immerhin habe ich Simon Preston nicht umgebracht.«

»Dafür aber andere.«

»Hast du je Beweise dafür gefunden, dass ich in irgendwelche Machenschaften verwickelt war?«

Franks schwieg.
»In die Kamera, Leonard.«
»Nein.«
»Was nein?«
»Nein, ich habe nie Beweise dafür gefunden, dass du …«
»Neil Reynolds«, fiel Reynolds ihm ins Wort.
Franks holte tief Luft. »Ich habe nie Beweise dafür gefunden, dass Neil Reynolds in kriminelle Machenschaften verwickelt war.«
»Warum hat Paige Sie dann rausgeschmissen?«, sagte ich zu Reynolds.
Er musterte mich, als hielte er meine Frage für eine Falle. »Das hat er nicht. Ich bin gegangen. Paige hätte mir nie wieder eine Chance gegeben, nachdem Leonard ihm das Ohr abgekaut hatte. Paige hatte mich von Anfang an auf dem Kieker. Es war nur eine Frage der Zeit …«
»Bis Ihnen jemand auf die Schliche gekommen wäre.«
Er würdigte mich keiner Antwort. Stattdessen streckte er die Hand aus und drückte den PAUSE-Knopf der Kamera, die mit einem Surren aufhörte zu filmen.
»Und die Akte?«, fragte ich Reynolds.
Er sah mich an.
Ausdruckslos.
»Die Akte, die man zu Franks nach Hause geschickt hat und mit der alles anfing. Die haben Sie ihm zukommen lassen, um ihn herauszulocken, richtig?«
Wieder reagierte er nicht.
Allerdings war das die einzige plausible Erklärung.
»Sie wussten, wer Preston war, weil Sie ihn für Kemar Penn auskundschaften sollten, denn der empfand ihn als Konkurrenten. Doch dann haben Sie *richtig* nachgeforscht, und dabei den Jackpot geknackt. Sie haben Casey Bullock gefunden. Und dadurch auch Franks.«

Wieder hielt ich inne, um mir Zeit zum Nachdenken zu geben. Da fiel mir etwas ein, das Murray mir erzählt hatte: *In seiner Zeit bei Trident, als er in Fällen von Organisierter Kriminalität ermittelte, gab es keine Gerüchte, dass Reynolds bestechlich sein könnte. Bei Sapphire wurde auch nichts dergleichen gemunkelt. Gut, es gab eine Menge Rauch, aber kein Feuer. Doch als er zur Mordkommission versetzt wurde, änderten sich die Dinge.*

Plötzlich ergab alles einen Sinn. »Franks hat die Gerüchte über Sie in die Welt gesetzt, um von sich selbst abzulenken. Er war es, der Ihren Ruf bei der Londoner Polizei ruiniert hat. Franks war der Grund, warum Ihre Kollegen Ihre Fälle plötzlich mit anderen Augen gesehen haben.«

Er zuckte zusammen. »Jetzt wissen Sie es.«

Und im nächsten Moment erinnerte ich mich an mein Telefonat mit Healy, bei dem ich mich nach Reynolds erkundigt hatte. *Als Franks in den Ruhestand ging*, hatte Healy mir gesagt, *hat man den Drogenmord mehr oder weniger zu den Akten gelegt. Und dennoch hat Jim Paige Reynolds ein paar Wochen später mit der Nase in Franks' Fällen erwischt. Warum hätte er das tun sollen?*

Weil Reynolds den Verdacht gehabt hatte, dass der Mann, als der Leonard Franks sich präsentierte – mit seinen Prinzipien, seiner Unbestechlichkeit, seiner Ehre –, nichts als ein Lügenkonstrukt war. Er hatte in der Fallakte nicht nach Beweisen für seine eigene Schuld gesucht, sondern nach Material, das er verwenden konnte.

Ein Geheimnis. Etwas, das vertuscht worden war.

Er wollte Rache.

Und die hatte er bekommen.

»Sie sind schlau, David. Ich hätte Sie schon vor langer Zeit umlegen können, aber ich brauchte einen neuen Blick auf die Dinge.« Reynolds fing an, die Kamera vom Stativ zu nehmen.

»An Bullocks Handy hatte ich schon längst eine Ortung angebracht. Doch in den ersten drei Monaten, nachdem sie mir am Strand entwischt ist, hat sie sich bedeckt gehalten. Ihr Mobiltelefon hat sie kaum benutzt. Hin und wieder habe ich es geschafft, ihr Signal zu einer Jugendherberge oder einem heruntergewirtschafteten Motel zu verfolgen. Aber bis ich dort ankam, war sie schon weitergezogen. Sie war klug. Obwohl sie nicht ahnte, dass ich sie ortete, wusste sie, dass sie in Bewegung bleiben musste. Sie hat Leonard zwar nie unter einer der Nummern kontaktiert, die ich kannte, aber mir war klar, dass sie trotzdem die Verbindung hielten. Er beriet sie. Und dann, im nächsten Januar, ist sie endgültig verschwunden. Das war, als er sie in dieser Wohnung untergebracht hatte, wo ich sie endlich aufgespürt habe.«

Er hielt inne und bedachte Franks mit einem hämischen Blick. »Doch kurz bevor sie verschwand, hat sie ein Handy angerufen, dessen Signal aus diesem Krankenhaus kam. Diese Nummer hatte sie bislang nur ein einziges Mal gewählt, und zwar in den Stunden, nachdem sie mir am Strand durch die Lappen gegangen ist. Selbst damals wusste ich schon, dass es vermutlich eine von Leonards Nummern war. Und in den ersten Tagen, als sie untergetaucht ist, wurde es ziemlich offensichtlich, dass Leonard und Casey in jenem zweiten Anruf ihr Verschwinden in allen Einzelheiten geplant haben. Ich habe zu diesem Zeitpunkt nur noch nicht kapiert, warum das Signal bei dem zweiten Anruf aus einem Krankenhaus gesendet wurde, das schon seit zwei Monaten geschlossen war.«

»Das Signal kam aus der Kapelle«, sagte ich.

Er nickte.

Nur, dass er bei seiner Durchsuchung des Gebäudes in der Kapelle keine Spur von Franks entdeckt hatte. Weil das Signal gar nicht aus der Kapelle gekommen war.

Sondern aus dem Lagerraum daneben.

Und plötzlich verstand ich noch etwas. Vor einer schieren Ewigkeit hatte ich mich bei Ellie erkundigt, ob Franks je allein zum Wandern gegangen sei. *Manchmal war er einfach gerne allein da draußen*, hatte sie geantwortet. Ich hatte mich gefragt, ob er überhaupt gewandert war oder ob seine Ausflüge ihn in die entgegengesetzte Richtung, zur Küste, geführt hatten. Nun wusste ich, dass ich recht gehabt hatte: Er hatte sein Geheimzimmer als Aufbewahrungsort für seine Erinnerungsstücke benutzt, und zwar bereits lange bevor Reynolds ihm die Akte geschickt hatte. Nach der Schließung des Krankenhauses war er immer wieder hierhergekommen, um sein Mausoleum einzurichten – an einem Ort, wo niemand es finden würde. An dem Tag, als Casey ihn anrief, um ihr neues Leben im Untergrund zu regeln, war er hier am Gedenkaltar seines Sohnes gewesen. Sie hatte nicht geahnt, dass ihr Handy geortet wurde. Wahrscheinlich hatte sie gedacht, dass ein zweiter kurzer Anruf bei Franks nun keine Rolle mehr spielen würde, weil er ein sicheres Haus für sie organisiert hatte. Allerdings hatte Reynolds daraus auf eine Verbindung zum Krankenhaus geschlossen. Zu einem Gebäude, das Franks monatelang immer wieder aufgesucht hatte, bis er schließlich untergetaucht war.

Ein Gebäude, das er letztlich zu seinem Zuhause gemacht hatte.

»Casey hat es geschafft, sich zehn Monate lang in diesem Haus zu verstecken«, fuhr Reynolds fort. Der Klang seiner Stimme holte mich jäh in die Gegenwart zurück, und ich stellte fest, dass er die Videokamera umklammerte. »Sie hat sich so lange bedeckt gehalten, bis letzten Oktober die Einsamkeit die Oberhand gewonnen hat. Und deshalb habe ich sie besucht, und diesmal …« Er sah Franks an. »Diesmal habe ich keine halben Sachen gemacht.«

»Du dreckiges Schwein«, stieß Franks hervor. »Wo hast du sie vergraben?«

Ein höhnisches Schnauben. »Du kapierst es wohl wirklich nicht, was? Dein toller Ruf bei der Polizei, den du dir mit deinen Märchen aufgebaut hast. Die ganzen triefäugigen Wichser dort, die den Boden vor deinen Füßen geküsst haben. Und dabei lautet die Wahrheit wie folgt: *Du* hast gelogen, *du* hast getötet. *Das* ist der Mensch, der du in Wirklichkeit bist. Und jetzt werde ich dafür sorgen, dass die ganze Welt es erfährt.«

»Die Welt?«, fragte ich.

Er hielt die Kamera hoch, bevor er sie wieder im Rucksack verstaute. »Jeder Sender, der sich dafür interessiert. Und ich denke, es werden viele sein.«

Ich schüttelte den Kopf. »Niemand wird Sie als vertrauenswürdige Quelle einstufen, Reynolds.«

»*Was?* Ich habe alles auf *Band*. Wenn ich es ein bisschen schneide und eine gute Geschichte erfinde, wie ich es in die Finger gekriegt habe, wird das die Leute überzeugen. Immerhin bin ich ein ehemaliger Polizist.«

»Und wir?«

»Tja, Leonard lasse ich am Leben, weil ich zuschauen will, wie sie es ihm im Knast von Pentonville von hinten besorgen. Ich will beobachten, wie er untergeht.«

Franks betrachtete ihn. »Du bist verrückt.«

»Warum sollte ich verrückt sein?«

»Denkst du, dass ich nicht allen erzählen werde, was du getan hast?«

»Wer wird dir schon glauben? Du hast gestanden, dass du im *Lieblingsmordfall* der Presse eine Zeugin geschwängert hast. Wir reden hier von Pamela Welland, nicht von einer billigen Nutte, die für Drogengeld die Beine breit macht. Indem du Casey Bullock gevögelt hast, hast du die Ermittlungen in ihrem Fall behindert. Und jetzt hast du der ganzen Welt – auf Band – mitgeteilt, du hättest einen Mann umgebracht, um zu verhindern, dass die Identität deiner Geliebten auffliegt. Zwei Jahre habe ich damit verbracht, das hier vorzubereiten. Selbst wenn du sagst, dass ich dahinterstecke, wird niemand einen Beweis dafür finden. Gut, sie werden mir ein paar Fragen stellen. Aber finden werden sie nichts. Du bist erledigt.«

Franks schien bei diesen Worten zu schrumpfen.

Als Reynolds das bemerkte, huschte ein Lächeln über sein Gesicht. Dann nahm er Craw und mich ins Visier und schaute zwischen uns hin und her. Er ging zu ihr hinüber, nahm das Stück Isolierband und klebte ihr wieder den Mund zu.

Franks machte Anstalten aufzustehen. »Gütiger Himmel, Reynolds. Mach mit mir, was du willst, aber sie hat dir nichts getan.«

Doch Reynolds hielt nur in der Bewegung inne und legte den Finger an die Lippen.

Wir starrten ihn an.

Stille.

Und dann ein leises Geräusch auf der anderen Seite der Tür.

77

Die Glasscheiben in den Türflügeln waren undurchdringlich schwarze Quadrate. Man konnte nicht sehen, was sich dahinter abspielte. Reynolds wartete und beobachtete, als rechne er damit, dass das Geräusch sich wiederholen würde. Aber nichts geschah. Er schaute zwischen mir, Franks, Craw und der Tür hin und her. Die Pistole weiter auf Franks gerichtet, griff er nach seinem Rucksack, holte die Isolierbandrolle heraus und warf sie Franks zu. Er fing sie auf.

»Fessle deine Beine an den Stuhl«, befahl Reynolds. »Und zwar ein bisschen plötzlich.«

Franks gehorchte.

Reynolds nahm ihm die Klebebandrolle ab, ohne die Tür aus den Augen zu lassen, und wickelte das Band um Franks' Brust, sodass seine Arme fest an den Körper gepresst wurden. Danach überprüfte er meine und Craws Fesseln, klappte das Stativ zusammen, hob Franks' Messer auf und packte alles in den Rucksack. Nach einem Blick auf uns eilte er durch das Gewächshaus.

Er blieb stehen.

Spähte durch die Glasscheiben.

Ein Sekundenbruchteil.

Dann zog er einen der Türflügel auf und schlüpfte, die Pistole im Anschlag, hinaus wie der Bug eines Schiffes, das durch die Nacht gleitet. Im nächsten Moment fiel die Tür hinter ihm zu, und er war fort.

Ich sah Franks an.

Er betrachtete mich, als erwarte er, dass ich etwas sagen und in den Chor der Richter einstimmen würde. Craw saß ihm gegenüber und starrte ins Leere. Sie fühlte sich offenbar wie erschlagen und konnte ihrem Vater nicht einmal mehr in die Augen schauen.

»Ich bin untergetaucht, um meine Familie zu schützen«, verkündete er, doch die Worte klangen offenbar selbst in seinen eigenen Ohren unglaubhaft und hohl.

Schweigen senkte sich auf uns herab.

Endlos und voller Schmerz wie eine Totenwache.

Ich spähte in Richtung Tür. Das ganze Gebäude schien verstummt zu sein. Kein Wind strich durch die Flure. Kein Vogelgesang.

Eine Minute verging.

Zwei.

Craws Armbanduhr piepste leise, und ich erkannte, dass es acht Uhr war. *Am Dienstag, dem 17. Dezember.* Ich hatte am letzten Donnerstag angefangen, in dem Fall zu ermitteln. Nun, fünf Tage später, hatte sich alles verändert: die Richtung der Ermittlungen, das Leben einer Familie, ihre gesamte Zukunft.

Ich schaute zur Tür. Noch immer keine Spur von Reynolds.

Tu etwas.

Langsam fing ich an, meinen Stuhl über die Fläche zwischen Craw und mir nach vorn zu schieben. Rechts neben ihr lagen einige Glasscherben auf dem Boden.

Franks warf mir einen Blick zu. »Was, zum Teufel, machen Sie da?«

Ich achtete nicht auf ihn und versuchte, so wenig Lärm wie möglich zu verursachen. Inzwischen wurde ich von Craw beobachtet. Dicht neben ihr blieb ich stehen und suchte den Boden nach der größten Scherbe ab.

»Wenn er euch so sieht, bringt er euch um«, flüsterte Franks.

»Das tut er so oder so.«

Ich schaukelte mit dem Stuhl hin und her, bis sich dessen Beine vom Boden abhoben. Die Stuhllehne bog sich ein wenig – und dann kippte der Stuhl um. Obwohl ich auf den Aufprall vorbereitet war, tat es höllisch weh. Der Boden war hart und mit Scherben und Betonbrocken bedeckt. Ich vermied es zwar, mir den Kopf anzustoßen, aber dafür bekam meine Schulter das meiste ab. Ein Schmerz schoss mir durch die Brust und weckte Erinnerungen an alte Wunden, den Zusammenstoß mit der Böschung in meinem BMW, meine Bewusstlosigkeit und meine Vorwürfe, Craw sei in die Sache verwickelt. Während ich auf der Seite lag und sie ansah, ballte sich in meinem Magen das schlechte Gewissen zusammen. Ihr Blick ruhte zwar auf mir, doch in Gedanken war sie abwesend. Anderswo.

Auf Schulter und Hüfte und noch immer an den Stuhl gefesselt, rutschte ich über den Boden, drehte mich, griff nach einer Glasscherbe und drehte sie in der Hand, bis ich sie so zu fassen bekam, dass die Spitze nach unten in Richtung meiner Finger zeigte. Dann fing ich an, das Klebeband durchzusägen. Erst langsam und vorsichtig, um mich nicht zu schneiden, und schließlich ein wenig schneller. Dabei behielt ich die Tür im Auge, nur für den Fall, dass Reynolds zurückkommen würde. Wieder brachen Sonnenstrahlen durch die Wolken, fielen durchs Dach herein und bildeten links von mir einen blassen Lichtpunkt. Doch die Türen bewegten sich nicht, und es blieb still im Gewächshaus.

Meine Handfesseln rissen auf.

Ich setzte erneut die Glasscherbe an, schnitt das Band um meine Knöchel durch, rappelte mich auf und befreite Craw. Sie nickte mir zum Dank zu. Dann wischte sie sich mit dem Jackenärmel beide Augen ab und schaute hinüber zu ihrem Vater. Die Botschaft zwischen ihnen war aufgeladen mit einer Vergangenheit, die ich nicht teilte und die ich niemals verstehen würde.

»Darf ich?«, fragte sie und wies auf die Scherbe.

Ich musterte sie einen Moment. Die Erkenntnisse der letzten Stunde standen ihr ins Gesicht geschrieben. Ihr Gleichmut war verschwunden, ihre Entschlossenheit auf eine harte Probe gestellt worden.

Ich gab ihr die Scherbe.

Während sie zu ihrem Vater ging, schlich ich auf die Tür zu, und zwar in einem schrägen Winkel, damit ich durch die Scheiben nicht zu sehen war. Als ich mich kurz umblickte, erkannte ich, dass sie seine Fesseln durchtrennte. Sie schwiegen beide. Er starrte auf ihren Scheitel; sie kauerte neben ihm und schnitt mit der Scherbe das Band um seine Knöchel durch, ohne ihm in die Augen zu schauen.

Inzwischen war ich an der Tür.

Ich legte die Handfläche mitten auf den linken Türflügel und schob ihn langsam auf. Das leise Quietschen des Scharniers hallte durch die Dunkelheit. Mein Herz klopfte so heftig, dass es mir fast den Brustkorb sprengte. Bilder schossen mir durch den Kopf – Filmszenen dessen, was vor mir lag. Und dann trat ich aus dem Gewächshaus in den muffigen, engen Korridor.

Es war finster.

Still.

Aber menschenleer.

Reynolds war fort.

78

Als wir die Vorderseite des Krankenhauses erreichten, war Reynolds' Boot schon einen Dreiviertelkilometer weit weg und nur noch ein Punkt auf dem Wasser, der in östlicher Richtung die Küste entlangglitt. Von unserem Standort aus konnten wir seinen Motor durch die morgendliche Stille hallen hören. Sein Surren wurde immer leiser und verklang schließlich. Reynolds stand am Steuer, eine Hand am Lenkrad, die Kapuze auf dem Kopf, sein Gesicht darunter wie ein weißer Fleck. Er blickte zu uns zurück, ein Klecks in der Ferne, und dann umrundete sein Boot den östlichen Rand der Bucht.

Eine Minute später war er verschwunden.

Im ersten Moment standen wir drei da, betrachteten, die Sonne im Rücken, die verlassene Dammstraße, und überlegten, was wohl geschehen war und warum Reynolds seine

Pläne geändert hatte. Ich schlug Craw vor, sie solle draußen warten, während Franks und ich noch einmal das Krankenhaus durchsuchten. Verständlicherweise war sie stark mitgenommen und brauchte Zeit für sich. Sie würde im Laufe der nächsten Stunde einige folgenschwere Entscheidungen treffen müssen.

Mit meiner Taschenlampe bewaffnet, ging ich hinein. Franks folgte mir. In den ersten zehn Minuten wechselten wir kein Wort, doch als wir die zweite Etage des Ostflügels erreichten und uns dem Aufenthaltsraum näherten, dessen falsche Wand noch offen stand, hielt ich inne.

»Was ist mit Casey passiert?«

Ich hörte, wie er hinter mir stehen blieb.

Als ich mich umdrehte, verharrte er wie angewurzelt. Gelähmt von der Erkenntnis, dass er, ohne es zu wollen, ihren Tod mit verursacht hatte. »Reynolds hat herausgefunden, wo ich sie versteckt hatte.«

»Sie lebte in einem Versteck?«

»Ja.«

»Wie haben Sie sich mit ihr in Verbindung gesetzt?«

»Ich hatte zwei Handys«, erwiderte er. »Das, von dem alle wussten, und eines, dessen Nummer nur Casey kannte. Nachdem Reynolds sie am Strand von Keel Point abgepasst hatte und sie ihm auf dem Weg nach Dartmoor entkommen konnte, hat sie mich unter der anderen Nummer angerufen. Sie war in Todesangst. Ich habe sie beruhigt und sie gefragt, wer der Mann gewesen sei. Und sie beschrieb mir Reynolds. Außerdem habe er ihr gesagt, sein Name sei Milch.«

»Und da wurde Ihnen klar, dass er hinter Ihnen her ist.«

Er nickte. »Also habe ich ihr geholfen, drei Monate lang unterzutauchen, während ich eine dauerhafte Bleibe für sie gesucht habe. Wir haben uns persönlich getroffen oder einander von Telefonzellen aus angerufen. Schließlich habe ich etwas für sie in einem winzigen Dorf an der Küste gefunden. Ich habe ihr verboten, tagsüber das Haus zu verlassen, mich anzurufen oder ihr Mobiltelefon zu benutzen. Sie musste sich jeden Tag bei einer Mailbox melden, die ich eingerichtet hatte, um mir mitzuteilen, dass sie wohlauf sei. Und zwar so lange, bis ich Entwarnung gab. Ich war nicht sicher, ob es jemals dazu kommen oder wie die Sache ausgehen würde. Doch als Reynolds sie am Strand abfing, wusste ich, dass mein Geheimnis aufgedeckt worden war.«

»Hat Simon Preston Reynolds von Ihnen und Casey erzählt?«

»Ja. Ganz bestimmt.«

»Wann?«

»Keine Ahnung. Vielleicht sind sie sich ja begegnet, bevor …« *Ich Preston getötet habe.* Eine lange Pause. »Vielleicht hat Reynolds Preston ja im Auftrag von Kemar Penn einen Besuch abgestattet, um ihn davor zu warnen, sich in Penns Geschäfte einzumischen. Sie könnten miteinander geredet haben. Wie dem auch sei, sobald Reynolds von Casey und mir erfuhr, hat er alles eingefädelt, den richtigen Zeitpunkt abgewartet und sie abgepasst. Er wollte sie sich schnappen, um mich zu kriegen. Also habe ich ihr geholfen unterzutauchen und dreizehn Monate lang darüber nachgegrübelt, was ich jetzt tun soll.«

»Hat er während dieser Zeit je Kontakt zu Ihnen aufgenommen?«

»Nein. Nie.«

»Warum?«

»Weil er nur *sie* brauchte. Er konnte sie zwingen, ihm die Wahrheit zu sagen. Sie unter Druck setzen. Ihr Angst machen. Sie konnte er einschüchtern, aber er wusste, dass er mit mir kein so leichtes Spiel haben würde. Also ist er auch nicht in Panik geraten, als sie ihm durch die Lappen gegangen ist.

Er hat einfach dreizehn Monate lang darauf gewartet, dass sie einen Fehler macht. Und als es so weit war, hat er sie gefunden, ihr die Wahrheit abgepresst und alles in diese Akte geschrieben. Und dann hat er …«

Sie ermordet.

Er brachte es nicht über sich, die Worte auszusprechen.

»Als sie Ende Oktober nicht mehr die Mailbox anrief, war mir klar, dass etwas nicht stimmte. Ich habe einige Wochen lang überlegt, was ich unternehmen soll. Am liebsten wäre ich ins Dorf gefahren oder hätte sie zu Hause angerufen, weil ich unbedingt wissen musste, wo sie steckte und was ihr zugestoßen war. Aber das ging nicht. Es war zu riskant. Und tief in meinem Innersten …« Ein leises Luftholen. »Tief in meinem Innersten wusste ich, dass sie nicht mehr lebt. Und während ich noch versuchte, damit klarzukommen, traf die Akte ein.«

Ich gab ihm einen Moment Zeit. »Was stand in der Akte?«

»Alles.«

»Ihre ganze Beziehung?«

»Alles«, wiederholte er. »Auf dem Einband hieß es ›Beichte deine Sünden‹.«

»Aber warum hat Reynolds sie Ihnen anonym geschickt?«

»Um zu erreichen, dass ich mich *selbst* den Zeitungen oder dem Fernsehen offenbare – oder wem er auch immer von meinen Taten berichten wollte. Die Akte war keine Drohung. Zumindest keine offene. Nicht am Anfang. Sie war ein Angebot. Sie enthielt alles – Pamela Welland, Lucas, Simon Preston, einfach alles.« Er verstummte und schluckte. »Außerdem teilte er mir mit, ich hätte sechs Wochen Zeit. Sollte ich bis dahin nicht gestanden haben, würde es Konsequenzen geben.«

Ich erinnerte mich an die beiden Anrufe, die Franks aus der Telefonzelle in der Old Kent Road erhalten hatte. »Das erste Mal hat er Sie am vierundzwanzigsten Januar angerufen. Warum? Um sich zu vergewissern, dass Sie die Akte erhalten haben?«

Er nickte. »Ja.«

Franks war noch ein zweites Mal aus der gleichen Telefonzelle angerufen worden, und zwar eine Woche, nachdem er untergetaucht war. Sein sechswöchiges Ultimatum war abgelaufen gewesen. Reynolds hatte sich bei ihm gemeldet, um ihm das mitzuteilen und den Einsatz möglicherweise zu erhöhen. Doch Franks war ihm zuvorgekommen.

Er war verschwunden.

»Und deshalb haben Sie sich einige Wochen nach dem Eingang der Akte mit Murray im Pub getroffen und sie gefragt, ob sie Reynolds irgendwo gesehen habe.«

Außerdem war es der Grund, warum er »108 noch einmal überprüfen« auf die Rückseite des Flyers geschrieben hatte: Er konnte nicht feststellen, ob die Akte Reynolds' vollständige Informationen enthielt – oder ob sie nur der Anfang war. Franks wollte nicht vergessen, sich zu vergewissern, ob das Geld sich weiterhin in dem Postfach befand oder ob es – und das Video von Bullock auf dem Handy – womöglich verschwunden war. Nur, dass er mit seiner Angewohnheit, sich alles zu notieren, und seiner Detailversessenheit eine Spur gelegt hatte: von seiner Verabredung mit Murray bis zu einem Postfach im Süden von Devon.

»Ich wollte Reynolds finden«, sagte Franks.

»Wollten Sie Rache?«

»Nein, etwas anderes.« Sein Blick wanderte zu dem Wandbild. »Sobald die Akte eintraf, habe ich mit dem Gedanken gespielt, mich aus dem Staub zu machen. Deshalb habe ich Paige und Murray Ende Januar angerufen und sie um eine Kopie der Aufnahmen gebeten. Ich wollte …« Seine Augen richteten sich erneut auf mich, und etwas blitzte in ihnen auf. »Ich hatte mein VHS-Video abgenutzt. Wieder und wieder habe ich es mir angeschaut. Also brauchte ich eine neue Kopie, um sie auf die Flucht mitzunehmen. Ich wollte sie ansehen können, wo immer ich auch war.«

»Und dann?«

»Und dann, in den Tagen danach, hat sich mein Kämpfergeist gemeldet. ›Ich laufe nicht davon‹, habe ich gedacht. ›Ich lasse mich nicht von diesem Kerl erpressen.‹ Also habe ich angefangen, die Akte durchzuarbeiten, um einen Weg zu finden, mich gegen das, womit er mir schaden wollte, zu wehren. Aber da war nichts. Ich hatte nichts in der Hand. Ich bin nicht sicher, ob Reynolds mir den Mut zugetraut hatte, einfach unterzutauchen – mein Leben, meine Frau, meine Tochter, meine Enkelkinder hinter mir zu lassen. Deshalb hat er mir ja sechs Wochen gegeben.«

»Und Sie sind dennoch geflohen?«

»Was war denn noch übrig?«

Ich betrachtete ihn. »Außer Ihrer Familie?«

»Verschonen Sie mich mit Ihren Moralpredigten, Raker.«

Einen kurzen Moment zeigte sich ein hässlicher Ausdruck auf seinem Gesicht, ein Hauch des Mannes, der mit klarem Verstand und aus freiem Willen eine Grenze überschritten und gemordet hatte.

Franks hatte hart an seinem guten Ruf als aufrichtiger Mensch und Ehrenmann gearbeitet, als Polizist, der Maßstäbe an andere anlegte, denen er in den Abgründen seines Doppellebens niemals auch nur annähernd genügt hatte. Reynolds hatte darin einen Vorteil gewittert, das war mir inzwischen klar. Auch seine Idee, alles auf Video aufzunehmen, war in gewisser Weise sinnvoll. Der Film war schonungslos, dramatisch und gutes Sendematerial – und würde Franks endgültig vernichten.

Reynolds war ein eiskalter und skrupelloser Manipulator und mit ziemlicher Gewissheit auch ein Mörder. Und dennoch hatte er, indem er Franks' Geständnis filmte, ein Stück Wahrheit eingefangen. Er hatte den Scheinwerfer auf die Kluft zwischen sich und Franks gerichtet und gezeigt, was die beiden voneinander trennte.

Im Moment nämlich gar nichts.

Es gab keine Trennlinie.

Nicht den geringsten Unterschied.

79

Als wir uns dem Haupteingang näherten und Sonnenlicht in den Flur strömte, fiel mir etwas ein. Ich drehte mich zu Franks um, woraufhin er stehen blieb.

»Wie genau haben Sie es angestellt?«

»Was?«

»Sich einfach in Luft aufzulösen.«

Er nickte und spähte durch den Türspalt, wo Craw auf einer Bank saß und aufs Meer hinausblickte. »Wir hatten einen festen Tagesablauf. Ellie hing an ihren Gewohnheiten. Um diese Jahreszeit zündeten wir gegen drei Uhr nachmittags das Kaminfeuer an, und so um fünf, Viertel nach fünf brannte es herunter. Dann stand ich normalerweise auf und holte Holz.« Er zog die Nase hoch, und ein Lächeln huschte über sein Gesicht. »Nachdem ich mich entschieden hatte unterzutauchen, habe ich eine Woche damit verbracht mitzustoppen, wie lange es dauerte, bis ich mit dem Holz zurück war. Ich brauchte durchschnittlich zweiunddreißig Sekunden. Also nicht sehr lange. Danach aber habe ich eine weitere Woche mitgestoppt, wie lange *Ellie* mit ihren Erledigungen beschäftigt war: den Kessel aufsetzen, zwei Tassen aus dem Schrank nehmen, den Tee aufgießen, ihn ins Wohnzimmer bringen. Das dauerte durchschnittlich vier Minuten und siebenundzwanzig Sekunden. An dem Tag, als ich fort bin, waren wir in einer Bäckerei in Widdecombe gewesen und hatten Karottenkuchen gekauft. Ich wusste, dass ich dadurch noch mehr Zeit gewinnen würde.«

Ich schaute an ihm vorbei ins dunkle Krankenhaus, wo sich die Reihe der Türen in den Schatten verlor. Als sich unsere Blicke wieder trafen, nickte er mir knapp zu; offenbar ahnte er, was ich dachte. Es war das Ende einer Reise: von ihrem Traumhaus in der freien Natur von Dartmoor zu einem Ort voller Erinnerungen und Geister, an einer Dammstraße dem Verfall überlassen.

»Ich habe einen Rucksack, Kleider zum Wechseln und noch ein paar Kleinigkeiten gekauft und alles bar bezahlt«, fuhr er fort. »Den Rucksack habe ich hinter dem Holzstapel versteckt. Außerdem habe ich etwa zehn Riesen in dem Postamt dort drüben gebunkert.« Er wies über das Wasser in Richtung Brompton Lee. »Das Geld stammte aus dem Betrag, den ich von meiner Pension abgehoben hatte. Also brauchte ich mir keine Gedanken darüber zu machen, dass jemand nach meinem Verschwinden meine Finanzen unter die Lupe nehmen würde. *Alle* heben nach der Pensionierung einen größeren Betrag ab. Immerhin ist es steuerfrei, was spricht also dagegen? Hinzu kam, dass wir ja die Küche umbauen wollten, ein guter Vorwand, um größere Summen umzuschichten.«

»Aber war es noch hell, als Sie an jenem Tag weg sind?«

»Ja.«

»Wie kann es dann sein, dass Ellie Sie nicht im Moor gesehen hat?«

»Weil ich nicht im Moor war.«

»Was soll das heißen?«

»Ich war im Kofferraum unseres Autos.«

Inzwischen erschien mir das die einzig logische Erklärung zu sein. Und dennoch wäre Ellie im fraglichen Moment niemals auf den Gedanken gekommen, dort nachzuschauen. Warum auch? Die beiden liebten ihr Haus. Sie genossen den Ruhestand. Soweit sie es beurteilen konnte, führten sie eine glückliche Ehe. Weshalb also sollte ihr Mann ihr einen solchen Streich spielen? Das Auto parkte neben dem Haus und diente nichts anderem als der Fortbewegung. Als Versteck war es nicht gedacht. Nur, dass sie sich den Ruhestand ganz anders vorgestellt hatte.

Das war nicht der Ehemann, den sie kannte.

»Und dann haben Sie gewartet, bis es dunkel war?«

Er nickte. Diesmal zeigte sich kurz ein Ausdruck von Trauer in seinen Augen, als sein Blick hinaus zu Craw wanderte und an ihr hängen blieb. Ich erinnerte mich an das Video von Casey Bullock auf seinem Mobiltelefon. Er hatte sie alle auf seine Weise geliebt – nur nicht so, dass er es hätte in Worte fassen können.

»Ich habe drei Stunden ausgeharrt, bis es stockfinster war.« Er hielt inne und schien zu zögern. »Und dann bin ich aus dem Auto herausgeklettert und endgültig verschwunden.«

80

Es sollte mein allerletztes Gespräch mit Leonard Franks sein. Wenig später kehrten wir über das Wasser zum Festland zurück. Wir steuerten eine abgeschiedene Bucht an. Craw saß hinten und schwieg. Sie wechselte auch kein Wort mit ihrem Vater, obwohl er es immer wieder versuchte. Während Franks das Boot, das er am Zaun versteckt gehabt hatte, über das blaugraue Wasser lenkte, bemerkte ich an seiner Miene, dass er fieberhaft überlegte. So, als sei ihm plötzlich eine Idee gekommen.

Er hatte alles verloren.

Seine Ehefrau. Seine Tochter.

Die Frau, die er geliebt hatte.

Den Sohn, den er nur kurz hatte kennenlernen dürfen.

Und jetzt, seit Reynolds das Video besaß und sich damit aus dem Staub gemacht hatte, konnte alles nur noch schlimmer werden. Denn der Abschied von der Insel bedeutete nicht, dass Franks' Reise zu Ende war.

Das hier war erst der Anfang.

Ich half ihm, das Boot an den Strand zu ziehen. Und dann wich ich ein paar Schritte zurück, damit Vater und Tochter ungestört miteinander sprechen konnten. Sie standen einander auf dem kalten, von der Sonne beschienenen Strand gegenüber. Nach einigen Minuten erkannte ich, dass in Franks' Augen etwas aufglomm. Offenbar schmiedete er bereits Pläne. Er würde wieder fliehen. Wieder untertauchen.

Nur, dass dies Craw auch nicht entgangen war.

»Entweder stellst du dich, oder ich nehme dich höchstpersönlich in Polizeigewahrsam.«

Er starrte sie ungläubig an. »Soll das ein Scherz sein, Mel?«

»Nein«, entgegnete sie unbewegt, »es ist mein voller Ernst.«

»Ich bin dein *Vater.*«

Sie schüttelte den Kopf. »Inzwischen weiß ich nicht mehr, *was* du bist.«

In den Stunden danach fuhr Craw ihn zu einem Polizeirevier in Totnes und wartete dort, während er sich stellte. Da ich nicht selbst dabei war, konnte ich mir nur ausmalen, wie dieser Moment für sie, ja, für sie beide gewesen sein musste. Mir war klar, dass die Schockwellen noch länger andauern würden, wenn die Verbrechen ihres Vaters in ihrer vollen

Tragweite ans Licht kamen. Und dennoch bewunderte ich sie dafür, dass sie das Richtige tat, auch wenn sie sich des menschlichen Schadens, den es anrichten würde, sicher bewusst war.

Während sie zusah, wie ihr Vater abgeführt und ins Innere des Reviers gebracht wurde, erreichte ich das Motel unweit der M5, wo Ewan Tasker Annabel und Olivia versteckt hatte. Nun würde Reynolds ihnen nicht mehr gefährlich werden, davon war ich überzeugt. Er hatte sein Video. Franks würde ins Gefängnis wandern. Sein Plan war aufgegangen. Also holte ich die beiden ab, bedankte mich noch einmal bei Tasker und fuhr sie nach Buckfastleigh, wo sie wohnten.

Ich blieb zwei Tage bei ihnen. Am Donnerstag, dem 19. Dezember, um fünf Uhr morgens, konnte ich nicht mehr schlafen, stand auf, ging nach unten und machte mir einen Kaffee. Als ich ins Wohnzimmer kam, saß Annabel zu meiner Überraschung auf dem Sofa. Sie war in einen Morgenmantel gewickelt und hatte die Füße hochgelegt.

»Morgen«, sagte sie.

»Morgen. Möchtest du einen Kaffee?«

Sie schüttelte den Kopf. »Nein.«

Ich setzte mich neben sie. »Kannst du nicht schlafen?«

Anstelle einer Antwort atmete sie tief durch.

»Belle?«

Sie betrachtete ein Foto an der Wand gegenüber: Olivia und die beiden Menschen, die sie vierundzwanzig Jahre lang Mum und Dad genannt hatte. »Bei uns war nicht immer alles eitel Sonnenschein«, erklärte sie leise. »Wir haben gestritten. Manchmal konnte Mum – oder eben die Frau, die ich für meine Mum hielt – ziemlich vereinnahmend sein. Vielleicht verstehe ich inzwischen ja, warum.«

Das war ein verhüllter Seitenhieb gegen mich, und ich machte ihr daraus keinen Vorwurf.

»Es tut mir leid«, erwiderte ich.

Sie wandte sich zu mir um. »Ich muss mich wohl damit abfinden.«

»Du warst nie in Gefahr.«

»Bist du sicher?«

»Ganz sicher. Ich wollte nur kein Risiko eingehen.«

»Und jetzt?«

»Jetzt wirst du dein Leben weiterführen.«

»Und so etwas wird nie wieder passieren?«

»Nein«, antwortete ich und tätschelte ihr den Arm.

Allerdings war es schwierig, ihr dabei in die Augen zu sehen.

81

Drei Tage später bog ich in Melanie Craws Auffahrt in Wimbledon ein. Es war der 22. Dezember um die Mittagszeit. Sie und ihre Familie hatten eine der Föhren vor dem Haus mit Lichterketten geschmückt und ein Rentier aus Holz daneben auf den Boden gestellt.

Doch vor dem Haus gab es noch mehr zu sehen.

Fotografen drängten sich am Zaun. Obwohl von Craw und ihrer Familie jede Spur fehlte, wetteiferten sie um die besten Plätze, während einige Kamerateams versuchten, sich eine Fläche freizukämpfen, um das Haus im Hintergrund gut ins Bild zu bekommen. Auf der anderen Straßenseite parkten die Ü-Wagen Stoßstange an Stoßstange: Sky News, BBC und ITV. Als ich in die Einfahrt rollte, berührten die Reporter Motorhaube und Türen des Leihwagens, den man mir kostenlos zur Verfügung gestellt hatte, während mein BMW verarztet wurde. Sobald ich an ihnen vorbei war, hielt ich an, stieg aus und machte ihnen demonstrativ das Tor vor der Nase zu. Sie bombardierten mich zwar mit Fragen, sodass mir eine Wand aus Lärm entgegenschlug, doch ich schwieg, stieg wieder ein und fuhr weiter bis zu der Stelle, wo Craws Mini stand.

Sie hatte mich um ein Treffen an einem Sonntagvormittag gebeten, da wir das Haus dann für uns haben würden. Als ich einwandte, sie wolle die Zeit vielleicht ihrer Familie widmen, entstand eine Pause in der Leitung. »Schon gut«, erwiderte sie schließlich, »Mum macht mit Mads und Evie einen Ausflug.«

Zum ersten Mal erwähnte sie ungefragt ihre Familie. Ich wusste, dass ihr Mann Bill hieß und dass die Namen ihrer Töchter Maddie und Evelyn lauteten, aber das war es dann auch schon. Als ich wieder ausstieg – der Tag war kalt, jedoch freundlich –, überlegte ich, ob das für sie möglicherweise der Beginn eines Anpassungsprozesses war. Bis jetzt hatte sie sich beruflich und privat in allem ihren Vater zum Beispiel genommen – seine Eigenschaften, seine Weltanschauung, seine Ansichten. Inzwischen war es fünf Tage her, dass sie die schreckliche Vergangenheit des Mannes kannte, den sie geliebt hatte. Vielleicht Zeit für eine Veränderung.

Als sie mir die Tür öffnete, trug sie Freizeitkleidung, eine graue Jogginghose und einen Kapuzenpulli. Sofort brach hinter uns ein Blitzlichtgewitter los. Ich schob mich an ihr vorbei, und sie schloss rasch die Tür. Dann wies sie in Richtung des tiefer gelegten Wohnzimmers. Es sah ein wenig unordentlicher aus als zuvor. Auf der einen Seite des Raums lag Kinderspielzeug herum. Vor dem Fernseher stapelten sich DVDs. Nun wirkte es bewohnter, normaler. Aber natürlich konnte auch dahinter Kalkül stecken.

»Wohin ist Ihre Mum mit den Mädchen gegangen?«, erkundigte ich mich.

»Zum Schlittschuhlaufen in Somerset House.«

»Läuft sie auch Schlittschuh?«

Craw schmunzelte. »Nein. Sie passt nur auf, dass sie sich nicht alle Knochen brechen.«

Sie machte uns Kaffee. Als sie zurückkam, brachte sie zwei Tassen und eine Packung Kekse mit. »Ich bin keine gute Hausfrau«, sagte sie. »Hoffentlich sind Vollkornkekse in Ordnung.«

»Vollkornkekse sind wunderbar.«

Wieder ein Lächeln, diesmal flüchtiger. Nachdem wir uns auf den einander gegenüberstehenden Sofas niedergelassen hatten, herrschte Schweigen. Doch anders als bei unserem ersten Treffen in diesem Privatclub vor zehn Tagen war es nicht bedrückend. Stattdessen schwang alles darin mit, was sich seitdem ereignet hatte und derzeit passierte. Außerdem merkte ich ihr an, dass sie vor Kurzem geweint hatte.

»Haben Sie die Nachrichten gesehen?«, fragte sie.

Ich nickte. Sämtliche Sender berichteten über Franks. Eine Kopie des Videos – geschnitten und so vermarktet, wie Reynolds es angekündigt hatte – war jeder Zeitung im Land zugeschickt worden; außerdem allen einschlägigen Websites und den Fernsehsendern. Überall in den Medien und auch bei Twitter konnte man unzählige Standbilder bewundern, auf denen Leonard Franks auf einem Stuhl saß und seine Sünden beichtete. Er wirkte nicht so, als stünde er unter Zwang. Auf dem geschnittenen Bildmaterial machte er sogar einen seltsam entspannten, ja, beinahe erleichterten Eindruck, weil er jetzt endlich seine Geschichte erzählen konnte. Nur, dass die Wahrheit außerhalb dieser Filmszene zu finden war: Er hatte nichts von alldem freiwillig getan und hätte sich auch nie aus eigenem Antrieb der Polizei gestellt.

»Hatten Sie mit Ihrer Suche nach Reynolds Glück?«, fragte Craw.

Ich schüttelte den Kopf. Sobald wir wieder in London

waren, hatte ich seinem Haus einen Besuch abgestattet und an der Tür geklingelt. Allerdings vergeblich. Noch in derselben Nacht war ich zurückgekehrt und vom Garten aus auf das schräge Dach hinaufgeklettert, wo das Fenster beim ersten Mal nicht verriegelt gewesen war. Doch Reynolds hatte diesen Fehler nicht wiederholt: Das Fenster war verschlossen, der Riegel vorgeschoben. Außerdem war durch die Scheibe zu erkennen, dass die ganze Wohnung leer war.

Er hatte vorausgeplant und die Wohnung, vielleicht sogar in den Stunden und Tagen vor seinem Aufbruch nach Devon, ausgeräumt. Jeder seiner wohlüberlegten Schritte hatte nur einem einzigen Ziel gedient: das Geständnis auf Video zu bannen, es anonym an die Medien weiterzuleiten und dann zu verschwinden.

»Was ist mit Ihnen?«, erkundigte ich mich. »Haben Sie eine Spur von ihm entdeckt?«

Ein trauriger Ausdruck huschte über ihr Gesicht. *Nichts.*

Im Moment war ich gar nicht so sicher, ob das überhaupt eine Rolle spielte. Selbst wenn sie ihn fand – was dann? Kurz bevor er uns im Gewächshaus zurückließ, hatte er mehr oder weniger zugegeben, dass er krumme Geschäfte machte. Doch es würde Aussage gegen Aussage stehen. Auf dem Band war nichts davon zu sehen. Keine greifbaren Beweise, die man gegen ihn verwenden konnte. Hinzu kam, dass die im Fernsehen ausgestrahlte Beichte Reynolds von jeglichem Fehlverhalten entlastete. Stattdessen bekannte sich Franks dazu, dass er versucht hatte, ihm etwas anzuhängen. Nun war Reynolds untergetaucht und ließ das Geständnis für sich selbst sprechen. Falls er jemals wieder aus der Versenkung auftauchen sollte, würde man ihm ganz andere Fragen stellen, die auch Craw in Bedrängnis bringen konnten. Immerhin hatte sie mich beauftragt und mir polizeiliche Akten überlassen. Doch das erwähnte ich jetzt lieber nicht.

Es zählte nur, dass die Polizei Franks' Seite der Geschichte richtig bewertete. Die Ermittler hatten sich, nachdem er an die Londoner Polizei überstellt worden war, mit ihm in einem Revier in der Stadt verschanzt.

Wieder wurde es still im Haus.

Ich dachte an die Dinge, die wir im Laufe der letzten Tage persönlich oder am Telefon miteinander besprochen hatten. Erst vor Kurzem hatte ich von ihr wissen wollen, warum sie in jener Nacht nach Dartmoor gefahren sei. Inzwischen misstraute ich ihr nicht mehr, sondern fragte sie aus reiner Neugier. Und sie erzählte es mir.

»Cortez, der Nachbar, rief an und meldete, er habe jemanden dort beobachtet. Das war keine Lüge; ich habe Sie nie belogen. Ich wollte Dad finden, auch wenn mir das inzwischen wie ein Fehler erscheint. Aber hier war die Situation … die Situation war schwierig.« Sie hielt inne, und ich ahnte, worauf das Gespräch zusteuerte: *Sie meint, dass es in ihrer Ehe schwierig gewesen ist.* »Offen gestanden musste ich einfach mal raus. Ich hatte mich mit Bill gestritten und brauchte Zeit zum Nachdenken. Dass Sie mir Ihre neue Mobilnummer gegeben hatten, hatte ich total vergessen. Nach dem Streit war ich ziemlich durcheinander und voll und ganz damit beschäftigt, wie es mit meiner Ehe weitergehen soll. Also habe ich einfach Ihre Mobilnummer, allerdings die alte, angerufen, weil mich die Gedanken an Bill abgelenkt haben. Er und ich …«

»Sie brauchen es mir nicht zu sagen«, erklärte ich, als ihre Stimme erstarb.

»Ich möchte aber«, erwiderte sie. Und ich bekam das Gefühl, dass sie die Veränderung in gewisser Weise als eine Chance betrachtete, die sie zu ergreifen versuchte. »Er ist im Mai ausgezogen. Der Stress seit Dads Verschwinden hat seinen Tribut gefordert. Wir haben nur noch gestritten – mein

Beruf, die Kinder, die Idee, dass Mum hierherzieht, einfach über alles. Deshalb betritt er das Haus nicht mehr, sondern holt die Mädchen draußen ab, um etwas mit ihnen zu unternehmen. Er kommt nie herein. Wir telefonieren nur noch miteinander.«

»Das tut mir leid.«

Sie zuckte die Schultern. »Das Leben ist kein Zuckerschlecken.«

Sie beugte sich auf dem Sofa vor und griff nach ihrer Tasse. Wieder stiegen ihr Tränen in die Augen, doch sie drängte sie zurück. Kurz dachte ich daran, wie sehr sie sich in den letzten fünf Tagen verändert hatte. Die Gefühle lasteten schwer auf ihr und zeigten sich auf ihrem Gesicht, in der Haltung der Schultern und in dem Klang ihrer Stimme. Und dennoch schienen sie auch eine Bereicherung zu bedeuten, denn plötzlich war da etwas, das Craw bislang gefehlt hatte: Zum ersten Mal verhielt sie sich nicht mehr steif und förmlich. Obwohl ich ihr all die Tragödien wirklich nicht wünschte, hatten sie offenbar auch etwas Positives, denn sie verwandelte sich ganz allmählich in einen neuen, ein wenig weicheren Menschen.

»Und was nun?«, fragte sie

Aber im nächsten Moment fing das Mobiltelefon neben ihr auf dem Sofa leise zu summen an. Nach einem Blick darauf verdrehte sie die Augen. »Wenn man vom Teufel spricht«, murmelte sie.

Ihr Mann.

»Vielleicht sollte ich besser gehen.«

»Nein«, protestierte sie und hob eine Hand, »nein, ich möchte, dass Sie bleiben.«

Ihr Blick ruhte auf mir, und ihre letzten Worte hingen zwischen uns in der Luft. Ich erkannte etwas darin: Hilflosigkeit, Einsamkeit, ein Bedürfnis.

Ich nickte. »Okay.«

Sie stand auf und ging in die Küche. Es dauerte nicht lange, bis der Anfang eines Streits und lauter werdende Stimmen zu mir herüberdrangen. Dann fiel die Küchentür zu, und ich war allein.

Ich erhob mich, schlenderte zum Fenster an der Vorderseite des Hauses und spähte durch die Lamellen des Rollladens zu den Reportern hinunter. Inzwischen waren es nur noch kleine Grüppchen. Da von Craw, ihrer Familie, ihrem Mann und auch von Ellie, der Frau, die Franks am schwersten hintergangen hatte, jede Spur fehlte, gab es kein Futter für die Meute. Craw hatte mir am Vortag erzählt, Ellie schlüge sich wacker und mache gute Miene zum bösen Spiel. Allerdings fragte ich mich, wie schnell diese Fassade zu bröckeln anfing, wenn sie sich unbeobachtet fühlte. Sie war klug genug, um sich denken zu können, wie die Sache ausgehen würde: Franks, vor Gericht wegen seiner Verbrechen. Sie, ihm gegenüber im Gerichtssaal, auf einer Zuschauerbank oder im Zeugenstand, einen Mann vor Augen, der für sie ein Fremder geworden war. Ich hatte Craw die Entscheidung überlassen, ob sie der Polizei von den Ereignissen im Krankenhaus und von dem Raum voller Erinnerungsstücke an sein Doppelleben berichten wollte, den ich entdeckt hatte. Und zu guter Letzt hatte sie beschlossen, es nicht zu tun. Vielleicht war das sogar eine gute Idee, denn ohne Reynolds und ohne auch nur den geringsten Beweis für seine Machenschaften würde das nur zu weiteren Fragen führen. Möglicherweise war der Grund dafür auch, dass sie, rein emotional und obwohl sie es sich nie eingestanden hätte, diesen Raum als das sah, was er war: eine Hommage, eine Gedenkstätte, ein Grab. Ganz gleich, wer Casey Bulluck gewesen sein mochte, sie war durch die Lügen von Leonard Franks ebenfalls zum Opfer geworden – im Leben und im Tod.

Als ich mich umschaute, stellte ich fest, dass sich das Wohnzimmer seit meinem letzten Besuch auch in einer anderen, nicht auf den ersten Blick wahrzunehmenden Weise verändert hatte. Zu den Spielsachen auf dem Boden waren Fotos von Craws Familie hinzugekommen, sogar welche von Franks selbst. Als ich zuletzt hier gewesen war, hatte sie alles weggeräumt und ihr berufliches Leben streng von ihrem privaten getrennt, wie auch ihr Vater es in seinen Jahren bei der Polizei stets gehalten hatte. Und wieder verriet es mir – ebenso wie die Spielsachen oder dass sie mir von ihrem Mann erzählt hatte –, dass sie versuchte, die Fesseln abzuschütteln.

Neben mir stand ein Foto von Craw und ihrem Bruder Carl. Sie waren fünf oder sechs Jahre jünger als heute und saßen zusammen auf einer Mauer. Im Hintergrund erhob sich die Oper von Sydney. Daneben entdeckte ich ein Bild von Craw und ihren Töchtern Maddie und Evelyn. Und da war noch eines, das Craw und ihren Mann Bill in glücklicheren Zeiten zeigte. Er war älter als sie, hatte einen zerzausten Lockenkopf und trug einen dichten, buschigen grau melierten Bart. Ich hatte ihn mir ganz anders vorgestellt, eher unscheinbar, ernst, so ähnlich, wie sie früher gewesen war.

In diesem Moment spürte ich, dass in meiner Tasche das Handy vibrierte.

Ich holte es heraus.

Murray.

Ich überlegte, was sie wohl von mir wollen mochte, und spielte kurz mit dem Gedanken, die Mailbox rangehen zu lassen. Dann jedoch hörte ich Craw in der Küche mit ihrem Mann streiten und ihm mitteilen, er könne vielleicht einmal so gütig sein, hin und wieder das Haus zu betreten. Das würde wohl noch eine Weile dauern. Also drückte ich auf »Annehmen«.

»David Raker.«

»Sehen Sie auch gerade diese Sendung?«, fragte sie.

»Was?«

»Sitzen Sie im Moment vor dem Fernseher?«

»Nein.«

»Dann würde ich vorschlagen, dass Sie das schleunigst ändern.«

Ich hielt Ausschau nach der Fernbedienung und fand sie, eingeklemmt zwischen zwei Sofapolstern. »Welchen Sender soll ich einschalten?«

»BBC London News.«

Ich klickte mich durchs Menu, bis ich den lokalen Nachrichtensender entdeckt hatte. Auf dem Bildschirm erschien ein Reporter. Er trug eine Windjacke und stand vor dem Schild von Scotland Yard. Am unteren Bildrand lief ein Schriftband entlang: EHEMALIGER LONDONER POLIZIST ERMORDET IM SÜDEN VON DEVON AUFGEFUNDEN.

Mir krampfte sich schlagartig der Magen zusammen.

»Was, zum Teufel, ist da los?«, fragte ich.

Die Kamera schwenkte weg von dem Reporter zu einer Luftaufnahme des Tatorts. Er lag unmittelbar am Ufer; die Polizei sperrte eine quadratische Fläche ab; auf dem Sand wurde ein weißes Zelt aufgebaut. Etwa sieben Meter entfernt davon schlugen Wellen an die Küste. Als der Hubschrauber vom Wind nach links gedrückt wurde, konnte ich plötzlich einen Blick auf etwas anderes draußen auf dem Meer erhaschen.

Bethlehem.

»Er wurde heute Morgen angeschwemmt«, erklärte Murray. »Anscheinend lag er vier oder fünf Tage lang in der Brühe. Nackt. Es heißt, er wurde in den Hinterkopf geschossen.«

Reynolds.

»Und es steht fest, dass er es ist?«

»Ja«, erwiderte sie. »Es ist eindeutig Milch.«

Was bedeutete, dass er getötet worden war, während wir alle uns noch auf der Insel aufhielten.

Und dass er nicht der Flüchtende im Boot gewesen sein konnte.

82

Ich antwortete Murray, ich würde sie zurückrufen, und suchte das Zimmer nach etwas zu schreiben ab. Mein Stift und mein Block lagen im Auto, und ich hatte nur wenig Lust darauf, vor die Presse zu treten. Auf der anderen Seite des Raums stand ein Sideboard mit einigen Familienfotos. Ich ging hin und kramte in den oberen Schubladen. In der dritten stieß ich auf einen Spiralblock und eine Sammlung Kugelschreiber.

Hinter mir im Fernsehen lief die nächste Meldung. Also schaltete ich das Gerät ab und nutzte die Stille, um mich zu konzentrieren. Rasch notierte ich mir sämtliche Ereignisse am Tag von Reynolds' Ermordung, an die ich mich noch erinnerte: das Vorspiel, seine Worte und die von Franks, alles, was nicht zusammenzupassen schien. Und dann, inzwischen war ich auf Seite vier angelangt, fiel endlich der Groschen: Reynolds hatte das Gewächshaus verlassen, nachdem er ein Geräusch gehört hatte.

Er war nach draußen gelockt worden.

Da war noch jemand gewesen.

Und schon im nächsten Moment überkam mich die nächste Erkenntnis: Reynolds' Wohnung, deren Räume sich so grundlegend unterschieden. Das Wohnzimmer war nur mit einem winzigen Fernseher auf einem billigen Möbelstück, einem Pappkarton als improvisiertem Tisch und einem dreisitzigen Sofa mit einem Kissen darauf ausgestattet gewesen.

Er hatte das Sofa als Bett benutzt.

Reynolds hatte die eine Seite der Wohnung bewohnt – sie roch sogar nach ihm –, während der andere Teil blitzsauber und ordentlich aufgeräumt war. Schuhe, akkurat aufgereiht auf dem Boden des Kleiderschranks. Ein angenehmer Duft.

Er hatte zusammen mit einer anderen Person dort gelebt.

Ein Geräusch aus der Küche.

Ich schaute durchs Zimmer.

Schweigen. Stille.

Es wird nicht mehr telefoniert.

Auf der anderen Seite des tiefer gelegten Wohnzimmers schwang die Küchentür sacht hin und her. Von hinten wehte ein Wind in den Raum.

Die Hintertür ist offen.

Leise legte ich den Stift weg und schlich darauf zu. An der Küchentür blieb ich stehen und lauschte. Ich hörte, wie der Wind sanft zur Tür herein durch die Küche und von dort aus ins Wohnzimmer strich.

Ich streckte die Hand aus und zog die Tür vorsichtig auf. Die Küche kam in Sicht. Arbeitsplatten aus Granit und schwarze Schrankelemente erstreckten sich bis zu einer Wand, wo Küchenutensilien hingen. In der Mitte gab es einen Küchenblock aus dem gleichen Material, wo Töpfe und Pfannen von der Abzugshaube herabbaumelten. Der Boden bestand aus poliertem Eichenholz, war jedoch mit Staub und Krümeln bedeckt. Und ganz rechts, auf der anderen Seite des Küchenblocks, führte eine Seitentür, nicht einzusehen von der Reportermeute vor dem Haus, nach draußen.

Sie war offen.

Ich trat in die Küche und umrundete den Küchenblock.

Und da sah ich sie.

»Scheiße.«

Es war Craw.

Sie lag bäuchlings und den Arm unter sich eingeklemmt auf dem Boden hinter der Tür. Offenbar war sie dorthin geschleppt worden, denn eine Blutspur wies auf den Weg von der einen Seite des Küchenblocks zur anderen. Noch mehr Blut rann ihr aus Mund und Nase und einer Platzwunde an der Wange. Offenbar hatte sie zwei oder drei heftige Schläge mit einem schweren Gegenstand abgekriegt. Ich drehte sie herum und lauschte an ihren Lippen. Sie atmete zwar, allerdings nur flach, keuchend und rau. »Craw?«, sagte ich. Ihre Augen waren zwar offen, aber glasig. »Craw?«

Keine Reaktion.

Ich kramte mein Handy heraus und rief einen Krankenwagen. Sobald die Zentrale sich meldete, nannte ich die Adresse und legte auf. Sie schaute zu mir hoch; ihre Lider flatterten. »Craw«, wiederholte ich und legte ihr die Hand seitlich ans Gesicht. Ihr Blut floss über meine Finger. Inzwischen konnte ich nicht mehr feststellen, ob es aus einer Kopfwunde oder aus ihrem Ohr stammte, weil alles voll davon war.

Ich schnappte mir einige Geschirrtücher vom Küchenblock und klemmte sie zu beiden Seiten unter ihren Kopf, damit er nicht zur Seite sackte. Das Blut war ihr in die Augen gelaufen, sodass sie nichts sehen konnte, aber wenigstens war die Blutung für den Moment versiegt.

»Durchhalten, okay?«

Sie antwortete nicht.

»Craw?«

Sie schien zu erschaudern, eine winzige Bewegung, die ihren gesamten Körper durchfuhr. Ihre Augen bewegten sich erst nach links, dann nach rechts, um mein Gesicht zu finden.

»Hier bin ich«, sagte ich.

Doch sie konnte mich nicht erkennen.

Ich nahm ihre Hand und drückte sie fest.

»Nicht schlappmachen.«

Und dann läutete in meiner Tasche wieder das Handy. Mit der freien Hand griff ich danach, weil ich dachte, es könnten die Sanitäter sein.

Ich zog es heraus und drückte auf »Annehmen«.

»David Raker.«

Keine Antwort.

Ich betrachtete Craw. Inzwischen waren ihre Augen halb geschlossen. Sie war beinahe reglos und atmete kaum noch.

»David Ra…«

»Spielen Sie nicht den Helden, David.«

Ich brauchte einen Moment, um die Stimme einzuordnen, obwohl ich sicher war, sie schon einmal gehört zu haben. Und dann traf es mich mit der Wucht eines Güterzugs.

Es war John Garrick.

Der Psychiater von Casey Bullock.

83

Das Blut brauste mir in den Ohren. *»Garrick?«*

Ich hörte ein Surren in der Leitung. Offenbar benutzte er eine Freisprechanlage, als säße er im Auto. Als das Surren verklang, wurde es vom leisen Brummen eines Motors abgelöst.

»Garrick?«

»Es tut mir leid, dass es so weit kommen musste«, sagte er.

Ich verstand die Welt nicht mehr. Warum Garrick? Was erwartete er sich für einen Vorteil? Warum hatte er Craw überfallen? Als ich sie ansah, machte mein Herz vor Schreck einen Satz: Sie war ohne Bewusstsein.

»Craw«, rief ich, versuchte, sie zu wecken. »Craw, wachen Sie …«

»*Außer mir redet hier niemand!*«, brüllte Garrick so laut, dass sein Lautsprecher eine Rückkopplung, gefolgt von einem schrillen Pfeifen, erzeugte. »Außer mir redet hier niemand«, wiederholte er, nun wieder mit normaler, ruhiger und beherrschter Stimme.

»Warum haben Sie das getan?«, fragte ich.

»Das werden Sie vermutlich schon noch irgendwann herausfinden.«

»Sie liegt im Sterben, verdammtes Schwein.«

»Ich weiß. Ich bedaure.«

»Sind Sie *verrückt* geworden?«

»Warum, sind Sie auf diesem Gebiet etwa Fachmann?«

Eine lange Pause.

Und dann sagte er ganz kühl und gefasst: »Eigentlich hatte ich vor, mir Sie und Melanie gleichzeitig vorzuknöpfen. Zwei Fliegen mit einer Klappe gewissermaßen. Doch als ich zum Wohnzimmer hineingeschaut und Sie bei Ihren Notizen gesehen habe, war die Zeit schon knapp. Melanie ist nicht so schnell umgekippt wie erwartet. Sie hat sich heftig gewehrt. Also muss ich mich ein andermal um Sie kümmern.«

Mir schwirrte der Kopf: Ich verstand seine Motive einfach nicht und begriff nicht, wie Craw hatte zum Opfer werden können. Ständig musste ich sie anstarren, die Haut blutverschmiert, ihr Körper, aus dem das Leben allmählich entwich. Sie war wie eine Maschine, die herunterschaltete, nur, dass ich mit dieser Maschine verbunden war und spürte, wie ihre Wärme verflog und wie ihre Bewegungen schwächer wurden.

Ich sah das Ende kommen.

»Als ich aus der Küche hinübergeschaut habe«, fuhr Garrick fort, »habe ich mir gedacht: ›Ich wette, er ist schon dahintergekommen.‹ Stimmt das, David? Sind Sie inzwischen dahintergekommen?«

»Sie *stirbt*, Garrick.«

»Ja, ich weiß.«

Ich drückte ihre Hand, um ihr eine Reaktion zu entlocken. »Ist es Ihnen scheißegal, dass Sie ihr den Schädel eingeschlagen haben? Dass sie in dem Zuhause ihrer *Kinder* im Sterben liegt?«

»Ein Jammer aber auch.«

»Das kann doch nicht Ihr Ernst sein.«

»Es ist mein voller Ernst«, entgegnete er. »Wirklich. Ich fühle mit diesen Kindern, und die Folgen für sie machen mich sehr betroffen.«

»Und wenn es Ihre wären?«

»Meine was?«

»Ihre Söhne?«

Ein höhnisches Schnauben. »Ich habe keine Söhne.«

»Sie sagten doch …«

»Als Sie mich angerufen haben, habe ich eine ganze Menge gesagt. Das lässt sich eben nicht vermeiden, wenn man es mit klugen Menschen zu tun hat. Aber ich kann Ihnen versichern, dass Craws Kinder im Laufe der Zeit darüber hinwegkommen werden.«

»Sie haben versucht, ihre *Mutter* umzubringen.«

»Ich habe es nicht nur versucht«, entgegnete er mit leiser, ruhiger Stimme. »Ich hoffe, es ist mir auch geglückt.«

Ich betrachtete Craw. Sie wirkte so wächsern und reglos wie eine Schaufensterpuppe. Ich wischte ihr das Blut vom Gesicht und tat alles, um ihr eine Reaktion zu entlocken, aber vergeblich. Als ich mich nahe über sie beugte, spürte ich nichts. Keinen Atem.

Kein Geräusch.

Verdammt.

Während ich am Handgelenk nach ihrem Puls tastete, sprach Garrick weiter. »Vermutlich denken Sie jetzt: ›Ich verstehe, warum Neil Reynolds Leonard Franks vor Gericht bringen wollte, aber Garricks Motive sind mir ein Rätsel.‹ Richtig, David?«

Ich antwortete nicht, sondern fuhr mit den Fingern die Innenseite ihres Handgelenks entlang. *Nichts.* Ich bewegte Zeigefinger und Mittelfinger und drückte auf ihr Handgelenk.

Ihr Blut war glitschig auf meiner Haut.

»David.«

»Ich habe keine Ahnung«, erwiderte ich.

»Wovon haben Sie keine Ahnung?«

»Ihren Motiven.«

»Nun, was glauben Sie?«

Endlich fand ich den Puls. Schwach. Kaum noch zu spüren.

Aber vorhanden.

Mach schon, Craw.

Durchhalten. Durchhalten.

»David.«

Ich versuchte, mich wieder auf das Gespräch zu konzentrieren. *Seine Motive. Seine Motive.* »Es hat etwas mit Casey Bullock zu tun«, antwortete ich, den Blick weiterhin auf Craw gerichtet. »Haben Sie sie auch geliebt?«

Garrick brach in Gelächter aus. Das erste Mal, dass er Gefühle zeigte. »Geliebt? Ach, herrje. Etwas Besseres fällt Ihnen nicht ein? All die Mühe, die viele Arbeit, die ich mir gemacht habe, und Sie denken, *das* wäre der Grund? Leonard Franks und ich duellieren uns wegen der Frage, wer von uns die arme Casey mehr liebt?«

Inzwischen hörte ich ihm nur noch mit halbem Ohr zu.

Ich starrte auf die Uhr vor mir an der Wand. Vor fünf Minuten hatte ich den Krankenwagen alarmiert. Es waren gefühlte fünfzig.

»Wussten Sie, dass ich früher bei der Londoner Polizei war?«

Nun hatte er meine Aufmerksamkeit. »Was?«

»Montags habe ich in Broadmoor gearbeitet«, fuhr er sachlich und nüchtern fort. »In Bethlehem war ich dienstags und mittwochs und bei der Polizei donnerstags und freitags. Ich war der Polizeipsychologe. Das hätten Sie vermutlich irgendwann so oder so rausgekriegt, also können wir gleich die Karten auf den Tisch legen. Jedenfalls habe ich dort die Heldenverehrung in Sachen Leonard Franks aus erster Hand miterlebt, zweimal pro Woche, jede Woche, in den zehn Jahren, die ich bei Scotland Yard beschäftigt war. Ich habe ihn angesehen, beobachtet, welche Ehrfurcht man ihm entgegenbrachte, und irgendwann ertappte ich mich bei dem Gedanken: ›Ich möchte zu gerne wissen, wer er wirklich ist.‹ Können Sie sich das vorstellen? Selbst heute ist es mir richtiggehend peinlich, es laut auszusprechen.«

»Also haben Sie Craw überfallen, um was …? Um *Franks* eins auszuwischen?«

»Nein«, entgegnete er, »nicht ganz.«

»Warum dann?«

»Sie bedeutet Ihnen etwas, oder?«

»Sie hat niemandem etwas getan.«

»Wissen Sie, was Ihr Problem ist, David? Sie sind so leicht angreifbar. Ihre Tochter ist Ihre Schwachstelle. Craws Kinder sind *deren* Schwachstelle. Zwischenmenschliche Beziehungen, ganz gleich, welcher Art, sind Schwachstellen. Sie geben anderen Gelegenheit, einen zur Zielscheibe zu machen, zu manipulieren und zu vernichten. Und deshalb muss man sie loswerden.«

»Sie sollten sich mal reden hören.«

»Ich habe gute Ohren.«

Ich gönnte ihm die Genugtuung einer Antwort nicht, obwohl mir das Bedürfnis nach Rache in der Kehle brannte. Wieder tastete ich nach Craws Puls.

Halte durch. Halte durch. Gleich sind sie da.

»Sind Sie noch dran, David?«

»Sie hat noch etwa fünf Minuten, Garrick.«

»Ja«, erwiderte er gleichmütig.

»War es das für Sie? Einfach nur ›ja‹?«

Zunächst schwieg er. »Lassen Sie mich Ihnen eine kleine Geschichte erzählen«, meinte er dann.

»Ich will keine …«

»Eines Tages, ich war seit etwa fünf Jahren für die Polizei tätig, wurde ein Polizist an mich überwiesen, der sich entsetzlich über Leonard Franks beschwert hat. Der Mann hat ihn gehasst wie die Pest.« Er hielt inne, um mir Zeit zum Überlegen zu geben. Doch mir war schon klar, von wem er redete: Neil Reynolds. »Ich saß ihm gegenüber und dachte mir: ›Ganz recht. Ich hasse den Kerl auch.‹ Also habe ich nach einer Weile begonnen, ihn zu diesen Gedanken zu ermutigen – nur um zu schauen, wohin uns das führen würde.«

»Sie haben Franks gehasst, weil er *beliebt* war?«

Wieder Gelächter. Es unterschied sich so sehr von seinem sonstigen Verhalten, dass es mir einen Schauder über den Rücken jagte.

»Oh, David, ach, herrje.«

»Warum dann?«

»Wahrscheinlich hat mich die Vorstellung fasziniert, jemanden wie Reynolds vor meinen Karren zu spannen«, wich er der Frage aus, »aber ich habe lange Zeit nichts unternommen. Allmählich erinnerte ich mich an Dinge, die

Reynolds mir bis kurz vor seiner Kündigung erzählt hatte. Dass Leonard Gerüchte in die Welt gesetzt habe, er drehe krumme Dinger ...«

»Er *hat* krumme Dinger gedreht.«

»Wie Leonard nach Kräften seine Karriere torpediert habe ...«

»Reynolds ist hier nicht das Opfer, Garrick.«

»Jeder ist ein Opfer von Leonard Franks.«

»Und weshalb sind *Sie* Opfer?«

Er antwortete nicht.

Endlich Sirenen in der Ferne.

Durchhalten, Craw. Durchhalten.

»Der arme Neil«, sagte Garrick.

»Sie hatten Mitleid mit Reynolds?«

»Ja. Er war eine tragische Gestalt.«

»Und deshalb haben Sie ihn in den Hinterkopf geschossen?«

»Ja, das war traurig«, erwiderte er leise und sachlich. »Doch er wurde zur Gefahr für mich.«

Ich sah Craw an. *So wie sie. Und wie ich.*

»Ich bin im Neoprenanzug über die Dammstraße gewatet, habe es geschafft, ihn vors Krankenhaus zu locken, und ihn dort erschossen. Nachdem ich seine Leiche beseitigt hatte, habe ich seine Sachen angezogen und bin mit seinem Boot ans Festland zurückgekehrt. Ich denke, selbst Sie werden zugeben, dass das ziemlich schlau war.«

Inzwischen waren die Sirenen draußen auf der Straße.

»Oh, höre ich da Sirenen?«

Ich schwieg.

»Ich glaube, dann mache ich jetzt besser Schluss.« Er räusperte sich, als wolle er eine Rede halten. »Noch zwei Dinge: Sparen Sie sich die Mühe, dieses Mobiltelefon zu orten. Es ist zwecklos. Ich werde weder das Handy noch die SIM-

Karte nach diesem Anruf noch einmal verwenden. Es wird nichts von ihnen übrig bleiben. Das zweite …« Eine kurze Pause. Als er weitersprach, hatte sich sein Tonfall nicht verändert, und seine Stimme war kaum mehr als ein Flüstern. »Ich denke, Sie sollten der Polizei gegenüber meinen Namen besser nicht erwähnen, wenn sie eintrifft. Es könnte aussehen, als wollten Sie von sich selbst ablenken.«

Ich fuhr zusammen. »Wovon reden Sie?«

»Neil Reynolds.«

»Was ist mit ihm?«

»Ich habe beschlossen, die Polizei anzurufen – anonym natürlich – und zu melden, dass Franks seit seinem Verschwinden in diesem Krankenhaus gelebt hat. Ich hielt das für meine Bürgerpflicht. Also werden sie Leonards Raum voller Erinnerungen finden.« Er machte eine dramatische Pause, und ich spürte, wie in dem Schweigen Anspannung von mir Besitz ergriff. »Ich habe der Polizei außerdem mitgeteilt, dass Sie Reynolds getötet haben.«

»Das werden sie niemals glauben.«

»Ich denke schon.«

Mein Magen machte einen Satz. »Warum? Was haben Sie getan?«

Ich hörte, wie der Krankenwagen in die Auffahrt einbog. Die Stimmen der Zeitungsreporter und Kamerateams steigerten sich zu einem Crescendo, als alle ihre Fragen herausschrien und wissen wollten, warum er hier war.

»Ich habe die Mordwaffe in Ihrem Haus versteckt.«

Mit diesen Worten legte er auf.

84

Ich sicherte Craws Kopf, vergewisserte mich, dass sie bei Bewusstsein war, und malte dann mit dem Blut an meinen Händen einen Pfeil, der in ihre Richtung zeigte, auf den Wohnzimmerboden. Als ich in die Küche zurückkehrte, waren ihre Augen glasig und ohne Reaktion. Ich beugte mich über ihr Ohr, flüsterte ihren Namen und versuchte, ihr eine Regung zu entlocken. Vor der Haustür hallten Stimmen in der Auffahrt. »Craw«, sagte ich leise, »tut mir leid, aber ich muss weg.«

Nichts.

»Halten Sie durch. Okay?«

Noch immer nichts.

»Halten Sie einfach durch.«

Mein Wagen stand noch in der Auffahrt, meine Jacke lag im Wohnzimmer, doch darüber konnte ich mir jetzt nicht den Kopf zerbrechen. Wenn die Polizei noch nicht hinter mir her war, würde das nicht mehr lange dauern. Dafür hatte Garrick gesorgt. Die einzige Methode, die Katastrophe abzuwenden, war, ihn aufzuspüren.

Ich nahm Craws Hand und drückte sie sanft. Als es an der Tür klingelte, stand ich auf, wusch mir Hände, Handgelenke und Arme und krempelte die Hemdsärmel hoch, um die Blutflecken zu tarnen. An der Hintertür drehte ich mich noch einmal zu ihr um und betrachtete das Blutbad.

Und all das nur wegen Leonard Franks.

Ich ging hinaus, zog die Tür hinter mir zu und fand mich in der Lücke zwischen Craws Haus und dem der Nachbarn wieder. Ein hohes Seitentor verbarg mich vor den Medienleuten und den Sanitätern vor dem Haus. Hinten befand sich ein langgestreckter Garten mit einem zwei Meter hohen

Zaun am Ende. Auf der anderen Seite erkannte ich Passanten und Autos.

Eine Straße.

Ich sprintete über den Rasen, erklomm den Zaun und landete auf der anderen Seite. Als mir einige Leute argwöhnische Blicke zuwarfen, ging ich in Richtung Wimbledon Park.

Auf dem Weg nach Süden durch den Park hörte ich weitere Sirenen. Diesmal die von Streifenwagen. Sosehr ich mich auch bemühte, ruhig zu bleiben, wurde ich allmählich von Panik ergriffen. Craw würde ihnen nichts erzählen können. Nicht jetzt. Und falls ihre Verletzungen zu schwer waren, vielleicht niemals.

Ich saß in der Falle: Fünfzig Journalisten hatten beobachtet, wie ich das Haus betrat und nicht mehr herauskam. Mein Leihwagen – leicht zu mir zurückzuverfolgen – parkte vor dem Haus. Garrick hatte alles beseitigt, was den Verdacht auf ihn hätte lenken können, und dafür gesorgt, dass bei mir das genaue Gegenteil zutraf. Er hatte sich nicht zu gründlich mit meiner Vorgeschichte befassen müssen, um zu wissen, wie es bei der Polizei laufen würde. Ich hatte schon öfter mit ihr die Klingen gekreuzt. Bei der Londoner Polizei gab es Leute, die nur auf einen Anlass warteten, um mich zur Strecke zu bringen. Und nun hatte Garrick ihnen – anonym – einen geliefert. Er hatte mich an der Nase herumgeführt und Beweise gegen mich fingiert. Und dennoch begriff ich seine Beweggründe auch weiterhin nicht.

Reynolds' Motiv hatte ich irgendwann durchschaut.

Aber Garricks blieb mir ein Rätsel.

An der südwestlichen Ecke des Parks verließ ich die Grünanlage und marschierte die Church Road entlang zur U-Bahn. Es war ein Sonntag, kalt, aber klar, und die Sonne schien, was alles nicht unbedingt von Vorteil für mich war. Schönes Wetter bedeutete mehr Passanten. Ich hielt den Kopf gesenkt, ging weiter und wechselte immer wieder die Straßenseite, damit möglichst wenig Leute mein Gesicht sahen. Wenn Garrick vor zwanzig Minuten die Waffe bei der Polizei gemeldet hatte, hieß das, dass sie wohl inzwischen mein Haus auf den Kopf stellte. Falls er sie verhältnismäßig gut versteckt hatte, damit es wahrscheinlicher wirkte, gab mir das noch zehn, höchstens fünfzehn Minuten. Also trennte mich nur noch eine Viertelstunde davon, dass mein Name und eine Personenbeschreibung von mir an jeden Polizeifunkempfänger im Umkreis von knapp zehn Kilometern durchgegeben wurde.

Ich musste raus aus Wimbledon.

Vor mir befand sich die U-Bahn-Station. Ich ging hinein, durch die Schranke und hinunter zum Bahnsteig.

Die nächste Bahn kam in zwei Minuten.

Ich zog mich in die hinterste Ecke zurück, behielt die eintreffenden Fahrgäste im Auge und versuchte gleichzeitig, einen Schlachtplan zu entwerfen. Wo sollte ich jetzt hin? Wo sollte ich anfangen, nach Garrick zu suchen? Während ich mir das Gehirn zermarterte, musste ich immer wieder an das Blutbad denken, das ich zurückgelassen hatte: an Craw in den Momenten, bevor ich sie gefunden hatte; an die Nachrichtenmeldung, Reynolds' Leiche sei angeschwemmt worden; an die Reportermeute, die vor dem Gartentor nach Blut schrie. Kaum gelang es mir, mich zu konzentrieren, als meine Gedanken schon wieder abschweiften. Immer noch grübelte ich darüber nach, warum Garrick das getan haben mochte und warum er so weit gegangen war. Wie kam es, dass er erst Casey Bullock behandelt, dann Reynolds getötet und schließlich einen Mordanschlag auf Craw unternommen hatte?

Alles nur, um Leonard Franks bloßzustellen.

Das war einfach nicht logisch.

Als der Zug rumpelnd in den Bahnhof einfuhr, suchte ich mir einen Platz am Ende eines unbesetzten Waggons und versuchte, einen klaren Kopf zu bekommen. *Denk nach.* Doch schon dreißig Sekunden später, als der Zug sich in Bewegung setzte und wir ins Sonnenlicht hinausruckelten, ließ ich mich von den warmen Strahlen, die durch die Fenster hereinfielen, wieder in andere Gefilde entführen. Ich kramte in meinem Gedächtnis und ging das Gespräch mit Garrick immer wieder durch. Ich spielte es ab, spulte es zurück, spielte es ab und spulte es erneut zurück, um die Bedeutung zwischen den Zeilen zu ergründen. Seine Sätze. Seine Wortwahl. Seine Erklärungen.

Seine Fehler.

Ruckartig riss ich die Augen auf.

Sparen Sie sich die Mühe, dieses Mobiltelefon zu orten. Es ist zwecklos. Ich werde weder das Handy noch die Karte nach diesem Anruf noch einmal benutzen. Es wird nichts davon übrig bleiben.

Er wollte das Handy nicht einfach wegwerfen.

Sondern es einschmelzen.

85

Das Lagerhaus in der Old Kent Road machte bei Tageslicht sogar einen noch heruntergekommeneren Eindruck. Auch die weiterhin genutzten Nachbargebäude waren wegen des Wochenendes geschlossen, wirkten zumindest aber so, als seien sie sonst belebt. Das Lagerhaus am Ende der Seitenstraße hingegen war so still und dunkel wie ein stählernes Grabmal.

Offenbar hatte Garrick sein Auto anderswo geparkt, um

nicht auf seine Anwesenheit aufmerksam zu machen. Doch als ich näher kam, wuchs meine Überzeugung, dass er sich diese Mühe hätte sparen können – es wäre ohnehin niemandem aufgefallen. Es war totenstill. Die Geräusche auf der Old Kent Road hinter mir verklangen, das Surren der Hochbahn auf der Eisenbahnbrücke über mir erinnerte an ein leises Murmeln.

Es gab an der Vorderfront zwar Fenster, aber die waren mit weißer Farbe überstrichen, sodass man weder heraus- noch hineinschauen konnte. Also umrundete ich das Gebäude bis zu der Treppe, die ich erst vor einer guten Woche hinaufgestiegen war. Unten an ihrem Fuß blieb ich stehen und spähte nach oben. Vermutlich war die Tür von innen abgeschlossen, was hieß, dass ich das Schloss ein zweites Mal würde knacken müssen, wenn ich hineinkommen wollte.

Als ich die Treppe hinaufschlich, spürte ich, wie die Stufen unter meinem Gewicht nachgaben. Oben angekommen, kramte ich meine Dietriche heraus und machte mich ans Werk. Immer wieder hielt ich inne und spitzte die Ohren, um festzustellen, ob sich drinnen etwas bewegte, doch es war still. Vier Minuten später löste sich die Tür vom Rahmen. Ich öffnete sie einen Spalt weit und lugte hinein.

Dunkelheit.

Ich steckte Spannhebel und Dietrich ein und hielt im Gebüsch neben dem Lagerhaus Ausschau nach etwas, das ich als Waffe benutzen könnte. In einem Dornengestrüpp etwa zwei Meter entfernt entdeckte ich einen Gegenstand, bei dem es sich offenbar um ein abgebrochenes Tischbein handelte. Ich huschte die Stufen hinunter und griff danach. Es war zwar feucht und an den Kanten ein wenig morsch, würde aber genügen.

Als ich wieder oben war, öffnete ich die Tür ganz.

Diesmal war es nicht so heiß, auch wenn ich noch einen

gewissen Temperaturunterschied wahrnehmen konnte. Offenbar verbrannte er heute keine größeren Mengen, aber der Ofen war dennoch in Betrieb. Ein leichter Hauch von Rauch, Asche und geschmolzenem Plastik lag in der Luft. Ich schlüpfte ins Gebäude, zog die Tür hinter mir zu und drehte mich zum Flur um. Der Eingang zum eigentlichen Lagerhaus war geschlossen. Ich pirschte mich weiter und spähte in das Büro links von mir. Seit meinem letzten Besuch hatte sich dort nichts verändert.

An der Tür zum Lagerhaus blieb ich erneut stehen und drückte das Ohr ans Türblatt. Von der anderen Seite drangen ein leises Brummen und das Knacken des Ofens zu mir heraus. Sonst nichts. Ich legte die Finger um den Türknauf, schob die Tür langsam auf und spähte durch den Spalt.

Aus dem oberen Rand des Ofens schlugen Flammen und tauchten den Boden davor in einen wässrig gelben Schein. Das Licht fiel außerdem auf drei Kartons, einer bereits leer, zwei voller Dinge, die darauf warteten, endgültig vernichtet zu werden. Als ich die Tür noch ein Stück öffnete, erkannte ich am anderen Ende des Raums den Tisch, auf dem Reynolds seinen Laptop stehen gehabt hatte. Davor befand sich ein Stuhl mit einer Decke darauf. Auf dem Tisch selbst sah ich eine Coladose und eine Burger-King-Tüte aus Papier.

Von Garrick keine Spur.

Als ich die Tür ganz aufschob, schwang sie geräuschlos zurück. Da durch die überstrichenen Fenster ein wenig Tageslicht hereinfiel, waren die Schatten im Lagerhaus nicht so dunkel wie beim letzten Mal. Ich konnte zwar nicht deutlich sehen, allerdings erkannte ich genug, um sicher zu sein, dass Garrick nicht hier war. Aber wo steckte er dann?

Ich schaute zu den Kartons vor dem Ofen.

Vielleicht holt er Nachschub.

Ich trat ein, steuerte auf den Ofen zu und blickte mich

dabei immer wieder um, weil ich sicher sein wollte, dass ich noch immer allein war. Dann griff ich nach der Coladose. Leer. In der Burger-King-Tüte fand ich keinen Hinweis auf etwas Essbares: weder Behälter noch Einwickelpapier. Nur ein Päckchen Tomatensauce lag ganz unten auf dem Boden der Tüte. Ich hielt Ausschau nach einem Mülleimer, um festzustellen, wie lange seine Mahlzeit zurücklag, aber es gab keinen und auch keine Abfälle. *Die Sachen könnten auch von seinem letzten Besuch stammen.* Nur, dass es hier nicht bloß nach Feuer roch. Es hing außerdem ein hartnäckiger Fastfood-Geruch in der Luft.

Ich wandte mich um und spähte in den Ofen.

Brennendes Papier. Akten. Ein Mobiltelefon.

Er hatte sein Versprechen wahr gemacht.

Ich ging in die Hocke und fing an, die Kartons zu durchwühlen. Terminkalender. Weitere Akten. Fotos.

Ich nahm einige der Fotos aus den Kartons. Offenbar eine Chronik seines Berufslebens. Als ich sie weglegte, entdeckte ich darunter ein Foto, das um einiges älter war. Garrick Mitte zwanzig, zurückgekämmtes Haar, jungenhaft, ein bisschen wie ein Streber. Er hatte ein Namensschild mit der Aufschrift »Dr. John W. Garrick« angeheftet und stand neben einem älteren Mann, der Arbeitshose und Hemd trug. Er hatte einen langen grauen Bart und das schulterlange Haar mit einem Gummiband zu einem Pferdeschwanz zusammengebunden. Die Ähnlichkeit zwischen den beiden stach sofort ins Auge; es musste sein Vater sein.

Hinter den beiden war auf dem Foto ein orangefarbener Schimmer zu sehen.

Der Ofen.

Sein Vater war Glasbläser.

Ich schaute mich im Lagerhaus um. Das ganze Gebäude gehörte Garrick. Sein Vater hatte hier seine Glasbläserwerkstatt betrieben – und nach der Schließung hatte er das Gebäude seinem Sohn vermacht.

Wieder betrachtete ich das Foto und musterte Garricks Vater – und dabei regte sich ein Gedanke.

Kenne ich ihn von irgendwoher?

Ich ließ sämtliche Fotos und alle Zeitungsberichte Revue passieren, die ich in der letzten Woche gesehen hatte. Inzwischen musste der alte Mann Ende achtzig oder Anfang neunzig sein – falls er überhaupt noch lebte. Allerdings konnte ich mich nicht erinnern, etwas über einen Mann dieses Alters gelesen zu haben.

Ich beschloss weiterzusuchen, in der Hoffnung, dass die Erinnerung zurückkehren würde, wenn ich mich nicht krampfhaft darum bemühte. Also warf ich die Fotos wieder in den Karton und widmete mich den Patientenakten.

Es waren alles Akten von Menschen, die er in Bethlehem behandelt hatte.

Und in der Mitte des Stapels stieß ich auf die von Casey Bullock.

Ihr Foto war an die erste Seite geheftet und blickte mir entgegen. Sie war jünger als auf der Aufnahme neben dem Zeitungsbericht über ihr Verschwinden, auch wenn ihr die Trauer deutlich ins Gesicht geschrieben stand. Sie zerrte an ihren Augen und überschattete ihre Miene. Als ich Garricks Aufzeichnungen durchblätterte und las, wie er sie beschrieb, wurde klar, dass er sich ihr verbunden gefühlt hatte.

Ist das also der Grund?

Eifersucht wegen ihrer Beziehung mit Franks?

Am Telefon hatte er dies abgestritten, und als ich die Akte weiter studierte, fand ich es darin bestätigt. Garrick hatte für Bullock nicht das Gleiche empfunden wie Franks – aber etwas war da gewesen. Keine Liebe, vielleicht nicht einmal Freundschaft, nur ein Gefühl, das über ein reines Arzt-Patienten-Verhältnis hinausging. Ich hatte den Eindruck, dass er offenbar die Hoffnung gehabt hatte, sie retten zu können – und zwar nicht nur vor ihrer Krankheit, sondern auch vor ihrer Abhängigkeit von Leonard Franks.

Plonk.

Ich blickte zurück zur Tür.

Im nächsten Moment fiel es mir wieder ein: Bei meinem ersten Besuch hatte ich dasselbe Geräusch gehört. Dunkel, sonor, beinahe wie von einer Maschine. Ich verstaute Bullocks Akte im Karton, richtete mich auf und schlich langsam durch das Lagerhaus zur Tür.

Auf dem Flur war nichts.

Kurz blieb ich stehen, zehn Sekunden lang, vielleicht zwanzig, und als sich das Geräusch nicht wiederholte, huschte ich den Flur entlang und spähte ins Büro.

Es war leer.

Plonk.

Ich wirbelte auf dem Absatz herum und schaute in Richtung Lagerhaus. Diesmal war das Geräusch lauter gewesen. Das aus dem Gebüsch geborgene Tischbein fest umklammernd schlich ich zur Tür.

Und verharrte auf der Stelle.

Direkt vor mir in dem Licht, das durch die überstrichenen Fenster hereinströmte, bemerkte ich einen beweglichen Schatten. Er fiel im Schein des Ofens von links nach rechts über den Boden in Richtung Verladetor. Schwarz und formlos.

Doch im nächsten Moment nahm er Gestalt an.

Garrick.

Aus der Haltung des Schattens schloss ich, dass er vor den Kartons kniete. Ich hörte, wie er in den Akten kramte und Papiere in die Flammen warf. Es knisterte, als die Seiten sofort Feuer fingen. Er arbeitete unermüdlich.

An der Tür blieb ich stehen.

Meine Gedanken überschlugen sich. Wie mochte er ins Gebäude gelangt sein? Gab es vielleicht einen Hintereingang, den ich bei meinen beiden Besuchen übersehen hatte? Doch ich war sicher, dass das nicht so war. Es existierte kein anderer Eingang als das Verladetor, und das war von außen mit einem Vorhängeschloss gesichert. Und dennoch sah ich, als ich um den Türstock lugte, Garrick vor den Kartons kauern. Er kehrte mir den Rücken zu, hob Stapel von Papieren heraus und warf sie in den Ofen. Eine Sekunde später klingelte sein Handy.

Er zog es aus der Tasche und beäugte mit missbilligender Miene das Display. Dann richtete er sich auf, räusperte sich und atmete einige Male tief durch.

Was, zum Teufel, macht er da?

Noch eine Pause. »Hallo?«

Ich beobachtete, wie er dem Anrufer lauschte. Er schien ein wenig zu schrumpfen und wirkte plötzlich kleiner und weniger bedrohlich. »Ja«, sagte er mit leiser, schwacher Stimme, in der ein leichtes Zittern mitschwang. Nur sein Blick blieb unverändert: konzentriert, ruhig, ungerührt.

Weil das alles nur Show ist.

»Oh, nein, nein, nein«, stammelte er und fing an, ein Weinen vorzutäuschen. Schniefend ging er durch das Lagerhaus auf die Verladetore zu. »Ja. Ich versuche, so schnell wie möglich da zu sein.« Inzwischen zeigte sich ein Ausdruck auf seinem Gesicht, den ich erkannte.

Und da fiel es mir wie Schuppen von den Augen.

Sein Vater.

Ich hatte darüber nachgegrübelt, warum mir Garricks Dad vertraut erschien. Allerdings hatte ich nicht seinen Vater erkannt, sondern Garrick selbst. Ich dachte an das Foto von den beiden und an das Aussehen seines Vaters – langes

Haar, wirrer Bart. Und dann ließ ich meine Erinnerungen weiter zurück bis zu den Minuten wandern, bevor ich Craw sterbend auf dem Küchenfußboden vorgefunden hatte.

Bis dahin hatte ich geglaubt, nur ein einziges Foto von Garrick zu kennen, nämlich das, auf welches ich im Internet gestoßen war, nachdem Dr. Poulter mir Garricks Kontaktdaten gegeben hatte. Auf diesem Bild hatte er einen rasierten Schädel mit einem Hauch grauer Stoppeln gehabt. Und nun wurde mir klar, dass mir noch ein Foto von ihm untergekommen war, und zwar, ohne dass ich es ahnte – und auf diesem hatte er langes Haar und einen buschigen Bart, ein Abklatsch dessen, wie sein Vater vor all den Jahren ausgesehen hatte.

Das Foto hatte in Craws Wohnzimmer gestanden.

Und es hatte sie und ihren Mann Bill dargestellt.

John W. Garrick.

John *William* Garrick.

Bill.

Garrick war Melanie Craws Mann.

86

Beinahe taumelnd wich ich in den halb dunklen Flur zurück. Sobald ich Garrick nicht mehr im Blick hatte, lehnte ich mich an die Wand. Mein Herz klopfte wie wild, und mir pochte der Schädel, als ich versuchte, Ordnung in die sich überstürzenden Ereignisse zu bringen. Es war wie ein Dammbruch.

Nun verstand ich, wie Garrick Franks' Vermisstenakte in die Finger bekommen hatte: Er hatte weder Craws Login-Daten noch die eines ihrer Kollegen missbraucht – sondern einfach die Akte aus ihren Sachen genommen. Außerdem hatte er von Anfang an gewusst, dass Craw sich an mich gewendet hatte. Deshalb hatte Cortez drei Tage vor meinem Besuch in dem Haus in Dartmoor Craw gemeldet, dass jemand dort gewesen sei – und zwar lange bevor ich die Ermittlungen überhaupt aufgenommen hatte. Und darum hatte ich beim Belauschen von Reynolds' Telefonat vor dem Fenster seiner Wohnung den Eindruck gehabt, dass er mit Craw sprach. Während sie ihm vom Fortgang der Ermittlungen berichtete, gab er die Informationen an Reynolds weiter. Sie hatten zwar gestritten und ständige Auseinandersetzungen geführt, doch da Franks verschwunden und Ellie überfordert gewesen war, hatte sie außer mit Garrick mit niemandem darüber reden können.

Selbst ihre Eheprobleme erschienen mir inzwischen das Ergebnis von Berechnung: Wenn er keine Rolle mehr in ihrem Alltag spielte, würde sie nicht mehr ständig an ihn denken. Außerdem konnte er davon ausgehen, dass sie eine Krise zwischen ihnen nicht an die große Glocke hängen würde. Und das wiederum hatte zur Folge gehabt, dass sie ihn aus allen Bemühungen, Franks zu finden, herausgehalten hatte. Das hieß, keine Fotos und keine Hinweise auf ihn. Er konnte deshalb im Verborgenen agieren, weil Craw ihrem Vater im Grunde genommen so ähnlich war.

Ich umfasste den Holzknüppel. Bilder schossen mir durch den Kopf: Garricks Machenschaften, der Schaden, der auf sein Konto ging, all die Gewalt. Und ich dachte daran, wie er seine Frau zugerichtet hatte.

Die Mutter seiner Töchter.

Ich holte tief Luft und kehrte zurück zur Tür. Meine Finger packten den Knüppel so fest, dass es sich anfühlte, als würde er gleich in meiner Hand zerbrechen. Am Türstock blieb ich stehen und lugte um die Ecke.

Er stand am Ofen und beobachtete mich.

»Ach«, meinte er, »ich habe mir schon gedacht, dass Sie es sind.«

»Es ist aus, Garrick.« Ich trat ins Lagerhaus. Die Hitze aus dem Ofen umwaberte uns. Inzwischen hatte er bereits zwei Kartons durchgearbeitet. Die letzten Überreste der Dinge, die er vor der Welt geheim halten wollte, verbrannten zu Asche. Ich betrachtete ihn. »Oder sollte ich besser Bill sagen?«

Kurz zeigte sich Überraschung in seinen Augen. »Also sind Sie endlich dahintergekommen.«

»Sie sind fertig.«

»*Sie* sind es, der von der Polizei gesucht wird.«

»Und *Sie* sind derjenige, der hier Akten vernichtet.«

Er warf einen Blick auf den letzten Karton. »Ich habe hier kein belastendes Material – außer dem Handy, mit dem ich Sie vorhin angerufen habe. Ich miste lediglich aus. Je weniger Papierkram man hinterlässt, desto weniger Fragen ergeben sich später.«

»Hinterlässt?«

Etwas zuckte in seinem Gesicht. »Ein Versprecher.«

»Wollen Sie weg?«

»Vielleicht für eine Weile. Bis Gras über die Sache gewachsen ist.«

»Und Ihre Kinder?«

»Die sind meine Abwesenheit gewohnt. Melanie und ich leben schon seit Mai nicht mehr zusammen. Sie haben ihre Großmutter. Außerdem sind sie finanziell gut versorgt.«

Ich schüttelte den Kopf. »Glauben Sie, dass es ihnen aufs Geld ankommt?«

»Sie etwa nicht?«

»Es sind Kinder.«

»Und worauf wollen Sie hinaus?«

»Sie brauchen Sie. Und Craw.«

Ein Schulterzucken. »Tja. Ich hatte gerade das Krankenhaus am Telefon. Es hört sich ganz danach an, als würden wir ›Craw‹ das nächste Mal in einer Holzkiste wiedersehen.« Er hielt inne. Seine Stimme war zwar leise, klang aber klar und gleichzeitig tonlos. »Nein?«, fügte er hinzu. »Nichts? Ich dachte, jetzt kommt der Moment, in dem der überlebensgroße Gutmensch in Aktion tritt.«

»Ist Ihnen überhaupt bewusst, was Sie angerichtet haben?«

Er nickte. »Bedauerlicherweise – ja.«

»Sie haben die Mutter Ihrer *Kinder* umgebracht.«

»Aha«, entgegnete er, »da hätten wir es ja schon.«

Als ich einen Schritt auf ihn zu machte, griff er sofort in die Innentasche seines Mantels. Im nächsten Moment hatte er eine Pistole in der Hand. *Reynolds'* Pistole. Ich blieb in etwa zwei Metern Abstand stehen.

»Also ist die Pistole gar nicht bei mir zu Hause«, stellte ich fest.

Er zuckte die Schultern. »Ich musste Sie ein paar Stunden lang beschäftigen.«

»Wozu?«

»Um dafür zu sorgen, dass alles wasserdicht ist.«

»Und jetzt?«

»Jetzt muss ich Sie vermutlich töten.«

Ich musterte seine Zielhand und rechnete eigentlich mit einem Zittern oder einem sonstigen Hinweis darauf, dass er den Umgang mit Waffen nicht gewohnt war – doch ich bemerkte nichts. Seine Hand war völlig ruhig.

»Ich möchte Sie etwas fragen«, sagte er, ohne den Blick von mir abzuwenden. »Ich habe Melanie 1989 bei einer privaten Feier kennengelernt. Wir waren drei Jahre zusammen, und 1992 haben wir geheiratet. Wissen Sie, wie oft Melanie mich in mehr als vierundzwanzig gemeinsamen Jahren, in zwei Jahrzehnten Ehe, um Rat gebeten hat? Wobei man nicht vergessen darf, dass ich ihr Ehemann war.«

Ich starrte ihn nur an.

»Nie«, fuhr er fort, »null Mal. Unsere Ehe, wenn man sie überhaupt so bezeichnen kann, wurde nur von einem Menschen bestimmt, und das wieder und wieder: Leonard Franks. Als sie noch in London wohnten und auch nach ihrem Umzug nach Devon, es war immer das Gleiche: Ich kam aus der Arbeit, und Melanie war nicht da, sondern bei ihnen. An den Wochenenden wollte sie ihre Zeit mit ihm verbringen. Sie ließ die Kinder bei Ellie und ging mit ihm zum Golfspielen. Abends rief sie mich an und sagte, sie müsse länger arbeiten. Und dann sah ich Leonard draußen vorfahren und sie absetzen und fand heraus, dass sie alle zusammen in einem Pub gewesen waren: sie, er und die übrigen ihn anhimmelnden Idioten bei der Polizei, die Len für eine Wiedergeburt Christi hielten. Können Sie sich vorstellen, wie frustrierend das nach einer Weile wird, David?«

»Und durch den Mord an Ihrer Frau wird es besser?«

»Im Laufe von vierundzwanzig Jahren«, fuhr er fort, ohne auf mich zu achten, »staut es sich immer weiter und weiter auf« – ein kurzer Blick in die Ferne –, »bis einem irgendwann eine Saite reißt.«

»Was bei Ihnen ja eindeutig der Fall ist, Garrick.«

»Wenn ich es nicht getan hätte, wäre sie mir früher oder später auf die Schliche gekommen«, erwiderte er mit einem Lächeln – allerdings war es traurig, als spüre er die Bürde des Verlusts. »Wissen Sie«, fügte er hinzu, »einmal habe ich Leonard zum Geburtstag einen Füllfederhalter geschenkt. Einen wunderschönen Caran-d'Ache-Léman-Füller aus der Schweiz mit goldener Feder. Das war damals, als ich noch überlegte, wie ich mir einen Platz in ihrer Beziehung erobern sollte, und es mir wichtig war, zur Sippe zu gehören. Melanie meinte, das sei nicht nötig. Vielleicht hieß das ja, dass ich es lassen sollte, weil ihm der Füller nicht gefallen würde. Ich habe es trotzdem getan, nicht auf sie gehört und ihm den Füller überreicht. Er hat sich sehr höflich bedankt und gesagt, ich hätte mir nicht solche Mühe zu machen brauchen. Etwa sechs Monate später waren wir bei ihnen zum Abendessen eingeladen, und da fand ich den Füller. In einer Küchenschublade zwischen ein paar Kugelschreibern für neunundneunzig Pence. Einen Füllhalter für vierhundert Pfund.«

»Was sind Sie doch für ein armseliges Würstchen.«

»Ach, bin ich das?« Er stieß den Atem aus, als lasse er sich meine Worte durch den Kopf gehen. »Wissen Sie was, ich habe den Füller an mich genommen und ihn selbst benutzt. In all den Jahren, während der Sitzungen mit meinen Patienten. Und können Sie sich denken, wer der erste Mensch war, dem aufgefallen ist, wie viel dieser Füller mir bedeutet hat?«

Ich antwortete nicht.

»Casey Bullock«, erwiderte er. »Wussten Sie, dass Leonard ihr einen Hund geschenkt hat?«

»Was?«

»Einen Hund«, wiederholte er. »Ich hatte meinen Füller, und sie hatte ihren Hund. Sie hat ihn Bear genannt. Es war typisch Leonard, eine Krise auf diese Weise zu lösen. Ihr Kind ertrinkt in einem See, und Leonard versucht, die Lücke, die es hinterlassen hat, mit einem Tier zu füllen. Das heißt nicht, dass Casey den Hund nicht mochte. Sie war sogar ziemlich bestürzt, als er starb. Und als sie mir schließlich alles erzählte – über ihre Affäre mit Leonard, ihr Kind und all die Geheimnisse und Lügen –, nachdem sie es sich nach jahrelanger Therapie endlich von der Seele geredet hatte, saß ich da wie vom Donner gerührt und dachte mir: ›Was für ein einfallsloses Geschenk für einen so abgefeimten Lügner.‹ Ein Hund.«

Kurz schwieg er und ging vom Ofen zum Tisch, wo er sich auf die Kante setzte. Die Pistole ruhte auf seinem Schoß. Neben ihm rollte die leere Coladose hin und her.

»Mit ihr zusammenzuleben, das war, als lebte ich mit *ihm* zusammen«, fuhr er leise fort. »Je älter sie wurde, desto schlimmer wurde es. Nie hat sie mir etwas anvertraut, mir nie von ihrem Tag erzählt. Wir redeten eigentlich nur darüber, was im Haushalt erledigt werden musste, über die Mädchen und über ihre gottverdammten Hausaufgaben. Mehr fand bei uns nicht statt.«

»Und jetzt haben Sie sogar das verloren.«

Er warf mir einen Blick zu, doch sein Tonfall blieb unverändert ruhig und ausdruckslos. »Sie haben die Weisheit wohl mit Löffeln gefressen, was? Der mustergültige Witwer, der perfekte Vater. Halten Sie sich etwa für einen Experten in Sachen Vaterschaft, nur weil Sie vor fünfundzwanzig Jahren als Jugendlicher eine heiße Nacht hatten?«

»Nein«, entgegnete ich, »ich bin kein Experte.«

Er musterte mich eine Weile. »Ich hasse ihn.«

Wieder ausgedehntes Schweigen, als unterzöge er diese Aussage einer Neubewertung.

»Eigentlich stimmt das nicht«, sprach er schließlich weiter. »Es ist sogar mehr als nur Hass. Als ich ihm Ende Januar die Akte geschickt habe … Ich wäre zu gerne dabei gewesen, als sie eintraf. Wie er den Umschlag betrachtet und denkt, dass sie von der Abteilung für ungeklärte Fälle in Plymouth kommt. Und dann sein Gesicht, als er das Kuvert öffnet und seine ganze Welt in sich zusammenbricht. Das war ein tolles Timing. Eigentlich war es gar nicht so geplant gewesen, da ich nicht wusste, dass er wegen einer Beratertätigkeit in Kontakt mit Plymouth stand. Doch er hatte es verdient.« Er sah mich an und holte tief Luft. »Aber die Wahrheit lautet, dass ich angefangen hatte, die Akte zusammenzustellen, schon lange bevor er mit dem Gedanken an einen Zuverdienst gespielt hat. Ich habe acht Monate dafür gebraucht. Wollen Sie wissen, was der Auslöser war? Warum ich mich an jemanden wie Neil Reynolds gewandt habe, damit er mir mit der Akte hilft?«

»Was?«

»Eines Nachts, neun Monate, bevor Leonard sich in Luft aufgelöst hat, haben wir die beiden in Dartmoor besucht. Er und ich saßen draußen am Grill. Mich hat er nie grillen lassen. Selbst wenn sie uns besucht haben, hat Melanie das Kommando stets ihm übertragen. Er nahm sich einfach meine Grillzange und mein Besteck. Wenn wir bei ihnen waren, habe ich mich irgendwo hingesetzt und versucht, meinen Kummer zu ertränken. An jenem Tag war es genauso wie in all den Jahren, die ich mit Melanie verheiratet war. Dasselbe wie immer: Ich wusste nicht, was ich mit ihm reden soll, er hatte mir auch nichts zu sagen – da war nur diese unausgesprochene Spannung zwischen uns. Jedenfalls war ich damals bereits über seinen Seitensprung informiert – Casey hatte mir alles erzählt. Und je mehr ich getrunken habe, desto stärker hat es mich belastet, und ich wollte ihn deshalb zur Rede stellen.«

Er musterte mich einen Moment. »Ich habe ihn angeschaut und gedacht: ›Du bist ein gottverdammter Lügner.‹ Ich habe ihn gehasst. Genau wie Reynolds ihn gehasst hat. Nein, noch mehr. Sein Auftreten in der Öffentlichkeit war nur Theater. Er war nicht der Mann, als der er sich präsentierte. Ich habe sein wahres Ich gesehen, noch ehe Casey mir erzählte, was er getan hat. An jedem Tag meiner erbärmlichen Ehe habe ich den echten Leonard Franks erlebt. Wie er mich behandelt hat. Seine Blicke, als sei ich ein Stück Dreck an seinem Schuh. Es hat an mir genagt, bis wir an diesem Grill standen und ich zu ihm sagte: ›Gibt es irgendwelche Bedingungen, die ich erfüllen kann, damit ich gut genug für deine Tochter bin, Leonard?‹ Nachdem ich das ausgesprochen hatte, war ich wie erstarrt und fürchtete mich vor seiner Antwort. Aber andererseits war ich auch erleichtert, weil es endlich auf dem Tisch war.«

»Und wie hat er reagiert?«

»Er hat nein gesagt. Er sagte zu mir: ›Du bist nicht der Mann, den ich mir für meine Tochter gewünscht habe. Sie hat etwas Besseres verdient. Du bist nicht gut genug für sie, John.‹ Er nannte mich immer John, nicht Bill. Ich verabscheue den Namen John, auch wenn ich ihn bei der Arbeit benutzt habe. Es war der Name meines Vaters, und der war ein Mann wie Franks: nie damit zufrieden, wer ich war oder was ich sein wollte.« Er ließ den Blick durch das Lagerhaus schweifen und wies mit der Hand in den Raum. »Als ob ich mich je für ein Leben als Glasbläser entschieden hätte.«

Seine Stimme war ein klein wenig lauter geworden, er beruhigte sich aber sofort wieder. »Deshalb hat Leonard angefangen, mich John zu nennen. Er wusste, dass ich das nicht mochte. Ich bin sicher, dass er sich insgeheim gefreut hat, als Melanie beschloss, nach unserer Hochzeit Ellies Mädchennamen zu führen. Und als alles klar war und er mir an den Kopf geworfen hatte, ich sei nicht gut genug für seine Tochter, wusste ich, dass es vorbei ist. Nicht für mich. Für mich war es erst der Anfang. Aber für ihn – denn ich würde ihn fertigmachen. Ich wollte der Welt zeigen, wer er wirklich ist.«

»Und das halten Sie für eine Heldentat?«

»In gewisser Weise schon.«

»Sie leiden an Wahnvorstellungen.«

Seine Miene wurde für einen kurzen Moment feindselig. Dann zuckte er die Schultern. »Die Chancen, dass ich irgendwann in Bethlehem arbeiten würde, waren immer recht hoch gewesen. Als das Krankenhaus noch in Betrieb war, gehörte es zu einer von vier forensischen Psychiatrien im ganzen Land, und ich pendelte ständig zwischen den verschiedenen Einrichtungen. Doch dass Casey tatsächlich meine Patientin werden würde … das war Schicksal. Mein Arbeitgeber hat mich zum Dienst dort eingeteilt. Gleichzeitig arbeitete ich zwei Tage die Woche bei der Polizei. Und als Casey endlich damit herausrückte, warum der Fall Pamela Welland so wichtig für sie war, war das einfach zu schön, um wahr zu sein. Fünf Jahre hat es gedauert, bis alles bis ins kleinste Detail ans Licht kam. Aber dann passte eines genau zum anderen.«

»Und Franks hat es nie erfahren?«

Ein Schnauben. »Leonard hat nie auch nur einen Funken von Interesse an meiner Arbeit gehabt. Keinen Moment lang. Wenn ich bei Scotland Yard war, hat er nie bei mir vorbeigeschaut, nicht einmal, um hallo zu sagen. Gegen Ende war es bei Melanie genauso. Beide wussten, dass ich jahrelang freiberuflich in mehreren Einrichtungen im ganzen Land tätig gewesen war, aber das hat sie nicht gekümmert. Wenn Leonard sich auch nur ein einziges Mal nach meinem Beruf erkundigt hätte, wäre er auch darüber informiert gewesen, dass ich in Bethlehem Sitzungen abhielt. Ihm wäre klar geworden, dass ich zu der Zeit dort war, als Casey sich einer Behandlung unterzog.« Er betrachtete mich und wischte sich einen Schweißfilm von der Stirn. »Aber soll ich Ihnen sagen, wodurch er am meisten in meiner Gunst gesunken ist? Er hat sich nie die Mühe gemacht, Casey nach dem Namen ihres Arztes zu fragen. In diesem Fall hätte er alles stoppen können, bevor sie mir ihr Herz ausgeschüttet hat. Am Anfang hat sie ihm Poulters Namen genannt, und danach war das Thema für ihn erledigt. Das war so typisch für ihn. Er hat sie geliebt, verstehen Sie mich nicht falsch, aber ich glaube, er war auch ein bisschen froh, dass sie weggesperrt in der Klapse saß und ihm so keinen Ärger machen konnte – das heißt, solchen Ärger wie mit ihren Selbstmordversuchen.«

»Und Reynolds?«

»Ich bin mit Neil in Kontakt geblieben«, erwiderte er kühl. »Auch noch nach seiner Kündigung, weil ich in ihm etwas erkannt habe, das mir später vielleicht nützlich sein könnte. Er war zwar wütend, aber diszipliniert. Und als der richtige Zeitpunkt gekommen war, habe ich ihm alles über Casey und Leonard und über ihren Sohn berichtet – und er hat mir seinen Verdacht anvertraut.«

»Sie meinen, dass Franks Simon Preston auf dem Gewissen hat?«

Er nickte. »Und trotzdem halten Sie *mich* für den Bösewicht.«

»Sie sind alle beide Abschaum.«

»Er hat Casey umgebracht.« Kurz schweiften seine Gedanken ab, und er schien plötzlich Mühe zu haben, sich zu konzentrieren. »Ich mochte Casey. Sie war klug. Es war eine Herausforderung, an sie heranzukommen. Über fünf Jahre habe ich mit dem Versuch verbracht, sie kennenzulernen und zu erfahren, wie sie tickt und warum sie so bereitwillig ihr Leben an ein wertloses Stück Scheiße wie diesen Simon Preston vergeudet hatte. Und dann erzählte sie mir schließlich von Leonard und allem, was geschehen war. Und als ich erkannte, dass das der Grund ist und dass sie in ihrer Naivität Leonard und seinen Ruf schützen wollte, habe ich mich irgendwie …« Er verstummte; der Schmerz in seiner Miene schien echt zu sein. »Habe ich mich irgendwie verraten gefühlt.«

Plonk.

Garrick rührte sich auch dann nicht, als sich das Geräusch wiederholte. Ich schaute mich im Lagerhaus um und spähte in die Lücken zwischen den leeren Regalen, zu den Verladetoren und hinaus in den Flur. Als ich mich wieder zu ihm umdrehte, hatte er sich, die Waffe im Anschlag, vorgebeugt. Uns trennten etwa zwei Meter.

Zu weit, um ihn angreifen zu können.

»Tja, ich denke, das war's dann wohl«, sagte er. »Als ich Melanie beseitigt habe, musste ich leise sein, da Pistolenschüsse in der Vorstadt meist Verdacht erregen. Aber hier ...« Er schaute sich um. »Jeder wird es für das Geräusch einer Maschine halten.«

Plonk.

Das Scheppern schien ganz in unserer Nähe zu sein. Er bewegte leicht den Kopf nach rechts, als sei er selbst davon überrascht. Und während sich seine Körperhaltung veränderte, schwankte die Pistole ganz leicht hin und her.

Meine Chance.

Ich duckte mich und stürzte mich auf ihn.

Ein Schuss knallte.

Alles geschah so schnell, dass mir kaum Zeit zum Nachdenken blieb. Erst als ich mit ihm zusammenprallte und ihn gegen den Tisch stieß, sodass wir beide auf dem Boden des Lagerhauses landeten, spürte ich einen wohlbekannten Schmerz, der sich in meiner Schulter ausbreitete und mir wie ein Blitzeinschlag durch die Brust fuhr. Garrick lag zwei Meter entfernt und von mir abgewandt auf der Seite. Die Pistole befand sich außerhalb seiner Reichweite. Er machte Anstalten, sich aufzurappeln. Als ich mich rühren wollte, schnürte es mir die Brust zu, und ich bekam kaum noch Luft. Wieder griff ich ihn an, spannte sämtliche Muskeln und zog mich an dem umgekippten Tisch hoch.

Diesmal griff ich ein Stück daneben, bekam ihn aber schließlich dennoch zu fassen, als er sich nach der Waffe bückte. Wir stolperten am Ofen vorbei an die rückwärtige

Wand und knallten dagegen. Garrick war vor mir, und mit dem Gesicht zur Mauer, sodass sein Körper meinen Aufprall ein wenig abfederte. Doch als ich auswich und über mir die Hitze des Feuers spürte, fühlte ich mich benommen. Blut quoll aus der Wunde in meinem Arm, alte Verletzungen pochten, und ich schlingerte wie ein sinkendes Schiff. Ich sah Garrick an: Er war in sich zusammengesackt und hatte Blut im Gesicht. Seine Nase war gebrochen, weil er mit dem Gesicht gegen die Wand geschlagen war. Kurz flatterten seine Lider, als versuche sein Körper, Kräfte zu sammeln.

Er lebte noch, war aber bewusstlos.

Mühsam hievte ich mich auf alle viere hoch, atmet tief durch und verharrte einen Moment, um den Brechreiz zu unterdrücken, der mir in die Kehle stieg.

Das geht vorbei.

Das geht vorbei.

Das stimmte zwar nicht ganz, aber nachdem ich mich an der niedrigen Mauer neben dem Ofen hochgestemmt hatte, konnte ich wieder aufrecht stehen und atmen.

Und da bemerkte ich etwas.

Unter dem Ofen gab es einen Schalter.

87

Der Hebel befand sich zwischen zwei Schienen. Von vorn war er nicht zu sehen gewesen. Nun bückte ich mich und rückte näher heran: Er ähnelte einem Lichtschalter. Keine Kennzeichnung. Nur an oder aus. Ich streckte die Hand aus und drückte ihn nach unten.

Plonk.

Der Ofen begann, sich zu bewegen.

Mit einem leisen Quietschen rutschte er zurück, während

das Feuer darin weiterbrannte. In den wenigen Sekunden, die ich davorstand und mir die Schulter hielt, konnte ich nicht mehr erkennen als ein Stück polierten Betonbodens vor mir. Dann jedoch kam ganz langsam eine dünne schwarze Linie in Sicht. Fünf Sekunden später hatte sie sich in ein Rechteck verwandelt.

Und nach zehn Sekunden war das Rechteck ein Loch.

Mit einem weiteren *Plonk* erreichte der Ofen das Ende der Schienen und gab den Blick auf das gesamte Loch frei. Es war eins fünfzig breit und ebenso lang; eine wackelige Holztreppe führte in die Tiefe.

Ich trat an den Rand.

Man konnte nicht weiter als bis zur Hälfte der Leiter sehen. Ich hielt Ausschau nach einer Taschenlampe, doch Garrick hatte keine mitgebracht. Ich hatte nichts weiter als die Taschenlampen-App meines Telefons. Etwas stieg mir in der Kehle hoch, als ich mich auf den Boden setzte und den Fuß auf die erste Leitersprosse stellte. Kein Brechreiz, eher ein Unbehagen, das mit jedem Moment übermächtiger und drängender wurde, je länger ich nach unten spähte. Vorsichtig stellte ich den Fuß auf die nächste Stufe, und schon war mir klar, warum Garrick keine Taschenlampe hatte.

An der Wand dicht unterhalb der Kante des Lochs war ein Lichtschalter angebracht.

Ich griff nach unten und betätigte ihn.

Unter mir erwachte plötzlich eine nackte Glühbirne zum Leben und warf einen cremefarbenen Schein auf den Betonboden. Überall lagen Staub und auch Abfälle aus dem Ofen herum: Papierfetzen, winzige Holzsplitter, Stücke von defekten Elektrogeräten. Auf drei Seiten befanden sich die Wände unmittelbar neben der Leiter. Auf der vierten schlängelte sich ein Gang in die Dunkelheit.

Kurz blieb ich stehen. Mein Arm schmerzte höllisch, und

meine Lunge fühlte sich an, als würde es mir gleich die Luft abschnüren. Ich schaute quer durch das Lagerhaus, dorthin, wo Garrick lag.

Was hast du jetzt wieder angestellt?

Ich stieg hinunter.

Je weiter ich kam, desto kälter wurde es. Als ich den Boden erreichte, war die Hitze des Ofens nicht mehr zu spüren. Vor mir in der Dunkelheit konnte ich trotz des Lichts der Glühbirne kaum etwas erkennen. Dennoch hatte ich das Gefühl, dass der Raum recht groß sein musste. Als ich mich weiter vorwärtsbewegte, hallten meine Schritte ein wenig, und es war, als wichen die Wände zurück und verschwänden in der Finsternis. Nach einigen Metern wehte mir ein Geruch in die Nase.

Er war süßlich, nicht widerwärtig, auch kein Parfum, aber etwas Ähnliches. Gefolgt wurde es von etwas, das mir vertrauter erschien, obwohl ich es im ersten Moment nicht einordnen konnte.

Doch dann fiel der Groschen.

Fastfood.

Plötzlich nahm ich eine Veränderung im Raum wahr, so als bewege sich die Luft, und auch die Schatten schienen zu flackern. Dann griff mir eine Hand ins Gesicht. Fingernägel gruben sich in meine Haut, während ich nach hinten taumelte und gegen eine Wand prallte. Als ich das Gleichgewicht verlor, stürzte der Angreifer auf mich; eine Hand umklammerte weiter meinen Kiefer, die andere versuchte, mich am Genick zu packen.

Ich wehrte mich: einen Schlag auf irgendeinen x-beliebigen Körperteil, gefolgt von einem zweiten. Die Person auf mir stieß keuchend die Luft aus. Doch erst nachdem ich sie weggeschoben hatte und zurück ins Licht kroch, wurde mir etwas klar.

Es war eine Frau.

Ich nahm mein Handy und leuchtete in die Dunkelheit. Sie lag in einer Ecke zusammengerollt auf der Seite. Dicht neben ihren Füßen standen ein angebissener Hamburger, eine leere Packung Pommes und ein Plastikbecher Cola. Die Kleidung der Frau konnte man nur noch als Lumpen bezeichnen: zerrissene Jeans, ein zerfledderter Fleecepulli, eine Socke, keine Schuhe. Ihr Haar war zerzaust, fettig und schmutzig und klebte ihr verfilzt am Kopf. Am linken Knöchel trug sie eine Kette, die sie an die rückwärtige Wand fesselte.

Während sie weinend liegen blieb, kam ich näher.

»Alles in Ordnung«, sagte ich. »Ich tue Ihnen nichts.«

Über ihr befanden sich einige Eisenrohre.

Sie hat dagegen geklopft. Das Geräusch kam nicht nur vom Verschieben des Ofens. Sie hat versucht, auf sich aufmerksam zu machen.

Ich streckte die Hand aus.

»Alles in Ordnung«, wiederholte ich. »Sie haben es überstanden, Casey.«

88

Ich verbrachte Weihnachten mit Annabel und Olivia in Devon, und als sie am nächsten Tag anfingen, ihre Verwandtschaft abzuklappern, verdrückte ich mich, fuhr ins alte Haus meiner Eltern, saß am Fenster und betrachtete das Meer. Ich malte mir aus, wie meine Mum und mein Dad vor Jahren am selben Platz einander gegenüber am selben Tisch gesessen hatten, um diese Aussicht zu genießen.

Am 27. Dezember fuhr ich die Küste entlang. Es war ein eiskalter Tag, und der Wind peitschte das Auto, als ich mich dem Strand von Keel Point näherte. Nachdem ich geparkt hatte, ließ ich den Motor laufen, schaltete die Heizung auf volle Kraft und machte das Radio an.

Leonard Franks war noch immer Thema.

Die Polizei bestätigte die Anklagepunkte gegen ihn zwar noch nicht, doch das würde nicht mehr lange dauern. Sein Fall war eine Woche lang in der Fernsehberichterstattung Thema Nummer eins gewesen, und das Video mit seinem Geständnis wurde immer wieder abgespielt. Inzwischen hatte die Sache durch Garricks Beteiligung noch mehr an Bedeutung gewonnen. Die Geschichte, die schon seit sieben Tagen so hell strahlte, war nun zur Supernova geworden. Für die Medien gab es keine bessere Story als eine Familienfehde mit tödlichem Ausgang, und diese Geschichte hatte noch viel mehr zu bieten als das. Die Opfer – Craw und Casey Bullock – wurden dabei beinahe zu Fußnoten. Die Nachrichtenmeldungen und Schlagzeilen auf den Titelseiten berichteten von dem Kampf zwischen Leonard Franks und John Garrick.

Während ich zu Bethlehem hinüberblickte, das wie ein Schiffswrack aus dem Ärmelkanal ragte, erinnerte ich mich an die Momente, nachdem ich Casey Bullock im Keller entdeckt hatte. Es gelang mir, sie zu befreien, indem ich ihre Ketten mit einer Zange aus dem Lagerhaus durchtrennte. Dann verharrten wir einen Moment auf gegenüberliegenden Seiten des Raums; sie beobachtete mich, als rechne sie damit, dass ich sie angreifen würde. Als ich nichts dergleichen tat, immer wieder beteuerte, dass sie in Sicherheit war, und das ständig wiederholte, veränderte sich schließlich ihre Miene. Offenbar glaubte sie mir endlich, und sie brach in Tränen aus. Ich kam nicht näher, sondern wartete ab, und als sie sich einige Minuten später ein wenig gefasst hatte, fragte ich sie, ob sie jetzt gehen wolle.

Sie bejahte.

Im Lagerhaus blieb sie stehen und starrte auf Garrick, der immer noch besinnungslos und in sich zusammengesackt an der Wand lehnte. Inzwischen konnten wir bereits Sirenen hören: Ich hatte während meiner Suche nach einem Schneidewerkzeug die Polizei verständigt. Casey fuhr sich mit der Hand übers Gesicht. Es war mit Dreck und Tränen verschmiert, das verfilzte Haar klebte in langen Strähnen an ihrer Haut. Dann drehte sie sich zu mir um, und ihr Blick wurde argwöhnisch, als könne sie nicht begreifen, warum ich hier war und ihr half.

»Wie heißen Sie?«, fragte sie.

»David.«

Sie antwortete nicht sofort, sondern schaute zwischen mir und dem Loch hin und her, in dem sie gefangen gehalten worden war. »Ich habe nicht geglaubt, dass mich je ein Mensch finden würde. Ich dachte, ich müsste für immer hierbleiben.«

»Wissen Sie, wie lange Sie dort unten waren?«

»Welches Datum haben wir heute?«

»Den zweiundzwanzigsten Dezember.«

Es drohten neue Tränen. »Vierzehn Monate.«

Und dann berichtete sie mir von dem Tag, an dem Reynolds bei ihr aufgetaucht war – in der Wohnung, in der Franks sie versteckt hatte. Und wie ihr Nachbar an die Tür geklopft hatte.

»Nur, dass es nicht mein Nachbar war«, sagte sie. »Sondern Garrick.«

Sie sah mich an und fragte sich offenbar, wie ich darauf gekommen war. Allerdings war es für mich inzwischen sonnenklar. Garrick hatte Reynolds geschickt, um Casey zu beseitigen. Doch letztlich hatte er es nicht über sich gebracht. *Ich mochte Casey. Sie war klug.* Er hatte abgestritten, dass er mehr für sie empfand, und vielleicht stimmte das ja auch. Aber er hatte sich emotional auf sie als Person, auf ihre Entscheidungen und ihr Leben eingelassen, bis die Grenze zwischen Arzt und Patientin verschwommen war. *Als sie mir endlich von Leonard erzählt hat, von allem, was geschehen ist … habe ich mich irgendwie verraten gefühlt.* Es war ein absolutes Durcheinander und wurde immer verworrener: Er hatte die Frau gemocht, die den Mann liebte, den er hasste. Obwohl er wusste, was zu tun war, konnte er es nicht selbst tun – und deshalb hatte er Reynolds damit beauftragt, sie umzubringen. Sie einzusperren, das war für ihn die einzige Möglichkeit gewesen, sie von der Außenwelt fernzuhalten, ohne sie zu töten.

Wahrscheinlich hatte Reynolds gar nicht gewusst, dass sie noch am Leben war – nicht einmal, als er das Lagerhaus noch selbst genutzt hatte. Ansonsten hätte er die Risiken erkannt und versucht, etwas dagegen zu unternehmen. Soweit er im Bilde war, war der Tag, an dem Garrick Casey Bullock aus ihrem Versteck geholt hatte, auch ihr Todestag gewesen.

Als die Polizei endlich eintraf, sah ich zu, wie sie ins Lagerhaus kamen, mich, Casey, die Kartons voller noch nicht verbrannter Akten und Garrick musterten, der schwer atmend auf dem Boden lag. Und plötzlich hatte ich einen Moment der Erleuchtung. So viele Morde und Lügen und so viel Leid, und das Ergebnis war, dass alle Beteiligten nur verloren hatten: Franks die Frau, die er liebte, aber nicht haben konnte, und den Sohn, den er nur flüchtig hatte kennenlernen dürfen; Craw den von ihr vergötterten Vater, der ein Fremder geworden war; Garrick die Frau, die ihn verlassen hatte, und den Schwiegervater, der ihm mit Verachtung begegnet war; und Bullock das Leben, von dem sie geträumt, und den Sohn, den sie geliebt hatte, mehr als alles andere.

Eine Schneise der Verwüstung.

Eine Landkarte gebrochener Herzen.

Bevor ich am 28. Dezember nach London zurückfuhr, erledigte ich zwei Telefonate. Der erste Anruf galt Ellie Franks, weil ich mich nach ihrem Befinden erkundigen wollte. Anfangs bewahrte sie Haltung, doch dann brach es aus ihr heraus. All die Nachrichtenmeldungen, die auf sie eingestürmt waren, die vielen Lügen, die sie in den letzten neun Tagen hatte verarbeiten müssen, waren zu viel gewesen. Während ich sie weinen hörte, fielen mir ihre Worte bei unserer ersten Begegnung ein: *Len sagte einmal zu mir: »Manchmal muss man sich von einem Menschen verabschieden.«* Er hatte die Frau gemeint, mit der er eine Affäre gehabt hatte, und den Sohn, bei dessen Beerdigung er nur Zaungast sein durfte. Und dennoch war er vermutlich zum ersten Mal im Leben ehrlich zu seiner Frau gewesen.

Ich saß neben ihrem Bett, als die Sonne aufging und durch die Jalousien vor ihrem Fenster schien. Es war der 3. Januar. Ein Krankenpfleger war gerade dabei, den Weihnachtsschmuck zu entfernen.

Sie schlief, auf der Seite liegend, war immer noch bleich und rührte sich nicht. Eine Infusion tropfte vor sich hin, Heizkörper brummten. Auf dem Schoß hatte ich ein Foto: Casey mit ihrem Sohn. Ich hatte die Ermittler überredet, ein Bild für sie freizugeben.

Als sie um kurz vor sieben allmählich aufwachte und mit einem leisen Seufzer auf den Rücken rollte, beobachtete ich, wie sie zu sich kam. Ihre Lider flatterten, ihre Finger schoben die Decke weg. Während sie ein Auge öffnete, betrachtete ich noch einmal das Foto, das Gesicht einer Mutter und die Erinnerung an einen Sohn, und steckte es dann wieder in die Jackentasche. Sie spürte die Bewegung, bemerkte, dass jemand neben ihrem Bett war, und drehte sich zu mir um.

Der Anflug eines Lächelns breitete sich auf ihrem Gesicht

aus, auch wenn der Großteil ihres Kopfes noch unter Verbänden verborgen war.

»Morgen«, sagte ich.

»Schon wieder erwischen Sie mich, wenn ich zum Fürchten aussehe.«

Ich erwiderte das Lächeln. »Wie geht es Ihnen?«

Sie holte lange und tief Luft. Ihre Augen spiegelten nacheinander verschiedene Gefühle wider: Zweifel, Schmerz, Trauer, Sorge, Erleichterung. Und dann sagte Melanie Craw schließlich: »Ich glaube, jetzt fängt mein Leben an.«

89

Alles hängt miteinander zusammen. Ich habe lange Zeit gebraucht, um dahinterzukommen. Nach dem Tod meiner Frau, die an Krebs starb, einer Krankheit, die ich nicht für sie besiegen konnte, verbrachte ich zwei Jahre damit, in Ziellosigkeit zu versinken, angetrieben von dem Geist des Menschen, der sie gewesen war. Alles, was ich in jener Zeit tat, jede Jagd nach einem Mörder, jeder Blick in menschliche Abgründe, war ihr gewidmet. Auch wenn ihre Asche längst verstreut war, davongeweht vom Wind und weggespült vom Regen, blieb das bestehen, was sie mir bedeutet hatte.

Ich fand meine Berufung in der Suche nach Vermissten, weil ich mich selbst in den Familien der verschwundenen Personen wiedererkannte: Sie wanderten eine endlose Straße entlang und hielten in der Dunkelheit Ausschau nach Antworten. Und zu guter Letzt, ganz gleich, ob ich einen geliebten Angehörigen an der Haustür ablieferte oder nur noch Erinnerungen an ihn in Form von Staub und Knochen zurückbrachte, gab ich ihnen stets etwas zurück – und ich schloss immer den Kreis.

Als Derryn starb, weigerte ich mich zu glauben, dass es einen Sinn gehabt haben könnte. Vielleicht geht es mir in mancherlei Hinsicht bis heute so. Doch als meine Trauer allmählich verebbte, begann ich, die Dinge klarer zu sehen. Momente in meinen Fällen, die mir möglicherweise am Anfang entgangen waren: Zusammenhänge zwischen Ereignissen, Bindegewebe, das Menschen miteinander verknüpft. Ich stellte fest, dass Handlungen auch noch ein Jahrzehnt später nachwirkten. Man konnte einen Menschen zwar aus den Augen verlieren und sich so von ihm entfernen, dass ein Wiedersehen unmöglich erschien. Und dann geschah es erfahrungsgemäß doch.

Weil man an ihn gefesselt war.

Und sich vielleicht auch ein bisschen für ihn verantwortlich fühlte.

Das Café befand sich am östlichen Ende der Lower Mall am Ufer der Themse. Als ich eintraf, saß Colm Healy auf einem Barhocker am Fenster und hatte die Hände vor sich auf der Theke liegen. Er beobachtete zwei Ruderer, die gerade unter der Hammersmith Bridge durchfuhren.

In den vierzehn Monaten seit unserem letzten persönlichen Treffen hatte er sich kaum verändert: groß, aber zu viele Pfunde auf den Rippen, das dichte rote Haar zerzaust, der Bauch beinahe das Hemd sprengend und einen missmutigen, erschöpften und angestrengten Gesichtsausdruck. Er trug keine Krawatte und hatte die Jacke über die Lehne des Barhockers gehängt, allerdings die Ärmel hochgekrempelt, als wolle er sich auf etwas vorbereiten. Als ich eintrat, drehte er sich um, und wir schüttelten einander die Hand. Er erbot sich, mir einen Kaffee zu bestellen. Das hatte er seit Menschengedenken nicht getan, und ich fragte mich, vielleicht ein wenig zynisch, sofort, welche Hintergedanken er mit dieser Einladung hierher verfolgte. In den Tagen, bevor ich den Fall Franks abgeschlossen hatte, hatte ich ihm gesagt, ich würde mich bei ihm melden, um mich mit ihm zu verabreden. Doch stattdessen hatte er mich angerufen.

Nachdem mein Kaffee gebracht worden war, redeten wir eine Weile über Franks, Craw und die Medienberichte. Doch plötzlich hatte ich den Eindruck, dass seine Stimmung sich verdüsterte.

»Ist bei dir alles in Ordnung?«, fragte ich ihn.

Er nickte. »Ja.«

»Ganz bestimmt?«

»Es geht mir *gut*«, beharrte er.

Ich ließ es dabei bewenden und betrachtete den Fluss. Inzwischen hatten wir den 8. Januar, und der Boden war mit Neuschnee bedeckt. Vor uns funkelte die Sonne durch die kahlen Äste einer Eiche.

»Wie läuft es bei der Sicherheitsfirma?«

Er antwortete nicht.

Als ich ihn ansah, starrte er in seine leere Kaffeetasse. Er hatte die Hand darum gelegt. Obwohl seine Frau ihn vor drei Jahren verlassen hatte, trug er noch seinen Ehering.

»Healy?«

»Es läuft nicht«, sagte er.

»Was läuft nicht?«

»Gar nichts läuft.«

»Der Job bei der Sicherheitsfirma?«

Er nickte.

»Soll das heißen, dass du gekündigt hast?«

Er schüttelte den Kopf und blickte mich dann an. In seinem Gesicht regte sich etwas. »Es gab nie einen Job bei einer Sicherheitsfirma. Ich habe gelogen. Ich kriege nirgendwo einen Scheißjob. Der Typ, den ich als meinen Kollegen ausgegeben habe, der mir, wie ich dir am Telefon erzählt habe, ständig hinterherschnüffelt …«

Ich starrte ihn an.

»Das ist nur ein Mitbewohner in der Unterkunft.«

»Du wohnst in einer *Obdachlosen*unterkunft?«

Er schaute aus dem Fenster und nickte.

»Warum hast du mich nicht angerufen, verdammt?«

»Das habe ich heute doch getan.«

»Ich meine, schon *früher*.«

»Nun, ja …« Er verstummte und holte tief Luft, und es war, als würde er erschaudern. »Willst du mir helfen? Ich hätte da nämlich etwas, wobei du mir helfen könntest.«

»Was?«

Er saß reglos da und musterte den Fluss. »Weißt du, ab wann mein Leben so richtig den Bach runtergegangen ist? Das war nicht, als Gemma mich verlassen hat. Es war nicht einmal, als ich Leanne gefunden habe. Das heißt, versteh mich jetzt nicht falsch, es hat mich wirklich fertiggemacht. Man sollte seine Kinder nicht überleben.« Er räusperte sich, und als er mich ansah, stellte ich fest, dass er Tränen in den Augen hatte. »Was mir den Rest gegeben hat, waren die beiden Mädchen. Die Zwillinge. Mit ihnen fing es erst richtig an. Ich konnte das Schwein nicht fassen, das sie auf dem Gewissen hat. Ich konnte nicht einmal eine gottverdammte *Spur* von diesem Arschloch entdecken. Nirgendwo. Und ab da wurde mein Leben zur einzigen Katastrophe: Meine Ehe ging kaputt, meine Tochter wurde ermordet, ich bin bei der Polizei rausgeflogen, und schau mich jetzt an. Ich wohne in einem Obdachlosenasyl und tue so, als hätte ich einen Job bei einer Sicherheitsfirma. Ich bin ein erbärmliches Wrack.«

»Healy …«

»Nein«, unterbrach er mich, »streite es nicht ab. Belüg mich nicht.«

Wir verharrten eine Weile schweigend.

Und dann, ich trank gerade den letzten Schluck Kaffee,

drehte er sich auf seinem Hocker um. Seine Miene wirkte wieder gefasster, als er sagte: »Du wolltest doch etwas für mich tun?«

»So habe ich es nicht ...«

»Willst du etwas für mich *tun*, Raker?«

Ich betrachtete sein Gesicht und die Falten darin, eingegraben von der Reise der letzten dreieinhalb Jahre. Seit er die Mädchen aufgefunden hatte, war er diesen Weg gegangen. Und das waren seine Narben. So würde es immer enden.

Mit einem weiteren gebrochenen Herzen.

»Willst du etwas für mich tun?«, wiederholte er. »Dann hilf mir, den Mann zu kriegen, der sie umgebracht hat.«

Anmerkung des Autors

Aus Gründen der Verständlichkeit und des Tempos habe ich kleine Änderungen an der Arbeitsweise und dem Aufbau der London Metropolitan Police und des britischen Krankenhauswesens vorgenommen. Ich hoffe, dass ich dabei genug Feingefühl habe walten lassen, um niemanden vor den Kopf zu stoßen.

Danksagung

Wie auch alle meine anderen Bücher wäre *Erkenne deine Schuld* ohne das unglaubliche Team bei Michael Joseph nicht möglich gewesen. Eigentlich hatte ich angefangen, die Namen sämtlicher Personen aufzulisten, die mich bei meiner Arbeit unterstützt haben. Dann jedoch bekam ich es mit der Angst zu tun, dass ich jemanden vergessen könnte. Deshalb hoffe ich, dass ein firmenweites und ganz, ganz großes DANKESCHÖN wenigstens einen Teil meiner Dankbarkeit ausdrücken kann. Allerdings muss ich Rowland White und Emad Akhtar – und meine Korrektorin Caroline Pretty – ganz besonders erwähnen, denn sie haben einen unermesslichen Beitrag dazu geleistet, die ursprünglichen Manuskriptentwürfe aufzumöbeln.

Außerdem danke ich meiner leidgeprüften Agentin Camilla Wray, deren Geduld, Unbeirrbarkeit und Blick für eine gute Geschichte wie immer genau das waren, was ich brauchte, als ich in Zweifeln zu versinken drohte. Ich weiß nicht, was ich ohne sie machen würde. Vielen Dank auch an die Damen bei Darley Anderson, die sich für mich eingesetzt haben.

An Mum, Dad, Lucy und den Rest meiner wundervollen Familie: Ich danke euch so sehr für alles, was ihr für mich tut. Und, zu guter Letzt, den größten Dank an Erin, die sich sehr gefreut hat, das erste Kapitel von *Erkenne deine Schuld* lesen zu können (bevor sie erfuhr, dass sie den Rest erst in etwa acht Jahren zu sehen kriegen würde), und an Sharlé, ohne deren Geduld, Liebe und Unterstützung es dieses Buch nicht gegeben hätte.

Tim Weaver

Tim Weaver, geboren 1977, ist Journalist und lebt mit seiner Frau und Tochter in der Nähe von Bath, England. Seine Romane um den Ermittler David Raker erobern die englischen Bestsellerlisten immer wieder im Sturm.

<u>Außerdem von Tim Weaver bei Goldmann lieferbar:</u>

Totgesagt. Thriller (nur als E-Book erhältlich)
Blutiges Schweigen. Thriller (auch als E-Book erhältlich)
Ohne jede Hoffnung. Thriller (auch als E-Book erhältlich)

GOLDMANN
Lesen erleben